HEYNE BÜCHER

SCIENCE FICTION

Herausgegeben
von Wolfgang Jeschke

Von **Sheri S. Tepper** erschien in der Reihe
HEYNE SCIENCE FICTION & FANTASY:

Die Schöne · 06/5344
Die Pest der Engel · 06/5945 (in Vorb.)

ZYKLUS MONSTRÖSE WELTEN:

Gras · 06/5918
Hobbs Land · 06/5919
Toleranz · 06/5920 (in Vorb.)

SHERI S. TEPPER

MONSTRÖSE WELTEN

HOBBS LAND

Zweiter Roman

Aus dem Amerikanischen von
MARTIN GILBERT

Deutsche Erstausgabe

WILHELM HEYNE VERLAG
MÜNCHEN

HEYNE SCIENCE FICTION & FANTASY
Band 06/5919

Titel der amerikanischen Originalausgabe
RAISING THE STONES
Deutsche Übersetzung von Martin Gilbert
Das Umschlagbild malte Karel Thole

Redaktion: Wolfgang Jeschke

Erstausgabe 1990 by Doubleday, a division of
The BantamDoubledayDell Publishing Group, Inc., New York
Mit freundlicher Genehmigung der Autorin
und Paul & Peter Fritz, Literarische Agentur, Zürich
(# 39437)

Printed in Germany Februar 1997
Umschlaggestaltung: Atelier Ingrid Schütz, München
Technische Betreuung: M. Spinola
Satz: Schaber Datentechnik, Wels
Druck und Bindung: Elsnerdruck, Berlin

ISBN 3-453-13301-3

Inhalt

Erster Teil

Hobbs Land

1

Der Name des Gottes war Bondru Dharm, was nach Aussage der Linguisten, die mit den Owlbrit gearbeitet hatten, bis auch der letzte von ihnen gestorben war, etwas mit *Mittag* zu tun hatte. Die gängigste Variante lautete *Enthüllter Mittag*, obwohl auch *Gefundener Mittag* und *Angekündigter Mittag* im Gespräch waren. Nur ein paar Owlbrit waren noch am Leben gewesen, als Hobbs Land von Hobbs Transystem Foods in Besitz genommen wurde. Bald darauf waren fast alle gestorben, so daß die Wissenschaftler kaum noch Gelegenheit gehabt hatten, ihre Sprache zu erforschen.

Auch wenn die Siedler auf Hobbs Land nur ein paar Brocken der Owlbrit-Sprache beherrschten, unterhielten sie sich doch gern in diesem Idiom und nannten den Gott bei seinem ursprünglichen Namen, Bondru Dharm; ganz Verwegene indes bezeichneten ihn auch als *Old Bondy*. Er residierte in dem Tempel, den die Owlbrit eigens für ihn errichtet hatten, einem kleinen Rundhaus, das von den Bewohnern der Siedlung Eins gemäß den einschlägigen Denkmalschutzbestimmungen instand gehalten wurde.

Niemand erinnerte sich an den genauen Zeitpunkt, an dem die Siedler dem Gott zum erstenmal Opfergaben dargeboten hatten. Manche sagten, der Ritus sei gleich nach dem Tod des letzten Owlbrit eingeführt worden, obwohl dieses Ritual in den ersten zwei Jahren des Bestehens der Siedlung Eins nicht in den Logbüchern erwähnt wurde. Die erste Eintragung datierte aus dem Jahre Drei. Fest stand nur, daß dieses Opfer von den Owlbrit selbst empfohlen worden war.

Seit der ersten Begegnung mit den Owlbrit hatten die Siedler jedes Wort der *Erloschenen* im Digifax abgespeichert. Die Kommunikation mit dem letzten Owlbrit hatte sich indes ziemlich schwierig gestaltet; wenn er sich jedoch verständlich artikuliert hatte, hatte er immer auf das Opfer Bezug genommen.

»Ist das notwendig?« hatten die Linguisten gefragt, nachdem der Translator ihnen die Bedeutung des ausgangssprachlichen Wortes erschlossen hatte. Die Frage war an den letzten überlebenden Owlbrit gerichtet, der in einem winzigen Rundhaus in der Nähe des Tempels lebte.

»Nicht notwendig«, hatte der Alte erwidert, indem er seine hornbesetzten Tentakel aneinanderrieb, was sich wie ein heiseres Flüstern anhörte. »Was ist überhaupt notwendig? Ist das Leben notwendig? Zu welchem Zweck? Nein, das Opfer ist nicht notwendig. Es wird nur empfohlen. Es ist ein alter Brauch, ein Entgegenkommen.«

Der Owlbrit hatte etwa dreißig Sekunden gebraucht, um die entsprechende, sägende Lautfolge zu produzieren, aber die Xenolinguisten brauchten dann dreißig Jahre für die Decodierung. Die Interpretation der Begriffe *›Brauch‹* und *›Entgegenkommen‹* war noch immer nicht abgeschlossen, wobei die Wiederaufbau-Schule den Standpunkt vertrat, daß das leise Raspeln der Tentakel des Alten wirklich für die Begriffe *›System‹*, *›Lebensstil‹* und *›Trost‹* stand. Was auch immer es im Endeffekt bedeutete, der Brauch, jeden Monat ein paar mausähnliche *ferf* zu opfern, war erst im dritten Jahr der Siedlung aufgekommen und seither ununterbrochen gepflegt worden. Und das Ritual wurde immer komplexer, je mehr Einzelheiten *Diejenigen Welche* preisgaben. Im Grunde handelte es sich nur noch um *Denjenigen Welche*, denn Vonce Djbouty war im letzten Jahr verschieden. Der einzig verbleibende *Derjenige Welche* hieß Birribat Shum.

Ein Birribat, der sich in letzter Zeit außergewöhnlich oft hatte blicken lassen und der zudem noch reichlich aufdringlich gewesen war.

»Ich sage dir, Bondru Dharm liegt im Sterben«, informierte er händeringend Samasnier Girat, den *Topman*, wobei er Arme und Beine derart grotesk abspreizte, daß er an einen Vogel erinnerte. »Sam, er stirbt!« Der Junge Birrat (der indes gar kein Junge mehr war, sondern nur gewohnheitsmäßig noch so genannt wurde) hatte den Tod des Gottes schon seit geraumer Zeit angekündigt, wenn auch nicht mit einer solchen Dringlichkeit.

Samasnier Girat schaute vom Erntebericht auf, der bereits ein paar Tage alt war. Es handelte sich um eine Ersatzteilbestellung für landwirtschaftliche Maschinen, die am nächsten Tag an die Zentralverwaltung ausgeliefert werden mußte. Affektiert zog Girat eine Augenbraue hoch und sagte: »Gib ihm ein paar *ferfs*.«

Birribat machte eine Geste. Die schwungvolle Bewegung der linken Hand und die zupackende der rechten war nicht auf Sam gemünzt, sondern vermittelte eher den Anschein, als ob Birribat eine imaginäre Leine schnappte. Dennoch mußte diese Geste eine bestimmte Bedeutung für Birribat haben, denn schließlich faltete er die Hände wie zum Gebet und schluckte unbehaglich, als er sagte: »Bitte, Sam, sei doch nicht so pietätlos. Bitte. Das macht es nur noch schwerer für mich.«

Sam setzte ein Grinsen auf, wobei er die kräftigen weißen Zähne bleckte. Er stand kurz davor, die Geduld zu verlieren. »Birribat, wende dich an Sal. Erzähl Sal, was du auf dem Herzen hast. Ich werde mich heute abend mit Sal darüber unterhalten.« Oder nächste Woche oder nächstes Jahr. Der Gott hockte schon seit der Landnahme im Tempel, nunmehr seit über dreißig Jahren, ohne daß er das geringste Anzeichen irgendwelcher Aktivitäten gezeigt hätte. Sam Girat wußte das aus eigener Anschauung; er hielt sich nämlich selbst im Tempel auf, meistens nächtens und aus sehr privaten Gründen. Allerdings glaubte er nicht daran, daß der Gott wirklich ›lebte‹, und daher tangierte die Vorstellung, daß er ›im Sterben lag‹, ihn auch nicht sonderlich. Dennoch mußte er in seiner Eigenschaft als *Topman* der Möglichkeit Rechnung tragen, daß Birribat mit seiner Geschichte einen Aufruhr unter den Gläubigen verursachte, von denen es mehr als genug in der Siedlung gab – und darüber hinaus in allen elf Siedlungen.

Birribat trollte sich, und kurz darauf sah Sam seine eckige Gestalt auf der Straße in Richtung Freizeitzentrum schlurfen. Als Sam erneut vom Terminal aufschaute, stellte er fest, daß Birribat und Sal nun in die entgegengesetzte Richtung gingen, zum Tempel.

Saluniel Girat, Sams Schwester, die eine Dauerstellung als Animateurin im Freizeitpark innehatte, war sowohl von sanfterem Wesen als auch geduldiger als ihr Bruder. Außerdem mochte sie Birribat. In ihren Augen war der knochige Pietist ein interessanter Exzentriker, und als er ihr sagte, daß der Gott im Sterben lag, machte sie das so betroffen, daß sie selbst nach ihm sehen wollte. Wie Birribat blieb sie am Tempeltor stehen und goß sich Wasser über die Hände. Dann bückte sie sich, zog sich die Schuhe aus und kniete sich schließlich vor der schmalen Gittertür in der Ringmauer hin, um einen Schleier aus dem Regal zu nehmen und sich damit zu verhüllen. Sie ging zwar nur sporadisch in den Tempel, hatte aber schon so oft an den Opferzeremonien teilgenommen, daß sie wußte, was sich für einen Besucher der Zentralkammer schickte. Der Raum erinnerte an einen Schornstein, mit einem Durchmesser von ungefähr zwölf Fuß und einer Höhe von über dreißig. Auf einem Steinsockel in der Mitte des Raums stand der Gott, eine knapp mannshohe, zwiebelförmige Gestalt aus einer undefinierbaren Substanz. In unregelmäßigen Abständen spielten Lichtreflexe über seine Oberfläche.

»Was sagt es?« flüsterte Sal.

»Daß es stirbt«, erwiderte Birribat halblaut, wobei ein schmerzlicher Unterton in seiner Stimme mitschwang.

Sal setzte sich auf einen der Steinsitze am Gitter und betrachtete den Gott, auf dessen Oberfläche ein Lichterreigen tanzte. Als sie zuletzt hier gewesen war, war dieses Funkeln rhythmisch gewesen, wie ein schlagendes Herz; die Lichter waren am runden Unterteil erschienen, langsam nach oben gewandert und schließlich erloschen. Wenig später hatte das Spiel sich dann wiederholt. Nun waren es nur noch vereinzelte Reflexe, helle, ausfasernde Lichtpunkte, die fast sehnsüchtig in die Dunkelheit auszugreifen schienen.

»Es stirbt?« fragte sie. »Steht davon etwas in den Aufzeichnungen?«

Birribat nickte, ohne den Blick vom Gott abzuwenden. »Die Owlbrit haben den Linguisten erzählt, daß Bondru Dharm der letzte der Götter sei und daß es noch weitere gegeben hätte. Glaube ich zumindest.«

Sal beschloß, sich in den Archiven kundig zu machen. Wenig später verließ sie Birribat und überließ ihm die Anbetung der Gottheit. Sie ging durch die Gittertür, legte den Schleier zurück, schlüpfte wieder in die Schuhe und ging die leere Straße hinunter zum Büro ihres Bruders, das sie indes genauso verlassen vorfand. Um diese Tageszeit waren alle Dorfbewohner – mit Ausnahme der Schulkinder, der Kinder im Kinderhort und einiger Spezialisten wie Sal – draußen auf den Feldern. Sam war vermutlich auch dort draußen und betätigte sich als Aufseher. Also war das Gebäude der Logistik-Verwaltung verwaist, was ihr sehr gelegen kam. Saluniel konnte jetzt keine Störung gebrauchen.

Die Räumlichkeiten des Archivs von Hobbs Land befanden sich im gut gesicherten Keller der Zentralverwaltung. Auch wenn die Dateien so gut geschützt waren, durfte jeder Siedler sich per Computer Zugang zu ihnen verschaffen, sogar über den Hochleistungsrechner auf Sams Schreibtisch. Sal stellte sich zwischen Stuhl und Tisch und wies den Computer an, die Archive anhand des Suchkriteriums ›Gott‹ zu sichten. Umgehend präsentierte das Gerät ihr einen endlosen Katalog von Optionen, Begriffen und Abbildungen. Zunächst erschienen alte Gottheiten wie Baal, Thor und Zeus, die auf *Menschenheimat* verehrt worden waren, und dann schloß sich ein Verzeichnis aller menschlichen und nichtmenschlichen Gottheiten an, mit denen man auf die eine oder andere Art Kontakt gehabt oder die man schlicht erfunden hatte.

»Götter der Owlbrit«, sagte sie ungeduldig, was der Monitor mit einem roten Feuerwerk quittierte, bevor der nächste Katalog erschien. Überwiegend bestand er aus drögen wissenschaftlichen Diskursen, die seit der Besiedlung archiviert worden waren; daran war sie aber nicht interessiert. »Primärquellen«, murmelte sie, wobei sie sich fragte, weshalb sie immer erst beim dritten oder vierten Versuch das gewünschte Ergebnis erhielt. »*Von* den Owlbrit«, präzisierte sie und grunzte zufrieden, als das Originalinterview mit dem *Alten* erschien. Er oder sie oder es hockte reglos in einer Ecke, wobei die fragilen Beine wie ein Spitzensaum vom Rumpf abstanden. Ein blasser Linguist befragte ihn, wobei ein Suchlaufwerk des Translators nervtötend quietschte. Alles in allem bestach das Interview weder durch seine Tonqualität noch durch spektakuläre Erkenntnisse, aber zumindest wußte sie am Schluß, daß Birribat recht gehabt hatte. Der *Alte* hatte gesagt, daß dieser Gott, Bondru Dharm, der letzte sei. »Aber nur der letzte der Owlbrit«, hatte der *Alte* angemerkt und den Linguisten damit ein neues Rätsel aufgegeben.

Das Interview gab indes keinen Aufschluß über den Zeitpunkt der Existenz der früheren Götter. Allerdings gab es noch genügend Ruinen anderer Tempel in der Siedlung Eins – zwei auf der Hochebene im Norden der Siedlung und zwei weitere in der Nähe des Tempels von Bondru Dharm –, um diese Frage zu beantworten. Weil einer der nördlichen Tempel fast vollständig erhalten war (nur das Dach war eingestürzt), lag der Schluß nahe, daß in der jüngeren Geschichte wenigstens ein Gott existiert haben mußte.

Sal wußte über die Ruinen Bescheid, auch ohne das Archiv zu befragen. Sie waren nämlich ein jahrelanger Diskussionsgegenstand der Siedler gewesen. Sollte man sie schleifen? Konnten sie einer anderen Verwendung zugeführt werden? Von der jüngsten Ruine abgesehen, waren von den anderen nur noch die äußeren und inneren Ringmauern erhalten, die Stümpfe der Gewölbebögen, ein paar Metallfragmente und Reste des Mosaikfußbodens. Auch bei der jüngsten Ruine waren das Dach, die Türen und Fenster schon zerfallen. Das galt auch für die Sitze im Versammlungsraum, obwohl die trogförmige Arena ohnehin für Menschen völlig ungeeignet gewesen wäre. Angesichts des ganzen Disputs war es ein Wunder, daß die Ruinen überhaupt noch existierten. Die beiden Tempel im Zentrum der Siedlung beanspruchten jedenfalls nur Platz, der anderweitig sinnvoller zu nutzen gewesen wäre. Wenn Bondru Dharm nun starb, würde der Punkt sicher wieder auf die Tagesordnung gesetzt werden.

Sal schaute vom Standbild auf dem Monitor auf und sah, daß ihr Bruder neben ihr stand. Er verzog keine Miene, was ungewöhnlich war für Sam. Er pflegte nämlich entweder zu grinsen oder griesgrämig dreinzublicken, wobei er die buschigen Brauen wölbte und dann an einen Kobold erinnerte, was sogar eher zurückhaltenden Naturen eine amüsierte Reaktion entlockte. Stumm nahm er neben ihr Platz. Er wirkte gestreßt und angeschlagen. Sie hörte die Geräusche von vielen Leuten. Die Schritte hallten leise wider auf der Straße, die um diese Zeit sonst menschenleer war.

»Sam?« fragte sie. »Hat es einen Unfall gegeben oder ist sonst etwas passiert?«

Er antwortete nicht. Sie ging zum Fenster und sah, daß sich eine schweigende Menge auf der Straße versammelt hatte; nicht direkt vor dem Tempel, sondern seitlich versetzt. Es handelte sich um mehrere hundert Männer, Frauen und sogar Kinder – fast die gesamte Bevölkerung der Siedlung. Dann fielen die Menschen auf die Knie, wobei die Bewegung sich wie eine Welle durch die Versammlung fortpflanzte. Fast hätte sie aufgeschrien, und sie fiel ebenfalls auf die Knie; sie wurde von einem Gefühl überwältigt, das derart intensiv war, daß es jegliche andere Regung in ihr erstickte. Schließlich beugte sie sich nach vorne und berührte mit der Stirn den Boden; dann streckte sie sich ganz aus, bis sie flach wie eine Flunder und mit gespreizten Beinen auf dem Boden lag, als ob sie einen Abdruck hinterlassen wollte. In einem entfernten Winkel des Bewußtseins wußte sie, daß Sam neben ihr lag, daß alle Bewohner der Siedlung mit dem Gesicht im Staub der Straße lagen und daß sie vielleicht nie wieder aufstehen würden, denn soeben war Bondru Dharm gestorben.

* * *

Als sie am darauffolgenden Tag wieder mehr oder weniger bei Sinnen waren, war der Gott spurlos verschwunden. Als der erste Siedler sich soweit erholt hatte, daß er aufstehen und einen Blick auf den Altar werfen konnte, war er, falls es denn ein Altar gewesen war, leer und mit einer Staubschicht überzogen. Birribat befand sich noch dort, wo Sal ihn zurückgelassen hatte, nur daß er nun zusammengekrümmt auf dem Boden lag und mit feinem schwarzem Staub bedeckt war. Er war tot.

Sam und ein paar andere Leute wickelten Birribats Körper in eine Decke und brachten ihn zum Nordrand der Stadt, in die Nähe der Tempelruinen, obwohl der Friedhof ganz woanders war. Er befand sich nämlich auf einem östlich der Siedlung gelegenen Hügel, aber es erschien den Leuten angemessener, einen *Denjenigen Welchen* in der Nähe eines, wenn auch verfallenen, Tempels zu bestatten. Sie betteten ihn in ein flaches Grab, und binnen kurzem kursierte das Gerücht unter den Leuten, daß der tote Gott seinen Dolmetscher mit sich genommen habe.

Es dauerte über eine Woche, bis die Bevölkerung den Schock überwunden hatte. Anstatt hinaus auf die Felder zu gehen, hatten sie zu Hause die Wand angestarrt. Beim Versuch, sich eine Mahlzeit zuzubereiten, hatten sie sich auf den Boden gelegt. Anstatt sich um ihre Kinder zu kümmern, vernachlässigten die Mütter sie, und die Kinder kauerten in Gruppen lethargisch herum. Nicht einmal die Babies schrien; sie schienen keinen Hunger zu haben und machten auch kaum in die Windeln.

Um den zehnten Tag indes lösten die Menschen sich aus ihrer Apathie, wobei jemand sogar die Energie aufbrachte, die Zentralverwaltung anzurufen. Binnen weniger Stunden wimmelte es von Sanitätern und Wissenschaftlern, hungrige Babies brüllten, und ausgehungerte Leute blafften sich in Katerstimmung an.

»Ist das auch woanders passiert?« fragte Sam, wobei er sich über den Stoppelbart fuhr und verschlafen die Augen rieb; er hatte den Eindruck, eine Woche lang schlecht geschlafen zu haben. Sam hatte die Angewohnheit, sich alle zwei bis drei Tage spät abends mit einem guten Freund zu treffen, und nun wurde ihm bewußt, daß er besagten Freund seit Beginn dieses Ereignisses nicht mehr gesehen hatte. Das steigerte seine Reizbarkeit nur noch. »Haben solche Vorfälle sich auch woanders ereignet?« fragte er knurrig.

»Dies ist die einzige Siedlung, die auf dem Gelände eines Owlbrit-Dorfs errichtet wurde«, erwiderte die gestresste Chef-Ärztin, die gerade eine Blutprobe entnahm. »Die anderen Owlbrit-Ruinen liegen alle oben auf dem Plateau. Nein, das hier ist der einzige Vorfall dieser Art.«

»Irgendeine Vermutung, wodurch diese ... diese Depression verursacht wurde?« Er erinnerte sich noch, daß er sich niedergeschlagen und unsagbar traurig gefühlt hatte, obwohl er nun gereizt war und unruhig mit den Füßen scharrte, als ob es ihn nicht mehr am Platz hielte.

»Eine Theorie lautet, daß das Ding von einer Art Feld umgeben war, an das Sie alle sich gewöhnt hatten. Vielleicht auf chemischer Basis. Möglicherweise Pheromone. Vielleicht auch elektromagnetisch, obwohl das weniger wahrscheinlich ist. Was auch immer es war, nach seinem Verschwinden mußten Sie sich erst wieder umstellen.«

»Ist das alles?« Diese Erklärung schien Sam bei weitem nicht ausreichend. Eine geharnischte Erwiderung lag ihm auf der Zunge, doch der gesunde Menschenverstand und die lange Erfahrung als *Topman*, wo er gelernt hatte, eher zuzuhören als zu reden, veranlaßten ihn zu schweigen.

»Reicht das denn nicht? Wir werden uns jedenfalls für ein Weilchen damit beschäftigen.«

Sam mußte einfach nachhaken. »Hatten die Vorauskommandos denn keine wie auch immer gearteten Felder entdeckt? Ich will damit sagen, daß gegen die Errichtung der Siedlung doch keinerlei Bedenken bestanden, oder?« Allein schon die Vorstellung, daß hier Fehler gemacht worden waren, steigerte seinen Ärger. Er atmete tief durch und zwang sich zur Ruhe.

Nun echauffierte sich die Ärztin auch. »*Topman*, es gab keinen Grund, nach irgendwelchen Feldern zu suchen. Wir haben die Archive durchsucht und sind dabei auf keinerlei Anomalien gestoßen. Es wurde nichts Außergewöhnliches gefunden, bis auf dieses Ding.«

Sam knurrte nur.

Sie wies mit dem Finger auf ihn und fuhr fort: »Weil es sich um ein Heiligtum der Owlbrit handelte, wurde an höchster Stelle die Entscheidung getroffen, das Ding nur auf Radioaktivität und schädliche Absonderungen zu testen. Das Resultat war negativ. Als der letzte Owlbrit starb, schien Ihr Dorf den Gott bereits als Maskottchen zu betrachten, und die Zentralverwaltung hatte sich mit wichtigeren Dingen zu befassen, als ein Tier, eine Pflanze oder einen Stein zu untersuchen, der zum einen harmlos war, sich zum anderen einer Untersuchung womöglich widersetzt hätte und der darüber hinaus, soweit wir wissen, ein einzigartiges Phänomen darstellte. Bis vor zehn Tagen ist niemandem etwas Außergewöhnliches aufgefallen.«

Sam zuckte die Achseln, das Äußerste, was er sich als Entschuldigung abzuringen vermochte.

Die Ärztin seufzte. »Apropos außergewöhnlich, ich habe gehört, daß Sie eine Leiche nicht am dafür vorgesehenen Ort begraben haben. Im Interesse der öffentlichen Hygiene sollte sie umgebettet werden.«

Sam erinnerte sich schwach, daß Birribat beerdigt worden war, aber er wußte nicht mehr, wer es getan hatte und wo er bestattet worden war, und bald brachen die Leute vom Gesundheitsamt die Suche nach dem Grab ergebnislos ab.

»Glauben Sie, wir hätten das Schlimmste überstanden?« fragte Sam schließlich die Chef-Ärztin, weil ihm nichts anderes mehr einfiel.

»Sie haben getrauert«, erwiderte sie. »Die Gefühlsmechaniker sagen, die ganze Siedlung habe alle Symptome der Trauer aufgewiesen. Auch wenn Sie sich dessen nicht bewußt waren, so haben Sie doch getrauert. Aber jetzt haben Sie es überstanden, würde ich sagen. Die Biologen machen sich fast schon ins Hemd, weil sie der Sache nicht früher nachgegangen sind, aber ansonsten wird sich alles wieder normalisieren.«

Der Ärztin konnte man indes keinen Vorwurf machen. Sie redete so, wie Ärzte oft reden, mit autoritärem Habitus und im Bewußtsein ihrer Unfehlbarkeit, in einem Ton, der weder Zweifel oder Ausnahmen noch das Bewußtsein menschlicher Unvollkommenheit zuließ. Und doch lag sie, wie das bei vielen Ärzten oft der Fall ist, völlig falsch.

* * *

Leute, die Hobbs Land zum erstenmal besuchten, zumindest offizielle Besucher, unterzogen sich in der Regel einer ›Einführungsveranstaltung‹, die von einem Mitarbeiter der Zentralverwaltung geleitet wurde. Bei diesem Mitarbeiter handelte es sich des öfteren um Produktionsleiter Horgy Endure, weil er für diesen Auftrag in hohem Maße geeignet war, auch wenn seine Präsentation unter dem nicht sonderlich originellen Titel ›Alles über Hobbs Land‹ firmierte. Das Ableben von Bondru Dharm (was Horgy nicht zu verantworten und folglich auch ignoriert hatte) lag noch nicht allzu lange zurück, als er eines Morgens eine aus fünf Personen bestehende Gruppe zu instruieren hatte: zwei Ingenieure von Phansure (Ingenieure von Phansure waren im System so zahlreich wie Flöhe bei einem Hund und genauso lästig, wenn sie auch nicht zwickten) sowie das jüngste Trio in Horgys endloser Abfolge weiblicher Assistenten, drei Schönheiten von Ahabar, die noch dazu intelligent waren. Die Ingenieure, ihres Zeichens Cybernetiker, würden sich in der Siedlung Eins mit Sam Girat treffen, und die Grazien würden in der Zentralverwaltung bleiben, um sich von Horgy unterweisen zu lassen, in welcher Disziplin auch immer. Zwei von ihnen waren bereits in den Genuß einer Kostprobe gekommen und verlangten nun nach mehr.

Horgy hatte die fünf im Konferenzraum um einen Computer versammelt und unterlegte seinen routinierten Vortrag mit einer faszinierenden Screenshow. Horgy brauchte das zur Selbstbestätigung. Er fand nämlich selbst Gefallen am Klang seiner sonoren und warmen Stimme, die hielt, was die sinnlich geschwungenen Lippen versprachen.

Als sie sich um den Rechner gruppierten, zeigte der Monitor bereits ein präzises Modell des Systems, dessen drei innere Planeten auf ihren Orbits herumwirbelten; dann kamen Thyker, Ahabar, der Gürtel und schließlich Phansure. Das Rumpfmodell zeigte sämtliche kolonisierten Welten und die meisten besiedelten Monde, nicht aber die äußeren Planeten, die den Maßstab gesprengt hätten und zudem für den Vortrag irrelevant waren. Horgy räusperte sich, und das Modell wich einer Holografie des Gürtels aus der Perspektive eines Forschungsschiffes. Die Darstellung erfaßte Bounce, Pedaria und noch ein paar der fünfzehntausend Welten des Gürtels, wobei der Computer überflüssigerweise darauf hinwies, daß einige der Gürtel-Welten besiedelt, manche nur benannt und wieder andere nur katalogisiert und nicht einmal erforscht waren. Die Welten des Gürtels waren in der Regel klein bis winzig; einige hatten Leben hervorgebracht, manche hatten eine natürliche Atmosphäre und andere eine künstliche. Im Orbit vieler Planeten waren große Sonnensegel stationiert worden, wobei die solcherart gewonnene Energie zum Betrieb von Farmen und zum Anbau von Getreide für das System genutzt wurde.

»Diese Welt wird Hobbs Land genannt«, erläuterte Horgy, worauf ein türkisfarbener Punkt mit einem dunkleren Gürtel erschien, mit blauen Polen und einem Fischgrätmuster, das sich von den Polarmeeren bis hin zum Äquator erstreckte. »Sie wurde vor ungefähr sechzig Jahren vom unbemannten Forschungsschiff *Theosphes K. Phaspe* kartographiert und untersucht. Nach etwa zwanzig Jahren waren die relativen Orbits von Phansure ermittelt und der Planet vollständig vermessen worden. Da die ökonomischen Parameter für eine Kolonisierung günstig waren, erwarb Hobbs Transystem Foods unter der Federführung von Mysore Hobbs I eine Option auf die Besiedlung von Hobbs Land.«

»Mysore Eins ist im letzten Jahr gestorben«, sagte der ältere der beiden Phansuris zu einer der Schönheiten. »Ein wunderbarer alter Mann, der Mysore. Mysore Zwei führt nun die Geschäfte.«

Horgy lächelte zustimmend, ohne die Präsentation indes zu unterbrechen. »Das Transystem-Hauptquartier auf Phansure hat ein Siedlungsschiff mit Material für einen stationären Logistik-Transmitter und Technikern geschickt.«

Auf dem Monitor wurden ameisengleich umherwuselnde Techniker bei der Montage des Transmitters abgebildet. Der neu errichtete Transmitter glitzerte blau, während er kontinuierlich Baustoffe, Menschen und Maschinen ausspie. Eine Zeitsprung-Holografie zeigte, wie Menschen und Maschinen die Bauwerke der Zentralverwaltung schufen – den Verwaltungsturm, INST-Gebäude, Lagerhallen, Unterkünfte für Personal und Besucher sowie Freizeiteinrichtungen –, die wie Pilze aus dem Boden schossen. Zum Schluß wurde der Verwaltungsturm noch von einer Tafel gekrönt, auf der in roten und gelben Lettern zu lesen war:

HOBBS LAND
eine Agrarwelt von
TRANSYSTEM FOODS

»Der Bau des Zentralverwaltungs-Komplexes war schon ziemlich weit fortgeschritten«, fuhr Horgy fort, »als Forscher entdeckten, daß die zunächst für unbewohnt gehaltene Welt die Heimat des Volks der Owlbrit war, einer vermutlich sehr alten Spezies, von der zum Zeitpunkt des Erstkontakts nur noch zwölf Vertreter lebten.«

Es erschienen Abbildungen von Dörfern, Rundhäusern und rübenähnlichen Wesen, die geschäftig auf fragilen Beinen umherwuselten.

»Nur zwölf?« fragte Theor Close, der ältere der beiden Phansuri-Ingenieure. »Waren es wirklich nur zwölf?«

»Nur zwölf«, sagte Horgy nachdrücklich. »Das heißt, mehr als zwölf haben wir nicht gefunden. Dazu noch ein paar ihrer Götter, aber die sind, bis auf einen, sofort gestorben.«

»Das ist aber traurig«, befand eine der Assistentinnen, ein blonder Wuschelkopf mit unglaublich langen Wimpern. »Auch wenn sie keine Schönheiten sind.«

Horgy schenkte ihr ein Lächeln, sein unwiderstehliches Lächeln, mit dem er schon ganzen Legionen von Assistentinnen die Überzeugung vermittelt hatte – Horgy war nämlich auf Assistentinnen ›abonniert‹ –, daß jede von ihnen die schönste Frau des Universums wäre. »Ja, wirklich traurig«, bestätigte er mit einem Vibrato. »Und Sie haben recht, sie waren nun wirklich keine Schönheiten.«

»Was ist denn mit den zwölf Überlebenden passiert?« fragte Betrun Jun, der zweite Ingenieur.

»Äh...« Horgy knüpfte wieder an den Vortrag an. »Aufgrund der Sofortmaßnahmen unserer besten Philologen und Xenolinguisten stellte sich heraus, daß die Owlbrit der Anwesenheit von Menschen auf ihrer Welt durchaus aufgeschlossen gegenüberstanden. Sie sagten, daß sie das bereits vorausgesehen hätten. Die Götter hätten es ihnen nämlich versprochen, damit ihr Wille in Erfüllung ginge.«

»Schön für uns Menschen«, sagte Bertrun und blinzelte seinem Kollegen zu.

Horgy quittierte das mit einem Nicken und fuhr fort: »Die letzten Owlbrit sind ungefähr fünf Jahre nach dem Beginn der Besiedlung gestorben; ihre Götter indes haben bis vor kurzem in einem Zustand verharrt, den man als ›lebendig‹ bezeichnet hat.«

»Weshalb habe ich noch nie etwas von den Owlbrit gehört?« fragte die Brünette in Horgys Trio, eine junge Frau mit einer ansehnlichen Oberweite. »Ich habe noch nie von ihnen gehört.«

»Anscheinend hatten sie keine Infrastruktur angelegt«, sagte Theor Close nachdenklich. »Weder Straßen noch Monumente oder Städte.«

»Sie haben überhaupt nichts geschaffen«, ergänzte der andere Phansuri. »Keine Kunst, keine Literatur und keine Erfindungen. Was haben sie überhaupt hinterlassen, Endure? Ein paar verfallene Dörfer?«

Horgy war durch diese Kommentare zwar aus dem Konzept gebracht worden, aber er freute sich dennoch über das Interesse der Zuhörer. Nun bat er sie mit charmantem Lächeln wieder um ihre Aufmerksamkeit. »Das ist im Grunde alles. Aus dem Raum weisen die kleinen Strukturen eine große Ähnlichkeit mit Meteoriteneinschlägen auf, weshalb wir sie beim ersten Mal vielleicht auch übersehen haben. Die Forscher fanden zehn lebende Owlbrit in den Ruinen auf dem

Plateau, einzeln und in Paaren. In einem verfallenen Dorf in der Ebene stießen sie auf zwei weitere Owlbrit, die uns angeblich schon erwartet hatten. Zumindest gaben die Linguisten die Äußerungen der Owlbrit entsprechend wieder. An dieser Stelle wurde Siedlung Eins errichtet. Ein paar Xenolinguisten wurden dort untergebracht, bis der letzte Owlbrit gestorben war. Ich erinnere mich, daß der letzte Owlbrit zu einem Linguisten gesagt hatte, die Beobachtung der Menschen sei so interessant gewesen, daß er länger gelebt hätte, als es sonst der Fall gewesen wäre.«

»Dann haben sie also wirklich nichts hinterlassen«, stellte Theor Close fest, wobei gleichermaßen Erstaunen und Bedauern in seiner Stimme mitschwangen.

»Bis auf die Ruinen und ein paar Wörter und Redewendungen ihrer Sprache, die wir als Ortsbezeichnungen übernommen haben«, präzisierte Horgy. »Orts- und Gattungsnamen. *Creely* ist zum Beispiel ein Fisch. *Bondru* bedeutet Mittag. Leider können wir ihre Phonetik nur näherungsweise rekonstruieren. Für eine exakte Wiedergabe fehlen uns die Mittel.«

»Deshalb habe ich also noch nie von ihnen gehört«, sagte die Brünette zufrieden. »Sie waren schon tot, als ich geboren wurde.« Ihr Tonfall brachte die Bedeutungslosigkeit aller Vorgänge zum Ausdruck, die sich ereignet hatten, bevor sie die Bühne betreten hatte. Horgys Assistenten neigten nämlich zur Selbstgefälligkeit.

Obwohl sie so von sich eingenommen war, hatte sie in diesem Fall recht. Die Owlbrit, ein weniger legendäres als vielmehr rätselhaftes Volk, waren nach den Erkenntnissen der Menschen auf Hobbs Land wirklich verschwunden. Die Xenologen hatten Bücher über sie gelesen beziehungsweise welche über sie verfaßt, doch letzten Endes gab es über die Owlbrit nicht viel mehr zu sagen, als daß sie einmal existiert hatten.

Horgy wandte sich an die Ingenieure und sagte:

»Bevor Sie sich mit Sam Girat in der Siedlung Eins unterhalten, noch ein paar Anmerkungen zur Geographie von Hobbs Land ...« Er konzentrierte sich wieder auf seinen eigentlichen Auftrag und rief Darstellungen einer hügeligen, tristen Prärie auf.

* * *

Als Samasnier Girat, seine Schwester Saluniel und ihre Mutter Maire auf Hobbs Land gelandet waren, als sie den Fuß auf den glasierten Sand vor dem Transmitter gesetzt hatten, wobei die Brise der fremden Welt durch ihr Haar fuhr, hatte Sams Mutter sich niedergekniet und den Boden berührt.

»Gott sei Dank!« hatte Maire ausgerufen. »Hier gibt es keine Legenden.«

Sie hatte die Worte mit einer gewissen fatalistischen Zufriedenheit ausgestoßen, wie eine Frau es tut, wenn sie beim Hausputz einen Gegenstand wegwirft, den sie, wie sie weiß, später vermissen wird. Die Worte, die sie unmittelbar nach der Ankunft ausgesprochen hatte, hatten das Gewicht einer Prophezeiung besessen, und der ganze Vorgang war dermaßen bedeutungsschwanger gewesen, daß Sam ihn nie wieder vergaß. Auch als Erwachsener erinnerte er sich noch an das Wehen des Windes, den Geruch der Luft – eigentlich hatte sie nach überhaupt nichts gerochen –, an das hagere und dennoch schöne Gesicht seiner Mutter unter dem dunklen Schleier, ihre schweren Schuhe neben seinen kleinen. Er erinnerte sich, daß sie den Seesack abgesetzt hatte, in dem sich ihre Kleider befanden, Sals Puppe und seine geschnitzten Krieger, *Zorn*, *Eisen* und *Voorstod*; die Peitsche hatte er aber nicht mitnehmen dürfen. Der Seesack war schon fadenscheinig und fleckig gewesen, denn er hatte Mam auf dem ganzen Weg von der Stadt Scaery in Voorstod auf Ahabar begleitet.

Während der Kindheit dachte Sam dann an die Dinge, die Mam zurückgelassen hatte; keine wertlosen Dinge wie ausgelatschte Schuhe, sondern sperrige Gegenstände, die schwer zu transportieren waren, Dinge, die möglicherweise ziemlich schwer waren, mit Knöpfen und sogar Rädern, komplizierte, aber faszinierende Dinge. Ohne daß er sich dessen richtig bewußt geworden wäre (und Maire hatte er schon gar nicht gefragt), vermutete er, daß eines der komplizierten Dinge, die Mam zurückgelassen hatte, Sams Dad gewesen war, Phaed Girat. Sam war sich nicht sicher, ob er Mam das verzeihen konnte oder ob er ihr bereits verziehen hatte, ohne es indes zu wissen.

Maire hatte Sam vor die Wahl gestellt, in Voorstod auf Ahabar, in der Küche in Scaery, wo das Feuer Schatten in die Ecken warf und die Luft rauchgeschwängert war. Immer wenn Sam an diese Zeit zurückdachte, hatte er gleichzeitig den Geruch des Rauchs und des weißlichen Zeugs in der Nase, das an den feuchten Wänden wucherte. »Sal und ich werden fortgehen«, hatte Mam ihm eröffnet. »Du kannst bei deinem Vater bleiben oder mit uns kommen. Ich weiß, daß du eigentlich noch zu jung bist, um eine solche Entscheidung zu treffen, aber du mußt sie treffen, Sam. Sal und ich können nicht hierbleiben. Voorstod ist kein Platz für Frauen und Kinder.«

Eigentlich hatte er bei Dad bleiben wollen. Als er ihr es dann sagen wollte, blieben die Worte ihm jedoch im Hals stecken. Sam verfügte nämlich über ein angeborenes Talent, das manche lediglich als Schüchternheit bezeichnet hätten, was in Wirklichkeit aber eine für ein Kind untypische Leistung darstellte: Er sagte nicht alles, was er dachte. Er wollte wohl bei Dad bleiben, aber dann wäre sein Überleben gefährdet gewesen. Dad hätte ihm kaum bei den Schulaufgaben geholfen, ihm Essen gekocht oder die Kleidung gewaschen. Mit solchen Dingen befaßte Dad sich nämlich nicht. Dad warf ihn hoch in die Luft und fing ihn wieder auf, meistens jedenfalls. Dad schenkte ihm eine Peitsche und brachte ihm bei, wie man sie knallen ließ und Flaschen damit ›köpfte‹. Dad nannte ihn ›Mein starker kleiner Voorstoder‹ und lehrte ihn, ›*Zorn, Eisen und Voorstod*‹ zu brüllen, wenn die Propheten vorbeigingen und die Frauen sich in den Häusern verkriechen mußten. Doch es gab auch Zeiten, da Dad ihn grimmig anknurrte wie einer der Spürhunde, die hinter dem Haus angekettet waren, und Sam glaubte, dieser große Mann wäre in Wirklichkeit einer, der nur eine Maske mit Dads Gesicht trug.

Außerdem, wo Sams Bruder Maechy gestorben war – Mam sagte, er sei tot und würde nie mehr zurückkommen –, bräuchte sie da nicht einen Sohn, der sich um sie kümmerte? Dad brauchte niemanden; das hatte er selbst gesagt. Die Männer der *Sache* genügten sich selbst und verließen sich im übrigen nur auf den Allmächtigen Gott, ob sie nun Männer von *Zorn*, *Eisen* oder *Voorstod* waren.

Also hatte Sam die gleichermaßen aus Vernunft und Pflichtbewußtsein geborene Entscheidung getroffen, mit Mam und Sal zu gehen. Selbst als Maire ihm gesagt hatte, er müsse die Peitsche zurücklassen, hatte Sam zu seiner Entscheidung gestanden, obwohl ihm nun doch erste Zweifel an der Richtigkeit seiner Wahl kamen. Diese Zweifel hielten auch später noch an. Manchmal träumte er von Dad. Zumindest glaubte er beim Aufwachen, daß er von ihm geträumt hätte. Außerdem träumte er davon, daß jemand ihm die Hände vor die Augen hielt und flüsterte: »Du siehst sie nicht, Sammy. Sie sind nicht hier. Du siehst sie nicht.« Beim Aufwachen ärgerte er sich dann über diese Träume; außerdem ärgerte er sich, weil er nichts anderes geträumt hatte, weil er sich entschieden hatte, nach Hobbs Land zu gehen und weil Dad nicht mitgekommen war.

In Anbetracht der Erinnerungen, die er noch an Dad hatte, wunderte er sich indes nicht darüber, daß Maire ihn zusammen mit den übrigen Legenden verlassen hatte. Dad war viel zu unbeweglich für einen Umzug. Wenn Sam an Phaed Girat dachte, assoziierte er ihn immer mit einem schweren Klotz ohne Griffe, den kein Mensch fortbewegen konnte. Diese Vorstellung war irgendwie tröstlich. Wenn Dad zu schwer war, um ihn fortzubewegen, dann befand er sich noch immer in Voorstod, wo Sam ihn im Bedarfsfall ausfindig machen konnte. Voorstod auf Ahabar würde nie vergehen, halb verhüllt von Nebelschwaden, mit dem Geruch nach Rauch und den an den Wänden sprießenden Pilzen.

Auf Hobbs Land – wie fast überall im System – hatten die Kinder Onkel statt Väter, wobei Sam jedoch ohne jedwede männliche Bezugsperson aufwuchs. Den Brüdern, die Maire in Voorstod hatte, wäre es nämlich nie eingefallen, die Sache zu verraten und Ahabar zu verlassen. Also betrachtete Sam die Kriegerfiguren hilfsweise als Vater und Onkels. Er plazierte sie auf dem Nachttisch, wo er sie beim Einschlafen im Blick hatte. Der glattrasierte *Zorn*, der Sandalen und ein Wams anhatte und mit Schild und Schwert gewappnet war; der bärtige *Eisen*, der ein wallendes Gewand und einen Federbusch trug und mit einem Krummsäbel bewaffnet war; und schließlich *Voorstod* mit einem Schnurrbart und schweren Stiefeln, der eine Peitsche im Gürtel stecken hatte. *Voorstod* bedeutete soviel wie ›Todespeitsche‹, und er war der Wildeste des Trios. In Sams Augen hatte er sowohl vom Äußeren als auch vom Wesen her die größte Ähnlichkeit mit Dad.

Sam wuchs zu einem pflichtbewußten, braven Jungen heran, der zu allem ›Ja‹ sagte, um Schwierigkeiten zu vermeiden und dann doch machte, was er wollte. Er war gehorsam, aber nicht unterwürfig, hatte einen wachen Verstand und ein gutes Erinnerungsvermögen. Wegen seines gleichmütigen Gesichtsausdrucks wußte man nie, was wirklich in ihm vorging. Der Schein trügt, schien er manchmal sagen zu wollen, und im übrigen traf auf ihn wohl der Spruch zu, daß stille Wasser tief sind. Auf jeden Fall gab er seiner Umwelt manchmal Anlaß zu Irritationen. Hinter jeder Wahrnehmung und hinter jeder Erklärung wähnte Sam eine tiefere Wahrheit.

Als Sam dann etwa zwanzig war, betrachtete er vor dem Einschlafen manchmal namenlose Sternbilder und philosophierte über seine Identität, über die Natur von Hobbs Land und stellte sich die Frage, was er überhaupt hier sollte. Die Siedler sprachen über alle möglichen Welten, reale und solche, die nur in ihrer Phantasie existierten. Hobbs Land indes mußte real sein, denn wem hätte eine solche Welt im Traum erscheinen sollen? Niemandem. Das reizlose Hobbs Land wäre dieser Mühe nicht wert gewesen. Von ein paar tausend Quadratkilometern landwirtschaftlicher Anbaufläche abgesehen, gab es keinerlei Zeugnis menschlicher Präsenz auf diesem Planeten. Keine antiken Wälle zogen sich über die Hügel, keine Menhire schmückten das Hochplateau. Den Besuchern der Höhlen offenbarten sich keine farbigen Darstellungen prähistorischer Tiere, die Visionen barbarischer und primitiver Zeiten heraufbeschworen hätten.

Natürlich hatten nie Urmenschen auf Hobbs Land gelebt. Die Menschen standen schon auf einer hohen Entwicklungsstufe, als sie aus dem Transmitter gekommen waren; sie befanden sich im Besitz einer hochentwickelten Technik und trugen Erinnerungen an vergangene Zeiten und andere Welten in sich. Sie waren vom militaristischen Ahabar gekommen, der Wasserwelt Phansure, dem Bergwerksplaneten Thyker und diversen Monden. Sie waren zivilisierte Völker – wenn auch nicht *ein* zivilisiertes Volk mit einer gemeinsamen Identität, die Sam für erstrebenswert hielt.

Und was die historischen Monumente betraf, so spielte es keine Rolle, welche Völker diesen Planeten besiedelt hatten. Auf Hobbs Land gab es keine Monumente, ob sie nun von zivilisierten Völkern stammten oder von Barbaren. Hier war noch nie eine Schlacht geschlagen und ein Feind bezwungen worden. Die Landschaft lag völlig jungfräulich da, unberührt von menschlichem Kampf und Triumph.

Solche Gedanken gingen ihm vor dem Einschlafen durch den Kopf, und in ihm keimte Sehnsucht auf nach etwas, das er jedoch nicht näher bezeichnen konnte.

Als Sam wenige Jahre später China Wilm in einer sternenklaren Nacht draußen bei den Hühnerställen küßte, glaubte er gefunden zu haben, wonach er suchte. Er verspürte ganz neue Gefühle und wollte sie in Worte kleiden, was ihm indes mißlang. Er schob die Schuld auf Hobbs Land. Er suchte nach einem Vergleich für ihre sanften Lippen, die dennoch eine unvermutete Kraft ausübten; er wollte diesen Aufruhr, der Körper und Geist erfaßt hatte, in poetischen Worten beschreiben, aber die Landschaft von Hobbs Land war nicht annähernd so grandios, als daß sie ein Äquivalent seiner Gefühlslage dargestellt hätte.

»Sam, sie ist doch noch ein Kind!« hatte Mam gesagt, was jedoch weniger durch diesen Umstand an sich bedingt war, sondern vielmehr dadurch, daß sie befürchtete, der Altersunterschied würde Sam kompromittieren. Sam war nämlich zweiundzwanzig und China Wilm erst zwölf.

Das wußte er selbst! Aber Sam war bereit, auf sie zu warten! Sam kannte sie schon, seit sie ein kleines Kind war; er wollte sie haben! Er hatte durchaus nicht die Absicht, sich als Kinderschänder zu betätigen, aber sie gehörten zusammen; so hatte er entschieden, auch wenn sie es vielleicht noch nicht wußte. Schon mit zweiundzwanzig war er ein glühender Verehrer, bei dem die Liebe sich sowohl in seelischer als auch in körperlicher Hinsicht manifestierte. Also küßte er sie züchtig, wobei er hoffte, daß der Kuß gerade richtig dosiert war, um sie auf den Geschmack zu bringen, und ließ sie – für eine Weile – in Ruhe, während er sich sagte, daß es diese fehlenden *Legenden* sein mußten, die ihn frustrierten. Sie hätten ihm all die Analogien und Beispiele geliefert, die er brauchte. Dad hätte ihn sicher aufgeklärt, wenn er die Möglichkeit gehabt hätte, mit ihm zu sprechen.

Leichtsinnigerweise sagte er das Maire Girat. Er hatte den Satz kaum beendet, als ihm schon bewußt wurde, daß er besser geschwiegen hätte. Sie wandte sich ab, und dann merkte er, daß sie weinte. Er fühlte sich unbehaglich und versuchte, die Dinge wieder ins Lot zu bringen.

»Es war nicht alles schlecht auf Voorstod! Du warst dort eine wichtige Person, Mam. Die Leute fragten mich immer, ob ich stolz auf dich wäre; also mußt du bekannt gewesen sein.«

»Einige kannten mich«, sagte sie und wischte sich die Tränen aus dem Gesicht. »Einige wenige.«

»Weil du gesungen hast«, fuhr er fort, im Bemühen, die Unterhaltung aufrechtzuerhalten. Dabei fragte er sich – zum ersten Mal –, weshalb sie heute nicht mehr sang.

»Ja. Das war wohl der Grund«, sagte sie abschätzig und mit schmalen Lippen.

»Hast du über die Liebe gesungen, Mam?«

Überrascht stieß sie ein heiseres Lachen aus. »Liebe, Sammy? O ja, ich habe über die Liebe gesungen. Aus Liebe. Für die Liebe.«

»Gab es in Voorstod Legenden über die Liebe?«

Sie zog einen Mundwinkel herab. »Die Propheten von Voorstod sagten, daß es sich bei dem, was die

Männer als Liebe bezeichnen, nur um Begierde handelt, die unter allen Umständen zu zügeln sei. Außerdem sagten sie, daß wir Frauen diese unheilige Lust provozierten und uns deshalb verhüllen und zurückziehen müßten. Die Männer wären zu wertvoll, um sie solchen Versuchungen auszusetzen. Unsere Gefühle spielten überhaupt keine Rolle. Sie durften ihr Gesicht zeigen, aber wir mußten es verhüllen. Solche Lehren lassen kaum Raum für Liebeslieder.«

Aus seinem Gesichtsausdruck schloß sie, daß sie ihn mißverstanden hatte.

»Worum geht es denn, Sammy?« hatte sie ihn gefragt.

»Ich muß es wissen«, sagte er und fing an zu weinen. »Ich muß wissen… woher wir kommen.« Fast hätte er gesagt: ›Wer ich bin‹, hatte es aber gerade noch rechtzeitig unterdrückt. Damals war er schon zweiundzwanzig, und ein Zweiundzwanzigjähriger mußte eigentlich wissen, wer er war. Und doch wußte er es nicht. Er hatte versucht, sich mit verschiedenen Masken zu tarnen, aber keine hatte ihm richtig gepaßt. Und Maire besaß nicht genug Einfühlungsvermögen, um es ihm zu sagen. »Woher wir kommen«, wiederholte er, wobei er sich einredete, daß er das wirklich meinte.

Also hatte Maire ihm von ihrem Leben in Voorstod erzählt, vom Volk der kleinen, dunkelhäutigen Gharmish, die in Voorstod als Sklaven gehalten wurden, von der Hochzeit mit seinem Dad und weshalb sie ihn verlassen hatte. Bevor sie noch richtig in Fahrt kam, hatte er wieder diesen typischen Gesichtsausdruck aufgesetzt und die Ohren ›auf Durchzug‹ gestellt. Das war es nicht, was er hören wollte. Ihre Worte waren wie Wassertropfen auf einem Blatt an ihm abgeglitten. Sie hatte von den Gharm Fess und Bitty erzählt, mit denen sie in ihrer Kindheit befreundet gewesen war, aber das waren nicht die Erinnerungen gewesen, die er hören wollte. Schließlich hatte er die Gharm nie gesehen, oder? Er hatte die flüchtigen Erinnerungen an die Hände vor den Augen abgeschüttelt und sich gesagt, daß ihre Worte dem Voorstod seines Herzens nicht gerecht wurden.

Dennoch waren ihre Worte auf einer gewissen Ebene haften geblieben. Später, an einem weit entfernten Ort, würde er sich an Fess und Bitty erinnern, wie er sich vielleicht an eine Geschichte erinnert hätte, die er einmal gelesen hatte oder an einen Film, den er gesehen hatte. Als Maire es ihm erzählte, hörte er jedoch einfach nicht hin.

* * *

Ungefähr vier Jahre nachdem Sam China zum erstenmal geküßt hatte, war sie schließlich alt genug für richtige Liebesspiele. Sie war nun sechzehn und hatte nach dem Verständnis der matrilinearen Gesellschaft auf Hobbs Land das Alter für Liebesabenteuer oder Mutterschaft erreicht. Sam war sechsundzwanzig und bereits ein versierter Liebhaber, wobei die einschlägigen Erfahrungen ihm von etlichen willigen Siedlerfrauen vermittelt worden waren. Aber an China Wilm reichte keine heran. Er verehrte sie mit jeder Faser seines Wesens. Schließlich gebar China einen Sohn. Der Junge bekam den Namen Jeopardy Wilm. Im stillen bezeichnete Sam sich als Jeopardy Wilms Vater, aber mit dieser Auffassung stand er allein. Wenn die Leute die Beziehung überhaupt erwähnt hätten, dann würden sie Sam als Jeps *Erz* tituliert haben, Kurzform für Erzeuger, und selbst dieser Begriff tauchte in der Umgangssprache fast nie auf. Solange eine Frau nicht gerade ein behindertes Kind zur Welt brachte, ging der Erzeuger des Kindes allein die Frau an, und das galt gleichermaßen für Hobbs Land, Phansure, Thyker und selbst für Ahabar, wenn auch nur bedingt.

Wie auch immer Sams Rolle definiert wurde, er

machte China Wilm auch weiterhin intensiv den Hof – und stritt sich genauso heftig mit ihr, bis Mam ihn eines Tages ins Gebet nahm und ihm eröffnete, sein Verhalten gegenüber den Frauen sei ebenso mies wie das des alten Phaed, und er solle das Mädchen in Ruhe lassen.

»Sie hat geweint«, sagte Maire. »Und es war nicht das erste Mal. Als ich sie nach dem Grund fragte, sagte sie, es wäre wegen dir, Sam. Sie wüßte nicht, was du von ihr wolltest! Ich habe sie ›im Club willkommen geheißen‹, denn dieses Problem hatte ich mit dir auch. Nur daß du mir wenigstens jetzt nicht mehr auf die Nerven gehst! Akzeptiere sie so, wie sie ist, oder laß sie zufrieden. Wir sind hier nicht auf Voorstod, wo du sie fertigmachen und dann schlagen kannst, weil sie weint. Du bist hier auf Hobbs Land und hast dich anständig zu verhalten!«

Er ignorierte ihre Einlassungen bezüglich Voorstod, wie er auch bisher alles ignoriert hatte, was sie über Voorstod gesagt hatte. Den Rest indes nahm er sich sehr wohl zu Herzen. Er hatte nämlich noch gar nicht bemerkt, wie anstrengend er war. Es war nur so, daß er sich China Wilm so verbunden fühlte, als ob sie ein Teil von ihm wäre und ihm helfen konnte, sich selbst zu erkennen. Er wollte, daß sie ihm sagte, was er wissen mußte – die Zugehörigkeit zu einem Ort, die Sehnsucht nach einem Ort. Manchmal kam ihm Hobbs Land prickelnd und herb vor, wie neuer Wein, der den Gaumen kitzelte, und dann wieder fade und schal, als ob er abgestandenes Bier getrunken hätte. Er hatte geglaubt, daß nach der Zeugung eines Kindes die Verbundenheit zu China und dem Land wachsen würde, aber das hatte sich als Irrtum erwiesen. China Wilms Sohn war derart fest in den Wilm-Clan integriert, daß Sam Girat einen Verlust spürte und sich sogar als Außenseiter fühlte.

Das alles stand in einem gewissen Zusammenhang

mit den Legenden, die Mam zurückgelassen hatte, und mit seinem Vater auf Voorstod. In der Abgeschiedenheit des Bruderhauses stieß er einen stummen Schrei aus und bearbeitete in einem Wutausbruch, der einem Dreijährigen zur Ehre gereicht hätte, mit den Fäusten die Wand. Maire mochte die Legenden vielleicht verdrängt haben, aber in Sam lebten sie weiter! Und selbst wenn er sein Verhalten China gegenüber änderte, würde er Jep dennoch nicht im Stich lassen, ungeachtet des Brauchtums. Er würde eine Möglichkeit finden, die Sympathie des Jungen zu gewinnen!

Ganz beiläufig suchte Sam in den Archiven nach Kindergeschichten. Er spielte mit dem Gedanken, Geschichtenerzähler zu werden, ein unverfängliches Hobby, das ihm Kontakt zu den Kindern ermöglichte, ohne jemanden zu kompromittieren. Die Archive führten indes keine Kataloge mit Kindergeschichten. Was die eine Kultur als pädagogisch wertvoll betrachtete, wurde von der anderen tabuisiert. In den Archiven fand sich nur die allgemeine Rubrik ›Geschichten‹, die das ganze Spektrum von Epen und Sagen über Mythen, Märchen und Dramen bis hin zu Trivialliteratur aller Sujets umfaßte. Schon bald hatte Sam den Überblick verloren. Er wäre nie auf die Idee gekommen, in den Archiven nach den Legenden zu suchen, nach denen er sich sehnte, aber hier waren sie komplett vorhanden.

Für eine Weile vergrub er sich in den Archiven und tauchte in die Welt der Legenden ein. Die Begriffe ›Heimat‹ und ›Vater‹ erschienen zuhauf, es war die Rede von Göttern, Heroen und Königen. So sollte ein Vater auch sein, sagte Sam sich: ein Gott, ein Held, ein König!

Eine Legende stach ihm besonders ins Auge; sie erinnerte ihn an seine eigene Biographie. Ein König hatte eine Reise unternommen und unterwegs mit einer Frau ein Kind gezeugt. Genauer gesagt mit einem Edelfräulein, denn Helden ließen sich nicht mit jeder Schlampe ein. Dann mußte der König die Reise fortsetzen. Er konnte die Mission ja nicht wegen ihr oder dem Kind abbrechen; also vergrub er ein Schwert und ein Paar Schuhe unter einem schweren Stein und sagte der Mutter, wenn der Junge stark genug war, den Stein anzuheben, durfte er das Schwert und die Schuhe nehmen und sich auf die Suche nach ihm, seinem Vater, machen. Bald hatte sein Sohn die erforderliche Stärke erreicht, fand das Schwert und die Schuhe und schließlich auch seinen Vater. So erfüllte sich sein Schicksal.

Schicksal! Dieses Paradigma, das die bloße Existenz transzendierte, leuchtete wie ein entferntes Licht auf einem dunklen Berg! »Wäge es ab.« Er keuchte. »Suche es.« Sam Girat mußte dem Ruf des *Schicksals* folgen. Er wußte es, als ob ein Orakel es ihm ins Ohr geflüstert hätte. Das war *seine* Geschichte. Plötzlich traf ihn der Blitz der Erkenntnis, und ihm wurde bewußt, daß Phaed Girat nie vorgehabt hatte, ihn im Stich zu lassen. Unter irgendeinem Stein war ein Geheimnis verborgen, das ihm die Rückkehr nach Hause, zu seinem Vater ermöglichen würde.

Zumal Sam ein freier Mann war und jederzeit nach Voorstod hätte gehen können. Die Siedler waren keine Leibeigenen, sondern durften nach Belieben kommen und gehen. Für Sam hatte das Wort ›Heimkehr‹ jedoch eine Bedeutung, die den rein inhaltlichen Aspekt transzendierte. Für ihn war die Botschaft des Märchens klar und eindeutig; er zweifelte keinen Augenblick lang daran. Die fehlende Logik machte die Sache indes nur plausibler und spannender. Natürlich war es unlogisch. Natürlich war es seltsam. Legenden *waren* eben seltsam, und das Schicksal mochte durchaus unlogisch sein. Sam wußte nichts von der Maxime *credo quia absurdum est*, die einige Hohe Gelehrte zuweilen noch zitierten, aber er hätte den Sinn binnen einer Minute verstanden.

Obwohl diese Geschichte die beste war, gelangte Sam bald zu der Ansicht, daß alle Geschichten im Grunde eine Geschichte waren. Alle Legenden waren eine Legende. Am Ursprung jeder Legende stand jemand mit einem Bedürfnis oder einer Frage, der sich dann aufmachte, die Antwort zu suchen und unterwegs allen möglichen Gefahren ins Auge sah und jede Menge Spaß hatte. Alle Helden suchten nach einer wundervollen Sache: nach ihrem Vater, der Unsterblichkeit, Güte, Erkenntnis oder nach einer Kombination aus diesen Dingen, und es war ihr *Schicksal*, daß sie fanden, was sie suchten. Es waren fast nur die Männer, die sich auf die Suche begaben, nicht die Frauen, und auch das gab Sam zu denken. Es bestätigte ihn in seinem bisherigen Urteil über Maire und China, daß es nämlich keinen Zweck hatte, Frauen irgendwelche Fragen zu stellen, weil sie sowieso nicht an den Antworten interessiert waren. Frauen hatten einfach kein Verständnis für diese Dinge!

Im folgenden unternahm er oft lange Märsche in den Norden, ins Felsenland, wobei er am Wegesrand liegende Felsbrocken umkippte, um nachzusehen, ob sein Vater das Schwert, die Schuhe oder einen sonstigen Gegenstand darunter versteckt hatte. Auch nachdem ihm bewußt geworden war, daß sowohl ›Stein‹ als auch ›Schwert‹ eher symbolische als reale Begriffe waren, hielt er an dieser Praxis fest. Er tat es, obwohl er wußte, daß Phaed Girat nie einen Fuß auf Hobbs Land gesetzt hatte. In seiner Phantasie hatte Phaed jemanden ausgesandt, einen wundersamen Boten, der zwischen den Welten umherflog. Und wer hätte das widerlegen wollen? Die Macht des Vaters, des Helden, des Königs manifestierte sich nämlich in einer Fähigkeit: das Unmögliche möglich zu machen.

* * *

Jeopardy Wilm hatte eine Cousine, *Samstag*, die Tochter der Schwester seiner Mutter, Africa Wilm. Den Namen für ihre Tochter hatte sie aus den alten *Menschenheimat*-Quellen in den Archiven. Es handelte sich um eine Sprache, die nicht mehr gesprochen wurde. Manchmal wählten die Siedler alte *Menschenheimat*-Namen wegen ihrer Bedeutung, manchmal wegen der Klangfarbe. Africa Wilm hatte Samstag wegen der Klangfarbe ausgewählt und weil das Wort zu einer Reihe von Wörtern gehörte, die als Namen für die anderen fünf oder sechs Kinder dienen konnten, die sie noch haben wollte. Africa hatte bereits *Dienstag* bis *Freitag* abgedeckt, drei Jungen und ein Mädchen, und dann beschlossen, daß fünf Kinder genug waren.

Bereits in frühester Kindheit hatte Samstag eine musikalische Ader entwickelt. Sie zwitscherte schon wie ein Vögelchen, als sie noch ein Kleinkind war. Es gab nur wenige vogelartige Wesen auf Hobbs Land, und keines von ihnen sang so schön wie Samstag. Also wurde sie die einzige Sängerin der Siedlung. Man machte ihr viele Komplimente deswegen, und es war nur Africas gesundem Menschenverstand zu verdanken, daß ihr das nicht zu Kopf stieg. Es sei ein Geschenk, sagte Africa streng zu ihrem Kind. Ein Geschenk, das Samstag nicht verdient hätte, nicht einmal die Vorteile, die sie daraus zog. Sie müßte sich auch in anderer Hinsicht anstrengen und die Leute mit ihrem Talent glücklich machen.

Also strengte Samstag sich an und sang, und als sie ungefähr zehn war, machte sie die Bekanntschaft von Maire Girat, die, auch wenn sie der Sangeskunst jetzt nicht mehr frönte, früher eine Sängerin von hohen Gnaden gewesen war. Zumindest sagten das viele Siedler, sogar solche von Phansure oder Thyker. Viele von ihnen kannten noch die Lieder von Maire Manone; unter diesem Pseudonym war sie nämlich in Voorstod aufgetreten. Es war Maire gewesen, die

Samstag die richtige Atemtechnik gelehrt und ihr gezeigt hatte, wie man in der Luftröhre eine vibrierende Luftsäule aufbaut und die Töne fließend entweichen läßt. Es war Maire Girat gewesen, die ihr beigebracht hatte, die Lieder mit Trillern, Tonleitern und Synkopen anzureichern, so daß sich tonale Effekte wie fließendes Wasser ergaben.

Sie wurden Freundinnen, die große, hagere, wortkarge Frau und das schlanke, gesprächige, zappelige Mädchen. Sie verbrachten viel Zeit zusammen, wobei Samstag Fragen stellte und Maire mit rauchigem Timbre antwortete.

»Warum singst du nicht mehr, Maire?« fragte Samstag sie eines Tages. Diese Frage hatte sie ihr schon lange stellen wollen, aber irgend etwas hatte sie davon abgehalten. Sie mußte wohl geahnt haben, daß die Antwort für Maire schmerzlich sein würde.

»Ich kann nicht mehr«, erwiderte die Frau traurig. Sie wollte dieses fröhliche Kind nicht mit der Geschichte von Fess und Bitty belasten oder damit, daß sie einst von Hymnen geträumt hatte, die zwischen den Sternen ertönten. Früher war jeder Tag ihres Daseins von Musik beseelt gewesen. Sie hatte Voorstod verlassen, als die Musik sie verlassen hatte, aber davon wollte sie nicht sprechen.

»Mein Kind, nichts von dem, wovon ich gesungen habe, gibt es hier«, sagte sie statt dessen. »Ich habe von stürmischen Meeren und hohen Bergen gesungen. Hier ist das Land wie ein Sandkasten, topfeben. Wovon sollte ich hier wohl singen?«

Samstag indes hätte sich mit Leichtigkeit inspirieren lassen. Auch wenn jeder Hobbs Land als öde bezeichnete, so fand Samstag es doch schön. Unspektakulär und topfeben, aber dennoch schön.

»In Voorstod«, sagte Maire, »wird man überall von Nebel eingehüllt. Ein Liebespaar war völlig ungestört, als ob sie die einzigen Leute auf der Welt waren.

Frauen nahmen im Nebel den Schleier ab und küßten ihren Liebsten, wobei sie der Liebe wegen aber ein großes Risiko eingingen, denn manchmal vertrieben plötzliche Fallwinde von den Bergen die Nebelschwaden und enthüllten alles, die mächtigen, aufeinandergetürmten schwarzen Steine, das Meer, das die Sonne wie ein großer Spiegel reflektierte. Alles leuchtete grün, blau und golden, die Wiesen, die Berge und das Meer, und die Liebenden mußten fliehen, um nicht erkannt zu werden. Davon habe ich gesungen.«

»Ist das alles, wovon du gesungen hast? Liebespaare im Nebel?« fragte Samstag ungläubig.

Maire antwortete nicht sofort. Die Liebespaare waren natürlich Fiktion. Die Frauen hätten das nicht riskiert, und auch die Männer hätten ihr Leben dafür nicht aufs Spiel gesetzt, aber allein die Illusion hatte ihr schon glückliche Momente verschafft. Die Lüge belastete ihr Gewissen, und schließlich spie sie die Wahrheit aus: »Ich habe dich und mich selbst belogen, mein Kind. Ich habe nicht von Liebe gesungen, sondern von Tod. Nach dem Tod meines Sohnes Maechy komponierte ich ein Lied. Es hieß ›Das letzte Geflügelte Wesen‹ und handelte vom Engel der Hoffnung, der nach Scaery kam und mich fragte, ob er in meinen Augen ein Engel sei wie jeder andere. Hoffnung war der letzte Engel, das letzte geflügelte Wesen.«

Neugierig schaute Samstag in die verhangenen Augen der Frau. »Wovon handelte das Lied?«

»Das Lied handelte davon, wie es in Voorstod zugeht. Der Engel ist gestorben, wie auch alle anderen Engel gestorben sind. Liebe, Freude, Friede, alles ist tot. Wir Frauen sagen, daß in Voorstod eine Kultur des Todes herrscht. Als dann auch noch die Hoffnung starb, konnte ich nicht mehr singen. Also bin ich gegangen.«

»Wie ging das Lied, Maire?«

»Ich weiß nicht mehr. Die letzten Worte waren:

›… küß mich, mein Kind, auf Wiedersehen, mein Kind, folge mir, mein Kind, wir gehen.‹«

Verwirrt schüttelte Samstag den Kopf. »Ich verstehe nicht.«

»Ich will es dir erklären. Der Exodus der Frauen von Voorstod dauert nun schon mehrere hundert Jahre. Als wir bereit zum Aufbruch waren, als wir unseren Männern sagten, daß wir gehen würden und sie uns auslachten, weil sie uns nicht glaubten, als wir alles zusammenpackten, was wir tragen konnten und uns schier die Augen ausweinten, sagten wir *Küß mich* zu all den Söhnen und Männern, die nicht mit uns kommen wollten; wir sagten *Auf Wiedersehen* zu ihnen und allen Freunden und Kindern, die gestorben waren; und schließlich sagten wir *Folge mir* zu den kleinen Kindern und Mädchen, die mit uns gingen. Als ich ging, gab es niemanden, den ich zum Abschied küssen konnte. Ich verabschiedete mich von meinem Sohn Maechy, der auf Voorstod umgekommen war. Ich sagte zu Sam und Sal, sie sollten mir folgen. Das war mein letztes Lied. Ich werde nie wieder singen.«

* * *

Manchmal bricht eine Nacht über Hobbs Land herein, die, auch wenn niemand es vermuten würde, anders ist als alle anderen Nächte. Sie kündet von bevorstehenden Geburten, riesigen, geflügelten Wahrheiten, die zusammengerollt und schimmernd in schattigen Höhlen liegen und jeden Moment aus ihnen hervorbrechen werden. Solche Nächte brauchen keinen Mondenschein; sie werden von ihrer eigenen Stille erhellt.

Der nun achtundzwanzigjährige Sam findet keinen Schlaf. In der Dunkelheit manifestieren sich Konturen, die mit Potentialen angefüllt sind. Vielleicht fällt ein Wort in einer solchen Nacht. Vielleicht tritt ein Ereignis ein. Sam verspürt in dieser Nacht nicht den Drang,

Felsbrocken umzukippen und mit der Taschenlampe die darunterliegenden Mysterien zu ergründen. Sam ist dessen überdrüssig. Also wendet er sich nach Osten, verläßt den besiedelten Sektor und kehrt wieder um; er sucht nach dem Unbekannten und schreitet Felder ab, deren Ackerfurchen im Sternenlicht silbern glitzern und deren Halme sich in die Höhe recken und murmeln, als ob sie intelligente Wesen wären. Alles atmet den Ruhm dieser Nacht, als ob eine Wolke voller Wunder sich herabgesenkt hätte. Sams Schritte werden unsichtbar geleitet, und er folgt Pfaden, die er nicht einmal im Tageslicht erkennen würde. Die Sterne über ihm drehen sich wie große Feuerräder; er fühlt es richtig, als ob eine Maschine arbeiten würde. Also läuft Sam Girat mit großen, raumgreifenden Schritten durch die Nacht und kehrt kurz vor Anbruch der Morgendämmerung zur Siedlung zurück, ohne daß er ein Auge zugetan hätte.

In der Nähe befindet sich der kleine, dunkle Tempel von Bondru Dharm, von dem Geräusche wie ein Atmen ausgehen, wie die flachen Atemzüge eines schlafenden Kindes. Luft steigt im Tempel auf und sorgt für Abkühlung. Der Gott hockt in einer Säule aufsteigender Luft; er ist in Licht getaucht. Plötzlich überkommt Sam die Erinnerung – obwohl er schon seit Jahren nicht mehr im Tempel war –; beim Gedanken an den Gott spürt er ein Gefühl der Zuneigung oder vielleicht auch nur eine flüchtige Neugier, die zu einer gewissen Freude geronnen ist.

Die Tür des Tempels öffnet sich leicht, fast wie von selbst. Der glatte Boden birgt keine Gefahr. Sam findet die ins Innere führende Gittertür und geht davor in die Hocke. Er schaut in die Dunkelheit und sieht die Lichter, feurige Galaxien, die an der Unterseite des Gottes erscheinen und allmählich emporsteigen, bis sie in der Dunkelheit verschwinden. Das Spiel wiederholt sich ständig: Die Lichter steigen im scheinbar unbegrenzten Raum nach oben und erlöschen schließlich.

Bald fallen Sam die Augen zu. Der lange Marsch steckt ihm in den Knochen. Er spielt mit dem Gedanken, sich noch ein paar Minuten auszuruhen, bevor er zum Bruderhaus zurückgeht. Und da hat er sich auch schon wie ein Wurm auf dem Mosaikfußboden zusammengerollt, den Kopf auf den muskulösen Arm gebettet, die Beine angezogen, und er schläft den Schlaf des Erschöpften, während die Lichter des Gottes in stetigem Rhythmus pulsieren und verlöschen.

Die Luft steigt auf. Die Nacht weicht wie ein Netz, das eingeholt wird, die Dunkelheit zieht sich zurück, bis das Licht der Morgendämmerung am Horizont erscheint. Als Sam erwacht, kitzeln ihn die winzigen Sprossen, die in den Ritzen zwischen den Steinen wachsen. Er steht auf und wundert sich über sich selbst, wundert sich über die Gegenwart, die er spürt, bevor er sie noch sieht oder hört. Etwas, das an geschmolzenes Gold erinnert, erwärmt die Luft im Tempel, wie ein Kohlenbecken mit glühenden Kohlen.

»Gemütlich hier«, sagt die Gestalt.

Sam erkennt den Helden auf den ersten Blick. Der Held glüht von innen heraus, ein bronzefarbenes Licht, das durch das kurze Gewand hindurchscheint; Flammen züngeln um die Sandalen und das Schwert. Als ob er ihn beiläufig hätte fallenlassen, liegt auf dem Boden ein goldener Helm mit einem Federbusch, der wie eine kleine Sonne strahlt.

»Theseus«, sagt Sam atemlos; es hört sich an wie ein Gebet. »Hier!«

»Weshalb auch nicht?« fragt der Held mit einem freundlichen Lächeln, gütig auf die Seite gelegtem Kopf und strahlenden Augen. »Ich bin gekommen, um dir brüderlich die Hand zu reichen. Das wolltest du doch, oder?«

Zunächst ist Sam irritiert. Er wüßte nicht, daß er Theseus um Beistand gebeten hätte, auch wenn er es nun nicht für ausgeschlossen hält, daß er … jemanden um Hilfe gebeten hatte. Weshalb nicht Theseus? »Wollte ich?« murmelt er; er hält das alles für einen Traum. Schließlich befindet er, daß es unhöflich wäre, den Helden zu brüskieren, ob er nun eine Traumgestalt oder real ist. »Natürlich wollte ich das.«

»Wie ich schon sagte«, fährt der Held fort, wobei er auf dem Mosaikboden auf und ab geht, »es ist heimelig hier, aber öde. Das Abenteuerpotential ist begrenzt. Die Landschaft weckt keinerlei erhabenen Gefühle. Bei ihrem Anblick verfällt man nur in Apathie. Es gibt keine Schluchten, keine Berghänge, keine Höhlen. Bei euch gibt es anscheinend weder Banditen noch Despoten, sondern ihr liegt in einem Prokrustesbett …«

»Durchaus nicht«, widerspricht Sam. Langsam kommt er wieder zu sich und begreift, daß er bloß die Rolle eines Statisten spielt. »Wir haben sehr wohl Gestaltungsmöglichkeiten! Auch wenn sich hier nur bestimmte Gewohnheiten und Einstellungen entwickelt haben. Konstruktivität. Zuverlässigkeit. Ehrlichkeit und Verläßlichkeit. Allerdings ist hier kein Platz für Epen, Sagen und Legenden.« Er redet einfach drauflos, wobei er sich über seine Unbefangenheit wundert. Er sieht den Helden real vor sich. Es handelt sich weder um ein Virtuellbild noch um eine Sinnestäuschung, auch nicht um ein Hologramm. Als Sam die Hand ausstreckt, stößt er auf Fleisch, Leder und Metall. Er saugt die Luft ein und riecht Schweiß. Natürlich wäre es auch möglich, daß er das alles nur träumt … »Wir sind psychisch adaptiert«, sagt er. »Alle unsere Legenden sind abgelegt worden, wie man die Äste eines Baums stutzt.«

»Was das Leben langweilig macht«, provoziert der Held ihn mit einem Lächeln. Er will ihn ein wenig auf die Schippe nehmen. »Langweilig, Samasnier Girat. Nicht wahr? Du bist von einer gewissen Sehnsucht erfüllt, richtig? Wahrscheinlich suchst du das gleiche, was ich auch gesucht hatte. Wir sind Brüder im Geiste, stimmt's? Wir sind Kameraden! Ich bin gekommen, um dir zu helfen.«

»Mir zu helfen?«

»Den Stein anzuheben. Die Sandalen zu finden und das Schwert zu schwingen. Deinen Vater zu finden …«

»Aber ich weiß doch, wo er ist …«

»Ich wußte auch, wo meiner war. Das heißt aber nicht, daß es leicht war, dort hinzugelangen. Ich mußte sehr viele Hindernisse überwinden. Mich vieler Schurken entledigen. Viele heldenhafte Taten vollbringen. Und die ganze Zeit über klebten die Frauen wie Kletten an mir. Du mußt dich vor ihnen in acht nehmen …«

»Mich vor ihnen in acht nehmen?«

»Vor den Frauen. Sie sind raffiniert.«

»Ja«, sagt Sam, denn er begreift, daß der Held ihm soeben eine große Wahrheit offenbart hat. »Ja, das sind sie.«

»Sie verstehen die Männer nicht. Manchmal behaupten sie zwar das Gegenteil, aber im Grunde verstehen sie die Männer nicht«, sagt Theseus mit ersterbender Stimme. »Sie sehen die Welt mit anderen Augen als wir …«

Sam nickt beflissen, obwohl er nicht genau weiß, was der Held damit sagen will.

»Du benötigst einen Schwertgürtel, Sam Girat«, flüstert der Held. »Wenn wir das Schwert finden, brauchst du einen Schwertgürtel.«

»Geh nicht!« ruft Sam, als er sieht, wie der Held sich allmählich auflöst. Sam streckt die Hand aus und berührt etwas Schwammiges, Irreales.

»Ich werde wiederkommen«, flüstert der Held. »Später. Halte Ausschau nach mir.«

Dann ist er verschwunden. Die Sonne geht auf. Das Licht des frühen Morgens greift wie Tentakel durch die schießschartenartigen Fenster und zeichnet sich auf dem Boden des Tempels ab. Sam geht nach draußen und sieht im Osten die purpurne Morgenröte, die unvermittelt dem rosigen Licht des Tages weicht.

»Ich habe ihn gesehen«, sagt Sam freudig lachend. »Ich habe ihn wirklich gesehen. Ich habe Theseus gesehen!«

Er führt einen Freudentanz auf und geht beschwingt zum Bruderhaus hinüber, wobei die Frühaufsteher ihn interessiert, erstaunt und vielleicht auch ein wenig ängstlich beobachten, wie er wie ein junger Ziegenbock den Weg entlanghüpft. Im Wohnheim angekommen, kriecht er ins Bett und fällt sofort in einen tiefen Schlaf, während die Welt um ihn herum zu neuem Leben erwacht.

* * *

In späteren Jahren erinnert Sam sich, daß er nach jener Episode im Tempel mit der absoluten Gewißheit aufwachte, daß der Held real gewesen war. Noch am selben Tag hatte Sam nach der Vorgabe eines Musters, das er in den Archiven gefunden hatte, einen Schwertgürtel angefertigt. Er bestand aus gepunztem Leder und war mit Halbedelsteinen besetzt. Diese Gemmen waren überall auf Hobbs Land auf dem Grund der Flüsse zu finden. Sam war eigens in den Baumarkt der Zentralverwaltung gefahren, um sich ein Schleifgerät zu kaufen. Mit dieser Arbeit war er indes nicht vertraut, und erst nach etlichen Versuchen war er mit dem Ergebnis zufrieden.

Dann hängte Sam den Schwertgürtel in den Schrank, hinter die Freizeitkleidung. Später hatte er dann, erneut auf Anraten des Helden, einen Helm mit Goldbeschlägen angefertigt, so daß er angemessen gekleidet war, wenn er das Ding unter dem Stein fand. Er hegte nie den geringsten Zweifel, daß er es oder sie finden würde, oder irgend etwas in der Art. Theseus hatte sich deutlich ausgedrückt. Sam würde nicht nur das Schwert finden, sondern er würde auch Abenteuer erleben, sich so mancher Herausforderung stellen und selbst ein Held werden. Das Schicksal würde ihn seiner eigentlichen Bestimmung zuführen, die indes nicht darin bestand, auf dem öden Hobbs Land ein Dasein als Bauer zu fristen, der sich mit dem Anbau von Getreide und Hülsenfrüchten beschäftigte und die Zucht von zottigen Milchkühen betrieb.

»Geduld«, ermahnte der Held ihn ein ums andere Mal.

Obwohl die Jahre ins Land gingen, wirkte Theseus erstaunlich gelassen. »Geduld. Die Zeit wird kommen«, sagte er zu Sam. »Es wird sich zwangsläufig so ergeben. Du mußt bloß den richtigen Zeitpunkt abwarten.«

Sam war geduldig gewesen. Er war dreißig Jahre alt geworden, einunddreißig, zweiunddreißig, und dann war er *Topman* geworden. Die Ernennung zum *Topman* hatte ihm in gewisser Weise geholfen, sich in Geduld zu üben. Denn schon in dieser Position wähnte er sich so königlich und heroisch, nachgerade göttlich, daß ihm das Warten für eine Weile versüßt wurde.

Und in Voorstod auf Ahabar lebte noch immer sein Vater. Legendenumwittert.

* * *

In Voorstod, in der Stadt Wolkenhafen (die oft auch nur *Wolke* genannt wurde), befand sich an der Kopfsteinpflasterstraße, die vom Marktplatz zum Hügel hinaufführte, wo die Zitadelle der Propheten stand, eine Taverne mit dem Namen *Der Aufgehängte König*. Das an der Taverne hängende Schild zeigte einen

König, der an den Füßen aufgehängt und von Dolchen durchbohrt war. Die Krone saß ihm aber noch fest auf dem Kopf. Die Tatsache, daß das Konterfei des ersten Regenten, König Jimmy, auf dem Schild prangte, war ein Indikator für den Haß, den man in Voorstod der Dynastie von Ahabar entgegenbrachte. Es verging kaum ein Monat, wo nicht ein Zechbruder auf die Idee kam, das Schild mit dem Portrait der gerade amtierenden Monarchin, Königin Wilhulmia, zu aktualisieren. »Könige und Königinnen kommen und gehen«, hatte einer philosophiert und dabei glucksend gelacht. »Aber der Aufgehängte König bleibt für immer.«

An einem Ecktisch, auf dem sich die Ränder von Humpen abzeichneten und der mit Rückständen von ausgeklopftem Pfeifentabak verunreinigt war, saß der stiernackige Phaed Girat in seiner üblichen unerschütterlichen Pose und unterhielt sich mit einem kleinen Mann, dem er bisher erst einmal begegnet war und der nach eigenem Bekunden extra von Sarby gekommen war, um sich mit Phaed zu unterhalten. Er ließ einige Bonmots über das weit oben im Norden gelegene Sarby vom Stapel, wo der Nebel die Leute schier in Watte packte. Die von den Nebelschwaden von *Wolke* durchnäßten Kleider brauchten eine Woche zum Trocknen, so sagte er, aber in Sarby wollten sie überhaupt nicht mehr trocknen. Die Leute von Sarby, wo die Sonne alle zehn Jahre einmal zum Vorschein kam, glichen fast schon Amphibien. Behauptete zumindest das Männchen, wobei der Witz durch die verkniffene Miene und den mißtrauischen Blick indes konterkariert wurde.

»Was macht ihr dann überhaupt dort oben in Sarby?« blökte Phaed ihn an und strich mit dem dicken Daumen über die Peitsche. »Ich nehme doch an, daß ihr weise Propheten habt und viele Gläubige. Ihr wartet auf die Apokalypse und engagiert euch für die *Sache*, oder?« Er schob die Kappe zurück, wobei der Haaransatz ins Blickfeld geriet, und fuhr sich mit dem Ärmel über die Stirn. Es war warm in der Taverne, denn der Besitzer hatte einen Kamin eingebaut, um die Feuchtigkeit zu vertreiben.

»Ich wüßte nicht, wer der *Sache* mehr verpflichtet ist als wir«, beteuerte der andere. Sein Name war Mugal Pye, und er war wegen seiner Schnelligkeit bekannt, sowohl mit Worten als auch mit dem Messer. Außerdem erfreute er sich einer Reputation als Sprengstoff- und Waffenexperte. Man sagte ihm nach, in dieser Hinsicht sei er so versiert wie ein Phansuri. »Wir in Sarby leisten auch unseren Beitrag«, sagte er.

»Nun, das brauchen wir auch. Engagierte Verfechter der *Sache*, weise Propheten und etwas Glück.«

»Alles liegt im Ermessen des Allmächtigen Gottes«, sinnierte der andere. Die Propheten lehrten, daß die *Sache* unvermeidlich sei, weil der Allmächtige Gott es so befohlen habe, auch wenn es so schien, daß die Königin von Ahabar diesen Befehl vorläufig widerrufen hatte.

»Haben sie dich hergeschickt, um mich mit Aphorismen zu erfreuen, oder was?« begehrte Phaed zu wissen.

Mugal lachte und streckte dabei die Zunge heraus. Er hatte ein schiefes, spitzes Gesicht mit hohen Wangenknochen, das in einem markanten Kinn auslief. Die stechenden Augen lagen tief in den Höhlen. Phaed Girat war vielleicht zwei- bis dreimal so schwer wie er, aber das schien ihn nicht weiter zu tangieren.

»Kaum anzunehmen, daß man mich nur geschickt hat, um dich mit Zitaten zu unterhalten, Phaed Girat. Vielleicht bin ich auch hier, um in Erfahrung zu bringen, wie du so über die Dinge denkst. Über den Alkohol zum Beispiel. Oder über die Frauen.«

»Über den Alkohol? Nun, dem spreche ich gern zu, sofern kein Prophet in der Nähe ist. Und was die Frauen betrifft: Brauchst du ein paar oder willst du ein paar loswerden? Oder vielleicht möchtest du auch wissen, wie man einer Nervensäge Kontra gibt? Aber wenn's dir nur ums Ficken geht, kann ich dir eine knackige kleine Gharmlet besorgen, gerade zehn, und du kannst ihr mit der Peitsche Manieren beibringen.«

Mugal lachte erneut, wobei er sich diesmal auf die Zunge biß. »Ich interessiere mich weniger für Gharm als für richtige Frauen. Voorstoder Frauen.«

»Machen sie etwa wieder Ärger?«

»Wie kommst du denn darauf?«

»Wie ich darauf komme? Was sollte denn sonst anliegen? Wenn es jemanden gibt, der sich der *Sache* in den Weg stellt, dann sind es die Frauen. Sie heulen und jammern und quatschen laufend von Frieden. Mugal Pye, die Propheten sagen, daß wir nach der Apokalypse keine Frauen mehr brauchen; falls das stimmt, dann erwartet uns das Paradies.« Phaed nahm einen kräftigen Schluck aus dem Humpen und seufzte entsagungsvoll. »Frauen! Mit ihrem klerikalen Mist. Entweder grämen sie sich so wegen ihrer Kinder, daß es nicht zum Aushalten ist, oder sie wandern auf eine Agrar-Welt aus, oder sie machen ein Geschiß um die Gharm-Bälger. Das siehst du doch genauso, Mugal Pye? Daß Frauen eine Belastung für die *Sache* sind.«

Der kleine Mann hatte Phaed mit schmalen Augen beobachtet, und nun nickte er, auch wenn er nicht sonderlich überzeugt schien. »Ich glaube, wir sind einer Meinung. Und wo ich nun sehe, wie du darunter leidest, bin ich froh, daß ich nicht hergeschickt wurde, um dieses Thema mit dir zu erörtern.«

»Freut mich zu hören.«

Dann tranken sie eine Weile, ohne viel zu reden, bis Phaed plötzlich fragte: »Und worüber sollst du dich dann mit mir unterhalten?«

Der kleine Mann hatte mit dem Humpen Kreise auf dem Tisch beschrieben. »Ich habe den Auftrag, ein bestimmtes Thema zu erörtern: Uns ist nämlich eine Gharm aufgefallen, die auf Ahabar Harfe spielt.«

Phaed biß die Zähne zusammen und stieß ein leises Knurren aus. »Ich weiß, wen du meinst! Wißt ihr in Sarby schon, was die Königin von Ahabar vorhat? Wußtet ihr schon, daß sie eine mysteriöse, große Ehrung für diese Gharm vorbereitet? Was denken die sich nur dabei? Das ist ein Schlag ins Gesicht jedes Mannes von Voorstod!«

»Für uns alle«, bekräftigte Mugal Pye mit stechendem Blick. »Für uns alle, Mann. Die Gharm treibt schon zu lange ihr Unwesen, und die Regierung von Ahabar will sie auch noch dafür ehren. Es ist an der Zeit, der Sache ein Ende zu bereiten.«

»Also«, knurrte Phaed. »Wie ist noch gleich ihr Name? Stenta Thilion, richtig? Da haben sie ihr doch tatsächlich zwei Namen gegeben, als ob sie ein richtiger Mensch wäre. Hat sie Nachkommen?«

»Sie hatte einen Gefährten, aber der ist schon lange tot«, sagte Mugal. »Und was ihre Nachkommen betrifft, so leben sie nicht in den Drei Ländern. Sie halten sich irgendwo auf Ahabar auf.«

»Und wo?«

»Ich habe gehört, in den östlichen Provinzen. In der Nähe von Fenice.«

»Unser Arm reicht auch bis in die östlichen Provinzen.«

»Das ist schon richtig. Aber es hatte jedesmal wie ein Unfall ausgesehen, Phaed. Wir hatten uns doch darauf verständigt, keine offenen Aktionen auf Ahabar durchzuführen.«

»Dann ist es aber höchste Zeit, das zu ändern! Es wird Zeit, daß wir die Gharm in Ahabar gleich rudelweise vernichten, wenn das möglich ist.«

Schielend drehte Mugal Pye das Glas. »Manche verlangen, wir sollten die Armee einsetzen«, sagte er nachdenklich.

»Du weißt doch selbst, daß das Unsinn ist. Wilhulmia wird die Armee nie ohne Genehmigung von *Authority* einsetzen«, erwiderte Phaed und schlug heftig auf den Tisch.

Die Regierung des Systems hatte ihren Sitz auf *Authority*, einem der zahlreichen Monde von Phansure, während die Armee auf einem anderen Mond stationiert war, der *Enforcement* genannt wurde. Mithin hatte das System quasi zwei Regierungssitze, obwohl bei manchen Leuten der Eindruck aufkam, daß *Authority* die Fähigkeit eingebüßt hätte, eine Körperschaft zu verwalten, die über ein mittelgroßes Komitee hinausging.

»Ich sage dir, es ist an der Zeit, Mugal Pye«, fuhr Phaed fort. »Was wird Ahabar tun? Ich sage dir, was sie tun werden. Die Königin wird einen Wutanfall bekommen, und dann wird sie *Authority* beauftragen, uns zu disziplinieren. *Authority* wird sich winden und herausreden, und dann werden sie sich in dieser Angelegenheit an den Religionsrat wenden und ihn fragen, ob unsere Praxis der Sklavenhaltung mit den religiösen Normen zu vereinbaren sei. Und der Religionsrat wird die Angelegenheit an das Theologische Konzil weiterleiten. Das wird für die nächsten tausend Jahre auch keine verbindliche Auskunft erteilen; schließlich haben wir dessen Mitglieder nicht umsonst mit Gold und Edelsteinen bestochen. Also wird am Ende überhaupt nichts passieren. Das Konzil wird dem Rat keinen Bescheid geben. Der Rat wird der Regierung keinen Bescheid geben. Und die Regierung wird nichts unternehmen, was gleichzeitig bedeutet, daß Ahabar nichts unternehmen wird. In der Zwischenzeit werden wir uns die verräterischen Gharm vom Hals geschafft und dem Allmächtigen Gott weitere zehntausend Gefolgsleute zugeführt haben!«

»Phaed Girat, auch wenn ich es vielleicht noch bereuen werde, sage ich dir nun die Wahrheit: Es gibt einige Propheten, die mit dir übereinstimmen.«

»Worauf warten wir dann noch?«

»Leider weiß niemand, wo genau Stenta Thilion sich auf Ahabar aufhält. Die Königin hat sie und ihre Familie an einen geheimen Ort bringen und unter Polizeischutz stellen lassen. Aus diesem Grund wenden wir uns auch an dich, Phaed Girat.«

»Ihr braucht mein Näschen, was? Ich soll sie für euch aufspüren. Nun, wir werden sie finden!« Konzentriert wölbte Phaed eine Braue. »Eine Musikerin ihres Kalibers muß ihr Versteck ab und zu verlassen, um ein kleines Konzert zu geben. Ich werde herausfinden, wo ihr Unterschlupf sich befindet und wann sie ihn verläßt.«

Dann widmeten sie sich schweigend ihren Getränken, ohne indes Notiz von den Gharm zu nehmen, die den Fußboden putzten, die Tische abwischten oder Nachschub aus dem Keller holten. Die Gharm waren kleine, rostfarbene Wesen, deren Intelligenz dem Intellekt der Voorstoder in nichts nachstand, die sich jedoch in Voorstod bedeckt hielten, es sei denn, sie rannten davon. Phaed registrierte sie überhaupt nicht, während er stirnrunzelnd mit dem Daumen über die Peitsche strich und sich mit der Frage befaßte, wie er Stenta Thilion, die Harfenspielerin, am besten enttarnte. Ihre Familie lebte bereits seit drei Generationen auf Ahabar und war in allen Provinzen bekannt; ihre Großeltern waren vor über hundert Jahren aus Voorstod geflohen, aber nach den Maßstäben der nördlichen Ländern hatte sie noch immer den Status einer entflohenen Sklavin.

* * *

Nachdem er etwas mehr getrunken hatte, als ihm zuträglich war, verließ Mugal Pye die Taverne und stolperte den Hügel hinauf. Er bog um eine Ecke und stand dann vor der Tür eines düsteren, schmalen Hauses mit blinden Fensterscheiben. Er klopfte in der Folge drei-drei-eins an die Tür, wobei er sich an der Klinke festhalten mußte, um nicht umzufallen.

Knarrend öffnete sich die Tür, und ein alter Mann erschien, dem das weiße Haar bis zu den Knien reichte. Es handelte sich um einen gewissen Preu Flandry; er überflog die Straße in beiden Richtungen, bevor er zur Seite trat und Pye Einlaß gewährte.

»Dann bist du ihm also begegnet«, konstatierte Preu, als Mugal die Kappe abnahm und nun seinerseits eine dunkle Mähne entfaltete, die ihm fast bis zu den Schenkeln reichte. Das war die Haartracht der Gläubigen, denn alle Kraft steckte in ihrem Haar.

»Ich bin ihm begegnet«, bestätigte der andere kurz angebunden, wobei er die Lockenpracht zurückschob und sich ehrfürchtig vor dem Schädel verneigte, der in einer Nische plaziert war. Mit diesem Ritual ehrten die Gläubigen ihre Toten.

»Und welchen Eindruck hast du?« fragte sein Gastgeber, während er ihn in einen staubigen Raum auf der rechten Seite des Korridors führte.

»Wovon?«

»Von Phaed, Mann! Wird er uns nun helfen oder nicht?«

»Er ist ein eifriger Verfechter der *Sache.* Er wird uns bei der Suche nach der Gharm-Frau helfen.« Mugal Pye hickste und schüttelte den Kopf.

»Daß er dazu bereit ist, wußten wir schon! Du solltest noch über etwas anderes mit ihm sprechen. Wir wollen wissen, was mit seiner Frau ist. Wir wissen nämlich, daß er ziemlich in sie vernarrt war.«

»Das liegt schon Jahre zurück. Damals war sie noch jung und schön. Heute ist sie wohl nur noch ›und‹.«

»Hast du ihm gegenüber das Thema ›Frauen‹ erwähnt?«

»Habe ich.« Mugal nickte gemessen und schien gar nicht mehr damit aufhören zu wollen. »Er zeigte kein übermäßiges Interesse an ihnen. Ich hatte sogar den Eindruck, daß er sich überhaupt nicht für sie interessiert.«

»Ja, das wissen wir auch schon«, sagte Preu leise. »Das wurde uns schließlich von den Propheten gelehrt. Sie haben immer wieder gesagt, daß wir die Finger von den Frauen lassen sollten. ›Unser Glaube ist ein Glaube nur für Männer.‹ Diese Doktrin gilt überall in Voorstod.«

Mugal nickte und nahm es als gegeben hin. »Also war Phaed in seine Frau vernarrt. Und sie ist gegangen, wie die Frauen das so tun.« Er setzte sich und versuchte, sich zu konzentrieren. »Was ich aber nicht verstehe, ist, weshalb ihr sie wiederhaben wollt.«

Preu schüttelte den Kopf und schürzte die Lippen. »Die Propheten wollen sie wiederhaben, Pye. Nachdem sie uns seit Generationen befohlen hatten, uns nicht mit Frauen abzugeben, müssen sie jetzt wohl zu der Ansicht gelangt sein, daß wir nicht mehr genug Frauen haben, die uns Söhne gebären.« Der alte Mann klang fast so, als ob er sich für diese Worte entschuldigen wollte, aber dennoch blitzte es in den Augen des anderen zornig auf.

»Das ist ein Verstoß gegen die Eschatologie, Preu Flandry!« rief Mugal Pye mit schneidender Stimme. »Ich dachte, das Ende sei nahe. Man hat uns die Apokalypse versprochen. Noch zu unseren Lebzeiten!«

»So wird es auch kommen«, flüsterte Preu.

»Die Eschatologie, das Ende aller Dinge, wenn wir mit dem Schwert in der Hand zwischen den Welten wandern.« Die Stimme Mugals steigerte sich zu einem schrillen Diskant, wie das Quengeln eines hungrigen Kindes.

»So wird es auch kommen«, wiederholte Preu

Flandry und gestikulierte herum, als ob er den anderen beschwichtigen wollte.

Mugal verlieh seinen Ausführungen mit einem Schlag auf den Tisch Gewicht. »Nach der Eschatologie sind wir Weltengänger, mit dem Schwert in der einen und der Peitsche in der anderen Hand. Wir werden die Welten unterwerfen. Die Ungläubigen werden wehklagen, und die Heiden werden vor Furcht mit den Zähnen klappern, wenn der Allmächtige Gott wie ein Wirbelsturm über sie kommt.« Er hatte die Augen aufgerissen und schaute Preu starr an. In der dunklen Kammer schien das Licht zu flackern, als ob eine unheilvolle, unsichtbare Gegenwart in die Flamme gegriffen hätte und einen Schatten über ihre brennenden Herzen legte. Mugal stimmte ein Lied an: »Eschatos / wenn die Flüsse rot gefärbt werden vom Blut / wenn die Leichen der Apostaten das Land bedecken / wenn der Raum zwischen den Welten durchdrungen ist vom Gestank des Todes!«

»So soll es sein«, bekräftigte der alte Mann, mitgerissen von den Phantasmen des betrunkenen Mugal. Er nickte und stimmte in den Gesang ein, wobei die Lautstärke des Duetts sich noch verstärkte: »Sie wissen nicht, daß sie alle des Todes sind. Sie wissen nicht, daß wir ihnen den Tod bringen werden. Ja, das werden wir.«

Preu Flandry schluckte und stieß einen leisen orgiastischen Laut aus, ein lustvolles Grunzen, als ob etwas ihn im Innersten berührt hätte. Als er noch ein Junge gewesen war, hatte die Erwähnung der Apokalypse ihn so ergriffen, daß dieses Wort ihm fortan immer ein Lustempfinden verursachte. Er geiferte und betastete fahrig das Kinn.

Draußen auf dem Flur hörte der Gharm-Sklave, der die Treppe geputzt hatte, das Gegröle und schmiegte sich ängstlich an die Wand. Unter diesen Umständen hielt er es für ratsam, nicht die Aufmerksamkeit der

Menschen zu erregen. Er senkte den Kopf und dachte an eine Schlange.

Oft assoziierten die Gharm Voorstod mit einer Schlange. Wie eine Schlange war auch Voorstod manchmal nicht das, wonach es aussah. Wie eine Schlange sonderte es ein Gift ab, für das es kein Gegenmittel gab. Wie eine Schlange suchte Voorstod sich seine Opfer wahllos aus und tötete sie, bevor die Beute noch wußte, wie ihr geschah.

Der Raum, in dem die Männer saßen, pulsierte wie ein von einer Faust umschlossenes Herz. Allmählich wurde der Gesang leiser. Die Männer verloren den ekstatischen Glanz in den Augen und kehrten in die Realität zurück.

»Wenn die Apokalypse ohnehin bald eintritt, wozu brauchen wir dann noch Söhne?« fragte Mugal Pye.

»Es hat sich eine Verzögerung ergeben«, keuchte der ältere Mann und schnappte nach Luft.

»Was für eine Verzögerung?«

»Auf *Enforcement* ist etwas vorgefallen. Etwas Unvorhergesehenes. Es heißt, unsere Agenten hätten versagt. Der Prophet kochte vor Wut, und als er sich halbwegs wieder beruhigt hatte, sagte er, daß wir den Plan eventuell um eine Generation aufschieben müßten. Falls das Ende bald naht, haben wir noch genug Leute, aber wenn es länger dauert ...« Preu Flandry verstummte. Man merkte ihm an, daß er ungehalten war.

»Aber das Ende sollte doch bald kommen!« quengelte Mugal. »Ich habe gehört, es hätte praktisch morgen schon soweit sein sollen. Das Ende war bereits zum Greifen nahe! Darauf hatte ich mich schon gefreut, seit ich ein Junge war, Flandry.«

»Ja, ich auch, aber aus irgendeinem Grund ist nun einmal eine Verzögerung eingetreten. Und wenn es länger dauert als geplant, brauchen wir auf jeden Fall eine Nachfolgegeneration.«

»Und was soll dann der Unsinn mit Sam Girats Frau? Wir müssen das System vernichten, und dann reden wir hier über eine blöde Frau!«

Preu Flandry seufzte und wischte sich wieder das Kinn ab. »Ich habe dir erst die Hälfte erzählt. Weil es in Voorstod kaum noch Frauen gibt, toben die Kerle sich draußen in Ahabar aus, bei den Abolitionisten in Jeramish. Sie nehmen sich die Frauen mit Gewalt. Und wenn das so weitergeht, wird es nicht mehr lange dauern, bis Ahabar mobilmacht.«

Mugal Pye zuckte die Achseln. »Na und? Das heißt noch gar nichts. Die Regierung wird ihnen nicht erlauben, die Armee einzusetzen.«

»Da wäre ich mir nicht so sicher. Wir haben mit unseren Bestechungsgeldern zwar dafür gesorgt, daß das Konzil sich nicht zur Sklavenproblematik äußert, aber Vergewaltigungen und Entführungen sind dann doch eine andere Sache!«

»Sie würden das wohl nicht als religiöses Problem betrachten, was?«

Diese schnoddrige Äußerung mißfiel Preu. »Wohl kaum. Und mit der Armee von Ahabar ist nicht gut Kirschen essen. Auch wenn die Königin uns die Sklavenhaltung durchgehen läßt, halten die Propheten es für wahrscheinlich, daß sie uns die paar hundert Vergewaltigungen in Jeramish *nicht* durchgehen läßt. Und das letzte, was die Propheten so kurz vor der Vollendung brauchen, wäre eine Besatzungsarmee!«

Mugal ging zum Schrank, holte eine Flasche und zwei Gläser heraus und setzte sich wieder an den Tisch. Er schenkte sich ein, nahm einen ordentlichen Schluck und ließ sich Preus Äußerungen durch den Kopf gehen.

»Aber du hast mir noch immer nicht gesagt, weshalb sie wollen, daß Maire Manone zurückkommt! Sie ist doch schon eine alte Frau! Sie kann keine Kinder mehr bekommen. Und ihr werdet sie doch kaum damit beauftragen wollen, den Männern Abstinenz zu predigen.«

Der weißhaarige Mann schnaufte. »Mugal Pye, ich hätte dir mehr Phantasie zugetraut! Wir brauchen sie für Propagandazwecke! Wir müssen etwas unternehmen, damit die restlichen Frauen hierbleiben und möglichst viele zurückholen. Dazu brauchen wir ein Sprachrohr. Und welche Frau hatte in Voorstod mehr Zuhörer gehabt als Maire Manone?«

»Propaganda, sagst du? Mehr nicht?«

»Die Propheten sagen, sie sei ein Symbol. Selbst wenn ich zehnmal recht habe und die Leute es auch wissen: Es geht darum, die Sache *glaubhaft* zu vermitteln! Die Propheten sagen, wir bräuchten ein Symbol. Jemanden, dessen Stimme überall gehört wird, eine Frau, die für unser Anliegen wirbt. Wie wurde sie gleich noch genannt? Die Stimme von Voorstod? Die Nachtigall von Scaery?«

»Reine Propaganda!«

»Es muß zumindest so aussehen, daß sie freiwillig gekommen ist, auch wenn wir wahrscheinlich etwas nachhelfen werden. Im Notfall werden wir einfach in Abrede stellen, daß eine Entführung vorliegt. Wir werden behaupten, daß Maire Manone aus eigenem Willen hergekommen sei und gesungen habe.«

Mugal Pye schüttelte den Kopf. Mit einer Entführung war der Sache der Apokalypse nun wirklich nicht gedient. Wie trivial. Wie unbedeutend und unwürdig. Er spitzte den Mund, als ob er ausspucken wollte, besann sich dann aber eines anderen. Die wahren Gläubigen folgten bedingungslos den Befehlen der Propheten, und wenn es nun einmal so befohlen war…

»Deshalb wollten wir auch wissen, welche Meinung Phaed diesbezüglich vertritt«, sagte Preu. »Schließlich ist er noch immer ihr Mann.«

»Aber ihr werdet ihm nichts davon sagen.«

»Noch nicht. Dazu ist es noch zu früh.«

»Und wie wollt ihr sie zurückholen?«

»Wir werden ihr einen guten Grund liefern.«

»Willst du damit etwa sagen, daß Phaed sie holen soll?«

»Darüber sind wir uns noch nicht ganz schlüssig, Mugal Pye. Sie muß freiwillig kommen, und wir müssen dafür sorgen, daß sie das auch tut.«

»Wenn ihr mit Phaed darüber sprecht, müßt ihr mit viel Fingerspitzengefühl vorgehen. Schließlich ist sie nach wie vor seine Frau. Er hegt vielleicht noch Gefühle für sie.«

»Natürlich«, murmelte Preu Flandry. »Deshalb solltest du ihn auch aushorchen, Pye. Wir müssen wissen, wo er steht. Jeder von uns muß ein Opfer bringen für die *Sache.*«

»O ja, wir alle«, bekräftigte Mugal Pye. »Denn wir werden reichlich belohnt werden. Nichts und niemand wird uns aufhalten. Keine Macht des Universums wird uns widerstehen.« Dann setzte er wieder sein verkniffenes Lächeln auf, das vom Totenschädel in der Nische erwidert wurde. Der Gharm-Sklave indes entfernte sich kriechend, wobei er sich fragte, an welchen Ort die Gharm wohl fliehen sollten, wenn Voorstod seinen Vernichtungsfeldzug startete. Und er fragte sich, ob es irgendwo irgend jemanden gab, der in der Lage war, diese schreckliche Entwicklung aufzuhalten.

* * *

Neben der Tempelruine im Norden der Siedlung Eins lag Birribat Shum unter der Erde. Verscharrt lag er da, die Augen mit Humus bedeckt, Sand zwischen den Zehen, und die unterirdischen Lebewesen krochen über die verwesende Hand. Birribat Shum lag verscharrt unter der Erde, mit dem von der Sonne erwärmten Erdreich auf dem Bauch und den kalten Schichten unter dem Rücken, deren Feuchtigkeit an ihm abfloß und in ihn eindrang. Gase stiegen im lockeren Erdreich auf, in einem Kreislauf, der vom Stand der Sonne bestimmt wurde. Birribat lag auch noch unter der Erde, als die Nacht hereinbrach, das Erdreich sich abkühlte und alle Dinge nach unten sanken, als ob sie sich in die schützende Erde kuscheln wollten, nur um in der Morgendämmerung erneut an die Oberfläche zu steigen. Birribat Shum lag unter der Erde, und die Erde verzehrte ihn.

Die kleinen Eindringlinge richteten sich in seiner Kleidung ein, Lebewesen mit und ohne Beine, solche, die zu klein waren, um sie mit bloßem Auge zu erkennen, solche, die zu leise waren, als daß man sie hätte hören können; die Unsichtbaren und Lautlosen krochen an den Nähten entlang, nisteten sich in den Falten des zerfallenden Hemdes ein und legten dort ihre Eier ab, sogen an den nassen Fasern und trugen Gewebefetzen in das umliegende Erdreich. Sie waren die Truppen der Auflösung, die Armee des Zerfalls, und sie wurde immer größer.

Der Boden – wobei niemand sich die Mühe gemacht hatte, das Grab zu markieren – senkte sich langsam, während Birribat Shum zerfiel. Schließlich entstand an dieser Stelle ein Becken, eine flache Mulde, in der Wasser sich sammelte und langsam versickerte, als die Sonne wiederkehrte und den Boden erwärmte. In dieser Senke lag Samasnier Girat manchmal des Nachts und sprach mit seinem Freund, ohne zu ahnen, wer oder was unter ihm lag.

Die Überreste von Birribat Shum, die vermoderte Kleidung, die Schuhe, das verfilzte Haar und der Totenschädel waren mit Staub von Bondru Dharms Tempel überzogen, Staub, der im selben Moment ausgefällt wurde, als der Gott verschwand, dunkel und feinkörnig. Als ob jemand ihn ausgeatmet hätte, aber hier unter der Erde, wo Birribat lag, konnte niemand atmen.

Der Staub verdichtete sich im feuchten Erdreich und veränderte seine Konsistenz. Partikel dehnten sich aus und vermehrten sich unaufhörlich. Aus einem einzigen Körnchen entwickelte sich eine Faser, dünner als ein Haar und so hell wie das Licht der Sterne; es bahnte sich einen Weg zwischen den unzähligen Sandkörnern, zwischen mikroskopisch kleinen Fleischresten und bohrte sich durch die vermoderte Kleidung ins umliegende Erdreich. Zunächst nur ein Strang, dann zwei, dann fünfzig, dann fünftausend, dann unendlich viele, bis die Leiche von Birribat Shum in einen dicken Kokon aus filigranen Fasern eingesponnen war. Die Fasern drangen in ihn ein und saugten ihn aus, bis nur noch die Knochen von ihm übrig waren, und dann umwickelten sie ihn noch fester, bis sie ein festes, baumwollartiges Gewebe bildeten, eine robuste zylindrische Hülle aus verdichteten Fäden, die unsichtbar ins umgebende Erdreich ausfaserte. Die Fasern breiteten sich aus und formierten sich zu einem gazeartigen Kreis, dessen Radius sich anfangs bis zur nächsten Tempelruine erstreckte und sich schließlich bis zur Siedlung der Menschen ausdehnte.

Die filzartige ›Matratze‹ erzeugte Leben. Eine Zelle entstand, ein Samen, ein Nukleus, der mit jedem Tag, wo er von der Sonne erwärmt wurde, größer wurde.

Unter der Erde lag Birribat Shum: das, was von ihm übrig war und das, was aus ihm geworden war.

2

Nachdem Horgy Endure die Einführungsveranstaltung beendet hatte, gingen Theor Close und Betrun Jun zum Fahrzeugpark, wählten sich einen Gleiter aus und äußerten auf dem kurzen und ereignislosen Flug zur Siedlung Eins die Ansicht, daß ihr erster Eindruck von Hobbs Land voll und ganz bestätigt worden sei. Die Welt war durchweg öde. Die beiden Ingenieure stammten von Phansure mit seinen weiten Ozeanen und feuerspeienden Vulkanen. Die zehntausend Städte des kosmopolitischen Phansure waren mit Milliarden überwiegend hochintelligenter Menschen bevölkert. Die Phansuris lebten im Bewußtsein, daß ihre Welt der schönste und einzig zivilisierte Planet des Systems war, vielleicht sogar der ganzen Galaxis, und Betrun und Theor waren Phansuri von echtem Schrot und Korn.

Chauvinisten waren sie indes nicht. Sie konzedierten Hobbs Land durchaus einen gewissen Charme, nur daß der Planet eben schlechte Ausgangsbedingungen aufwies und erbärmlich unterentwickelt war. Sie beschlossen, nett zu sein zu Sam Girat, wo der arme Kerl schon an solch einem Ort leben mußte.

Zwischenzeitlich bereitete auch Sam sich seelisch-moralisch auf den Besuch vor. Weil Mysore Hobbs II ständig Abordnungen phansurischer Ingenieure und Konstrukteure zum Gürtel schickte, um diese oder jene Verbesserung duchzuführen, schlüpfte Sam des öfteren in die Rolle des Gastgebers. Vor dem Empfang solcher Besucher rief Sam sich immer in Erinnerung, was seine Lehrerin mit einem spöttischen Unterton über Phansure gesagt hatte: zu viele Menschen, wie ein Bienenschwarm. Fast kein Wald, nur wenige Tiere, und die Menschen waren auf engstem Raum zusammengedrängt. Herzlich empfing Sam die Besucher von Phansure, die sich in formvollendeter Manier vorstellten, wie es den Phansuris nun einmal zu eigen war.

Erst nachdem sie die überschwengliche Begrüßungszeremonie in vollem Umfang zelebriert hatten, kamen Theor Close und Betrun Jun auf die Probleme zu sprechen, die Sam in Erwartung ihres Besuchs bereits aufgelistet hatte. Nach einer kurzen Vorbesprechung gingen die drei hinunter in die Scheune; das erste, was ihnen ins Auge fiel, war eine geschwärzte Startrampe.

»Das haben wir aber nicht konstruiert«, sagte Theor Close angewidert.

»Ich weiß«, erwiderte Sam geduldig. »Wenn ihr die Rampe entwickelt hättet, wäre das Problem natürlich nicht aufgetreten.« Die Phansuris waren durch die Bank technische Genies. Das war allgemein bekannt. Deshalb mußten sie es auch nicht besonders betonen.

»Wo liegt nun das Problem?« fragte Theor affektiert.

»Ein Siedler hat Verbrennungen im Gesicht und am Hals erlitten. Durch den Rückstoß wurde das Schutzblech abgerissen, und weil er zu nahe an dem Ding stand, wurde er vom Feuerstrahl erfaßt.«

»Wozu verwendet ihr es denn?« fragte Betrun Jun.

»Mit der Zeit wird der Ackerboden ausgelaugt, so daß wir bestimmte Spurenelemente ersetzen müssen. Die Mengen sind aber so gering, daß es sich nicht einmal rentieren würde, sie dem Dünger beizumischen. Also warten wir darauf, daß der Wind in die richtige Richtung dreht, und dann schießen wir mit diesem Startgerät einen Behälter etwa zwei Meilen hoch in die Luft. Das Gemisch ist so fein, daß es vom Wind über mehrere hundert Quadratmeilen verteilt wird; es dauert Tage, bis alle Teilchen auf den Erdboden gesunken sind. Diese Methode ist zwar primitiv und schmutzig, aber höchst wirkungsvoll.«

»Der Starter braucht eine Resonanzkammer«, stellte Betrun Jun fest. »Einen Torus an der Basis«. Er fertigte eine Skizze an und präsentierte ihnen das Ergebnis. »Mit Absorptionsflächen.«

»Das sieht aber ulkig aus«, sagte Sam schnaubend. »Als ob man eine Makkaroni durch einen Krapfen gebohrt hätte.«

»Nun, wonach auch immer es aussieht, die Druckwelle wird in der ringförmigen Kammer neutralisiert. Dadurch wird jegliche Verletzungsgefahr ausgeschlossen. Die Umrüstung ist schnell erledigt; wir werden uns sofort darum kümmern. Wie viele benötigen Sie?«

»Elf, für jede Siedlung eine. Dazu ein paar Ersatzteile.«

Jun trug die elf Siedlungen in die Liste der Einrichtungen auf Hobbs Land ein, die bereits die Minen, die Düngemittelfabrik und die Zentralverwaltung umfaßte.

»Noch etwas?«

Sam hakte den zweiten Punkt ab. »Die Treibstoffleitung des Kultivators mit der Nummer 1701 ist undicht. Der Fahrer hat eine Gozon-Vergiftung erlitten.«

»Sonst noch jemand verletzt worden?«

»Nur der Fahrer. Er war benommen und gereizt, mehr nicht.«

»Da habt ihr aber Glück gehabt«, sagte Theor Close. »Auf Pedaria hat ein Operator mit einer Gozon-Dröhnung nämlich drei Leute abgemurkst, bis es uns endlich gelang, ihn ruhigzustellen.«

»Ich frage mich nur, weshalb die Chemiker keine ungefährlichere Substanz entwickeln«, sinnierte Sam.

»Haben sie auch schon. Aber sie ist nicht so wirkungsvoll. Wenn man die Sicherheitsvorschriften befolgt, ist der Umgang mit Gozon jedoch unproblematisch.« Theor Close holte eine Schutzmaske aus dem Werkzeugkoffer und setzte sie auf. Dann öffnete er die Luke von 1701 und holte den Behälter heraus. »Wo soll ich ihn hinlegen?«

Sam schaute sich um und wies auf eine leere Werkbank an der Seite.

Theor legte den Behälter darauf ab und ging zur Luke zurück. »Wenn Dämpfe austreten, liegt das Problem wahrscheinlich bei der Ventildichtung. Das war jedenfalls auf Pedaria die Ursache.« Dann zog er sich mit einem schmatzenden Geräusch aus der Luke und wandte sich an Bertrun Jun: »Willst du dir das mal ansehen? Der Dichtring muß einen Riß haben, aber ich sehe ihn nicht.«

Ein Siedler fuhr auf einem Vielzweck-Schlepper mit einer angehängten Sprüh-Einheit in die Scheune.

Bertrun schlängelte sich durch die Luke. »Kein Wunder, daß du den Riß nicht gefunden hast«, rief er nach einiger Zeit, »weil es nämlich gar keinen gibt.« Seine Stimme hallte in dem engen Raum wider, und schließlich schlüpfte er wie ein Maulwurf wieder durch die Luke. »Bist du auch sicher, daß das die richtige Einheit ist, Sam?«

»Absolut sicher«, bekräftigte Sam und verglich die auf die Luke gepinselte Nummer mit der auf der Liste.

Der Mann am Tor setzte den Schlepper zurück.

Erneut steckte Jun den Kopf aus der Öffnung. »Das Leck muß im Treibstoffbehälter selbst sein. Wo haben Sie ihn installiert?«

Sam drehte sich um, und plötzlich verquickten der Behälter, die Werkbank und der Schlepper sich in einer schrecklichen Vision: Die Sprüh-Einheit stieß gegen die Werkbank, die Bank stürzte um, der defekte Behälter fiel auf den Boden, und die aus ihm entweichende violette Wolke nebelte den Fahrer des Schleppers ein.

»Mein Gott«, flüsterte Theor Close, riß den Werkzeugkoffer auf und holte eine weitere Maske heraus. Er warf sie Sam zu, der sie reflexartig aufsetzte. Sam starrte den Fahrer an, dem alle Farbe aus dem Gesicht gewichen war. Und dann wich diese Blässe zunächst einem Ausdruck der Irritation, dann der Wut. Der Fahrer schaute sich um und erkannte die drei Männer. Langsam stieg er vom Schlepper hinunter.

»Er wird versuchen, uns zu töten«, sagte Bertrun Jun mit einer seltsamen Gelassenheit. »Uns oder jemand anders, der ihm gerade über den Weg läuft.«

Nun hob der Mann eine Brechstange vom Boden auf und kam auf sie zu. Ein Hüne, sagte Theor sich. Ein Hüne, der sich mit der Zielstrebigkeit eines Roboters bewegte.

»Hever«, sagte Sam. »Gib mir die Stange.«

»Er hört Sie nicht«, flüsterte Close. »Er kann Sie nicht hören. Er ist völlig von der Außenwelt abgeschnitten.«

»Hever«, wiederholte Sam. »Gib mir die Stange. Gib sie mir.« Er entfernte sich von den anderen und lenkte so die Aufmerksamkeit des Fahrers auf sich; er tänzelte langsam, damit der Fahrer ihn auch im Auge behielt.

»Gibt es ein Gegenmittel?« fragte Sam fast beiläufig.

»Nein«, erwiderte Close. »Jedenfalls haben wir keins dabei.«

»Habt ihr wenigstens etwas dabei, mit dem man ihn außer Gefecht setzen könnte?« fragte Sam.

»Nein«, sagte Close. »Leider nicht.«

»Mit euch ist aber auch gar nichts los«, stellte Sam fest; er tänzelte noch immer. »Dort drüben an der Wand ist ein Erste-Hilfe-Kasten. Dieses rote Ding. Darin befinden sich ein paar Ampullen mit Schmerzmitteln. Glaubt ihr, daß ihr es bis dorthin schafft?«

»Du hast doch eine Waffe im Gürtel stecken«, sagte Jun. »Du hast ein Messer.«

»Ist dir etwa daran gelegen, daß Hever stirbt?« fragte Sam mit einem erstaunten Unterton. »Oder soll ich ihn vielleicht verstümmeln? Er wird sich doch wieder erholen, oder?«

»Irgendwann schon«, entgegnete Close heiser und beobachtete, wie Jun sich rückwärts auf den Erste-Hilfe-Koffer zubewegte. »Ich glaube aber nicht, daß die Schmerzmittel etwas bewirken werden. Diese Dämpfe, die er inhaliert hat, verleihen dem Opfer eine drei- bis vierfache Stärke und Schnelligkeit.«

»Aber wir können es zumindest versuchen, nicht wahr?« fragte der noch immer tänzelnde Sam. Er hatte den Fahrer fast bis zum Tor gelockt, drehte sich nun um und versuchte, ihn in die entgegengesetzte Richtung zu dirigieren. »Wäre zu riskant, ihn nach draußen zu lassen. Dann fällt er womöglich über einen Passanten her.«

»Ich habe die Ampullen«, flüsterte Jun.

»Glaubst du, du schaffst es ... äh ... leg sie in meiner Bewegungsrichtung auf den Boden. Auf den Mähdrescher dort.«

Jun schlich zum Mähdrescher und legte den Koffer dort ab.

»Aufmachen!« rief Sam. »Um Himmels willen, Mann, ich werde keine Zeit haben, ihn selbst aufzumachen.«

Erneut ergriff Jun den Koffer und öffnete ihn. Dann schüttete er ein halbes Dutzend Ampullen auf die Handfläche und legte sie in einem Stapel auf die Erntemaschine.

»Jetzt«, sagte Sam beiläufig. Er tänzelte noch immer, um den an einen Zombie erinnernden Mann, der mit dem Brecheisen herumfuchtelte, in Bewegung zu halten. »An der Wand, wo der Koffer gehängt hat, ist ein Alarmknopf. Würdest du diesen Knopf bitte drücken und dem Notdienst sagen, daß wir Fesseln und Paralysatoren benötigen.«

»Sam, nimm wenigstens das Messer in die Hand«, sagte Close.

»Ich muß beide Hände frei haben«, entgegnete Sam. »Geh doch hinter der Erntemaschine in Deckung, Theor. Dann wird Hever dich nicht sehen, wenn wir uns umdrehen.«

Theor verschwand.

Dann griff der Zombie an. Er drang auf Sam ein und holte mit der Brechstange aus. Sam wich zur Seite aus, stellte dem Angreifer ein Bein und entfernte sich tänzelnd in Richtung des Mähdreschers, bis die Ampullen in Reichweite waren. Er steckte vier in die Tasche und behielt zwei in der Hand. Dann entfernte er die Nadelhülsen und legte je eine Ampulle auf die Handflächen. Als Hever sich wieder vom Boden aufrappelte, rannte Sam an ihm vorbei und schlug ihm mit beiden Händen auf den Rücken.

Dann ließ er die leeren Ampullen fallen und bereitete sich auf einen zweiten Durchgang vor.

»Komm schon, Hever«, flüsterte er. »Sei ein lieber Junge und gib dem alten Sam das Brecheisen, ja?«

Hever indes reagierte nicht im mindesten auf diese Aufforderung; sein Gesicht war maskenhaft starr. Die beiden Ampullen hätten genausogut mit Wasser gefüllt sein können. Wenn überhaupt eine Veränderung bei ihm eintrat, dann die, daß er sich noch etwas schneller bewegte. Erneut holte er mit der Stange aus, wobei er Sams Kopf nur um wenige Zentimeter verfehlte. Sam duckte sich unter dem Schlag ab und schlug Hever mit beiden Händen auf die Brust. Hever versuchte ihn zu packen. Sam ließ sich fallen und rollte sich ab; als er wieder auf die Füße kam, hatte er bereits die Hand in der Tasche, um die letzten beiden Ampullen hervorzuholen.

»Fesseln und Paralysatoren«, sagte Jun mehrmals. »Wir hatten ein Leck im Treibstofftank. Wir brauchen Gurte und Paralysatoren. Bitte beeilt euch!«

»Um Himmels willen, Sam«, rief Theor Close. »Du könntest ihm wenigstens ein Bein abtrennen. Wir bringen ihn dann nach Phansure und klonen ihm ein neues!«

»Geht nicht«, keuchte Sam. »Dann wäre er für lange Zeit arbeitsunfähig, und ich brauche ihn hier. Die Produktion ist eh schon gesunken.« Er schlug Haken wie ein Hase. »Außerdem ist das Abtrennen von Gliedmaßen schmerzhaft. Und das Klonen von neuen auch!«

Erneut schwang Hever die Brechstange. Diesmal erwischte es Sam. Die Stange streifte ihn am Arm, und Sam ließ ihn sinken und ballte die Hand zur Faust. Die Ampulle fiel zu Boden.

»Verdammt«, sagte Sam. »Oh, verdammt.« Er bückte sich, um die Ampulle aufzuheben. Der Arm gehorchte ihm nur widerwillig.

Hever drang auf ihn ein und schwang die Stange …

Und dann fiel er. Urplötzlich. Nach vorne, wo Sam kniete. Er stürzte auf den Boden, zuckte kurz und lag dann reglos da.

Drei mit Gurten und Paralysatoren ausgerüstete Siedler betraten die Scheune.

»Ist er tot?« fragte einer.

»Er hat vier Ampullen Schmerzmittel intus«, entgegnete Sam. »Aber es wäre möglich, daß er sich nach dem Aufwachen immer noch nicht beruhigt hat. Geht kein Risiko ein.«

»Und was ist mit dir, Sam?«

Mit schmerzverzerrtem Gesicht zuckte Sam die Achseln. »Ich glaube, mein Arm ist gebrochen.«

Theor und Betrun begleiteten Sam zum Hospital und blieben bei ihm, bis der Arm untersucht und in eine Schlinge gelegt worden war. Dann verabreichten die Ärzte ihm noch eine Spritze zur Beschleunigung des Heilungsprozesses sowie eine Ampulle seines eigenen Schmerzmittels und schrieben ihn für den Rest des Tages krank.

»Tut mir leid«, wandte Sam sich an die Phansuris.

»Der Arm ist zwar nicht gebrochen, aber ich fühle mich trotzdem nicht danach, wieder an die Arbeit zu gehen.«

»Das ist schon in Ordnung«, murmelte Theor Close. »Wirklich, Sam, das ist schon in Ordnung.«

»Ihr könnt nun zurückgehen und das zu Ende bringen, was wir angefangen haben«, schlug Sam vor. Er taumelte, und sie fingen ihn auf. Dann drehten sie ihn mit dem Gesicht in die Richtung, in der das Bruderhaus sich befand.

»Das ist eine gute Idee«, antwortete Betrun Jun. »Sag mal, Sam, war dieser Mann – Hever, ist er ein Freund von dir?«

Sam schaute ihn ausdruckslos an. »Nein. Eigentlich nicht.«

»Aha«, sagte Jun. »Gut. Dann machen wir uns am besten an die Arbeit. Dann könnten wir vielleicht … eine Besichtigungstour unternehmen, bis es dir wieder besser geht.«

»Ich wüßte nicht, was es hier zu besichtigen gibt. Es sieht überall so aus wie hier.« Mit dem unversehrten Arm wies Sam auf die umliegenden Felder. »Im Norden befindet sich das Hochplateau«, sagte er und deutete in die angegebene Richtung, wo der Höhenzug sich wie eine Schlange um die Welt zog und an beiden Seiten in säulenartigen, steilen Klippen endete. »Dort befinden sich die Ruinen der Owlbrit-Dörfer, falls Sie ein Faible für Ruinen haben. Dann gibt es noch ein paar Seen dort oben; in einigen tummeln sich Lebewesen, die sogenannten Hochland-Allesfresser. Sie fressen fast alles, einschließlich Steine zur Verdauung. Vielleicht bekommen Sie einen zu Gesicht.«

»Das Hochplateau scheint nicht sehr interessant zu sein«, sagte Jun mißmutig. Er war mit sich selbst unzufrieden. Mit Theor. Überhaupt mit allem. In Zukunft sollte jeder Phansuri-Ingenieur einen Paralysator im Werkzeugkoffer haben. Diese Notwendigkeit war offensichtlich, nur daß er bisher nicht daran gedacht hatte. »Dieser Planet ist wirklich ziemlich langweilig, zumindest in geographischer Hinsicht.«

Theor Close versetzte ihm einen Tritt, jedoch erfolglos.

»Das hat natürlich auch seine Vorteile«, sagte Jun in dem für ihn typischen, dozierenden Tonfall. »In konstruktiver Hinsicht vereinfacht es die Dinge; es nimmt ihnen gleichsam die Extreme.«

»Vielleicht ist der Planet langweilig, aber er bietet gute Voraussetzungen für die Landwirtschaft«, sagte Sam, wobei er zu seiner Verwunderung feststellte, daß er sich persönlich angegriffen fühlte.

»Ich glaube, wir sollten uns lieber wieder mit dem Kultivator befassen«, regte Theor Close an, nachdem er festgestellt hatte, daß Jun plötzlich ein verlegenes Gesicht machte. »Der defekte Kraftstoffbehälter muß schließlich noch ausgebessert werden.« Er klopfte Sam auf die Schulter und zog Jun mit sich fort. Sam ging derweil ins Bruderhaus.

»Weshalb, zum Teufel, hast du dieses Thema angeschnitten?« knurrte Close. »Er kann doch nichts dafür, daß dieser Planet so öde ist.«

Betrun dachte über diese Frage nach, wie die Phansuris über die meisten Dinge nachdachten, gründlich und analytisch.

»Anscheinend glaube ich das doch«, sagte er schließlich. »Immer wenn wir eine andere Welt besuchen, fühle ich mich irgendwie ... überlegen. Dabei spielt es keine Rolle, wohin wir gehen. Ob es nun Thyker, Ahabar oder ein anderer Planet ist. Wir sind die Intelligentesten. Die Besten. Du weißt schon.«

»Ich weiß«, bestätigte Theor errötend.

»Aber irgendwie hat er es geschafft, daß ich mich ... irgendwie komisch fühlte.«

»Weil er diesen Mann nicht verletzen wollte.«

»Ja. Genau deshalb.«

»Ich weiß«, sagte Theor. »Es hat mich auch ziemlich… irritiert.«

»Ich meine, er hat es nicht einmal in Betracht gezogen.«

»Ich weiß.«

»Wir hätten alle dabei draufgehen können. Das hätte er zumindest berücksichtigen müssen!«

Theor Close nickte. »Natürlich hatte er in diesem Moment alle Hände voll zu tun«, sagte er. »Und wenn du anstelle des Mannes gewesen wärst, hättest du wahrscheinlich auch keinen Wert darauf gelegt, daß Sam dir ein Bein amputiert hätte.«

»Wahrscheinlich nicht«, bestätigte Betrun Jun grummelnd.

»Und wenn sich wieder eine Gefahrensituation ergeben sollte, dann wäre es mir schon recht, wenn jemand wie er das Kommando hätte.«

»Das habe ich mir auch schon überlegt.«

Theor klopfte seinem Kollegen auf die Schulter. »Schaffen wir den Treibstoffbehälter fort, bevor noch jemand verletzt wird.«

* * *

Als Sam das Bruderhaus betrat, war er in einer ziemlich düsteren Stimmung. Er hatte Schmerzen, und wo der Vorfall nun vorüber war, kam er sich etwas dumm vor, weil er sich eine solch banale Verletzung zugezogen hatte. Es war … nun, es war einfach nicht heroisch. Er hätte sich schneller bewegen müssen. Im Grunde war der alte Hever nämlich gar nicht so schnell. Das Schmerzmittel machte ihn benommen und versetzte ihn in einen entrückten Zustand, und obendrein ärgerte er sich noch über die beiden Phansuris. Er wußte, daß Hobbs Land keinen allzu hohen Erlebniswert aufwies – Theseus hatte das auch schon bemerkt –, aber den beiden verdammten, großkotzigen Phansuris stand es eben nicht zu, ihm das zu sagen.

Sam holte eine Flasche Wein aus einem Versteck und ging auf sein Zimmer, um so lange zu trinken und sich mit den Büchern zu befassen, bis er entweder einschlief oder seine Laune sich wieder besserte. Die Beschäftigung mit den Büchern trug generell dazu bei, seine Stimmung aufzuhellen.

Einige Jahre vor seiner Ernennung zum *Topman* hatte er das Hobby des Buchbindens entdeckt, und er frönte dieser Beschäftigung auch weiterhin, obwohl er beruflich sehr engagiert war und die anderen glaubten, er müsse sein Steckenpferd deshalb aufgeben.

»Du wirst nun keine Zeit mehr haben für deine Bücher«, hatte seine Mutter mit Bedauern gesagt, nachdem er zum *Topman* ernannt worden war. »Wie schade. Mir gefallen sie nämlich auch, Sammy. Sie riechen so gut.« Das stimmte, denn sie hatten Einbände aus seltenen Leder- und Holzsorten, und auf dem Künstlermarkt der Zentralverwaltung hielt er immer Ausschau nach neuen Exemplaren. Die Seiten wurden natürlich von den Archiven erstellt; allerdings war es Sam nach einigen Bemühungen gelungen, seine Vorstellungen bezüglich Seitengröße, Schriftbild und Satzspiegel durchzusetzen. Die Abbildungen hatte er auch selbst ausgewählt, wobei er jeweils entschieden hatte, ob die Illustrationen aus Reproduktionen von Holzschnitten, Kupferstichen, Gemälden oder gar Fotografien bestehen sollten, die dann von den Archiven hergestellt wurden. Jedes Buch enthielt mindestens eine Geschichte, die er in den Archiven gefunden hatte – die Sage von Theseus war zuerst aufgelegt worden –, wobei Sam jede Geschichte dergestalt verändert und umgeschrieben hatte, bis sie seinen Vorstellungen von wahrem Heldentum entsprach. Nach der Drucklegung versah er die Bücher dann mit stabilen, sorgfältig gearbeiteten Deckeln mit dekorativen

Vorsatzblättern, die eine Frau aus einer anderen Siedlung angefertigt hatte; zum Schluß wurden die Titel in goldenen Lettern eingeprägt. Die von Sam produzierten Bücher wiesen eine große Ähnlichkeit mit den Bänden auf, die er im Archiv gesehen hatte. Die Museen bewahrten sie in Vakuum-Vitrinen auf, und manche der jahrtausendealten Bände stammten sogar noch von *Menschenheimat*.

»Sie riechen so gut«, hatte Maire immer gesagt, ohne indes daran zu denken, sich einmal mit dem Inhalt der Werke zu befassen. Sie hatte noch nie ein herkömmliches Buch gelesen. Von den Studenten an den Universitäten und den Besuchern der großen Bibliotheken abgesehen, hatten die wenigsten Leute einmal ein Buch in die Hand genommen. Wenn man wissen wollte, was in den alten Bänden stand, war es bequemer, sich an den Computer zu setzen, der einem dann eine Zusammenfassung oder einen Kommentar ausdruckte oder gar eine Verfilmung des jeweiligen Werkes vorführte, wenn einem der Sinn danach stand.

»Warum investierst du soviel Zeit darin?« hatte Sal gefragt und die Kinder von den Regalen ferngehalten, damit sie nicht aus Versehen ein Buch auf den Boden warfen und zerstörten. Sam indes hatte nur nach seinem Lieblingsbuch gegriffen und sich hingesetzt. Ein Kind saß auf dem Schoß und zwei schauten ihm über die Schulter, während er ihnen die Bilder zeigte. Fasziniert lauschten sie der Legende vom Helden der alten *Menschenheimat*, dessen Vater ein Schwert und ein Paar Stiefel unter einem Felsbrocken versteckt hatte. Und als der Held seinen Vater schließlich gefunden hatte, wurde er damit beauftragt, gegen den bösen Minotaurus zu kämpfen.

»Warum hat der König das gemacht?« fragte Sams ältester Neffe. »Der Junge ist einfach hingegangen.«

»Was ist denn ein Vater?« wollte der Zweitälteste wissen.

»Wie ein Erzeuger«, hatte Sam leicht pikiert erwidert. »Und weil der König wußte, daß sein Sohn ein Held werden wollte, hat er ihm eine heldenhafte Aufgabe gestellt.« So stand das zwar nicht in den Archiven, aber in Sams Augen hätte es sich so abspielen müssen, zumal Theseus ihm nicht widersprochen hatte.

»Ich wäre in Athen in Sicherheit gewesen«, hatte Theseus ihm gesagt. »Aber bloße Sicherheit wäre meiner nicht würdig gewesen. Also habe ich darum gebeten, nach Minos gehen zu dürfen. Ich bin dem Minotaurus mit einem Lied auf den Lippen entgegengetreten.« Er schürzte die Lippen, und sein Gesicht wurde zu einer Maske, die Zuversicht und Mut ausstrahlte.

»Ich weiß«, hatte Sam keuchend gesagt. »Du mußtest dem Tod ohne mit der Wimper zu zucken ins Auge sehen, um dich des Königs würdig zu erweisen.«

»Ich nehme an, der Held und sein Vater haben am Ende der Geschichte zueinander gefunden«, fragte Sal mit einer gekünstelten Anteilnahme, die Sam jedoch ignorierte. »Darum geht es bei der Geschichte doch, nicht wahr?«

»Ich glaube schon«, erwiderte Sam, wobei er sich erinnerte, daß die Geschichte durchaus kein Happy End gehabt hatte. Der Vater des Helden war zum Schluß gestorben, weil der Held entweder des Guten zuviel getan oder etwas Wichtiges unterlassen hatte. Wie dem auch sei, sein Schicksal hatte sich erfüllt. Es war ihm ohnehin bestimmt gewesen, zu sterben.

Sam hatte auch die Geschichte des Heopthy Jorn gelesen, der seinem Vater versprochen hatte, die Einheit des Königreichs zu bewahren. Dann wurde er jedoch von seinem älteren Bruder in den Kerker geworfen, als Opfergabe für das grausame, menschenfressende *Chagrun*. Schließlich gelang ihm die Flucht, und später kehrte er zurück, wurde König und zeugte viele Söhne.

»In diesen Legenden werden ziemlich viele Söhne gezeugt«, kommentierte Sal mißbilligend. »Die Geschichten handeln fast nur von Söhnen und Königen, Tod und Gewalt, aber fast nie von Onkels und friedlichem Zusammenleben. Wir sind eine matrilineare Gesellschaft, Sam, und das aus gutem Grund.« Sal war eine überzeugte Vertreterin der bestehenden Gesellschaftsform, aber schließlich kannte sie auch keine Alternativen.

»In einigen Legenden ist durchaus von Onkels die Rede«, hatte Sam widerwillig entgegnet, wobei er sich streiflichtartig fragte, weshalb er Sal überhaupt etwas von diesen Legenden erzählte. Sie war so kompromißlos... *weiblich!* Raffiniert, wie Theseus sich ausgedrückt hatte. Nicht das geringste Verständnis für die Belange der Männer.

»Wenn die Kinder in den Archiven herumstöberten, würden sie zu den gleichen Erkenntnissen gelangen«, hatte Sal noch einen draufgesetzt; sie fragte sich noch immer, weshalb Sam sich mit diesen Dingen beschäftigte.

Sam hatte sich nicht die Mühe gemacht, sie zu widerlegen. Es war nicht damit getan, einfach in den Archiven herumzustöbern. Sie würden wohl auf die Biographie des Helden stoßen und konnten sie dann mit hundert ähnlichen Legenden vergleichen, die Symbolik der Legende entschlüsseln und die Bedeutung der Ungeheuer erkennen, sie mochten zwar die psychologische Signifikanz der Spannungen zwischen dem Helden und dem König dechiffrieren, aber der eigentliche Kern würde ihnen verborgen bleiben. Es war Sam gewesen, der die Legende ›restauriert‹ hatte, indem er sie aus dem Korsett des Kommentars befreit und ihr die ursprüngliche Kraft und Lebendigkeit zurückgegeben hatte. Wenn jemand die authentische Version kennenlernen wollte, dann mußte er eins von Sams Büchern in die Hand nehmen und es lesen.

Wo er nun am Wein nippte und mit der Hand über die weichen Einbände strich, wurde Sam bewußt, daß er Sals Frage nach dem ›Weshalb‹ noch nicht beantwortet hatte. Die Antwort war ganz einfach: Es war ihm ein Bedürfnis, die Vergangenheit festzuhalten und die Legenden zu bewahren; er wollte sie nicht verlieren, wie es der Fall gewesen wäre, wenn sie in den Archiven verblieben wären, er wollte sie nicht verlieren wie seinen Vater und die Peitsche, als er nach Hobbs Land gekommen war. Menschen starben, und ihre Geschichten starben mit ihnen oder wurden unter tausend anderen Dingen verschüttet. Es reichte nicht, daß sie in den Archiven gespeichert waren. Manche Dinge blieben für immer in den Archiven verborgen, wie eine geologische Schicht von der nächsten überlagert wird und nie wieder zum Vorschein kommt. Hier im Regal indes lagen die alten Geschichten wie Skelette, die sich wieder in lebendige Menschen aus Fleisch und Blut zurückverwandelt hatten. Wenn er es schon nicht für seinen eigenen Sohn tun konnte (was ihn schmerzte), dann zumindest für Sals Söhne. Wenn sie alt genug waren, um hier bei ihm im Bruderhaus zu wohnen, würden sie die Bücher gemeinsam lesen. Das verschwieg er Sal aber.

Mit Theseus hatte er jedoch darüber gesprochen, wenn er sich nachts mit ihm im Tempel traf. Nach dem Tod von Bondru Dharm hatte Sam den Helden ziemlich lange nicht mehr gesehen, doch eines Tages tauchte er nördlich der Siedlung wieder auf, stärker und selbstbewußter als je zuvor. Theseus wußte, welche Bedeutung die Bücher, Legenden und Sagen hatten. Er hatte Sam geraten, in den Büchern nach Geschichten zu suchen, die von Ungeheuern handelten, denn sicher gab es hier auf Hobbs Land ein paar Monster, gegen die Sam antreten konnte; so würde er sich in Form bringen für die eigentliche Suche.

Sam bezweifelte zwar, daß es hier Monster gab, aber an der großen Anzahl wuchtiger Felsbrocken zum Umkippen, auf die Theseus ihn hinwies, gab es nichts zu deuteln. Manchmal wachte Sam am frühen Morgen im freien Gelände auf, zerschlagen und erschöpft von der nächtlichen Anstrengung.

»Geduld«, sagte Theseus lachend. »Die Zeit wird kommen.«

Sam trank den Wein und fuhr mit der unverletzten Hand über die Buchrücken. Bei der Suche nach Bildern von Ungeheuern und Heroen vergaß er die lästigen Phansuri-Ingenieure und hoffte, daß sein Schicksal sich erfüllen würde, solange er noch die Kraft hatte, sich ihm zu stellen.

* * *

Das Lieblingsspiel der Kinder der Siedlung Eins war eine Zeitlang ›Die Erforschung von Ninfadel‹ gewesen. Bei Ninfadel handelte es sich um den größten Mond von Ahabar, der von den Porsa bevölkert war, einer der drei intelligenten Rassen des Systems. Bezeichnend für das unerfreuliche Wesen der Porsa war die Tatsache, daß die übrigen Völker bis auf einen Beobachter keine Präsenz auf dieser Welt demonstrierten. Die Erwachsenen hielten dieses Spiel für ausgesprochen degoutant, was es für die Kinder um so attraktiver machte.

In jüngster Zeit pflegten die Kinder jedoch ein neues Spiel. Es hieß schlicht ›Draußen spielen‹, was schon seit Jahrtausenden als Tarnbezeichnung für diverse andere Aktivitäten verwendet wurde. Die Erfinder dieses Spiels waren die Cousins Samstag und Jeopardy Wilm, die in Freundschaft miteinander verbunden, wenn nicht gar ineinander verliebt waren (auch wenn sie sich das mit ihren vierzehn Jahren nicht eingestanden); auf jeden Fall waren sie unzertrennlich. Nach Schulschluß, wenn Samstag keinen Gesangsunterricht hatte und Jeopardy nicht beim Sport war, unternahmen sie oft Streifzüge durch das im Norden der Siedlung gelegene Gebiet. Die Getreidefelder erstreckten sich in alle Richtungen, doch im Norden befanden sich der Fluß mit dem Bänderweiden-Wäldchen, die Tempelruinen und ein breiter Streifen steiniger, jungfräulicher Wildnis, die zum Hochplateau hin anstieg.

Obwohl Samstag schlank und großgewachsen und Jeopardy klein und kräftig war, hatten sie doch die gleichen Augen, den gleichen Mund und die gleichen feingliedrigen Hände, die sich zuweilen wie durch Zufall berührten. Sie hatten den neuen Zeitvertreib an einem Nachmittag kurz vor Samstags Geburtstag entdeckt.

»Hoffentlich finde ich etwas *glaffis*«, hatte Samstag gesagt. »Ich brauche es als Zutat für die Geburtstagskuchen.« Dann hatte sie den Kopf zurückgeworfen, so daß Wellen durch das dunkle Haar liefen.

»Du willst die Kuchen mit *glaffis* verderben!« hatte Jep ausgerufen. »Würg.«

»Es schmeckt fast wie *neu*Zimt«, hatte sie gesagt. »Und *neu*Zimt ist uns ausgegangen.«

»Es hat überhaupt keine Ähnlichkeit mit *neu*Zimt. Sondern mit … mit *famug*.«

»Aber wirklich, Jep, die Geschmacksknospen hast du wohl in den Ohren. Wann hast du jemals *famug* probiert? Hä? Deine Mom und meine Mom reden zwar immer von *famug*, aber die ZV hat kein *famug* mehr beschafft, seit unsere Moms kleine Mädchen waren. Die Dürre auf Thyker hatte alle *famug*-Pflanzungen vernichtet, und die Vorräte in den Lagern waren bald aufgebraucht. Wann hast du es also probiert, hä?«

»Mom hat mir gesagt, wie es schmeckt«, verteidigte

er sich, wobei er sich fragte, ob sie es ihm wirklich gesagt hatte.

»Meine Rede. Deine Geschmacksknospen sitzen in den Ohren.«

»Gut, aber ich weiß, wie *glaffis* schmeckt, und ich sage noch immer *würg*. Erwarte bloß nicht von mir, daß ich den Kuchen esse.«

»Warte, bis es soweit ist.«

»Gern.«

Sie hatten die Siedlung verlassen und überquerten nun ein Weiden-Wäldchen, hinter dem die Ruinen der beiden Tempel in der bernsteinfarbenen Nachmittagssonne lagen.

»Wenn du das Zeug wirklich willst: Es wächst in einem der Tempel«, sagte Jeopardy.

Samstag verzog das Gesicht. Sie hatte ab und zu schon mit anderen Kindern in den Tempeln gespielt, aber im Grunde gefiel es ihr dort nicht. Irgendwie verursachten die Gewölbe und die ausgetretenen Böden ihr Unbehagen; wie bei einer bestimmten Art von Musik lief es ihr kalt den Rücken hinunter. Allerdings war die Abneigung auch nicht so stark, daß sie überhaupt nicht dorthin gehen wollte. Vorausgesetzt, sie blieben nicht zu lange.

Sie wateten durch das Flüßchen, umgingen zwei knorrige Weiden, brachen durch das streifenförmige, ledrige Laub, das die Bäume wie ein Vorhang verhüllte und erklommen langsam den zu den Tempeln führenden Hang. Aus dieser Perspektive wirkten die Tempel wie Bausteine, dicke runde Klötze mit kleineren Aufsätzen.

»Sie sehen lustig aus«, sagte Samstag. »Wie ein Krapfen mit einer Kerze in der Mitte.«

»In der Mitte befand sich der Wohnsitz der Götter«, klärte Jeopardy sie auf. »Hier hat auch Bondru Dharm gewohnt. Und die Tempel sehen nur deshalb so komisch aus, weil sie keine Dächer mehr haben.« Sie kletterten über verstreute Steine und Schutthaufen zum Eingang und betraten den engen Vorhof. Der Boden vor ihnen senkte sich in einem flachen Bogen und stieg an der gegenüberliegenden Basis der von vergitterten Bögen durchbrochenen Ringmauer wieder an. Diese Mulde wurde von einem Kreuzgewölbe überdacht, wobei je zwei Bögenstümpfe auf der Außen- und Innenmauer ruhten. Samstag fand, daß das Gebäude von innen wie die Krapfen aussah, die Africa manchmal backte, wenn sie gerade Lust dazu hatte.

»Gehen wir dorthin, wo der Gott lebte«, schlug Jeopardy vor. Dann rutschte er auf dem Hinterteil den abfallenden Boden hinunter und krabbelte auf der anderen Seite wieder empor. Dabei lösten sich Fragmente des alten Mosaikbodens und rieselten in die Senke hinab. An der Ringmauer angekommen, spähte er durch ein Gitter und wartete, bis Samstag zu ihm aufgeschlossen hatte. Dann umrundeten sie im Uhrzeigersinn die Mauer und gingen durch die einzige Tür. Im Innern der Zentralkammer sahen sie, daß Flugsand und Blätter sich an dem im Mittelpunkt befindlichen Podest abgelagert hatten. Die Mauern ragten in den Himmel. Vom Dach war nichts mehr übrig.

Das Aroma stieg ihnen schon in die Nase, noch bevor sie den *glaffis*-Busch an der Wand entdeckten, dessen ölig glänzende Blätter sich in der Thermik wiegten.

»Schau«, krähte Jep. »Wie ich dir gesagt habe. Mom sagt, das Zeug wächst in natürlichen Kaminen entlang des Hochplateaus. Es gedeiht vor allem dort, wo die Luft aufsteigt und den Geruch verbreitet, so daß die Bestäuber die Pflanzen leicht finden.«

Samstag holte eine Plastiktüte aus der Tasche, schnippte ein paar Blättchen fort und verstaute das Kraut. »Und was willst du nun tun?« fragte sie und schnupperte an den Fingern. *Glaffis* roch aromatisch;

nicht süß, sondern sehr angenehm. Africa, Samstags Mutter, hängte oft *glaffis*-Zweige über den Kamin, damit die warme Luft den Duft im ganzen Schwesternhaus verbreitete. Da Samstag das Kraut nun gerochen hatte, kam der verfallene Tempel ihr plötzlich vertraut vor, und am liebsten wäre sie noch etwas geblieben. Es war kühl und schattig unter dem Gewölbe, und es roch gut; weshalb sollte sie also gehen?

Sie verließen die Zentralkammer und rutschten wieder die Mulde hinunter. Diesmal kletterten sie aber nicht wieder hinauf, sondern umrundeten den Tempel in der Senke, wobei sie die kleinen Steinchen herumkickten, aus denen der Mosaikboden bestanden hatte. Als sie zu einem erhaltenen Abschnitt des Mosaiks kamen, kniete Samstag sich hin und betrachtete es eingehend.

»Wie schön«, sagte sie. »Schau, das hier ist ein Blattmuster. Blätter, Ranken und Früchte. Und dies ist eine Weide, und das eine Wolfs-Zeder.«

»Wo sind denn die Früchte?« fragte er und kniete neben ihr nieder. »Ach, da sind sie ja. Das sind aber Nüsse.«

»Und du willst der Sohn eines Botanikers sein. Nüsse *sind* Früchte.« Dann klaubte sie die überall verstreuten Steinchen zusammen und begab sich an die Restaurierung der angrenzenden Flächen. »Jep, könntest du vielleicht Klebstoff besorgen?«

»Welchen Klebstoff? Für Baustoffe oder Maschinenteile?«

»Um die Steinchen festzukleben.« Sie hatte bereits ein Blatt restauriert sowie den langen Zweig, an dem es hing. »Ich möchte diese Stelle reparieren. Das macht sicher Spaß.«

Jep, der an einem anderen Abschnitt arbeitete, grunzte nur. Als sie den Tempel nach mehr als einer Stunde wieder verließen, hatten sie mehrere Blätter und eine Ranke restauriert. Am nächsten Nachmittag kamen sie wieder. Jep hatte diverse Klebstoffe mitgebracht, von denen einer geeignet war, die Mosaiksteinchen auf den Pflastersteinen anzukleben. In der darauffolgenden Woche hatten sie aus den Kindern der Siedlung ein Dutzend Helfer rekrutiert.

Die zehnjährigen Miffe-Zwillingsmädchen, die keine Lust hatten, auf dem Boden herumzukriechen, schlossen sich den von ihnen verehrten Tillan-Brüdern an, die elf beziehungsweise zwölf Jahre alt waren, und halfen ihnen beim Saubermachen des Tempels: Sie rupften die in den Ritzen des Bodens wachsenden Gänseblümchen und Disteln aus, beseitigten den Staub, der sich kniehoch an den Wänden abgelagert hatte und entsorgten den von Menschen zurückgelassenen Abfall. Als sie damit fertig waren, beschlossen die Mädchen, die Mosaiksteinchen nach Größe und Farbe in Behälter zu sortieren, um den Restaurateuren die Arbeit zu erleichtern. Die ausgeblichenen Steinchen, die mehr oder weniger die gleiche Form hatten, waren von einer großen Farbenvielfalt: hell- bis dunkelgrau, mehrere Grüntöne, beige und weiß, diverse Roséabstufungen. Zum Sortieren der Steinchen war jeder Ort geeignet, so daß die Miffle-Mädchen sich ständig in der Nähe der Tillan-Jungen hielten.

Am Ende der dritten Woche war die Rekonstruktion in vollem Gange, wobei der Boden den Eindruck eines riesigen Puzzles vermittelte. Die Behälter mit den akkurat sortierten Steinchen standen bereit. Flaschen mit geklautem Klebstoff waren an der Mauer aufgereiht. Arbeitsgruppen mit drei bis zwölf Kindern erschienen zu den unmöglichsten Zeiten und rekonstruierten ohne Anleitung ein Muster, von dem sie nie eine Vorlage gesehen hatten.

Als ungefähr vier Fünftel des Bodens restauriert waren, beklagte Samstag sich über den Staub. »Ich wünschte, wir hätten ein paar Balken«, sagte sie und fuchtelte mit einem improvisierten Besen herum. »Der

Wind bläst laufend Schmutz auf das Muster, und wir müssen ihn immer wegfegen, damit wir überhaupt sehen, was wir machen. Wenn wir ein paar Balken hätten, könnten wir ein Dach errichten.«

»Dazu brauchen wir gar keine Balken«, sagte Jep. »Bist du schon mal im Bondru-Dharm-Tempel gewesen? Hast du dir mal die Decke angesehen?«

Samstag war schon dort gewesen, ohne indes einen Blick an die Decke geworfen zu haben. Mit dem Finger zeichnete Jeopardy zwei konzentrische Kreise in den Staub, wobei der eine den vierfachen Durchmesser des anderen aufwies. Er zeigte auf den kleineren Kreis und sagte:

»Das ist die Mitte, wo die Gitter sind und wo der Gott hingeht, richtig?«

Die anderen Kinder, dankbar für jede Art von Unterbrechung, stimmten darin überein, daß der Gott in die Mitte ging.

Dann verband Jeopardy die beiden Kreise durch eine Reihe von Geraden, die strahlenförmig vom kleinen Kreis ausgingen. »Das sind die Steinbögen«, sagte er. »Davon gibt es zweiundsiebzig im Tempel. Also müssen wir nur die Bögen überbrücken. Das sind etwa sechs Fuß an der Mauer, und in der Mitte rücken sie fast ganz zusammen. Das Dach des Bondru-Dharm-Tempels besteht aus Wolfszedern-Schindeln.«

»Woher weißt du das denn?« fühlte Samstag sich bemüßigt zu fragen.

Jeopardy wollte schon antworten, hielt aber plötzlich inne. Dort, wo die Antwort hätte sein sollen, verspürte er nur eine Leere. Für das, was er vor einigen Tagen getan hatte, mußte es einen Grund gegeben haben, der über die reine Neugier hinausging. Er war an einem Bogen emporgeklettert und hatte eine Probe aus der Decke gesägt, die er dann seiner Mutter zur Analyse vorgelegt hatte. Er wußte wirklich nicht, weshalb er das getan hatte. »Ich weiß es eben«, erwiderte er lahm. »Ich weiß es eben.«

»Ich glaube, wir könnten eine Wolfszeder mit einem Lasermesser fällen«, sagte einer der Tillans in der für ihn typischen lethargischen Art. Alle Tillans hatten die gleiche Mimik und den gleichen Tonfall. »Ich habe eins dabei.«

Ein paar andere Kinder, darunter der andere Tillan-Junge und die beiden Quillan-Jungen, Deal und Willum R., sowie ihre Cousinen, Sabby und Gotoit, hatten ebenfalls Zugang zu Werkzeugen zur Holzverarbeitung. Während der Rest der Schar sich weiterhin der Restaurierung des Mosaiks widmete, durchstreiften die größeren und stärkeren Kinder den Wald und markierten schlanke Stämme, aus denen das Dach entstehen sollte. Gegen Abend kamen sie singend aus dem Wald zurück, wobei die Stimme von Samstag den Kinderchor wie die Stimme einer Lerche übertönte.

* * *

Maire Girat wurde von Samstags Gesang auf die Veranda ihres Schwesterhauses gelockt. Die glockenhelle Stimme des Kindes war unverkennbar. Maires früheste Erinnerungen handelten von ähnlicher Musik. Nicht daß sie selbst gesungen hätte, sondern sie hatte wundervolle Gesänge im Kopf gehört, Solostimmen und Chöre, die wundervolle Melodien angestimmt hatten. Und Samstags Stimme glich einer dieser Stimmen, die sie als Kind gehört hatte.

Als Maire vier oder fünf Jahre alt war, wachte sie eines Morgens auf, als der Rest der Familie noch schlief. Sie sah, wie der Vorhang sich in einer leichten Brise bauschte und von einem Sonnenstrahl durchdrungen wurde. Plötzlich verspürte sie die Inspiration zu einem Lied, und ihr Gesang erfüllte den von der Morgensonne erleuchteten Raum.

Mam war in ihr Zimmer gestürzt, Dad und die vier älteren Geschwister, und alle standen sie verdutzt um ihr Bett herum, wo sie, noch immer etwas verschlafen, ein Lied sang. Danach hatte sie zu jedem Anlaß gesungen. Allmählich war die innere Musik in den Hintergrund getreten und kehrte nur in diesem Grenzbereich zwischen Schlaf und Erwachen zurück, oder nachts, wenn sie von großen Chören träumte, die im Leerraum zwischen den Welten ekstatische Gesänge anstimmten.

Sie hatten außerhalb von Scaery im County Bight gelebt, wo die Ost- und Nordküste der Halbinsel von Voorstod sich trafen und wo Voorstod wie ein Knie in die graue See von Ahabar hinausragte. Über dem grünen Marschland wogten die dichten Nebel, so weich und schützend wie die Schwingen eines Engels. Weil ihre Geschwister alle viel älter waren als sie, spielte sie mit den Gharm-Kindern. Sie waren kleiner als sie, hatten einen dunkleren Teint und sehr geschickte Hände. Wenn sie unter sich waren, unterhielten sie sich manchmal in der alten Sprache ihres Volkes, obwohl sie das eigentlich nicht tun durften. Wenn man sie dabei ertappte, wie sie sich dieser Sprache bedienten, so hatten sie Maire erzählt, würden die Pastoren von Voorstod sie zur Strafe auspeitschen.

Jeden Morgen ging Maire hinaus in den Nebel, zu den hinter dem Haus gelegenen Quartieren der Gharm. Fess und Bel lebten dort, die Töchter der Haus-Gharm der Manones, und Bitty, ein Sohn der Feld-Gharm der Manones.

»Was wollen wir denn spielen?« fragte Maire.

»Abenteuer«, schlug Bitty vor. »Wir gehen an einen weit entfernten Ort und jagen ein Monster.«

»Ich bin das Monster«, sagte Fess. Fess war das größte der Gharm-Kinder, fast so groß wie Maire. Fess spielte gern das Monster, den großen *Ally-Gaggle* im

Sumpf oder den Riesen, der sie alle in den Kochtopf gesteckt hatte.

Also war Fess das Monster, und das Monster fing Maire und hielt sie gefangen, bis Bitty in letzter Minute zu ihrer Rettung eilte.

Fess' Mutter, Lilla, war Maires Kindermädchen-Gharm gewesen. Als Maire noch ein Wickelkind gewesen war, hatte Fess' Mutter sich um sie gekümmert. Und auch später ging Maire, wenn sie unglücklich war, noch zu Lilla und weinte sich bei ihr aus.

Manchmal gingen die Kinder hinaus auf die Felder und spielten Verstecken. Dabei waren die Gharm natürlich im Vorteil, denn wegen ihrer geringen Größe war es schwer, sie zu finden, und wenn sie dann doch aufgestöbert wurden, krümmten sie sich schier vor Lachen.

»Ich liebe dich, Fess«, sagte Maire Manone. »Und ich liebe dich, Bel.«

Daraufhin umarmten Fess und Bel sie, aber keine von beiden sagte ein Wort.

»Ich liebe Fess und Bel«, sagte Maire zu ihrer Mutter.

Die wurde plötzlich sehr schweigsam.

»Wie ist ihr Nachname, Mam?« fragte Maire, worauf ihre Mutter ihr sofort mit zwei Fingern den Mund verschloß; Maire hatte nämlich an ein Tabu gerührt.

»Die Gharm haben keine Familiennamen«, sagte ihre Mutter im Flüsterton. »Nur Rufnamen, Maire. Keine Nachnamen. Wenn du einen Gharm brauchst, dann verwende den Vornamen. Mehr ist nicht nötig.«

Also war Fess nur Fess und Bel war nur Bel, aber Maire hieß mit vollständigem Namen Maire Manone.

»Ich habe zwei Namen, und ihr nicht«, krähte sie. »Ich habe zwei Namen.«

Mit großen Augen drehte Fess sich zu Bel um. Bel runzelte die Stirn. Zuerst wirkten beide schockiert und verwirrt, doch dann wurden sie ganz gelassen, als ob ein Feuer in ihnen erloschen wäre. Lilla stand an der Hintertür des Hauses und hörte zu. Das tat sie immer; sie lauschte jedem Wort, das gesprochen wurde. »Fess, Bel«, sagte sie. »Kommt jetzt rein. Es gibt Arbeit.«

Wortlos wandten sie sich ab und verschwanden im Nebel.

»Sie wollen nicht mehr mit mir spielen!« beklagte Maire sich bei ihrer Mutter.

»Sie müssen arbeiten«, sagte sie mit leiser Stimme. »Laß sie in Ruhe, Kind.«

»Ich will aber, daß sie mit mir spielen«, sagte Maire weinend.

Ihr Vater hörte das und sagte: »Du rufst diese Brut beim Vornamen, Maire Manone, und dann sagst du ihnen, was du von ihnen willst, und sie werden es tun.«

Also sagte sie »Fess«, und Fess kam. Sie sagte: »Spiel mit mir«, und Fess tat alles, was Maire von ihr verlangte. Alles. Hinsetzen. Sag dieses. Sag jenes. Steh auf und hol mir dies und das. Nur daß Fess nichts aus eigenem Antrieb tat. Sie befolgte zwar jede Anweisung von Maire, aber sie ergriff nicht selbst die Initiative.

»Du spielst ja gar nicht richtig!« rief Maire.

»Ich tue alles, was du mir sagst«, erwiderte Fess emotionslos. »Stehe zu Diensten.«

»Aber du hast doch früher mit mir gespielt!«

»Das war, bevor du uns gesagt hast, daß du zwei Namen hättest. Damit hast du ausgedrückt, daß du die Herrin bist und wir die Sklaven sind.«

Nachdem Maire ins Haus gegangen war, brach sie in Tränen aus. Dann kam Dad herein. Er war müde und hatte sich außerdem über irgend etwas geärgert. Er fragte sie nach dem Grund ihres Kummers, und sie sagte ihm, daß Fess nicht mehr mit ihr spielen wolle. Also holte Dad die Peitsche und verließ das Haus. Wenig später hörte Maire Fess schreien.

»Sie wird jetzt mit dir spielen«, sagte Dad, als er wieder das Zimmer betrat und die Peitsche zusammenrollte. Sie war naß und hinterließ Tropfen auf dem Fußboden, kleine dunkle Punkte, die niemand sah außer Maire.

Maire sah Fess am nächsten Tag wieder, als Mam mit Medikamenten und Lebensmitteln zu den Unterkünften der Gharm ging. »Sieh dir das an«, zischte Mam ihr zu. »Das soll dir eine Lehre sein. Es ist deine Schuld, weil du dich in der Gegenwart deines Vater über die Gharm beschwert hast, Maire. Es reicht schon, wenn sie von den Pastoren ausgepeitscht werden; dann muß dein Vater das nicht auch noch tun. Merk dir das!«

Fess' Rücken war mit blutigen Striemen übersät; an einigen Stellen schien sogar das Weiß der Knochen durch. Fess lag mit dem Gesicht zur Wand und sagte kein Wort. Ihr Atem ging rasselnd. Fess lag im Sterben; sie hatte den Kopf in der Ecke zwischen Bett und Wand verborgen. Sie glühte vor Fieber, und bald darauf starb sie. Danach spielten die Gharm nie wieder mit Maire, und sie fragte sie auch nicht mehr, ob sie mit ihr spielen wollten.

Nach diesem Vorfall verklang die Musik in ihr allmählich. Sie hatte einen Traum gehabt, in dem weiße Vorhänge sich sachte vor großen, bogenförmigen Fenstern bauschten, während ein Chor auf einem grünen Hügel sang. Manchmal erschien diese Szene ihr noch im Traum, und dann weinte sie beim Aufwachen über das, was sie verloren hatte.

»Weshalb weinst du, Kind?« fragte Mam ungehalten wegen ihrer Tränen.

»Ich vermisse die Stimmen in meinem Kopf«, sagte sie weinend. »Die vielen Stimmen in meinem Kopf.« Dabei war es Fess, die sie vermißte, Bel und Bitty. Die verlorene Unschuld. Die kleinen dunklen Punkte waren noch immer auf dem Fußboden. Niemand wischte sie auf. Auch wenn Lilla den Boden fegte, waren sie anschließend immer noch da. Schließlich hätte sie kaum sagen können, daß sie Fess vermißte. Also schob sie die Musik in ihrem Kopf vor.

Mam rief sie zur Ordnung und sagte ihr, sie solle keinen Unsinn reden; sonst würden die Propheten kommen und sie abholen. »Schon schlimm genug, daß du draußen singst, wo die Leute und vor allem die Männer dich sehen«, sagte sie. »Wenn du nicht so jung wärst, würde man das nicht dulden. Wenn du außerdem noch Unsinn redest, wird man dir das aber nicht durchgehen lassen, egal wie jung du bist.«

Also enthielt sie sich fortan aller Klagen über die Gharm. Man beschwerte sich nicht über sie, es sei denn, man nahm in Kauf, daß sie verkrüppelt, verstümmelt oder getötet wurden. Wenn eine Beschwerde laut wurde, nahm ein Mann die Peitsche – es gab sogar Frauen, die das taten –, oder man schickte nach dem Pastor, und das bedeutete dann das Ende des betreffenden Gharm. Dann war es schon besser, sie einfach zu ignorieren. Der Nebel unterstützte sie dabei. Wenn man nicht hinter das Haus trat, sah man nicht einmal die Quartiere der Gharm. Und es war auch möglich, die Haus- und Feld-Gharm zu ignorieren. Mit der Zeit sah man einfach durch sie hindurch, als ob sie gar nicht da wären, und man sprach auch nicht mehr von ihnen, um Denunzianten keinen Ansatzpunkt zu bieten.

Bald ging Maire auf die *Zorn*-Mädchenschule, um sich von den zölibatären Lehrern unterweisen zu lassen. Und in der Schule sang sie. Sie gab kleinere Konzerte, und einmal sang sie sogar vor ganz Voorstod. Das Konzert fand in *Wolke* statt, auf einer Plattform, die auf dem Marktplatz über den Pfählen errichtet wurde, an denen sonst die Delinquenten ausgepeitscht wurden. Es war das letzte Mal, daß sie sich ohne Schleier in der Öffentlichkeit zeigte. Weil sie mit ihren zwölf Jahren nun eine Frau war, war es ihr nur noch erlaubt, vor anderen Frauen und vor ihrer Familie zu singen oder Aufnahmen zu machen, nur daß ihr Portrait nicht auf dem Cover erscheinen durfte. Sie legte die Kutte an, welche die Frauen laut Anordnung der Propheten in der Öffentlichkeit zu tragen hatten, bis sie alt und grau geworden waren und bei den Männern keine Lustgefühle mehr wecken konnten. Die Männer waren nämlich zu wichtig und wertvoll, als daß man sie der üblen Versuchung hätte aussetzen dürfen, die von den Frauen ausging. Weshalb sollten die Männer das Paradies des Gesichts einer Frau oder der Kurven ihrer Brüste wegen aufs Spiel setzen? Erst als alte Frau würde Maire die Kutte ablegen und das Gesicht wieder der Sonne und dem Wind aussetzen dürfen, wie sie es als Kind zum letztenmal getan hatte.

Bevor sie den Schleier tragen mußte, hatte sie Lieder über Voorstod geschrieben, Lieder über Wiesen, Wälder und felsige Küsten, Liebeserklärungen an die einfachen Dinge des Lebens, Lieder von Adlern, die über den Klippen kreisten und von Krähen im Kornfeld. Bei den geflügelten Lebewesen von Voorstod handelte es sich zwar nicht um Adler und Krähen im eigentlichen Sinn, und auch das Getreide war im Grunde kein Getreide, aber die alten Bezeichnungen paßten ganz gut, zumal die Propheten angeordnet hatten, keine neuen Wortschöpfungen zu prägen, wenn die alten Namen den Sachverhalt auch hinreichend beschrieben.

Mit vierzehn gab sie ihr erstes kommerzielles Konzert, eine musikalische Kulisse für eine Informationsveranstaltung, an der auch andere weibliche Interpreten mitwirkten. Maires Präsenz auf solchen Veranstaltungen trug ihr den Namen ›Stimme von Voorstod‹ ein. Das Honorar für die Aufnahme ging an ihren Vater, der ihr indes einen kleinen Betrag überließ, um sie zu ›motivieren‹, wie er sich ausdrückte. Er war ein ausgesprochen geldgieriger Mensch. Da kamen die Honorare seiner Tochter ihm gerade recht, um seine Saufbrüder in der Taverne freizuhalten, weitere Gharm zu erwerben und seinen Kopfputz zu verschönern. Dieser von phansurischen Juwelieren gefertigte Schmuck, insbesondere die gehobene Qualität, war nämlich sehr kostspielig.

Das war das erste Geld, das Maire je in Händen gehalten hatte. Sie erinnerte sich, wie sie es auf die Handfläche gelegt und betrachtet hatte, als ob es sich gleich in etwas anderes verwandeln würde. Es sah so unscheinbar aus, dieses Geld. Ein paar Münzen und drei Scheine. Und doch konnte sie sich davon ein Kleid oder ein Paar Schuhe kaufen oder eine Karte für die überfüllte Frauenloge in der Konzerthalle.

Maire kaufte sich indes überhaupt nichts, sondern gab das Geld Lilla. Lilla war mittlerweile auch älter geworden, aber ihr Gesicht war noch immer ohne Falten, und der Pelz auf dem Kopf und am Hals war noch immer schwarz.

»Das ist für eure Flucht«, flüsterte Maire. »Für dich, für Bel und Bitty.«

Lilla sah sie mit einem unergründlichen Blick an. »Flucht?«

»Nach Ahabar. Schau mich nicht so an, Lilla. Ich weiß, daß Gharm nach Ahabar fliehen. Frauen verschwinden auch nach Ahabar. Ich belausche sie immer bei ihren Gesprächen.«

»Ein Fluchtversuch könnte uns das Leben kosten.«

»Wenn ihr hierbleibt, könnte es euch auch das Leben kosten«, sagte Maire weinend. »Fess ist schon tot.«

»Meine Tochter«, sagte Lilla würdevoll. »Meine Tochter Fess Salion, von der Grünen Schlange Chenka.«

Maire verstand zwar nicht die Bedeutung des Wortes *Chenka*, aber sie spürte, daß es eine besondere Bewandtnis damit hatte. »Ihr habt ja doch Nachnamen.«

»Selbstverständlich haben wir Nachnamen. Glaubst du denn, wir hätten keine Geschichte, Voorstoderin?«

»Die Männer sagen …«

»Die Männer sind allesamt Lügner«, zischte Lilla und widmete sich wieder dem Besen. »Sie saugen die Lügen wie Rauch in ihre Lungen und speien sie wieder aus!«

Sie kamen nicht mehr auf dieses Thema zu sprechen, aber Maire sparte das ganze Geld, das ihr Vater ihr zukommen ließ. Als sie schließlich glaubte, es sei genug, legte sie es in einen Krug und stellte ihn auf die Treppe der Gharm-Unterkunft. Lilla sagte nichts, aber eines Morgens stand der Krug nicht mehr da. Noch in diesem Jahr waren alle Gharm des Manone-Anwesens verschwunden.

Dad bekam einen Tobsuchtsanfall. Mam weinte. Maire sagte überhaupt nichts und schüttelte nur in vorgetäuschtem Kummer den Kopf.

»Illoyaler Abschaum«, brüllte Dad. »Verräterische Tiere.«

»Weise«, flüsterte Maire unhörbar, um sich die Richtigkeit ihrer Handlung noch einmal zu bestätigen. »Mutig.«

Im Spätsommer kaufte ihr Vater neue Gharm, zwei Männer und eine Frau mit Kindern. Maire sprach kein Wort mit ihnen und erteilte ihnen auch keine einzige Anordnung. Wenn die Gharm keine Befehle erhielten, konnten sie sie auch nicht falsch ausführen oder gar mißachten. Das war für Maire die einzige Möglichkeit, Widerstand zu leisten.

Wenn sie mit anderen Frauen sprach, legte sie jedes einzelne Wort auf die Goldwaage. Frauen, die sich an Auspeitschungen beteiligten, sprach sie erst gar nicht an. Aber es gab auch noch solche, die Mitleid mit den Gharm hatten und ihnen halfen. Gharm erschienen mitten in der Nacht und tippten mit Gespensterfingern an die Fenster. Sie versteckten die Gharm in Kellern und Heuhaufen und statteten sie mit Lebensmitteln, Kleidung und Geld aus.

»Hast du vielleicht eine Erklärung für das Verschwinden der Gharm?« fragte Dad sie.

»Mit solchen Dingen beschäftige ich mich gar nicht«, erwiderte sie. »Die Musik nimmt mich voll in Anspruch.«

»Sie sind unsere Diener, weißt du«, klärte er sie auf. »Sie haben einen tausendjährigen Dienstvertrag unterzeichnet, und sie haben noch fünfhundert Jahre abzuleisten.«

»Ich habe davon gehört«, sagte sie; sie hatte schon so oft davon gehört, daß sie es nicht mehr hören konnte.

»Sie sind an uns gebunden«, fuhr er fort, wobei sie ihn nur ausdruckslos ansah. Er fragte Mam, wann Maire ihn zum letzenmal geküßt und Dad genannt hatte, worauf sie ihn an die Peitsche und Fess, das kleine Gharm-Kind, erinnerte. Aber, sagte er zu Mam, das würde sie ihm doch wohl nicht mehr nachtragen. Schließlich läge es schon einige Jahre zurück.

»Ich weiß nicht«, erwiderte Maires Mutter. »Ich habe keine Ahnung. Sie beschäftigt sich nur mit ihren Liedern und spricht nicht mit mir.«

Obwohl Lilla und ihre Familie nun fort waren, waren die Erinnerungen an Scaery doch zu schmerzlich. Als Phaed Girat den ganzen Weg von *Wolke* kam und um ihre Hand anhielt, hoffte sie, daß es dort besser oder zumindest anders sei. Sie war bei weitem nicht die einzige, die sich von solchen Erwägungen leiten ließ; viele ältere und erfahrenere Frauen hatten schon aus dem gleichen Motiv geheiratet. Mit siebzehn Jahren war sie durchaus schon im heiratsfähigen Alter, zumal Phaed ein stattlicher Mann mit funkelnden Augen und der Attitüde eines stolzierenden Hahns war. Er liebte ihren Gesang, so sagte er, und lobte sie über den grünen Klee. Sie saßen in der Laube, sie bis zu den Augen verschleiert, und er machte ihr Komplimente; Mam stand direkt hinter der Tür, wobei er so plaziert war, daß sie ihn sehen konnte. Manchmal erzählte er interessante Geschichten.

»Vor langer Zeit führte Gott uns zu einem neuen Land, wo wir die Gharm fanden«, sagte Phaed. »Unser Gott war stärker als die kleinen Götter des Gharmish-Volks, denn ihre Götter waren nur so groß wie sie selbst. Wir nahmen das Land in Besitz und nannten es Voorstod, denn das war der Name unseres Propheten. Wir jagten die Gharm in die Wüsten und Polarregionen und machten uns die Welt untertan, wie Gott es befahl. Der Allmächtige Gott hatte uns gesagt, wir sollten fruchtbar sein, uns vermehren und die Welten besiedeln, und das taten wir auch, bis diese Welt besiedelt war, wie wir zuvor schon andere Welten besiedelt hatten.«

Als Maire sich dann mit den Gharm unterhielt, die sich auf die Flucht vorbereiteten, bekam sie eine etwas andere Version zu hören. Sie berichteten von ausgebeutetem und übervölkertem Land, das zu einem Schlackeklumpen verkommen war und wo saurer Regen fiel, der nur noch Dornbüschen eine Existenz ermöglichte. Die Gharm verhungerten in der Wildnis, die Voorstoder hatten die Städte auf halbe Ration gesetzt, und das Land lag tot zu ihren Füßen, denn der Gott der Voorstoder war ein Gott der Vernichtung, der nichts erschuf, sondern alles zerstörte, Planeten wie Lebewesen, und der sich nur um die Belange der Menschen kümmerte.

»Bald hatten wir alles genommen, was der Planet uns zu bieten hatte«, sagte Phaed mit oberlehrerhafter Attitüde, »doch der Allmächtige Gott in seiner Weitsicht öffnete uns ein Tor zu einem anderen Planeten. Und als wir uns anschickten zu gehen, wer kam da angekrochen und bat uns, mitkommen zu dürfen? Natürlich die Gharm.«

Die Gharm wußten von dem Tor. Es ruhte nämlich auf dem Fundament von Toten, von hunderttausend toten Gharm-Sklaven. Sie erzählten Maire, wie man die Gharm zusammengetrieben und nach Gewaltmärschen wie Vieh in Ställe gesperrt hatte.

»Wir wären lieber dort gestorben«, sagten die Gharm nachts im Flüsterton zu Maire, »aber sie fingen uns ein und verkauften uns, und diejenigen, die sie nicht verkauften, brachten sie mit an diesen Ort.«

Phaed schilderte den Hergang natürlich etwas anders. Er erzählte die Story immer wieder, und wenn er ein paar Schnäpse intus hatte, kleidete er sie sogar in Liedform. Ob er die Geschichte nun prosaisch, poetisch oder als Lied zum besten gab, es blieb eine Lüge, sagten die Gharm. Sie wären am liebsten auf ihrem verwüsteten Planeten gestorben, aber dieses Recht hatte man ihnen nicht zugestanden. Und die größte Lüge überhaupt war der Vertrag. Kein Gharm hatte diesem Vertrag jemals zugestimmt.

All das hatte Maire Sam sagen wollen, als er sie nach den Liedern gefragt hatte. »Meine Lieder erzählen die Geschichte des Landes«, hatte Maire ihrem Sohn gesagt, als sie ihm von Fess, Bitty und Bel erzählte. »Es gab Wälder, Meere und die Sonne. Aber es gab keine Gharm, Sammy.«

Sam wußte nichts von den Gharm. Als er noch ein kleines Kind war, hatte Maire ihm die Hand vor die Augen gehalten und gesagt, daß er die Gharm nicht sehen würde. Was er nicht sah, konnte er auch nicht verletzen. Er wußte nichts von den Gharm.

Er wußte nichts von ihnen und hatte auch nicht verstanden, wovon Maire überhaupt sprach. Sie hatte ihm Dinge erzählt, die sie noch niemandem erzählt hatte, von Fess und Lilla und von dem Tag, da sie Scaery verlassen hatte, um Phaed Girat zu heiraten, wie sie gesehen hatte, daß der Saum ihres Kleides über das kleine schwarze Einsprengsel auf dem

Boden glitt. Diese dunklen Punkte waren zum Symbol ihrer Ehe geworden und standen für alles, was sich zwischen ihnen ereignete. Ihr Sohn indes verstand gar nichts.

»Keine Gharm in meinen Liedern«, sagte sie sich nun auf der Veranda ihres Schwesternhauses in der Siedlung Eins, wo Samstag Wilms Stimme die Dunkelheit durchdrang. Keine Gharm, kein Gesang zwischen den Sternen, keine Magie, keine Musik. Alles gehörte der Vergangenheit an. Sie hätte weinen mögen beim Gedanken an den kleinen Maechy, der leblos auf der Straße lag. Das Herz wurde ihr schwer beim Gedanken an die blutüberströmte, im Sterben liegende Fess.

* * *

China Wilm hörte, wie Jeopardy das Haus betrat und mit lauten Schritten auf sein Zimmer ging. Sie speicherte das letzte Dokument einer Reihe von aktualisierten Ernte-Ertrags-Berichten ab und schaltete den Computer aus, nachdem sie noch einen kurzen Blick auf die Uhr geworfen hatte. Siebzehn komma zwei. Werktage, die in dieser Jahreszeit um fünf oder sechs Uhr begannen, endeten um sechzehn beziehungsweise siebzehn Uhr. Um siebzehn Uhr wurde es bereits dunkel, aber es war noch immer hell genug, um den außerhalb der Siedlung gelegenen Tempel zu besichtigen.

Sie hatte sich nie sonderlich für den Tempel interessiert, bis Jep ihr die Holzprobe gebracht und sie gebeten hatte, sie zu analysieren. Da erinnerte sie sich, daß sie einmal etwas über Dendrochronologie gelesen hatte, eine alte Methode, bei der man anhand der Jahresringe das Alter von Holz bestimmte. Weshalb sollte sie nicht spaßeshalber ermitteln, wann der Tempel errichtet worden war? Daß niemand es wußte, machte es um so reizvoller. Anhand verschiedener Proben konnte sie dann eine Sequenz von Jahresringen erstellen. Damit hätte sie für eine Weile eine interessante Freizeitbeschäftigung; vielleicht würde sie die Ergebnisse auch in den Archiven abspeichern und sich so ewigen Ruhm als Forscherin sichern.

Außerdem müßte sie dann nicht mehr ständig an Samasnier Girat denken. Es gab Tage, an denen sie ziemlich viel Energie aufwenden mußte, um die Gedanken an Sam zu verdrängen, aber sie hatte beschlossen, ihm weder in ihrem Kopf noch in ihrem Bett einen Platz einzuräumen. Sie führte nämlich ein ruhiges Leben ohne ihn. Mit ihm war es unerträglich gewesen. Sie hatte es mehr als einmal mit ihm versucht und war nun entschlossen, sich diesem Stress nicht noch einmal auszusetzen, obwohl sie vor Neugier fast platzte, mit welchem neuen Spiel Sam nun zugange war, falls es überhaupt ein Spiel war. Die halbe Nacht lief er umher und schrie die Hügel an, sagte Africa. Er forderte Drachen zum Kampf. Ein Viehtreiber war Sam frühmorgens auf dem westlichen Hügelkamm begegnet, ohne daß der ihn jedoch erkannt hätte. Er sei mit einem Knüppel bewaffnet gewesen, einem zum Schlag erhobenen abgebrochenen Ast, den er in letzter Sekunde heruntergenommen hätte, als ob er von einer unsichtbaren Hand geführt worden wäre. Der Viehtreiber war wie ein geölter Blitz zur Siedlung gerannt, ohne Sam nach den Beweggründen für dieses Verhalten befragt zu haben. Africa hatte er es natürlich gemeldet – sie war nämlich seine Teamleiterin –, und sie hatte sich dann an China gewandt. Nicht daß sie erwartet hätte, von China eine Erklärung zu bekommen. China hatte noch nie begriffen, was in Sam vorging.

China musterte sich schnell noch im Spiegel, bevor sie das Schwesternhaus verließ. Die Frisur war ordentlich; die schwarzen Locken fielen ihr bis dicht über die rasierten Brauen. Das Gesicht war sauber, und die

Kleidung war gut, wenn auch nicht modisch. ›Modisch‹ war eine Bezeichnung, die ältere Frauen auf anderen Planeten im Zusammenhang mit Kleidung verwendeten, in einer phansurischen Stadt, in einem anderen Leben. Nicht einmal in der Zentralverwaltung war man modisch gekleidet; allerdings war China in diesem Zusammenhang mehrmals die Bezeichnung ›sexy‹ zu Ohren gekommen. Was wohl soviel wie ›nackt‹ bedeutete, mutmaßte China. Haut zeigen. Vielleicht Brüste oder Beine. Manchmal übte China sich vor dem Schlafzimmerspiegel in solchen Posen und hüllte sich dabei in diverse luftige Fummel. Sie mußte eine exhibitionistische Ader haben. Sam wäre schier verrückt geworden. Wenn sie sich so in der Öffentlichkeit präsentiert hätte, wäre sie vom Siedlungsrat geächtet worden! Geschlechtsverkehr durfte man haben. Sexy auftreten aber nicht. Obwohl einige Leute durchaus sexy waren. Sam zum Beispiel. Er war überaus sexy.

Samasnier, Samasnier Vorcel Girat, rezitierte sie im Geiste. Samasnier war hyper, das war sein Problem. Er war einfach zu gut drauf. Vielleicht mußte ein *Topman* hyper sein, aber Sam übertrieb es. China wäre zu einer dauerhaften Beziehung mit ihm bereit gewesen, wenn er nicht so aggressiv und wunderlich gewesen wäre. Was wollte er überhaupt? Er wollte die Geheimnisse des Lebens ergründen? Er suchte Antworten? Worauf? Er wußte die Antworten nicht; und sie konnte sie ihm auch nicht geben. Und nun lief er nachts in der Gegend herum, mit einem komischen Gürtel, den er selbst angefertigt hatte, und benahm sich wie ein Idiot. Er glaubte, niemand wüßte es, aber jeder in der Siedlung wußte es. Merkwürdiger, wilder Sam. Und wenn der Viehtreiber die Wahrheit gesagt hatte, dann war er vielleicht nicht nur wunderlich, sondern nachgerade verrückt.

Das Problem war nur, daß niemand einen verrückten Sam wollte. Dafür machte er seine Arbeit zu gut. Wie er zum Beispiel den Zwischenfall mit Hever gemeistert hatte. Jeder andere hätte Hever die Beine zerschmettert, aber nicht Sam! Wenn irgend jemand aus der Siedlung der Zentralverwaltung meldete, daß Sam verrückt geworden war, würden sie ihn wegbringen, und das wollte niemand. Die Leute wollten nicht einmal, daß sie ihn heilten und zurückschickten, denn das hätte vielleicht eine Veränderung in ihm bewirkt. Wenn ein Patient die Psychiatrie verließ, war er nicht mehr derselbe wie vorher. Manchmal verfielen sie einfach in Apathie. Dann war es schon besser, ihm aus dem Weg zu gehen, wenn er sich draußen in den Hügeln austobte.

Sie verdrängte die Gedanken an Sam und lief den Pfad entlang zum Tempel, wobei sie den Theckles zuwinkte, die auf der Veranda ihres Singlehauses saßen. Mit fünfzig Jahren war Mard Theckles der älteste der Siedler gewesen, welche die Siedlung Eins gegründet hatten, wobei er zuvor schon Berufserfahrung bei einem anderen Hobbs-Farm-Projekt gesammelt hatte. Vor einigen Jahren war sein Bruder Emun auch nach Hobbs Land gezogen, nachdem seine Dienstzeit bei der Armee abgelaufen war. Emun hatte fünfzig Jahre lang in der Cyber-INST auf *Enforcement* gearbeitet. Beim Gedanken an diese Zombie-Armee, die auf Abruf in dem Mond lagerte, kam China das kalte Grausen. Also winkte sie den Brüdern (die aus der Nordprovinz von Phansuri stammten und größer und weniger temperamentvoll waren als die anderen Phansuri) zu und verdrängte den Gedanken daran, womit Emun sich fast sein ganzes Leben lang beschäftigt hatte.

Nach dem Haus der Theckles kamen nur noch zwei weitere Anwesen, die der Tillans und Quillows, dann die kleine Lagerhalle, ein pilzförmiges Betonhaus und zwei fragile Bambushütten, deren Wände das Sonnenlicht reflektierten. Schließlich erreichte sie den Tempel. Überrascht stellte sie fest, daß der Verfall des Gebäudes bereits eingesetzt hatte. Anscheinend räumte das Büro für Umwelt- und Naturschutz anderen Projekten Priorität ein.

Sie ging durch die schmale Tür und stand nun an der Kante der inneren ›Arena‹. Das Kuppeldach bestand aus quer über die Bögen gelegten Wolfszedern-Balken. Wie Jeb an die Probe gekommen war und wie sie eine zweite nehmen sollte, war ihr indes schleierhaft. Die Balken befanden sich allesamt außer Reichweite.

Sie ging hinunter in die mit einem Mosaik ausgekleidete Mulde und bückte sich, um das Muster in Augenschein zu nehmen. Erst jetzt bemerkte sie die Fasern zwischen den Mosaiksteinchen, die aus dem Lehmboden wuchsen und die einzelnen Elemente wie ein Saum umgaben. Sie berührte die Fasern, und als sie die Hand wegnahm, war sie mit einer pulvrigen Substanz überzogen. Die Mauern waren ebenfalls mit diesem trockenen pelzigen Überzug bewachsen. Was auch immer dieser feine Pelz gewesen war, nun war es tot.

Sie verließ die Mulde und schritt die umlaufende Galerie ab, wobei sie die Bögen auf eventuelle Haltepunkte untersuchte. Erst beim östlichen Bogen fand sie eine Aufstiegsmöglichkeit, eine Reihe von Löchern, die an einer Seite des Bogens verliefen. Es hatte den Anschein, als ob in regelmäßigen Abständen Steine aus dem Bogen gefallen wären und Haltepunkte von der Größe eines menschlichen Fußes zurückgelassen hätten. Dadurch war es möglich, an der Seite des Bogens hinaufzuklettern.

Staub rieselte auf ihr Gesicht, und Licht blendete sie. Sie schaute auf und sah Tageslicht, wo gar kein Tageslicht hätte sein sollen. Sie wischte sich das Gesicht ab und stellte fest, daß die Hand mit rotem Staub überzogen war, der von der Holzdecke fiel. Die Parallelbalken waren morsch. Nun rieselte noch mehr Staub herab, diesmal weiß, woraus sie folgerte, daß die Lehmschicht über dem Gebälk ebenfalls bröckelte. Wenn sie nun am Bogen emporkletterte und ein Stück aus dem Holz heraussägte, bestand durchaus die Gefahr, daß die ganze Konstruktion über ihr zusammenbrach! Aber das war lächerlich! Das Büro für Umwelt- und Naturschutz würde den Tempel doch nicht dem Verfall preisgeben!

Der Staub rieselte weiter, begleitet von einer unmerklichen Veränderung der Statik des Dachs. Als sie vorsichtshalber unter dem Bogen in Deckung ging, erzitterte er. Sie befürchtete, daß er der Kraft, die das sich verschiebende Dach auf ihn ausübte, nicht mehr lange standhalten würde. Die Tür, durch die sie die Kammer betreten hatte, die einzige Tür, befand sich auf der entgegengesetzten Seite.

Entschlußlosigkeit hatte man China noch nie nachgesagt. Sie rannte los. Es krachte im Gebälk, und eine Staubwolke wallte auf. Sie war noch sechs Bögen von der Tür entfernt, als die Balken gequält knirschten, aber sie drehte sich nicht um. Die Tür war zugefallen, nachdem sie die Kammer betreten hatte, und sie mußte sie nun mit Gewalt öffnen. Sie stürzte aus dem Gebäude und lief bis hinunter zur Straße. Erst dann drehte sie sich um.

Sie wurde Zeuge, wie das Dach fast in Zeitlupe und ohne besondere Geräuschentwicklung einstürzte. Das Dach der Zentralkammer überragte das Dach des Vorbaus um mindestens drei Meter und war auch nicht mit ihm verbunden. Dennoch stürzte es simultan mit dem niedrigeren Dach ein, wobei der Vorgang fast lautlos ablief.

Schließlich erhoben sich nur noch die blanken Steinbögen wie der Brustkorb eines Skeletts über das Chaos aus Balken und Staub. Der Tempel des Bondru Dharm glich nun den anderen Tempelruinen, denen in der Nähe und denen im Norden der Siedlung.

»Sieht fast so aus, als ob das Dach mit einem Desintegrator bearbeitet worden wäre«, ertönte plötzlich eine brüchige Stimme hinter China.

China drehte sich um und sah sich mit einer ziemlich großen Menschenmenge konfrontiert. Die Theckles standen dicht hinter ihr – Mard machte einen betrübten Eindruck, doch Emun wirkte dermaßen engagiert, daß es fast den Anschein hatte, er sei der Eigentümer des Gebäudes.

»Einige Soldaten auf *Enforcement* verfügen über eine Spezialausrüstung«, erklärte Emun. »Sie haben eine Art Gewehr, das als Desintegrator bezeichnet wird. Damit verwandeln sie jegliche Materie in Staub.«

»Auch Menschen?« fragte China spontan.

»Natürlich. Menschen, Tiere, Häuser, alles. Wenn das Gebäude wirklich von einem Desintegrator getroffen worden wäre, würden die Steinbögen auch nicht mehr existieren.«

Die beiden alten Männer blieben noch eine Weile neben ihr stehen, schüttelten den Kopf und unterhielten sich nuschelnd. Die anderen Schaulustigen, die auf dem Rückweg von den Feldern gewesen waren, zeigten murmelnd auf den Tempel und zerstreuten sich schließlich. Sie nickten und winkten China zum Abschied zu.

Nachdem der Staub sich gesetzt hatte, ging China zum Tempel zurück und durchsuchte die Trümmer nach einem Stück Wolfszedernholz. Aber sie fand nichts außer Staub und ein paar morschen Holzstücken, die bei der ersten Berührung zerbröselten. Nun würde niemand mehr erfahren, wann der Tempel des Bondru Dharm errichtet worden war. ›Desintegriert‹, sagte sie sich; ihr schauderte bei dem unangenehmen Klang des Wortes.

* * *

Der Hof der Zitadelle der Propheten in *Wolke* diente verschiedenen Zwecken. Dort fanden Versammlungen statt, wenn der Prophet sich bemüßigt fühlte, zu den Gläubigen zu sprechen. Apostaten und Häretiker wurden auf den Wällen bei lebendigem Leibe gepfählt, um etwaigen Nachahmern als warnendes Beispiel zu dienen. Manchmal landeten auch Gleiter aus anderen Regionen Ahabars in der mächtigen Zitadelle und setzten offizielle Besucher ab.

Die zwei in eine Kutte gehüllten, vermummten Gestalten, die eines späten Abends auf dem Hof landeten und in das weitverzweigte Haupthaus geleitet wurden, mußten offizielle Besucher sein. Sonst wären sie nämlich nicht weiter als bis zum Haupttor gekommen.

Die Männer gingen schweigend durch die Korridore des der Öffentlichkeit zugänglichen Teils der Zitadelle, der von den Anhängern der *Sache* frequentiert werden durfte. Schließlich erreichten sie das eiserne Tor, hinter dem die Privatquartiere des Propheten lagen. Es wurde mit großem Pomp entriegelt, und die beiden wurden in warme und helle Gemächer eskortiert, die mit flauschigen Teppichen und weichen Kissen ausgelegt waren. Bratenduft lag in der Luft. Es war einer der jüngeren Propheten gewesen, der ihnen Einlaß gewährt hatte und ihnen nun zunickte.

»Altabon Faros«, murmelte er. »Halibar Ornil. Getreuer Ornil, wenn du in der Kammer warten würdest…«

Halibar Ornil verneigte sich lächelnd und zog sich in die Kammer zurück, während Altabon Faros an der Kammer vorbei in die Quartiere des Propheten Awateh deroselbst geleitet wurde. Nachdem er sich im Foyer der schweren Kutte entledigt hatte, entpuppte er sich als ein großer, schlicht gekleideter Mann mit aristokratischem Habitus, der sich nur durch den militärisch kurzen Haarschnitt von den anderen Männern in der Zitadelle unterschied.

Der Prophet saß im Nebenzimmer auf einem gemütlichen Diwan, nippte an Fruchtsaft und las einen Kommentar zu den Schriften. Faros kniete vor ihm nieder und berührte mit der Stirn den Boden.

»Altabon Faros«, sagte der Prophet keuchend und schaute kurz von seiner Lektüre auf.

»Eure Heiligkeit«, sagte der andere und verstummte dann erwartungsvoll. Er und Ornil waren vorgeladen worden, und sie waren gekommen. Vielleicht würde er später die Gelegenheit haben, zu fragen ... zu bitten ... Aber nicht jetzt. Es war keine gute Idee, den Propheten bei einer Audienz um etwas zu bitten, jedenfalls nicht in diesem frühen Stadium der Audienz.

»Wie hast du es auf dem Mond *Enforcement* angetroffen?« begehrte der Awateh zu wissen.

Wie ich es angetroffen habe? fragte Altabon Faros sich verwundert. Ich bin mutterseelenallein, von diesem Fanatiker Ornil einmal abgesehen. Die meiste Zeit verspüre ich nur Furcht. Und wenn ich an Silene und die Kinder denke, überkommt mich Verzweiflung.

»Wir nähern uns dem Ziel, Awateh.«

»Mit Besorgnis habe ich vernommen, daß eine Verzögerung eingetreten sei«, sagte der Prophet mit gütiger Stimme. Wer den Propheten indes kannte, den schauderte es bei diesem Tonfall. Dieser scheinbar gütige Mensch war in Wirklichkeit ein Ungeheuer. »Diese Verzögerung bringt mich in eine schwierige Lage.«

»Es ist eine Verzögerung eingetreten, Awateh.«

»Es sollte aber keine weiteren Verzögerungen geben.«

Faros schluckte unbehaglich; er hatte eine trockene Kehle. »Gemach, Eure Heiligkeit. Wir haben nur bedingt Einfluß auf die Entscheidungen und Handlungen von *Authority*.«

»Details«, verlangte der Prophet. Faros schaute auf, wobei er sich fragte, ob der alte Mann überhaupt noch den Überblick hatte. Offensichtlich hatte er ihn. Sein klarer Blick war ein Indiz dafür. Als Altabon Faros den Awateh zum letztenmal gesehen hatte, war er kaum imstande gewesen, den Kopf gerade zu halten. Vielleicht hatte es sich nur um eine vorübergehende Schwäche gehandelt. »Berichte von Anfang an«, sagte der Prophet. »Als ob ich keine Ahnung hätte.«

Das war die übliche Masche der Propheten. Sie ließen sich die ganze Geschichte vortragen und überprüften sämtliche Details, um zu sehen, ob der Referent etwas ausließ, vom Sachverhalt abwich oder sich an Interna erinnerte, die ihn nichts angingen.

Faros sammelte sich. Die Geschichte hatte vor zwei Generationen begonnen, als ein Dutzend fanatischer Gläubiger sich die Haare hatte scheren lassen und Ahabar infiltrierte, indem sie sich als wohlhabende Pflanzer etablierten. Pflanzer lebten in der Anonymität und waren durchweg angesehene Leute, unabhängig von der Schule, die sie besucht hatten. Und wohlhabende Pflanzer waren besonders angesehen.

Die Pseudo-Pflanzer hatten ihre Kinder wie Ahabarianer erzogen und sie schließlich ›auf ein Internat‹ geschickt. Dieses ›Internat‹ befand sich in Voorstod, in der Zitadelle der Propheten. Irgendwann kehrten die Söhne dann zurück und gründeten ihrerseits eine Familie, während die Töchter indes nicht wiederkamen. Schließlich war auch nicht zu erwarten, daß die zur völligen Selbstaufgabe erzogenen Frauen, wie sie von den Gläubigen gebraucht wurden, sich in aller Öffentlichkeit zeigten. Dann wurde die zweite Generation von Ehefrauen und Müttern unter den Ahabarianern rekrutiert.

Silene Faros war eine von ihnen gewesen.

Bei Faros und Ornil handelte es sich nun um das Endergebnis all dieser Bemühungen, zwei Quasi-Ahabarianer, die auf *Enforcement* Karriere gemacht hatten. Faros und Ornil hatten beide makellose Personalakten und einen Rattenschwanz an Referenzen.

Auch wenn der Prophet angeblich alles hören wollte, diese Vorgeschichte bestimmt nicht; also beschränkte Faros sich auf seine eigene Biographie.

»Vor zehn Jahren bekam ich eine Stelle auf *Enforcement;* zuvor hatte ich nach dem Abschluß der Akademie in Fenice fünf Jahre in der Armee von Ahabar gedient«, trug er mit ausdrucksloser Stimme vor. Man mußte nämlich immer damit rechnen, daß der Awateh ohne ersichtlichen Grund einen Tobsuchtsanfall bekam. »Die Anhänger der *Sache* hatten mir bereits den Weg geebnet, indem sie einige Mitarbeiter des Personalbüros von *Enforcement* bestochen und so dafür gesorgt hatten, daß ich eingestellt wurde und einen geeigneten Posten erhielt. Anfangs war mein Rang noch zu niedrig, um an die von der *Sache* benötigten Informationen zu kommen, doch ich durchlief die Laufbahn in der schnellstmöglichen Zeit, wobei jede Beförderung von meinen Brüdern arrangiert wurde. Vor zwei Jahren wurde ich dann zum Oberstleutnant befördert; diesen Rang muß man mindestens bekleiden, um Zugang zu den Geheimdokumenten von *Enforcement* zu erhalten.« Er leckte sich die Lippen. Er hatte Durst, wagte es aber nicht, um Wasser zu bitten.

»Zu jener Zeit wurde deine Familie auch aus Sicherheitsgründen hierher gebracht«, sagte der Prophet schnurrend.

»Das ist richtig, Eure Heiligkeit.« Dabei hatte man ihm verschwiegen, daß seine Familie in die Zitadelle gebracht werden sollte. Silene und die Kinder lebten auf Ahabar, und wenn er Urlaub hatte, besuchte er sie dort. Von Voorstod hatte er Silene jedoch nichts erzählt. Im Grunde hatte er ihr nie etwas erzählt. Auf der Plantage in Ahabar hatte sie ein sicheres und glückliches Leben geführt. Es hätte also keinen Grund gegeben, sie und die Kinder von dort wegzuholen. Und doch hatte dieser alte … Seine Heiligkeit sie entführt und hierher gebracht!

»Ich wollte nur gewährleisten, daß keine unnötigen Verzögerungen mehr eintreten«, sagte der Prophet mit sanfter Stimme und nippte an seinem Getränk.

Faros, der nur zu gut wußte, welche Gefahr dieser Tonfall implizierte, stockte der Atem. Nachdem er sich wieder gefangen hatte, sagte er: »Ich hatte mich mit den Mobilmachungsprozeduren der Streitkräfte von *Enforcement* vertraut gemacht, sobald ich die Gelegenheit dazu bekam.«

Er hatte fast ein ganzes Jahr benötigt, um sich einen Überblick über die gesamte Einsatzplanung zu verschaffen. »Zuerst muß der Ständige Rat mit einer Zweidrittelmehrheit seiner einundzwanzig Mitglieder die Mobilmachung verbindlich beschließen. Dann bringt der Oberkommandierende der Streitkräfte den Beschluß persönlich nach *Enforcement*, wo er von seinen zwei Stellvertretern verifiziert wird. Dann nimmt der Oberkommandierende den Schlüssel …«

»Schlüssel?« fragte der Prophet, als ob er Faros' Ausführungen nicht verstanden hätte. Aber er wußte Bescheid. Er war bereits instruiert worden.

»Ein Gerät, in dem sein Gehirnwellenmuster gespeichert ist. Damit aktiviert der Kommandeur eine bestimmte Schaltfläche auf dem Mond *Enforcement*. Hinter dieser Fläche befindet sich ein Steuergerät, dem der Oberkommandierende und die beiden Vizekommandeure simultan einen Befehl erteilen. Mittels dieses Befehls werden die Sperren aufgehoben, und die Armee kann nach Belieben programmiert werden.

Es versteht sich, Eure Heiligkeit, daß viele dieser Prozeduren lediglich rituellen Charakter haben. Deshalb mußten wir im Grunde nur den Schlüssel und den Oberkommandierenden in unsere Gewalt bringen, dazu eine Aufzeichnung des von den drei Offizieren simultan artikulierten Codes. Er lautete: ›Sesam öffne dich.‹ Dieser Code weist eine mir unbekannte Konnotation auf. Auf jeden Fall gehört diese Wortfolge nicht zum alltäglichen Sprachgebrauch der drei höchsten Militärs.

Dennoch war es leicht, den Code in Erfahrung zu bringen. Die Kombination ›Öffne dich‹ bekamen wir sofort von allen drei Offizieren. Ich nahm mir zwei der Männer vor, und Ornil kümmerte sich um den dritten. Das andere Wort mußten wir aus Phonemen rekonstruieren, was etwas länger dauerte, doch schließlich waren wir bereit für die Aufnahme.« Faros leckte sich die Lippen. Sie waren so dicht dran gewesen, so verdammt dicht dran.

»Wir haben zur Kenntnis genommen, daß der Erfolg kurz bevorstand.«

»Das ist richtig, Eure Heiligkeit.«

»Aber dann habt ihr eine Verzögerung gemeldet. Verzögerungen bedürfen einer Begründung«, verlangte der Prophet mit harter, eisiger Stimme.

»Wir wollten die Erfolgsmeldung schon absetzen, als Vizekommandeur Thees plötzlich seines Kommandos enthoben wurde.«

»Hättet ihr den Schlüssel nicht schon benutzen können, bevor er weggeschickt wurde?«

»Er wurde nicht ›weggeschickt‹, Eure Heiligkeit. Als es geschah, befand er sich auf einem Bankett auf *Authority*, und er ist nicht mehr zurückgekommen. Der Oberkommandierende hatte auch an dem Bankett teilgenommen, und deshalb kamen wir nicht an ihn heran. Und als der Kommandeur zurückkehrte, hatte *Authority* das Paßwort bereits geändert; erst dann erfuhren wir von dem Zwischenfall.«

»Zwischenfall?«

»Die Sache hatte nichts mit Thees' Tätigkeit auf *Enforcement* zu tun. Beim Bankett auf *Authority* hatte er einer jungen Frau gegenüber eine anzügliche Bemerkung gemacht. Bei der Dame handelte es sich um die Tochter einer angesehenen Baidee-Familie, und als ein auf Ahabar rekrutierter Offizier hätte er wissen müssen, daß die Baidee nur untereinander heiraten. Die Familie der jungen Frau forderte seine Absetzung.«

»Du hättest mit diesem Problem rechnen müssen.«

»Ich bitte um Vergebung, Eure Heiligkeit.« Woher, bei allen Teufeln der Hölle, hätte er wissen sollen, daß der verdammte Ahabarianer sich vollaufen lassen und anschließend eine Baidee anmachen würde.

»Wieviel Zeit haben wir also verloren?« knurrte der Prophet.

»Wir haben das neue Paßwort bereits in Erfahrung gebracht. Die Stimmaufzeichnungen der beiden verfügbaren Männer haben wir auch schon kombiniert. Für die Mobilmachung sind aber drei Stimmen erforderlich, und für Vizekommandeur Thees ist noch kein Nachfolger bestimmt worden. Die Mühlen mahlen langsam auf *Authority*, und in dieser Sache muß *Enforcement* die Entscheidung von *Authority* abwarten.«

Unmittelbar nach besagtem Zwischenfall hatte Faros Voorstod benachrichtigt und dem alten Mann einen detaillierten Bericht vorgelegt. Geduld, hatte er gesagt. Eine unerhebliche Verzögerung. Geduld. Der alte Mann wußte schon alles. Jemand hatte es ihm erzählt!

Doch Voorstod wußte schon seit langem, was die Propheten unter Geduld verstanden: einen notdürftig kaschierten Tobsuchtsanfall. Die Lehre der Propheten besagte nämlich folgendes: Versagte ein Mann bei einer Mission, dann deshalb, weil der Allmächtige Gott ihm zürnte. Wenn Gott zufrieden mit ihm war, konnte er auch nicht versagen. Wenn er scheiterte, war Gott mit ihm unzufrieden, und die Propheten auch. Eine simple Logik.

»Ich verstehe«, sagte der Prophet affektiert und alles andere als überzeugt. »Jammerschade, daß ich nicht schon früher erkannt hatte, daß diese Verzögerung nicht ausschließlich auf deine Inkompetenz und Nachlässigkeit zurückzuführen ist. Ich befürchte indes, deine Familie hat unter deinem Mangel an Voraussicht leiden müssen.«

Erneut stockte Faros der Atem.

»Zweifellos hat der Allmächtige Gott dir vergeben«, sagte der Prophet. »Zweifellos steht Sein Sieg über die falschen Götter der Ungläubigen kurz bevor.«

Faros war deprimiert. Streiflichtartig hatte er eine Vision von einem anderen Mann, der irgendwo vor einem anderen Propheten oder einem anderen Gott kniete und dieselben Worte vernahm. Wurde irgendwo gerade ein anderer armer Vasall über sein Schicksal aufgeklärt? Vielleicht der Diener eines falschen Gottes? Faros hielt die Luft an und unterdrückte den fast unkontrollierbaren Drang, in ein hysterisches Gelächter auszubrechen. Vielleicht war es überhaupt nicht der Allmächtige Gott, dem er sein Versagen zu verdanken hatte. Vielleicht hatte der Allmächtige Gott einen unbekannten Feind. Vielleicht war andernorts ein anderer Gott nicht gewillt, vor den Gläubigen zu kapitulieren.

Altabon Faros schluckte und behielt diese Gedanken für sich. Sie allein hätten schon genügt, ihn der Verdammnis anheimfallen zu lassen. »Ich würde gern meine Familie besuchen«, murmelte er schließlich, als der Prophet offensichtlich ausgeredet hatte.

Der Prophet lächelte sonderbar und signalisierte ihm seine Zustimmung. Als Faros im Foyer die Robe überzog, betrat Halibar Ornil die Halle. Nun würde der Prophet eine zweite Befragung durchführen, um die beiden Versionen auf eventuelle Abweichungen zu überprüfen.

»Eure Heiligkeit«, hörte er Halibar Ornil im angrenzenden Raum sagen.

»Begründe diese Verzögerung. Berichte von Anfang an. Als ob ich keine Ahnung hätte ...«, hörte Faros den Propheten mit dem Gewicht einer göttlichen Verkündung sagen, als er zur Tür hinausging.

Die Frauenquartiere befanden sich hinter der Zitadelle, im angrenzenden Bergwald von *Wolke*. Eine Anzahl von Häusern war in den Waldsümpfen errichtet worden, die von hohen Mauern umgeben und von den Gläubigen bewacht wurden. Faros wurde zu einem dieser Häuser gebracht und trat durch das große, massive Tor.

Die Gharm-Frau, die er schon beim letzten Mal gesehen hatte, war wieder da und fegte gerade die Gartenwege. Unter gesenkten Lidern schaute sie ihn mitleidig an.

»Meine Frau?« fragte er.

Sie wies in Richtung des Pools. Nachdem er ein Stück gegangen war, sah er Silene und die Kinder am Pool, wo Blumen blühten, alte Blumen, die von den Gärten von *Zorn* und *Eisen* auf *Menschenheimat* stammten, viele tausend Jahre alt. Der Junge war jetzt sieben. Er war gewachsen. Das Mädchen war noch ein kleines Kind. Erst drei. Faros lief zu ihnen hin. Als die Kinder ihn sahen, rannten sie fort wie aufgescheuchte Vögel. Seine Frau drehte sich erschrocken um und regte sich nicht.

»Silene!« rief er und streckte die Hände aus.

Sie senkte den Kopf und knetete die Hände im Schoß.

»Silene!« rief er wieder und nahm sie in die Arme. Sie war so steif wie eine Holzpuppe und hatte nichts Menschliches an sich. Das schwarze Haar fiel ihr wirr auf den Rücken, als ob sie sich in letzter Zeit nicht mehr gekämmt hätte. Ihr Teint wirkte rauh und ungepflegt. Er sah, daß man ihr die Fingernägel ausgerissen hatte.

»Was?« sagte er. »Wieso?« Er schüttelte sie, bis sie ihn schließlich anschaute.

Als sie den Mund öffnete, sah er, daß die Zunge fehlte.

»Der Prophet hat sie ihr herausschneiden lassen«,

ertönte die Stimme der Gharm in seinem Rücken. »Er kam her, schrie sie an und behauptete, Sie würden Ihre Pflicht nicht erfüllen. Anstatt niederzuknien und zu schweigen, war sie so unklug, Sie in Schutz zu nehmen. Sie sagte ihm, er solle Ihnen keine Vorwürfe machen, denn Sie täten Ihr Bestes. Zuerst drohte er, wegen dieser Reden die Kinder zu töten, doch dann begnügte er sich mit der Anweisung an die Wachen, ihr die Zunge herauszuschneiden.«

Silene stieß ein gurgelndes Geräusch aus, als ob sie etwas sagen wollte. Tränen strömten ihr übers Gesicht.

»Wenn wieder eine Verzögerung eintreten sollte, wird es noch schlimmer für sie«, sagte die Gharm. »Dann sind die Hände, die Brüste oder die Augen an der Reihe. Das hat der Prophet zu ihr gesagt.«

Silene sah ihn erschrocken an, und er drückte sie an sich. Sie war keine Voorstoderin. Sie war eine Ahabarianerin. Die Kinder waren auch keine Voorstoder, sondern Ahabarianer. Aber er war im Herzen ein Voorstoder. Oder doch ein Ahabarianer? Oder war er vielleicht etwas ganz anderes, für das es keine Bezeichnung gab?

Die Gharm-Dienerin sah ihm direkt ins Gesicht. »Uns Gharm tun diese gläubigen Menschen das schon die ganze Zeit an. Aber ich wundere mich, daß sie das nun auch mit euch machen.«

3

Königin Wilhulmia von Ahabar war keine junge Frau mehr. Das Haar leuchtete silberfarben, und die Augen hatten den goldenen Schimmer des Alters angenommen. Der königliche Hermelin und der schwere Spitzenkragen von Ahabar trugen auch nicht gerade dazu bei, ihre massige Statur zierlicher wirken zu lassen. Mit dem vorspringenden Kinn, dem schmallippigen Mund, der großen Nase und den buschigen Augenbrauen, die übergangslos in einen üppigen Haarschopf ausliefen, war sie in den Augen ihres Volkes mit jedem Zoll eine Königin – auch wenn sie wirklich nicht mehr jung war.

Wenn Wilhulmia eine depressive Phase hatte, sagte sie manchmal, daß sie ihre Jugend und Schönheit der Voorstod-Frage geopfert hätte. »Vergeudet«, sagte sie, denn die jahrelangen Bemühungen waren ohne Ergebnis geblieben, und jeder wußte das. Sie war die bisher letzte in der langen Reihe der Regenten von Ahabar, die der Voorstod-Problematik mehr Zeit gewidmet hatten als allen anderen Regierungsgeschäften zusammen. Vor fünfhundert Jahren, als die Konflikte und Streitigkeiten der Kolonialperiode beigelegt worden waren und die Menschen sich zusammengesetzt hatten, um eine stabile Regierung zu schaffen, unter der sie in Frieden leben konnten, hatte man sich auf eine konstitutionelle Monarchie unter König Jimmy verständigt – alle bis auf Voorstod. Diese Leute hatten sich keinen Deut geändert, seitdem sie durch ihren illegalen Transmitter in die Halbinsel eingefallen waren, die Gharm vor sich hergetrieben und das Land für den Propheten in Besitz genommen hatten. »*Zorn, Eisen* und *Voorstod.* Tod für Ahabar«, lautete seither ihr Schlachtruf.

Die Voorstoder konnten von Glück sagen, daß sie zu einer Zeit auf Ahabar eingetroffen waren, wo diese Welt zerstritten und für militärische Interventionen nicht gerüstet war. Später, nachdem viele Gharm von der Halbinsel nach Jeramish und in die südlichen Regionen geflohen waren und die Leute über die wahre Natur von Voorstod aufgeklärt hatten, hatte Ahabar handeln wollen, war aber von *Authority* zurückgepfiffen worden. Ahabar hätte das Problem am liebsten mit einem Militäreinsatz gelöst, aber *Authority* verweigerte seine Zustimmung. Man stufte den Konflikt zwischen Voorstod und Ahabar als eine ›möglicherweise religiöse Angelegenheit‹ ein und leitete die Sache an den Religionsrat weiter, der sie seinerseits dem Theologischen Konzil vorlegte. Worauf das Konzil befand, daß Sklaverei und Barbarei nicht mit der Religion zu vereinbaren seien – oder vielleicht doch.

»Lasset uns abwägen«, sprach das Theologische Konzil. »Ist Voorstod ein Sklaven-Staat oder ein Gottes-Staat?« Jeder wußte, daß einige Mitglieder des Konzils bestochen worden waren, obwohl es bisher niemandem gelungen war, den entsprechenden Nachweis zu führen.

Jedesmal, wenn Ahabar kurz vor einer Intervention stand, bestand *Authority* darauf, die Sache einer erneuten Würdigung zu unterziehen. Voorstod verlangte die Auslieferung seiner entflohenen Sklaven. Statt dieser Forderung zu entsprechen, drohte Ahabar mit der Invasion, woraufhin *Authority* militärische Maßnahmen untersagte, solange man die Angelegenheit noch diskutierte. Sollten die geflohenen Gharm als Vertragsbrüchige und Apostaten ausgeliefert werden, wie Voorstod forderte? Oder sollte man den Gharm Zuflucht gewähren, wie Anstand und Moral es geboten? Letztlich ging es um eine Abwägung zwischen humanitären und religiösen Aspekten, und dazu sah *Authority* sich nicht in der Lage. Statt dessen rief die Regierung allenthalben zu Verhandlungen auf.

Hätte es sich um einen Konflikt zwischen anderen Religionen gehandelt, dann wäre eine Lösung auf dem Verhandlungsweg auch möglich gewesen. Voorstods Gott indes war eine eifersüchtige und rachsüchtige Gottheit, deren Herrschaft auf Mord, Terror und Repression gegründet war. Wie sollte man mit so jemandem verhandeln? Wo andere Götter die Abordnung von Delegierten gestattet hätten, um vor dem Parlament von Ahabar zu reden, vertrat der Gott von Voorstod die Ansicht, die Schmach könne nur dadurch gerächt werden, indem man alle Parlamente in die Luft jagte. Wo andere Götter danach strebten, das Paradies bereits auf Erden zu erschaffen, versprach der Gott von Voorstod den Menschen zwar auch das Paradies, aber erst nachdem sie einen vorzugsweise grausamen Tod gestorben waren. Dann würden die Gläubigen sich auf grünen Auen ergehen, an Weintrauben laben und Jungfrauen vögeln. Das war die Verheißung der Propheten.

Wie bei anderen Völkern, deren Existenz nur auf vergangene Sünden und ein in der Zukunft liegendes Paradies fixiert war, war auch in Voorstod die Gegenwart die reine Hölle.

Deshalb mußte Königin Wilhulmia oft weinen, und als ihr Berater ihr mitteilte, daß Voorstod eine neue Forderung erhoben hätte, brach sie erneut in Tränen aus. »Was wollen sie nun schon wieder?« fragte sie.

Der alte Lord Multron räusperte sich und schickte sich zum tausendsten Mal an, der Königin darzulegen, was Voorstod von Ahabar wollte.

»Unabhängigkeit, Eure Pazifistische Sublimität.« Um diese Forderung zu unterstreichen, hob er den Zeigefinger.

»Vergiß die *Sublimität*, Ornice. Und wenn wir von Voorstod sprechen, können wir das *Pazifistisch* auch gleich vergessen. Nenn mich Uriul, wie du mich schon als Kind genannt hast. Was liegt an?«

»Uri, sie verlangen die Unabhängigkeit.« Er wedelte mit dem Zeigefinger und wollte auf den zweiten Punkt zu sprechen kommen.

»Sie sind bereits unabhängig. Wir haben ihnen schon tausendmal versichert, daß wir ihnen die Herrschaft über Voorstod nicht streitig machen wollen. Wir hatten ihnen das schon zugesichert, als sie aus dem verdammten Transmitter krochen und sich das Land unrechtmäßig aneigneten. Und seitdem haben wir es ihnen tausendmal gesagt.«

»Außerdem verlangen sie die Auslieferung ihrer Gharm, Uri. Aber das weißt du ja schon.« Nun hob er den Mittelfinger.

»Siehst du, Ornice, du tust es auch schon. Du sagst *ihre* Gharm, als ob du ihren Besitzanspruch anerkennen würdest.«

»Das hat sich so eingeschlichen, Sublimität«, sagte er errötend.

»Bei *mir* aber nicht. Ich werde nie *ihre* Gharm sagen. Ist der Dichter Vlishil Teermot, der den *Sabarty*-Preis gewonnen hat, etwa *ihr* Gharm? Ist die Harfenspielerin Stenta Thilion etwa *ihre* Gharm? Sind die Landschaftspfleger, die das Vhone-Tal vor drei Generationen in eine blühende Landschaft verwandelt hatten, etwa *ihre* Gharm? Sollen wir sie vielleicht zusammentreiben und an Voorstod ausliefern, damit sie gefoltert und exekutiert werden, wo die Gharm seit über fünf Generationen als freie Leute in Ahabar leben?«

Ornice schüttelte nur großväterlich den Kopf. Sie seufzte und strich über den Spitzenkragen, den sie in diesem Augenblick wie eine zu enge Halskrause empfand. »Hat deine Tochter etwas Wichtiges erfahren?«

Ornice schaute sich gehetzt um und legte sich den

Finger auf die Lippen. »In welcher Beziehung sie zu mir steht, ist geheim, Uri. Lurilile glaubt, es würde mir schaden, wenn sich herumspricht, daß sie eine Spionin ist.«

Die Königin nickte. Die Tätigkeit eines Spions war oft kompromittierend. Das hatte man ihr zumindest gesagt. Ornice war nicht damit einverstanden gewesen, daß seine Tochter den Beruf einer Spionin ergriff, aber Lurilile hatte sich nicht davon abbringen lassen.

»Du bist doch eine Frau!« hatte Ornice unverzeihlicherweise gesagt.

»Die Königin auch!« hatte seine Tochter erwidert und ihm damit den Wind aus den Segeln genommen. Und nicht nur das, Lurilile war bei der Königin vorstellig geworden und hatte um ihre Unterstützung gebeten. Lurilile war nämlich ein Dickkopf. Sie stammte aus einer alten Familie, die für ihre Charakterstärke bekannt war. »Jemand muß etwas gegen diese Voorstoder unternehmen«, hatte sie gesagt. »Warum sollte ich das nicht sein, nur weil ich eine Frau bin?«

»Die Sache kann aber unangenehm werden«, hatte die Königin ihr zu bedenken gegeben. »Spionage ist nämlich ein schmutziges Geschäft.«

»Es ist sicher auch nicht unangenehmer, als von einer Terroristen-Bombe zerfetzt zu werden«, hatte Lurilile erwidert, und die Königin erteilte ihre Zustimmung.

Schöne, starke Lurilile. Die Königin dachte oft an sie und wünschte ihr alles Gute.

»Weiß sie schon, wer die Bestechungsgelder angenommen hat?«

»Sie hat sich mit einem von Thyker stammenden Mitglied von *Authority* angefreundet. Über seine Kontakte hat sie zwar viel in Erfahrung gebracht, aber nichts, was *Authority* als Beweis anerkennen würde.«

Die Königin schnaubte. »Wer auch immer diese Bastarde bezahlt, er geht äußerst vorsichtig zu

Werke.« Sie seufzte. »Was gibt es sonst noch Neues in Voorstod?«

»Uri, weshalb fragst du, wenn du es schon weißt?«

Sie nickte knapp. »Manchmal möchte ich es einfach von dir hören, Ornice. Manchmal muß ich es einfach von jemand anders hören, um mich davon zu überzeugen, daß es nicht bloß ein Alptraum ist.«

»Es ist kein Traum«, sagte er und verneigte sich. »Wie ich bereits sagte, bin ich heute morgen über Voorstods aktuelle Forderung informiert worden.« Erneut hob er Zeige- und Mittelfinger, wobei er die übrigen in Reserve behielt.

»Was denn noch?« fragte sie. »Was wollen sie denn noch?«

»Die drei südlichen Provinzen, in denen Voorstoder mit Ahabarianern Mischehen eingegangen sind, wo die Leute die Religion verwässert haben oder ganz von ihr abgefallen sind und sich in den Augen der Nordländer in eine Bastard-Rasse verwandelt haben. Voorstod verlangt nun, daß diese Provinzen verwüstet und mit Salz bestreut werden.« Ringfinger. »Nachdem jeder Mann, jede Frau und jedes Kind abgeschlachtet wurden.« Kleiner Finger. »Sie fordern, daß Ahabar die Armee abzieht und nicht eingreift, während Voorstod sich um diese seine innere Angelegenheit kümmert.« Damit hatte er alle fünf Punkte aufgezählt, und der Daumen kam an die Reihe. Nun hatte die Hand wieder ihre Ruhe.

Die Königin wurde blaß. »Da muß ein Mißverständnis vorliegen. Die unterschiedlichen Dialekte ...«

Er verneigte sich, wobei er die Nasenlöcher blähte, um ihr zu signalisieren, daß durchaus kein Mißverständnis vorlag. »Sie beherrschen die Systemsprache genausogut wie wir. Sie mögen stur sein, aber nicht dumm. Entweder betrachten sie die Südprovinzen wirklich als Bedrohung, oder es handelt sich um eine Finte und sie wollen unsere Aufmerksamkeit von einem anderen üblen Plan ablenken. Der Fluchtweg der Gharm führt nämlich durch die südlichen Regionen, Uri. Die Bewohner von Wander, Skelp und *Green Hurrah* haben sich mittlerweile zu vernünftigen und friedlichen Leuten gewandelt. Sie haben den Fanatismus ihrer Vorväter abgelegt. Deshalb verabscheuen die Propheten von Voorstod sie als Apostaten und Häretiker. Das Töten eines erwachsenen Bewohners der Südprovinzen gilt in Voorstod nun als verdienstvolle Handlung. Und das Töten eines Kindes ist noch verdienstvoller, denn es setzt an den Wurzeln der Häresie an. Das Töten eines Kindes im Mutterleib, einer jungen Frau oder eines jungfräulichen Mädchens…«

»Hör auf«, rief sie. »Oh, welche Bürde, in einer Welt wie dieser Königin zu sein!«

»Damit werden sie nicht durchkommen«, munterte er sie auf. »Commander Karth hält die Stellung.«

»Das glaubst auch nur du!« rief sie. »Meine tapferen Soldaten haben in *Green Hurrah* den Mord an mehreren unschuldigen Menschen verhindert. Das ist wohl wahr. Ich bin hingegangen und habe sie persönlich ausgezeichnet. Vor kurzem haben Karths Truppen in Skelp einen mörderischen Kampf beendet. Unser Nachrichtendienst hat die geplante Ermordung des Squire von Wander verhindert. Das ist alles wahr, und dennoch sind wir nicht imstande, dem stündlichen und täglichen Morden Einhalt zu gebieten. Du weißt es. Ich weiß es. Commander Karth weiß das nicht nur, sondern sagt es auch. Es hat doch keinen Sinn, sich etwas vorzumachen!«

Sie wandte sich ab, trat ans Fenster und schaute auf den Garten hinaus; sie stand kurz davor, in Tränen auszubrechen. »Das Töten geht weiter, alter Freund. Die Voorstod-Frage ist der Fluch von Ahabar und die Bürde seiner Königin. Voorstod ist in eine dunkle Höhle gekrochen und hat sie mit einem Felsbrocken verschlossen. O ja, in Voorstod herrscht eine Kultur des Todes!«

* * *

Seit dem Einsturz des Tempels machte Emun Theckles einen abwesenden und depressiven Eindruck. Der alte Mann sagte kaum noch etwas und trauerte vergangenen Zeiten nach. Er starrte nur die Wand an und reagierte nicht auf die Ansprachen seines Bruders Mard. Nachdem er den stummen, im günstigsten Fall grunzenden Emun einige Tage lang ertragen hatte, beschloß er, Emun aus seiner Apathie zu reißen. Zu diesem Zweck lud er Sam Girat zum Frühstück ein, eine Mahlzeit, welche die alten Brüder oft auf der Veranda einnahmen, so daß sie die Vorgänge in der Siedlung Eins im Blick hatten. In seiner Eigenschaft als ›Senior-Siedler‹ genügte es, wenn Mard Sam sagte, er solle einfach zu einer angemessenen Uhrzeit vorbeikommen. Außerdem bat er Sam, er möge Emun zu seinem früheren Leben befragen.

»Vielleicht will er gar nicht darüber reden«, hatte Sam eingewandt.

»Das ist aber die einzige Möglichkeit, damit er wieder in die Reihe kommt«, erwiderte Mard. »Ich zähle auf dich, Sam.«

Also kam Sam zum Frühstück vorbei, und nach ein paar einleitenden Worten über das Wetter fragte er schließlich: »Wie war es denn dort oben?«

Mit dem Ellbogen versetzte Mard Emun einen heftigen Stoß in die Rippen, um ihn aufzuwecken.

»Wo oben?« gab Emun die Frage zurück, nachdem er mit Mühe zu sich gekommen war.

Erneut verpaßte Mard ihm einen Rippenstoß. »Du weißt genau, wovon er spricht, Emun. Dort oben.« Mard wies nach oben, obwohl Phansure und seine Monde sich in einer ganz anderen Richtung befanden. »Antworte dem *Topman*.«

»Auf *Enforcement?*«

»Natürlich auf *Enforcement;* wo bist du denn sonst gewesen!«

»Es war ... es war düster.«

Ungehalten schüttelte Mard den Kopf. »Was soll das heißen, düster? Gib Sam eine ordentliche Antwort!« Mit hochgezogenen Augenbrauen sah er Sam an, der daraufhin sagte, ja, er wolle eine ordentliche Antwort.

Also konzentrierte der autoritätshörige Emun sich auf die Frage und suchte nach einer Antwort. Als er eine Zeitlang darüber nachgedacht hatte, beschied er sie, mehr als daß es düster gewesen wäre, könne er wirklich nicht sagen.

Die INST-Einrichtungen hätten sich über der Erde befunden und seien großzügig verglast gewesen, berichtete er, so daß die Arbeiter die Sterne und den auf seinem Orbit rotierenden Planeten Phansure sahen. Es habe eine niedrige Schwerkraft geherrscht, und die Unterkünfte seien luxuriös ausgestattet gewesen. »Wirklich schön«, sagte Emun. Das Essen war sehr gut, wie generell bei *Authority.* Schließlich waren die Köche auf *Authority* ausgebildet worden, sie wurden nach kurzer Zeit wieder abgelöst und erhielten eine Erschwerniszulage zuzüglich eines Bonus, wenn sie die Belegschaft kulinarisch bei Laune hielten. Emun schilderte *Enforcement* in den rosigsten Farben. Zudem hatte es ein gut geführtes Bordell gegeben, für Männer und Frauen.

Sam nickte. »Aber du hast trotzdem ›düster‹ gesagt, Emun.«

Emun räumte ein, daß es sich eher um einen subjektiven Eindruck als um eine objektive Wahrnehmung gehandelt habe. Die objektiven Wahrnehmungen an diesem Ort beschränkten sich darauf, dem Wispern der Klimaanlage zu lauschen, der Berieselung mit trivialer Musik – ›Ohne Pep‹, wie Emun sich ausdrückte – und dem Plätschern des Wassers, mit dem man sich den Schweiß abwusch. Ansonsten existierten kein Schmutz, keine organischen oder anorganischen Verunreinigungen, die bei der morgendlichen Toilette hätten entfernt werden müssen. Es waren nur Schweiß, abgeschuppte Hautpartikel und ausgefallene Haare, die beseitigt werden mußten, bevor man die sterilen Räume und endlosen Korridore betrat, in denen weißgekleidetes Personal in Schuhen mit Filzsohlen sich wie Geister bewegte. Geister, die in den Gängen und Kammern statischen Irrsinns entlangschlichen. Vielleicht hatte er das als düster empfunden.

Oder vielleicht waren es auch die an Särge erinnernden Fahrzeuge gewesen, mit ihren weichen Liegesitzen und luftdichten Luken, deren Markierungen im Dämmerlicht der Röhren grünlich glühten. Wenn man die richtige Röhre gefunden hatte, stieg man ein, schloß die Luke und gab den Zielcode ein. BB5601. Ein fast unhörbares Zischen, und man wurde in den Sitz gedrückt. Ein Kreischen im Ultraschallbereich, und erneut wurde man in den Sitz gedrückt. Dann öffnete die Luke sich selbsttätig und entließ den Passagier nach Sektion BB5601, wo er vor einer geschlossenen Tür und von indirektem grünen Licht angestrahlten Wänden stand. Grün bedeutete Routine. Grün bedeutete, daß die Lage sich gegenüber dem Vortag nicht verändert hatte. Grün stand für Langeweile, war jedoch weitaus angenehmer als Gelb oder gar Rot. Und ganz bestimmt war es angenehmer als Purpur; dann war nämlich alles zu spät.

»Aha«, murmelte Sam, der nun einen gewissen Nervenkitzel verspürte.

Doch Emun vertiefte dieses Thema nicht weiter. Statt dessen kam er nun auf einen Punkt zu sprechen, der ihn während seiner ganzen Dienstzeit gestört hatte: das Geräusch der Türen. Die Türen schlugen. Auch wenn man sie noch so leise schloß, sie schlugen – ein dumpfes, hallendes Geräusch, das wie eine verstimmte Glocke klang, ein unheilverkündender Gong. Gong, und dann ertönten leise, schlurfende Schritte. Gong. Die wie ein Spinnennetz angelegten Korridore erstreckten sich in die Unendlichkeit und verloren sich in der Ferne. Düster. Die Korridore waren in graues, indirektes Licht getaucht. Es gab keine Schatten. Nach einem langen Marsch gelangte man schließlich von Sektion BB5601 zur auf der linken Seite gelegenen Sektion BB5617. Dann folgten BB5618 und, wieder zur Linken, BB5619. »Diese drei gehörten mir«, sagte er fast stolz. »Sie gehörten ganz allein mir.« Emuns Provinz, sein Königreich, wo die blinden Augen nur ihn anblickten, wo die stummen Kehlen zuckten, als ob sie nur zu ihm sprechen wollten. Zwischen ihm und Sektion BB5601 arbeiteten noch fünf weitere Männer, die jeweils drei Sektionen unter sich hatten, und dann kam Sektion BB5635.

Bei diesem Gedanken schauderte Sam.

Zum Beginn der Schicht holte man den Wagen vom Stellplatz, bestückte ihn und ging den Hauptgang hinunter. Dann ging man die Nebengänge ab, kontrollierte Bildschirme, klopfte gegen Skalengläser, überprüfte Signallampen, las Bänder, legte neue Bänder ein, ersetzte Leuchtdioden und ließ Testreihen laufen. Der auf Moosgummireifen laufende Wagen folgte summend, wie ein treuer Hund. Der Wagen war mit einer Toilette und einer kleinen Küche bestückt, die sich dreimal pro Schicht öffnete und ihn mit Getränken und einem Imbiß versorgte. Nach der Hälfte der Schicht hatte man ein Zehntel des ersten Gangs abgeschritten, und nun lud der Wagen zu einer Ruhepause ein. Man nahm auf einem bequemen Stuhl an einem kleinen Tisch Platz und bekam eine warme Mahlzeit serviert.

»Gut organisiert«, merkte Sam lobend an.

Allerdings war das gut organisiert. Beim Essen hörte man Musik oder schaute sich auf dem eingebauten Monitor einen Film an. Der Nachmittag verlief dann nach demselben Muster. Ersetzen. Reparieren. Überprüfen. Überwachen. Manchmal mußte wirklich ein Fehler behoben werden! Dann würde man die Werkzeuge hervorholen, eine Verkleidung abmontieren und die Einheit reparieren. Das war eine willkommene Unterbrechung der monotonen Tätigkeit. Bei Feierabend rollte der Wagen zum Stellplatz im Hauptgang zurück, und man wartete auf das Sammeltaxi, das sich mit einem Klingelzeichen ankündigte. Dann brachte das bereits mit fünf Mann besetzte Fahrzeug ihn zur Sektion BB5601 zurück. Man wußte, daß die Arbeiter müde waren. Deshalb ersparten sie einem das Laufen.

Nach fünfzehn bis zwanzig Tagen war der Törn beendet. Dann gab es eine Freischicht: Man konnte etwas trinken, tanzen, ein Spielchen machen, sich ausschlafen, ein Buch lesen, ins Bordell gehen oder den Gottesdienst besuchen. Und dann hieß es wieder Sektion BB5617, Sektion BB5618, Sektion BB5619.

»Vielleicht etwas langweilig«, sagte Sam und bekam eine Gänsehaut.

Manchmal schon, aber nicht immer. Zuweilen trat eine gravierende Störung auf. Dann lief ein hektisches Flimmern über die Monitore. Cyberfleisch verwest, Cyberhirne versagen oder sonst eine Fehlfunktion.

»Und dann wußte man plötzlich, wie gefährlich es war«, sagte Emun. »Dann brauchte man keine Leuchtdioden und Monitore mehr. Man spürte, daß etwas nicht stimmte, als ob ein großes Tier nach einem griffe, das einen abgrundtief haßte und vernichten wollte.«

Weiterhin brachte er zum Ausdruck, daß er eine dumpfe Bösartigkeit gespürt hatte, auch wenn er sich nicht exakt dieser Worte bediente. Sam half ihm aus. Kaum gezügelte Mordlust.

»Man hat solche Angst, daß man kaum imstande ist, das Funkgerät zu bedienen«, sagte Emun. »Das Herz schlägt einem bis zum Hals, und dann sagt man: ›Techniker Theckles meldet möglichen Störfall.‹

Und er fragt: ›Was gibt es, Techniker Theckles?‹«

»Wer ist ›er‹?« erkundigte Sam sich.

»Oh, das war Faros, den wir immer Frost-Faros genannt haben. Er hatte nicht mehr Emotionen als ein Ampèremeter. Nur wenn er von seiner Frau sprach, zeigte er plötzlich Gefühle. Der alte Frost-Faros war damals aber nur ein Subalterner.«

»Was hast du ihm also geantwortet?« fragte Sam.

»Nun, ich sagte: ›Gehirnstörung, Subalterner Faros. Ich rate zu sofortiger Stromabschaltung.‹

Und er sagte: ›Tu das, Techniker.‹

Woraufhin ich den Stecker zog und in der ganzen Sektion der Strom ausfiel. Und die ganze Zeit betete ich, daß die Cyborgs mich in Ruhe ließen.«

Es hatte schon Fälle gegeben, wo die Soldaten nicht vom Netz gehen wollten und die Techniker im wahrsten Sinne des Wortes zu Hackfleisch verarbeitet hatten.

Dann kam der junge Leutnant Halibar Ornil mit einem Scooter angebraust und amüsierte sich köstlich. »Haben wir den Schuft erwischt, was?« fragte er ungerührt. »Haben wir den Schuft?«

Ein Schurke, sagte Emun. Ein Teufel. Ein Killer, der auf unerbittliches Töten programmiert war. Eine dreifach mannshohe Entität auf einem Kettenfahrgestell mit einer Steigfähigkeit von fünfzig Prozent, bewehrt mit Paralysatoren und Desintegratoren. Und ohne einen Hauch von Emotionen. Eine Entität, die ohne mit der Wimper zu zucken einen ganzen Kindergarten ausgelöscht hätte. Zuweilen verglich Emun diese Entität mit einem Voorstoder, nur daß sie größer war.

Sam blinzelte schockiert und verdrängte diese Vorstellung.

Und die Gedanken an die blinden Augen. Durch die Reflexe der Leuchtdioden hatte es den Anschein gehabt, als ob sie funkelten wie bei einem lebendigen Wesen.

»Düster«, wiederholte der Pensionär Emun Theckles, als er die Geschichte beendet hatte. Er wünschte sich, er könnte das alles vergessen, wo er nun an einem besseren Ort lebte. »Oh, *Topman*, wie düster das war.«

* * *

In jener Nacht klopfte *Topman* Samasnier Girat in der Siedlung ungeduldig mit dem Hammer auf den Tisch; als das nicht die gewünschte Wirkung zeigte, raunzte er die Menge, die sich im Foyer der Gemeindehalle unterhielt, an: »Können wir jetzt vielleicht anfangen, Leute?«

Allmählich wurde es ruhig. Draußen in der Dämmerung ertönte Kindergeschrei. Auf einem Fensterbrett putzte eine orangefarbene Katze sich im rosigen Licht des Sonnenuntergangs, während ihr grauer Artgenosse schnüffelnd an den Häuserwänden entlangstrich, gefolgt von einer Reihe halbentwöhnter Kätzchen. Die dreihundert Personen fassende Halle war bis auf den letzten Platz besetzt, wobei im hinteren Bereich noch Platz für Kinder und Jugendliche frei war, die sich für Kommunalpolitik interessierten.

»In Ordnung«, sagte Sam. »Ich will es kurz machen. Wie wir alle wissen, ist die letzte Ernte schlecht ausgefallen. Ich habe einen Bericht an die Zentralverwaltung geschickt, und sie hat mich zu einer Besprechung gebeten, die in einigen Tagen stattfinden soll. Außerdem will sie ein paar Leute vorbeischicken, die Tests durchführen, obwohl ich nicht weiß, welche Tests die durchführen könnten, die wir nicht schon durchgeführt hätten. Ihr wißt alle, daß unsere Produktion trotz der schlechten Erträge noch im Rahmen der Projekt-Parameter liegt; es besteht also keine Gefahr für die Siedlung. Schlimmstenfalls wird unsere Produktionsbilanz etwas schlechter ausfallen.« Wenn die Produktion über neunzig Prozent der von der Zentralverwaltung festgesetzten Quote betrug, hatten die Siedler ein Anrecht auf zusätzliche Landzuteilung. Und die Siedlung Eins hatte schon lange eine beneidenswerte Produktionsbilanz vorzuweisen …

»Bei der heutigen Versammlung geht es darum, die Konflikte zu erörtern, die unter den Produktionsteams aufgetreten sind …«

Sofort lief ein Stöhnen durch den Saal, und die Leute wurden laut, wobei sie andere Gruppen oder Einzelpersonen für irgendwelche Mißgeschicke verantwortlich machten. Sam rief die Versammlung zur Ordnung, doch kurz darauf ließ die Disziplin wieder nach. Wie ein Buschfeuer, sagte er sich. Wenn man es an einem Ort gelöscht hatte, wurde es vom Wind an einer anderen Stelle wieder entfacht. Die Diskussion wurde zunehmend hitziger, ohne daß indes irgendwelche Resultate zu verzeichnen gewesen wären. Schließlich drohte die Versammlung in einen Tumult umzuschlagen. Sam befahl den Leuten, den Mund zu halten. Es gelang ihm, die Gemüter zu beruhigen, und dann vertagte er die Veranstaltung, ehe das Theater wieder losging.

Africa Wilm, die an der Tür gestanden und nur mit Mühe einen Kommentar unterdrückt hatte, trat in die Dunkelheit hinaus. China folgte ihr auf dem Fuße. Trotz ihrer Schnelligkeit gelang es Sam jedoch, sie noch an der Tür abzufangen.

»Nacht, Sam«, sagte sie hektisch und schritt schneller aus, als er versuchte, sie festzuhalten.

Als Sam ins Freie trat, schienen die Kinder verschwunden zu sein. Es ertönte kein Geschrei mehr. Sam stand in der stillen Nacht und knurrte unzufrieden. Alle benahmen sie sich … sie benahmen sich, als ob sie nicht sie selbst wären. Bis auf China. China blieb immer China.

Verärgert verließ Sam die Siedlung und marschierte nach Norden, in Richtung der Tempel. Er machte nur einmal halt, um den Schwertgürtel und den Helm aus dem Bruderhaus zu holen. Theseus hatte nämlich schon beanstandet, daß er die Ausrüstung nicht angelegt hatte.

»Das beweist, daß es dir nicht ernst damit ist«, hatte er ihn getadelt. »Du hast nicht die richtige Einstellung.«

»Ich habe wohl die richtige Einstellung«, hatte Sam knurrend erwidert. »Ich habe nur das Warten satt, das ist alles.« Diese Beschwerde brachte er nun erneut vor, als er sich in der Nähe des alten Tempels auf dem Hügel niederließ.

»Du bist nervös«, sagte Theseus vorwurfsvoll.

»Wir sind alle nervös. Es gibt jede Menge Ärger. Daran sind wir nicht gewöhnt.«

»Worüber ärgerst du dich denn?«

»Ich?« Sam dachte nach. Worüber ärgerte er sich überhaupt? »Ich weiß nicht. Es ist nichts Bestimmtes.«

»Hängt es vielleicht mit deiner Vergangenheit zusammen?«

»Ich glaube, ich habe es nie verwunden, daß mein Vater mich derart im Stich gelassen hat. Er hat nicht einmal versucht, Mam daran zu hindern, mich mitzunehmen. Er hat mich einfach gehen lassen.«

»Das liegt doch schon sehr lange zurück.«

»Je länger es zurückliegt, desto schlimmer wird es aber. Wenn neue Probleme auftreten, schreit man sich den Frust einfach von der Seele. Das lernt man aber erst im Lauf der Zeit. Schreien und vergessen. Als Kind hat man nämlich Angst zu schreien. Schließlich wäre es möglich, daß man wegen seiner Gefühle bestraft wird, und deshalb frißt man alles in sich hinein. Ich vergleiche alten Ärger immer mit Geschwüren. Man spürt richtig, wie sie in einem aufbrechen.«

»Also haßt du ihn, weil er dich nicht bei sich behalten hat?«

»Ich hasse ihn, weil er es nicht einmal versucht hat.«

»Ich habe meinen Vater auch gehaßt. Er hätte ruhig jemanden nach Troezan schicken können, um sich nach mir zu erkundigen. Aber das hat er nie getan. Bevor ich in Athen erschien, wußte er nicht einmal, daß er einen Sohn hatte.«

»Weshalb bist du dann gegangen, wenn du ihn gehaßt hast?«

»Weshalb gehst du?«

»Noch bin ich nicht weg.«

»Aber du wirst gehen. Genauso wie ich gegangen bin.«

Sam ließ sich das durch den Kopf gehen. »Ich bin wahrscheinlich neugierig. Ich möchte ihm Fragen stellen. Ich möchte ihm viele Fragen stellen.«

»Glaube mir, Väter geben einem nicht immer zufriedenstellende Antworten. Aufgrund meiner Erfahrung weiß ich, daß sie wohl mit einem reden, aber deshalb muß die Unterhaltung noch lange nichts fruchten. Sie versuchen es zwar zu erklären, aber diese Erklärung ist nicht immer überzeugend, wenn du weißt, was ich meine.«

»Ich glaube nicht.«

»Nun, wenn du deinen Vater zum Beispiel fragst, weshalb er nicht da war, als du geboren wurdest. Und er erzählt dir, er hätte gerade im Krieg gegen Attika gestanden oder so. Das ist zwar ein stichhaltiger Grund, aber eigentlich glaubst du, er hätte doch für dich da sein müssen.«

»Du willst also sagen, für manche Dinge gäbe es einfach keine Entschuldigung.«

»Du bist doch auch dieser Meinung, oder?«

Sam schaute zum Himmel empor und fragte sich, ob das wirklich seine Meinung war. War sie wohl. Für gewisse Dinge gab es keine Entschuldigung. Manche Dinge hatten einfach Vorrang. Ein Vater hatte seinen Sohn an erste Stelle zu setzen und durfte sich nicht mit einem Krieg oder sonst einem Grund herausreden. Die Söhne kamen zuerst. Und wenn die Väter diese Regel nicht befolgten, dann hatten sie versagt, egal, welche Begründung sie anführten. Als er sich umdrehte und dem Helden diese Erkenntnis mitteilen wollte, war er verschwunden.

Das war schon in Ordnung. Dann würde er es ihm eben beim nächsten Mal sagen. Er kuschelte sich in die Mulde, in der er gesessen hatte. Die Nacht war warm und windstill. Es herrschte völlige Ruhe, und er schlief ein.

Zwei Leute waren Sam von der Siedlung aus gefolgt; sie hatten sich hinter den Weiden versteckt und sein Gespräch mit dem Unbekannten belauscht. Sie hatten gesehen, wie er den Gürtel und den Helm angelegt hatte. Sie hatten ihn auf dem Hügel sitzen sehen. Sie hatten ihn mit jemandem sprechen hören, vielleicht mit sich selbst. Sie hatten indes nicht gesehen, daß er sich irgendwie auffällig verhalten hätte. Nur ein militärisch gekleideter Mann, der Selbstgespräche führte.

»Wie oft tut er das?« fragte Dern Blass, der an diesem Nachmittag als Hausierer getarnt in die Siedlung gekommen war, um diversen Gerüchten auf den Grund zu gehen. »Wie oft sitzt er hier draußen und führt Selbstgespräche?«

»Im Grunde jede Nacht«, sagte Africa. »Manchmal unternimmt er eine lange Wanderung. Manchmal sitzt er auch nur da wie jetzt.«

»Aber tagsüber ist alles in Ordnung mit ihm?«

»Soweit schon«, erwiderte sie. »Bisher hat er seine Arbeit so gut gemacht wie kaum ein anderer.« Das war nicht einmal gelogen. Africa hätte nicht gewußt, was es an Sams Leistung zu beanstanden gab.

»Hast du irgendeine Idee, was er mit ›... für manche Dinge gibt es keine Entschuldigung ...‹ gemeint hat?«

Africa schüttelte den Kopf. Sie wußte nicht, wie Sam das gemeint hatte. Aber sie wußte, in welchem Zusammenhang *sie* das gesagt hätte. Sam hatte recht. Manche Dinge waren wirklich unentschuldbar.

* * *

Jeopardy Wilm sah sich schon als zukünftiger Teamleiter, wie Samstags Mutter. Jep hatte das Gefühl, Tante Africa sei die Beste, besser noch als alle seine Onkels, obwohl auch die in Ordnung waren. Sogar die Kinder waren der Ansicht, daß Africa die Gruppe Fünf ausgezeichnet führte.

Als die Kinder sich nun darauf vorbereiteten, eine Wolfszeder für das Dach des Tempels zu fällen, ging Jep in das direkt neben Chinas Domizil gelegene Schwesternhaus, um sich von seiner Tante einen Plan zum Organisationsablauf erstellen zu lassen.

»Angenommen, ich hätte fünfzehn Leute«, sagte er zu Africa, die am Schreibtisch saß, während Samstag und ihre Geschwister am anderen Ende des Tischs Hausaufgaben machten. Eigentlich hatte er nur acht Helfer zur Verfügung, aber fünfzehn hörte sich einfach besser an. Die elfjährige Freitag Wilm, die ganz genau wußte, wie viele Arbeiter Samstag hatte, schaute auf und blinzelte ihm zu, wobei Jep so tat, als ob er das nicht gesehen hätte. »Ich habe fünfzehn Leute, und das Problem ist folgendes: Wir müssen Wolfszedern fällen, sie abtransportieren und auf eine Höhe von ungefähr zwölf Fuß heben.«

Seine Tante schaute ihn an, wobei sie sich bemühte, interessiert, aber nicht über Gebühr neugierig zu wirken. Sie hatte ein schlechtes Gewissen wegen ihrer Ungeduld. Die halbe Nacht hatte sie nämlich zusammen mit Dern Blass Sam beobachtet und war nun müde und reizbar. Wenn es ihr möglich gewesen wäre, hätte sie diese Konferenz vertagt. Was, zum Teufel, hatten die Kinder nun wieder vor?

»Welches Gewicht haben die Stämme, und über welche Entfernung müßt ihr sie transportieren?« fragte sie, wobei es ihr nur mit Mühe gelang, an sich zu halten.

Jep hatte sich für diese Fragen bereits präpariert und legte ihr plausible Schätzwerte in bezug auf Gewicht und Entfernung vor. Nach einer Computersitzung, an der auch Samstag teilnahm, schlug Africa den Einsatz eines ausgemusterten Nutzfahrzeugs vor, das für den Alltagsgebrauch auf den Feldern nicht mehr zuverlässig genug war. Auf jeden Fall würde es aber noch zum Transport von Lasten in der Lage sein, mit denen halbwüchsige Kinder eindeutig überfordert waren.

Nachdem Jep gegangen war, fragte Samstag hinter ihrem Buch: »Mam, geht es dir gut?« Die anderen Kinder schauten in Erwartung der Antwort auf.

»Nicht besonders«, erwiderte Africa, wobei sie reumütig in die Runde blickte. »Ich glaube, ich muß euch etwas gestehen.«

»Ich dachte, daß du dich vielleicht nicht gut fühlst«, sagte Samstag und schaute ihre Mutter besorgt an. »Du hast dich fast so angehört, als ob du Jep nicht leiden kannst, obwohl ich es besser weiß.«

Africa wollte ihr schon sagen, daß sie im Moment niemanden leiden konnte, aber dann verkniff sie sich das. Es hätte nur zu Mißverständnissen geführt. Statt dessen lächelte sie und hoffte, daß das, was ihre Befindlichkeit und die der anderen beeinträchtigte, bald wieder verschwinden würde.

Tags darauf führte Jep sein Acht-Mann-Team in den Wolfszedern-Forst. In den nächsten Tagen fällten sie die schlanken Stämme und stapelten sie, wobei sie nur solche Bäume auswählten, die sich von Wuchs und

Umfang her glichen. Sie achteten indes darauf, daß sie keinen punktuellen Kahlschlag betrieben, was in den Augen von Jeps Mutter nämlich fast den Tatbestand des Völkermords erfüllt hätte. Nachdem sie an verschiedenen Stellen des Waldes genug Holz gefällt hatten, um das Dach zu decken, lieh Jep sich das von Africa versprochene Fahrzeug aus und fuhr langsam zum Wald. Sie mußten ein dutzendmal fahren, bis das ganze Holz schließlich am Tempel abgeladen war. Als er das Fahrzeug wieder zum Fuhrpark zurückbrachte, war er schmutzig und müde, aber in bester Stimmung.

Am nächsten Nachmittag nahmen sie die Dachdeckerarbeiten auf. Zum Richtfest hatte Jeopardy allen ein Picknick versprochen. Jemand – wahrscheinlich Gotoit Quillow, denn der sah das ähnlich – hatte von der örtlichen Brauerei Bier mitgebracht, mit dem die Kinder sich einen Schwips antranken. Wenn Jep jedoch darüber nachdachte, dann hatten sie schon eine gewisse Euphorie verspürt, seit die Arbeiten am Tempel begonnen hatten. Deshalb waren sie auch wiedergekommen.

»Jep«, fragte Gotoit, die auf dem Boden der restaurierten Mulde lag, »was fangen wir denn mit dem Tempel an, wenn wir fertig sind?« Das Holz schimmerte, als das Sonnenlicht durch die Ritzen zwischen den ordentlich verlegten Balken fiel. »So kann das Dach nämlich nicht bleiben. Es wird hindurchregnen.«

»Zuerst kommt eine Lage Stroh auf das Holz, damit der Lehm nicht nachrutscht. Ich habe dem Schlachter schon eine Fuhre abgeluchst. Er sagt, es sei noch vom letzten Jahr, und er würde es nicht mehr brauchen. Darüber kommt dann eine Schicht aus Lehm und Stroh. Und wenn das Gemisch getrocknet ist, wird das Dach mit Bänderweiden gedeckt.«

Willum R. Quillow, der zwischen den diversen Sportveranstaltungen so viel Zeit wie möglich in der

Horizontalen verbrachte, richtete die Grassoden aus, die ihm als Kissen dienten, und fragte: »Was ist mit dem Mittelteil? Wo der Gott war. Darüber haben wir noch gar nicht nachgedacht. Dafür werden wir längere Balken brauchen. Die Zedern hängen auf dieser Länge aber durch.«

»Ein Gitter«, sagten Samstag und Jep wie aus einem Munde. Beide hatten dasselbe Bild vor Augen – dreieckige Strukturen, die aus kurzen Balken bestanden, leicht zu transportieren waren und zu einem pyramidenförmigen Dach zusammengefügt werden konnten. Die Häuser der Siedlung bestanden aus Fertigbauteilen; weder Samstag noch Jeopardy hatten jemals eine Gitterstruktur gesehen. Und dennoch stand das Bild klar vor ihrem geistigen Auge.

Darüber fiel niemandem auf, daß Gotoits erste Frage überhaupt nicht beantwortet worden war.

In den nächsten Tagen sägten die Kinder die Wolfszedernstämme zurecht, hievten sie in die Höhe und fügten die Balken unter Verwendung von Leim und Stricken zu einem konischen Dach für das Zentrum des Tempels zusammen. Und in den darauffolgenden Monaten deckten sie das Dach dann mit Stroh. Weil sie es allein nicht schafften, das sorgfältig zusammengebaute Dach über der ›Arena‹ anzubringen, sprangen ein paar neugierige Erwachsene ein, ohne weiter über den Sinn dieser Aktion nachzudenken. Africa hatte zwar mit China über das Projekt der Kinder gesprochen, aber wie alle anderen auch gab sie sich ziemlich desinteressiert.

Als das Dach endlich fertig war, vervollständigten die Kinder noch den Mosaikboden, schrubbten die Innen- und Außenmauern ab und kehrten dann zur Siedlung zurück, um ihren eigentlichen Freizeitaktivitäten nachzugehen. Das renovierte Gebäude erstrahlte derweil in neuer Pracht, und bis auf den fehlenden Verputz und die Gittertür glich es wieder dem

Tempel des Bondru Dharm, bevor der Gott gestorben war.

* * *

Die Zentralverwaltung schickte Experten, die zunächst die von China Wilm vorgenommenen Tests wiederholten und die Ergebnisse anschließend miteinander verglichen. Auch sie fanden keine Erklärung für den Produktionsrückgang, und niemand hatte eine Idee, wie man den Trend wieder umkehren konnte. Nachdem die Siedlung Eins in den mehr als dreißig Jahren ihres Bestehens kontinuierlich über dem Durchschnitt liegende Ernteerträge und unter dem Durchschnitt liegende soziale Konflikte bilanziert hatte, schien sie nun das Schicksal der Siedlungen Zwei bis Elf zu teilen: schnöden Durchschnitt.

* * *

Alle zehn Tage beraumte Dern Blass in seinem Büro eine Personalversammlung an, wobei den Mitarbeitern ein schmackhaftes Mittagessen serviert wurde. Dern Blass war der Ansicht, daß Essen und Trinken Leib und Seele zusammenhielt, was in Anbetracht der langweiligen Sitzungen einen um so höheren Stellenwert hatte. Es stand nämlich von vornherein fest, daß Jamice Bend Horgy Endure wegen einer Personalentscheidung kritisieren würde, egal, aus welchem Anlaß die Besprechung angesetzt wurde. Horgy würde ihr dann entgegenhalten, daß eigentlich er für den Einsatz der Feldarbeiter verantwortlich sei. Spiggy Fettle würde darauf hinweisen – wobei er sich je nach momentaner Befindlichkeit betont gleichgültig oder überaus engagiert gab –, daß die Organisationsstruktur der Zentralverwaltung von Hobbs Transystem vorgegeben sei und daß man deshalb eh nichts daran ändern könne; und dann würde Zilia Makepeace noch mit zorniger Stimme eine skurrile Beschwerde wegen der Übergriffe gegen die Eingeborenen äußern, die indes alle tot und ausgestorben waren und somit kein Opfer von Übergriffen mehr werden konnten.

Diesmal war auch Sam Girat zur Besprechung in der Zentralverwaltung geladen worden; also würden die anderen sich vielleicht benehmen, auch wenn Dern die Hand dafür nicht ins Feuer legen wollte. Dern fragte sich gerade, wie man ihr Verhalten langfristig ändern könne, als er plötzlich durch die Ankunft von Tandle Wobster aus seinen Überlegungen gerissen wurde. Sie schaute ihn wissend an, was er mit einem verschämten Blick quittierte. So lief das immer zwischen ihnen. Tandle war die perfekte Sekretärin. Markierte die Unschuld vom Lande und war in Wirklichkeit ein durchtriebenes Luder.

»Womit befassen wir uns heute?« fragte er.

»Spiggys Eingabe wegen des Produktionsrückgangs in der Siedlung Eins«, erwiderte sie und verteilte Unterlagen auf allen Plätzen. Dern war ein Papierfetischist. Er brauchte etwas zum Befingern und Bekritzeln.

»Und was ist mit Zilia? Welches Problem hat sie nun wieder?« fragte er.

»Sie ist nach wie vor davon überzeugt, daß die ersten Siedler Völkermord an den Eingeborenen verübt hätten.«

»Wichtig ist allein der Produktionsrückgang«, knurrte Dern. »Sam habe ich auch eingeladen; also kommt dieser Punkt als erster auf die Tagesordnung, und Zilia kann bis zum Schluß warten. Hoffen wir nur, daß Sam wieder gegangen ist, bevor sie auf die Idee kommt, ihm auch irgendwelche Vorwürfe zu machen.«

Tandle hatte noch Zeit, die Agenda abzuändern, bevor die ersten Leute erschienen: Horgy Endure mit seinen drei Groupies. Wenn Dern nichts dagegen hätte, sagte er leise zu Tandle, würden sie gern hinten Platz nehmen und als Gäste an der Besprechung teilnehmen. Tandle erwiderte, daß Dern durchaus keine Einwände hätte.

»Ein paar neue Schönheitsköniginnen?« fragte Jamice Bend mit eisiger Stimme, als sie zum Tisch ging und abfällig gegen den Stapel Papier auf ihrem Platz schnippte. Sie bewegte sich so geschmeidig wie ein Dschungelraubtier. Das rote Haar hatte sie zu einem Knoten gebunden und zwei phansurische Geisterstäbchen mit grünen *Cabochon*-Edelsteinen hindurchgesteckt. Bei diesem Anblick fragte Tandle sich jedesmal zähneknirschend, wie arrogant jemand wohl sein mußte, um sich diese jahrtausendealten Artefakte ins Haar zu stecken. Nichtsdestoweniger verfehlte das Arrangement nicht seine Wirkung, wie die smaragdäugige Jamice mit ihrem ockerfarbenen Teint sehr wohl wußte.

»Morgen«, sagte der dritte Konferenzteilnehmer und schlurfte durch den Raum an seinen Platz, ohne die anderen eines Blickes zu würdigen. Sein ohnehin schon häßliches Gesicht wirkte durch den schmerzlichen Ausdruck noch unvorteilhafter; strähniges hellbraunes Haar fiel ihm in die faltige Stirn, und die geschmeidige, hochgewachsene Gestalt krümmte sich gequält. Oft genug machte Spiggy mit seiner Mimik einem Clown alle Ehre, doch nun erweckte er den Anschein, als ob er als Schauspieler in einer Tragödie mitwirkte. Erneut quälte Spiggy sich ein »Morgen« ab, das wie das Läuten einer Glocke anläßlich einer Beerdigung im Raum stand.

Tandle seufzte. Wenn Spiggy gut drauf war, dann war er amüsant, wenn auch anstrengend. Wenn Spiggy jedoch schlecht drauf war, dann verbreitete er eine richtig miese Stimmung. Sofort wirkte der Tag düster. Seufzend schaltete Tandle das Licht an und drehte die Heizung auf. Nach dieser Besprechung war

Dern mit Sicherheit urlaubsreif. Er hatte einmal gesagt, daß man, wenn Spiggy sich in einer depressiven Phase befand, schier das Gefühl hatte, daß er einem das Blut aus den Adern saugte.

Natürlich hätte Spiggy sich einer Therapie unterziehen können. Tandle war sogar der Ansicht, daß jeder der Anwesenden, einschließlich Dern, sich einer Behandlung hätte unterziehen *müssen*. Der Chefarzt im Medizinischen Zentrum der Zentralverwaltung wäre durchaus in der Lage gewesen, Spiggy zu helfen. Doch Spiggys Eltern hatten den Baidees von Thyker angehört, den Hoch-Baidees, einer Sekte, welche die Psychotherapie ablehnte, weil die Propheten es angeblich so befohlen hatten. Tandle hatte da jedoch ihre Zweifel. Spiggy war indessen kein praktizierender Baidee, zumindest nicht, was die Kleiderordnung und die vielfältigen Einschränkungen bei der Nahrungsaufnahme betraf; das Verbot einer Psychotherapie befolgte er jedoch kompromißlos.

Zilia Makepiece betrat den Raum. »Bin ich zu spät dran?« fragte sie. »Ich hatte schon befürchtet, daß ich zu spät komme.« Dabei wußte sie ganz genau, daß sie noch rechtzeitig erschienen war. Dern war nämlich noch nicht anwesend. Es war typisch für sie, jede Konversation mit einer Entschuldigung einzuleiten; und wenn die Entschuldigung dann angenommen worden war, hatte sie einen Grund, sich zu echauffieren. Die Antwort fiel auch wie erwartet aus: »Ja, du kommst zu spät, Zilia. Aber nur ein paar Minuten.« Nun hätte sie eigentlich widersprechen und sagen müssen, daß Dern auch noch nicht da sei.

»Du bist überhaupt nicht zu spät«, machte Tandle plötzlich ihr Kalkül zunichte. »Du bist sogar etwas zu früh dran, wie wir alle.«

»Komm schon rein, Zilia, und tritt nicht auf der Stelle«, sagte Jamice spöttisch und entwertete damit Tandles auf Konfliktvermeidung angelegte Strategie.

»Ich wußte gar nicht«, sagte Zilia defensiv, wobei ein zorniger Unterton in ihrer Stimme mitschwang, »daß ich auf der Stelle getreten bin.«

So viel zu Frieden und Eintracht.

Sam hatte draußen gewartet, bis die Leute sich alle eingefunden hatten. Nun ging er zum Tisch, wobei der große Mann mit seiner vitalen Ausstrahlung die Anwesenden zu Statisten degradierte, sogar Jamice und Horgy – der arme Horgy mußte gar mit ansehen, wie seine brünette Neuerwerbung Sam ermunternde Blicke zuwarf.

Tandle subvokalisierte in den Interkom, daß die Belegschaft komplett war, und nun betrat Dern den Raum. Er lächelte, nickte jedem zu und wechselte ein paar Worte mit den Leuten. Er legte Sam die Hand auf die Schulter, vermied es geflissentlich, Spiggy ins Gesicht zu sehen, gab Zilia einen Handkuß, bewunderte Jamices Frisur, schlug Horgy jovial auf die Schulter und lächelte die Trainees an, die ihn mit großen Augen anschauten. Er präsentierte sich als richtiger Strahlemann und nahm schließlich am Kopfende des Tisches Platz. Dann griff er nach den Unterlagen, die von der revidierten Agenda gekrönt wurden.

»Spiggy«, sagte er, nachdem alle Platz genommen hatten, »wir haben Sam heute zu uns gebeten, damit er uns über den Produktionsrückgang in der Siedlung Eins informiert. Was ist deine aktuelle Zahl?«

Spiggy straffte sich etwas, holte einen kleinen, ramponierten Memorizer aus der Tasche, beugte sich über den Tisch, bis er halb darauf lag, und verkündete stöhnend: »Siedlung Eins liegt dreizehn Prozent unter dem Soll.«

Sam spürte, wie ihm das Blut in den Kopf schoß.

»So viel?« fragte Dern.

»Oh, alles in allem ist der Unterschied gar nicht so groß«, erwiderte Spiggy seufzend. Er tippte ein paar Befehle ein und runzelte beim Anblick der auf dem

Display erscheinenden Zahlen die Stirn. »Der Unterschied beträgt gerade zwischen zwei und drei Prozent. Zwei komma vier, glaube ich …« Er verstummte kurz, und dann trug er eine Produktionsstatistik vor und schilderte die Auswirkungen auf die Transport-Mannschaften der Empfänger-Planeten.

Dern unterdrückte ein Gähnen. Sam betrachtete verärgert die Hände und fragte sich, weshalb er überhaupt hierher bestellt worden war, wenn Spiggy seinen Vortrag hielt.

»Vergiß die Transport-Mannschaften«, sagte Jamice in einem ätzenden Tonfall. »Sie sind nicht das Problem. Das Problem ist der Produktionsrückgang. Und der Niedergang der Moral.«

»Was soll das heißen, ›Niedergang der Moral‹?« Horgy hatte sich zurückgelehnt, wobei er abwechselnd seinen Kollegen nachsichtig zulächelte und mit den Mädchen an der Wand wissende Blicke wechselte; doch nun konzentrierte er sich und schaute Jamice düster an. »In welcher Hinsicht ist ein Niedergang der Moral eingetreten?«

»Personalangelegenheiten«, sagte Jamice. »Mir liegen Berichte über Auseinandersetzungen innerhalb der Teams von Siedlung Eins vor.«

Sam wurde noch unbehaglicher zumute. Er hatte nichts übrig für Besprechungen. Und schon gar nicht für solche, in denen über seine Siedlung hergezogen wurde.

Entspannt lächelnd lehnte Horgy sich wieder zurück und wölbte die Augenbrauen, als ob er sagen wollte: ›Und – ist das alles?‹ »Jamice, mein Schatz, im ersten Moment glaubte ich, wir hätten wirklich ein Problem. Aber du bekommst doch wohl jede Woche Berichte über interne Auseinandersetzungen und Rivalitäten auf den Tisch. Natürlich, meine Liebe. Konkurrenz fördert schließlich die Produktivität.« Achselzuckend schaute er die Groupies an der Wand an, als ob er ihnen sagen wollte: ›Jetzt seht ihr mal, mit welchen Idioten ich es zu tun habe.‹

»Aber nach diesem Prinzip hat die Siedlung Eins bisher nicht gearbeitet«, sagte sie zornig. »Solche Vorgänge werden erst seit kurzem aus der Siedlung Eins gemeldet. Dort gibt es praktisch keine Todesfälle, und wenn doch, dann sind die Betreffenden an einer Krankheit gestorben. Als ich die Stelle angetreten habe, ist mir gleich die Abweichung von der Norm aufgefallen, und ich bin zur Siedlung Eins geflogen, um zu überprüfen, ob der *Topman* oder die Teamleiter die Berichte nicht etwa fälschten. Das war eindeutig nicht der Fall. In der Siedlung Eins war die Sterblichkeits- und Kriminalitätsrate fast vernachlässigbar. Die Menschen dort draußen waren einfach nicht gewalttätig.«

Mit hochgezogenen Augenbrauen schaute Dern Sam an.

»Sie hat recht«, sagte Sam, wobei er versuchte, keine weiteren Hinweise auf Feindseligkeiten in der Siedlung Eins zu geben. »Das hat es bei uns noch nie gegeben, daß die Leute in Streit geraten wären.«

Dern räusperte sich. Drei Köpfe schwenkten in seine Richtung. »Ich wüßte aber nicht, daß du, Jamice, oder du, Sam, das jemals erwähnt hättet«, sagte Dern. In der sanften Stimme war ein metallischer Unterton zu hören.

»Was hätte ich auch berichten sollen«, fragte Sam verärgert und runzelte die Stirn. »Wir verbreiten keine Negativmeldungen.«

»Es gab wirklich nichts zu berichten, Dern«, sprang Jamice ihm bei. »Es handelte sich schlicht um eine Anomalie. Ich war schon immer der Ansicht, daß die überdurchschnittliche Produktion auf die geringe Kriminalitätsrate zurückzuführen sei. Was anscheinend auch zutrifft. Zumindest scheint ein Zusammenhang zwischen beiden Faktoren zu bestehen.«

»Und wie sieht eurer Meinung nach der Kausalzusammenhang aus?« fragte er mit sanfter Stimme und schaute abwechselnd Jamice und Sam an.

Horgy kam Jamice zuvor. »Die Produktionsziffern waren deshalb so hoch, weil Siedlung Eins die beste Führung aller Siedlungen hat; das ist alles. Alle fünf Führer sind absolute Top-Leute. Und das gilt besonders für Africa Wilm.«

»Das ist richtig«, sagte Sam erleichtert. Er war froh, daß dieser Punkt nun erledigt war, aber er fragte sich dennoch, weshalb er zu dieser Besprechung eingeladen worden war. Seine Anwesenheit schien überhaupt nicht erforderlich zu sein. Er hätte den Anwesenden nichts sagen können, was sie nicht selbst schon wußten.

Dern warf Horgy einen Blick zu, der ihm signalisierte, daß er nun Pause hatte, und widmete sich wieder Jamice. »Der Kausalzusammenhang«, sagte er.

Jamice errötete wieder. »Darauf gibt es keine Antwort, Dern. Es ist wie die Frage nach der Henne und dem Ei. Wenn nur ein Fall vorliegt, kann man unmöglich die Kausalität bestimmen. Ich weiß nur so viel, daß ein Zusammenhang besteht zwischen Produktivität und Arbeitsklima. Zumal wir erst einen Fall hatten.«

»Sonst irgendwelche Vorkommnisse? Etwas von Bedeutung?«

»Um Himmels willen«, rief Zilia ärgerlich und geriet in Wallung. »Natürlich ist etwas vorgefallen. Ihr Gott ist gestorben.« Sie wurde rot, schaute Sam an, als ob er persönlich für den Tod des Gottes verantwortlich wäre, und dann senkte sie wieder den Blick.

»Bondru Dharm«, murmelte Tandle und ließ eine entsprechende Computerabfrage laufen. »Es wäre vielleicht zuviel gesagt, ihn als ›ihren Gott‹ zu bezeichnen.«

»Der Gott war schon da, als die Siedlung gegründet

wurde«, sagte Horgy und nickte Sam zu. »Ihr Siedler habt wahrscheinlich eure eigene Religion oder sogar mehrere Religionen, richtig? Die meisten Einwohner der Siedlung Eins stammen von Phansure, nicht wahr, Sam? Auf Phansure gibt es viele Religionen.«

»Das ist durchaus möglich«, fiel Spiggy ihm mit Grabesstimme ins Wort. »Das letzte, was sie wollten, war ein Gott, der präsent war. Das letzte, was überhaupt jemand will, ist ein Gott, der wirklich etwas bewirkt.«

»Bewirkt?« fragte Jamice spöttisch. »Ein Gott, der etwas bewirkt? Was meinst du damit, Spig?«

Sam, der bemerkte, daß Spiggy sich wieder zurückzog, sagte schnell: »Unsere Leute haben einen unterschiedlichen spirituellen Hintergrund, aber alle waren wir von diesem Phänomen betroffen, dieser sogenannten Trauer-Reaktion, die ungefähr zehn Tage lang anhielt. Wir waren völlig weggetreten. Das hatte ich noch gar nicht als Hauptursache für den Produktionsrückgang in Betracht gezogen, aber ich glaube, es erklärt den Vorgang.«

»Wenn die Produktion zurückgegangen ist und deine Leute immer stolz auf den ersten Platz waren«, sagte Dern, »wäre es dann möglich, daß der Verdruß und die Enttäuschung zu Feindseligkeiten geführt haben?«

Sam zuckte die Achseln; die Wendung, die das Gespräch nun nahm, behagte ihm gar nicht, aber er mußte Dern eine Antwort geben.

»Natürlich wäre es möglich«, murmelte Spiggy.

»Also?« fragte Dern. »Besteht vielleicht ein Kausalzusammenhang?«

»Ich nehme es an«, konzedierte Sam. »Möglicherweise gibt es einen Kausalzusammenhang.«

»Gibt es nicht«, murmelte Zilia. »Ich weiß, daß es nicht so ist. Es ist die Strafe dafür, daß sie ihren Gott getötet haben.«

Schweigen. Hinten an der Wand flüsterte die Blondine der Brünetten etwas zu, worauf die beiden sich die Hand vor den Mund hielten; entweder um ein Lachen zu verbergen oder vor Schreck. Das dritte Mädchen starrte Zilia nur an, als ob sie nicht richtig gehört hätte.

»Zilia«, sagte Dern, »sollte das wirklich stimmen, dann wäre das eine schlimme Sache. Weshalb glaubst du, daß das der Grund ist?«

»So, wie sie sich verhalten haben, glaube ich nicht, daß sie um den Gott getrauert haben. Ich habe es selbst gesehen. Neunzig Prozent der Leute interessierten sich überhaupt nicht für den Vorfall. Nein, es ist etwas anderes. Ich glaube, daß sie ihn getötet haben.«

»Und wie haben wir das angestellt?« fragte Sam gefährlich ruhig.

»Ihr habt ihn verhungern lassen oder vergiftet. Was weiß ich.«

»Und wer soll das deiner Meinung nach getan haben? Meine Schwester? Vielleicht meine Mutter?« Sam spürte, wie Zorn in ihm aufwallte; er wurde rot und versteifte sich. »Oder ich?«

»Ich weiß nicht, wer es war. Jeder von euch hatte ein Motiv.«

»Welche Motive?« schrie Sam; der Heiligenschein, mit dem Zilia sich zierte, hatte ihn in Rage versetzt.

»Der Gott war euch lästig, weil ihr euch um ihn kümmern mußtet …«

»Scheiße«, sagte Jamice. »Wie lange müssen wir uns den Stuß von dieser verrückten Person denn noch anhören?«

Verdammte Paranoiker, sagte Tandle sich. Entweder unterzog diese verdammte Querulantin sich einer Therapie oder machte sich vom Acker.

Die Lichter im Raum schienen zu pulsieren. Dern atmete tief durch; nun wurde es doch noch interessanter, als er vermutet hatte. Auf jeden Fall hatte die aktuelle Diskussion eine neue Qualität. »Uns liegen keinerlei Hinweise auf ein derartiges Verbrechen vor, Zilia. Vielmehr hat die Siedlung Eins sich unseres Wissens fürsorglich um den Gott gekümmert. Richtig, Sam? Ich halte es im Grunde für ausgeschlossen, daß sie nach fast fünfunddreißig Jahren eine solche Tat begangen haben sollten.«

Er sah Sam an und schüttelte den Kopf, um ihm eine Entschuldigung zu signalisieren. Dann seufzte er, wie es ein Vater tut, der sich über seinen ungezogenen Nachwuchs ärgert, und fuhr fort: »Was hältst du davon, mein Junge, wenn du dich mit Horgy und Jamice zusammensetzt und ihr euch überlegt, wie wir die Siedlung Eins wieder auf Vordermann bringen. Horgy und Jamice können hinfliegen und sich vor Ort umschauen.« Womit er sie für die nächsten Tage los wäre. Horgy war ein intelligenter und diskreter Mann und somit geeignet, die Siedler über Sam auszufragen. Obwohl er zugeben mußte, daß Sam einen guten Eindruck machte. Das war auch der eigentliche Grund, weshalb Dern Sam herbestellt hatte; er wollte sehen, wie er sich in Gesellschaft verhielt. Dern konnte ihm nichts Nachteiliges bescheinigen. Vielleicht eine gewisse Feindseligkeit, aber die weckte Zilia wohl bei jedem.

»Ich werde sie begleiten«, sagte Zilia. »Ich muß das tun.«

»Wenn du möchtest«, erwiderte Dern verärgert. »Warum geht ihr nicht gleich alle. Macht mal Urlaub.«

»Wenn du mich nicht mehr brauchst ...«, murmelte Sam und erhob sich. Er saß schon wie auf glühenden Kohlen.

Dern nickte; er hatte von allen Anwesenden die Nase voll. »Tut mir leid, daß ich dich aus deiner Arbeit gerissen habe, Sam. Schöne Grüße an deine Familie.« Nachdem Sam gegangen war, sagte er: »Zilia, diese Vorstellung war voll daneben, selbst für deine Verhältnisse. Horgy, sag deinen Tussies, sie sollen sich die Produktionsstatistiken der letzten zehn Jahre zu Gemüte führen. Sie werden erst dann wieder an einer Besprechung teilnehmen, wenn sie Ahnung von der Materie haben. Jamice, du fummelst das nächste Mal nicht mehr an den Dingern im Haar herum. Das geht einem nämlich auf die Nerven. Und, Spiggy, wo wir uns nun ausgiebig über den Produktionsrückgang echauffiert haben, widmen wir uns einmal den Budgetberichten. Was sollen diese lächerlichen Posten unter der Rubrik ›Sonstiges‹?«

Beim Mittagessen setzte Tandle sich neben Spiggy und versuchte ihn daran zu hindern, unter der Last seines Selbstmitleids im Boden zu versinken. »Was hast du damit gemeint, als du sagtest, das letzte, was die Leute wollen, sei ein Gott, der etwas bewirkt?« fragte sie ihn, nur um das Gespräch in Gang zu halten.

Er schaffte es mit Mühe, ihr ins Gesicht zu sehen. »Nun«, sagte er. »Früher glaubten die Menschen, es gäbe eine Vielzahl von Göttern, von denen jeder für einen bestimmten Bereich zuständig war, und man müßte sich direkt an sie wenden, um eine Bitte vorzubringen oder einen Dank auszusprechen. Und weil der Götter so viele waren, bestand immer die Möglichkeit, die Handlung eines Gottes durch einen anderen aufheben zu lassen. Keine schlechte Regelung; auf Phansure wird es heute noch so gemacht. Andererseits trug dieses Konzept schon den Keim des Untergangs in sich, denn manche Priester, die sich um die jeweiligen Götter scharten, erlagen der Versuchung, sich zu bereichern oder Macht auszuüben.

Also wandelten einige dieser Priester sich zu Propheten, die verkündeten, daß ihr Gott – oder ein neuer, den sie sich ausgedacht hatten – der Größte, Beste und Einzig Wahre sei. Das Postulat, daß Gott gütig, allmächtig oder was auch immer sei, resultierte zwangsläufig in einem Dilemma: Wenn Gott wirklich so mächtig war, weshalb gab es dann noch immer widersprüchliche Lebensbedingungen? Dieser Widerspruch wurde dadurch aufgelöst, daß die Menschen eine andere Macht postulierten, die für das Böse stand, entweder einen Untergott, einen gefallenen Engel oder die Menschheit selbst, die eben der Erbsünde anheimgefallen war. Dadurch wurden die Menschen mitten auf dem kosmischen Schlachtfeld plaziert und mußten die Verantwortung für jeden Mißstand übernehmen.

Und solange die Menschheit sich in dieser zentralen Position befand, herrschte eine Pattsituation. Die Menschen beteten ständig zu Gott, er möge ihnen Frieden bringen, doch Frieden stellte sich nie ein. Also kamen die Menschen zu dem Schluß, daß ihr Gott den Krieg wollte, weil die andere Seite gesündigt hatte. Nun erfand die Menschheit Tugenden, die man nur unter den Bedingungen des Krieges unter Beweis stellen konnte, wie Heldentum, Mut und Ehre, und die Menschen belohnten einander mit Lorbeerkränzen, Geschenken und Medaillen für solche Tugenden; sie hatten gleichsam aus der Sünde eine Tugend gemacht. Die Menschen taten das auch dann noch, als sie scheinbar dem Stadium der Barbarei entwachsen waren und sich für zivilisiert hielten; und sie taten es noch bis kurz vor der *Diaspora*, als sie Vernichtungskriege gegeneinander führten und natürlich gleichzeitig für Frieden beteten.

Die meisten der monotheistischen Religionen waren Stammes- und pastorale Religionen, die auf dem Prinzip der Vergeltung beruhten; in ihrem Namen wurden über einen Zeitraum von mehreren tausend Jahren schreckliche Verbrechen begangen und Morde verübt. Es war eine Zeit der Religionskriege, wobei jede Stammesreligion für sich in Anspruch nahm, ihr Gott sei der einzig wahre Gott. Jeder Prophet hatte natürlich seinen eigenen Katechismus, und infolgedessen wurden die Menschen permanent zwischen unterschiedlichen Gottesbegriffen hin- und hergerissen, wobei derjenige die Definitionsmacht besaß, der den letzten Krieg oder die jüngste politische Auseinandersetzung gewonnen hatte.

Das bedeutete, daß die Menschheit ständig Gottheiten anerkennen sollte, die ihrer Natur im Grunde fremd waren. Damit will ich sagen, wenn ein Prophet beziehungsweise seine Exegeten sexuelle Neurosen hatten, verlangte diese Religion den Zölibat, die Unterdrückung der Frau oder gar Frauenhaß. Wenn der Prophet homophob war, predigte er die Verfolgung der Homosexuellen; und wenn er gleichermaßen lüstern und gierig war, predigte er die Vielweiberei. Wenn er einen Hang zum Luxus hatte, verlangte er von seinen Anhängern Geld und versprach ihnen dafür das Himmelreich. Wenn er paranoid war, beschwor er den Gott der Rache und hielt seine Gefolgsleute zum Töten an. Und wenn wohlmeinende Vertreter der Ökumene noch so sehr behaupteten, daß alle Götter nur verschiedene Facetten ein und desselben Gottes wären, so war es doch falsch. Jeder Prophet schuf Gott nämlich nach seinem Ebenbild, um seine eigenen Alpträume zu bekämpfen.«

Tandle bereute mittlerweile zutiefst, daß sie Spiggy diese Vorlage geliefert hatte, doch nun war er so richtig in Fahrt.

»Zum Beispiel verhielt es sich so, daß mitten in der Diaspora die drei größten überlebenden Stammesreligionen von *Menschenheimat* emigrierten und sich schließlich zu Voorstod zusammenschlossen. Niemand hatte ihnen jemals vorgeworfen, daß sie einen Gott hätten, der etwas bewirkte. Und soweit mir bekannt ist, hat sich bisher überhaupt keine menschliche Gesellschaft den Vorwurf zugezogen, einen Gott zu haben, der etwas bewirkt!« Nun führte Spiggy den Löffel mit Geflügelfleisch und Gemüse zum Mund

und kaute mit traurigem Blick. Er grämte sich wegen des Zustands der Menschheit. »Die Phansuris machen es noch am besten. Ihre vielen Götter bewirken überhaupt nichts, aber dafür gibt es immer einen, dem sie die Schuld geben können.«

Tandle, die bisher von sich geglaubt hatte, daß sie der Religion grundsätzlich Respekt entgegenbrachte, wußte darauf keine Antwort und wechselte schnell das Thema.

* * *

Während Preu Flandry und seine Mitverschwörer sich bereits darauf verständigt hatten, dem Wunsch des Propheten zu entsprechen und Maire Manone mit einem Trick zurück nach Voorstod zu locken, nach Möglichkeit wieder zu ihrem Ehemann und in die Küche, waren sie noch uneins, wie dieses Vorhaben zu bewerkstelligen sei. Immerhin waren sie sich schon in dem Punkt einig, daß sie Phaed Girat zunächst nichts davon erzählten. Wenn Phaed auch ein Anhänger der *Sache* war, so hatte er doch etwas von einem Renegaten an sich. Da war es schon besser, den alten Phaed erst dann zu informieren, wenn Maire wieder in Voorstod war.

Bei der Rückführung der Frau Gewalt anzuwenden wäre kontraproduktiv gewesen. Wenn sie Zwang anwenden wollten, hätten sie die Mission erst gar nicht in Angriff nehmen müssen. Es mußte so aussehen, als ob sie aus freien Stücken und ohne die Beeinflussung durch irgendwelche Voorstoder zurückgekommen wäre. Es mußte so aussehen, als ob die Sehnsucht nach ihrer Heimat und ihrem Volk das ausschlaggebende Motiv gewesen wäre. ›Habt ihr schon gehört?‹ würden die Zecher in den Tavernen die Kunde verbreiten. »Maire Manone ist nach Scaery zurückgekehrt. Sie hat gestern abend dort gesungen.«

Um Maire zur Zusammenarbeit zu bewegen, hatten

sie folgenden Plan ausgeheckt: Sie wollten eines ihrer Kinder oder Enkel als Geisel nehmen, um so ihre Rückkehr und ihr Wohlverhalten zu gewährleisten. Es stand indessen noch nicht fest, welche Geisel sie nehmen würden.

»Ihr Sohn Sam ist mittlerweile erwachsen«, sagte Mugal Pye nachdenklich. »Er müßte nun ungefähr vierzig Jahre alt sein. Wenn er nach Phaed kommt, dürfte er aber ziemlich schwierig sein.« Er nahm einen Schluck Bier und wartete auf einen Kommentar. »Wäre doch möglich, daß er und seine Mutter nicht gut miteinander auskommen.«

»Maires Tochter Sal ist ein paar Jahre jünger«, sagte Epheron Floom. »Es dürften vielleicht fünf Jahre sein.« Epheron war erst seit kurzem für die *Sache* aktiv, nachdem er zuvor einige Jahre als Reporter der *Voorstod News* in Ahabar verbracht hatte; in anderen Worten: Er war als Spion für die Propheten tätig gewesen. Er war noch jung, wirkte dicklich und machte einen ruhigen Eindruck. Die sanften Augen verbargen indes einen grausamen Charakter.

»Maire hat noch Kontakt zu ihrer hier lebenden Tante«, sagte Mugal Pye. »Sie hat ihr ab und zu eine Nachricht geschickt. Sie hat erwähnt, daß Sal schon Kinder hat. Zwei oder drei.«

»Diese Konstellation ist ein Problem«, sagte Epheron. »Es hat keinen Zweck, die Kinder von ihrer Mutter zu trennen. Babies brauchen eine Frau, um sich zu entwickeln. Das bedeutet also, daß wir Sal entweder mitbringen oder ein Kindermädchen besorgen müssen. Das würde aber das Risiko erhöhen. Und wenn einem der Kinder etwas zustößt, wird Maire das erfahren. Ein totes Baby ist als Geisel wertlos.«

»Wir wissen auch, daß Sam einen Sohn hat«, sagte Preu Flandry. Preu war der älteste der Männer, wobei sein weißes Haar und das leicht lädierte rechte Bein ein Indiz für eine langjährige und gefahrvolle Dienstzeit waren. »Der Junge heißt Jep. Maire hatte ihn vor dreizehn oder vierzehn Jahren in einer Nachricht an ihre Tante erwähnt. Seitdem hat sie nichts mehr von ihm berichtet, aber wenn er zwischenzeitlich gestorben wäre, hätte sie ihrer Tante das sicher mitgeteilt. Ich glaube, wenn wir ihn entführen, wird Maire kooperieren.«

»Der Junge ist schon alt genug, um ohne seine Mutter auszukommen, aber noch jung genug, um ihn manipulieren zu können«, sagte Mugal Pye zustimmend.

Die Diskussion wurde fortgesetzt, wobei die einen für Sam und die anderen für Sal optierten, bis sie schließlich ihre Meinung änderten und sich darauf einigten, mindestens ein Kind zu entführen.

»Wen auch immer wir nehmen«, sagte Mugal, »wir verstecken ihn auf Elsperhs Farm nördlich von Scaery. Das Anwesen liegt abgeschieden im Hügelland; selbst wenn Ahabar Marinesoldaten schickt, werden sie die Geisel dort bestimmt nicht suchen. Und weil Maire noch nie von Elsperh gehört hat, wird sie auch keinen Schimmer haben, wo ihr Kind sich befindet.«

Nachdem das generelle Konzept nun stand, gingen sie in die Details. Wie alt waren die Kinder? Eventuell würden sie die Geisel etwas verstümmeln müssen, um ihrer Forderung Nachdruck zu verleihen; da stellte sich natürlich die Frage, ob das betreffende Kind auch robust genug war, um diese Behandlung für eine unbestimmte Zeit zu überstehen.

»Er oder sie muß von Hobbs Land weggeschafft werden, entweder mit einer List oder unter Gewaltandrohung«, sagte Mugal Pye. »Das bedeutet, daß das Kommando aus mindestens drei Leuten bestehen muß. Weshalb entscheiden wir nicht direkt vor Ort, wen wir als Geisel nehmen? Es empfiehlt sich nämlich, zuerst das Terrain zu sondieren, bevor man sich auf eine Taktik festlegt.«

»Und wer führt den Auftrag aus?«

»Wir drei«, erwiderte Epheron, »und vielleicht noch ein Verwandter von Maire, um unseren Erkundigungen Glaubwürdigkeit zu verleihen.«

»Keine Sorge, wir finden schon jemanden«, sagte Preu. »Einen Bekannten von Maire oder zumindest jemanden, von dem sie schon einmal gehört hat.«

»Was ist mit Phaed?«

»Nein, den lieber nicht.«

Lachend begossen sie das Projekt und setzten so eine Ereigniskette in Gang, die mit der Verschleppung und vielleicht sogar der Ermordung eines Kindes enden würde, dessen Mutter fern der Heimat lebte, ohne Liebe und Hoffnung.

Vielleicht würden die Dinge aber auch erst dann ihren Lauf nehmen.

* * *

Dicht unter dem Erdboden, in der Nähe des Tempels der Siedlung Eins, verdichteten einzelne Fasern sich zu fedrigen Strukturen und diese wiederum zu gazeartigen Gebilden, die sich unter den Häusern der Siedlung und den alten Tempeln verzweigten und als feines, baumwollartiges Gespinst ins offene Gelände ausgriffen. Dieses faserige Netz erstreckte sich von den Tempeln im Norden der Siedlung bis zu den Feldern im Süden. Unter den Straßen und Pfaden, wo Menschen gingen und Fahrzeuge rollten, verdichtete das Gewebe sich zu einer filzartigen Substanz, um dem Druck standzuhalten, der von den Menschen und ihren Gerätschaften ausgeübt wurde. Unter den Feldern wucherte das Netz in zufälligen Strukturen, die immer wieder in sich zurückliefen.

Während das Gewebe expandierte, traf es auf die Kanäle und Austrittsöffnungen früherer, ähnlicher Netzwerke. Winzige Kanäle durchzogen den lehmigen Boden. Die massiven Wurzeln der Steineichen waren schon vor langer Zeit von einer Million Fäden perforiert worden. Alle Anzeichen sprachen dafür, daß andere Netze bereits diesen Weg genommen hatten, doch das neue Netz kümmerte sich nicht darum. Es nahm den leichtesten Weg, den Weg des geringsten Widerstandes, den andere ihm schon vor langer Zeit gebahnt hatten. Das Netz, das sich früher in diesen Tunnels erstreckt hatte, war alt und schwach gewesen und kaum noch imstande, sich und seine Umgebung zusammenzuhalten. Schließlich war es gestorben. An einigen Stellen, wo das alte und morbide Netz des Bondru Dharm verlaufen war, hing noch der Geruch des Todes im Erdreich, und es waren noch Fragmente des Vorgängers vorhanden. Das Netz des Birribat hingegen war jung und dynamisch. Es hielt sich nicht mit Betrachtungen über die Vergangenheit auf, sondern schaute in die Zukunft.

Auf dem Hügel, wo die ersten Siedler den Friedhof angelegt hatten, sandte das Netz neugierige Ableger aus, die prüfend an alten Knochen entlangwuchsen, sich durch Totenschädel schlängelten und dabei immer wieder auf Textilfetzen und Fragmente aus organischem Material stießen. Nichts Neues. Nichts Interessantes. Nichts Brauchbares.

Unter dem Tempel, den die Kinder renoviert hatten, unter dem Podest, auf dem vor langer Zeit ein Gott gesessen hatte, sandte das Netz durch haarfeine Risse im Stein Fasern an die Oberfläche. Als sie fast mit der Oberfläche der Steine abschlossen, stellten die Fasern das Wachstum ein und verpuppten sich zu ovalen Kokons, die so hart wie Stein waren und so winzig wie Grassamen.

Und in dem dicken, filzartigen Gewebe, in dem Birribat einst geruht hatte, wurde der harte, merkwürdige Nukleus immer größer, bildete neue Moleküle aus und wuchs unmerklich wie ein Stalaktit. Er hatte alle Zeit dieser Welt. Im Mittelpunkt dieser Masse nahm etwas Gestalt an, wobei das Wachstum sich mit zunehmender Größe beschleunigte.

* * *

Maire Girat und Samstag Wilm fuhren hinaus aufs Land, um Samstags Stimme zu schulen. Normalerweise sang Samstag in der Gemeindehalle, doch Maire hatte ihr gesagt, daß ein Sänger nur in der freien Natur zu echter Demut finden könne, wo die Stimme vom Wind davongetragen wurde.

Nachdem Samstag ihr Pensum erfüllt hatte, setzten sie und Maire sich ans Ufer des namenlosen Flüßchens, das durch die Hochebene westlich der Siedlung Eins strömte.

»Du machst einen glücklichen Eindruck«, sagte Samstag. Üblicherweise wirkte Maire Girat nämlich depressiv; es handelte sich aber nicht um eine akute Störung, sondern eher um eine Aura, wie sie eine Frau eben umgibt, die einen schweren Verlust erlitten hatte. In letzter Zeit schien es ihr jedoch besser zu gehen.

»Wirklich?« fragte sie. »Nun, das ist durchaus möglich, Samstag. Seit kurzem kommen mir die Tage freundlicher vor, als ob sich etwas verändert hätte; ich weiß aber nicht, was.«

»Ich habe generell den Eindruck, daß es den Leuten besser geht«, sagte Samstag. »Heute morgen habe ich meine Mutter singen hören; das hat sie schon lange nicht mehr getan.«

»Ich glaube, du hast recht. Sam war richtig aufgekratzt, als ich ihn heute morgen gesehen hatte. Und drei Leute, die bisher nur griesgrämig dreingeschaut hatten, haben ›Guten Morgen‹ gesagt. Sogar die Babies im Kinderhort haben weniger geschrien. Und was mich betrifft, so habe ich gestern ein kleines Lied über einen *ferf* komponiert. Ich habe es nicht gesungen, Gott behüte, sondern nur geschrieben.«

»Sag mir, wie es geht«, sagte Samstag.

Mit krächzender Stimme trug Maire alle drei Strophen vor, und die beiden lachten über die Mühe, die es dem *ferf* bereitete, die Körner zu seinen Kindern zu bringen.

»Es muß *ihre* Kinder heißen«, korrigierte Samstag. »Ein Mutter-*ferf*. Entweder das oder ein Onkel-*ferf*.«

Schamerfüllt nickte Maire. »Manchmal wähne ich mich noch in Voorstod, wo nicht die Onkels, sondern die Väter die Familie ernähren. Nicht daß sie besonders pflichtbewußt wären. Wie dem auch sei, ich habe das Lied für die Kinder in der Kinderkrippe komponiert. Sam hat mich dort zur Arbeit eingeteilt. Er sagt, ich sei zu alt für die Feldarbeit.«

»Vielleicht weiß er auch, was die Babies an dir haben«, sagte Samstag, obwohl sie der Ansicht war, daß es sich eher umgekehrt verhielt. »Du gibst ihnen die Liebe, die du deinem kleinen Sohn nicht mehr geben konntest.«

»Das ist richtig«, erwiderte Maire und schaute Samstag mit klaren Augen an.

»Wie ist er gestorben, Marjorie?«

Die ältere Frau knetete die Hände, eine Geste, die sie oft machte, wenn sie nachdachte oder sich an etwas erinnerte. »Ein Gesandter der Königin sollte vor dem Phyel, dem Parlament von Voorstod, reden. Der Phyel sagte ihm sicheres Geleit zu, nicht aber die Anhänger der *Sache*. Später erfuhr ich dann, daß beide Seiten ein Komplott geschmiedet hatten: Der Phyel wollte die *Sache* für den Mord verantwortlich machen, damit die *Sache* sich die Tat dann an ihre Fahne heften konnte. Also legten die Männer der Sache einen Hinterhalt. Weil weder ich noch die anderen Frauen von diesem Plan unterrichtet worden waren, ließen wir nichtsahnend die Kinder auf der Straße spielen, denn dort war es im Gegensatz zu den Häusern trocken. Doch der Anschlag sollte ausgerechnet in unserer

Straße stattfinden, wo Maechy und Sal spielten. Dann gab es eine laute Explosion, und mein Baby war tot. Es blutete aus winzigen Löchern im Kopf, und ich stand nur da und weinte.«

Sie holte tief Luft und schaute zum Himmel empor, wo zwei Wolken in Richtung des Hochplateaus im Norden zogen. »Als Phaed dann fluchend das Haus betrat – der Gesandte der Königin hatte den Anschlag nämlich überlebt –, zeigte ich ihm seinen Sohn, der bleich und reglos auf dem Bett lag, und er sagte, das wäre nicht passiert, wenn der Schütze sorgfältiger gezielt hätte. Aber im Grunde sei es die Schuld des Mannes aus Ahabar gewesen, denn was hatte er überhaupt in Voorstod zu suchen.«

»Und wie hast du reagiert?«

»In jener Nacht habe ich mein letztes Lied geschrieben, von dem ich dir schon erzählt habe. Und dann habe ich es an Ort und Stelle gesungen. Danach habe ich mit Phaed gesprochen und ihn gebeten, zusammen mit mir Voorstod zu verlassen. Ich hatte geschworen, diesen Ort zu verlassen; das war das mindeste, was ich tun konnte. Er hat mich nur ausgelacht und gesagt, daß ich ihn nie verlassen würde. Dann hat er mich in den Hintern gekniffen und gesagt, ich solle mich zusammennehmen und für gutes Geld meine Lieder singen, denn er könne jeden Pfennig gebrauchen, den ich verdiente. Ich versuchte zu singen, aber die Kehle war wie zugeschnürt. Ich bekam kaum noch Luft. Nun mußte ich gehen, wenn ich nicht ersticken wollte. Ich packte Sams, Sals und meine Sachen, und dann verließen wir Scaery auf Nebenstraßen. Nach dem Tod meines Vaters hatte Phaed sein Haus geerbt, und deshalb waren wir von *Wolke* nach Scaery gezogen. Nachts marschierten wir, und tagsüber versteckten wir uns. Wir gingen nach Süden und durchquerten die Steinwüsten von Wander und Skelp, bis wir schließlich *Green Hurrah* erreichten, mit seinen lieblichen

Wäldern; und dann gingen wir über die Grenze nach Jeramish, wo die Farmen wie Bauklötze über das Land verteilt sind. Dann erreichten wir die Stadt Fenice und gingen durch den Transmitter. Und nun sind wir hier, Mädchen.«

Als Samstag in Maires Augen schaute, nahm sie den Schmerz der Frau fast körperlich wahr. Sie dachte an Jep und fragte sich, wie sie sich wohl fühlen würde, wenn Jep getötet würde. Oder Freitag, ihr Bruder. Oder sonst ein Bewohner der Siedlung Eins. Sie legte die Hände auf Maires abgearbeitete Hände. Maire ließ den Tränen freien Lauf.

»Es ist vorbei, Maire«, sagte sie. »Es wird nicht wieder geschehen.« Es war nur ein Trost, kein Versprechen. Es stand gar nicht in ihrer Macht, ein solches Versprechen zu geben, und dennoch empfand Maire es als Versprechen, nicht nur für dieses Land, sondern auch für alle, die sie in Voorstod zurückgelassen hatte.

4

In der Siedlung Drei hatten die Auseinandersetzungen zwischen den Produktions-Teams *Topman* Harribon Kruss fast den ganzen Nachmittag in Anspruch genommen. Ein Mitglied von Team Zwei hatte sich abfällig über ein Mitglied von Team Vier geäußert. Und besagtes Mitglied von Team Zwei war nicht irgend jemand. Es handelte sich um Jamel Soames. Jamel Soames, der noch von fünf Soames-Brüdern unterstützt wurde. Und dann hatte Team Vier mit Fäusten und Werkzeugen zurückgeschlagen. Team Zwei hatte sich mit einer zu einem Wasserwerfer umfunktionierten Bewässerungspumpe zur Wehr gesetzt, und dann war der Kampf schnell eskaliert. Ein Feld war in eine Schlammparzelle verwandelt worden und mußte trockengelegt und rekultiviert werden. Ein weiteres Feld hatte kurz vor der Ernte gestanden, was sich nun erübrigt hatte. Ein Siedler hatte einen Kieferbruch erlitten; an weiteren Verletzungen waren Knochenbrüche, Abschürfungen, Prellungen und Schnittwunden zu verzeichnen.

Aufgrund der diversen Anschuldigungen (welche die jeweilige Partei als Zeugenaussagen deklarierte), mit denen *Topman* Harribon Kruss konfrontiert wurde, traf er Schuldzuweisungen und verhängte Geldstrafen. Jamels Äußerung, die den Aufruhr überhaupt erst verursacht hatte, bezog sich auf die angebliche Arroganz von Team Vier, das sich ›für die Siedlung Eins hielt und sich allen anderen überlegen fühlte‹, oder so ähnlich. Auf jeden Fall war die Siedlung Eins explizit erwähnt worden, und es war nicht das erste Mal in dieser Woche, daß Harribon solche Äußerungen zu Ohren kamen. ›Siedlung Eins und ihr verrückter *Topman.*‹ Das war Jamel Soames' Lieblingsspruch.

Eigentlich hatte Harribon an diesem Nachmittag seine Mutter im Pflegeheim besuchen wollen. Als er den letzten Kombattanten, Jamel selbst, abgeurteilt und ihm noch ein paar deutliche Worte gesagt hatte – die letzten, wie sich alsbald zeigte –, stellte er fest, daß er den vereinbarten Termin nicht würde einhalten können. Als er schließlich das Zimmer seiner Mutter betrat, schaute Elitia Kruss betrübt drein.

»Du kommst spät, Harri«, monierte sie und sah ihn mit großen, klaren Augen an. Sie hatte einen guten Tag, was indessen immer seltener vorkam. »Was hat dich aufgehalten?«

»Es gab Zoff, Mama. Die Leute haben sich gekloppt, mit Steinen beworfen und mit Wasser aus Hochdruckschläuchen bespritzt. Zum Glück ist niemand umgekommen.« Er setzte sich neben sie aufs Bett und wedelte mit der Hand, um ihr zu verdeutlichen, wie heiß es hergegangen war. »Ich habe Jamel Soames rausgeschmissen. Er soll die Siedlung verlassen und woanders hingehen. Er wird wahrscheinlich seine fünf Brüder mitnehmen, und vielleicht auch noch Dracun, aber das schadet auch nichts.« Er schüttelte den Kopf und fragte sich, was nun ungünstiger war: die Soames' hierzubehalten oder neue Leute anzulernen. Das war nämlich auch kein Vergnügen.

»Das wird Dracun Soames aber gar nicht gefallen«, sagte sie mit Blick auf die Schwester der streitsüchtigen Brüder, die gleichzeitig auch Harribons Assistentin war.

»Das braucht ihr auch nicht zu gefallen. Es steht in meinem Ermessen, Mama, und mir reicht es jetzt.«

Betrübt schüttelte sie den Kopf. »Wie die Kinder«, sagte sie. »Daß erwachsene Menschen sich noch wie Kinder aufführen müssen. Und nun wirst du auch noch zum Abendessen im Bruderhaus zu spät kommen. Slagney sagte, er würde diese Woche kochen. Du solltest das Essen nicht kalt werden lassen.«

»Unsinn!« knurrte er. »Jetzt bin ich bei dir zu Besuch. Ich kann das Essen später immer noch aufwärmen; aber vielleicht hält Slagney es auch für mich warm.«

Er machte es sich bequem und richtete sich offensichtlich auf einen längeren Aufenthalt ein. Elitia Kruss lag im Sterben. Sie wußte es, und die Familie wußte es auch. Wenn irgendeine Aussicht auf Heilung bestanden hätte, hätte man sie im Krankenhaus der Zentralverwaltung behalten. Weil eine solche Aussicht aber nicht bestand, war sie ins die Pflegeheim der Siedlung zurückgeschickt worden, um zu Hause zu sterben. Diese Einrichtung war zwar nur für die spezifischen Verletzungen, die bei der Feldarbeit auftraten, konzipiert, aber das Pflegepersonal war hervorragend ausgebildet. Harribon sagte sich, wie groß das Wissen der Menschheit über Krankheiten und Verletzungen auch war, es traten immer wieder neue Fälle auf, die man nicht behandeln konnte. Man war imstande, Hände, Füße und sogar ganze Arme und Beine zu züchten. Kranke Organe wurden durch geklonte ersetzt. Genetische Defekte wurden durch die Injektion einer neuen DNA behoben. Aber bei dieser seltenen Krebs-Pilz-Erkrankung waren die Mediziner mit ihrem Latein am Ende. Im gesamten System waren nicht einmal hundert Fälle aufgetreten, und ausgerechnet Momma war einer davon. Man wußte nicht einmal, wie diese Krankheit übertragen wurde, ob es sich überhaupt um eine Infektionskrankheit handelte oder ob sie eine genetische Ursache hatte, die bislang nicht entdeckt worden war. Die Bezeichnung ›Geisterkrankheit‹ war symptomatisch für die Ratlosigkeit der Ärzte. Die Genmanipulationen, die sich bei tausend anderen Krankheiten als hilfreich erwiesen hatten, versagten in diesem Fall. Trotz der enormen Fortschritte der Medizin kamen auch heute manche Menschen noch nicht in den Genuß der ihnen zugeteilten Lebensdauer.

Sie unterhielten sich noch eine Weile; sie war voll präsent, und er wollte keinen Augenblick verpassen. Als sie plötzlich mitten im Satz einschlief, verließ er den Raum und ging zum Bruderhaus. Sein jüngerer Bruder Slagney hatte nicht mit dem Essen auf ihn gewartet, aber er hatte einen Teller zum Warmhalten in den Herd gestellt. Dadurch war das Essen auch nicht besser geworden; um die Gedanken an Momma zu verdrängen, beschäftigte Harribon sich mit dem Problem des Neids.

Die Siedlung Eins, die schon lange einen Stachel im Fleisch der anderen Siedlungen auf Hobbs Land darstellte, war nun zu einer schwärenden Wunde geworden. Die Kinder sprachen sogar schon davon. Nach dem letzten Wettbewerb mit Siedlung Eins hatte es in den unterlegenen Teams gegärt. Es wurden Stimmen laut, die behaupteten, die Siedlung Eins würde falschspielen und müsse deshalb von den Spielen ausgeschlossen werden. Dracun Soames hatte das von ihrem Sohn Vernor gehört. Verschärft wurde die Sache dadurch, daß dieses Gerücht von Drohungen Jamels und Vernors' übrigen Onkels begleitet wurde. Sie würden verdammt fair spielen, sagten sie, wobei sie sich anscheinend nicht an der Tatsache störten, daß sie selbst dafür berüchtigt waren, mit miesen Tricks zu arbeiten. Fair Play war nun wirklich nicht ihr Anliegen. Seit die Soames' sich in der Siedlung Drei niedergelassen hatten, waren zwei Morde zu verzeichnen gewesen. Die Opfer hatten eine Auseinandersetzung mit Jamel gehabt und waren dann von hinten niedergeschlagen worden. Harribon hatte in beiden Fällen Jamel in Verdacht gehabt, war jedoch nicht in der Lage gewesen, ihm die Morde nachzuweisen.

Am frühen Morgen, vor dem Beginn der Krawalle, hatte Harribon sich eine Statistik mit den Ergebnissen aller Sportwettkämpfe ausdrucken lassen, die bisher zwischen den Siedlungen ausgetragen worden waren. Erst jetzt hatte er jedoch die Gelegenheit, sich mit ihnen zu befassen. Er fuhr mit dem Daumen die Zeilen entlang und addierte im Kopf die Punktzahlen. Siedlung Eins hatte ungefähr die Hälfte der Spiele gewonnen, meistens nur mit knappem Vorsprung. Diese Position hatten sie im Lauf der Jahre gehalten. In den zweiunddreißig Jahren des Bestehens von Hobbs Land war Siedlung Eins zweimal Meister geworden und dreimal Zweiter. In Anbetracht der ansonsten durchschnittlichen Leistungen mochte das Zufall sein. Vielleicht auch nicht.

Interessanter war da schon die Tatsache, daß Siedlung Eins nie am Ende der Tabelle rangiert hatte. Niemals. Ebensowenig wie Siedlung Vier. In den ganzen zweiunddreißig Jahren nicht, in denen die Spiele bereits ausgetragen wurden. Zumindest in dieser Hinsicht hatten die Leute recht. Obwohl Siedlung Eins nicht besser war als die anderen, war sie nicht so *schlecht* wie manch andere Siedlung.

Harribon starrte die Wand an und fragte sich, was das wohl zu bedeuten hatte. Falls es überhaupt etwas zu bedeuten hatte. Jemand nahm auf dem Besucherstuhl Platz und riß ihn aus seinen Überlegungen.

»Dracun«, murmelte er, als er die Frau erkannte, die wie eine große Gottesanbeterin auf dem Stuhl saß, jeden Moment zum Zustoßen bereit. Sie war eingetreten, ohne vorher angeklopft zu haben. Sie hatte das schmale Gesicht in tiefe Falten gelegt.

»Was hat die Sache mit Jamel zu bedeuten?«

»Ich habe ihn rausgeworfen, Dracun.«

»Ich werde mit ihm gehen. Wir werden alle gehen.« Das sollte eine Drohung sein.

Er seufzte. »Damit habe ich schon gerechnet, als ich

ihn gefeuert habe, Dracun. Das sollte dir zu denken geben.«

Sie errötete. »Ist er wirklich so schlimm?«

»Er ist so schlimm. Er hat die Toleranzgrenze überschritten. Du und deine anderen Brüder könnt gern bleiben, wenn ihr das wollt. Ohne den Aufwiegler von Jamel sind die Soames' nämlich kaum schlimmer als die anderen Leute.« Er wollte die Sache ins Witzige ziehen.

Sie zog es vor, das Thema zu wechseln. »Du sagtest, du wolltest der Äußerung von Vernor nachgehen. Daß die Siedlung Eins falschspielt. Jetzt wirst du mir sicher erzählen, wegen des Kampfes hättest du gar nicht mehr daran gedacht.«

»Ich bin der Sache sehr wohl nachgegangen«, entgegnete er barsch; ihr Ton hatte ihm nicht gefallen. »Ich habe mir die Statistik ausdrucken lassen und bin sie auch schon durchgegangen. Und wenn ich es wirklich vergessen hätte, Dracun, dann nur deshalb, weil meine Mutter im Sterben liegt. Das passiert nämlich nur einmal. Wegen deiner Brüder haben wir aber fast jeden Tag einen Kampf.«

Immerhin wirkte sie beschämt, was sie aber nicht davon abhielt, zu fragen: »Nun?«

Er reichte ihr die Ausdrucke und wies sie auf die relevanten Zahlen hin. Dann wartete er, bis sie sich die Statistik zu Gemüte geführt hatte.

»Stimmen die Zahlen überhaupt?« fragte sie und runzelte die Stirn.

Er hob eine Augenbraue, wuchtete seine massige Gestalt vom Stuhl und ging zum Fenster. Dann ließ er den Blick über seine Siedlung schweifen. »Ich habe sie aus dem Archiv.«

»Und was ist mit den Produktionszahlen?«

»Nun ja. Sie haben die höchsten Ernteerträge und die niedrigste Kriminalitätsrate. Wenn ich bedenke, wieviel Zeit du und ich heute damit verbracht haben, die Aussagen aufzunehmen und den Krankenstand zu ermitteln, glaube ich, daß ein direkter Zusammenhang zwischen diesen Aspekten besteht.«

»Durchaus möglich«, sagte sie.

»Dracun, in diesem Punkt hat dein Sohn sich zwar geirrt, aber das heißt noch lange nicht, daß ... nicht trotzdem etwas dran ist an der Sache. Was ist die Ursache für die niedrige Kriminalitätsrate der Siedlung Eins?« Er fuhr sich über den Stoppelbart. »Das ist doch unnatürlich, nicht wahr? Ich weiß aber nicht, wie ich die entsprechende Frage ans Archiv formulieren soll.«

Nachdenklich ging sie im Zimmer umher und nahm wieder Platz. »Ob es mit Religion zu tun hat? Ich meine, genetische Gründe scheiden wohl aus. Es hat nämlich eine Fluktuation innerhalb der Bevölkerung stattgefunden. Leute sind in andere Siedlungen umgezogen. Andere sind in die Verwaltung aufgestiegen. Wieder andere haben ihre Landgutscheine abgegeben und Hobbs Land verlassen. Leute von anderen Planeten haben sich um die freigewordenen Stellen beworben, manche aus dem Gürtel, manche aus dem System. Stimmt doch, oder?«

Harribon antwortete nicht sofort. »Für Siedlung Drei trifft das jedenfalls zu.«

»Und was ist mit Siedlung Eins? Gab es dort auch Zu- und Abwanderung?«

»Ich weiß es nicht. Ich hatte auch nicht daran gedacht, mich danach zu erkundigen.«

»Wann wirst du es wissen?«

»Bald. Und noch etwas, Dracun. Laß mich wissen, ob die ganze Familie Soames mit Jamel geht.«

Sie schüttelte den Kopf. »Nein, das wird sie nicht. Du hast recht. Jamel ist selbst für unsere Verhältnisse eine Gräte im Hals. Es ist besser, wenn er verschwindet. Vielleicht nach Celphius. Dort kann er sich als Prospektor verdingen.«

Er lächelte erleichtert. Na also. Sie hatte sich wieder eingekriegt. »Vielleicht sollte ich mal zur Siedlung Eins fliegen und der Sache vor Ort auf den Grund gehen. Ich werde dem *Topman* Bescheid sagen.«

* * *

»Sie kommen uns besuchen«, sagte Sam, wobei Tonfall und Körperhaltung seine Mißbilligung ausdrückten. »Sie wollen mir einige Fragen stellen.«

»Weshalb?« fragte Theseus. »Hast du etwas angestellt?«

»Nein!« zeterte Sam. »Aber die Produktion hat sich verringert. Der Rückgang ist zwar nicht gravierend, aber es genügt schon, daß überhaupt ein Rückgang eingetreten ist. Vielleicht halten sie uns auch für Exoten. Auf jeden Fall kommen sie uns besuchen!«

»Wer? Sollen wir uns ihnen entgegenstellen? Sie zum Kampf fordern? Einen Hinterhalt legen?«

Sam schüttelte grinsend den Kopf. »Nein, nein. Schließlich handelt es sich nicht um eine Invasion. Es sind harmlose Leute. Wie die Schranzen am Hof deines Vaters.«

»Die immer Intrigen gesponnen haben«, sagte Theseus hoheitsvoll.

»Nun, diese Leute spinnen auch Intrigen, aber sie bringen niemanden um.« Belustigt schüttelte Sam den Kopf.

»Wer sind sie?«

»Horgy, Jamice und Spiggy. Eine verrückte Frau namens Zilia Makepeace. Und Harribon Kruss, der *Topman* von Siedlung Drei; aber der kommt erst später. Sie sind wirklich kein Problem, höchstens eine Belästigung. Wir führen sie herum, sie stellen ein paar Fragen, und dann verschwinden sie wieder.«

»Sie bräuchten überhaupt nicht zu kommen«, sagte Theseus. »Was auch immer geschehen ist, es war nur von kurzer Dauer. Es wird alles wieder so sein wie früher. Sogar noch besser.«

»Die Siedlung Eins wird wieder die Nummer Eins sein?« fragte Sam zweifelnd.

»Wie kannst du nur daran zweifeln? Mit dir als *Topman*.«

Tröstende Worte, auch wenn Sam nicht wußte, was er davon halten sollte. Woher hatte Theseus die Informationen über die Farmquoten? Das war nämlich kaum sein Metier.

Als ob er die Skepsis des anderen gespürt hätte, flüsterte der Held: »Habe ich dir schon von dem Ungeheuer erzählt? Natürlich nicht. Das habe ich mir aufgehoben.«

»Welches Ungeheuer, und wo ist es?«

»Ein Stück westlich von hier. In einer Höhle. Es ist erst seit kurzer Zeit dort. Ich habe es gefunden. Du hast noch kein Schwert; also mußt du es mit bloßen Händen erlegen. Du kannst es, Sam. Ich weiß, daß du es kannst.« Der Held ging in westlicher Richtung davon und winkte.

»Morgen«, sagte Sam. Er fühlte sich etwas schlapp.

»Jetzt«, flüsterte der Held. »Heute nacht!«

An der Westseite der Felder verließ Theseus ihn, unmittelbar vor dem *dorge*-Getreide mit den langen Halmen und den kugelförmigen Ähren, das fast reif zur Ernte war. In den Ackerfurchen sprangen Katzen herum. Sam hatte eine Taschenlampe dabei, und wo immer er auch hinleuchtete, sah er Doppelscheiben aus kaltem Feuer, Katzenaugen, die das Licht der Lampe reflektierten.

»Dort draußen«, sagte Theseus und wies nach Westen. »Dort.« Damm machte er auf dem Absatz kehrt und verschwand als glühender Schemen im *dorge*-Feld.

Sam schaute in die von Theseus angegebene Richtung. Er sah nichts außer der spärlich bewachsenen, hügeligen Prärie, die mit vereinzelten Bäumchen bestanden war und von träge dahinfließenden Bächen durchzogen wurde. Dort draußen war nichts als Einöde. Zuerst wollte Sam wieder umkehren, doch dann überlegte er es sich anders. Ein Spaziergang würde ihm nicht schaden.

Er stieß auf ein Gewässer, und dann erspähte er eine parallel zum Ufer verlaufende Spur, der leicht zu folgen war. Es war eine Art Wildwechsel, wobei die Tiere das Gras immer wieder abfraßen. Backenhörnchen vielleicht, die hier ihre Tränke hatten. Heerscharen von *ferfs*. Vielleicht auch ein paar Hochland-Allesfresser, die sich nun in der Ebene zu Tode langweilten. Größere Tiere gab es auf diesem Planeten nicht.

Plötzlich vernahm er ein Geräusch. Er hatte einen Fuß gehoben und stand nun da wie ein Kranich. Er war unfähig, sich zu bewegen. Ein Heulen. Ein Schrei, der Wut ausdrückte, Hunger oder ... Ein gutturaler Laut, ein heiseres Brüllen. So etwas hatte er noch nie gehört.

Was auch immer es war, es befand sich im Westen. Nun war alles wieder still, und es gab nicht einmal ein Echo, das ihm bestätigte, daß er soeben etwas gehört hatte.

Sam betastete seine Montur und machte eine Bestandsaufnahme der Ausrüstung. Schwertgürtel, Helm, Taschenlampe. Werkzeuge am Gürtel: Wärmebildner, Messer, Memorizer, Peilsender. Die Hände schwebten über dem Peilsender. Wenn er ihn aktivierte, würden Africa und Jebedo Quillow in wenigen Minuten bei ihm sein.

Noch nicht. Er legte den Schwertgürtel und den Helm ab und legte sie vorsichtig neben dem Pfad auf den Boden. Den Memorizer und den Wärmebildner verstaute er im Helm. Damit konnte man nur das Innenleben einer Maschine ausleuchten. Das Messer und den Peilsender behielt er bei sich. Die Taschenlampe auch, obwohl er sie im Augenblick nicht benutzte.

Als die Augen sich an die Dunkelheit gewöhnt hatten, wobei der Pfad durch die Sterne und die Lichtreflexe auf dem Wasser gerade noch zu erkennen war, marschierte er weiter westwärts durch das hügelige Land, das von einem Flüßchen durchschnitten wurde. Die Ufer waren mit weißen Blumen bewachsen, die er noch nie zuvor gesehen hatte. Sie verströmten einen betäubenden Geruch.

Am Fuß des Hügels stürzte der Fluß unvermittelt über eine Abbruchkante. Als er das Rauschen des Wassers hörte, verhielt er den Schritt und schaltete die Taschenlampe an, um dem Verlauf des Wasserfalls zu folgen. Er stürzte vier Yards in die Tiefe und bildete einen Teich am Kopf eines ... eines Canyons?

Auf Hobbs Land gab es keine Canyons, rief Sam sich in Erinnerung. Er mußte wohl träumen oder schlafwandeln oder sich irgendwo anders befinden.

Das Geräusch ertönte erneut, diesmal näher. Ein heiseres Brüllen. Ein wütendes Grollen. Er schaltete die Taschenlampe aus, ließ sich am Steilhang hinab und landete auf einem matschigen Abschnitt neben dem Teich. Auch dort blühten die weißen Blumen und erfüllten den Canyon mit ihrem süßen, würzigen und leicht harzigen Duft. Ein Pfad verlief parallel zum Flüßchen, das sich nun deutlich verbreitert hatte; es mußte von einer unterirdischen Quelle oder einem Bach gespeist werden, der in den Teich mündete. Die Wände des Canyons wurden immer höher und traten weiter auseinander, je tiefer er in ihn vordrang. Das Flüßchen verwandelte sich in einen breiten Fluß. Die Wände des Canyons waren mit Löchern in allen Größen perforiert, wobei die kleineren als Nistplätze genutzt wurden. Der Wind rauschte durch die Blätter der das Ufer säumenden Bäume. Große Felsbrocken ragten aus dem Fluß, und das Wasser strömte in rauschenden Wirbeln an ihnen vorbei, wobei die Strudel das Licht der Sterne reflektierten.

Das Ding griff ihn von hinten an. Sam stürzte nach vorne und verlor dabei die Laterne. Er spürte Zähne im Nacken und rollte sich blitzschnell weg. Das Ding stank. Es hielt ihn mit seinen Klauen fest, doch als Sam sich ins Wasser rollte, ließ es mit einem heiseren Knurren von ihm ab. Dann stieß das Wesen ein Brüllen aus und setzte erneut zum Angriff an.

Sam hatte das Messer in der Hand. Er wußte zwar nicht, wie es dorthin gekommen war, aber nun blitzte die scharfe Klinge auf, auch wenn sie kaum effektiver war als seine Zähne. Es war nur ein Werkzeug, mit dem man Gemüse oder Obst aberntete. Dieses Messer war keine Waffe und auch nicht als solche gedacht.

Er spürte, wie Klauen nach ihm griffen und roch den heißen, stinkenden Atem des Wesens. Er stach zu und wurde mit einem Heulen belohnt, das jedoch weniger durch den Schmerz als durch die Überraschung bedingt war. Er sprang das Wesen an und stach erneut zu. Das Messer stieß auf etwas Hartes, vielleicht einen Knochen, und das Ding heulte wütend auf.

Dann griff es wieder an und schlug die Messerhand zur Seite. Sam duckte sich ab, schlüpfte zwischen den Armen hindurch und spürte, wie der schwere Körper über ihn hinwegglitt. Er wirbelte herum, packte den Kopf der Kreatur und versuchte, den dicken, muskulösen Hals zu umklammern.

Er wurde hin und her geschleudert und schlug dabei gegen die Steine. Das Messer flog ihm aus der Hand; er glaubte, er hätte ein Plätschern gehört. Nun hatte er das Ding im Schwitzkasten und drückte mit aller Kraft zu. Warmes, metallisch riechendes Blut lief ihm über die Brust. Sein eigenes? Das der Bestie? Er wußte es nicht.

Der Kampf dauerte schier endlos. Er war benommen, und allmählich schwanden ihm die Kräfte. Er hielt das Ding so lange wie möglich umklammert, und schließlich ließ er es los. Das Ding trollte sich, oder vielleicht fiel es auch um; er wußte es nicht. Nach einiger Zeit kam er mühsam auf die Füße und wankte den Weg zurück, den er gekommen war. Als er den Teich erreicht hatte, war er am Ende des Weges angelangt. Vor dem Steilhang mußte er kapitulieren. Doch da leuchtete ein Stern einen Kamin im Fels aus, wie eine Monstertreppe. Mit Mühe und Not gelang es ihm, die Stufen zu bezwingen.

* * *

Trotz der frühen Stunde war Sal schon auf. Die kleine Sahke hatte Magenschmerzen gehabt, und deshalb hatte sie die ganze Nacht kein Auge zugetan. So fügte es sich, daß sie Sam die Straße entlanggehen sah; er war blutüberströmt, als ob er unter einen Mähdrescher geraten wäre. Sie stieß einen Schrei aus und rannte zu ihm hin.

»Schon gut, schon gut«, sagte er und schob ihre Hände weg.

»Aber Sam, wie siehst du denn aus, du blutest ja … komm rein, ich wasche dir … ich rufe einen Sanitäter …« Jedesmal, wenn sie ihn stützen wollte, wehrte er sie ab.

Sie führte ihn in die Küche des Bruderhauses. Als sie ihm mit einem nassen Handtuch das Blut abwischen wollte, stellte sie zu ihrem Erstaunen fest, daß es überhaupt nicht sein Blut war, mit dem er besudelt war. Er hatte wohl ein paar Schnittwunden und Kratzer, als ob man ihn mit einem Messer verletzt hätte, aber es war nichts Ernstes. Lediglich eine Wunde am Arm mußte versiegelt werden; aber der größte Teil des dicken, ekligen Blutes stammte indes nicht von Sam. Es roch nicht einmal wie menschliches Blut.

Sie nahm ihm Helm und Schwertgürtel ab und versteckte die Utensilien. Der Sanitäter mußte das nicht unbedingt sehen.

»Wie ist das passiert?« rief sie, doch er blickte nur verklärt drein. »Was hast du angestellt…«

»Irgendwas draußen im Dunkeln«, sagte er schließlich. »Ich machte gerade einen Spaziergang, als es mich angriff.«

»Aber was war es, Sam?«

Er seufzte und blinzelte sie schläfrig an. »Es hatte Zähne und Klauen und Mundgeruch. Es hat mich von hinten angefallen. Es war dunkel. Ich bin ziemlich sicher, daß ich es getötet habe. Auf jeden Fall habe ich es verwundet. Das weiß ich ganz bestimmt.«

»Weshalb hast du kein Notsignal gegeben, Sam?« Zornig schlug sie auf den Sender.

Er blinzelte sie nur an, ohne ihr eine Antwort zu geben. Sie betätigte den Sender und alarmierte Africa und Jebedo Quillow, die ihrerseits die Tharby-Männer aus den Federn holten. In der Siedlung gab es keine Spürhunde, doch Jebedo Quillow war ein guter Spurenleser. Mittlerweile war auch der Sanitäter eingetroffen und versiegelte die Wunden an Sams Arm mit medizinischem Klebstoff.

Jebedo und seine Gruppe kehrten am Vormittag zurück und meldeten, daß sie die Stelle, wo der Kampf stattgefunden hatte, gefunden hätten. Der ganze Platz sei mit Blut besudelt gewesen, und sie hätten den Kadaver eines Wesens von der Größe eines ausgewachsenen Mannes gefunden. Doch die Vögel, *ferfs* und Backenhörnchen hätten schon ganze Arbeit geleistet und das Ding bis auf die Knochen abgenagt. Und die hätten nicht unbedingt humanoid gewirkt.

»Wo war das?« fragte sie.

»In dem merkwürdigen Canyon mit dem Fluß und den Höhlen«, erwiderten die Männer.

»Welcher Fluß? Welcher merkwürdige Canyon mit

Höhlen?« hakte sie nach; davon hatte sie noch nie etwas gehört.

»Der Canyon«, sagte Jebedo Quillow, »dieser komische alte Canyon dort draußen.«

Sam schlummerte unterdessen friedlich, mit einem verklärten Lächeln im Gesicht.

* * *

Samstag Wilm wollte mit ihrem Cousin Jep angeln gehen. Jep indes wollte sich an seinem freien Tag dem Scherenhockey-Team der A-Klasse als Reservespieler zur Verfügung stellen.

»Sie nehmen dich frühestens mit fünfzehn, Jep«, sagte sie zu ihm. »Ganz egal, wie gut du bist.«

»Sie haben mich noch nicht spielen sehen«, entgegnete ihr Cousin. »Ich bin wirklich sehr gut. Ich bin noch besser als Willum R.«

»Und wenn du der absolute Spitzenspieler wärst, sie nehmen dich erst mit fünfzehn in die Mannschaft auf.«

»Woher weißt du das?«

»Von Mam. Es ist eine Siedlungs-Regel.«

»Eine verbindliche Regel oder eine unverbindliche?« Verbindliche Regeln mußten nämlich von der Zentralverwaltung geändert werden; bei unverbindlichen Regeln hingegen genügte eine Verfügung des *Topmans* oder ein Votum der Siedler.

»Scheren-Hockey ist doch keine Arbeit!« widersprach er hitzig.

»Ist es doch, wenn du als Heranwachsender gegen Erwachsene spielst. Das hat Mam gesagt.«

»Quatsch«, erwiderte Jep. »Sie haben gesagt, ich dürfte mitspielen.«

»Weil du ihnen ständig in den Ohren gelegen hast; und da haben sie sich wohl gesagt, wenn sie dich einmal mitspielen lassen und kräftig rumschubsen, wird es dir schon vergehen, sie noch einmal zu nerven.«

»Weshalb sind sie mir dann nicht gleich mit der Regel gekommen, verdammt. Ich habe nämlich keine Lust, meine Zeit mit ihnen zu verschwenden, wenn ich eh keine Chance habe, eingesetzt zu werden.«

»Jedenfalls nicht, solange du keine fünfzehn bist. Und wenn du mir nicht glaubst, dann frag Africa.«

»Ich glaub's dir schon«, nuschelte er grummelig. Am meisten ärgerte er sich darüber, daß er sich nicht selbst erkundigt hatte. Seine Mutter würde es ihm gesagt haben, wenn er sie gefragt hätte. Und der Trainer, der ihn nicht darauf hingewiesen hatte, würde das auch noch bereuen. Im nächsten Jahr, wenn sie ihn fragten, ob er bei ihnen mitspielen wollte, würde er sie ordentlich auflaufen lassen. Er würde nämlich in die Siedlung Vier umziehen. »Wonach willst du denn fischen?«

»Nach *Creelies*. Mam hat einen richtigen Heißhunger auf *Creelies*.«

»Das heißt, daß wir den weiten Weg hinauf zu den Gobbles machen müssen.«

»Der Aufstieg zu den Gobbles ist auch nicht anstrengender als den ganzen Nachmittag Scherenhockey zu spielen«, erwiderte sie sarkastisch.

»Vielleicht ist dieses Monster, mit dem Sam gekämpft hat, dort oben. Hast du daran schon mal gedacht?«

»Sam hat es getötet, Jep. Die Späher haben überall nach weiteren Monstern gesucht und keine gefunden. Wenn sie glaubten, daß es noch mehr von ihnen gäbe, dürften wir die Siedlung gar nicht verlassen. Aber sie haben nichts derartiges gesagt.«

Grimmig schaute Jep sie an. Das war wohl nicht zu widerlegen. »Hast du einen Köder dabei?«

»Ich habe ein halbes Hähnchen geschnetzelt und das ganze ein paar Tage liegen lassen.«

Erneut verzog Jep das Gesicht und ging, um seine Jacke zu holen. Dabei dachte er an die *Creelies*. In den

Archiven waren sie als eine Mischform aus Oktopus und Hummer registriert; sie hatten Tentakel und ein Exoskelett – das sie manchmal verließen und quasi nackt umherliefen –; andererseits wiesen sie auch fischähnliche Merkmale auf, denn sie hatten Flossen und Schuppen und eine Art Endoskelett. Diese exotischen Wesen lebten im Schlick der Flußbetten; manchmal verharrten sie in ihrer aufklappbaren, mit Beinen bestückten Schale, manchmal verließen sie auch das Gehäuse und schwammen ›nackt‹ im Fluß umher. Der Körper und das Gehäuse waren an den Auflageflächen mit neuronalen Schaltpunkten bestückt, wobei das Tier mit dem Wiedereintritt in das Exoskelett den Kontakt herstellte. Die Beine verfügten über einen autarken Kreislauf, um im Falle einer längeren Trennung vom Wirtstier überlebensfähig zu sein. Deshalb waren die Biologen uneins, ob es sich bei den *Creelies* nun um ein Tier oder um zwei in Symbiose verbundene Wesen handelte.

Ob es nun ein oder zwei Tiere waren, beim *Creely*-Fischen ging es darum, die Kreatur, nackt oder mit Gehäuse, mit einem Brocken halb verfaulten Fleischs anzulocken. Steckte der *Creely* in der Schale, wurde er aus dem Gehäuse gepult. Anschließend warf man das mit Tentakeln bestückte Wesen wieder in den Fluß und behielt die Hülle. Wenn man einen nackten *Creely* erwischte, befestigte man eine Schnur an ihm und setzte ihn wieder aus, damit er zur Schale zurückkehren konnte. Dann fischte man das komplette Ding aus dem Fluß und raubte die Schale. Ein nackter *Creely* war ungenießbar, aber die Beine galten als Delikatesse. Wie die Anhänger der Theorie, daß es sich um zwei eigenständige Tiere handelte, zur kulinarischen Verwertung der *Creely*-Schenkel standen, bedarf kaum einer näheren Erklärung. Diejenigen, die der Ansicht waren, daß es sich nur um ein Tier handelte, führten zu ihrer Rechtfertigung an, daß der nackte *Creely* sowieso bald eine neue Schale und neue Beine ausbilden würde. Und diejenigen, die sich an dieser akademischen Diskussion überhaupt nicht beteiligten, ließen sich derweil die gedünsteten und in Butter getränkten Schenkel mit einem Spritzer Saft aus den Blättern des *Cit*-Baumes schmecken.

Außerdem wurde das *Creely*-Fischen von einem gewissen Nervenkitzel begleitet. Nicht in jeder Kreatur, die wie ein *Creely* aussah, steckte auch ein *Creely* drin, und diese Pseudo-*Creelies* versprühten bei der Entnahme aus der Schale ein Reizgas. Von den *Creelies* unterschieden diese Kreaturen sich durch eine minimale Abweichung bei der Anordnung der Tentakel und wurden sinnigerweise als *Bomber* bezeichnet. Sowohl Jep als auch Samstag waren schon mehr als einmal eingenebelt worden, aber das letzte Mal lag bereits einige Jahre zurück.

»Du wirst sowieso nur wieder einen *Bomber* erwischen«, unkte Jep, als sie zum Pilzhaus gingen, um das halb verweste Fleisch zu holen. »Nur daß du die Ladung nicht selbst abbekommst, sondern sie mir zuwirfst.«

»Das habe ich nicht mehr getan, seit ich zehn war«, verwahrte Samstag sich. »Und es war auch keine Absicht gewesen.« Sie öffnete die Tür des Pilzhauses und nahm eine Taschenlampe vom Regal neben der Tür.

»Mit Willum R. hast du das auch gemacht.«

»Er hat mir längst verziehen. Er hält es mir nicht laufend vor, wie du es machst. Willum R. ist eben ein echter Freund«, sagte sie hochnäsig.

»Ich wollte dir nur raten, aufzupassen, Samstag Wilm.« Er folgte ihr ins Haus, wobei er sich im Lichtkegel der Taschenlampe hielt.

»Das mußt du gerade sagen«, entgegnete sie und warf ihm einen Pilz an den Kopf. »Deine Mam erzählt meiner Mam immer, du seist ein Döskopp.«

»Wer ist hier ein Döskopp?« Er sprang sie an, sie fiel hin, und er setzte sich auf sie. »Na, wer?«

»Du.«

»Nein.«

»Geh runter von mir, du Dicksack. Du wiegst ja eine Tonne.«

»Der Preis ist ein Kuß.«

»O nein, Jep.«

»Ein Kuß.«

»Dazu bin ich noch zu jung.«

»Kommt drauf an, wer den Kuß haben will.«

»Aber nur einen.«

Sie küßte ihn züchtig, wobei er darauf verzichtete, mehr zu fordern. Es machte ihm nämlich Spaß, Samstag zu küssen, und er wollte es sich nicht mit ihr verscherzen. Sie zu drücken gefiel ihm indes noch besser, denn an manchen Stellen war sie besonders weich und knuddelig. Also versuchte er sie nach dem Kuß noch zu drücken, und dann durfte sie aufstehen.

»Wenn meine Mom wüßte, daß du mich immer küßt, Jep Wilm, dann würde sie mir sofort die Pille geben ...«

»Wir haben uns nur geküßt!« rief er mit rotem Gesicht. »Mehr war nicht.«

»Gut, dann komm nur nicht auf dumme Gedanken.«

Er schaute sie grimmig an. »Samstag Wilm, ich hatte solche Gedanken schon, seit ich neun war, aber vorerst werde ich gar nichts tun.« Er half ihr hoch. »Und wenn doch, dann nur, wenn du es auch willst, glaube mir.«

Sie wurde rot. Sie hatte nämlich auch schon mit diesem Gedanken gespielt; aber das verschwieg sie ihm. Sie war sogar schon so weit gegangen, vom Schulcomputer aus das Archiv zu befragen, ob in der Familie Wilm genetische Defekte aufgetreten waren; außerdem hatte sie ihren eigenen Stammbaum eingesehen, um zu ermitteln, ob sie und Jep nicht zufällig denselben Erzeuger hatten. Was nicht der Fall war. Jep war Sam Girats Sohn, was im Grunde auch allgemein bekannt war, und sie war die Tochter eines Mannes namens Spiggy Fettle, der in der Zentralverwaltung tätig war.

Africa hatte Spiggy als einen hochintelligenten, aber auch ziemlich häßlichen Mann geschildert. »Aber das macht nichts, denn offensichtlich hat meine Schönheit auf dich abgefärbt«, hatte sie gesagt und ihre Tochter naserümpfend gemustert. Außerdem war Spiggy noch manisch-depressiv, aber Africa hatte während der Schwangerschaft einen Gentest machen lassen, bei dem sich herausgestellt hatte, daß Samstag gesund war. Die Behebung einer manischen Depression war auch nicht schwieriger als die Korrektur anderer genetischer Störungen. Die Ärzte manipulierten nur die DNA und injizierten sie in den Fötus. Was Samstag indes nicht verstand, war, weshalb Spiggy mit diesem Defekt auf die Welt gekommen war; Africa sagte, es hätte religiöse Gründe gehabt.

An der nächsten Ecke bog sie nach links ab, wobei sie über irgend etwas stolperte und fast gestürzt wäre; im letzten Moment hielt sie sich am Rand eines Pilzbettes fest. Im Schein der Taschenlampe sah sie, daß eine der schweren Bodenplatten sich eine Handbreit gehoben hatte.

»Wie, zum Teufel, ist das passiert?« murmelte Jep.

Sie lugten unter die Platte und sahen einen bläßlichen Pilz unter dem Stein wuchern. »Das hätte ich nicht für möglich gehalten! So ein kleines Ding!« rief Samstag. »Wird die Platte sich wieder setzen, wenn der Pilz abstirbt?«

»Vielleicht wächst er auch weiter«, spekulierte Jep. »Vielleicht wird er die Platte noch durchs Dach drükken.« Er trat auf den angehobenen Stein und fragte: »Warum hast du den *Creely*-Köder auch hier drin gelagert?«

»Weil der Gestank hier nicht auffällt«, erwiderte sie. »Im ganzen Haus riecht es nämlich irgendwie verwest.« Schließlich fand sie den Sack und ging wieder zur Tür.

Beide seufzten erleichtert, als sie sich wieder an der frischen Luft befanden. Das Pilzhaus glich einer feuchten Höhle. Eilig verließen sie die Siedlung und machten nicht eher halt, bis sie den Pfad erreicht hatten, der zu den Gobbles führte.

In Gedanken war Samstag wieder bei Spiggy Fettle. Es störte sie nicht, daß sie nicht so intelligent war wie er, aber so häßlich wie er wollte sie auch nicht unbedingt aussehen.

»Meinst du, daß ich schön bin?« fragte sie Jep.

Jep drehte sich um und musterte ihr braunes Gesicht, das von schwarzen Locken eingerahmt wurde, die funkelnden braunen Augen, die gerade, zierliche Nase, den roten Mund, der nur selten geschlossen war, und das energische Kinn. »Sams, ich glaube schon, daß du schön bist. Und was ist mit mir? Sehe ich auch gut aus?« fragte er grinsend.

Jep erinnerte sie immer an die kleinen Schlepper, die in der Siedlung herumfuhren, gedrungen, massig und stark. Seine Augen hatten die Farbe von Kieselsteinen und kontrastierten mit den buschigen braunen Brauen. Er hatte eine große Ähnlichkeit mit Sam, und Sam war ein stattlicher Mann.

Gleichermaßen zufrieden mit seiner Antwort und mit seinem Aussehen gab sie ihm einen Kuß. Jep war überrascht, angenehm überrascht, und erwiderte den Kuß. Das Resultat erstaunte sie beide. Atemlos lösten sie sich voneinander und setzten den Aufstieg fort.

Der Weg zu den Gobbles war reizlos. Die Steigung wurde von kümmerlichen Sträuchern gesäumt, die weder einen besonderen Duft verströmten noch Blüten oder Früchte aufwiesen. Zudem war der Pfad mit

Geröll übersät, und wenn man sich nicht den Knöchel brechen wollte, tat man gut daran, den Weg ständig im Auge zu behalten. Es war weniger die körperliche Anstrengung als vielmehr die Eintönigkeit der Umgebung, die so ermüdend war. Instinktiv schaute Jep auf. Dort, wo eigentlich der Pfad hätte verlaufen sollen, ragte ein großer Baum in die Höhe. Perplex blieb er stehen.

Samstag rumste in seinen Rücken.

»Mist«, knurrte sie. Erst dann schaute sie auf. »O je. Meine Güte. Wo kommt der denn her?«

»Wo kommen *sie* denn her«, korrigierte Jep. »Es müssen ungefähr hundert sein, die kleinen nicht mitgerechnet.«

Hinter dem ersten massiven Stamm erkannte sie weitere Bäume, die den Pfad säumten und sich den Abhang hinunterzogen. Dazwischen wuchsen fedrige Gewächse, bei denen es sich ohne Zweifel um jüngere Ausgaben desselben Typs handelte.

»Früher waren die nicht da«, sagte sie überflüssigerweise. »Oder wir haben uns verlaufen.«

Er nickte. An dieser Stelle hatten bisher keine Bäume gestanden. Und verlaufen hatten sie sich auch nicht. Die Spur endete am Baumstamm und setzte sich hinter ihm fort.

»Das erinnert mich irgendwie ans Pilzhaus, wo das Zeug über Nacht in die Höhe schießt«, sagte sie. »Wie das Ding, das die Bodenplatte angehoben hat.«

Jep hatte bereits den Kopf in den Nacken gelegt und versuchte die Höhe des Baums zu schätzen, gegen den er fast geprallt wäre. Die Höhe des Stamms schien der Breite eines Hockeyfelds zu entsprechen, also ungefähr dreißig Meter. Der Baum war fast so breit wie hoch. Lange, starke Äste standen in alle Richtungen ab und wurden durch massive Auswüchse gestützt, die aus dem Stamm wuchsen. Manche Äste hatten sogar mehrere ›Widerlager‹.

»Über Nacht?« fragte er ungläubig. »Das hat länger gedauert. Wann sind wir zuletzt hier gewesen?«

Samstag dachte nach. »Es ist schon länger her, aber Willum R. war erst vor zehn Tagen beim *Creely*-Fischen; einen anderen Weg zum Fluß gibt es nicht. Wenn er diese Bäume gesehen hätte, hätte er sicher etwas gesagt. Wir melden es deiner Mom. Sie soll es sich ansehen und uns sagen, was es ist.«

Jep schluckte, umging den Baum und marschierte auf dem Pfad weiter. Wenn diese Bäume noch nicht existiert hatten, als Willum R. vor zehn Tagen diesen Weg gegangen war ... nun, auf jeden Fall war es eine sehr merkwürdige Sache.

Später kamen sie erneut auf die Bäume zu sprechen, wobei sie sich mehr Sorgen machten, als sie sich gegenseitig eingestehen wollten; gleichzeitig suchten sie jedoch nach einer Erklärung für dieses Phänomen. Den Kuß erwähnten sie jedoch mit keinem Wort und achteten auch darauf, daß sie sich nicht zu nahe kamen; wer weiß, was sonst noch geschehen wäre. Einen weiteren Vorfall hätten sie vielleicht nicht mehr verkraftet. Ihre Welt schien aus den Fugen zu geraten. Sie schlichen auf Zehenspitzen durch den neuen Wald, der im Dämmerlicht noch unheimlicher wirkte, und als sie schließlich die Siedlung erreichten, war es Nacht.

An Samstags Haus angekommen, wollte Jep sie erneut küssen, um zu sehen, ob das, was geschehen war, sich wiederholte. Was auch immer es gewesen war, es war noch da und blieb auch da, als sie sich küßten, und sie küßten sich oft; ihre Umarmungen drückten freudiges Staunen und unverhohlene Vorfreude aus.

Als Samstag das Schwesternhaus betrat und Africa die leicht geschwollenen Lippen und glühenden Augen ihrer Tochter sah, wandte sie sich mit einer Mischung aus Wehmut, Kummer und mütterlicher Sorge ab. Wie alt war sie gewesen, als sie ihren ersten – richtigen – Kuß bekommen hatte? Dreizehn? Auf jeden Fall in Samstags Alter. Es war in einer Ecke des Fuhrparks passiert, hinter einem großen Lastwagen. Africa hatte noch immer den Geruch des Schmierfetts in der Nase und spürte noch immer die harte Kante im Rücken, gegen die sie gedrückt worden war. Wer war es gewesen? Er lebte nicht mehr in der Siedlung. Der Name lag ihr auf der Zunge. Es war jemand, der fortgezogen war.

»Wie war das *Creely*-Fischen?« fragte sie. »Zeig mal, was du gefangen hast.«

Samstag stellte den Sack auf den Küchentisch und lachte beim Anblick der vielen zappelnden Beine, lachte vor schierer Lust am Leben.

Africa betrachtete ihre Tochter, wie sie sprießendes Korn betrachtet hätte, teils mit Besorgnis, teils mit Stolz. Die Ernte war bedroht, aber es bestand auch die Hoffnung auf eine gute Ernte. Ein Name tauchte in ihrer Erinnerung auf. Osmer. Gard Osmer. Der Junge hatte nach Salz gerochen, nach Äpfeln und Heu. Er hatte sie geküßt und ihr mit strahlenden Augen süße, unanständige Sachen gesagt. Sie waren Hand in Hand spazierengegangen. Seine Familie war auf Hobbs Land nie heimisch geworden. Nein, verbesserte sie sich. Es war Gards Vater gewesen, der sich hier nicht wohl gefühlt hatte. Er hatte darauf bestanden, daß sie die angesammelten Landgutscheine zurückgaben und nach Pedaria zogen. Africa war damals vierzehn gewesen. Die darauffolgenden Monate war sie nur noch ein Häufchen Elend gewesen. Und dann war Spiggy aufgetaucht und hatte sie wieder auf andere Gedanken gebracht; er war zusammen mit Africa im Ferienlager gewesen. Er sagte ihr, daß er ein Kind von ihr wolle und daß sie Verwaltungswissenschaften studieren solle. Dann hatte er ihr den Karrierestart ermöglicht. Er war nur ein paar Jahre älter, hatte aber viel mehr Lebenserfahrung als sie. Als ›Apfelsüß‹ hatte

Spiggy ihre kindliche Romanze bezeichnet. ›Apfeltage‹, hatte er gesagt. Apfeltage mit Gard. Und Apfeltage mit Spiggy. Fünf Kinder seitdem, drei Jungen und zwei Mädchen; aber nur Samstag, die Älteste, beschwor so viele Erinnerungen in ihr herauf.

»Dann hattest du also einen guten Tag«, sagte sie sanft zu ihrem Kind und dachte dabei an Gard, an Spiggy, an die Apfeltage.

»O ja«, rief Samstag. »O ja, es war ein guter, verrückter, wundervoller Tag. Und nun hör mal, was wir gefunden haben!«

* * *

Erstaunt lauschte China Jeps Geschichte vom Wald mit den riesigen Bäumen. Im ersten Jahrzehnt nach der Gründung der Siedlung war die Flora des Planeten vollständig katalogisiert worden. Sie forderte eine Kopie des Verzeichnisses an, und der gesamte Katalog erschien auf dem Bildschirm, von Moosen und Flechten bis hin zu Bäumen. Aber kein Eintrag von Riesenbäumen, deren Äste von ›Widerlagern‹ abgestützt wurden. Sie beschloß, sich die Sache am nächsten Tag anzusehen.

Später am Abend fragte Jep sie, wie alt sie gewesen war, als sie ihr erstes Liebesabenteuer gehabt hatte. Einerseits war sie dankbar, daß er gewartet hatte, bis seine kleine Schwester im Bett lag und von Liebe anstatt von Sex gesprochen hatte; andererseits hätte sie sich gewünscht, daß er sich mit dem Wissen begnügt hätte, das er in der Schule erworben hatte – zumal der Sexualkundeunterricht ziemlich instruktiv gewesen war –, anstatt sie mit einer solch persönlichen Frage in Verlegenheit zu bringen. Davon, was sie im Alter von zwölf Jahren mit Sam gehabt hatte, wollte sie ihm schon gar nichts erzählen. Sie hatte sich damals in einem Aufruhr der Gefühle befunden, ohne daß sie indes den Eindruck gehabt hätte, ein gleichwertiger

Partner oder auch nur Opfer zu sein; vielmehr hatte sie sich in der Rolle einer Beobachterin gesehen.

»Das, was ich als mein erstes Liebesabenteuer bezeichnen würde, hatte ich mit vierzehn«, sagte sie. »Ich war schrecklich verliebt in diesen wunderbaren Jungen. Wir gingen fast zwei Jahre miteinander, bis seiner Mutter eine Stelle bei der Zentralverwaltung angeboten wurde. Wir hatten nie Sex miteinander, obwohl ich glaube, daß es bald dazu gekommen wäre. Aber allein das bloße Zusammensein war schon sehr schön gewesen.«

China glaubte schon, sich souverän aus der Affäre gezogen zu haben, bis ihr plötzlich auffiel, daß ihr Sohn ganz blaß im Gesicht war und dunkle Ringe um die Augen hatte. Er wirkte wie ein Mitwirkender in einer antiken Tragödie, der gleich in Wehklagen ausbrechen würde. »Jep, was ist los mit dir?«

»Du hast ihn nie wiedergesehen? Er ging einfach fort, und du hast ihn nie wiedergesehen?« rief er schmerzerfüllt.

»Natürlich habe ich ihn wiedergesehen«, sagte sie verwundert. »Selbstverständlich. Ich habe ihn in der Zentralverwaltung besucht, und er hat mich hier besucht. Außerdem haben wir übers Internet miteinander in Verbindung gestanden. Doch dann hat er jemand anders kennengelernt, und … er hat nicht mehr von sich hören lassen.«

»Das ist das Allerletzte!« rief er. »Das war sicher schmerzlich für dich.«

Am einfachsten wäre es gewesen, ihm recht zu geben, aber sie entschied sich für die Wahrheit. »Nein«, sagte sie. »Ich hatte nämlich auch jemand anders kennengelernt.« Sie hatte Samasnier gefunden, oder ihn wiedergefunden, oder vielleicht hatte er auch sie gefunden. Samasnier, mit dem sie Jep gezeugt hatte. Sam hatte damals noch nicht den Status eines *Topman* erreicht, aber er hatte sich auf dem besten Weg dorthin befunden. Sie hatte ihn damals geliebt und liebte ihn vielleicht heute noch, trotz allem, was zwischen ihnen vorgefallen war.

»Das ist etwas anderes«, rief er, während er die Schüssel mit den *Creely*-Schalen in die Küche brachte. »Das ist etwas ganz anderes.«

China, die sich fragte, was er mit *das* wohl meinte, hielt es für das beste, nicht weiter in ihn zu dringen. Weil Jep den Tag mit Samstag verbracht hatte, konnte sie sich den Grund für seine Reaktion in etwa vorstellen. Vielleicht sollte sie sich morgen als erstes mit Africa unterhalten. Wo die Kinder so schnell heranwuchsen, war es nun an der Zeit, daß die beiden Schwestern sich mit ihren Brüdern, Asia, Australia und Madagascar Wilm, zusammensetzten und eine Clan-Strategie entwickelten. Africa sagte, sie hätte genug Kinder, aber China hätte gern noch eins bekommen. Dann mußte sie sich aber beeilen, bevor Samstag sie noch zur Großtante machte.

Ein weiteres Kind zu bekommen war eine reizvolle Vorstellung. Das Problem war nur, daß sie sich bisher zu niemandem richtig hingezogen fühlte. Zu niemandem außer Sam. Als ob sie mit Sam einen Bund fürs Leben geschlossen hätte, wie in einer Ehe-Kultur. Es gab natürlich noch andere Männer, die sich für sie interessierten. So ließ zum Beispiel Jebedo Quillow schon seit zwei Jahren durch seine Schwester gezielte Indiskretionen verbreiten. Nur daß sie sich nicht für Jebedo interessierte. Das galt für jeden Mann in der Siedlung Eins, in den anderen Siedlungen und in der Zentralverwaltung. Sie wollte eben niemanden. Höchstens Sam. Auch wenn er leicht verrückt war. Auch wenn er in den Augen der Leute den Verstand verloren hatte.

Auch wenn es sich bei dem Ding, das er in diesem seltsamen Canyon getötet hatte, um die vermißte Person aus der Siedlung Drei handelte, nach der eine

Suchmeldung herausgegeben worden war. Ein gewisser Jamel. Er hatte sich in die Wildnis abgesetzt, anstatt, wie befohlen, den Planeten zu verlassen, und wahrscheinlich hatte er Sam angegriffen, denn für solche Aktionen war Jamel bekannt. Allerdings hatten der Schädel und das Skelett nicht die geringste Ähnlichkeit mit den Überresten eines Menschen aufgewiesen. Die Zähne waren zu lang, und das Wesen hatte Klauen gehabt. Es glich eher einem Monster.

Jep, der sie von der Küche aus beobachtete und ihren besorgten Gesichtsausdruck registrierte, fragte sich, womit sie sich gerade beschäftigte; er vermutete schon, sie würde sich wegen ihm und Samstag Sorgen machen. Dabei, so sagte er sich, waren diese Sorgen völlig unbegründet. Samstag war nämlich ein kluges Kind, und er nicht minder.

* * *

In der Zentralverwaltung waren ständig Routinearbeiten zu erledigen, und so dauerte es noch einmal über einen Monat, bis die Abteilungsleiter und Zilia Makepeace die von Dern Blass angeordnete Dienstreise antraten. Diese Verzögerung war nicht weiter tragisch; schließlich handelte es sich bei der Siedlung Eins nicht um einen Notfall. Die vier hatten darauf bestanden, sich persönlich um die Angelegenheit zu kümmern; mit Informationen aus zweiter Hand hätten sie sich nicht zufriedengegeben. Also konnten sie die Reise nur dann durchführen, wenn sie alle zur selben Zeit abkömmlich waren, und das ließ sich nicht von heute auf morgen arrangieren. Während des Flugs gingen sie die Kriminalitätsstatistik der Siedlung durch und verständigten sich darauf, diesem Punkt höchste Priorität einzuräumen. Sie würden sich gleich nach der Ankunft damit befassen.

Ihr Ansinnen, die jüngsten Krawalle zu erörtern,

stieß bei Samasnier auf blankes Unverständnis. »Aber das ist doch schon lange erledigt! Seit ich von der Zentralverwaltung zurückgekommen bin.«

Die Revisoren zweifelten diese Lesart indes an, wobei Zilia obendrein einen spöttischen Kommentar abgab. Daraufhin gewährte Sal ihnen Einblick in ihre Unterlagen, und Sam kramte stapelweise Berichte hervor. Die fünf Teamleiter, die einzeln befragt wurden, sagten aus, daß es seit mindestens drei Wochen keine Schwierigkeiten mehr gegeben hätte. Und weil auch jetzt keine Hinweise auf eine Problemsituation vorlagen, konnten die Besucher nicht umhin, Sams Befund zu bestätigen.

Horgy setzte ein strahlendes Lächeln auf, auch wenn er sich eingestand, daß er mehr als nur leicht besorgt gewesen war. Er hatte sich täglich mit irgendwelchen Vorkommnissen zu befassen, die aus den anderen Siedlungen gemeldet wurden, doch die Siedlung Eins war in dieser Hinsicht Neuland für ihn. Er wußte nicht, wem er womöglich auf die Zehen getreten hätte. Situationen, die nicht ins gewohnte Raster paßten, lagen ihm nicht, denn in solchen Fällen mußte er improvisieren. In Extremsituationen war er ein Meister der Improvisation; die Bewältigung von Lagen, bei denen es sich im Grunde um Standardsituationen handelte, die aber vom gewohnten Schema abwichen, empfand er jedoch als stressig. Bekannte Probleme waren wie gute Freunde. Sie waren wie ein Mädchen, mit dem man schon so oft geschlafen hatte, daß sie die Präferenzen ihres Liebhabers kannte. Das vermittelte einem ein Erfolgserlebnis. Man kam sich richtig onkelhaft vor. Frauen mochten erfolgreiche Männer … aber onkelhafte? Nicht unbedingt.

»Hast du vielleicht eine Ahnung, was der Grund für die Unruhen war?« wandte Horgy sich an Sal, wobei er die Dosis seines Charmes leicht erhöhte. Er hatte schon immer eine Schwäche für Sal gehabt, nur daß bisher keine Gelegenheit gewesen war, sich eingehender mit ihr zu beschäftigen. Und wer hätte ihm etwas über Sams merkwürdiges neues Hobby erzählen können – falls es sich überhaupt um ein Hobby handelte, woran Dern gewisse Zweifel hegte –, wenn nicht Sal? »Auch wenn die Sache nun erledigt ist, ihr *hattet* hier einige Probleme, nicht wahr?« Horgy verbreitete sich nämlich gern über Probleme, die er oder jemand anders bereits gelöst hatten: Er zeigte sich interessiert, lächelte gewinnend und nickte verstehend. Das mochten die Frauen auch.

In der Tat war Sal wie Wachs in Horgys Händen, was indes für die meisten Frauen zutraf. Sie berichtete von den Schwierigkeiten, die im Grunde nur Petitessen waren. »Meine persönliche Meinung ist, daß das, was beim Tod des Gottes passiert ist, uns ziemlich mitgenommen hat.«

Zilia biß sich auf die Lippe, und es trat ein unbehagliches Schweigen ein.

»Und dann war da natürlich dieses neue Ding«, brach Sal das Schweigen. »Die Bestie, die Sam angegriffen hat!«

Das brach nicht nur das Schweigen, sondern fegte auch die Gelassenheit der Anwesenden weg, denen man wiederholt versichert hatte, daß es auf Hobbs Land keine gefährlichen Tiere gäbe. Sam wurde aufgefordert, seine Version darzulegen, und er gab einen knappen Bericht. Angesichts der zweifelnden Mienen der Zuhörer betonte er, daß Jebedo Quillow die Knochen der Bestie gefunden habe.

Die Abgesandten der Zentralverwaltung sahen sich erstaunt an. Sam hatte nämlich gesagt, daß er ein Messer im Gürtel gehabt hätte.

»Messer im Gürtel?« fragte Spiggy, der bereits vom Schwertgürtel gehört hatte.

»Ich trage immer eins bei mir«, erklärte Sam und zeigte auf sein Reservemesser. Er war noch einmal zum Canyon zurückgegangen, um nach dem Messer zu suchen – und um einen Blick auf die Knochen zu werfen –, aber ohne Erfolg. Beim Reservemesser handelte es sich um ein simples Klappmesser in einem Lederetui.

»Jebedo hat die Knochen wirklich gefunden«, bestätigte Sal. »Den Schädel und das Skelett. Das Wesen hatte große Ähnlichkeit mit einem Primaten, nur daß die Reißzähne und die Klauen untypisch waren für einen Primaten. Das Ding hat Sam gebissen. Dadurch ist er so schwer am Arm verletzt worden, daß die Wunde versiegelt werden mußte.«

Hatten die Leute bisher noch mit Unglauben reagiert, so wich dies nun einem Gefühl der Furcht. »Wir möchten den Schauplatz auf jeden Fall sehen«, sagte Horgy. »Und Sie haben doch nichts dagegen, daß wir uns in der Zwischenzeit hier umsehen und uns ein wenig mit den Leuten unterhalten? Wäre ja möglich, daß jemand irgendwelche unbekannten... Tiere gesehen hat.«

»Wartet aber damit, bis die Teams Schichtende haben«, sagte Sam freundlich, aber bestimmt. »Danach könnt ihr euch gern umhören. Betrachtet euch als unsere Gäste.« Er hatte bereits für jeden der vier Besucher einen Siedler als Begleitung bestimmt, damit die Leute von der Zentralverwaltung nicht allein in der Gegend umherliefen und womöglich noch unter einen Mähdrescher gerieten.

Zilia, die von China Wilm eskortiert wurde, schlug schnurstracks den Weg zum Tempel des Bondru Dharm ein. Als sie dort angekommen waren, wandte sie sich mit strengem Blick um und stellte die Frage, mit der China schon gerechnet hatte: »Jemand hat den Tempel zerstört, nicht wahr? Wer war es?«

China schüttelte den Kopf. »Ich nehme an, du hast den Bericht gelesen, den ich an die Zentralverwaltung geschickt habe, Zilia. Ich bin dir von Sam als Begleiterin zugeteilt worden, um es dir persönlich zu erklären. Ich war hier, als es passiert ist. Der Tempel ist nicht zerstört worden. Er ist einfach eingestürzt. Die Theckles waren auch hier. Du kannst sie fragen.«

»Wenn ich bedenke, wie ihr alle zu dem Gott standet, fällt es mir schwer, das zu glauben.« Zilia schniefte und musterte China aus dem Augenwinkel.

»Ich glaube, daß die meisten von uns Bondru Dharm mochten«, sagte China, wobei sie sich wider Erwarten nicht von Zilia abgestoßen fühlte, mit der jeder auf Hobbs Land irgendwann schon einmal zu tun gehabt hatte. »Zilia, ich glaube, daß du nicht beurteilen kannst, wie wir zu Bondru Dharm standen. Er war einer von uns. Er gehörte quasi zum Inventar der Siedlung Eins. Er erhöhte sogar unser Prestige gegenüber den anderen Siedlungen. Wir fanden ihn sympathisch.«

»Ihr habt euch nicht um ihn gekümmert!« fauchte Zilia, als ob dies Chinas persönliches Versäumnis gewesen wäre. Außerdem ignorierte Zilia die Tatsache, daß sie in den zwei Jahren, die sie auf Hobbs Land gelebt hatte, Bondru Dharm selbst nur einmal besucht hatte. »Keiner von euch hat sich um den Gott gekümmert.«

»Für die meisten von uns trifft das wohl zu«, gestand China, »aber du ziehst daraus die falschen Schlüsse. Die meisten von uns haben vielleicht einmal im Jahr ein Opfer gebracht, mehr aus Neugier als aus sonst einem Grund. Aber wir alle haben unseren Beitrag zur Unterstützung von Vonce und Birribat geleistet, und sie haben ihre ganze Zeit damit verbracht, den Tempel instandzuhalten und Gottesdienste zu zelebrieren; damit fielen sie als Erntehelfer aus. Die Siedlungen sind nicht verpflichtet, Leute zu unterstützen, die nicht arbeiten, ausgenommen Kinder, Kranke und Pensionäre. In diesem Fall hatten wir jedoch eine Ausnahme gemacht, und wie ich mich entsinne, war es ein einstimmiger Beschluß.«

Zilia schüttelte den Kopf, wobei sie den für sie typischen skeptischen und ungläubigen Gesichtsausdruck aufsetzte, und dann schlug sie die Richtung zum Freizeitzentrum ein, wo Sal gerade mit Horgy flirtete. Zilia ignorierte sie und inspizierte ausgiebig die anderen am Wegesrand liegenden Tempelruinen. Als sie und China sich auf gleicher Höhe mit Sal und Horgy befanden, störte Zilia sie bei ihrem Tête-à-tête und eröffnete ihnen, daß sie die Straße nach Norden nehmen und die anderen Ruinen inspizieren würde. Horgy ließ Sals Hand los, die er hingebungsvoll getätschelt hatte, und sagte, daß er sie begleiten würde.

China warf Sal einen empörten Blick zu, den diese ignorierte, und dann marschierten sie auf den Nordrand der Siedlung zu. Vor dem Logistik- und Verwaltungsgebäude trafen sie auf die beiden anderen Besucher samt Eskorte. Dabei handelte es sich um Jebedo und Fearsome Quillow, Onkel respektive Mutter von Gotoit und Sabby Quillow. Nun wanderten sie zu acht auf der staubigen Straße nach Norden; alle Bewohner der Siedlung, mit Ausnahme von Sal, die gern mit Horgy geflirtet hatte, betrachteten diese Visite als ausgesprochene Zeitverschwendung.

Als sie den Fluß im Norden der Siedlung überquerten, schlossen Kinder sich dem Zug an: die beiden Tillan-Jungen, die vier Quillow-Kinder sowie Jeopardy und Samstag Wilm – also die ganze Wolfszedern-Bande. Horgy und Zilia führten den Trupp beim Aufstieg zum Tempel an, dicht gefolgt von Spiggy und Jamice.

Obwohl die Repräsentanten der Zentralverwaltung schon aus größerer Entfernung das reparierte Dach gesehen hatten, äußerten sie sich erst dann dazu, als sie so nahe herangekommen waren, um eine Fata Morgana auszuschließen. Es war Zilia, welche die Frage, die alle umtrieb, als Vorwurf formulierte:

»Wer hat die Genehmigung zum Wiederaufbau des Tempels erteilt?«

Mit offenem Mund starrten Jebedo und Fearsome das Dach an; dann schüttelten sie den Kopf und sagten, daß sie nicht wüßten, wer die Erlaubnis erteilt und wer die Arbeiten ausgeführt hatte. Sal war gleichermaßen ahnungslos. China indes wußte mehr; sie erinnerte sich an eine entsprechende Äußerung von Africa. »Die Kinder waren es«, sagte sie mit milder Stimme. »Im Rahmen einer pädagogischen Freizeitaktivität.«

»Mit wessen Genehmigung?« fragte Zilia zitternd vor Erregung. »Wer hat ihnen die Erlaubnis erteilt?«

»Sie haben nicht um Erlaubnis gefragt, und ich glaube auch nicht, daß sie das hätten tun müssen«, sagte China völlig ruhig und emotionslos, ohne den geringsten Anflug von Angst. »Du hast niemanden gefragt, Jep, oder?«

»Nein, Ma'am. Wir dachten, daß es niemanden interessieren würde«, erwiderte Jep im gleichen beiläufigen Tonfall. »Der Tempel liegt außerhalb der eigentlichen Siedlung, aber noch innerhalb der Gemarkung; also mußten wir die Zentralverwaltung auch nicht fragen. Wir haben es in unserer Freizeit getan; also brauchten wir auch nicht die Erlaubnis der Schule. Weil es sich um einen Wiederaufbau und nicht um einen Abriß handelte, brauchten wir auch nicht die Genehmigung des Büros für Umwelt- und Naturschutz. Die Vorschriften des Büros für Umwelt- und Naturschutz besagen nämlich, daß Restaurierungen nicht genehmigungspflichtig sind. Was ich aber getan habe, war, Tante Africa um Rat beim Aufsetzen des Dachs zu bitten, und ein paar Erwachsene haben uns dabei geholfen.«

»Sie waren schon fast fertig, als die Leute überhaupt merkten, was sie da machten«, sagte Sal im gleichen desinteressierten Tonfall wie China.

»Ihr könnt eure Kinder doch nicht einfach ...«, nörgelte Zilia, als Spiggy ihr beruhigend die Hand auf die Schulter legte.

»Komm schon, Zil. Es ist doch gar nichts passiert. Um Himmels willen, Mädchen! Der Junge hat recht! Die Kinder haben dem Büro für Umwelt- und Naturschutz nur die Arbeit abgenommen, nicht wahr? Er hat genau das getan, womit du selbst das Büro beauftragen wolltest. Also hör mit dem Genöle auf und schau dir den Tempel an.«

»Schaut nur, wie schön sie das gemacht haben«, rief Jamice vom Tempeleingang. »Sieh dir nur dieses Mosaik an, Zilia. Die Künstler von Phansure hätten es nicht besser restaurieren können. Und seht nur, wie ordentlich die Kinder die Dachbalken verlegt haben.« Die Arbeit in höchsten Tönen lobend, betrat sie den Tempel; die anderen kamen hinterdrein.

Die Kinder setzten sich auf den Erdboden. Sie waren auf die Reaktion der Erwachsenen gespannt, sagten aber kein Wort. Nach einiger Zeit verließen die Besucher wieder den Tempel, gefolgt von ihren Begleitern. Die Siedler machten einen leicht verwunderten, aber alles andere als besorgten Eindruck.

Die Kinder erhoben sich artig, als ob man sie gelehrt hätte, beim Erscheinen von Erwachsenen aufzustehen.

»Wollt ihr noch einen weiteren Tempel restaurieren?« fragte Jamice mit honigsüßer Stimme. Sie hatte die Kinder ins Herz geschlossen; zum einen, um ihrer Verachtung für Zilia Makepeace Ausdruck zu verleihen, zum anderen wegen ihres ausgeprägten ästhetischen Empfindens. Daß die Kinder das komplexe Muster des Mosaiks so professionell wiederhergestellt hatten, hatte sie enorm beeindruckt.

»Nein, Ma'am«, antwortete Samstag ausgesucht höflich. »Das haben wir nicht vor. Es war ein hartes Stück Arbeit, und wir haben so ziemlich alles gelernt, was es bei diesem Handwerk zu erlernen gibt.«

Einer der Männer beobachtete sie; er war ein ziemlich häßlicher Mann. Als er ihr zulächelte, errötete sie; plötzlich wußte sie, wer das war. Er war aber nicht annähernd so häßlich, wie Africa ihn beschrieben hatte.

»Und was soll nun mit dem Tempel geschehen, nachdem ihr ihn wieder aufgebaut habt?« fragte der Häßliche. Die gleiche Frage hatte Gotoit Quillow schon vor Monaten gestellt. Damals wie heute wußte niemand eine Antwort. Samstag sah den Sprecher unter gesenkten Lidern an und zuckte die Achseln. Jeopardy warf Willum R. einen Blick zu.

»Hättest du Lust, heute abend beim Siedlungs-Sportfest zuzuschauen?« fragte Willum R. Spiggy lächelnd, wobei er eine ausladende Geste machte, die signalisierte, daß diese Einladung an alle Besucher gerichtet war. »Wir spielen gegen Siedlung Drei, und der Sieger tritt dann im Halbfinale gegen Siedlung Vier an.«

* * *

Die Gästequartiere der Siedlung Eins befanden sich, wie in allen Siedlungen, im Obergeschoß des Logistik- und Verwaltungsgebäudes: ein halbes Dutzend Zimmer mit Bad und WC, eine Küche und ein komfortabler Gemeinschaftsraum, in dem einige Computer mit diversen Spiel- und Anwendungsprogrammen standen. Wie bei Besuchen von Mitarbeitern der Zentralverwaltung üblich, waren auch diesmal einige Köche abgestellt worden, die für das leibliche Wohl der Gäste sorgten.

Nachdem die Besucher ein opulentes Abendessen genossen hatten, trennten sie sich: Horgy und Jamice folgten der Einladung von Willum R. und schauten sich den Wettkampf an; Spiggy und Zilia ließen verlauten, sie würden einen Spaziergang zu der Stelle machen, an der Sam angegriffen worden war. Nachdem Horgy und Jamice verschwunden waren, fanden die beiden jedoch eine Ausrede, sich vor der Ertüchtigung zu drücken, und machten sich statt dessen über den restlichen Käse, die Pasteten und das Dörrobst her.

»Was ist denn das?« fragte Spiggy.

»Früchte der Pflaumenweide«, sagte sie. »Sie wachsen hier und in der Nähe der Siedlung Fünf.«

»Erstaunlich«, murmelte Spiggy. »Ich lebe nun schon seit über fünfzehn Jahren hier, die letzten sechs in der Zentralverwaltung, und ich lerne noch jeden Tag etwas dazu. Dafür, daß du erst seit kurzem hier bist, weißt du aber erstaunlich viel.«

»Mein Vater sagte immer, ich würde schnell lernen. Und überhaupt lebe ich nun schon seit zwei Jahren hier.«

»Du stammst von Ahabar, nicht wahr?«

»Woher weißt du das denn?«

»Du hast das Wort *Vater* gebraucht. Das tut nur jemand, der von Ahabar kommt.«

»Ich wurde auf Ahabar geboren, in einer südlichen Region von Voorstod. Der Name war *Green Hurrah*. Aber aufgewachsen bin ich auf den Celphischen Ringen.«

»Ich war noch nie auf den Ringen.«

»Dort geht auch niemand hin, der noch halbwegs bei Verstand ist.«

»Und weshalb bist du dann dorthin gegangen?«

»Mein *Vater* war sicher, daß er Mondgemmen finden würde, wo andere Leute keine gefunden hatten. Vater war immer davon überzeugt, daß er dort Erfolg haben würde, wo andere versagten. Das Scheitern anderer Menschen betrachtete er als gutes Omen. Wenn sie es nicht schafften, dann mußte er eben ran. Und wenn andere Leute dennoch erfolgreich waren, so interessierte Vater das nicht. Er mußte sich einfach an Dingen beweisen, bei denen die anderen versagt hatten. Also war sein Leben und auch unseres eine einzige Abfolge von Katastrophen und Enttäuschungen. Auf dem Ring lebten wir in einem Wohncontainer mit einer defekten Wiederaufbereitungsanlage. Vater schürfte die meiste Zeit nach Feueropalen und verpflegte sich im Außenposten, doch Mutter verhungerte schließlich. Ich wurde auch sehr krank.«

»Eure Familie hatte eine Ehe-Tradition?«

»Wie alle Voorstoder. Mutter stammte nämlich von dort.«

»Und was hältst du von dieser Tradition?« fragte er neugierig.

»Nachdem ich mit angesehen habe, wie Mutter auf den Ringen zugrunde gegangen ist? Die Ehe hat für mich große Ähnlichkeit mit Sklaverei und Völkermord«, knurrte sie. »Was übrigens auch in der Tradition von Voorstod steht. Weshalb fragst du überhaupt? Wolltest du mir vielleicht einen Ehevertrag vorschlagen?«

Er lachte gekünstelt; ihre heftige Reaktion hatte ihn überrascht. »Nein, ich war nur neugierig. Kulturen mit Ehe-Tradition sind eine solche Ausnahmeerscheinung, daß ich sie fast schon exotisch finde. Das ist alles. Ich stamme von Thyker, und die Thykeriten betrachten die Ehe als eine Form der Sklaverei. Und ich weiß auch, daß es in Voorstod eine alte Stammesreligion gibt, die Sklaverei gestattet.«

»Die auf Sklaverei *besteht*.« Sie spie die Worte regelrecht aus. »Sie hat eine interessante Doktrin. Die Propheten sagen, ein Mann sei erst dann ein freier Mann, wenn er nur das tut, was er tun will. Und wenn man etwas tut, das ein anderer will, ist man ein Sklave. Weil es eben Dinge gibt, die getan werden müssen, die aber niemand tun will, muß ein freier Mann diese Dinge von Sklaven erledigen lassen. Die Voorstoder sagen, mit der Sklaverei würde Gott sein Wohlwollen gegenüber seinem Volk zum Ausdruck bringen. Sklaverei ist nicht nur erlaubt, sondern geradezu ein Muß!« Sie stieß ein zorniges Knurren aus und fuhr sich über die Stirn. »Zum Glück bestand die Familie meines Vaters nicht nur aus Voorstodern. In *Green Hurrah* findet schon seit Generationen eine Vermischung der Stämme statt.«

»Und wie hast du den Absprung von den Ringen geschafft?«

»Nach Mutters Tod verbot *Authority* meinem Vater, mich allein im Wohncontainer zu lassen. Jugendschutz heißt das. Das fand ich ziemlich lustig. Ehefrauenschutz ist von *Authority* nämlich nicht vorgesehen – ebensowenig wie bei den Voorstodern. Womöglich betrachten sie die Frauen noch als Konsumgüter. Und wenn die Frau noch ein Kind hat, kann man gleich beide mißhandeln, ohne daß jemand sich dafür interessiert. Wenn Mama aber stirbt und ein kleines Mädchen hinterläßt, dann wird *Authority* plötzlich aktiv. Wahrscheinlich eine Art Inzestverbot, denn *Authority* würde sicher keine Religion dulden, die das gutheißt. Also hat mein Vater mich wieder zu Großmutter Makepeace zurückgeschickt, und ich habe sie verlassen, sobald ich dazu in der Lage war. Das ist nun fünfzehn Jahre her.«

»So lange schon.«

Sie nahm den *Life-Timer* ab, den sie an einer Kette um den Hals trug, öffnete mit einem Fingerschnippen den Deckel und las die Digitalanzeige ab. »Als ich die Monde verließ, zeigte er sechzehn an. Nun sind es schon dreißig. Fast fünfzehn Lebens-Jahre.« Resigniert verstummte sie.

Darauf erwiderte er nichts, sondern schaute nur aus dem Fenster. Dunkelheit senkte sich auf das Land. Allmählich beruhigte sie sich wieder. Nachdem das Küchenpersonal saubergemacht hatte, gingen die Leute, wobei ein Mann den Kopf zur Tür hereinsteckte und fragte, wann sie frühstücken wollten.

»Wir wollten doch einen Spaziergang machen«, erinnerte Spiggy sie, nachdem der Küchenbulle verschwunden war.

Sie schüttelte den Kopf. »Ich halte es für ziemlich riskant, im Dunkeln einen Ort aufzusuchen, an dem ein Siedler von einem unbekannten Räuber überfallen wurde.«

Er nickte. »Da ist was dran. Hättest du dann eher Lust auf ein Spiel? Vielleicht Schach? Oder Mensch-ärgere-dich-nicht?«

Sie schüttelte nur den Kopf, erhob sich und trat zu ihm ans Fenster. »Was sagst du denn zu dem Tempel? Den die Kinder wiederaufgebaut haben. Den sie angeblich wiederaufgebaut haben.«

»Bezweifelst du das etwa?«

Sie dachte darüber nach, wobei sie versuchte, sich nicht von ihrer üblichen Skepsis leiten zu lassen. »Im Grunde nicht. Nur glaube ich nicht, daß es allein ihre Idee gewesen ist.«

»Wie kommst du denn darauf?«

»Wegen der enormen Arbeit, die darin investiert wurde. Ich habe mir in der Siedlung eine Tempelruine angeschaut. Das Mosaik umfaßt schätzungsweise eine Fläche von zweihundert Quadratmetern, wobei auf jeden Quadratmeter ungefähr fünftausend Mosaiksteinchen entfallen. Dann wäre da noch das Dach mit einer Fläche von etwa zweihundert Quadratmetern, das mit einer mehrere Zoll starken Lehmschicht überzogen wurde. Die gesamte Arbeit …«

Spiggy schüttelte grinsend den Kopf.

»Weshalb grinst du?«

»Als ich elf Jahre alt war, hatte ich in Serena auf Thyker zusammen mit sechs Freunden ein Clubhaus gebaut. Wir gruben einen über sechs Meter langen Tunnel, stützten ihn ab und kleideten ihn mit Spanplatten aus, die wir auf einer Baustelle geklaut hatten. Dann schachteten wir eine Höhle mit einer Seitenlänge von sechs und einer Höhe von zwei Meter fünfzig aus. Wir benötigten über ein Jahr, wobei wir jede freie Minute investierten. Nicht nur, daß niemand uns dazu gezwungen hätte, es wußte auch niemand davon. Als wir dann fertig waren, benutzten wir die Höhle ein paarmal, bis sie schließlich bei einem Unwetter einstürzte. Zum Glück hatten wir uns zu diesem Zeitpunkt nicht dort aufgehalten. Kinder machen eben solche Sachen. Wenn die Eltern uns eine vergleichbare Arbeit aufgetragen hätten, hätten wir das wohl für Sklaverei gehalten. Zum Teil liegt der Reiz natürlich auch in der Geheimhaltung.«

Sie schüttelte den Kopf. »Das mag wohl stimmen, Spiggy, aber der Unterschied besteht darin, daß der Tempel eben nicht einstürzen wird. Kinder sind durchaus zu beachtlichen Leistungen imstande, doch in der Regel unterlaufen ihnen dabei Fehler, wie es bei dir und deinen Freunden schließlich auch der Fall war. Den Tempel indes, den wir heute besichtigt haben, hätten die Siedlern unter fachkundiger Anleitung nicht besser restaurieren können. Ich glaube, er ist eine detailgetreue Kopie des Originals. Wo haben die Kinder diese Fertigkeit nur erworben?«

»Die Archive?« spekulierte er.

»Ach was, die Archive! Als feststand, daß wir die Siedlung Eins besuchen würden, hatte ich die Archive nach dem Gott, den *Erloschenen* und den Ruinen befragt. Es ist nie eine architektonische Studie des Bondru-Dharm-Tempels angefertigt worden. Bei der Ankunft der ersten Siedler war der Tempel noch belegt gewesen, und das Büro für Umwelt- und Naturschutz hatte einen Erlaß herausgegeben, wonach der Gott nicht gestört werden dürfe. Alles, worüber die Archive verfügten, waren einige Außenansichten des Gebäudes, eine Skizze des Bodens und die Kommentare der Xenologen. Sonst nichts. Entweder gibt es ein unbesungenes Genie unter den Kindern, oder ...«

»Oder die Siedler lügen«, sagte er.

»Oder die Siedler lügen«, pflichtete sie ihm bei. »Jemand hat den Kindern geholfen. Jemand hat die Kinder benutzt.«

»Wetzt du schon wieder die Krallen?« fragte er milde. »Wen hast du im Visier, Zilia?«

Sie drehte sich zu ihm um, breitete die Arme aus und setzte ein schiefes Grinsen auf. »Ich weiß, wie ihr alle über mich denkt, Spiggy. In der Zentralverwaltung hält man mich für verrückt, und im Büro für Umwelt- und Naturschutz glaubt man das auch. Aber von dir denken die Leute das gleiche, mit deinen ewigen Stimmungsschwankungen. Und Jamice gilt schlichtweg als Kotzbrocken. Horgy dürfte wohl der einzige von uns sein, der keine Macke hat, bis auf dieses kleine Satyr-Problem, mit dem er sich laufend an seine Freunde und Bekannten wendet.«

»Und Dern«, sagte Spiggy grinsend. »Vergiß Dern nicht.«

»Und Dern. Der immer inkognito in den Siedlungen herumläuft und glaubt, die Leute würden ihn nicht erkennen. Im Grunde ist Tandle die Chefin der Zentralverwaltung, und wer das nicht zur Kenntnis nimmt, muß entweder blind, taub oder blöde sein. Also sind wir alle auf die eine oder andere Art bekloppt.«

»Eigentlich wollte ich nur wissen, auf wen du es abgesehen hast.«

»Schon als Kind habe ich gelernt, daß manche Menschen andere ständig ausnutzen, sofern sie damit durchkommen! Mein Vater hat meine Mutter ausgenutzt. Meine Großmutter hat ihre Kinder und Enkelkinder ausgenutzt; und die Voorstoder tun das gleiche mit den Gharm. Ich wollte kein Opfer mehr sein, nur weil ich als Mädchen geboren wurde. Ich wollte auch nicht, daß andere Menschen zu Opfern werden. Also habe ich eine Kampagne gegen Völkermord und Ausbeutung ins Leben gerufen, wobei ich jedesmal auf die Reaktionen der Leute gespannt bin. Aber ich akzeptiere keine Ausflüchte. Großmutter hatte auch immer eine Ausrede parat. Und in Voorstod haben sie gleich einen ganzen Katechismus an faulen Ausreden. Ich bin nicht gewillt, das Verschweigen der Wahrheit zu tolerieren.«

»Welche Wahrheit?«

»Daß die *Erloschenen* vielleicht gar nicht ausgestorben sind. Hobbs Land wurde zwar kartographiert, aber niemand hat behauptet, daß es auch gründlich erforscht worden wäre. Vielleicht sind ein paar von ihnen in der Siedlung Eins aufgetaucht, und ihre erste Handlung bestand darin, einen ihrer Tempel wiederaufzubauen.«

»Weit hergeholt, aber möglich.«

»Vielleicht sind die *Erloschenen* auch gar nicht in der Siedlung erschienen, sondern haben sich in die Berge zurückgezogen, und die Siedler haben den Tempel wiederaufgebaut, um sie anzulocken.«

»Um sie anzulocken?«

»Um sie als Zwangsarbeiter einzusetzen.«

»Auch weit hergeholt. Hast du schon einmal einen Owlbrit gesehen? Da könntest du ebensogut versuchen, einen Ackergaul zum Rennpferd zu machen.«

»Das mag vielleicht stimmen. Aber ich halte es für genauso absurd, einen Tempel der *Erloschenen* ohne plausiblen Grund zu restaurieren, vor allem dann, wenn ich höre, daß Kinder es getan hätten! Hinter dieser Sache steckt noch mehr, Spiggy. Verlaß dich drauf!«

»Was hast du also vor?«

Erneut zuckte sie die Achseln und breitete die Arme weit aus, als ob die Lösung zum Greifen nahe wäre. »Welche Möglichkeiten habe ich denn schon? Aufzeichnungen machen. Beim Büro für Umwelt- und Naturschutz anfragen, ob sie einen Ingenieur hierher schicken, der eine Strukturanalyse erstellt, oder ob sie nicht gleich den ganzen Planeten auf architektonische Hinterlassenschaften absuchen wollen. Eine solche Untersuchung hat bisher nämlich nicht stattgefunden«, sagte sie nachdenklich. »Ja, das ist eine wirklich gute Idee. Zumindest wüßten wir dann, womit wir es überhaupt zu tun haben. Bei einer Katalogisierung der Objekte würde der Planet gleichzeitig auch erforscht. Auf dem Hochland gibt es nämlich viele verfallene Dörfer.«

Seufzend schüttelte er den Kopf. Zilia verhielt sich recht rational, zumindest für ihre Verhältnisse. »Dann tu es eben, wenn du es für deine Pflicht hältst. Komm jetzt, Zilia. Es wäre schade um den schönen Abend. Wenn du Angst vor wilden Tieren hast, machen wir halt einen Spaziergang durch die Siedlung.«

* * *

Die A- und B-Mannschaften der Siedlung Eins traten im Halbfinale gegen die A- und B-Teams der Siedlung Drei an. Weil das A-Team der Siedlung Eins einige sehr junge Spieler in seinen Reihen hatte – einschließlich Willum R., der gerade fünfzehn geworden war –, rechnete niemand mit einem Erfolg. Deshalb war man angenehm überrascht, als die Mannschaft wenigstens ein Unentschieden erzielte.

»Ihr habt gemogelt; sonst hättet ihr verloren«, pöbelte ein frustrierter Spieler der Siedlung Drei in der Kabine Willum R. an. In den Siedlungen herrschte eine recht liberale Einstellung, und deshalb tummelten sich neben Spielern beiderlei Geschlechts auch noch Besucher im Umkleideraum.

»Wir haben nicht gemogelt!« rief Willum R., den diese Anschuldigung hart getroffen hatte. »Das ist eine elende Lüge.«

»Vernor Soames«, rügte der Trainer der Siedlung

Drei seinen Mann, »das ist unsportliches Verhalten. Entschuldige dich bei dem Spieler.«

»Trotzdem geht das nicht mit rechten Dingen zu«, nörgelte Vernor. »Die Siedlung Eins gewinnt zu oft. Dieser merkwürdige Gott ist eine Art Glücksbringer für sie. Die anderen Siedlungen haben so etwas nicht.« Sein Onkel Jamel, der schon seit geraumer Zeit verschwunden war, hatte das auch immer gesagt.

»Der Gott ist tot!« sagte Willum R. patzig. »Er ist vor langer Zeit gestorben.«

»Sagst du«, entgegnete Vernor fast unhörbar.

»Vernor«, knurrte der Trainer.

»Ich entschuldige mich«, sagte Vernor, wobei er indes kurz den Zeigefinger krümmte und die Entschuldigung somit entwertete.

Horgy hatte sich auf der Toilette eingeschlossen und lauschte der Auseinandersetzung. Die anderen Siedlungen unterstellten der Siedlung Eins also ›Vorteilsnahme‹. Interessant. Vielleicht wußte Sam auch davon. Zweifellos wußte er davon. Wahrscheinlich hatte er den Druck, der als *Topman* auf ihm lastete, nicht mehr ausgehalten. Im bisherigen Verlauf der Dienstreise hatte Horgy nur Gutes über Sam zu hören bekommen; es war aber durchaus möglich, daß die Leute sich nur aus Gründen der Loyalität lobend über ihn äußerten. Wo die Siedlung Eins nun ihren Vorsprung gegenüber den anderen Siedlungen verlor, würde sich das vielleicht bald ändern.

Und dann war da noch die merkwürdige Begebenheit mit diesem Ding, das Sam angegriffen hatte. War Sam überhaupt angegriffen worden? War es wirklich ein Tier gewesen, das er getötet beziehungsweise schwer verletzt hatte? Oder hatte es sich etwa um einen Menschen gehandelt? Vor einiger Zeit war nämlich ein Mann aus der Siedlung Drei verschwunden. Wie war noch gleich sein Name gewesen?

Nun, morgen würden sie sich den Ort einmal ansehen, an dem der Kampf stattgefunden hatte. Sie würden die Knochen aufsammeln und zur Zentralverwaltung mitnehmen. Dern würde sich sicher sehr dafür interessieren. Natürlich würde er die Sache geheimhalten. Dern legte nämlich keinen Wert darauf, daß Biologen und Zoologen aus dem ganzen System in Hobbs Land einfielen, um diese potentiell neue Lebensform zu erforschen. Das würde nur zu Produktionsausfällen führen. Nein, Dern würde den Vorfall geheimhalten. Aber er, Horgy, würde alles daransetzen, der Sache auf den Grund zu gehen.

* * *

Das Gremium *Authority* bestand aus einundzwanzig, auf Lebenszeit ernannten Mitgliedern, die unbeschränkte Macht über alle Planeten und Monde des Systems ausübten. Inoffiziell galt die Bezeichnung *Authority* jedoch für den Mond, auf dem dieses Gremium tagte, einschließlich der restlichen Bewohner, ob sie nun Mitglieder einer offiziellen Körperschaft waren oder nicht. Zu diesen Körperschaften zählten der Verteidigungsrat, der Nachrichtendienst, das Forschungsministerium, der Religionsrat und nicht zuletzt das Büro für Umwelt- und Naturschutz mit seinen vier Unterabteilungen: Denkmalspflege, Linguistik, Interkulturelle Beziehungen und Fortgeschrittene Studien. Letztere Abteilung befaßte sich mit indigenen Problemen, die in keines der übrigen Ressorts fielen.

Entsprechend dünn war die Personaldecke dieser Abteilung; es handelte sich um eine ›geschlossene‹, fast schon inzestuöse Gesellschaft. Ururenkel der ersten Siedler saßen in Büros, die ihre Vorfahren errichtet hatten und arbeiteten an Schreibtischen, die ihre Urgroßeltern von phansurischen Tischlern hatten anfertigen lassen. Trotz der besonderen Umstände waren die Mitarbeiter dieser Abteilung kompetente Leute.

Als Pansure, Thyker und Ahabar, Welten ohne Ureinwohner, kolonisiert wurden, waren ihre Aufnahmekapazitäten irgendwann erschöpft. Weitere Zuwanderer mußten auf den Gürtel ausweichen, der indes von Einheimischen bevölkert war; also hatten die Bewohner der Schwesterwelten sich mit ihrer Geschichte befaßt und in seltener Einmütigkeit befunden, daß Völkermord und Sklaverei, die für Jahrtausende dunkle Flecken in der Menschheitsgeschichte dargestellt hatten, im System nicht geduldet würden. Sie hatten beschlossen, die Ureinwohner des Systems für alle bereits eingetretenen und zukünftigen Schäden, die durch Menschen verursacht wurden, zu entschädigen.

Die lauteren Absichten der Menschheit waren allein dadurch schon ersichtlich, daß das Protektorat neben den friedfertigen Osmers und Glothees auch die Ninfadelischen Porsa umfaßte, eine Rasse streitsüchtiger Schleimbeutel, die so bösartig und unleidlich waren, daß selbst graduierte Xenologen, die durch mehrjährige Studien primitiver und sogar aggressiver Gesellschaften gestählt waren, es nach Möglichkeit vermieden, sich eingehender mit den Porsa und ihren Lebensgewohnheiten zu beschäftigen.

Weil das Büro für Umwelt- und Naturschutz sich also mit konkreten Dingen befaßte, tagte es im Gegensatz zu manch anderen Gremien regelmäßig und erörterte mannigfaltige Fragestellungen und Probleme. Oft handelte es sich dabei um Personalprobleme, ein Ärgernis, das erfahrene Mitarbeiter indes als integralen Aspekt jedweder menschlichen Institution betrachteten.

»Uns liegt wieder eine Beschwerde über Zilia Makepeace vor«, eröffnete der Abteilungsleiter seinen Leuten. Der Chef war Rasiel Plum, ein gesetzter, älterer phansurischer Gentleman mit einem ruhigen Wesen, der zufällig auch einer der einundzwanzig offiziellen Mitglieder von *Authority* war.

»Zilia Makepeace?« sagte einer der neuen Ratsmitglieder leise zu seinem Nachbarn.

»Auf Hobbs Land«, entgegnete der.

»Sie beschuldigt die Siedler von Hobbs Land noch immer des Völkermords an den *Erloschenen*«, sagte Rasiel Plum.

»Von wem stammt die Beschwerde, Rasiel?« fragte ein jüngeres Mitglied, ein Thykerite. »Ist sie begründet?«

»Von Dern Blass, Leiter der Zentralverwaltung. Er sagt, normalerweise würde sie diese Vorwürfe nur bei internen Besprechungen äußern, aber vor kurzem soll sie diese Anschuldigungen auch in den Siedlungen selbst erhoben haben.«

»Also?«

»Also reiste er als fliegender Händler getarnt in eine Siedlung; dabei hat jemand ihm erzählt, daß Zilia Makepeace die Siedler noch immer beschuldigt, die *Erloschenen* ausgerottet zu haben.«

»Und was hat diese Makepeace konkret gesagt?«

Rasiel hieb in die Tasten des Computers, um die entsprechende Information abzurufen. »Sie sagt, die Kinder der Siedlung Eins hätten einen verfallenen Tempel wiederaufgebaut, was ihr höchst verdächtig erscheint.«

Die Runde stieß einen Seufzer der Erleichterung aus, und ein Kichern war zu vernehmen, das jedoch sofort wieder abbrach. Am anderen Kopfende des Tischs pfiff jemand falsch, aber unverkennbar, ein zotiges Lied: ›Die Enthauptung der Sarafin Crowr‹. Vor langer Zeit hatte eine berüchtigte Hexe auf Phansure gelebt, eben jene Sarafin, derer die Siedler sich schließlich entledigt hatten, und das Lied wurde oft angestimmt, vor allem bei Sportveranstaltungen, um die kurz bevorstehende Vernichtung eines Gegners anzuzeigen.

»Damals, auf Ahabar, hatten meine Kinder und ihre

Spielkameraden einmal ein Fort aus Ytong-Blöcken gebaut«, erzählte ein Mitglied, das im Gegensatz zu den meisten anderen nicht sein ganzes Leben auf *Authority* verbracht hatte. »Es hat mich ein halbes Jahresgehalt gekostet, das Bauwerk abzutragen und die Blöcke dorthin zurückzubringen, wo sie sie geklaut hatten. So sind Kinder eben.«

»Weshalb schicken wir die Makepeace nicht nach Ninfadel. Die Porsa errichten keine Bauwerke.« Diesen Vorschlag, der zögernd von einem Repräsentanten der Monde und des Gürtels eingebracht wurde, quittierten die anderen mit einem Heiterkeitsausbruch.

»Feuern wir sie doch einfach«, knurrte jemand, wahrscheinlich ein Hoch-Baidee.

»Degradieren«, schwächte ein anderer diese Forderung ab.

»Rausschmeißen«, grummelte derjenige, der das Lied gepfiffen hatte.

»Wir könnten das Problem auch folgendermaßen lösen, indem wir dem Büro für Umwelt- und Naturschutz empfehlen, ein Forschungsteam nach Hobbs Land zu schicken«, machte Rasiel Plum schließlich von seiner Richtlinienkompetenz Gebrauch. »Genau das verlangt die Makepeace auch. So hätten wir uns geschickt aus der Affäre gezogen. Wann haben wir zuletzt ein Forschungsteam nach Hobbs Land geschickt…« Er gab die laufende Nummer des aktuellen Berichts in den Computer ein und startete anhand der Suchkriterien *Regierungsamtliche Maßnahmen* und *Hobbs Land* eine Abfrage. Ein weiterer Tastendruck, und dann hatte er den Zeitraum. »Zuletzt vor dreiunddreißig Lebens-Jahren, zumal es sich nur um Luftaufnahmen gehandelt hatte«, schloß er.

»Seit dem Beginn der Besiedlung haben wir doch einen Außendienstmitarbeiter dort stationiert«, wandte eine ältere Frau von Ahabar ein. »Obwohl seine Anwesenheit völlig überflüssig war. Im Grunde ist das ganze Verwaltungspersonal auf Hobbs Land überflüssig. Weshalb macht diese Person dann einen solchen Aufstand?«

»Das weiß wohl nur Zilia«, erwiderte Rasiel Plum lächelnd. »Sie kommt sich wahrscheinlich überflüssig vor. Doch sollten wir uns nicht erst davon überzeugen, daß sie sich wirklich irrt, bevor wir sie entlassen?«

Die Ratsmitglieder schauten in die Runde, um anhand der Mimik und Gestik ihrer Kollegen auf deren Meinung zu schließen. Niemand schien indes den leisesten Zweifel zu hegen, daß auf Hobbs Land etwas nicht in Ordnung war.

»Ich finde, wir sollten ihrer Bitte bezüglich einer Untersuchung der Dörfer und Tempel entsprechen«, sagte Rasiel, »und die Angelegenheit an das Büro für Umwelt- und Naturschutz weiterleiten.«

Das Gremium geriet in Wallung, und es entspann sich eine gedämpfte Diskussion. Einer Bitte zu entsprechen war eine *gute Sache*. Ein Team hinzuschicken war indes keine so *großartige Idee*. Wenn aber noch gar keine Untersuchung der Monumente erfolgt war, dann konnte man das genausogut auch jetzt erledigen. Zumal der diesjährige Etat von *Authority* noch nicht ausgeschöpft war. Sei's drum, murmelten sie. Empfehlen wir eben ein Forschungsteam.

»Dürfte ich um eine formelle Aussprache bitten?« fragte Rasiel Plum, worauf auch sofort einige Wortmeldungen erfolgten.

Beim Büro für Umwelt- und Naturschutz stieß die Empfehlung jedoch auf völliges Desinteresse. Nachdem das Büro sich der Sache widerwillig angenommen hatte, beschloß man, die Empfehlung mit einem aus drei Mann bestehenden Baidee-Team von Thyker umzusetzen; hauptsächlich deshalb, weil diese Truppe zufällig auf Abruf bereitstand. Außerdem wurde beschlossen, Zilia Makepeace erst dann von dem Team zu unterrichten, wenn es schon in der Luft war.

»Das letzte, was wir jetzt gebrauchen können«, sagte der Büroleiter, »sind frisierte Beweise.«

* * *

Der Seuche, die Thyker vor einer Generation heimgesucht hatte, waren sehr viele Menschen und Tiere zum Opfer gefallen; viele Spezies starben aus. Auch nachdem die Seuche unter Kontrolle gebracht worden war, wußte niemand, ob sie nicht erneut ausbrechen würde, so daß ein Exodus zu anderen bewohnbaren Welten stattgefunden hatte. Insbesondere die Gürtel-Welten Bounce und Pedaria hatten eine große Anzahl Non-Baidee-Immigranten von Thyker aufgenommen; andere Gruppen hatten erwogen, weit außerhalb des Orbits von Phansure nach einer neuen Heimat zu suchen, obwohl es dort draußen kaum bewohnbare Planeten gab.

Nach Phansure kam Celphius, ein Eisplanet, auf dessen Ringen sich überwiegend Prospektoren tummelten, die dort nach den ergiebigen Edelsteinvorkommen schürften. An Celphius schloß sich der riesige Gasplanet Tandorees mit mehreren Ringen und Dutzenden potentiell bewohnbarer Monde an. Und nach Tandorees kamen noch der blaue Siphir und ganz weit draußen der kalte Omnibus. Der Leerraum jenseits des Systems, mit seinen Kometen und dem kosmischen Trümmerfeld, wurde gelegentlich von fremden Besuchern durchstreift, die aus der Dunkelheit kamen, sich in die Sonne stürzten oder an ihr vorbeiflogen und wieder in der Dunkelheit verschwanden.

Die Pläne, die Ausläufer des Systems zu besiedeln, wurden nie verwirklicht. Nachdem die Seuche endlich besiegt worden war, stellte sich heraus, daß die Bewohner der besiedelten Planeten und Monde Platz für die Flüchtlinge geschaffen hatten. Nach diesem Aderlaß war die Bevölkerung von Thyker deutlich geschrumpft; dafür war sie nun viel homogener. Zufällig (obwohl es Stimmen gab, die das Gegenteil behaupteten) handelte es sich bei den auf Thyker verbliebenen Menschen hauptsächlich um Hoch-Baidees, Anhänger des *Overmind*, Jünger der Prophetin Morgori Oestrydingh, die vor tausend Jahren mittels eines Transmitters, von dessen Existenz niemand gewußt hatte, auf Thyker erschienen war.

Dieser Transmitter befand sich – wenn man ihn sich denn ansehen wollte – in der Nähe einer Oase außerhalb der westlichen Vororte von Serena. Bei diesem Gerät handelte es sich um eine Möbiusschleife aus korrodiertem Metall, die auf einem wuchtigen Natursteinsockel ruhte. Aufgrund des Alters und der leichten Zugänglichkeit hatte der Transmitter eine gewisse mythische Reputation erlangt und diente nun als Veranstaltungsort für Konzerte und sonstige Feierlichkeiten.

Während der Feier anläßlich des zweihundertsten Jahrestages der Kolonisierung von Thyker, wobei der Patriarch einer örtlichen Sekte seinen jährlichen Segen für die Herden sprach (genügsame *Vorgashirs*, eine Kreuzung zwischen dem alten *Menschenheimat*-Kamel und einer ursprünglich aus dem Vlees-System stammenden gehörnten, eidechsenartigen Kreatur), loderte plötzlich eine Feuerwand vor dem Monument auf, und ein Drache trat hindurch. Der Segen des Patriarchen wurde für die Nachwelt festgehalten, und die Ankunft des Drachen ebenfalls: eine große, gehörnte Bestie mit Reißzähnen und einem feurigen Schweif. So wurde es zumindest überliefert. In der Aufzeichnung war der Drache indes gar nicht als solcher zu erkennen. Man sah zwar etwas, aber die Erscheinung war verschwommen und nicht eindeutig zu identifizieren.

Die Archive waren auch keine Hilfe. Dafür war die Aufzeichnung zu unscharf gewesen, und es gab auch keine Basis für eine Extrapolation.

Alle waren sich indessen einig, daß die Prophetin auf einem formidablen Halbwesen angeritten kam, abstieg, dem Patriarchen die Hand reichte und ihm familiär auf die Schulter klopfte. Dem Patriarchen, der mit dem Rücken zum Transmitter gestanden hatte, war ihre Ankunft völlig entgangen; im ersten Moment glaubte er, sie würde im Rahmen der Feierlichkeiten eine Darbietung zeigen; doch beim Anblick des Drachen wurde er eines besseren belehrt. Dann fiel er vor Schreck in Ohnmacht. Ein wackerer Subdekan brachte ihn in Sicherheit, und nach kurzem Zögern wandte die Prophetin sich in einem archaischen und nur schwer verständlichen Idiom an die Menge, das später vom Kreis der Skrutatoren transkribiert und übersetzt wurde.

»Mein Name ist Morgori Oestrydingh«, stellte sie sich vor. »Mein Begleiter hat keinen Namen.«

Ein zufällig anwesender Student der Altphilologie ernannte sich selbst zum Dolmetscher und fragte sie nach dem Anlaß ihres Besuchs. Sie sagte, der Drache befände sich auf einer Expedition, und sie selbst sei eine Predigerin der Bewußtseinserweiterung. Die Aufzeichnungen zeigten eine alte Frau mit weißem Haar, das wie Nebel um ihren Kopf wallte, den intensiven Blick, der sich direkt in die Herzen der Zuhörer senkte, und den wie eine Luftspiegelung hinter ihr schwebenden Schemen mit der Andeutung von Zähnen, Klauen und Schuppen. Das Bild vermittelte durchaus die Vision eines Drachens, ohne sich indes auf die gegenständliche Ebene herabzulassen.

Die Prophetin Morgori Oestrydingh verweilte lange genug auf Thyker, um den Menschen zu erklären, daß die Metallschleife einen alten Transmitter zu nichtmenschlichen Welten darstellte und daß er einst vom

Volk der Arbai erbaut worden sei, die auch diese Welten bevölkert hätten. Besagte Arbai hätten sich durch eine überragende Intelligenz und Ethik ausgezeichnet. Sie blieb fast eine ganze Jahreszeit und predigte ihnen, wobei sie die Leute als Baidee oder ›Neu-Bai‹-Leute bezeichnete. Sie müßten ein neues Bai-Volk werden, hatte sie gesagt. Das erste Bai-Volk seien die Arbai gewesen, die Erbauer der Transmitter, und auf den Welten, die Morgori seitdem besucht hatte, habe es noch weitere Bai-Völker gegeben. Die Prophetin sagte, sie hätte ihr Leben der Suche nach den Arbai gewidmet und in mehreren tausend Jahren tausend Welten besucht; dann erzählte sie Geschichten von diesen Welten und von vergangenen Zeiten, und die Leute lauschten gebannt.

»Genausowenig, wie wir jede einzelne Zelle unseres Gehirns kennen, kennt Gott unsere Namen. Gott ist das Überbewußtsein, das sich aus unseren Bewußtseinseinheiten zusammensetzt.

Persönlichkeit und Wert des Menschen werden nur durch das Bewußtsein bestimmt. Wir teilen die Intelligenz mit anderen Lebewesen, und sie sind genauso wertvoll wie wir. Sogar Wesen ohne erkennbare Intelligenz spielen eine wichtige Rolle im Gesamtgefüge. Gott nach unserem Ebenbild zu formen ist Blasphemie.

Wenn unser Bewußtsein erloschen ist, ist auch unser Daseinszweck hinfällig, und wir sind nur noch totes Fleisch. Der Sitz des Individuums ist das Bewußtsein, nicht der Körper. Dennoch gibt es manche, die den Körper auch nach dem Erlöschen des Bewußtseins am Leben erhalten wollen, weil sie nur auf den Körper und körperliche Aktivitäten fixiert waren.

Freiheit resultiert aus Ungewißheit. Weil der Mensch Hilflosigkeit verabscheut, nimmt er lieber das Bewußtsein in Kauf, Schuld auf sich geladen zu haben, anstatt sich die aus der Ungewißheit geborene Hilflosigkeit einzugestehen. Unsicherheit ist die Wurzel des Bösen wie des Guten. Ihr müßt akzeptieren, daß jede Handlung vielleicht böse und schmerzliche Konsequenzen hat. Ihr dürft nicht in Kategorien wie Schuld oder guten Absichten denken. Sowohl Freude als auch Schmerz gehören zum Mensch-Sein, und wenn die menschliche Rasse lange genug überlebt, wird sie den Dualismus beider Merkmale erkennen.

Es gibt keine Erbsünde. Die größte Sünde ist jedoch, sich im Besitz der absoluten Wahrheit zu wähnen. Und die zweitgrößte Sünde ist, sich der Suche nach der absoluten Wahrheit zu verschließen, auch wenn man im Grunde weiß, daß man sie nie finden wird.«

Das letzte und bedeutendste Gebot soll sie kurz vor dem Abschied ihrem Lieblingsschüler ins Ohr geflüstert haben: »Sei immer kritisch, auch gegenüber wohlmeinenden Leuten.«

So lautete die Lehre der uralten Frau. Dann bestieg sie wieder den Drachen und verschwand im Transmitter. Die ersten Baidee, die ihre Lehre befolgten, waren die Unter-Baidee. Das war der Anfang der Baidee, und so haben sie die Jahrhunderte überdauert, immer im Einklang mit der Lehre der Prophetin. Noch heute stehen die ersten Worte der Prophetin am Beginn eines jeden Gottesdienstes: »Ich sage euch, seid keine sexistischen Schweine.«

Die primitiven oder ›Unter‹-Baidee waren Anhänger der reinen Lehre und beriefen sich darauf, daß Morgori Gehirnchirurgie und Psychotherapie durchaus nicht verboten hatte, sondern nur psychologische Manipulationen. Im Lauf der Jahrhunderte hatten sie die Lehre interpretiert, häretische Aspekte eliminiert und einen Kanon erstellt, der zur Beurteilung künftiger Innovationen diente. Wo die Unter-Baidee aus den Worten der Prophetin das Verbot sexueller Diskriminierung ableiteten (»Seid keine Sexisten«), warnten die männlichen Skrutatoren der Hoch-Baidee vor barbarischem Verhalten (»Seid keine Schweine«). Es dauerte indes nicht lange, bis Barbarei als Kollaboration mit der *anderen Seite*, also mit den Unter-Baidee, interpretiert wurde. Die Unter-Baidee waren jedoch nur das erste Volk, das solcherart diskreditiert wurde; bald erstreckte sich der Bann auf alle anderen Völker überhaupt.

Um sich jederzeit als die wahren oder Hoch-Baidee zu profilieren, erließ die Versammlung der Skrutatoren eine Kleiderordnung sowie Vorschriften zur Nahrungsaufnahme, wobei sie zur Begründung dieser Maßnahmen die Prophetin höchstselbst bemühten. »Seid keine Schweine« erfuhr nun eine Umdeutung zu »Eßt nichts vom Schwein«, und die logische Erweiterung lautete: »Eßt nichts, was dem Schwein ähnelt«, wodurch alles, was vier Beine, ein Fell, eine Schnauze und so weiter hatte, automatisch in diese Kategorie fiel. Weil es nun auf Bounce Kreaturen gab, die eine Ähnlichkeit mit Schweinen aufwiesen und zudem Eier legten, wurden Eier auch auf den Index gesetzt. Was nun die Kleiderordnung der Hoch-Baidee betraf, so trugen sie ein Gewand, um dessen Schärpe ein Schal aus edlem Stoff geschlungen war, auf dessen einer Seite die Worte ›Dinge geschehen‹ und auf der anderen ›Nicht schuldig‹ eingestickt waren.

Die Unter-Baidee waren fast alle ausgestorben oder ausgewandert, doch in der Nähe von Chadnarath und Bajasthan existierten noch größere Kolonien, welche die Tempel der Wahren Verkündung instand hielten und Zeremonien abhielten, die wegen ihrer folkloristischen Tanzeinlagen bekannt waren. Was nun die Hoch-Baidee betraf, so verehrten sie die Prophetin (die sich über die Exegese ihrer Lehre allerdings gewundert hätte), befolgten fleißig ihr letztes und wichtigstes Gebot und betrachteten im übrigen die Gründung ihres Ordens als ausgesprochenen Glücksfall. Und aus diesem Volk stellte das Büro für Umwelt- und Naturschutz nun das Forschungsteam für Hobbs Land zusammen.

Bei den drei Teilnehmern handelte es sich um Einwohner der Hauptstadt, die noch dazu einer Familie angehörten, den Damzels. Zwei Brüder und eine Schwester: Shanrandinore (Shan) und Bombindinore (Bombi) Damzel, Zwillingsbrüder, die vom selben Erzeuger stammten; und Volsalobinag (Volsa) Damzel, ihre jüngere Schwester, deren Erzeuger nach Angaben ihrer Mutter ein Spender für die Baidee-Samenbank im Tempel des *Overmind* gewesen war. Alle drei Damzel-Kinder hatten den dreijährigen Wehr- und Gottesdienst abgeleistet und dann eine renommierte Universität auf Phansure besucht. Alle drei hatten sich auf Xenologie spezialisiert, und alle waren sie ausgesprochen orthodox. Shans Eifer (oder Arroganz) war so groß, daß er als Doktorand nach Ninfadel gegangen war, um die Porsa zu studieren; wenn er über diese Zeit sprach, und das tat er oft, hatte man immer den Eindruck, daß er die damaligen Ereignisse gehörig beschönigte. Nach seiner Rückkehr hatte er sich im Tempel der Hoch-Baidee einer zehntägigen Reinigung unterzogen, und er hatte die Technik der Selbsthypnose erlernt, um das Erlebte zu vergessen. Dennoch wurde er nachts immer wieder von Alpträumen geplagt.

Nachdem die drei instruiert worden waren, suchten sie umgehend den Tempel des *Overmind* auf, um sich für die Erteilung des Auftrags zu bedanken. Im Sanktuarium der Skrutatoren durften sie an einer feierlichen Lesung der Lehren der Prophetin teilnehmen (zwei Kapitel und ein Dutzend Verse) und wurden zum Schluß mit Instruktionen für die Getreuen des *Overmind* sowie mit Namen von potentiellen Gefolgsleuten der Hoch-Baidee auf Hobbs Land versehen. Sobald ein junger Mensch in die Pubertät kam, setzten die Hoch-Baidee nämlich einen Rekrutierungsagenten auf ihn an. Ganz oben auf der Liste stand der Name Spiggy Fettle.

* * *

Eines Morgens wachte Jeopardy mit einem intensiven Gefühl der Vorfreude auf. Dafür gab es in letzter Zeit nur einen Grund: seine Cousine Samstag. Nachdem er sich angezogen, gefrühstückt und sich im Geräteschuppen einen Spaten besorgt hatte, ging er hinüber zum Schwesternhaus seiner Tante, um Samstag abzuholen. Und wirklich wartete sie schon auf der Treppe; neben ihr lag auch ein Spaten.

»Hast du Plastiktüten mitgebracht?« fragte sie ihn.

Er schüttelte den Kopf; erst jetzt wurde ihm bewußt, daß sie Plastiktüten brauchten. Daran hatte er bisher überhaupt nicht gedacht.

»Schon gut«, sagte sie. »Ich habe fünfzehn dabei. Das müßte reichen.«

»Wir brauchen die Quillow-Kinder«, sagte er. »Weißt du, ob sie kommen?«

Sie zuckte die Achseln. Er hatte recht, sie waren auf die Hilfe der Quillow-Kinder angewiesen. Vielleicht würden Willum R., Deal, Sabby und Gotoit kommen, vielleicht auch nicht. Möglicherweise kamen auch Thash und Thurby Tillan. Aber diese Spekulationen waren müßig. Und im Grunde war es auch egal.

Sie verließen die Siedlung in nördlicher Richtung, gingen den Abhang zum Bach hinunter, durchquerten den Bänderweiden-Hain und erklommen auf der anderen Seite den Hang zum renovierten Tempel. In der Nähe des Tempels stießen sie auf eine flache Mulde, wo sie sich niederließen und einen Schluck aus Samstags Feldflasche nahmen, bevor sie die Grabungen in Angriff nahmen. Sie ließen sich Zeit bei der Arbeit und stapelten den Aushub zu beiden Seiten des Grabens, der die Breite einer Armspanne hatte, zu ordentlichen Türmen.

»Owee, owee, owee, janga, janga«, trällerte Samstag bei der Arbeit. Die Worte ergaben zwar keinen Sinn, aber es war dennoch ein Genuß, ihrer Stimme zu lauschen. Jeopardy begnügte sich mit einem gelegentlichen Grunzen. Als Willum R., Deal und Gotoit mit Spaten ausgerüstet den Hang heraufkamen, fiel Gotoit in Samstags Gesang ein, und Willum R. schloß sich Jeopardy beim Grunzen an. Sie verfügten indes nicht über das musikalische Gespür, um zu erkennen, daß ihr Gegrunze rhythmisch war und Kontrapunkte zum Gesang der Mädchen setzte. Auf jeden Fall ergab sich ein beachtlicher Synergieeffekt.

Sechs Katzen tauchten im Gras auf, gruppierten sich im Kreis um einen Erdhaufen und verharrten neugierig. Der Graben wurde zusehends tiefer, und das Arbeitstempo der Kinder verlangsamte sich immer mehr, bis sie schließlich öfter pausierten als arbeiteten. Willum R. war der erste, der die Arbeit einstellte, gefolgt von Deal und Gotoit. Sie sahen zu, wie Jep und Samstag unermüdlich weitergruben.

»Hier«, sagte Gotoit und reichte Samstag einen Pinsel. »Den wirst du brauchen.«

Den konnte Samstag wirklich gut gebrauchen. Und wer sonst hätte einen Pinsel mitbringen sollen, wenn nicht Gotoit, denn ihre Mutter war Hobby-Künstlerin. Samstag bückte sich und entfernte die Erde. Es kam ihr so vor, als ob sie auf eine dicke, filzartige Schicht gestoßen wäre, wie eine Matratze. »Messer«, sagte sie.

Willum R. gab Jep sein Messer; es hatte eine sehr scharfe Klinge. Willum R. hatte es am Vorabend gründlich geschärft. Jep bohrte die Klinge in den Filz und schlitzte ihn von der Kante des Grabens bis zum Boden auf. Dann machte er ein Dutzend kreuzförmiger Einschnitte, und schließlich schnitt er fünfzehn handtellergroße Stücke aus der Matte heraus und gab sie Samstag. Sie packte die Stücke in die Plastiktüten und verstaute dann alles im Rucksack.

»Nun?« fragte Gotoit.

Samstag und Jeopardy zogen die faserige Matte zurück. Dahinter verbarg sich etwas Undefinierbares. Dunkel. Hart. Schwach funkelnd. Mannshoch, oder noch größer.

»Es ist zu schwer«, sagte Gotoit.

»Laß gut sein«, sagte Jep.

»Hat jemand etwas zu essen dabei?« fragte Samstag.

»Wir«, ertönte plötzlich eine laute Stimme. Sabby Quillow und die Tillan-Brüder waren unbemerkt von den anderen zwischen den Bäumen erschienen. Thash und Thurby hatten Hähnchen, Salat und Brot mitgebracht, und Sabby steuerte Obst bei.

»Worauf warten wir denn noch?« erkundigte Thurby sich mit vollem Mund.

»Es ist zu schwer«, sagte Samstag. »Wir haben das Ding freigelegt, aber wir schaffen es nicht, es anzuheben.«

»Wie schwer wird es wohl sein?«

»Sehr schwer«, erwiderte Jep. »Es wiegt so viel wie vier Männer, vielleicht noch mehr.«

Sie hatten das Mahl fast beendet, als Verstärkung eintraf: Sam Girat, Jebedo Quillow und die beiden anderen Quillow-Onkels, Quashel und Quambone, gefolgt von Thash' und Thurbys Onkel, Tharsh Tillan. Wenig später erschienen auch noch die drei Wilm-Onkels: Asia, Australia und Madagascar. Damit waren die stärksten Männer der Siedlung versammelt; sie nickten den Kindern zu und betrachteten den Inhalt des Lochs.

»Wo sollen wir es denn hinstellen?« fragte Sam, als ob er bereits Bescheid wüßte. Gestern abend hatte Theseus ihn nämlich schon aufgeklärt. Der exakte Wortlaut der Unterhaltung war ihm zwar nicht mehr präsent, aber er wußte zumindest noch so viel, daß Theseus gesagt hatte, man würde seine Hilfe benötigen.

Samstag zeigte auf den Tempel. Wohin denn sonst.

Die Männer hatten Stricke und Balken mitgebracht. Sie setzten die Hebel an, schoben die Stricke unter dem Ding durch und hoben es dann an. Niemand kam indes auf die Idee, eine Maschine einzusetzen. Statt dessen legten die Männer sich selbst ins Geschirr und schleppten das schwere Ding über die kurze Entfernung bis zur Tür des Tempels. Dann wuchteten sie den Klotz durch die Tür, wobei sie bei jedem Schritt ein rhythmisches Grunzen ausstießen. Schließlich hatten sie die Zentralkammer erreicht und stellten das Gebilde aufrecht in ein Netz aus Tauen. Dann hievten sie das Ding in einer Gewaltanstrengung auf den Sockel in der Mitte der Kammer.

»Hievt!« sagten die acht Männer im Chor und zogen an, wobei die Stimmen wie ein ferner Donner in der Kammer widerhallten. »Hievt!«

Sie neigten das Gebilde zur einen Seite, dann zur anderen, um die Stricke unter ihm zu entfernen, und dann rollten sie die Stricke zusammen und verließen plaudernd den Tempel, wobei Sam mit Teamleiter Jebedo Quillow Verbesserungsvorschläge bezüglich der Gewächshäuser erörtete. Draußen schütteten alle Kinder außer Samstag und Jeopardy das Loch wieder zu und ebneten die Stelle ein. In der Zentralkammer säuberten die Cousins derweil mit Gotoits Pinsel das Ding und beseitigten die restlichen Gewebefetzen, die sofort zu Staub zerfielen. Als sie fertig waren, traten sie zurück und betrachteten ihr Werk, das mannshoch auf dem Sockel stand: dunkel, zerklüftet und eckig, wie die surrealistische Darstellung einer humanoiden Form. Es hatte nichts, was man als Kopf oder Glieder hätte deuten können, und doch verströmte das Gebilde eine Aura der Autorität. Ein Laut drang aus dem Sockel, ein fast unhörbares Flüstern, als ob etwas sich in dem Stein bewegen würde. Dann erschienen trübe Lichtpunkte am Fuß des Dings, wanderten langsam nach oben und erloschen schließlich.

Eine schwarzweiße Katze erschien im Raum. Sie hatte einen lebendigen *ferf* im Maul. Sie sprang auf den Sockel und legte das Tier an der Basis der Skulptur ab. Dann verließ sie laut schnurrend die Kammer. Zwei weitere Katzen tauchten auf und boten dem Gebilde ähnliche Gaben dar.

»Das war Gotoits Katze«, sagte Jep nach einer Weile. »Die getigerte. Sie heißt Lucky.«

Samstag nickte und wischte ein paar *ferf*-Haare vom Sockel. Die Körper der *ferfs* waren zwischenzeitlich lautlos von dem Ding eingesogen worden.

»Der Gott war hungrig«, sagte Jep. »Wir sind *Diejenigen Welche,* die ihn versorgen werden.«

»Ich glaube, darum werden die Katzen sich schon kümmern«, erwiderte Samstag.

»Und warum haben die Katzen sich nicht schon früher um die Götter gekümmert? Um Bondru Dharm?«

»Bondru Dharm hatte keinen Bezug zu Katzen«, erklärte Samstag. »In Bondru Dharms Jugend gab es hier keine Katzen. Aber wir haben Katzen, und weil Birribat einer von uns war, werden die Katzen ihn mit Nahrung versorgen. Und wir als *Diejenigen Welche* werden uns um alles andere kümmern.«

5

Unter den Hoch-Baidee, die so gewissenhaft und hart arbeiteten, daß sie kaum noch Zeit für Kontemplation hatten, gab es indes auch einige, für die der Glaube sich nicht bloß in der Einhaltung der Kleiderordnung und Nahrungsmittelvorschriften erschöpfte. Sie praktizierten die vierhundert Gebote und rezitierten tagtäglich die Worte der Prophetin. Sie waren Sektierer, ultraorthodoxe Anhänger des *Overmind,* die unbeeinflußt von außerweltlichen Dingen ihrem Glauben frönten.

Einer dieser Fanatiker war Shan Damzel, was seine Familie indes nicht wußte. Sein Freund und Mentor, Howdabeen Churry, gehörte derselben Richtung an. Obwohl sie fast gleichaltrig waren, betrachtete Shan sich als Churrys Schüler und bezeichnete ihn konsequenterweise als Lehrer; allerdings nur, wenn sie unter sich waren. Es war ihr Geheimnis, und wenn er das Wort Lehrer aussprach, fühlte er sich richtig verrucht, wie ein kleiner Junge, der ein neues unanständiges Wort gelernt hatte. Wie *Evangelist, Missionar, Apologet* oder *Advokat* war auch *Lehrer* ein Wort, das als außerweltlich geächtet war. Die Hoch-Baidee bevorzugten Begriffe wie *Lektor, Expositor* oder *Kommentator,* die nicht mit Zwang besetzt waren. Nahm jemand das Wort *Lehrer* in den Mund, so gelangte der Hörer womöglich noch zum Schluß, daß jemandem etwas *gelehrt* wurde, was indes kein rechtgläubiger Hoch-Baidee toleriert hätte. Erklärungen wurden akzeptiert. Belehrungen hingegen nicht. Ausgenommen natürlich religiöse Paradigmen. Oder militärische.

Howdabeen mißbilligte es, wenn Shan ihn als *Lehrer* titulierte. »Ich helfe dir vielleicht bei der Gliederung deiner Gedanken«, pflegte er darauf zu entgegnen. »Ich lasse deine Überlegungen vielleicht in einem anderen Licht erscheinen, aber ich bin nicht bestrebt, dich von der Richtigkeit meiner mentalen Prozesse oder den daraus gewonnenen Einsichten zu überzeugen.« Zumal er das auch gar nicht nötig hatte. Trotz seines jugendlichen Alters von knapp über zwanzig Jahren verströmte er bereits ein enormes Charisma. Allein schon durch diesen Umstand erlangte er eine Glaubwürdigkeit, wie sie auch Schauspielern und Demagogen zu eigen ist: Er wirkte dermaßen überzeugend, daß er nie den Beweis für seine Behauptungen antreten mußte. Dabei war Howdabeen nicht einmal ein sonderlich attraktiver Mann. Es waren vielmehr der klare Blick und der reine Teint, die Indizien für einen gesunden Geist in einem gesunden Körper waren. Wo andere mechanisch »Dinge geschehen, nicht schuldig« skandierten, stieß Howdabeen diese Worte mit wahrer Inbrunst aus. Er war unschuldig, denn sein Herz war rein. Er war sich seiner Reinheit wie auch seiner lauteren Gesinnung unbedingt sicher, und er bewahrte sich diese Korrektheit durch ständige Selbstkritik und die Reflexion seiner Handlungen und Gedanken.

Diese Neigung zur ›Selbstautopsie‹ bestimmte auch sein Berufsleben. Jeder Bewerber für einen Platz in Churrys Brigade, auch Leute mit standesgemäßem Hintergrund und guten Umgangsformen, wurde von Churry penibel unter die Lupe genommen, so wie er selbst hätte geprüft werden wollen. Churry legte keinen Wert auf Mitarbeiter, die nur Dienst nach Vorschrift machten. Er glaubte nämlich, es sei Gefahr im Verzug, sofern sie nicht schon eingetreten war, und daß der *Overmind* deshalb die Einsatzbereitschaft und das Engagement seiner Komponenten testete. Dessen war Churry sich sicher. Seine eigenen Beobachtungen, die offensichtlich mit denen des *Overmind* übereinstimmten, waren der Beweis. Gefahr war im Verzug. Irgendwo dort draußen dräute Unheil.

Shan Damzel verkündete nun erregt, er sei Angehöriger eines Familienteams, das auf Hobbs Land einen Auftrag auszuführen hätte. Offiziell handele es sich um Vermessungsarbeiten, doch in Wirklichkeit gehe es um eine unbestimmte Gefahr, die eine paranoide Frau sich wahrscheinlich ausgedacht habe. Als Churry das vernahm, vergaß er alle Bedenken und rieb sich angesichts der Möglichkeiten, die sich hier eröffneten, im Geiste die Hände. Von allen Wörtern, die Shan Damzel artikuliert hatte, hatte Howdabeen Churry nur *Hobbs Land* und *Gefahr* als operative Parameter selektiert.

Churry hatte ein persönliches Interesse an Gefahrenpotentialen. In den letzten zwei Jahren hatte er eine geheime Einsatzgruppe aufgestellt, einen Verband aus mehreren hundert gleichgesinnten Baidee, die noch zu jung für den regulären Militärdienst waren, es aber kaum erwarten konnten, an die Front geschickt zu werden. Ältere und vernünftigere Baidee hätten diese Truppe, so sie von ihrer Existenz gewußt hätten, sicher als Bande dummer, junger Heißsporne bezeichnet. Für Churry hingegen handelte es sich um den ›Arm der Prophetin‹. Dieser Arm sollte alles beschützen, wofür die Baidee standen. Seine Leute hatten den Auftrag, Überraschungsangriffe durchzuführen und sich blitzschnell wieder abzusetzen.

»Sei vorsichtig«, sprach Churry im Tonfall eines besorgten, wenn auch überlegenen Freundes zu Shan. »Sobald du dort eingetroffen bist, mußt du äußerst vorsichtig sein. Du darfst niemandem vertrauen.«

»Eigentlich sollen wir nur Baudenkmäler katalogisieren und die Augen offenhalten«, erwiderte Shan, dem Churrys übertriebener Enthusiasmus ein wenig auf die Nerven ging. »Die meiste Zeit werden wir ohnehin allein sein.«

»Wenn ihr auf Siedler stoßt, registriert jede ihrer Äußerungen und Handlungen, Shan. Achtet auf Anzeichen mentaler Beeinflussung. Aber das weißt du ja schon. Schließlich haben wir es auf den Brigadekonferenzen immer wieder besprochen. Die Anzeichen der letzten Invasion waren deutlich und für jeden erkennbar gewesen. Beim nächstenmal werden sie sicher subtiler vorgehen. Der *Overmind* stellt uns auf die Probe, Shan.«

»Ja, Lehrer«, sagte Shan kühn.

Churry lächelte geschmeichelt. Er fand durchaus Gefallen am devoten Gebaren des stattlichen jungen Damzel, obwohl er Shan im Grunde seines Herzens für einen Schwächling hielt. Daß er noch immer an den Nachwirkungen der Studien auf Ninfadel litt!

»Leidest du noch immer unter Alpträumen?« fragte er, was nun von seiner Seite recht gewagt war. Das war nämlich ein Thema, mit dem man Shan Damzel besser nicht konfrontierte.

»Ich bekomme es in den Griff«, erwiderte Shan spontan. »Die Ärzte sind wirklich sehr gut. Sie haben mir einige exzellente Techniken gezeigt.« Dabei ignorierte er den kalten Schweiß, der ihm beim Wort *Träume* sofort ausgebrochen war.

»Diese Frage habe ich dir noch nie gestellt«, sagte der andere neugierig. »Hattest du während deines Aufenthalts auf Ninfadel das Gefühl, daß die Porsa vielleicht eine Bedrohung für uns darstellen?«

Das verschlug Shan schier die Sprache. Die Augen traten ihm leicht aus den Höhlen. Er schloß sie und nickte, als ob er im Geiste einen rhythmischen Gesang rezitierte. Nach einiger Zeit schlug er die Augen wieder auf, und es gelang ihm, folgenden Satz zu artikulieren: »Nein. Nicht so, wie du meinst. Nein.«

Die kaum verhüllte Furcht in Shans Augen beschämte Churry. Er hatte den Jungen nicht auf diese Art bloßstellen wollen. Er wandte sich ab und tat so, als ob er Shans Reaktion nicht bemerkt hätte. »Sei vorsichtig«, sagte er lahm. »Melde dich bei mir, sobald du zurück bist.«

Nach ein paar Tagen hatte er schon wieder vergessen, daß er Shan derart in Verlegenheit gebracht hatte. An die Möglichkeit indes, daß eine Gefahr auf Hobbs Land lauerte, erinnerte er sich noch sehr gut. Der Arm der Prophetin hatte hart trainiert. Nun hegte er die mehr als nur geringe Hoffnung, daß auf Hobbs Land eine Gefahr existierte, die von diesem muskulösen Arm eliminiert werden konnte.

* * *

Derweil schlief Sam Girat auf Hobbs Land den Schlaf des Gerechten. Er wurde nicht von solchen Szenarien umgetrieben, sondern durchstreifte im Traum den Höhlencanyon, untersuchte jede einzelne Höhle und entdeckte dabei exotische Kreaturen.

China Wilm träumte von einem saphirblauen See, in dem aus unterirdischen Quellen Blasen aufstiegen und wie Ballons über der ruhigen Oberfläche schwebten. Der See wurde von einem Ufer gesäumt, dessen Sand wie Diamanten glitzerte. Diesen See hatte sie als Kind gesehen, oder vielleicht hatte sie ihn sich auch nur in ihrer Phantasie vorgestellt. Ab und zu ging sie zu diesem Ort, um Ruhe und Frieden zu finden.

Maire Girat träumte vom Voorstod ihrer Kindheit, von steilen Berghängen, deren Ausleger in die tiefhängenden Wolken hineinragten, von Vögeln, die in den Bäumen zwitscherten, von traubenbehängten Ranken, die über von der Sonne erwärmten Mauern hingen. Es war ein idealisiertes Voorstod, ohne Schatten. Das Land, wie sie es sich in ihrer Jugend vorgestellt hatte.

Die anderen Menschen träumten von Kindern, Eltern, Männern und Frauen. Sogar die Katzen träumten, zusammengerollt in ihrem Versteck, und ihre Jungen, die sich an die Mutterbrust kuschelten. Samstag träumte. Und Jep. Und Birribat Shum unter der Erde träumte mit ihnen.

* * *

Topman Harribon Kruss nahm sich zwei Tage Urlaub, um die Siedlung Eins zu besuchen. Von einem *Topman* wurde erwartet, daß er seine Erfahrungen an die Allgemeinheit weitergab: Also hätte er sich durchaus eine offizielle Dienstreise genehmigen lassen können, doch er wollte den Zeitplan selbst bestimmen, und er war auch nicht gerade darauf erpicht, daß Spiggys Zuträger in der Finanzabteilung Spekulationen bezüglich des Anlasses der Reise anstellten. Vor dem Abflug besuchte er noch für ein paar Stunden seine Mutter. Sie wachte nur einmal kurz auf, lächelte ihn an und murmelte etwas Unverständliches. Er unternahm die Reise allein, derweil Dracun in der Siedlung Drei frustriert an den Nägeln kaute. Obwohl sie Jamels Verschwinden im Grunde begrüßte, benahm sie sich seitdem wie eine schlechte Kopie von Zilia Makepeace und stieß allenthalben wirre Anschuldigungen aus. Harribon wollte vermeiden, daß sie mit ihren Äußerungen den *Topman* der Siedlung Eins brüskierte, von dem er schon interessante oder vielmehr beunruhigende Dinge gehört hatte.

Topman Samasnier zeigte sich bei Harribons Begrüßung indes von seiner besten Seite, wies ihm das schönste Gästezimmer zu, gab ihm in der Taverne einen Drink aus und lud ihn ein, mit ihm und Saluniel zu Abend zu essen.

Harribon schlug die Einladung taktvoll aus. »Äh ... Sam, ich will Saluniel keine Umstände bereiten. Sie hat doch zwei kleine Kinder, nicht wahr?«

»Drei. Sahdereh, Sahkela und Sandemon.« Er lachte. »Fünf, sieben und neun. Sie sind schon ziemlich anstrengend, aber das macht nichts. Ein paar der älteren Frauen bereiten im Bruderhaus ein Abendessen für uns zu. Wir haben schon einige Rentner, Harri. Unglaublich, wie die Zeit vergeht, was? Ich erinnere mich noch an den Tag, als wir aus dem Transmitter traten. Ich war damals sechs, und wie alt war gleich noch mal der älteste Siedler? Fünfzig Lebens-Jahre? Und nun haben wir schon Ururgroßmütter! Natürlich waren sie schon Großmütter und Mütter, als sie hier ankamen, aber bald werden die Leute genug Landgutscheine haben, um sie einzulösen.«

Harribon, der etwas jünger war als Sam, nickte nur lächelnd und wunderte sich darüber, wie entspannt Samasnier Girat wirkte, dem man doch nachsagte, er sei steif wie ein Ladestock. Sam Girat, der angeblich so durchgeknallt war, daß er die halbe Nacht in der Gegend umherlief und mit Monstern kämpfte. Am Alkohol lag es jedenfalls nicht; sie hatten nur einen Drink genommen. Es war aber auch nicht ausgeschlossen, daß Sam irgend etwas anderes intus hatte. Vielleicht hatte ein Sanitäter ihm ein Beruhigungsmittel verabreicht.

»Was führt dich her, Harri?«

Diese Frage kam für Harribon so überraschend, daß er sich an seinem Drink verschluckte. Er hatte bisher angenommen, daß Sam den Grund für seinen Besuch kennen würde. »Ich bin hier, Sam, weil ich wissen will, woran, zum Teufel, es liegt, daß die Leute in der Siedlung Eins so friedlich sind.«

»Ach so«, sagte Sam und machte eine wegwerfende Geste, als ob das ein eher belangloser Umstand wäre.

»Mit ›ach so‹ gebe ich mich aber nicht zufrieden, Sam. Mir sind die Gerüchte auch zu Ohren gekommen, und ich habe sie auf ihre Stichhaltigkeit überprüft. Ich glaube indessen nicht, daß ihr den Rest von uns verhext habt, wie manche der jüngeren Arbeiter anscheinend vermuten. Daß ihr von der Zentralverwaltung bevorzugt werdet, glaube ich auch nicht. Und trotzdem steht fest, Sam, daß die Siedlung Eins gleichzeitig auch die ›Nummer Eins‹ ist. Die Archive sagen, das sei vor deiner Zeit als *Topman* auch schon so gewesen; ich mache dir also persönlich keine Vorwürfe.« Lachend neigte er den Kopf zur Seite, um der Aussage die Schärfe zu nehmen.

Sam starrte ihn verständnislos an. »Ich dachte immer, dabei hätte es sich ... wirklich nur um Gerüchte gehandelt«, sagte er schließlich. »In der Hauptsaison hatten wir eine Phase, in der überhaupt nichts mehr lief. Nachdem unser Gott gestorben war, der alte Bondru Dharm.« Lachend zuckte er die Achseln. »Das waren schlimme zehn Tage. Ich glaube, sie waren auch der Grund für die darauffolgenden Krawalle. Das habe ich der Zentralverwaltung auch schon erzählt. Nachdem wir den Tod des Gottes aber überwunden hatten, normalisierten die Dinge sich ziemlich schnell wieder.«

»In euren Augen vielleicht«, erwiderte Harribon schmallippig. »Sam, was ich dir sagen will, ist folgendes: Was für euch normal ist, ist für den Rest von uns eben nicht normal. Und du weißt verdammt genau, wovon ich rede. Wir müssen den Grund dafür erfahren. Nach über dreißig Jahren kann man nicht mehr von Zufall sprechen! Verdammt, Sam, hier geht irgend etwas vor.«

Erneut zuckte Sam verständnislos die Achseln, oder zumindest erweckte er den Anschein, als ob er keine Ahnung hätte. »Wenn du das sagst, wird es wohl so sein. Trotzdem weiß ich nicht, was los ist, Harri. Wir sind einfach so, wie wir sind. Ich habe fast mein ganzes Leben hier verbracht. Ich weiß nicht, in welcher Hinsicht wir uns von anderen Menschen unterscheiden. Ab und zu kommen Leute von der Zentralverwaltung, schnüffeln herum, verbreiten Hektik, und dann verschwinden sie wieder. Wenn da wirklich etwas Ungewöhnliches wäre, müßten sie es eigentlich auch finden, nicht wahr? So oft, wie sie schon bei uns waren, hätten sie es auf jeden Fall gefunden.«

»Dürfte ich mich vielleicht einmal hier umsehen?« fragte Harribon und hielt vor Anspannung die Luft an.

»Sicher! Schau dich nur um! Wo du willst. Befrage die Leute. Hol dir einen Gleiter aus dem Hangar. Flieg raus zum *Blasensee,* wenn du etwas Schönes sehen willst. Oder zur *Wolkenbrücke.*«

»Blasensee? Wolkenbrücke?«

»Sicher. Das ist ganz in der Nähe. Die Leute von der INST wissen, wie du hinkommst. Abendessen gibt es um Nachtschicht Zwei. Dann hast du noch Zeit, dich nach der Rückkehr frischzumachen.« Er verneigte sich und machte eine schwungvolle Armbewegung in Richtung der Tür, womit er ausdrückte, der Gast möge sich in der Siedlung ganz wie zu Hause fühlen.

Harribon hatte noch nie vom Blasensee und der Wolkenbrücke gehört. Außerdem war er nicht wegen irgendwelcher Naturwunder hergekommen. Soviel er wußte, hatte noch niemand Hobbs Land besucht, nur um die Schönheit der Natur zu bewundern. Was ihn interessierte, würde sich ohnehin in der Siedlung selbst befinden; also inspizierte er zuerst die Scheunen und Fuhrparks, wobei er indes nichts Bestimmtes suchte und auch nichts Besonderes fand. Die Menschen wirkten geschäftig; sie waren nicht hektisch, trödelten aber auch nicht herum. Sie grüßten ihn freundlich und stellten sich ihrerseits vor, wobei er indessen nicht den Eindruck hatte, daß sie das als willkommene Unterbrechung der Arbeit betrachteten. Eine Zeitlang stand er im Tor einer Traktoren-Halle und sah einem Mann und einer Frau bei der Arbeit an einer Güllepumpe zu. Sie führte die Reparatur aus, und er arbeitete ihr zu. Harribon sah, wie sie die Hand ausstreckte und ein Werkzeug erhielt; dann streckte sie die Hand erneut aus und bekam ein anderes Werkzeug. Nachdem er sich das für eine Weile angesehen hatte, ging er; erst später wurde ihm bewußt, daß die beiden kein Wort miteinander gewechselt hatten. Das war eine Art der Zusammenarbeit, wie er sie sich auch für die Siedlung Drei gewünscht hätte. Nicht daß es derart eingespielte Teams dort nicht gegeben hätte, aber sie waren die absolute Ausnahme.

Die Felder wurden von Jät- und Düngemaschinen bewirtschaftet. Hier und dort floß Wasser in Bewässerungskanälen. Harribon postierte sich auf der Brücke über einem Hauptgraben und verfolgte die sich in der Ferne verlierenden silbernen Fäden. Die Wand des unter ihm verlaufenden Grabens war an einer Stelle abgerutscht, so daß das Wasser das umgebende Erdreich in einen Sumpf verwandelt hatte. Harribon hielt Ausschau nach jemandem, den er darauf hinweisen konnte. Aber da näherte sich schon von einem eine Viertelmeile entfernten Feld ein Mann mit einer Schaufel und grinste ihn an. Drei Spatenstiche, und der Graben war ausgebessert.

»Schöner Tag«, sagte der Arbeiter und überflog das Feld. »Zu Besuch?«

»Von der Siedlung Drei«, erwiderte Harribon. »Woher wußtest du überhaupt, daß der Graben beschädigt war?«

»Hatte so eine Ahnung«, sagte der Mann grinsend und schaute ihn wissend an.

Der Graben mußte hier schon einmal beschädigt gewesen sein, mutmaßte Harribon. Der Siedler wußte offenbar, daß dies ein neuralgischer Punkt war.

Ein Tankwagen fuhr aus der Traktoren-Halle und stoppte neben dem Feld. Gleichzeitig ging die robotische Jätmaschine längsseits. Die Maschinenführer hielten ein Schwätzchen, während die Jätmaschine betankt wurde. Dann gingen sie wieder an die Arbeit.

»Woher wußtest du, daß die Maschine keinen Kraftstoff mehr hatte?« fragte Harribon den Lkw-Fahrer.

»Normalerweise muß sie um diese Zeit immer nachtanken«, erwiderte der andere beiläufig.

Nun lief Harribon durch die Siedlung zu den Tempelruinen. Er inspizierte den beschädigten Mosaikboden, die Steinmetzarbeiten und den Stein in der Zentralkammer. Vor einigen Jahren war er schon einmal hier gewesen, um den Gott zu sehen. Er hatte keinen besonderen Eindruck auf ihn gemacht. Ein funkelnder Stein, mehr nicht. Nun war er verschwunden. Er verließ den Tempel in nördlicher Richtung und schaute kurz in der Kinderkrippe und der Schule vorbei, nur um festzustellen, daß sie sich im Grunde nicht von den entsprechenden Einrichtungen in der Siedlung Drei unterschieden. Nur daß die Kinder sich nicht anschrien. Sie schrien wohl, aber sie schrien sich nicht an. Der Schallpegel war identisch, aber der psychische Effekt war ein anderer. Es war zwar laut, aber zweckgerichtet. Wie ein Orchester, das die Instrumente stimmte.

Im Norden der Stadt wurde der Pfad von einem Fluß durchschnitten. Auf dem gegenüberliegenden Plateau standen die anderen Tempelruinen. Sie hatten sich nicht verändert, seit er das letzte Mal hier gewesen war.

Nur daß einer von ihnen wiederaufgebaut worden war. Von wem hatte er das gehört? Jemand von der Zentralverwaltung hatte es ihm gesagt. Jamice. Als er sie zuletzt wegen eines neuen Chefmechanikers konsultiert hatte, hatte sie ihm gesagt, wie überrascht sie von der Rekonstruktion gewesen seien. Dann war das also der besagte Tempel?

Er ging um das Gebäude herum, wobei er einige Katzen aufscheuchte und vier Kinder überraschte, die gerade die Außenmauern mit einer Substanz verkleideten, bei der es sich anscheinend um eine Mixtur aus Lehm und Stroh handelte.

»Hallo«, sagte er. »Ich wollte euch nicht erschrekken.«

»Das ist schon in Ordnung, Sir«, sagte der größte der Jungen. »Sie müssen der Besucher aus der Siedlung Drei sein.«

»Harribon Kruss«, stellte er sich vor und reichte den Kindern die Hand.

Jedes von ihnen nannte seinen Namen. Samstag Wilm. Jep Wilm. Gotoit Willow. Willum R. Quillow.

»Das ist aber ein ordentliches Stück Arbeit«, sagte Harribon. »Wollt ihr etwa die ganze Mauer verputzen?«

»Das ist Tradition«, erwiderte Gotoit. »Die Mauer muß jedes Jahr neu verputzt werden.«

»Und wenn die Schicht getrocknet ist, streichen wir sie an«, sagte Samstag. »Wir haben uns schon überlegt, welches Muster wir nehmen.«

»Und wie soll es aussehen?«

»Für dieses Jahr dachten wir an eine Art Wassermotiv«, sagte Gotoit. »*Creelies*, Wasserpflanzen und Amphibien. Wie draußen im *Blasensee* ...«

»Von diesem *Blasensee*«, fiel Harribon ihr ins Wort, »habe ich noch nie gehört.«

»Wir haben ihn auch erst kürzlich entdeckt«, sagte Jep. »Er liegt im Westen der Siedlung, in einer Bodenfalte, wo man normalerweise keinen See vermuten würde.«

»Befindet die *Wolkenbrücke* sich auch in der Nähe?«

»Nein, die *Wolkenbrücke* liegt weiter oben, in der Nähe der *Gobbles*. Jenseits des Neuen Waldes.«

Harribon nickte. Von einem Neuen Wald hatte er ebenfalls noch nichts gehört, denn von der Hochebene abgesehen gab es auf Hobbs Land fast keinen Wald.

»Darf ich mal reingehen?« fragte er.

Die Kinder zögerten kurz, als ob sie darüber nachdenken müßten.

»Sicher«, sagte Samstag schließlich. »Wieso auch

nicht. Aber passen Sie auf den Boden auf. Seine Restaurierung hat viel Mühe gemacht.«

Bevor er den Tempel betrat, zog er die Stiefel aus und ging dann in Strümpfen über den Boden, auf dem sich einst die Ureinwohner bewegt hatten. Das Gebäude war von einer seltsamen Schönheit. Er erinnerte sich nicht, daß der Tempel, den er damals besucht hatte, so schön gewesen wäre. Es war natürlich ziemlich düster, denn das Innere wurde nur von dem Licht erhellt, das von den Gittern der Zentralkammer reflektiert wurde und durch die Belüftungsschlitze sowie die offene Tür drang. Ob die *Erloschenen* die Tempel auch nachts genutzt hatten? Woher hätte aber das Licht kommen sollen? Es gab weder Kerzenhalter noch Laternen. Er ging über den abschüssigen Boden und spähte durch die Gittertür in die Zentralkammer.

Da stand es vor ihm. Er blieb wie vom Donner gerührt stehen, und nach einiger Zeit wankte er wieder nach draußen. Die Kinder hockten derweil vor der Tür und mischten Lehm und Stroh.

»Ihr habt ... ihr habt einen neuen Gott«, sagte er, wobei er sich fragte, ob sie es überhaupt schon wußten.

»O ja«, erwiderte Jep spontan. »Haben Sie sich erschreckt, Sir? Tut mir leid.«

»Sein Name ist Birribat Shum«, erläuterte Samstag. »Jep und ich sind *Diejenigen Welche,* die sich um ihn kümmern.«

»Wir helfen ihnen aber dabei«, wandten Gotoit und Willum R. gleichzeitig ein.

»O ja«, bestätigte Samstag. »Viele Leute helfen uns. Und Katzen.«

»Wie lange habt ihr ihn schon?« fragte Harribon und zog sich die Stiefel an. Sein Blutdruck sank allmählich wieder auf das normale Niveau, und nun schämte er sich ein wenig wegen seiner ersten Reaktion.

»Wir haben ihn vor fünfzehn Tagen ausgegraben«, sagte Samstag. »Zwischen der zehnten und elften Stunde der Tagschicht. Wie sein Vorgänger ist auch er ein Am Mittag Entdeckter.« Sie lachte, und die anderen fielen ein. »Das ist ein Wortspiel«, erklärte sie Harribon. »Vielleicht auch ein Rätsel. Bondru Dharm bedeutet nämlich soviel wie ›Am Mittag Entdeckt‹; also ist Birribat ebenfalls Bondru Dharm.«

Die Kinder widmeten sich wieder ihrer Arbeit. Harribon setzte sich vor die Tür und hörte ihnen zu. Sie machten einen ganz normalen Eindruck. Willum R. nannte Jep Samstags Liebling und drohte ihm an, ein großes, von einem Pfeil durchbohrtes Herz an die Wand des Tempels zu malen. Gotoit sagte ihm, er solle mit dem Quatsch aufhören und mehr Stroh holen. Nach einiger Zeit tauchten weitere Kinder auf, grüßten ihn und schlossen sich den anderen an.

Harribon hörte, daß sich eine Schlammschlacht entspann. Die Kinder quietschten vor Vergnügen, aber es wurde niemand verletzt; nur Gotoit äußerte sich besorgt darüber, daß Willum R. Schlamm im Ohr hatte. Einige Kinder wuschen sich im Fluß das Gesicht. Harribon verharrte noch immer an seiner Position. Bei Anbruch der Dunkelheit kamen Samstag und Jep Wilm hinter dem Tempel hervor und boten ihm an, ihn zur Siedlung zu begleiten. Zuvor machten sie sich am Fluß sauber.

»Das ist eine richtige Drecksarbeit«, beklagte Samstag sich. »Als ob man große Lehmkuchen backen würde.«

»Aber, aber«, sagte Harribon leicht irritiert. »Schließlich arbeitet ihr für den Gott.«

»Na und?« erwiderte sie. »Dem Gott ist das doch egal.«

»Ich dachte, die Götter würden es sehr ernst nehmen mit solchen Sachen«, hakte er nach. »Mit … äh … Blasphemie. Wenn man über … heilige Dinge lästert.«

»Das Verputzen des Tempels hat doch nichts Heiliges, nicht wahr, Jep?«

Jep, der sich gerade das Gesicht mit dem Hemdzipfel abtrocknete, grunzte nur.

»Ist der Gott denn nicht heilig?« setzte Harribon die Befragung fort, wobei er sich fragte, weshalb er den Kindern diese Fragen überhaupt stellte. »Ich meine, ihr bezeichnet ihn doch als *Gott*.«

»Oh, wir könnten ihm alle möglichen Namen geben«, sagte Samstag. »Zum Beispiel Hinkelstein. Oder Dicker. Oder Australia. Es kommt doch gar nicht darauf an, wie man ihn nennt. Er ist Birribat Shum, genauso wie ich Samstag bin und Jep Jep ist. Genauso wie Sie Harribon Kruss sind, *Topman* der Siedlung Drei. Es ist nur ein Name. Eine Art Etikett, wissen Sie.«

»Es ist nur ein Brauch«, ergänzte Jep. »Ein Entgegenkommen. Ein Gefallen.« Abrupt blieb er stehen. »Hier geht es zu unserem Clanhaus, Sir. Eine angenehme Nachtschicht.«

Harribon sah sie in einer Seitenstraße verschwinden, die zu einer Ansammlung von Häusern führte, die zweifellos vom Wilm-Clan bewohnt wurden. Sie unterschieden sich in nichts von den Clan-Häusern der Siedlung Drei, und dennoch verströmten sie eine fremdartige, fast exotische Aura. Die Gebäude auf Hobbs Land bestanden durchweg aus genormten Spanplatten, was kaum Möglichkeiten für eine individuelle architektonische Gestaltung eröffnete. Das Bruderhaus hatte eine breite Veranda und eine portalartige Tür. Darum gruppierten sich diverse Schwesternhäuser mit separaten Eingängen, in deren privater Abgeschiedenheit die Frauen ihre Liebhaber und Freunde empfingen. Außerdem gab es Kammern für Großmütter und großzügige Kinderzimmer. Im nächsten Jahr würde Jep wahrscheinlich aus dem Haus seiner Mutter ausziehen und ins Bruderhaus übersiedeln.

Willum R. hatte diesen Schritt wahrscheinlich schon vollzogen. Die meisten Jungen zogen um, sobald sie eine Freundin hatten – oder sich zumindest mit dem Gedanken trugen, sich eine zu suchen. Diese Planungsphase indes dauerte zuweilen recht lange, ohne daß sich etwas Konkretes tat. Es war nämlich nicht so wie in diesen Ehe-Kulturen, wo die Frauen versuchten, sich die Jungfräulichkeit zu bewahren und die Männer partout darauf aus waren, sie ihnen zu nehmen, und wo jeder krampfhaft versuchte, zu akzeptablen Bedingungen einen passenden Partner abzubekommen, bevor man zu alt dafür war.

Apropos alt: Wo es nun die ersten Rentner in der Siedlung Eins gab, Leute, die nicht mehr vertraglich verpflichtet waren, in der Produktion zu arbeiten, würde es nicht mehr lange dauern, bis sie in den Bruderhäusern als Haushälterinnen und als Köche für die Clans arbeiteten. Und es würde auch nicht mehr lange dauern, bis die ersten Siedler das Landrecht erwarben. Dann würde *Hobbs Transystem Foods* die Siedlung Eins vertragsgemäß den Einwohnern überlassen und Leute für eine Siedlung Zwölf rekrutieren, irgendwo im Niemandsland. Vor einiger Zeit hatte Harribon Spiggy gefragt, wie viele Agrar-Siedlungen *Hobbs Foods* insgesamt zu errichten gedachte. Hunderte, hatte Spiggy erwidert. Hunderte, die über die nutzbare Fläche von Hobbs Land verteilt waren und durch Streifen naturbelassenen Landes voneinander getrennt wurden.

»Aus Gründen des Artenschutzes«, hatte Spiggy erklärt. »Zum Schutz der Pflanzen und der Tiere.« *Authority* legte nämlich Wert auf Artenschutz. Zumindest das Wissenschaftsministerium, was aber fast auf dasselbe hinauslief.

Es war alles so vertraut und doch so fremdartig, fast exotisch. Es war zu friedlich. Vielleicht lag es daran. Zu Hause in der Siedlung Drei gab es immer Probleme. Eine unterschwellige Zwietracht, wie das Fauchen einer gefangenen Katze. Hier nahm Harribon keine Probleme wahr. Und wenn doch welche auftraten, kümmerte Sam sich darum.

Oder, so sagte er sich, vielleicht kümmerte sich auch Birribat Shum darum. Und zwar bevor sie überhaupt akut wurden.

* * *

»Du siehst müde aus«, sagte Sal zu Harribon, als sie im Girat-Bruderhaus bei einem Schnaps saßen und aus dem Fenster auf die Felder hinausschauten. Die beiden Pensionäre erledigten in der Küche den Abwasch, und das Klappern des Geschirrs verquickte sich mit dem Geschnatter von Sals Kindern.

Harribon schüttelte lächelnd den Kopf. »Ich bin nicht müde. Ich denke nur nach. In deinem Bruderhaus ist es sehr still, Sam. Bist du ein Einzelsohn?«

»Ich hatte noch einen Bruder, Maechy. Er starb im Kindesalter, bevor wir nach Hobbs Land kamen. Im Grunde hatte sein Tod für meine Mutter den Ausschlag gegeben, Siedlerin zu werden. Meine Mutter hatte in Voorstod auf Ahabar einen Ehemann, doch sie ging ohne ihn nach Hobbs Land.«

»Es wird schon noch Leben in Sams Bruderhaus kommen, wenn Sande und Sahke erst einmal zu Männern herangewachsen sind«, sagte Sal lachend. »Dann kann Sam Onkel spielen.« Ab vierzehn brauchte ein Junge die Gesellschaft von Männern, so lautete die gängige Erkenntnis. Bis dahin tat es auch die Mutter.

»Was macht eigentlich eure Mutter?« fragte Harribon, wobei er sich an das zu erinnern versuchte, was er über Sams Mutter wußte.

»Maire? Sie bewohnt ein eigenes Schwesternhaus«, sagte Sam. »Sie arbeitet in der Kinderkrippe, und die Arbeit macht ihr Spaß. Wir hatten sie auch zum Abendessen eingeladen, aber sie sagte, nach dem Streß mit den Kindern sei sie zu müde für gesellschaftliche Aktivitäten. Einige der älteren Siedler erwägen den Bau eines Altersheims, nachdem wir das Landrecht erhalten haben; vielleicht im Norden der Siedlung, wo es schön ruhig ist.«

»Oben bei den Tempeln«, regte Harribon an.

»Oder im Westen, aber noch in ihrer Nähe.«

»Ich war heute dort.«

»Wirklich?« fragte Sal. »Wie weit sind die Kinder denn mit dem Verputzen?«

Harribon war verdutzt; er hatte nicht erwartet, daß sie davon wußte. »Sie machen gute Fortschritte.«

»Ja, die Vorstellung, für einen Gott zu arbeiten, beflügelt sie regelrecht«, sagte Sam. »Wie Birribat Shum und Vonce Djbouty es taten. Haben sie dir auch erzählt, sie seien *Diejenigen Welche?*«

Harribon nickte. »Sie sagen, jeder würde mithelfen.«

»Ja, natürlich. Wenn etwas Besonderes anliegt. Aber die meiste Arbeit tun die Kinder. Das ist auch gut so. Dadurch lernen sie nämlich, eine Arbeit zu planen und zu Ende zu bringen. Reguläre Arbeit dürfen sie sowieso noch nicht verrichten, weil in der Siedlung Kinderarbeit verboten ist; also verschaffen sie sich auf diese Art ein Erfolgserlebnis.«

Dann herrschte Schweigen, bis Harribon schließlich unbehaglich schluckte und sagte: »Ich wußte gar nicht, daß ihr einen neuen Gott habt, Sam.«

Sam hob eine Augenbraue und starrte düster in sein Glas. »In die Zeitung gesetzt haben wir es nicht, das stimmt.«

»Hätte zuviel Staub aufgewirbelt«, sagte Sal und schnitt eine Grimasse. »Stell dir mal die Reaktion von Zilia Makepeace vor, wenn sie wüßte, daß wir einen neuen Gott haben: ›Wer hat euch einen neuen Gott genehmigt?‹, ›Weshalb wurde das Büro für Umwelt- und Naturschutz nicht über diesen neuen Gott in Kenntnis gesetzt?‹« Sie lachte. »Und was würde Jamice Bend wohl dazu sagen? ›Welche persönlichen Implikationen resultieren aus dem Umstand, daß ihr einen neuen Gott habt?‹ Das wollten wir eben vermeiden. Eines Tages werden sie es sicher herausfinden, doch dann sagen wir ihnen: ›Zilia, Jamice, er steht schon seit Jahren hier. Wozu sich also jetzt noch aufregen?‹«

»Woher … woher habt ihr ihn denn?«

»Die Kinder haben ihn gefunden«, erwiderte Sam. »Und weil sie den Tempel schon renoviert hatten, haben wir ihn natürlich gehoben.«

»Gefunden? Gehoben?«

»Er hat unter der Erde gelegen«, sagte Sam und sah seinen Kollegen nachdenklich an. »Ist das ein Problem für dich, Harri?«

»Zerbrich dir nicht den Kopf deswegen, Harri«, sagte Sal und schaute ihn mit ausdrucksvollen Augen an.

»Das ist nicht fair«, rief er, wobei er sich in einen Wutanfall hineinsteigerte. »Das ist nicht fair!«

Da ertönte ein leises Geräusch an der Tür, und als sie sich umdrehten, sahen sie Samstag und Jeopardy Wilm dort stehen.

»Entschuldigung«, sagte Samstag. »Ich störe euch nur höchst ungern, aber ich bringe etwas für *Topman* Harribon.«

»Für mich?« Der Zorn, der ihn gepackt hatte, war sofort wieder verflogen, und er spürte nur noch eine innere Leere und Scham. Verständnislos betrachtete er die Tüte, welche das Kind ihm reichte. Er wußte nicht mehr, weshalb er so überreagiert hatte. Er wußte nicht, wem sein Zorn überhaupt galt. Er wußte nicht, wieso er hier mit einer Plastiktüte in der Hand stand, in der sich etwas Weißes befand. Plötzlich war ihm alles egal.

»Liegt in der Siedlung Drei jemand im Sterben?« fragte Samstag.

Die Worte blieben Harribon im Hals stecken. »Meine … meine Mutter«, sagte er schließlich. »Woher weißt du das?«

Samstag nahm ihn beiseite, redete leise auf ihn ein,

übergab ihm die Tüte und streichelte ihm die Wange. Jep klopfte ihm aufmunternd auf die Schulter.

»Es wird alles gut werden«, sagten die Kinder. »Wir, *Diejenigen Welche*, wissen es. Du wirst sehen.« Dann waren sie verschwunden.

»Was ist denn da drin?« fragte Sal neugierig, nahm Harribon die Tüte aus der Hand und schaute hinein.

Harribon traute seinen Augen nicht. »Ein Gott für die Siedlung Drei«, sagte er schließlich. »Sie wußten, was ich davon halte, daß nur die Siedlung Eins einen Gott hat. Also haben sie mir auch einen Gott für die Siedlung Drei gegeben.«

* * *

Elitia Kruss starb in der sechzehnten Stunde der Nachtschicht, drei Tage nach Harribons Rückkehr von der Siedlung Eins. Sie schlief friedlich ein. Harribon, der die beiden letzten Nachtschichten auf einer Couch in ihrem Zimmer verbracht hatte, war ihr Dahinscheiden völlig entgangen, bis er schließlich durch die unnatürliche Stille geweckt wurde.

Harribon hatte einen Bruder, Slagney, und zwei Schwestern, Paragon (Parry) und Perfection (Perfy). Die vier wickelten den Leichnam ihrer Mutter in eine Decke und brachten ihn in der ersten Stunde der Tagschicht zu einem Ort im Westen der Siedlung. Bereits am Tag zuvor hatten sie auf einer bewaldeten Anhöhe ein Grab ausgehoben, in das sie den Leichnam nun legten. Parry rezitierte ein Lieblingsgedicht ihrer Mutter. Harribon bückte sich über den Leichnam und steckte etwas unter die Decke. Dann nahmen sie die Schaufeln, die seit dem Vortag dort lagen, bedeckten den Körper ihrer Mutter mit Erde und gingen zurück zum Bruderhaus, wo sie Frühstück für die Kinder machten.

»Ich verstehe nicht, warum sie *mir* nicht gesagt hat,

daß sie dort draußen begraben werden wollte«, sagte Parry, die älteste Tochter, weinend. »Momma hat mir doch sonst immer alles gesagt.«

»Ich glaube, diesen Wunsch hatte sie erst seit ein paar Tagen«, sagte Harribon mit sanfter Stimme, wobei er selbst die Tränen unterdrückte. »Sie hat es mir vergangene Nacht gesagt. Ich war als einziger bei ihr. Ich hätte es euch vor ihrem Tod noch sagen sollen, aber es ist mir selbst erst gestern wieder eingefallen.« Den genauen Wortlaut des Gesprächs wußte er nicht mehr. Vielleicht hatte er erwähnt, wie schön die Aussicht von dort oben sei. Oder so ähnlich.

»Was hast du ihr denn ins Grab gelegt?« wollte Slagney wissen. Slagney war der Jüngste, das Nesthäkchen, und manchmal war er ziemlich störrisch.

»Ihr Medaillon«, erklärte Harribon. In der Tüte, die Samstag ihm gegeben hatte, war außer dem Gott auch ein Medaillon gewesen. »Das du ihr geschenkt hast, als du ins Bruderhaus gezogen bist. Sie hat es stets in Ehren gehalten, und sie wollte, daß ich es ihr ins Grab lege.«

»Ach so«, sagte Slagney gerührt. Das Medaillon war das ›Abschiedsgeschenk‹ an seine Mutter gewesen. Das war bei Söhnen so üblich, wenn sie ins Bruderhaus zogen; mit diesem Präsent brachten sie die nach wie vor bestehende Verbundenheit und Nähe zu ihrer Mutter zum Ausdruck. »Ob die Zentralverwaltung damit einverstanden ist, daß wir sie außerhalb des offiziellen Friedhofs begraben haben?«

»Was die ZV nicht weiß, macht sie nicht heiß«, sagte Perfy, die zweitälteste Tochter. »Sie wollte nicht auf dem Friedhof begraben werden, sondern hier draußen; also werde ich der Zentralverwaltung auch nichts sagen. Und was ist mit dir, Slagney?«

»Red keinen Unsinn«, sagte er barsch. »Ich sage natürlich auch nichts. Aber die Leute werden bald merken, daß sie nicht auf dem Friedhof liegt.«

»Gestern habe ich zur Tarnung ein Grab ausgehoben«, sagte Harribon. »Nach dem Frühstück fingieren wir eine Beisetzung.« Nachdem er aufgegessen hatte, unterhielt er sich mit den anderen und wischte den Kindern den Mund ab, wobei er sich zwischendurch die Hände an der Hose abwischte. Er glaubte noch immer die warme, klebrige Substanz des weißen Zeugs zu spüren, als er es aus der Tüte geholt und an den Körper seiner Mutter gepreßt hatte. Sie war kalt und tot gewesen, aber das Gewebe war warm und lebendig. Er erinnerte sich nicht mehr genau, was die Wilm-Kinder ihm nach dem Tod seiner Mutter gesagt hatten, aber ihre Worte waren enorm tröstlich gewesen. Auch wenn er sich nicht mehr daran erinnerte, so wußte er doch, was er zu tun hatte.

Und nun harrte er der Dinge, die da kommen würden.

* * *

Shan, Bombi und Volsa Damzel landeten um die Mittagszeit auf Hobbs Land, gleich nachdem vier Männer von Ahabar angekommen waren. Aufgrund dieses Umstandes liefen alle sieben Personen dem aus Zilia Makepeace, Dern Blass und Tandle Wobster bestehenden Empfangskomitee in die Arme. Ohne sich das mit Neugier gepaarte Mißtrauen anmerken zu lassen, das er beim Anblick der zweifellos von Voorstod stammenden Männer verspürte, erkundigte Dern sich nach ihren Namen – Mugal Pye, Epheron Floom, Preu Flandry und ein junger Mann namens Ilion Girat –, ohne sich indessen selbst vorzustellen. Natürlich war der Name Girat ihm ein Begriff, aber Dern widerstand der Versuchung, den Mann daraufhin anzusprechen.

»Und was führt euch nach Hobbs Land?« erkundigte er sich.

Preu Flandry sagte, sie seien Geometer, die Hobbs Land für die Archive kartographieren würden; die

Ausrüstung, die sie bei sich hatten, verlieh dieser Erklärung hinreichend Plausibilität. Selbst in Ahabar genossen die Voorstoder weitgehende Freizügigkeit. Dern sah keinen Grund, sich von subjektiver Abneigung leiten zu lassen.

Mit der unbürokratischen Lässigkeit und der Effizienz, die Dern respektive Tandle zu eigen waren, wurden die Voorstoder in die Gästequartiere expediert, ohne daß sie wußten, mit wem sie es eben zu tun gehabt hatten. Die drei Thykeriten wurden in die VIP-Suiten geleitet, wo sie dem Personal (Koch, Chauffeur, Kammerdiener, Fremdenführer, Dolmetscher und Faktotum) vorgestellt wurden; alles in allem wurde ziemlich wenig Aufhebens um sie gemacht. Dern und Tandle verabschiedeten sich bald und überließen die drei Besucher Zilias Obhut, was dieser auch ein dringendes Anliegen gewesen war.

Zilia zeigte sich von ihrer besten Seite. Sie hatte erst an diesem Morgen von der Ankunft der Thykeriten erfahren und war daran interessiert, daß die Besucher ihr nach der Rückkehr zum Büro für Umwelt- und Naturschutz eine möglichst positive Beurteilung ausstellten. Sonst hatte sie wenig Skrupel, ihrer Umwelt auf die Nerven zu gehen, aber nicht gerade, wenn Rasiel Plum und das Büro für Umwelt- und Naturschutz ein Auge auf sie hatten. Zilia hatte Rasiel Plum nämlich als hochintelligenten und entschlossenen Mann kennengelernt.

»Nun«, sagte sie mit zittriger Stimme, als sie endlich allein waren. Die drei sahen sie an wie ein potentiell gefährliches Fabelwesen. Sie erwiderte den Blick, wobei sie ihrerseits eine Gefahr witterte: drei steife, in weiße Roben gehüllte Gestalten, wobei die Gewänder von einer diagonalen Schärpe verziert wurden; drei dunkle, runde Gesichter musterten sie unter penibel und identisch gewickelten Turbanen; dreimal der gleiche ockerfarbene Haaransatz; drei gelbe, funkelnde

Augenpaare, die ihre Seele zu sezieren schienen. Das unter den Turbanen versteckte Haar war so lang, daß die Männer darauf hätten sitzen können, wenn sie es nicht hochgesteckt hätten. Gemäß den Geboten der Prophetin ließen die Hoch-Baidee das Haar wachsen. Die Prophetin hatte nämlich gesprochen: »Duldet keine Manipulationen am Kopf«, und zu einem Kopf gehörte nun einmal auch das Haar. Die Skrutatoren hatten indes verfügt, daß das Gesicht nicht zum Kopf gehörte, und deshalb trugen die Baidee keinen Bart.

»Nun«, sagte Shan und verzog das Gesicht. »Das war ja alles sehr schön. Ich fühle mich richtig wohl hier. Was können wir nun für Sie tun, Lady Makepeace?«

»Zilia«, sagte sie mit noch immer zittriger Stimme. »Zilia, bitte. Nichts, überhaupt nichts. Ich habe kurz vor Ihrer Ankunft zu Mittag gegessen. Wenn Sie und Ihre Angehörigen hungrig sind, zögern Sie bitte nicht...« Von allen dreien hatte Shan die beste Figur und war auch sonst ein sehr stattlicher Mann. Nicht daß sie, Zilia, sich davon hätte beeindrucken lassen dürfen. Baidee gingen nur untereinander Verbindungen ein.

»Ein leichter Imbiß vielleicht«, sagte Volsa, was indes in merkwürdigem Kontrast zu ihrer raubtierhaften Stimme stand. »Etwas Grünes oder Orangefarbenes mit Blättern dran. Was auf Hobbs Land eben so wächst.«

»Wenn Sie mich entschuldigen würden«, sagte Zilia, ging zur Tür und gab beim dort wartenden Mitarbeiter der Zentralverwaltung das Essen in Auftrag. Ein Salat, angemacht mit *Cit*-Saft und Kornöl. Obst. Eine Flasche des leicht moussierenden Weins, der in der Siedlung Acht produziert wurde. *Creelyschenkel*-Pastetchen. Die Hoch-Baidee verschmähten Fleisch, Eier und überhaupt alle Speisen, die unter Verwendung dieser Zutaten zubereitet worden waren, aber Geflügel und

Fisch sprachen sie gern zu. Zilia hoffte nun, daß die *Creelies* als Fisch durchgingen.

Offensichtlich bestanden die *Creelies* diesen Vergleichstest, auch wenn Bombi tatsächlich fragte, ob das Tier Flossen und Schuppen gehabt habe. Wenn einer von den dreien halbwegs bodenständig war, dann war es Bombi.

»Sowohl als auch«, versicherte Zilia. »Flossen und Schuppen.«

»Und wie heißt das Tier?«

»Creely«, sagte sie, wobei sie die *-schenkel* unterschlug. Geschuppte Kreaturen hatten in der Regel keine Beine. Soweit Zilia wußte, hatten die Hoch-Baidee die *Creelies* nicht auf den Nahrungsmittel-Index gesetzt; also durften sie sie auch verzehren. »Dieses Tier existiert unseres Wissens nur auf Hobbs Land.«

»Und nun«, sagte Shan, nachdem er in eine Frucht gebissen hatte, »unterhalten wir uns einmal über die *Erloschenen.*«

»Es existieren hier keine Zeugnisse der *Erloschenen*, jedenfalls nicht auf der Oberfläche von Hobbs Land«, murmelte Zilia. »Außer einem Tempel des mutmaßlich Toten Gottes, den ein paar Kinder zur Zeit wiederaufbauen.«

Nachdem sie den Bericht beendet und alle Fragen der Baidee beantwortet hatte, wartete sie auf Resonanz der Besucher. Weil sie eine Form des Zwangs zumindest impliziert hatte, was den Baidee grundsätzlich zuwider war, mußten sie irgendwie reagieren.

»Haben Sie Grund zu der Annahme«, fragte Volsa schließlich, »daß die Kinder zum Wiederaufbau dieses Tempels gezwungen wurden?«

Ratlos schüttelte Zilia den Kopf. Das konnte sie wirklich nicht beurteilen.

»Und haben Sie Grund zu der Annahme, daß sie von *irgend etwas* gezwungen wurden, den Tempel wiederaufzubauen?«

Neuerlich schüttelte sie den Kopf. »Ich habe nur so ein Gefühl«, sagte sie. »Das Gefühl, daß irgend etwas nicht … nicht stimmt.«

»Hmm«, sagte Bombi. »Nun, ich beschaffe mir auf jeden Fall im Büro der Zentralverwaltung *zuverlässige* Karten, und dann werde ich einen Plan für die Untersuchung aller historischen Bauten auf Hobbs Land entwerfen. Deshalb sind wir schließlich hier. Zuerst gehen wir ins Hinterland, dann in die Zivilisation. Die Tempel konzentrieren sich in *einem* Dorf, nicht wahr? In der Siedlung Eins? Schau'n wir mal, was wir dort herausfinden. Vielleicht wird Ihr ›Gefühl‹ ja *bestätigt*.«

»Soll ich mitkommen?« fragte Zilia, wobei sie nicht einmal sicher war, ob sie das überhaupt wollte.

»Vielleicht. Aber zuerst möchten wir uns allein ein wenig umsehen«, sagte Shan. »Vielleicht verzichten wir auch bei der Inspektion der Siedlung Eins auf Ihre Begleitung. Wir wollen nämlich den Anschein einer Einflußnahme vermeiden; Sie verstehen.«

Sie lächelte; sie hatte durchaus verstanden. Dann verließ sie die Baidee und suchte ihr Appartement im Personalquartier der Zentralverwaltung auf. Die ganze Nacht kaute sie an den Nägeln und fragte sich, ob sie langsam durchdrehte. Was ging hier eigentlich vor? Sie wußte es beim besten Willen nicht.

In der Zwischenzeit hatte die Damzel-Gruppe Spiggy Fettle ausfindig gemacht und ihn zum Abendessen eingeladen. Er war in Begleitung eines Kollegen, wobei der Kontakt mit den Baidee nur über die Audio-Leitung erfolgte. Das war ganz im Sinne von Spiggys Kollegen.

»Ich bin nicht gläubig«, erklärte er Shan, der seinerseits über den Video-Kanal zu sehen war. »Ich besitze weder einen *kamrac* noch einen *zettle*. Ich wäre nicht einmal imstande, einen Turban zu wickeln, wenn mein Leben davon abhinge, und ich esse auch Eier.«

»Aber doch nicht bei der Arbeit«, sagte Shan lachend. »Und was den Rest betrifft, so zieh dir meinetwegen einen Lendenschurz an; aber wir müssen unbedingt miteinander reden.«

Spiggy, der sich gerade in einer Phase der Euphorie befand, hielt es für eine großartige beziehungsweise lächerliche Idee, mit einer Truppe Thykeriten zu Abend zu essen; aber auf jeden Fall würde er etwas zu lachen haben. Außerdem war sein Kollege an diesem Abend anderweitig beschäftigt.

Wie sich indessen herausstellte, waren die Damzels durchaus keine Witzfiguren, sondern konfrontierten ihn mit ernsten Fragestellungen. Nein, erklärte er ihnen beim Nachtisch, er war nicht der Ansicht, daß Zilia verrückt sei.

»Eigentlich mag ich sie«, sagte er. »Trotz ihrer Paranoia. Sie hat mir von ihrer traumatischen Kindheit erzählt, und ich bin zu dem Schluß gekommen, daß sie im Grunde höchst sensibel ist. Sie registriert selbst die kleinste Nuance. Ich glaube auch nicht, daß sie den Bewohnern von Hobbs Land *wirklich* unterstellt, sie seien für das Aussterben der *Erloschenen* verantwortlich, aber sie spürt, daß irgend etwas vorgeht, und diese Ungewißheit prägt nicht nur ihr Leben, sondern sie projiziert sie auch auf ihre Mitmenschen. Jeden Vorfall bezieht sie gleich auf sich. Ich kenne sonst niemanden, der ein harmloses Techtelmechtel zwischen zwei Siedlern als Bedrohung der Ureinwohner interpretiert.«

»Dann glauben Sie also auch, daß hier etwas vorgeht?« fragte Volsa.

»Ich *weiß*, daß etwas vorgeht. Kennen Sie Chanigers Arbeit zur Kolonisation auf der Basis der Gäa-Hypothese?«

Achselzuckend schaute Bombi zu Shan, der seinerseits achselzuckend zu Volsa schaute. »Er war einer unserer Ausbilder auf Phansure«, sagte sie.

»Er postuliert«, sagte Spiggy, wobei er Volsas skeptischen Tonfall ignorierte, »daß das Erscheinen einer fremden Spezies beziehungsweise das Verschwinden einer einheimischen Spezies gravierende Veränderungen in der planetaren Psyche bewirkt. Die Menschen halten sich nun seit mehr als dreißig Jahren auf Hobbs Land auf, und wenn Chaniger recht hat – wobei ich seinen Theorien schon immer ein hohes Maß an Plausibilität konzediert habe –, ist damit zu rechnen, daß die *Individualität* von Hobbs Land sich verändert. Diese Veränderung wird aber nur marginal sein. Wir haben erst eine winzige Fläche des Planeten besiedelt und räumen dem Schutz der einheimischen Flora und Fauna hohe Priorität ein. Dennoch finden Veränderungen statt, und Zilia registriert diese Vorgänge anscheinend, auch wenn sie noch so subtil sind. Wie ein Tier, das schon vorab auf klimatische oder tektonische Veränderungen reagiert.«

»Eine interessante Theorie«, sagte Bombi emotionslos.

»Natürlich sind die *Erloschenen* innerhalb der letzten dreißig Jahre ausgestorben«, murmelte Volsa. »Wenn es sich bei ihnen wirklich um eine dominierende Spezies handelte, dann wird ihr Abgang möglicherweise zu beträchtlichen Verwerfungen in der planetaren Ökologie führen. Ich muß Sie allerdings darauf hinweisen, daß die Hoch-Baidee die Vorstellung, wonach Planeten oder Planetoiden eine *Psyche* besitzen, nicht unterstützen. Das würde nämlich implizieren, daß Welten über ein Bewußtsein verfügen, und die Lehre der Baidee ...«

»Dessen bin ich mir durchaus bewußt«, sagte Spiggy lachend.

»Schließlich bin ich auf Thyker aufgewachsen. Ich habe lange genug dort gelebt, um alles über den *Overmind* und die Prophetin der Baidee zu lernen. Ich bin sehr wohl mit der Lehre von Morgori Oestrydingh vertraut, aber meine Einstellung zu diesen Dingen –

wobei ich mich gegen die Bezeichnung rückständig verwahre – ist dennoch eine andere. Ich ziehe es vor, mir selbst ein Bild von den Dingen zu machen, anstatt mich an vorgefertigten Meinungen zu orientieren. Nun, Sie haben mir eine Frage gestellt, und ich habe Ihnen eine Antwort gegeben. Es steht Ihnen frei, das Konzept zu verwerfen oder es in Ihre Terminologie zu übertragen. Das macht das Selbstverständnis der Baidee schließlich aus, nicht wahr? Die Freiheit des Geistes und die Aufgeschlossenheit gegenüber anderen Ideen.«

Er verhöhnte sie, und die drei wußten es. Die Prophetin hatte einst gelehrt, das Festhalten an absoluten Wahrheiten sei eine Sünde, doch die Skrutatoren behaupteten, auf religiöse Wahrheiten, von denen sie im Lauf der Jahrhunderte einen ganzen Kanon erstellt hatten, träfe das nicht zu.

»Wenn Sie sich schon nicht mit dem Konzept einer planetaren *persona* anfreunden wollen«, sagte Spiggy, »dann denken Sie wenigstens in Begriffen einer sich verschiebenden Ökologie. Ohne Zweifel erzeugt auch das einen gewissen Spannungszustand. Im Grunde möchte ich Sie nur davon abbringen, Zilias Bedenken als *reine* Paranoia abzutun. Sie ist sicher paranoid, wie es anscheinend für viele zutrifft, die durch das Erbe von Voorstod belastet sind, aber das heißt noch lange nicht, daß ihre Befürchtungen gegenstandslos sind.«

»Wären Sie interessiert, uns auf der Expedition zu begleiten? Falls Sie dafür freigestellt würden?« Bombi hatte diese Frage eher rhetorisch gemeint, aber Spiggy nahm sie durchaus ernst.

»Nein«, sagte er nach einiger Überlegung. »Wenn ich mitkommen würde, dann wäre es aus reiner Neugier; ich würde Ihnen mehr schaden als nutzen. Grundsätzlich wäre ich aber schon interessiert. Außerdem möchte ich Sie darauf hinweisen, daß es in den Siedlungen einen großen Markt für Ihre Aufzeichnungen gäbe, falls Sie welche anfertigen. Die Siedler interessieren sich nämlich sehr für die unerforschten Gegenden von Hobbs Land.«

Anhand der hochgezogenen Augenbrauen schloß er, daß man seine Einlassungen zumindest berücksichtigen würde. Nun schlüpfte er wieder in die Rolle des Gastgebers. Er bot ihnen an, die Zentralverwaltung zu besichtigen, sie auf ein Bier im Verwaltungskasino einzuladen, die Sportanlagen zu benutzen oder die Archive zu durchstöbern. Nachdem sie noch ein paar Banalitäten ausgetauscht hatten, ging er, und die Besucher vertieften sich in den für die Baidee charakteristischen Zustand aus Konversation und Kontemplation.

»*Personae* ...«

»... eher unwahrscheinlich, aber ...«

»Daran haben sie nicht einmal gedacht ...«

»... macht einen aufgeweckten und intelligenten Eindruck ...«

Dann trat ein langes Schweigen ein.

»Morgen«, sagte Shan schließlich.

Mit diesem Wort und der abendlichen Reverenz an den *Overmind* endete ihr Tag.

* * *

Im Personalbüro, das sich im obersten Stock der Zentralverwaltung befand, versuchte Mugal Pye, bei Jamice Bend mehr Eindruck zu schinden, als es ihm bei den niedrigeren Chargen in den unteren Etagen gelungen war.

»Sehen Sie, Ma'am«, sagte er mit honigsüßer Stimme, »dieser Junge, Ilion Girat, ist ein Neffe von Maire Girat, die vor einigen Jahren nach Hobbs Land gekommen ist. Alles, was der Junge möchte, ist, sein Tantchen zu sehen und ihr Grüße von Familienangehörigen zu überbringen, aber bisher haben wir nur zu hören bekommen, das sei unmöglich.«

»Mr. Pye«, sagte Jamice, »wenn Sie wüßten, wie viele Onkels, Neffen, Schwestern und Söhne vor ihrer Verwandtschaft und ihrer Vergangenheit nach Hobbs Land geflohen sind. Und trotzdem tauchen immer wieder Verwandte mit dem Ansinnen hier auf, die liebe alte Tante zu besuchen, der lieben Schwester zu sagen, daß die Mutter gestorben sei oder einfach nur ›Guten Tag‹ zu sagen und der Familie Grüße zu bestellen. Es ist durchaus vorstellbar, daß die Tante dieses jungen Mannes sich freuen würde, ihren Neffen zu sehen, doch mit derselben Wahrscheinlichkeit ist eine solche Begegnung das letzte, wonach ihr der Sinn steht. Solche Erfahrungen haben wir zu unserem Leidwesen schon machen müssen. Deshalb gewähren wir Besuchern auch keinen Einblick in die Meldelisten. Nicht einmal in den Archiven werden Sie fündig werden. Wir erteilen keine Auskünfte über den Aufenthaltsort unserer Leute.«

»Wenn sie ihn aber sehen wollte«, sagte Mugal hartnäckig, »würden Sie es ihr dann verbieten?«

»Natürlich nicht. Hier ist ein Formblatt, das Sie oder vielmehr der junge Mann bitte ausfüllen. Er soll den Namen seiner Tante beziehungsweise den ihm bekannten Namen eintragen, denn womöglich hat sie ihn zwischenzeitlich geändert. Dann soll er angeben, in welchem Verwandtschaftsverhältnis er zu ihr steht und was der Grund seines Besuchs ist. Anschließend werden wir die involvierte Person benachrichtigen, und wenn er oder sie an einem Treffen interessiert ist, wird er oder sie sich freinehmen und zur Zentralverwaltung kommen.«

»Wir dürfen nicht hinfahren?«

»Nein, das ist ausgeschlossen, es sei denn, Sie würden eine schriftliche Einladung vorweisen, sie in ihrem Clan-Haus zu besuchen. Nur unter dieser Voraussetzung ist der Besuch einer Siedlung möglich.«

Mugal sagte Ilion, er solle das Formular ausfüllen,

und dann sah er zu, wie Jamice das Blatt ins Faxgerät schob. Er hegte zwar nur wenig Hoffnung, daß Maire Girat ihren Neffen sehen wollte, aber einen Versuch war es allemal wert.

Schließlich verließen sie das Büro und trafen sich draußen mit den anderen. »Wie lange muß ich denn noch hierbleiben?« fragte Ilion nun schon zum zehnten Mal. »Diese Welt ist so öde.«

Auf Hobbs Land gab es nämlich keinen Nebel, der sich zu einem Labyrinth verdichtete, in dessen Schutz ein Mann inkognito seiner Wege gehen konnte. Hier war der Horizont weit und klar, und die Dinge traten deutlicher zutage, als die Voorstoder es gewohnt waren.

»Du bleibst so lange hier, bis man dich wieder nach Hause schickt«, sagte Mugal. »Und wenn du gefragt wirst, weshalb du hier zurückgelassen wurdest, sagst du nur, du hättest keine Ahnung. Hast du das verstanden?«

Ilion schüttelte den Kopf. Nein, das verstand er wirklich nicht. Er wußte nur, daß jemand anders an seiner Stelle nach Hause fliegen würde, der in irgendeinem Verhältnis zu einer Frau namens Maire stand. Was Ilion betraf, so sah er in der ganzen Sache keinen Sinn.

* * *

In der Siedlung Drei erlernte Vernor Soames das Maurerhandwerk. Er und ein paar seiner Freunde hatten auf einmal den Drang verspürt, etwas zu bauen. Vernor wußte nicht genau, was. Vielleicht ein Clubhaus.

»Ich habe ihnen gesagt, daß du damit einverstanden wärst und nichts dagegen hättest, wenn sie sich mit etwas Sinnvollem beschäftigen«, hatte Dracun zu Haribon gesagt.

»Wo haben sie die Baustelle denn aufgemacht?«

hatte Harribon mit ruhiger Stimme gefragt, was diesem trivialen Vorgang auch nur angemessen war.

»Im Westen der Siedlung. Dort ist freies Gelände, und in der Nähe gibt es eine Art Steinbruch.«

Harribon war nicht nur mit dem Projekt einverstanden, sondern er engagierte auch einen Hobby-Archäologen von der Zentralverwaltung, um die Jungen zu Steinmetzen auszubilden; für das Honorar kam er selbst auf. Die Jungen hatten das Projekt zwar initiiert, aber mittlerweile nahmen auch Mädchen an der Ausbildung teil, die praktisch eine komplette Maurerlehre darstellte. Offensichtlich hatten die jungen Leute kein Konzept, doch als die innere Ringmauer und die strahlenförmigen Bögen Gestalt annahmen, manifestierte sich in Harribon ein gewisser Fatalismus. Anscheinend fiel niemandem außer ihm auf, daß dieses Bauwerk sich an einem architektonischen Vorbild auf Hobbs Land orientierte. Allerdings war er auch der einzige, der sich in der Siedlung Eins auskannte. Die verfallenen Owlbrit-Dörfer auf dem Hochplateau waren für die Siedler nämlich tabu.

Während die älteren Kinder im Steinbruch arbeiteten und sich als Maurer betätigten, suchten die Jüngeren das Flußbett nach bunten Kieselsteinen ab, die sie dann nach Farbe und Größe in Behälter sortierten. Bald standen ganze Batterien solcher Behälter auf dem Bauplatz. Zuweilen wurden die Kinder bei den Ausschachtungen auch von Erwachsenen unterstützt. Die von den Bögen eingefaßte Fläche mußte als Mulde ausgeformt und dann gepflastert werden; dieser Belag diente seinerseits als Unterlage für einen Mosaikfußboden, wobei die einzelnen Steinchen mit Spezialkleber fixiert wurden.

»Was würdet ihr machen, wenn ihr keinen Klebstoff hättet?« fragte Harribon eines Tages Vernor, als der Junge gerade eine Verschnaufpause einlegte.

Vernor dachte darüber nach. Überhaupt war Harribon bereits aufgefallen, daß der Junge sein weinerliches Wesen weitestgehend abgelegt hatte. »Dann würden wir Lehm nehmen«, sagte er schließlich. »Wir würden die Steine in ein Lehmbett setzen. Aber Klebstoff wäre schon besser.«

Dieser Ansicht war Harribon auch. Solange die Logistik das Zeug in diesen Mengen rausrückte.

Nachdem die Bögen vervollständigt waren und die Ringmauer bis auf die Höhe von drei großen Männern hochgezogen worden war, ging Vernor in Harribons Büro und verkündete: »Wir brauchen ein paar Gitter. Jeweils drei der strahlenförmigen Bögen vereinigen sich zu einem Bogen in der Ringmauer. Bei insgesamt vierundzwanzig strahlenförmigen Bögen sind das also acht Bögen in der Ringmauer. Jeder dieser Bögen braucht ein Gitter, und ein Gitter muß sich wie eine Tür öffnen lassen. In der Siedlung ist nichts Geeignetes vorhanden. Und ein einfacher Kühlergrill wird nicht ausreichen. Die Gitter müssen aus Metall sein, und das können wir hier nicht verarbeiten.« Verblüffend war indes die Selbstverständlichkeit, mit der Vernor sein Anliegen vortrug.

Harribon versicherte dem Jungen, daß er sich darum kümmern würde. Er unternahm eine zweite Reise zur Siedlung Eins, wobei er diesmal ein spezielles Analysegerät mitnahm. Er untersuchte das Material der Gitter in allen sechs Tempeln, dem wiederaufgebauten, dem kürzlich eingestürzten und den anderen vier, in denen nur noch Metallsplitter vorhanden waren. Die Gitter unterschieden sich höchstens im Detail. Einige Rahmen waren mit Blättern geschmückt, andere mit Ranken. Teils wirkten die Gitterstäbe wie gedrechselt, teils waren sie gerade. Die Ornamente entsprachen teilweise den einheimischen Gewürzpflanzen, die Harribons Mutter in Töpfen gezogen hatte. Harribon machte Aufnahmen von den Pflanzen, und dann übergab er die Auswertungen und Bilder einem Hobby-Archäologen in der Siedlung Neun, der anhand dieser Vorlagen Skizzen zeichnete und sie an eine Werkstatt in der Zentralverwaltung schickte, um Repliken der Gitter anfertigen zu lassen. Als die kunstvoll mit Blättern und Ranken geschmückten Gitter schließlich geliefert wurden, wirkten die Kinder nicht im geringsten überrascht.

Harribon und noch ein paar Männer aus der Siedlung, darunter zwei der Soames-Brüder, halfen den Kindern bei der Errichtung des Dachstuhls. Das Dach des Vorbaus war bereits gedeckt, und das Mosaik war zu neunzig Prozent fertiggestellt. Harribon bemerkte, daß die Mulde in diesem Gebäude etwas flacher war als im Tempel der Siedlung Eins. Als ob irgend jemand erkannt hätte, daß die Statur der Menschen sich grundlegend von der rübenförmigen Gestalt der *Erloschenen* unterschied.

Als das Gebäude bis auf den Verputz fertiggestellt war, gingen die Leute ihren eigentlichen Verrichtungen nach. Mit dem einen Unterschied, daß die Produktivität sich nun erhöhte, weil die bisherigen Auseinandersetzungen ausblieben. Als Harribon am Saisonende einen Blick auf die Statistiken warf, verzog sich sein Gesicht zu einem ungläubigen Lächeln. Wenn sie so weitermachten, würde es auf ein Kopf-an-Kopf-Rennen mit der Siedlung Eins hinauslaufen.

* * *

»Mom«, sagte Jep eines Abends, als seine Schwester schon eingeschlafen war und die beiden ungestört waren, was immer seltener vorkam. »Verstehst du etwas von Myzelien?«

»Ein wenig«, erwiderte China. »Pilze sind zwar nicht mein Fachgebiet, aber so viel wie ein Botaniker weiß ich allemal.«

»Welche Funktion hat ein Myzelium?«

»Eigentlich ist es einer Wurzel vergleichbar. Seine Struktur unterscheidet sich zwar von der einer Wurzel, aber es erfüllt die gleiche Funktion. Beim Myzelium handelt es sich um das Geflecht des Pilzkörpers; oft liegt es unter der Erde.«

»Ich dachte immer, das Ding über der Erde sei der Pilz. Der Hut.« Die Gewächse im Pilzhaus erschienen vor seinem geistigen Auge.

»Nein, das, was du meinst, ist der sogenannte Fruchtkörper. Fruchtkörper müssen nicht unbedingt an der Oberfläche wachsen; manchmal sind sie auch unter der Erde. Wie heißt gleich noch die klassische Delikatesse, die es früher einmal gab? Der Begriff existiert noch in den Verzeichnissen. Ach ja, Trüffeln! Die wuchsen unter der Erde. Das unsichtbare Geflecht war dann der eigentliche Pilz.«

»Auf welchem Nährboden wächst er?«

»Das hängt von der Pilzsorte ab. Baumwurzeln. Stroh. Dung. Kompost. Oft auf einer fauligen Grundlage wie abgestorbene Bäume oder Tierkadaver. Brauchst du das für die Hausaufgaben?«

Jep nickte. Ja, er machte seine Hausaufgaben.

»Woher kennst du überhaupt das Wort ›Myzelium‹?« fragte seine Mutter.

»Aus dem Archiv. Ich habe nach Dingen gesucht, die unter der Erde wachsen.«

* * *

»Machst du dir denn Sorgen wegen der Kinder?« fragte Africa ihre Schwester. »Ich mache mir jedenfalls manchmal welche.«

»Wegen ihrer Beziehung? Nein. Genetische Probleme gibt es nicht, und im übrigen sind sie glücklich miteinander.«

»Darum geht es mir auch gar nicht; mich stört vielmehr, daß sie sich für *Diejenige Welche* halten. Ich muß dabei immer an den armen Birribat Shum denken. Und an Vonce Djbouty. Ich befürchte, daß sie noch zu Außenseitern werden.«

»Siehst du hier etwa Parallelen? Zwischen Jep und Birribat Shum?« fragte China erschrocken. »Sie haben nichts gemeinsam. Nicht das geringste. Der arme Birribat hat sich zwar hingebungsvoll um den Tempel gekümmert, aber mal ehrlich, Africa, mehr war mit ihm auch nicht anzufangen. Ich war froh, daß er nach dem Tod der älteren Shums überhaupt eine Beschäftigung gefunden hatte.«

»Meinst du wirklich?«

»Ob ich was meine?«

»Daß er eine Beschäftigung gefunden hat. Oder hat sie vielleicht ihn gefunden?«

»Du meinst, der Gott hätte Jep und Samstag auserwählt?« China lachte herzhaft. »Und wenn das wirklich der Fall wäre? Im Gegensatz zu Birribat fegen sie nicht den Tempel aus, stauben nicht den Gott ab und fangen auch keine *ferfs*. Um Himmels willen, Africa! Samstag und Jep sind ganz normale Kinder mit einem ausgefallenen Hobby; das ist alles.«

Africa nickte. Natürlich war Samstag ein ganz normales Kind.

* * *

»Die Leute müssen schließlich irgendwo sterben«, sagte Samstag mit leiser Stimme zu Jep und den anderen. »Ich weiß nur nicht, wo wir mit der Suche anfangen sollen.«

»Wir könnten eine Art Club gründen«, schlug Gotoit vor. »Wir besuchen kranke Menschen und bringen ihnen Blumen und Früchte. Und dann erfahren wir auch, wo sie sterben.«

»Ein Club, dessen Aktivitäten sich auf alle Siedlungen erstrecken? Wen könnten wir da fragen?«

»Horgy Endure«, sagte Jep. »Wir müssen ihn nur

davon überzeugen, daß ein Zusammenhang mit der Produktion besteht.«

»Der besteht auf jeden Fall«, sagte Gotoit. »Wenn die Leute wüßten, daß ihre kranken Angehörigen gut betreut werden, würden sie sich weniger Sorgen um sie machen und produktiver arbeiten.«

»Dasselbe Argument könnten wir auch der Personalverwaltung vortragen«, sagte Willum R. »Falls es uns nicht gelingt, Horgy die Sache schmackhaft zu machen.«

»Er wird darauf eingehen«, sagte Samstag, als ob sie es bereits wüßte. »Auf jeden Fall.«

Die Siedler besuchten die Zentralverwaltung recht häufig, insbesondere das Auktionsgebäude, das Delikatessengeschäft sowie das Hobby- und Kunstzentrum. Mindestens alle zehn Tage schickten die Siedlungen ein Fahrzeug dorthin. Samstag Wilm ließ sich einen Termin bei Horgy geben und traf um die Mittagszeit in seinem Büro ein. Sie war allein gekommen. Nach dem, was sie schon von Horgy gehört hatte, rechnete sie sich größere Chancen aus, wenn sie allein vorsprach, zumal sie mit Gotoit übereingekommen war, daß Horgy jemandem in ihrem Alter wohl nicht gefährlich werden würde. In Anbetracht der Mission hatte sie jedoch ihrer Kleidung und dem gesamten Erscheinungsbild besondere Aufmerksamkeit gewidmet.

Horgy lud sie zum Mittagessen ins Kasino ein, wobei er sich vornahm, dem Kind ein Mahl zu servieren, von dem sie noch nach Wochen schwärmen würde. Samstag, die bisher angenommen hatte, sich fein anzuziehen und auszugehen sei langweilig, lächelte dankbar und genoß es richtig. Beim Essen unterbreitete sie ihm das Konzept eines Besuchskomitees, wobei sie gelegentlich Nervosität vortäuschte, um Horgy zu zeigen, daß die Ehre, mit ihm zu speisen, sie schier überwältigte. Samstag war durchaus in der Lage, sich so geschliffen zu artikulieren wie Africa, aber sie und Jep waren der Ansicht gewesen, daß sie ihr Licht heute besser unter den Scheffel stellte.

»Wissen Sie, wir haben in den Siedlungen das Problem, eine Beschäftigung für die Kinder zu finden«, kam sie zur Sache; sie hatte den Eindruck, daß sie nun lange genug mit ihm zusammengesessen hatte, um wieder mehr Selbstbewußtsein an den Tag zu legen. »Das ist ein generelles Problem. Unsere Mütter und Onkels sagen uns immer, wir sollten hinausgehen und spielen, aber irgendwann wird das auch langweilig. Wir dürfen nicht arbeiten, so daß wir nur lernen oder Sport treiben können. Aus diesem Grund haben wir auch den Tempel wiederaufgebaut, nur um irgend etwas zu tun. Und nun möchten wir ein Komitee gründen, das sich um die Kranken kümmert.«

Horgy war beeindruckt, auch wenn er es nicht zeigte. »Es gibt aber nicht viele Leute, die ernsthaft krank sind«, sagte er. »Überhaupt erfreut unsere Gemeinde sich bester Gesundheit, und die meisten Leute sind noch so jung, daß bisher keine Altersbeschwerden aufgetreten sind.«

»Ich weiß«, sagte sie. »Aber selbst wenn es nur wenige Fälle gibt, wäre es doch schön, auch Kinder aus anderen Siedlungen kennenzulernen. Wir begegnen uns nämlich nur auf den Sportfesten, und die dauern nicht lange genug, als daß wir Bekanntschaften schließen könnten.«

»Ich wüßte nicht, weshalb ich die Gründung dieses Komitees nicht genehmigen sollte«, sagte er schließlich. »Ihr werdet sicher ein Fahrzeug brauchen.«

»Es würde genügen, wenn wir ab und zu ein Fahrzeug der Siedlung benutzen dürften«, erwiderte sie lächelnd. »Die Erwachsenen werden uns zeigen, wie man damit umgeht.«

»Zunächst nur auf Probe«, sagte er und schaute sie auf diese spezielle Art an. »Und du wirst mir regelmäßig berichten. Ich werde die *Topmen* informieren.

Wenn sie nichts dagegen haben, werden wir das später diskutieren.«

Kein *Topman* hatte indes etwas dagegen. Das Besuchskomitee stieß auf große Akzeptanz, nicht nur bei den wenigen Kranken und Verwundeten, sondern bei den Bewohnern der Siedlungen überhaupt. Besonders anrührend war, daß die Kinder Nachtwache an den Gräbern der Verstorbenen hielten. Auch wenn der Krankenstand grundsätzlich niedrig war, so ereigneten sich doch immer wieder Unfälle, auch mit Todesfolge. Bald wurden in allen Siedlungen Nachtwachen gehalten, mit Ausnahme der Siedlungen Eins und Drei.

Als Horgy davon hörte, war er derart bewegt, daß er den Vorgang als eine der ›Innovationen‹ deklarierte, die Dern Blass ständig von seinen Leuten einforderte. Manchmal hatte Horgy den Eindruck, daß die verdammten Innovationsberichte das einzige waren, womit Dern Blass sich überhaupt beschäftigte.

* * *

Die vier Männer von Voorstod hatten sich eine Zeitlang in der Zentralverwaltung umgesehen und waren den Leuten dabei gewaltig auf die Nerven gegangen. *Hobbs Foods* verfolgte eine Politik absoluter Transparenz, doch nachdem die Voorstoder endlich verschwunden waren, gab es so manchen, der sich eine etwas restriktivere Handhabung gewünscht hätte. Zumal die Schnüffelei der Voorstoder nicht einmal den gewünschten Erfolg gezeitigt hatte. Obwohl Mugal seinen ganzen Charme hatte spielen lassen, ging kein Mitarbeiter des Personalbüros ihm auf den Leim, und die Auskunft von Jamice Bend erwies sich ebenfalls als zutreffend. Die Meldeliste der Bewohner der Siedlungen unterlag dem Datenschutz.

Wenn sie Maire Girat ausfindig machen wollten

(immer unter der Voraussetzung, daß sie an einer Begegnung mit ihnen nicht interessiert war), durften sie sich laut Ilion darauf freuen, neben allen elf Siedlungen auch die Düngemittelfabrik, die Ferienlager und sogar die Bergwerke abzuklappern. Ilion wirkte ziemlich deprimiert ob dieser Aussicht.

»Es ist für die Archive«, erzählte Mugal dem Werksleiter der Düngemittelfabrik, wobei er eine weit ausholende Geste machte. »Die Siedlungen, die Minen, alles.«

»Dürfte ziemlich reizlos sein«, sagte der Werksleiter. »Eine Siedlung ist im Grunde wie die andere. Und Hobbs Land ist nun wirklich kein sehr malerischer Ort.«

»Macht nichts, das ist auch nur als Unterrichtsmaterial gedacht«, sagte Pye. »Je langweiliger, desto höher der pädagogische Nutzen für die Schüler, eh? Dann strengen sie sich wenigstens an. Hat doch keinen Zweck, es ihnen zu leicht zu machen. Nur den Besten winkt der Erfolg. Geduld und Durchhaltevermögen, darauf kommt es an, bei Gott. Kompromißloses Engagement.«

»Trotzdem langweilig«, wiederholte der Werksleiter. »Ist im Grunde ein einziger Trott. Aussaat. Ernte. Export. Wieder Aussaat. Wieder Ernte. Wieder Export. Alles topfeben; wenigstens wird dadurch das Graben von Bewässerungskanälen erleichtert. Alles topfeben.«

»Du scheinst dich zu langweilen, Freund.«

»Ich bin nicht dein Freund, und Langeweile verspüre ich auch nicht«, erwiderte der Werksleiter pikiert. »Ich habe mich eben für ein ruhiges Leben entschieden. Ich bin kein Sklave. Aber in dieser Hinsicht seid ihr Voorstoder sicher bewanderter als ich.« Er sagte das mit einer gewissen Arroganz, wobei sogar ein Hauch von Feindseligkeit mitschwang. Er fixierte Mugals Hände, als ob er mit einer Attacke rechnete.

Mugal indes reagierte überhaupt nicht, sondern

schaute seine drei Kollegen an, die ihr Ziel mit dem gleichen kompromißlosen Engagement verfolgten, das Mugal gerade bei den Schülern angemahnt hatte. »Woher weißt du denn, daß wir Voorstoder sind?« fragte er mit honigsüßer Stimme.

»Du hast ›Bei Gott‹ gesagt«, entgegnete der Mann. »Das sagen nur Voorstoder. Ich stöbere ab und zu in den Archiven; ist so ein Hobby von mir. Ich interessiere mich für diese alten Religionen. Diese ›Gott‹-Sprüche sind doch ein Merkmal der alten Stammesreligionen, nicht wahr?« Alt und abgedroschen, diese frommen Furzereien, sagte er sich. Alt und abgedroschen – und verdächtig.

Mugal lächelte nur, machte irgendeine zusammenhanglose Äußerung und ließ den Mann dann stehen. Während des bisherigen Aufenthalts auf Hobbs Land hatte er zwar kein Hehl aus der Tatsache gemacht, daß sie Voorstoder waren, aber er war auch nicht gerade damit hausieren gegangen. Um so schockierender war nun die Erkenntnis, daß er sich mit zwei beiläufigen Worten enttarnt hatte.

»Das habe ich gehört«, flüsterte Epheron, als Mugal wieder zu den anderen stieß.

»Ich auch«, quengelte Ilion. »Ich dachte, die Leute sollten nicht erfahren, daß wir aus Voorstod kommen.«

»Wir müssen aber keine Geheimniskrämerei betreiben«, knurrte Mugal. »Wenn nämlich jemand dahinterkäme, würden wir uns bloß verdächtig machen. Aber wenn niemand uns fragt, brauchen wir es auch nicht zu sagen.«

»Das ist alles viel zu kompliziert«, klagte Ilion. »Diese Maire Girat kompliziert die Dinge nur. Vielleicht sollten wir uns eine andere Frau schnappen.«

Mugal schaute ihn düster an, wobei sein Blick sowohl Verärgerung als auch Erstaunen ausdrückte. »Eine andere Frau? Hast du die Schule besucht?«

»Habe ich«, sagte der junge Mann schnaubend. »Aber was geht dich das an?«

»Hast du in der Schule von Maire Manone gehört?«

»Ja. Sie war so eine Sängerin. Das war aber vor meiner Zeit. Ich habe nie von ihr gehört. Von ihrer Existenz habe ich erst in den Archiven erfahren.«

»War so eine Sängerin? Sie war die Stimme von Voorstod! Wer hat wohl die *Voorstod-Balladen* geschrieben? Und die *Lieder des Nordens*?«

»Außerdem hat sie ›Das Letzte Geflügelte Wesen‹ geschrieben«, sagte Ilion schnippisch. »Woraufhin ein wahrer Exodus von Frauen und Kindern aus Voorstod eingesetzt hat. Willst du etwa andeuten, zwischen ihr und Tante Maire gäbe es einen Bezug?«

»Sie ist deine Tante Maire, mein Junge. Und kompliziert oder nicht, wir bleiben so lange hier, bis wir sie uns geschnappt haben.«

6

Die Oberfläche des Hochplateaus war genauso strukturiert wie die rollende Prärie in der Ebene, nur daß das Hochland bewaldet war. Der letzte Kataklysmus lag schon eine beträchtliche Zeit zurück. Was mochte wohl der Auslöser gewesen sein? Der Einschlag eines gigantischen Felsens, der vom Gürtel abgedriftet war? Ein Komet, der Millionen Jahre durch den Leerraum gewandert war? Oder gar ein Alien, das aus dem Nichts erschienen war und sich im Todestrieb auf den Planeten gestürzt hatte? Auf jeden Fall war eine Naturkatastrophe die Folge gewesen. Seen wurden zugeschüttet, ein ganzes Meer floß in den Südozean ab, und die Sonne verschwand für einige Planetenjahre hinter einer Wand aus Asche. Nachdem es schließlich wieder aufgeklart hatte, erschien ein neuer Bewohner auf der geschundenen Welt: ein fadenähnliches Geschöpf, das sich von der Einschlagstelle über den ganzen Planeten ausbreitete und sich in den Pflanzen und Urtierchen einnistete. Dieses Wesen war vom *Fremden* eingeschleppt worden. Dort, wo der *Fremde* herkam oder wo er dieses Wesen aufgegriffen hatte, hatte niemand der Sache Bedeutung beigemessen, zumal es auch niemandem aufgefallen war.

Nach der Katastrophe hatten die primitiven Lebewesen eine erstaunliche Evolution vollzogen. Sie hatten Tentakel ausgebildet, die sie zum Gebrauch von Werkzeugen befähigten, eine Sprache entwickelt und schließlich ein Bewußtsein und Intelligenz ausgeprägt. Nach vielen Generationen gab dieses Volk sich den

Namen ›Owlbrit‹, in Anlehnung an ›Owlbri‹, die Bezeichnung für ihre Welt. Sie bewegten sich auf abnehmbaren Beinen fort. Die Verständigung erfolgte, indem sie zwei oder mehr gezackte Tentakel aneinanderrieben. Sie eroberten nicht den Weltraum, denn ihr Horizont erstreckte sich nicht über ihre Welt hinaus. Im Grunde taten sie überhaupt nichts, wenn man Kreativität und Produktivität als Maßstab nimmt. Ihr Wesensmerkmal war eine gewisse Lethargie, die sich im Lauf der Jahrhunderte noch verstärkte. Sie verfügten weder über Phantasie noch über Ambitionen. Wenn das Fadenwesen Anstoß nahm an der Lethargie der Owlbrit, dann zeigte es das zumindest nicht. Von Zeit zu Zeit stieß das Netz Sporen aus und starb dann ab, nur um anschließend neu zu entstehen; als ob es die Taktik nun leicht variieren wollte. Aber vergebens. Nicht nur daß die Owlbrit untalentierte Baumeister waren, die Arbeit hatten sie auch nicht gerade erfunden, und so überzogen sie die Welt allmählich mit Tempeln und Dörfern, die im Grunde alle dieselbe Architektur aufwiesen. Und schließlich starben sie so, wie sie gelebt hatten – indifferent –, wobei sie sich immerhin freuten, daß nun andere Wesen gekommen waren, um ihre Bürde zu schultern – um welche Bürde auch immer es sich gehandelt hatte.

Eine spirituelle Komponente war dem Volk der Owlbrit völlig abgegangen. Sie hatten ihre materiellen Ressourcen erschöpft und waren dann abgetreten. Seltsam, daß sie sich dieses Defizits überhaupt bewußt geworden waren; sie hatten diesen Aspekt als ›rhsthy‹ bezeichnet. Ein Translator hätte das mit ›Poesie‹ wiedergegeben. Den Owlbrit hatte die Poesie gefehlt.

Diesen Umstand hatten die Forscher nie richtig zur Kenntnis genommen, obwohl ein paar Akademiker zumindest in Fußnoten auf dieses rassenspezifische Phänomen hingewiesen hatten. Die Lethargie der Owlbrit würde wohl für immer ein Mysterium bleiben, weil nämlich niemand die richtigen Fragen stellte.

Ebenso desinteressiert hatte man den zahlreichen Ruinen der *Erloschenen* gegenübergestanden. In Shans und Bombis Augen gab es sogar zu viele dieser Baudenkmäler; Volsa hingegen hatte sich noch ihre wissenschaftliche Neugierde bewahrt.

»Schau'n wir mal, wie viele Dörfer wir morgen wieder entdecken«, sagte Bombi gelangweilt und wischte sich den Staub aus dem Gesicht. Die Baidee hatten die Turbane gegen Kappen eingetauscht und die weißen Gewänder durch dunkle Kombinationen aus schwerem Drillich ersetzt. So verdreckt wie die Damzels im Augenblick waren, hätte niemand ihnen abgenommen, daß sie Hoch-Baidee waren.

»Ich verstehe deinen *Enthusiasmus* nicht, Volsa«, fuhr Bombi fort. »Wir haben täglich zwei bis drei Dörfer entdeckt, insgesamt fast vierhundert. Und in jedem dieser Dörfer haben wir mindestens eine Tempelruine gefunden. Wir wissen mittlerweile, daß die Tempel quasi in Serie gebaut wurden. Wenn der alte Tempel verfallen war, haben sie einen neuen gebaut; manchmal auch schon vorher. In jedem Dorf findet sich dieselbe Anzahl von Tempeln, als ob die Dörfer ihre baulichen Maßnahmen koordiniert hätten. Sechs Tempel in jedem Dorf. Natürlich wissen wir nicht *weshalb;* in den Archiven finden sich zwar historische Parallelen, aber daraus ergibt sich höchstens eine Reihe *widersprüchlicher* Hypothesen.«

Er wischte sich den Schweiß von der Stirn und stieß einen theatralischen Seufzer aus; die Kommentare, auf die er wartete, blieben jedoch aus. Er seufzte erneut und fuhr dann fort: »Alle Häuser sehen gleich aus. Auch die Tempel gleichen sich mehr oder weniger, von den Gittern einmal abgesehen; die Varianz, die hier vorliegt, ist so signifikant, daß wir anhand des Dekors eine Altersbestimmung vornehmen könnten.

Nur daß keine *ersichtliche* Notwendigkeit hierfür besteht. Je schlichter das Design der Gitter ist, desto älter sind sie. Dann kommen Blätter und Ranken, und zum Schluß sinnlose Schnörkel und andere geschmacklose Verzierungen.« Wieder seufzte er und sagte: »Bei der *Prophetin*, habe ich vielleicht einen Durst.« Im Robotmobil neben ihm gluckerte es, und dann fuhr die Maschine ein Trinkrohr aus.

Nachdem er den Durst gelöscht hatte, setzte er den Monolog fort. »Eine Erkenntnis haben wir aber doch gewonnen. Wir *wissen* nun, woran die *Alten* zugrunde gegangen sind – an *Langeweile*. Sie waren unfähig für Innovationen. Fast könnte man meinen, daß sie selbst mit dieser minimalen Leistung überfordert gewesen und an *Erschöpfung* gestorben seien.«

Mit diesen Ausführungen wollte er sich bloß als scharfsinnigen und gewitzten Analytiker profilieren; dabei hatte er, ohne daß er und die gelangweilten Zuhörer es ahnten, den Nagel auf den Kopf getroffen.

»Wie viele Dörfer müssen wir denn noch abklappern?« fragte Shan mit müder Stimme.

»Für uns sind es definitiv zu viele. Wenn wir nicht bald etwas Interessantes finden, würde ich vorschlagen, daß wir eine Maschine einsetzen, um die Untersuchung abzuschließen. Beispielsweise einen Robotaufklärer der Serie 15J. Wir scannen eine Weltkarte ein, und die Maschine wird uns dann schöne Grafiken ausdrucken. Und weil der Robot im Gegensatz zu mir nicht die Geduld verliert, wird er auch bessere Arbeit leisten als ich!« Bombi stieß ein kurzes Lachen aus und hängte sich wieder an den Trinkstutzen.

»Wir könnten ihn auch so programmieren, daß er uns Bescheid gibt, wenn seine Ergebnisse von den unseren abweichen«, sagte Volsa ohne rechte Begeisterung.

»Womit wir auch genug Zeit hätten, die Siedlungen aufzusuchen«, pflichtete Bombi ihr bei. »Dort waren wir nämlich noch nicht. Ich muß schon sagen, mich verlangt nach einer heißen Dusche!« Ihr Gleiter verfügte zwar über einen Ultraschallreiniger, aber dessen Effekt war nicht im mindesten mit dem Wasserfall zu vergleichen, unter dem Bombi in seiner Phantasie stand.

»Heiße Dusche!« brüllte Shan plötzlich. »Bombi, dieser Ausflug ist gar nichts. Du weißt wohl nicht, was ein harter Trip ist. Du ...«

»... brauchst mir nichts von den *Porsa* zu erzählen«, gab Bombi seinem Bruder Kontra. »Volsa und mir hängen diese Geschichten schon zum Hals heraus.«

»Ich wollte nur sagen, daß ...«

»Tu's nicht«, sagte Bombi. »Was sagst du denn dazu, Volsa? Shan? Ich will mich nicht vor der Arbeit *drücken*, aber bisher haben wir nur Zeit vergeudet. Alles, was wir geleistet haben, hätte ein Robot mindestens genausogut erledigt. Der Vertrag mit dem Büro für Umwelt- und Naturschutz erlaubt uns, je nach Lage die sinnvollste Vorgehensweise zu wählen.«

»Zwei Tage«, sagte Volsa schließlich und betrachtete mit verklärtem Blick die Vegetation. Sowohl auf Thyker als auch auf Phansure hatte die Farbe Grün fast schon exotischen Status. Grün war ihre Lieblingsfarbe. »Gib uns noch zwei Tage. Wenn wir dann immer noch nichts gefunden haben, schicken wir die Roboter.«

* * *

Gotoits Katze, Lucky, und ihre fünf halbwüchsigen Jungen jagten im hohen Gras am Rand des östlichsten Kornfelds. Die Katzen der Siedlungen hatten den Auftrag, die *ferf*-Population an den Rändern der Felder zu dezimieren. Von den vielen Haus- und Nutztieren, welche die Menschen vor der *Diaspora* gehalten hatten, hatten die Pioniere des Weltalls sich für Katzen als

Weggefährten entschieden, weil sie sich nicht zu räuberischen Rudeln zusammenschlossen, keiner ständigen Fürsorge bedurften und zudem zuverlässige Helfer bei der Schädlingsbekämpfung waren. In dieser Disziplin hatten Lucky und ihre Jungen Bestnoten verdient. Sie hatten schon mehrere Dutzend toter *ferfs* am Wegesrand abgelegt, und dabei war die Nachtschicht erst zur Hälfte vorbei.

Allerdings fraßen die Siedlungskatzen die *ferfs* nicht, weil sie irgendwie unbekömmlich waren. Aber das tat dem Spaß an der Jagd keinen Abbruch. Erst bei Anbruch der Morgendämmerung, als der Fang auf über siebzig Exemplare angewachsen war, legten die Katzen eine längere Pause ein und putzten sich gründlich. Sie waren gerade mit dem Kopf und den Vorderbeinen fertig und wollten sich nun den Hinterbeinen zuwenden, als Samstag und Gotoit mit einem Sack auf der Bildfläche erschienen.

Gotoit lobte die Katzen für ihre Leistung und streichelte sie, und dann half sie Samstag, die Ausbeute der Nachtjagd einzusammeln. Dann marschierten sie mit dem Sack am Ostrand der Siedlung entlang zum Tempel.

»Wozu braucht Birribat Shum diesmal nur so viele?« fragte Gotoit verwundert. »Sonst begnügt er sich doch immer mit ein paar *ferfs*.«

»Birribat Shum dehnt das Myzelium bis zur Siedlung Drei aus«, erklärte Samstag mit einem Anflug von Selbstgefälligkeit. »Damit es sich mit dem dortigen verbindet, mußt du wissen. Er sagt, seine Wirkung verbessert sich, wenn alle Teile miteinander verbunden sind. In den *ferfs* ist irgendein Nährstoff enthalten, auf den er angewiesen ist und der in menschlichen Abfallprodukten fehlt. Falls erforderlich, könnten wir die Substanz ermitteln und sie ihm direkt zuführen. Andererseits ist nun in den Menschen etwas enthalten, das es früher nicht gab. Als die Götter alle

Reserven verbraucht hatten, waren sie am Ende. Deshalb sind die *Erloschenen* auch ausgestorben.«

»Der letzte Gott ist aber erst lange nach der Ankunft der Menschen gestorben.«

»Das hatte auch seinen Grund. Er mußte uns nämlich erst analysieren, bevor er die richtigen Sporen für den nächsten Gott erzeugte.«

Gotoit schüttelte den Kopf und schlenkerte den Sack hin und her. »Woher weißt du das alles überhaupt?«

Samstag wirkte unsicher. Woher sie das wußte? »Ich weiß es eben«, sagte sie. »Schließlich bin ich *Diejenige Welche*.«

»Nun, es laufen noch viele *ferfs* herum.«

»Also noch viel Arbeit für die Katzen.«

»Das macht nichts. Lucky stört das nicht, solange sie die *ferfs* nicht einzeln zum Tempel bringen muß.«

»Das hat sie dir wohl gesagt, was?« fragte Samstag lachend.

Samstag hätte sich nicht gewundert, wenn Gotoit nun leicht eingeschnappt gewesen wäre, aber mit dieser Reaktion hätte sie nicht einmal im Traum gerechnet: »Sie hat mir gesagt, daß *ich* die *ferfs* natürlich zum Tempel bringen müsse. Hat Birribat dir denn nicht gesagt, daß er sie braucht? Ich habe es doch auch Lucky gesagt! Natürlich hat Lucky es mir gesagt.«

* * *

Gegen Mittag des letzten Tages, den sie in die Expedition investieren wollten, hatten Shan, Bombi und Volsa sich darauf verständigt, die Maschinen mit dem Abschluß der Untersuchung zu beauftragen. Gegen Abend desselben Tages hatten sie ihre Meinung wieder geändert.

Die Hochebene war ziemlich flach und wurde von Gräben durchzogen, welche die Flüsse im Lauf der

Jahrtausende in den Boden gefräst hatten; die ursprünglich schroffen Kanten dieser Gräben waren durch Erosion und die Wühlarbeit aller möglichen Lebewesen abgeflacht worden. Das Terrain war mit Bäumen bestanden, die ausschließlich dort zu finden waren, schlanke Stämme, die in einer Höhe von sechs Metern eine kugelförmige Aststruktur ausbildeten. Oberhalb dieser Struktur setzte der glatte Stamm sich fort, bis eine zweite Astkugel erschien. Der gesamte Baum bestand aus acht oder neun solcher Abschnitte und erreichte eine Höhe von zirka sechzig Metern. Aus der Entfernung ähnelten die Bäume faserigen grünen Perlen, die auf dicken vertikalen Nadeln aufgereiht waren. Wegen der Ähnlichkeit mit einem alten Kunsthandwerk wurden die Bäume pauschal als *Topes* bezeichnet, obwohl es mindestens zwanzig Untergruppen gab, die selbst ein Laie auseinanderhalten konnte.

Die Dörfer der *Erloschenen* waren auf Lichtungen errichtet worden; trotz des Alters der Ansiedlungen waren die Bäume erstaunlicherweise nicht wieder nachgewachsen. Die Tempel indes waren mitten im Wald errichtet worden. Eher durch Zufall waren die Damzels auf eine kreisrunde Fläche gestoßen, die von einer erhabenen Steinumfassung umgeben wurde; sie hielten es für den Einschlagskrater eines Meteors.

Volsa, die der Dörfer und Tempel nun auch überdrüssig wurde, war in den Wald gegangen und bewunderte das feste Blätterdach, das durch den Zusammenschluß der fedrigen Laubkugeln gebildet wurde. Das Land stieg vor ihr an und wurde von einem Felssims begrenzt. Sie erklomm ihn und stellte verwundert fest, welchen Einfluß eine vielfältige Vegetation auf die Qualität der Luft hatte. Jenseits der Barriere wuchsen nur noch vereinzelte Bäume, so daß sie von ihrem Standort einen ungehinderten Blick über den gesamten Kreis hatte, der die strahlenförmig vom Mittelpunkt des Platzes ausgehenden Wälle einschloß.

Sie schritt den Radius und den Umfang des Kreises ab. Die von einem gemeinsamen Zentrum ausgehenden Wälle hatten eine Länge von vielleicht dreißig Metern. Insgesamt waren es elf. Sie tastete die Wälle mit dem Analysegerät ab, ohne daß es jedoch korrekt ansprach. Also enthielten die Wälle keine der Substanzen, auf die das Gerät kalibriert war – obwohl in Anbetracht der flackernden Digitalanzeigen und hektisch zuckenden Zeiger selbst diese Annahme noch fraglich war.

»Bombi«, sprach sie ins Funkgerät. »Shan. Kommt her. Ich habe etwas gefunden.«

Als die beiden nach wenigen Augenblicken erschienen, stand sie bereits im Mittelpunkt des Kreises, im Ursprung der Wälle, und versuchte die Anzeigen des Geräts zu interpretieren.

Bombi machte große Augen. »Ein Artefakt?« fragte er schließlich.

»Das glaube ich nicht«, erwiderte sie. »Ein Artefakt würde eher aus Stein oder Metall bestehen, nicht wahr? Aus dem Material, mit dem sie auch die Häuser und Tempel errichtet haben. Ich habe die Spektrallinien dieser Substanzen in die Maschinen eingespeichert und sie auf maximale Empfindlichkeit eingestellt.«

»Vielleicht ist die Sonde einfach zu kurz. Im Gleiter gibt es noch eine längere.«

»Gut, dann versuchen wir es damit.«

Ein Erfolg stellte sich indes auch nicht ein. Was auch immer es war, das dort vergraben lag, es war nicht das, was die Damzels erwartet hatten.

* * *

Samasnier Girat heftete einen Zettel an Chinas Tür, auf dem stand, daß er an sie dachte. China wußte, was er damit sagen wollte. Er machte einen neuen Anlauf.

Gleichzeitig wunderte sie sich darüber, daß sie seine Nachricht überhaupt so interpretierte. Sie hatte sich nämlich geschworen, sich nicht mehr mit Sam einzulassen und sich höchstens zu offiziellen Anlässen mit ihm zu zeigen. Als Kollegen kamen sie nämlich gut miteinander zurecht. Zumindest hatte sie diesen Vorsatz gefaßt, nachdem er sie mit seiner Art fast zur Verzweiflung gebracht hätte. Er hatte merkwürdige Fragen gestellt. Er hatte Antworten verlangt, wo sie nicht einmal wußte, wovon er überhaupt sprach. Er hatte immer gesagt: »Denk darüber nach«, obwohl sie keine Ahnung hatte, was er mit ›darüber‹ meinte.

Andererseits machte Sam in letzter Zeit einen entspannteren Eindruck. Die Dinge waren außerordentlich gut gelaufen. Selbst die kleinen Probleme, die ihn und die anderen Siedler immer plagten – fehlende Ersatzteile, defekte Maschinen, verspätet eintreffende Lieferungen –; selbst diese Probleme traten im Moment nicht auf. Deshalb war es durchaus möglich, daß Sam nun verträglicher war und daß ihr Zusammensein harmonischer verlief. Außerdem war sie neugierig. Sie wollte wissen, mit welchem Spielzeug er sich da beschäftigte, und vielleicht … vielleicht würde er es ihr sogar sagen.

Als sie ihm wieder über den Weg lief, lud sie ihn zum Abendessen ein; sie war jedoch so schnell wieder verschwunden, daß ihr sein freudestrahlendes Gesicht entging.

Viehzucht wurde in der Siedlung Neun betrieben, wobei aber fast alles in den Export ging. Die Zuteilungen an die Siedler waren minimal. Dafür betrieben die Siedlungen Geflügelhaltung und deckten so den Bedarf an Fleisch und Eiern. Also plante China, zum Abendessen ein Huhn zuzubereiten. Die Siedlungen verfügten über umfangreiche Getreide- und Gemüsevorräte, einschließlich sogenannter sensibler Sorten, die in Treibhäusern gezogen wurden. Die Versorgung mit frischen Früchten war saisonbedingt, doch dafür gab es das ganze Jahr über Dörrobst. In einigen Siedlungen wurden auch Reben gezüchtet und Käsereien betrieben, aber an dieser Expertise partizipierten noch nicht alle Siedlungen, so daß die jeweiligen Erzeugnisse entsprechend knapp waren. China war es indes gelungen, Zuteilungen für besondere Anlässe zu ergattern.

Sie fragte Africa, ob Jeopardy und Peace bei ihr zu Abend essen dürften.

»Tut sich wieder etwas zwischen dir und Sam?« fragte Africa spöttisch. »Oder gibt es einen anderen?«

»Nein«, erwiderte China achselzuckend. Nicht daß sie wüßte.

»Das habe ich mir schon gedacht«, murmelte Africa. »Ist ein ganz anderer geworden, unser Sam. Ein richtiger Humanist.«

»Africa ...«, sagte China. »Sei nicht albern.«

»Ist doch so! Die Siedlung amüsiert sich köstlich über euch zwei Skandalnudeln. Du führst einen regelrechten Eiertanz auf, um Sam aus dem Weg zu gehen, und er will draußen in den Hügeln einen Drachen für seine Herzdame erlegen ...«

»Das tut er nicht!«

»Und was tut er dann?«

»Ich weiß nicht, Africa. Außer, daß es nichts mit mir zu tun hat. Es betrifft ihn selbst. Er will ein anderer sein. An einem anderen Ort.«

»*Topman* zu sein genügt ihm wohl nicht, was?«

»Damit hat es nichts zu tun. Da ist ... da ist etwas in ihm, eine Art Loch, das er auszufüllen versucht. Dieser ganze Mummenschanz ist nur ein Teil davon.« Nachdem sie das gesagt hatte, wunderte sie sich über sich selbst. Sie nahm wohl an, daß das stimmte, aber wenn jemand von ihr verlangt hätte, Sam zu charakterisieren, hätte sie ihm erwidert, daß sie dazu nicht imstande wäre. Vielleicht würde ihr das mit zunehmendem Alter eher gelingen.

»Mit bloßen Händen gegen Geisterwesen kämpfen? Gehört das etwa auch dazu?«

China schüttelte den Kopf. Bisher wußte niemand genau, mit wem oder was Sam gekämpft hatte, aber auf jeden Fall hatten Geister keine Knochen. Allerdings verrieten die Knochen auch nicht, um welches Wesen es sich gehandelt hatte. Eine Zeitlang hatte China sich deswegen Gedanken gemacht und schon befürchtet, daß vielleicht bald ein Besucher oder ein intelligentes Wesen vermißt werden würde. Doch außer diesem Soames aus der Siedlung Drei fehlte niemand, und überhaupt handelte es sich nicht um die Knochen eines Menschen. Zumindest dem ersten Anschein nach. China hatte schon mit dem Gedanken gespielt, den Vorfall der Zentralverwaltung zu melden, damit diese eine Suche nach einem eventuellen Fremdraumschiff durchführte, doch dann hatte sie davon Abstand genommen. Der Schädel des Wesens befand sich bereits bei der Zentralverwaltung. Er hatte lange Zähne und dicke Knochenwülste über den Augen, und bisher war er nicht einmal identifiziert worden. Wenn die Fachkräfte in der Zentralverwaltung schon nicht an einen Alien gedacht hatten, weshalb sollte sie sich dann noch Gedanken machen?

Africa schüttelte den Kopf. »Schick Peace und Jeopardy nur rüber«, sagte sie lachend. »Sie können bei ihren Cousins übernachten.«

China verfeinerte den Vogel mit landestypischen Gewürzen und briet ihn in Kornöl. Dazu gab es spezielle Gemüsenudeln, Brot und Früchte sowie Wein und Käse. Sie aßen am kleinen Tisch am Fenster, das nach Westen hinausging und einen Blick über die Felder bis hin zum Waldland ermöglichte.

Sam ließ es sich schmecken, ohne in sein früheres Verhalten zurückzufallen, und als er schließlich die

Platte leergeputzt hatte, schlug er vor, daß sie sich mit dem restlichen Wein ins Schlafzimmer zurückzögen.

Erst wollte sie ablehnen, aber dann willigte sie ein, noch immer nicht ganz überzeugt.

Sie lagen auf dem breiten Bett, ihr Kopf an seiner Schulter.

»Wir brauchen Legenden«, sagte er.

Man sollte ihn an den Füßen aufhängen, sagte sie sich und versteifte sich. Ging es schon wieder los.

»Legenden von Liebenden«, präzisierte er. »Kennst du große Liebesgeschichten, China Wilm?« fragte er. Aus seinem Tonfall schloß sie, daß ihre Befürchtung unbegründet war; er hatte nur eine sachliche Frage gestellt.

Das war eine neuartige Frage. »Große Liebesgeschichten?« wiederholte sie und entspannte sich.

»In den Archiven habe ich ein paar Namen erfahren. Aber sie sagen mir nicht das geringste. Wer war Abaelard? Wer war Romeo? Wer waren Gercord Thrust, Standfast Murgus und Lady Vees? Ich habe noch nie von ihnen gehört.«

»Ich auch nicht«, hauchte sie und spürte, wie der Druck seiner Umarmung sich verstärkte und seine Hand an ihr hinabglitt.

»Samasnier Girat und China Wilm«, flüsterte er. »Wir könnten auch zur Legende werden.«

»Schon zu Lebzeiten?« fragte sie kichernd.

»Für alle Zeit«, flüsterte er und küßte sie. Dann widmete er sich anderen Dingen. »Für alle Zeit.«

Für alle Zeit, sagte sie sich und ließ die schicksalsträchtigen Worte auf sich wirken. Für alle Zeit. »Mach's noch mal«, verlangte sie. »Oh, mach's noch mal.«

Er tat's noch mal, und dann etwas anderes, und dann spielte die Zeit überhaupt keine Rolle mehr. Sie hörten weder den Donner noch den ans Fenster prasselnden Regen.

Erst viel später hörten sie, daß es regnete.

»Früh«, sagte Sam verwirrt. »Früh dieses Jahr.«

Bisher hatte er sich absolut untadelig verhalten.

Das kam ihr fast zu schön vor, um wahr zu sein, und sie beschloß nachzuhaken.

»Wie war das noch mit den legendären Liebenden?«

»Ich glaube, Legenden sind wie Spinnen«, sagte er unergründlich.

»Ja«, erwiderte sie irritiert.

»Das einzige Tier auf Hobbs Land, das auch nur annähernd einer Spinne vergleichbar ist, hat zehn Beine, und die kann es auch noch abstoßen. Und trotzdem weiß jeder, was eine Spinne ist.« Er dachte für eine Weile nach. »Nein, Legenden sind eher wie Spinnennetze. Die Spinne sucht sich einen Ausgangspunkt und spinnt einen Faden, den sie dann irgendwo befestigt. Anschließend ändert sie die Richtung und spinnt einen neuen Faden. Das geht immer so weiter, bis alle ›Speichen‹ befestigt sind. Und zum Schluß verknüpft die Spinne alle Fäden zu einem Netz. Du verstehst?«

Natürlich hatte sie verstanden, auch wenn sie nicht wußte, wozu das gut sein sollte. Spinnen waren Teil des menschlichen Erbes. Obwohl es auf Hobbs Land keine Spinnen gab, gehörten sie zum Unterrichtsstoff wie Tiger, Elefanten und Bären, die fast schon mythischen Tiere von *Menschenheimat*.

»Alle Verbindungsstellen des Musters sind miteinander verknüpft«, fuhr Sam fort. »Also gehen wir in der Geschichte zurück, bis wir auf einen großen Helden stoßen; und den nehmen wir dann als Bezugspunkt unserer Erinnerung. Oder wir gehen in der Zeit zurück, bis wir unserem Va… einem Onkel begegnen und ihn als Bezugspunkt nehmen. Dann stoßen wir uns ab und befestigen das andere Ende dieser Idee an jemand oder etwas anderem. Das ist nämlich der Zweck von Legenden, daß sie als Ankerplätze in der Zeit dienen. Gäbe es diese Fixpunkte nicht, China

Wilm, würden wir umherwirbeln wie Blätter im Wind. Wir brauchen solche Haltepunkte. Dieses Netz aus Geschichten stiftet eine gemeinsame Identität. Ohne Legenden wären wir Fremde. Sie bewirken ein Gefühl der Zusammengehörigkeit.«

»Aber du hast doch gesagt, wir hätten keine Legenden auf Hobbs Land.«

»Das stimmt auch. Wir haben kein einigendes Band, das uns zusammenhält. Wenn ich nun sage, China Wilm, daß meine Liebe zu dir so groß ist wie in den größten Liebesgeschichten, so sagen mir die Namen dennoch nichts. Was bedeuten uns Héloise und Hero? Wer sind Gercord Thrust und Madain, seine Geliebte? Verbindest du irgend etwas mit diesen Namen?«

Sie schüttelte den Kopf; allmählich begriff sie, worauf er hinauswollte. »Wenn mein Sohn Jeopardy also Samstag seine Gefühle mitteilen möchte, fehlen ihm die Worte.«

»Aha, ›*mein* Sohn‹«, sagte er; diese in seinen Augen diskriminierende Formulierung ging ihm ziemlich gegen den Strich, und am liebsten hätte er seinen Unwillen auch drastisch artikuliert. »Vielleicht sagt er auch: ›Samstag, ich liebe dich, wie meine Mutter meinen Vater liebt.‹«

Sie errötete; das Wort, das er soeben verwendet hatte, war ganz und gar nicht politisch korrekt. »Ja, vielleicht sagt er das«, pflichtete sie ihm schließlich bei.

»Und was sagst du?«

Sie schwieg. Nun war er wieder ganz der alte. Es war wieder wie damals, als er ihr Fragen gestellt hatte, die sie nicht beantworten konnte. »Wärst du denn hier, Sam, wenn ich dich nicht liebte?«

»Woher soll ich das denn wissen? Ich weiß doch nicht, wer seit meinem letzten Besuch hier war.« Er machte eine bezeichnende Geste; es war ihr Schlafzimmer, und hierher durfte sie jeden einladen, den sie wollte.

Sie hätte ihm sagen können, daß es niemanden gegeben hatte. Dann hätte er sich vielleicht wieder beruhigt; aber eine solche Frage stand ihm einfach nicht zu. So lief das nicht bei den Wilms. Wenn sie ihm gesagt hätte, da wäre niemand gewesen, hätte er sicher gesagt, noch nicht, aber wie steht es mit morgen? So wäre das immer weitergegangen. Und ehe sie sich versah, hätte er sie völlig vereinnahmt, und sie hätte sich festgelegt, wo niemand sich festlegen sollte. »Die Zeiten ändern sich, und die Menschen ändern sich mit ihr«, sagte ein Sprichwort in einer alten Sprache. *»Vota errod. Erot vode.«* Oder wie dieser Gharm-Dichter sagte, den Maire immer zitierte: »Ein Schwur für die Ewigkeit ist wie Gras / unter der Sense der Veränderung.« Die Menschen veränderten sich. Womöglich galt das auch für sie.

»Aber jetzt bist du hier, Sam«, sagte sie, wobei ihr durchaus bewußt war, daß diese Aussage ihn nicht zufriedenstellen würde. Das hatte er eigentlich nicht hören wollen.

»Du willst es mir nicht sagen«, murmelte er. Er stand auf und ging zum Fenster. Es regnete noch immer. »Ich vermag es nur mit den Worten von Hobbs Land auszudrücken: Ich liebe dich, China Wilm, wie ein *Creely* seine Beine liebt.« Und dann stieß er ein rauhes Lachen aus. »Mit diesen Worten bin ich nicht zufrieden, China Wilm. Ich brauche andere. Vielleicht werde ich sie eines Tages finden.«

Ihr war gar nicht zum Lachen. Sicherlich war er nicht mehr der Mann, den sie von früher kannte, aber wirklich verändert hatte er sich im Grunde auch nicht. Samasnier Girat wurde von etwas umgetrieben, von dem sonst niemand auf Hobbs Land infiziert war. Nächtliche Wanderungen waren ihm nicht genug. Der Kampf gegen Ungeheuer war ihm nicht genug. Die Erkundung der phantastischen neuen Seen und Wälder – sogar des ganz neuen in der Nähe der Siedlung Drei – waren ihm nicht genug. Er suchte etwas, das sie ihm nicht geben konnte, und für einen Moment fragte sie sich, weshalb er überhaupt noch hier war und nicht längst schon mit den anderen Unzufriedenen verschwunden war. Sie wünschte sich, er würde gehen.

Der zarte Sproß der Liebe war wieder verdorrt; sie war verletzt und den Tränen nahe. Und erneut beschloß sie, Sam Girat aus dem Weg zu gehen.

* * *

Als Shan, Bombi und Volsa mit dem Gleiter in der Siedlung Eins eintrafen, wartete Sam schon mit einem Bodenfahrzeug auf sie.

»Das wäre aber nicht nötig gewesen«, sagte Volsa und himmelte Sam unter gesenkten Lidern an. Wenn sie keine Hoch-Baidee gewesen wäre, hätte sie sich an ihn rangemacht. »Zu den Gästequartieren hätten wir auch laufen können.«

»*Topman, ich* hätte keinen Schritt mehr tun können«, sagte Bombi theatralisch und schnaufte erschöpft, was nicht einmal gestellt war. »Ich hätte es höchstens noch bis zum nächsten Badehaus geschafft. Ich bin *verdreckt*. Ich brauche nur Wasser, warmes Wasser, und Ruhe.«

»Was höre ich da von eurer Entdeckung?« fragte Sam mit echter Neugier. »Ein fremdartiges Monument?« Sam hatte nämlich ein Faible für Monumente aller Art.

»Fremdartig stimmt«, sagte Bombi. »Wir haben keine Ahnung, worum es sich handelt, außer daß es wahrscheinlich sehr alt ist. Wir wissen auch nicht, ob es nun ein Tier, eine Pflanze oder ein Mineral ist oder welchem Zweck es diente. Ob es natürlichen oder künstlichen Ursprungs ist. Ob es von den *Erloschenen* oder einer noch älteren Rasse erbaut wurde. Oder vielleicht von Besuchern; *diese* Möglichkeit besteht immer.«

»Erstaunlich«, sagte Sam, wobei ihm tausend Fragen auf der Zunge lagen. »Erstaunlich, daß es nicht auf den Karten verzeichnet ist.«

Volsa schaute ihn kopfschüttelnd an. »Das Gebiet ist bewaldet. Deshalb sind die Hügel aus der Luft nicht zu erkennen. Und die Instrumente hätten sie nur erfaßt, wenn sie eine sehr hohe Dichte hätten; sie scheint aber nicht höher zu sein als die Dichte von Erdboden und Gestein. Wir wissen es einfach nicht. Und für Ausgrabungen hat uns die Ausrüstung gefehlt. Schließlich sind wir auch keine ausgebildeten Xenoarchäologen, und man wird uns sicher schon verübeln, daß wir nur eine Sonde in den Erdboden gesteckt haben. Wenn die Abteilung für Denkmalspflege von unserem Fund erfährt, wird es dort wahrscheinlich bald von Experten nur so wimmeln.«

»Interessant«, murmelte Sam. Er hielt es durchaus für möglich, daß das, was sie gefunden hatten, sich vielleicht erst vor kurzem manifestiert hatte, wie andere geographische Merkmale auch, aber er verkniff sich das. Diese neuen Merkmale waren den Besuchern offenkundig nicht aufgefallen, und Sam legte auch keinen Wert darauf, daß noch mehr Teams von Thyker, Phansure oder Ahabar hier herumschnüffelten. Vor dem Logistik- und Verwaltungsgebäude hielt er an. »Die Gästequartiere befinden sich oben.«

»Warmes Wasser«, sagte Bombi stöhnend.

»Warmes Wasser«, bestätigte Sam. »Außerdem habe ich unsere besten Köche damit beauftragt, Ihnen ein Mahl zu bereiten, und zwar gemäß der Instruktionen, welche die Zentralverwaltung von Ihrem Religionszentrum erhalten hat. Falls Sie dennoch irgendwelche Bedenken oder Beanstandungen haben, lassen Sie es mich bitte wissen. Die Zutaten sind Geflügel, Früchte, Cerealien und Gemüse.«

Dann gingen sie nach oben in den ersten Stock und richteten sich ein. Shan fiel aufs Bett und war nach wenigen Augenblicken entschlummert. Bombi ging unter die Dusche und stimmte mit lauter Stimme melodische, entspannungsfördernde Mantras aus Thyker an. Bombi hatte eine sehr schöne Stimme und war schon in Serena als Opernsänger aufgetreten. Shan, der indes eine noch schönere Stimme hatte, hatte sich nie für Musik interessiert.

Volsa benutzte den Ultraschallreiniger, den sie einer Behandlung mit Wasser vorzog, und setzte sich dann ans Fenster. Sie delektierte sich an den Snacks, die sie in der Küche auf einem Tablett gefunden hatte und dachte an Sam Girat. Enthaltsamkeit war ja schön und gut, doch auf längeren Reisen zu Orten, an denen keine Baidee lebten, wünschte man sich zuweilen auch andere Gesellschaft als die eigenen Brüder. Bombi schien das kaum etwas auszumachen. Wo auch immer er sich befand, für Bombi gab es nur die Optionen ›Nimm's‹ oder ›Laß es sein‹. Und Shan hatte sowieso streng asketische Züge. Volsa hingegen war wesentlich geselliger. Sie beschloß, Spiggy Fettle anzurufen und ihn zu fragen, ob er ihnen für ein paar Tage auf dem Plateau Gesellschaft leisten wollte. Ein Gespräch hier in der Siedlung wäre sinnlos gewesen.

Hier in der Siedlung. Beim Blick aus dem Fenster drängte sich ihr der Vergleich mit einer staubigen Westernstadt auf: eingeschossige Holzhäuser mit flachen Dächern und breiten Veranden; überwiegend ungepflasterte Straßen; sich gen Westen erstreckende Gewächshäuser; Felder in allen Farben des Regenbogens, die sich fast bis zum Horizont erstreckten. Die einbrechende Nacht warf lange Schatten auf die Straßen. Die Passanten wirkten zielstrebig, aber nicht hektisch. Kreischende Kinder liefen über die Straße, verschwanden in einer Seitengasse und kamen gleich wieder zum Vorschein. Es war eine Szene, wie sie für Kinder typisch war. Und dann fielen Volsa die vielen Katzen auf, was sie aber nicht verwunderlich fand. Die meisten Agrar-Siedler hielten Katzen, manchmal Tausende, und setzten sie zur Schädlingsbekämpfung ein. Die einheimische Rasse war ziemlich groß, mit rundem Kopf, weit auseinanderstehenden großen Augen und kurzem Haar. Manche waren einfarbig, manche getigert, und alle hatten sie lange, kräftige Schwänze. Ab und zu blieb eine Katze stehen und schaute mit interessiertem Blick zu ihr herauf, als ob sie sagen wollte: ›Aha, ein neues Gesicht.‹

Erfrischt kam Bombi aus der Dusche, wobei das dunkle, nasse Haar ihm fast bis zu den Knien reichte. »Kein Schnelltrockner«, monierte er. »Nur Handtücher.«

»Setz dich ans Fenster«, empfahl sie ihm. »Dann trocknet es schneller.« Sie stellte sich hinter ihn und rubbelte ihm den Kopf ab; nachdem sie mehrere Handtücher verschlissen hatte, waren die Strähnen zumindest nur noch feucht. Dann kämmte sie ihn, wie er es bei ihr auch oft tat, und steckte das lange Haar in einem komplizierten Verfahren hoch, bis es wieder unter den Turban paßte. Schon oft hatte Volsa sich gewünscht, die Prophetin hätte sich präziser ausgedrückt und *Verstand* statt *Kopf* gesagt. Das Gebot ›Wehrt euch gegen Manipulationen des Verstandes‹ hätte ihren Intentionen sicher eher entsprochen. Diese Langhaarfrisuren waren nämlich ausgesprochen lästig.

Musik drang an ihre Ohren, erst schwach, dann zunehmend lauter.

»Bist du schon so trocken, daß du dich anziehen kannst?« fragte Volsa.

Er nickte und wuchtete sich mit einem Seufzer aus dem Sessel. »Wer da wohl singt?«

»Es ist ein schöner Gesang.« Sie lehnte sich aus dem Fenster und hielt Ausschau nach den Sängern. »Außerdem wollten wir uns doch den Tempel ansehen, nicht wahr?«

»Mein Bedarf an verfallenen Tempeln ist gedeckt«, erwiderte Bombi.

»Sollen wir Shan aufwecken?«

»Laß ihn.« Seit sie die Erdhügel entdeckt hatten, war Shan nur noch ein Nervenbündel. »Er braucht seinen Schlaf«, sagte Bombi stirnrunzelnd.

Also unternahmen sie einen Spaziergang zu den Tempelruinen, und es bedurfte nicht mehr als einer oberflächlichen Inspektion, um zu ermitteln, daß sie den Tempeln auf dem Plateau exakt glichen.

»Was ist das denn für ein Gesang?« fragte Volsa eine Passantin.

»Der Chor?« erwiderte sie überrascht. »Ach, ich habe mich schon so daran gewöhnt, daß ich ihn überhaupt nicht mehr höre. Die Kinder haben einen Chor gegründet, und viele Erwachsene haben sich ihm angeschlossen. Maire Girat ist die Chorleiterin. Sie üben in der Nähe des Tempels. Geht einfach die Straße entlang, über den Fluß. Diese Richtung.« Lächelnd zeigte sie in die entsprechende Richtung, und die beiden schlugen den bezeichneten Weg ein.

»Ein idyllischer Ort«, sagte Bombi, wobei zwei steile Falten auf seiner Stirn erschienen. »Bemerkenswert.«

»Ein fleißiges Völkchen«, pflichtete Volsa ihm bei. Sie marschierten in der angegebenen Richtung, wobei sie sich an den Stimmen orientierten. »Wir hätten Shan doch mitnehmen sollen«, sagte sie. »In letzter Zeit verhält er sich wirklich seltsam. Weißt du vielleicht, was ihm fehlt?«

»Das weiß nur der *Overmind*«, erwiderte Bombi kurz angebunden.

»Glaubst du, es hat etwas mit seinem Aufenthalt bei den Porsa zu tun?«

Erneut runzelte Bombi die Stirn. Diese Möglichkeit hatte er bewußt nicht in Betracht gezogen. Er hatte sie geflissentlich verdrängt. Wo Volsa ihn nun damit konfrontierte, spürte er ein gewisses Unbehagen. Nachdem Shan von Ninfadel zurückgekehrt war, hatte er sie schier in den Wahnsinn getrieben. Er hatte fast den ganzen Tag in der Badewanne gelegen und das damit begründet, daß er den Gestank der Porsa loswerden müsse. Jede Nacht war er von Alpträumen geplagt worden, so daß seine Geschwister ihn aufwecken und beruhigen mußte. Bis es Volsa und Bombi schließlich zuviel wurde. Sie hatten Shan zum Arzt geschickt, damit er ihm Beruhigungsmittel verordnete und Entspannungstechniken beibrachte. Die Ärzte durften selbst nicht tätig werden, denn in diesem Fall hätten sie seinen Kopf manipuliert. Also mußte er es selbst lernen.

Und er hatte es gelernt, wie Bombi sich erinnerte. Shan hatte intensiv trainiert und seine Ängste schließlich unter Kontrolle bekommen. Das mußte man vorbehaltlos anerkennen, und Bombi würdigte das, indem er nun sagte: »Volsa, das liegt *Jahre* zurück. Es geht ihm gut. Er ist nur erschöpft.« Dann wiederholte er den Satz noch einmal im stillen, um sich selbst davon zu überzeugen. Shan war nur erschöpft.

»Lassen wir ihn also schlafen«, sagte Volsa, wobei sie sich suggerierte, sie sei überzeugt. Sie wollte es glauben. Er war nur erschöpft.

Sie überquerten den mit Bänderweiden gesäumten Fluß, die keinerlei Ähnlichkeit mit den *Topes* auf dem Hochplateau aufwiesen. Und dann sahen sie den Tempel, wobei sie zunächst den Augen nicht trauten. Durch das Dach wirkte er ganz ungewohnt, und aufgrund der mit bunten Mustern verzierten Wände strahlte der Tempel nun statt sakraler Tristesse eine ›weltliche‹ Fröhlichkeit aus.

»Beim *Overmind*«, flüsterte Bombi. »Ein neuer Tempel.«

»Im ersten Moment hat es mich auch irritiert«, sagte Volsa, »ohne daß ich wußte, weshalb. Uns war doch vorher schon bekannt, daß die Kinder der Siedlung einen Tempel wiederaufgebaut haben. Das war überhaupt der Grund, weshalb Zilia Makepeace das Büro für Umwelt- und Naturschutz informiert hatte. Nur deswegen hat sie sich so aufgeregt.«

Sie wollten schon hineingehen, doch dann erregte der Chor ihre Aufmerksamkeit, und sie wandten sich vom Tempel ab. Die Kinderstimmen wurden von den Altstimmen der Frauen überlagert, Bässe schufen Kontrapunkte, und zusammen mit Baritönen und Tenören wurde das ganze zu einem harmonischen Klangteppich verwoben. Die schönste Stimme indes hatte ein Kind von dreizehn oder vierzehn Lebens-Jahren, das in der ersten Reihe der Gruppe stand und dessen Stimme dem harmonische Ganzen eine ekstatische Note verlieh.

»Setzen wir uns ins Gras und hören zu«, schlug Volsa vor. »Sie sind wirklich gut.«

»Als professionell möchte ich den Gesang zwar nicht bezeichnen, aber für Amateure sind sie in der Tat gut«, sagte Bombi. Also setzten sie sich zu einem Dutzend Siedlern ins Gras und ließen sich von der Musik verzaubern. Bald verloren sie jedes Zeitgefühl.

* * *

In der Siedlung träumte Shan Damzel derweil, er wäre wieder auf Ninfadel.

Es war der übliche Alptraum. Er trat aus dem Transmitter und stand auf einem von hohen Mauern umgebenen Platz mit mehreren kleinen Gebäuden und Lagerschuppen. Hier im Hochland von Ninfadel war eine Schutzmauer im Grunde überflüssig, aber das zuständige Büro in Ahabar hatte dennoch darauf bestanden. Doch das wußte Shan bereits aus früheren Träumen.

Er stand neben einem Stapel Proviantkisten. Die Lebensmittel wurden von Ahabar geliefert. Prinzipiell wäre das Hochland von Ninfadel auch für die Landwirtschaft geeignet gewesen, doch in Anbetracht der Bodenbeschaffenheit wäre die Feldarbeit sehr personalintensiv gewesen, und eine solche Arbeitsorganisation war bei der hohen Fluktuation auf Ninfadel illusorisch. Auch das war Shan bekannt.

Im Traum kam ein Uniformierter auf ihn zu und reichte ihm lächelnd die Hand. Die von Ahabar abkommandierten Wachen wurden alle vierzig Tage abgelöst, wobei sie während dieser Zeit fast nie die Stadt verließen. Das kleine Kontingent, das vom Büro für Umwelt- und Naturschutz entsandt worden war, blieb länger, doch auch diese Leute hielten sich fast nur innerhalb der Stadtmauern auf. Manchmal wurde Shan darauf hingewiesen, und manchmal erinnerte er sich auch daran.

In diesem Traum waren es nun Mitarbeiter des Büros für Umwelt- und Naturschutz, die ihm verschiedene Dinge erläuterten und dabei so dicht auf Tuchfühlung gingen, daß er einen profunden Einblick in die Anatomie ihrer Rachen erhielt. Sie erzählten ihm indes nichts Neues; die Litanei kannte er bereits auswendig.

»Wir geben dir Tips zum Überleben«, sagte der Mitarbeiter der Umweltbehörde. »Verstehst du? Wenn du überleben willst, hör gut zu.

Erstens: Öffne nie das Visier, wenn du das Hochland verläßt. Auf keinen Fall. An keinem Punkt unterhalb der Höhenlinie. Wir hatten einen Kollegen, der unterhalb der Linie in einem Baum einen Beobachtungsposten eingerichtet hatte und dann mit offenem Visier eingeschlafen war. In der Nacht ist ein Porsa irgendwie am Baum emporgeglitscht und hat ihn erwischt. Unterhalb der Höhenlinie darfst du nie, ich wiederhole, *nie*, das Visier öffnen.

Zweitens: Du mußt immer eine Luftreserve für einen Tag im Tornister haben, wenn du ins Flachland absteigst. Sobald dieses Limit unterschritten wird, kehr unverzüglich um und laß die Flasche auffüllen. Glaube nur nicht, wenn einer dich erwischt und einen halben Tag lang festhält, wärst du aus dem Schneider. Der nächste verschluckt dich vielleicht für einen ganzen Tag. Ist alles schon dagewesen. Zum Teil liegen sie auch an der Linie auf der Lauer; werde also nicht leichtsinnig.

Drittens: Du solltest spätestens dann umkehren, wenn du seit dem Unterschreiten der Linie ein Viertel der Sauerstoffreserve verbraucht hast. Der Tornister verfügt über ein Zählwerk. Aktiviere es, wenn du die Linie überquerst.

Viertens: Wenn die Haut verschleimt wird, mußt du den Siff abwaschen, solange er noch feucht ist. Wenn er erst einmal eingetrocknet ist, hinterläßt er Wunden, die nicht mehr heilen. Und nimm beim Waschen nicht das Visier ab. Mit Vorliebe schlagen sie nämlich unten am Fluß zu. Am besten wäschst du dich in einem der Bassins, die wir oben im Hochland aufgestellt haben. Jedes Becken ist durch eine weithin sichtbare Boje markiert.

Fünftens: Sprich nicht mit ihnen. Ganz egal, welchen Translator du hast; schalte ihn nur auf Aufnahme, sag aber selbst kein Wort. Sie drehen nämlich durch, wenn man sie anspricht. Das macht ihnen richtig Spaß. Wir hatten einen Fall, wo sie sogar die Grenze überschritten haben, bloß weil ein Student versucht hatte, mit ihnen zu kommunizieren. Es bringt sie um, aber nicht so schnell, daß sie nicht noch Zeit hätten, großen Schaden anzurichten.

Sechstens: Im Grunde erfährst du sogar mehr über sie, wenn du ihnen aus dem Weg gehst, anstatt den Kontakt zu ihnen zu suchen. Wenn du ihnen nämlich zu nahe kommst, werden sie dich nur verschlucken, und von innen bekommst du nicht viel mit. Wenn ich sage, du sollst ihnen aus dem Weg gehen, meine ich, daß du die Linie nicht unterschreiten sollst. Auf diese Art schließt du jedes Verletzungsrisiko aus. Ich weiß zwar, daß du dich nicht daran halten wirst, aber ich wollte dich nur darauf hingewiesen haben. Von hier oben siehst du genausoviel, als wenn du in die Ebene hinabsteigen würdest. Schließlich gibt es auch Ferngläser. Die Linsen verschleimen zwar recht schnell, aber das ist noch das geringste Problem.

Siebtens: Stöpsel Nasenfilter ein, sobald du in ihre Nähe kommst. Nun wirst du wohl sagen, erstunken sei noch niemand, aber es fehlt verdammt nicht viel…«

Solcherart war er instruiert worden, wie sie jeden Studenten instruierten, der nach Ninfadel kam. Und nun verfolgte es ihn noch im Traum. Vielleicht erinnerte er sich auch nur daran, aber im Traum glaubte er, es zum erstenmal zu hören; zum erstenmal fühlte er Skepsis. Schließlich war Shan ein Hoch-Baidee. Er hatte seine eigenen Wahrheiten; welche Relevanz besaßen dann noch diese Umwelt-Fritzen vom degenerierten Planeten Phansure oder die Wachen von Ahabar.

Sie statteten ihn mit einer Schutzmaske aus, in die eine an Scharnieren aufgehängte Glasplatte eingearbeitet war. Von der Platte führte ein Schlauch zu einem Rückentornister mit einem Zwei-Tage-Vorrat an hochverdichtetem Sauerstoff. Ein Rohr hinter dem Glas versorgte ihn mit Wasser, ein zweites mit *Nutripaste*. Das ganze Arrangement war schwer und hinderlich bei der Fortbewegung.

»Wie lange muß ich das denn anbehalten?« hatte er gefragt.

»Manche Leute behalten es ein Leben lang an«, hatte der Ausbilder gesagt. Es sollte witzig klingen, was es aber nicht war. Shan hatte Videos mit menschlichen Skeletten gesehen, an denen noch die Ausrüstung hing: Dieses Anschauungsmaterial war obligatorisch für jeden Doktoranden, der so arrogant war, Forschungen bei den Porsa in Betracht zu ziehen.

Oder so mutig, sagte er sich im Traum, wie er es sich schon in der Realität gesagt hatte. Engagement, Motivation, Mut. Das waren unabdingbare Voraussetzungen. Er verließ den Außenposten und betrat die Sicherheitsschleuse. Die Innentür schloß und verriegelte sich selbsttätig. Dann fuhr die Außentür auf, und er ging über den felsigen Boden, wobei er sich tunlichst im Bereich diesseits der glühenden Markierungslinie hielt, der für die Porsa tödlich war. Sein Blick schweifte über die spärlich bewachsenen Hügel und den Fluß. Ein würziger, harziger Geruch lag in der Luft. Unten am Fluß erspähte er eine Gruppe Porsa, die sich gegenseitig anschrien. Ohne sich dessen überhaupt bewußt zu werden, überschritt er die Linie und ging den matschigen Abhang hinunter, wobei er den Translator aktivierte, um den Inhalt der Auseinandersetzung mitzubekommen.

»Pißnelke, Scheißkerl, Rotznase, Eiterbeule«, sagte einer.

»Du Scheißkerl, Schleimbeutel, Kotzbrocken«, erwiderte ein anderer.

»Du Furz«, kreischte ein dritter. »Du Dreckskerl du. Scheißhaufen.«

Sie gingen aufeinander los und wälzten sich in einem Knäuel auf dem Boden herum. Dann lösten sie sich wieder voneinander. Dabei erkannten sie ihn und krochen den Hügel hinauf, wobei die großen grauen, mit eitrigen Wunden übersäten Schleimklumpen eine Schleimspur hinterließen und ihn lautstark begrüßten. Der Gestank, der von ihnen ausging, traf ihn wie eine Schockwelle. Würgend rammte Shan sich die Filtereinsätze in die Nasenlöcher, und in letzter Sekunde schloß er das Visier. Fröhlich kreischend legten die Schleimer einen Zahn zu.

»Wir kommen, du Drecksack. Wir kommen.«

»Warte, du Dreckskerl. Warte!«

Shan träumte, daß er losrannte, aber dennoch eingeholt wurde. Er träumte, daß sie ihn verschluckten, einer nach dem anderen, und dabei genüßlich schmatzten.

Shan schrie auf.

»Damzel!« rief jemand.

»Laß mich raus!« schrie er.

»Sie sind doch draußen«, rief Sam und rüttelte ihn. »Damzel, wachen Sie auf. Sie sind auf Hobbs Land. Es geschieht Ihnen nichts!«

Völlig verstört setzte Shan sich auf und hielt die Luft an.

»Tief durchatmen«, sagte Sam, während der Mann sich bläulich verfärbte. »Hier sind Sie in Sicherheit.«

Vorsichtig schniefte Shan. Nichts. Nur frische Luft. »Tut mir leid«, sagte er. »Ich dachte eigentlich, ich wäre darüber hinweg.«

»Wahrscheinlich sind Sie nur erschöpft«, sagte Sam, wobei er die Frage, die ihn wirklich bewegte, nicht stellte: ›Wovon haben Sie denn geträumt?‹ »Geht es Ihnen wieder besser?« fragte er statt dessen nur.

»Ja«, erwiderte Shan. »Wo sind Bombi und Volsa?«

»Ich habe sie vor einiger Zeit die Straße hinuntergehen sehen. Sind Sie sicher, daß Ihnen nichts fehlt?«

»Ja«, bestätigte Shan, und als Sam den Raum verließ, rief er ihm noch ein »Danke« nach.

Dabei zitterte er innerlich und wäre fast in Panik ausgebrochen. Auf Thyker wäre das nicht passiert, sagte er sich. Wäre es nicht. Es mußte an Hobbs Land liegen. Irgend etwas … vielleicht diese Erdhügel. Vielleicht … vielleicht war es auch etwas anderes, aber einen Grund mußte es geben. Hastig stand er auf und kleidete sich an. Es lag an diesem Planeten. Dieser Planet war der Auslöser!

Als er auf die Straße trat und die Musik hörte, wäre er fast wieder in Panik geraten; er lief auf die Quelle der Musik zu, wobei er an sich halten mußte, nicht loszurennen. Schließlich war er so nahe, daß er auch den Text verstand.

»Erhebet euch, o ihr Steine«, sangen die Tenöre. »Erhebet euch, ihr großen Steine. Schwebet, oh, schwebet im Licht.«

»Erhebet euch«, grollten die Bässe. »Schwebet, oh, schwebet im Licht.«

»Erhebet euch«, trällerte das Mädchen. »Schwebet, oh, schwebet im Licht.«

Und da saßen auch Bombi und Volsa im Gras und lauschten dem Gesang, wobei sie ab und zu im Rhythmus der Musik mit dem Kopf nickten. Shan schlich sich von hinten an sie heran. »Das ist aber nicht nett von euch«, knurrte er, »überhaupt nicht nett.«

Bombi schaute in Shans grinsendes Gesicht; er glaubte, einen Totenschädel vor sich zu haben.

»Was habt ihr beiden euch dabei gedacht, einfach so zu verschwinden?« fragte Shan mit weinerlicher Stimme.

Bombi starrte ihn nur wortlos an.

»Ich dachte, du würdest schlafen«, sagte Volsa. »Wir wollten nur den Tempel besichtigen.«

»Verschwinden wir von hier«, sagte Shan, packte sie an den Armen und zerrte sie den Weg zurück, den sie gekommen waren. »Schnell weg.«

»Shan, was ist los mit dir?« rief Volsa und riß sich los.

»Der Lärm«, sagte er. »Der Lärm.«

»Das ist doch nur Musik, schöne Musik«, rief sie.

»In meinem Kopf«, murmelte er. »Etwas drängt sich in meinen Kopf. Es will mich verschlucken.«

»Schönheit«, erwiderte sie barsch. »Du wirst von der Schönheit der Musik überwältigt. Das ist schon in Ordnung. Es ist uns durchaus erlaubt, uns an schönen Dingen zu erfreuen.«

Heftig schüttelte er den Kopf. »Das ist nicht alles«, zischte er. »Das ist nicht alles. Wir müssen hier weg.«

Verwirrt folgten sie ihm zurück zu den Gästequartieren, wo er das Fenster schloß, um den entfernten Gesang auszublenden.

»Hört ihr es denn nicht?« rief er. »Das Ding versucht in uns einzudringen!«

»Shan, leg dich wieder hin«, befahl sein Bruder. »Du bist *übermüdet*. Ich höre nur Musik, schöne Musik. Sehr schöne Stimmen, ungeschult zwar, aber in der Gesamtheit wirken sie sehr harmonisch. Ich nehme keine Bedrohung meiner religiösen Integrität wahr.«

»Ich bin nicht übermüdet«, schrie Shan. »Absolut nicht!«

Volsa schaute ihn nur an. So hatte er sich seit der Rückkehr von Ninfadel nicht mehr verhalten. Als ihre Blicke sich trafen, errötete er, ging auf sein Zimmer und schloß die Tür hinter sich. Er wußte, daß er nicht verrückt war. Damals indes, während des Aufenthalts bei den Porsa und direkt nach seiner Heimkehr, war er sich nicht so sicher gewesen. Diesmal jedoch bestand nicht der geringste Zweifel. Er war absolut bei Verstand.

Er setzte sich an den Rechner und verfaßte einen sorgfältig formulierten Bericht an den Zirkel der Skrutatoren der Hoch-Baidee. Anschließend setzte er noch ein scheinbar nichtssagendes Memo an Howdabeen Churry auf, dessen Brisanz sich dem Empfänger erst dann erschloß, wenn er zwischen den Zeilen las. Die Quintessenz beider Nachrichten indes war, daß Shan Damzel nun auch glaubte, daß Zilia Makepeace recht hatte. Eine Gefahr dräute auf Hobbs Land.

* * *

Maire Girat erhielt die Nachricht, daß ihr Neffe Ilion Girat, der Sohn von Phaeds jüngstem Bruder, sich auf Hobbs Land aufhielte und ihr einen Besuch abstatten wollte. Worauf Maire nun gar keinen Wert legte, war die Begegnung mit einem Voorstoder; andererseits überbrachte der Junge womöglich eine wichtige Nachricht – vielleicht sogar von Phaed. Daß er krank war, was sie indes für unwahrscheinlich hielt, oder gar tot, was mit Blick auf Phaeds Neigungen schon wahrscheinlicher war. Auf jeden Fall wollte sie es wissen, falls er krank oder tot war. Auch wenn es vielleicht dumm und ganz sicher unvernünftig war. Aber sie wollte es einfach wissen. Allerdings bestand da noch eine andere Möglichkeit …

Maire ging hinüber ins Bruderhaus; sie traf Sam beim Müßiggang an, was einem Wunder gleichkam.

»Ich habe gehört, daß der Neffe deines Vaters hier auf Hobbs Land ist«, eröffnete sie ihm.

»Der Neffe meines *Vaters? Mein* Vater …«

»Der Sohn von Phaed Girats jüngerem Bruder.«

Sam wurde kribbelig. Das war es, das Signal, die Herausforderung. Darauf hatte er die ganze Zeit gewartet. »Wirklich? Möchte er uns besuchen?«

»Er will mich treffen. Aber ich will ihn nicht treffen.«

Dabei machte sie einen derart deprimierten Eindruck, daß er ihr einfach nicht böse sein konnte, was sonst immer der Fall war, wenn sie diesen ganzen Blödsinn über Voorstod erzählte. »Was bedrückt dich denn?« fragte er.

»Ich befürchte, er ist gekommen, um mich zu Phaed zurückzubringen.«

Nun verlor Sam doch die Geduld. »Das ist doch Unsinn, Mam. Wie sollte er das denn anstellen. Allein schon der Gedanke, daß Phaed nach all den Jahren jemanden schickt, um dich zu holen, ist absurd. Falls überhaupt, würde er mich kommen lassen und nicht dich.«

Sie war so verängstigt, daß sie ihm überhaupt nicht richtig zugehört hatte. »Vielleicht kommt er doch wegen mir … ich weiß, es klingt lächerlich, aber schließlich bin ich noch immer mit ihm verheiratet«, sagte sie und wischte sich die Tränen aus dem Gesicht.

Dieses Thema war Sam zu heikel. Das Konzept stand vor seinem geistigen Auge. Lebenslange Treue. Es war ihm egal, wie China sich dazu äußerte; er wollte es, wagte aber nicht, darauf zu sprechen zu kommen. Er befürchtete nämlich, daß die Leute, die der Ehe ablehnend gegenüberstanden, sie ihm madig machen würden.

»Du hattest dich nicht scheiden lassen, bevor du Voorstod verlassen hast?« fragte er.

»In Voorstod läßt man sich nicht scheiden, Sammy. Ich habe mit Phaed einen Bund geschlossen, vor einem Priester, wie es in Voorstod üblich ist. Dieser Bund ist unauflöslich. Zumindest für eine Frau. Für eine Frau ist der Schwur vor einem Priester heilig.«

»Aber doch nicht so heilig, daß du ihn nicht hast sitzenlassen«, sagte Sam, wobei der latent in ihm kochende Zorn an die Oberfläche drang.

Schockiert sah Maire ihn an. »Nein, ich habe ihn nicht einfach *sitzenlassen*. Nach Maechys Tod habe ich mit deinem Vater gesprochen und ihm gesagt, daß ich es in Voorstod nicht mehr aushielte. Ich habe ihn gebeten, mit mir nach Hobbs Land zu gehen. ›Du hast dich lange genug mit den Gharm herumgeärgert‹, hatte ich gesagt. ›Vergiß sie und komm mit mir. Auf Hobbs Land gibt es weder Abolitionisten noch Sklaven, über die du dich aufregen müßtest, und es gibt auch keine Ehe, so daß du auch dieser Bürde ledig wärst.‹ Die Ehe war ihm zuwider, Sammy. Das gilt aber für so manchen Mann von Voorstod. Sie heiraten nämlich nur aus dem Grund, weil sie auf diese Art jungfräuliche Bräute bekommen, die ihnen Söhne gebären. Die Ehe ist für sie ein notwendiges Übel. In ihrem Paradies gibt es keine Frauen.«

Den größten Teil ihrer Ausführungen hatte Sam indes einfach an sich vorbeirauschen lassen. »Wovor hast du also Angst? Daß dein Neffe von einem Priester begleitet wird, der dich zurück nach Ahabar schleift?«

Sie schüttelte den Kopf. »Sein Erscheinen hier ist mehr als seltsam. Es kommt mir vor wie eine Verschwörung.«

»Verschwörung! Daß ich nicht lache«, rief er. »Mam, du bist genauso paranoid wie Zilia Makepeace! Der Junge will nur seine berühmte Tante besuchen. Von wegen Verschwörung!«

Sie straffte sich und schaute ihn düster an. »Sam, ich sage dir nun, was meine Großmutter einst zu meiner Mutter gesagt hatte, als ich noch ein Kind war. Ich habe ihre Worte nie vergessen. ›Eine Verschwörung ist dunkel und schmutzig‹, sagte sie, ›und Rache wiegt so schwer wie ein Felsbrocken, und das Handwerk eines Sklavenhändlers zieht einen Mann so weit hinab, daß er nur noch von Finsternis und Dreck umgeben ist, als ob er in einem Grab liegen würde. Ein Mann, der die Kultur des Todes pflegt, gewöhnt sich an diese Dunkelheit. Und wenn ein solcher Mann wieder ins Licht tritt, verursacht ihm das Schmerzen.‹ Nun, Sammy, dieser Neffe deines Vaters ist einer von ihnen, und es würde ihm Schmerzen bereiten, ins Licht zu treten, genauso wie deinem Vater. Bewahre dir nur den Traum von einem königlichen Vater, Sam – ich weiß sehr wohl, was du fühlst, mein Sohn –, doch glaube mir, diese Männer und ihre Freunde liegen in ihrer Höhle aus Haß auf der Lauer, und von ihnen geht eine schreckliche Gefahr aus. Das weiß ich, so wahr ich Maire Girat heiße.« Sie verstummte, und Sam war erfüllt von einem Gefühl der Verwirrung und des Schmerzes.

Nachdem er die Fassung wiedererlangt hatte, leistete er ihr im stillen Abbitte. Sie wurde alt, und die Erinnerung an die schlimmen Zeiten schmerzte sie sehr. Doch selbst wenn er ihr das zugute hielt, mußte er noch nicht alles glauben, was sie ihm erzählte. »Nun, wenn du dich aus irgendeinem Grund fürchtest, werde ich dich begleiten. Dann wird dir nichts geschehen.« Er hatte keine Ahnung, wovor sie sich überhaupt fürchtete. In seinen Augen war das nämlich die Chance, auf die er so lange gewartet hatte, der Stein, unter dem der Schlüssel zur Rückkehr nach Voorstod verborgen lag; und wenn sie nun auch eine Rolle dabei spielte, dann würde er ihre Angst eben akzeptieren und das bei seinem Vorgehen berücksichtigen.

Also gingen Maire und Sam in die Zentralverwaltung, wo das Treffen stattfinden sollte. Zu ihrem Erstaunen stellten sie fest, daß es sich um zwei Besucher handelte.

»Mugal Pye; Ihr ergebener Diener, Madam«, sagte der ältere, wobei er versuchte, ein aufrichtiges Lächeln zu heucheln. »Der junge Mann, Ilion, ist einer unserer Archivare und wollte seiner berühmten Tante ›Guten Tag‹ sagen.«

»Du bist Domals Sohn«, sagte Maire zum jüngeren Mann, wobei sie die plumpe Anmache des anderen ignorierte. Sie kannte Männer wie Mugal Pye nur zu gut. Phaed gehörte nämlich ebenfalls zu dieser Sorte; er hatte auch immer gelächelt und Süßholz geraspelt. Aber er war voller Grausamkeit und Selbstgerechtigkeit.

»Ja, ich bin Domals Sohn«, erwiderte der Junge und musterte sie neugierig. »Bist du wirklich Maire Manone?«

»Ja, so wurde ich genannt.«

»Die Liebliche Sängerin von Scaery?«

»So nannte man mich vor langer Zeit.«

»Mugal Pye«, stellte der ältere Mann sich erneut vor und gab Sam die Hand. »Du mußt Sam Girat sein.«

»Das ist richtig«, sagte Sam, wobei er ein gewisses Unbehagen verspürte, als er dem Mann die Hand gab. Ohne daß er den Grund für dieses Unbehagen gewußt hätte.

»Singst du auch hier?« wandte Ilion sich an Maire und schaute sich um, als ob er sich fragte, ob man hier überhaupt singen könne. »Es ist ein kahles und flaches Land.«

Sie lachte freudlos. »Im Vergleich zu Scaery auf jeden Fall. Wo der Nebel so dicht ist, daß ein Obdachloser sich dort einquartieren könnte. Wo es so feucht ist, daß man nur am Feuer ein trockenes Plätzchen zum Schlafen findet.«

»Ja, es ist feucht in den nördlichen Regionen«, bestätigte er.

»Gibt es einen besonderen Grund für deinen Besuch, Junge?«

Er schüttelte den Kopf. »Ich wollte nur sehen, wie du hier lebst, Maire Manone. Die Leute zu Hause erkundigen sich nach dir, mußt du wissen. Ich dachte, du wolltest ihnen vielleicht Grüße übermitteln.«

»Sag ihnen, daß es die alte Maire Manone nicht mehr gibt, daß Maire Girat die Babies der Siedlung Eins auf Hobbs Land betreut und daß es ihr gut geht. Richte ihnen das aus, Junge.« Das war unverfänglich genug, zumal sie bei dem ganzen Vorgang eine innerliche Kälte gespürt hatte.

Nachdem sie noch ein wenig Konversation betrieben hatten, gingen Maire und Sam wieder. Trotz der Abneigung, die Sam gegenüber Mugal Pye empfand, nahm er ihn auf die Seite und bat ihn, seinem Vater Grüße zu überbringen. »Er soll mir mal schreiben«, sagte er. »Ich denke oft an ihn.«

Mugal Pye lächelte nur, ohne den Auftrag zu bestätigen; im Moment sollte Phaed Girat nämlich noch nichts von dieser Sache erfahren. Er stellte Sam und Maire noch ein paar belanglose Fragen, um die Tatsache zu verschleiern, daß Maire ihm schon alles gesagt hatte, was er wissen mußte.

* * *

Die von Shan Damzel auf Hobbs Land verfaßte Botschaft wurde auf Thyker von Holorabdabag Reticingh, dem Chef des Zirkels der Skrutatoren des Göttlichen *Overmind,* entgegengenommen, der zu dem Schluß kam, daß die Nachricht unbedingt unter die Rubrik ›Gefühle‹ fiel.

Shan hatte in seiner Botschaft mitgeteilt, daß er glaubte, etwas wäre nicht in Ordnung. Er hatte den Eindruck, daß etwas vorging. Nur daß Shan nicht imstande war, das auch zu spezifizieren. Shan hatte zwar keinen Beweis, aber er war definitiv nervös. Er erklärte sich mit Zilia Makepeace solidarisch. Gefahr war im Verzug, und man mußte etwas unternehmen.

Reticingh machte sich indes mehr Sorgen um Shan Damzels Zustand. »Vielleicht ist er krank«, vertraute er seinem molligen und melancholisch dreinblickenden Assistenten, einem gewissen Merthal, an. »Vor der Abreise hat er aber einen stabilen Eindruck gemacht. Manchmal frage ich mich, ob er die traumatischen Erlebnisse bei den Porsa jemals überwinden wird; mögen sie verrotten.«

»Das würde ihnen womöglich noch gefallen«, sagte Merthal, der durchaus Sinn für Humor hatte. »Bei seiner Rückkehr hat Shan nämlich selbst halb verfault ausgesehen.«

Die beiden standen auf dem Wohnzimmerbalkon des Chef-Appartements, hoch über einem Übungsplatz, wo einige junge Baidee, die den dreijährigen Wehr- beziehungsweise Gottesdienst ableisteten das Exerzieren übten, das bei Paraden und Prozessionen so nützlich war. Sollte jemand versuchen, die Köpfe der Baidee zu manipulieren, würde er auf Widerstand stoßen. Jeder wehrfähige Baidee zwischen der Pubertät und Senilität wurde eingezogen, wobei die Rekruten eine Spezialausbildung absolvierten, die sie zum Einsatz biologischer Waffen befähigte, welche das Rückgrat der Landesverteidigung der Baidee darstellten. Eine gut ausgestattete und hochqualifizierte F&E-Abteilung sorgte dafür, daß sowohl die Militärtechnik als auch Strategie und Taktik immer auf dem neusten Stand waren.

Da war es wirklich eine Schande, daß eine derart effiziente Maschinerie sich ›im Leerlauf‹ erschöpfte. In den langen Jahren seit der Ankunft der Prophetin war die Armee der Baidee erst einmal ins Feld gezogen. Die Wesen, die mit dem Ansinnen aus den Tiefen des Weltraums gekommen waren, den Baidee ihre Lebensart aufzuzwingen, hatten ordentlich eins auf die Mütze bekommen. Anfangs hatten die Skrutatoren bei der Erwähnung der Invasion amüsiert gelächelt, doch als die Seuche ausbrach, verging ihnen das Lachen.

Wohlwollend musterte Reticingh die exerzierenden Rekruten. »Ich habe den Damzel-Clan schon gekannt, bevor Shan, Bombi und Volsa geboren wurden«, sagte er nachdenklich. »Diese Familie zeichnet sich durch kompromißlose Objektivität aus. Deshalb hatte ich Shan auch trotz seiner Jugend für emotional stabil gehalten. Wenn er krank ist, ist das natürlich etwas anderes.«

Damit meinte er natürlich körperlich krank. Psychische Erkrankungen wurden von den Hoch-Baidee nicht als medizinische Indikation betrachtet.

»In der Botschaft sagt er aber, es ginge ihm gut«, gab Merthal zu bedenken.

»Das ist vielleicht nur ein subjektiver Eindruck. Ich meine, ein Symptom des Krankseins besteht gerade darin, daß man sich gesund fühlt, obwohl man in Wirklichkeit krank ist.« Körperliche Beschwerden waren heilbar. Und manchmal verschwanden mit der Heilung körperlicher Gebrechen auch mentale ›Unpäßlichkeiten‹.

»Was meinst du, sollen wir ihn nach Thyker zurückrufen und von den Feldschern untersuchen lassen?«

Reticingh seufzte. Geisteskranke stellten eine ständige Herausforderung für die Baidee dar. Solange keine körperlichen Beschwerden vorlagen, konnte man nichts für sie tun. In der Peripherie von Thyker hatte man viele Heime für die ›Unkontrollierten‹ errichtet. Manche der Insassen mußten in eine Zwangsjacke gesteckt werden. Manche waren auch so gefährlich, daß sie von den anderen isoliert werden mußten; bei Selbstverstümmelung indes schritt niemand ein. Wieder andere, wie Shan Damzel, litten an Wahnvorstellungen.

Bedächtig, wie man es die Hoch-Baidee lehrte, ließ Reticingh sich die Sache durch den Kopf gehen, wobei er die potentiellen Konsequenzen jeder Option sorgsam prüfte. »Ich würde vorschlagen, Merthal«, sagte er schließlich mit einer zufriedenen Attitüde, »daß wir einen unserer Feldscher nach Hobbs Land entsenden, damit sie unseren geliebten Sohn auf Herz und Nieren untersuchen. Der junge Dr. Feriganeh dürfte der richtige Mann sein. Es wird ihm sicher gefallen. Und du kommst natürlich auch mit.«

»Ich?!«

»Ich lege nämlich Wert auf deine geschätzte Meinung. Außerdem würde Shans Mutter mich samt *zettle* verschlingen, wenn ihm irgend etwas zustieße.«

* * *

Horgy Endure sicherte den ›inneren Frieden‹ seines Harems, indem er mit jeder Dame einen individuellen Termin vereinbarte, an dem sie sich seiner ungeteilten Zuwendung erfreuen durfte. Die fünfte, siebte und neunte Nacht der Zehn-Tages-Schichten verbrachte er jeweils mit einer der Trainees. Ruellin, die Blondine, hatte einen Termin für die fünfte Nacht, und sie erschien zum vereinbarten Zeitpunkt in Horgys Appartement, kurz vor der Essenszeit. Horgy hatte nämlich die Angewohnheit, einen Imbiß und ein Gläschen

Wein zu sich zu nehmen, bevor er für mehrere Perioden der Nachtschicht der sexuellen Ertüchtigung frönte. Horgy war ein Meister in dieser Disziplin, und Ruellin schätzte sich glücklich, bei ihm eine Trainee-Stelle ergattert zu haben, insbesondere deshalb, weil sie sich auf diese Art auch Kenntnisse über landwirtschaftliches Produktionsmanagement aneignete.

An diesem fünften Abend beließ Horgy es bei einem Glas Wein, was höchst ungewöhnlich war. Außerdem schien er keinen rechten Appetit zu haben.

»Irgendwie habe ich keinen Hunger«, entschuldigte er sich.

»Ich kann auch gehen«, sagte sie leise, wobei sie insgeheim doch hoffte, daß er sie zum Bleiben aufforderte, »wenn du dich nicht wohl fühlst.«

»Nein, nein«, sagte er und lächelte sie an, wobei ihr schier das Herz aufging. »Setzen wir uns für eine Weile auf den Balkon. Ich muß mich einfach etwas entspannen.«

Horgys Suite befand sich in der zweithöchsten Etage des Verwaltungsgebäudes. Nur Dern Blass residierte noch über ihm. Vom Balkon aus hatten sie einen weiten Blick über das Straßennetz und die Grünanlagen der Zentralverwaltung, über die umgebenden Wälder und Ebenen bis hin zum Hochplateau, dessen unregelmäßige Konturen sich am Horizont abzeichneten.

»Anscheinend haben die Leute von Thyker interessante Dinge dort oben gefunden«, sagte Ruellin im Bestreben, Konversation zu betreiben und wies auf die entfernte Hochebene.

»Das passiert überall«, murmelte er.

»Wirklich?« fragte sie mit verführerischem Gesichtsausdruck. »Wo ereignen sich denn noch interessante Dinge?«

»In den Siedlungen«, sagte er, ohne auf ihre Anmache einzugehen. »Seen. Schluchten. Wasserfälle, die scheinbar aus dem Nichts auftauchen. Wußtest du schon, daß bereits sechs Siedlungen einen Gott haben?«

»Einen Gott?«

Er faßte sich an den Arm, als ob er Schmerzen hätte. »Sieh in den Archiven nach. Als die ersten Siedler hier ankamen, gab es nur einen Gott. Wo sich heute die Siedlung Eins befindet. Aber dieser Gott ist dann gestorben. Du warst doch bei der Besprechung anwesend, wo wir diesen Punkt diskutiert hatten.« Sie registrierte einen Anflug von Schmerz beziehungsweise Ungeduld in seiner Stimme und reagierte sofort.

»Natürlich, ich erinnere mich. Und nun haben schon sechs Siedlungen einen Gott? Woher stammen sie denn?«

»Sie haben sie gefunden. Ist schon eine merkwürdige Sache. Zuerst wollten die Kinder unbedingt einen Tempel bauen, was mir und Zilia völlig unwahrscheinlich vorkam. Nachdem sie davon erfahren hatte, bat sie mich, sie zur Siedlung Fünf zu begleiten. Und wirklich waren dort ganze Scharen von Kindern zugange, zogen Mauern hoch und sangen dabei. War ein merkwürdiger Gesang, als ob sie ihn vorher geprobt hätten. Und nachdem der Tempel fertig war, dauerte es nicht lange, bis sie auch einen Gott dazu gefunden hatten.«

»Sehr … schön«, sagte sie, weil ihr sonst nichts einfiel.

»Mittlerweile haben alle elf Siedlungen einen Tempel. Und ich bin sicher, daß es nicht mehr lange dauert, bis jede Siedlung auch einen Gott hat. Seltsam.«

»Seltsam«, pflichtete sie ihm bei und wünschte, er würde endlich aufhören, von den Göttern zu reden.

»Sie nennen die Götter nach Siedlern, die kürzlich gestorben sind. Muß wohl eine Art Denkmal sein.« Er grunzte und schob die rechte Hand unter den linken Arm. »Ich hätte nichts essen sollen. Ich habe Schmerzen.«

»Soll ich einen Arzt rufen?«

»Nein, nein«, sagte er und winkte ungeduldig ab. »Ich habe die letzten Tage nur zuwenig geschlafen. Ich hätte mich schon längst einmal durchchecken lassen sollen, aber ich habe es immer wieder aufgeschoben.«

»Vielleicht sollte ich jetzt gehen.«

Er schenkte ihr ein strahlendes Lächeln. »Nein, mein Schatz. Wenn es auf der ganzen Welt ein Mittel gegen Müdigkeit gibt, dann sitzt es direkt neben mir.« Er griff nach ihr, und sie verloren sich im obligatorischen Vorspiel.

Später ging er dann ins Schlafzimmer, während sie das Bad aufsuchte. Als sie das in schummrigem Licht liegende Schlafzimmer betrat, lag er rücklings und mit ausgestreckten Armen und Beinen auf dem Bett. Erst als sie sich zu ihm legte und sich an ihn kuschelte, merkte sie, daß er nicht mehr atmete.

* * *

Wo Horgy die schnelle Verbreitung von Göttern auf Hobbs Land bloß als merkwürdig betrachtet hatte, so witterte Zilia Makepeace nachgerade Gefahr. Sie wollte dringend das Forschungsteam von Thyker sprechen, doch die Leute befanden sich alle auf dem Hochplateau und beschäftigten sich mit seltsamen Formationen, die bisher noch niemandem aufgefallen waren. Zilia wußte zumindest schon soviel, daß Shan, Bombi und Volsa nach einem Blick auf die Luftaufnahmen weitere solcher Formationen ausfindig gemacht hatten, die der ersten zum Teil sehr ähnlich waren, sich zum Teil auch deutlich von ihr unterschieden. Obwohl es eigentlich nicht zu ihrem Auftrag gehörte, hatten die Damzels beschlossen, wenigstens eine dieser Formationen zu untersuchen, um zu sehen, worum es sich bei ihnen überhaupt handelte. Zu diesem Zweck hatten die drei Verstärkung erhalten durch Maschinenführer, Techniker, einen Arzt von Thyker und ein dickes Faktotum namens Merthal, der zwar von ausgesuchter Höflichkeit war, aber penetrant darauf bestand, daß die Damzels es ihm unverzüglich mitteilten, falls sie etwas benötigten. Weil das Projekt unter der Ägide des Büros für Umwelt- und Naturschutz durchgeführt wurde, fühlte Zilia sich als Repräsentantin des Büros auf diesem Planeten verpflichtet, den Vorgang zu überwachen, auch wenn sie offiziell gar nicht involviert war. Mittlerweile war ihre Paranoia schierer Verärgerung und Frustration gewichen.

In ihrer Not hätte sie sogar mit Spiggy als Begleiter vorliebgenommen, nur um festzustellen, daß Volsa Damzel ihr mit einer entsprechenden Einladung bereits zuvorgekommen war. Nach Aussage von Tandle Wobster, die ohnehin alles wußte, war Spiggy so Baidee-kompatibel, daß er als Sex-Partner in Frage kam, auch wenn er Eier aß und kein *kamrac* sein eigen nannte. Weil es sonst nichts gab, worüber sie Spekulationen hätte anstellen können, fragte Zilia sich, wie Tandle wohl von diesem interessanten Umstand Kenntnis erlangt hatte und kam schließlich zu dem Schluß, daß Tandle die Intimsphäre der beiden vermutlich mit illegalen Mitteln ausspioniert hatte.

All diese Spekulationen und Mutmaßungen wurden indes durch das plötzliche Ableben von Horgy Endure beendet, wobei es niemanden sonderlich überraschte, daß der Exitus eingetreten war, als er sich gerade mit einer seiner Trainees vergnügte. Erst als Zilia die Blondine bei der Beerdigung sah, wußte sie, um wen es sich gehandelt hatte. Offensichtlich stand das Mädchen noch unter Schock und wurde von ihren Kolleginnen gestützt. Horgy hatte einen großen Bekanntenkreis gehabt, überwiegend Frauen, von denen viele in der Zentralverwaltung Dienst getan hatten. Zilia zog ein dezentes Kostüm an und nahm dann hinten in der Halle Platz, wobei sie hoffte, daß die Grabreden nicht allzulang dauerten. Ein junges Mädchen setzte sich neben sie, und weitere junge Leute belegten die umgebenden Plätze.

»Ich heiße Samstag Wilm«, stellte Zilias Nachbarin sich vor und reichte ihr die Hand. »Und das ist mein Cousin Jeopardy. Wir sind uns schon in der Siedlung Eins begegnet, als Sie dort zu Besuch waren. Die anderen sind Mitglieder des Besuchskomitees, das Horgy Endure gesponsert hatte.« Samstag seufzte, wobei ihr ein paar Tränen über die Wangen kullerten. »Er war sehr freundlich zu uns.«

»Er war zu vielen Leuten freundlich«, sagte Zilia pikiert. Sie war nämlich fast die einzige Frau in der Zentralverwaltung gewesen, für die Horgy kein zärtliches Interesse bewiesen hatte. Weder für sie noch für Tandle, obwohl Zilia nicht unbedingt den Kopf darauf verwettet hätte. In welcher Beziehung Horgy wohl zu diesem Kind gestanden hatte? »Dann besucht ihr also nur den Gottesdienst.«

»Eigentlich sind wir wegen der Grabwache hier«, sagte Jep. »Das gehört nämlich auch zu den Aufgaben unserer Gruppe. Wir halten Nachtwache an den Gräbern der Verstorbenen. Damit ehren wir sie. Es soll eine nette Geste sein.«

Das war das erste, was Zilia hörte. Sie hatte Horgys Innovationsbericht nicht gelesen, und obwohl Dern Blass die Verbreitung der Götter auf Hobbs Land interessiert verfolgt hatte, war von solchen Nachtwachen in den letzten Besprechungen nicht die Rede gewesen. »Am Grab?« fragte sie erstaunt. Solche Praktiken waren ihr nämlich unbekannt. Nur die Familie beziehungsweise die Leute, die damit beauftragt worden waren, betteten die Toten in ein Grab oder organisierten eine andere Art der Bestattung, falls das gewünscht war. Auf jeden Fall wurde fast nie gegen diese Baidee-Sitte, die vom ganzen System übernommen worden war, verstoßen. Die Baidee betrachteten einen Leichnam nämlich nur als eine Art Überbleibsel, einen Rückstand, um den die Gemeinschaft kein Aufhebens machen mußte. Es war Brauch, daß die Familien ihre Toten zügig, wenn auch respektvoll, unter die Erde brachten, noch bevor die Grabreden gehalten wurden.

»Ja, am Grab. Und weil das Wetter so schön ist, bringen wir Decken mit und singen, bis die Sonne aufgeht.« Samstags Augen waren so klar wie die Wasserfälle, die vom Hochplateau herabstürzten. »Nur zur Erinnerung.«

Zilia indes war niemand, der sich von großen Kinderaugen in ihren Bann ziehen ließ. Dies war eine weitere Verhaltensweise, die sie nicht verstand. »Ich würde euch gern begleiten«, sagte sie. »Wärt ihr mit einem Beobachter einverstanden?«

»Ja, natürlich«, erwiderte Jep nach einem unmerklichen Zögern. »Wir würden uns freuen, wenn Sie mitkämen. Wir treffen uns zwischen zwei und drei in der Nachtschicht auf dem Friedhof.«

Exakt um halb drei in der Nachtschicht erschien Zilia auf dem Friedhof. Der Ort befand sich in einer auf einer Anhöhe befindlichen Mulde, die durch einen mit Gebüsch und Bäumen bewachsenen Steinwall vom Komplex der Zentralverwaltung getrennt war. Zilia vernahm einen Gesang, und als sie den Wall erklommen hatte, sah sie einige Laternen und die zuckenden Schatten, die von um ein kleines Feuer tanzenden Gestalten geworfen wurden.

Die Kinder hatten sich um eine Erdaufschüttung versammelt, bei der es sich, wie Zilia annahm, um das Grab handelte. Samstag begrüßte sie und bot ihr eine Decke an, weil Zilia selbst keine mitgebracht hatte. Dann stimmten die Kinder den Gesang wieder an, ein aus vielen Strophen bestehendes Lied mit dem Titel

›Singet zu den Göttern‹, das in allen Einzelheiten den Aufstieg zum Hochplateau beschrieb. Dann schloß sich eine Geschichte mit Horgy Endure in der Hauptrolle an, wobei er fremde und exotische Orte wie die ›Insel der Blumen‹ besuchte. Anschließend erfolgten eine stumme Prozession um das Grab und eine Wiederholung derselben Liedsequenz, nur daß sie diesmal leicht variiert wurde. Das Repertoire der Kinder umfaßte sehr viele Lieder, die zwar keinen Inhalt im eigentlichen Sinn, dafür aber kunstvolle Rhythmen hatten; diese Lieder hatten weder Anfang noch Ende, sondern die Kinder sangen so lange, bis sie müde wurden. Manchmal legten sie beim Gesang und den Prozessionen auch einheitliche Masken an, so daß sie nicht mehr voneinander zu unterscheiden waren.

»Weshalb tut ihr das?« fragte Zilia, irritiert von dieser anonymen Maskerade.

»Weil wir nicht als Individuen hier sind«, erläuterte Samstag. »Es geht hier nicht um uns, sondern um die Absicht.«

»Kannst du mir das näher erklären?«

Samstag runzelte die Stirn, versuchte zu sprechen und runzelte erneut die Stirn. »Weil … weil es keine … Belohnung gibt«, sagte sie schließlich. »Wir bekommen keinen Orden oder sonst etwas.«

»Unsere Namen erscheinen nicht auf einer Tafel«, sagte Jep. »Wer es getan hat, ist unwichtig. Hauptsache, es wurde getan.«

Das war Zilia zu hoch. Soweit sie sah, wurde nämlich *überhaupt* nichts getan. Zumal es in ihren Augen ohnehin egal war, ob die Kinder sich nun hier betätigten oder nicht. Und daß es wichtig war, erschien ihr ganz und gar unwahrscheinlich. »Was glaubt ihr denn, was ihr hier tut?« fragte sie.

»Es ist eine nette Geste«, sagte Samstag. »Von uns acht.«

In der Tat waren sie nur zu acht. Jep, Samstag und

sechs weitere Kinder aus der Siedlung; Zilia hätte mit mehr Teilnehmern gerechnet.

»Wo ist denn euer Freund Willum R.?« wandte Zilia sich an Jep.

»Er hat sich nicht gut gefühlt«, erwiderte er. »Gotoit und ein paar andere sind bei ihm geblieben.«

Nachtschicht zehn verstrich, dann elf. Geräusche ertönten in der Dunkelheit, als ob irgend etwas oder irgend jemand graben würde. »Backenhörnchen«, erklärte Jep, nachdem er Zilias fragenden Blick registriert hatte. »Die großen. In der Dämmerung habe ich eins gesehen, das die Länge meines Unterarms hatte.«

»Ich wußte gar nicht, daß sie so groß werden«, sagte Zilia erstaunt. »Oder bindest du mir nur einen Bären auf?«

»Ich habe wirklich schon sehr große Backenhörnchen gesehen«, beharrte Jep auf seiner Darstellung. »Und nachts wirken sie sogar noch größer.«

Die anderen pflichteten ihm bei und gaben allerhand Backenhörnchen-Anekdoten aus den Siedlungen zum besten.

Gegen Nachtschicht dreizehn schlief Zilia ein. Als sie aufwachte, setzte bereits die Morgendämmerung ein, und gähnend löschten die Kinder das Feuer und die Lichter der Laternen. Nach einer letzten Prozession um das Grab wankten sie zurück zum Komplex der Zentralverwaltung. Obwohl Zilia vier bis fünf Stunden geschlafen hatte, war sie genauso müde wie die anderen. An der Tür ihres Wohnhauses winkte sie den Kindern zum Abschied zu, wusch sich den Staub ab und fiel dann ins Bett.

Derweil trotteten die Kinder auf dem Weg zurück, den sie gekommen waren und erreichten einen hinter dem Friedhof verlaufenden Graben, wo Willum R., Gotoit und ein weiteres Dutzend schlotternder Kinder sich um eine von einer Decke verhüllte Gestalt versammelt hatten.

»Ihr wart so weit vom richtigen Grab entfernt, daß wir ihn hochholen konnten«, sagte Willum R. müde, »aber wenn wir ihn zum Standort des Tempels gebracht hätten, wären wir vielleicht von dieser Frau gesehen worden.«

»Die Nächte sind jetzt ziemlich kurz«, murmelte Samstag. »Die Leute von der Zentralverwaltung werden noch eine Weile schlafen. Das Grab ist schon ausgehoben; wenn wir uns beeilen, schaffen wir es.«

Eilig beförderten die Kinder den Leichnam von Horgy Endure, der auf einer aus zwei Stangen und einer Decke improvisierten Trage lag, zu einem hügeligen Geländeabschnitt, der oberhalb des Komplexes der Zentralverwaltung lag. Dort begruben sie ihn zusammen mit einem Splitter klebriger, weißlicher Götter-Substanz, den Samstag Wilm aus einer Plastiktüte holte, die sie im Rucksack mitgeführt hatte.

»Jetzt ist es aber genug«, sagte Gotoit stöhnend und rieb sich die schmerzenden Arme.

»Meine ich auch«, sagte Jep. »Ich bin müde. Dieser ist der letzte.«

»Keine Nachtwachen mehr«, sagte Samstag. »Den Gesang werde ich aber vermissen.«

»Es wird keine Nachtwachen mehr geben«, sagte Jep und schüttelte den Kopf. »Nie mehr.«

»Ich habe noch vier übrig«, sagte Samstag und schaute in den Rucksack. »Nachdem wir Birribat gehoben hatten, habe ich fünfzehn Splitter herausgebrochen. Zehn haben wir in den Siedlungen verbraucht und einen hier; bleibt ein Rest von vier. Ich verstehe gar nicht, weshalb ich mehr als nötig mitgenommen habe.«

»Wirf sie nur nicht weg«, sagte Jep. »Es wird sicher einen Grund dafür geben, daß du mehr Splitter herausgebrochen hast, als eigentlich gebraucht wurden.«

»Ich wüßte aber nicht, welchen.«

Jep zuckte nur die Achseln. Er wußte es auch nicht.

»Wer hat überhaupt den Tempel in der Zentralverwaltung erbaut?« fragte er.

Auf diese Frage indes wußte niemand eine Antwort; nicht einmal in ihren kühnsten Träumen wären die Kinder auf die Idee gekommen, daß Dern Blass, Zilia Makepeace, Spiggy, Jamice und der Rest der Verwaltungsmitarbeiter eines Tages in der Nähe des Grabes, in dem sie soeben Horgy Endure bestattet hatten, den Grundriß eines Tempels abgetragen und ein solches Gebäude errichtet hatten. Genausowenig wußten sie, daß die Leute dem Tag entgegenfieberten, da Horgy Endure sich als Gott manifestieren würde.

Im Gänsemarsch wankten sie gähnend zu ihren Unterkünften in der Zentralverwaltung zurück. Jep und Samstag, die Hand in Hand gingen, bildeten die Nachhut.

»Nun können wir endlich wieder in Ruhe leben«, sagte Jep müde. »Nun können wir unser Leben leben, Sams.« Er legte den Arm um sie, und sie stützten sich gegenseitig, *Diejenigen Welche* den göttlichen Auftrag erfüllt hatten und sich nun ausruhen durften.

»Nun können wir unser Leben leben«, bestätigte sie und küßte ihn auf die Wange; damit wollte sie ihm sagen, daß sich nichts zwischen ihnen verändert hatte.

»Kommt schon«, rief Gotoit und winkte ihnen zu. »Wir wollen nach Hause.«

Abrupt blieb Jep stehen. Er zitterte.

»Was hast du denn?« fragte Samstag.

»Mich schaudert bei dem, was sie eben gesagt hat«, erwiderte er.

»Was hat sie denn gesagt?«

»Daß sie nach Hause will. Als ob dort etwas nicht in Ordnung wäre.«

»Dort ist alles in Ordnung, Jep. Du bist übermüdet, das ist alles. Mir geht es nicht anders. Wenn wir wieder zu Hause sind, mußt du gleich zum Sportunterricht, obwohl dein Körper sich nur nach Schlaf sehnt.

Bei mir ist es genau dasselbe. Wenn ich nur schon an den Gesangsunterricht denke, bekomme ich einen Kloß im Hals.«

»Das wird es wohl sein«, sagte er, erwiderte den Kuß und strich ihr das wirre Haar aus dem Gesicht. Sie lächelten sich aufmunternd zu und folgten Gotoit und Willum R.

Zweiter Teil

Voorstod

1

Jeopardy Wilm erwachte in einer fremden Welt und einer fremden Zeit; er hatte rasende Kopfschmerzen. Sein Körper lag auf einem Bett, und er hatte alle viere ausgestreckt. Sein Bewußtsein indes befand sich woanders und suchte nach ihm. Die Luft roch modrig. Er hörte Stimmen im Kopf, die er nicht verstand, und er hatte das Gefühl, sich den Hals verrenkt zu haben. Sowohl die Stimmen als auch die vermeintliche Verrenkung waren ihm aus der Dunkelheit bekannt, aus der er erwacht war. Er erinnerte sich daran, wie er sich manchmal an Bruchstücke eines schlimmen Traums erinnerte, aus dem er abrupt erwacht war.

Unwillentlich entrang sich seiner Kehle ein Stöhnen, und er glaubte, sein Kopf würde zerspringen. In der Nähe schabte ein Stuhl auf einem Holzfußboden, wobei das Geräusch wie ein Blitz durch seinen Kopf zuckte. Es war ein anderes Geräusch als das, welches ein Stuhl in der Siedlung normalerweise verursachte. Das dort verwendete Material puffte leise. Dieses Geräusch indes war ein Quietschen gewesen, doch er wußte auch so, was es zu bedeuten hatte. Jemand war aufgestanden, um nach ihm zu sehen.

Das Gesicht, das sich über ihn beugte, war ihm unbekannt. Es wurde von einer Aureole aus rotem Licht umgeben und hatte die unangenehme Eigenart, in Intervallen vor seinen Augen zu verschwimmen und sich wieder zu stabilisieren.

»Aufwachen, wa?« artikulierte der Mund über ihm, der eher einem klaffenden, mit Zahnreihen bewehrten

Maul glich, in dem eine große Zunge herumschwabbelte. Jep schloß die Augen und öffnete sie wieder. Die Aura verschwand, das Gesicht nahm feste Konturen an, und der Mund reduzierte sich auf eine angemessene Größe; nun identifizierte er auch die Stimme. Sie gehörte keinem der Siedler von Hobbs Land. Er verstand zwar die Worte – System-Idiom –, aber die Aussprache hörte sich seltsam an. Sie war mit fließenden Lauten unterlegt, die in keinem Bezug zur Bedeutung der Wörter standen.

Das Gesicht wandte sich ab, wobei der Mund weiterplapperte. »Er kommt wieder zu sich, Preu. Ich schätze, die Dosis hat ihn doch nicht umgebracht.«

»Ich werde selbst nachsehen, Epheron.« Ein weiteres Gesicht tauchte wie ein Ballon über ihm auf; weiße Haare kräuselten sich unter einer schwarzen Kappe, und im rhythmischen Wechsel verschwamm das Gesicht vor seinen Augen und nahm feste Konturen an. Erneut schloß Jep die Augen; er wähnte sich in einem Alptraum.

»Junge«, sagte eine rauhe Stimme. »Hör mir zu. Du wirst dich leichter an die Situation gewöhnen, wenn du weißt, wo du bist und mit wem du es zu tun hast. Ich heiße Preu Flandry, und du befindest dich hier auf Voorstod.«

Nichts. Das sagte ihm rein gar nichts. »Wer ist Voorstod?« murmelte der Junge mit trockener Kehle. »Voorstod? Wer ist das?«

»Du bist in Voorstod auf dem Planeten Ahabar«, sagte Flandry ungeduldig.

»Ahabar«, murmelte der Junge. Die Bedeutung dieses Wortes war ihm geläufig. Ahabar war ein Planet. Einer der inneren Planeten des Systems. Ein großer Planet. Mit einer Monarchie als Regierungsform. Königin Sowieso. »Ich bin auf Ahabar. Königin Sowieso.«

Der Mann gab ihm einen Klaps. »Mit Königinnen haben wir hier nichts am Hut. Wir leben zwar auf demselben Planeten, aber das ist nicht Ahabar, sondern Voorstod.«

Nun war er wieder genauso schlau wie vorher. Wenn Voorstod keine Person war, was war es dann?

»Er hat noch nie von Voorstod gehört«, sagte jemand ungläubig. »Maire Girats Enkel?«

»Niemandes Enkel«, nuschelte Jep; langsam kam er wieder zu sich. »Chinas Mom ist gestorben. Ich habe keine Großmutter.«

Darauf entspann sich ein zorniges Gemurmel, das gelegentlich von einem Knurren unterlegt wurde. Sie klangen wie Hunde, die sich um einen Knochen stritten, wobei sie sich eigentlich gar nicht so sehr dafür interessierten, sondern vielmehr ihrem Instinkt folgten.

Dann trat ein schielender Mann ans Bett. »Wer ist Sam Girat?« fragte er.

»Sam Girat?« gab Jep die Frage zurück und versuchte sich etwas aufzurichten. »Er ist *Topman* der Siedlung Eins.«

»Er ist dein Vater«, drang da eine knurrende Stimme aus der Dunkelheit.

»Das ist nicht richtig«, sagte Jep. »Ich habe nichts mit ihm zu tun. Genausowenig, wie ich etwas mit den anderen Freunden meiner Mutter zu tun habe.« Schließlich gelang es ihm, sich mehr oder weniger aufrecht hinzusetzen, und er ließ den Blick durch den Raum schweifen. In der entgegengesetzten Wand befand sich ein Loch, in dem ein kleines Feuer brannte. Daneben war eine Tür. Der Fußboden bestand aus Holz; nur daß die Dielen nicht poliert waren, wie Jep es kannte, sondern naturbelassen und rissig. Die Decke bestand aus Brettern, die auf kuppelförmig gebogene Balken genagelt waren. Die bräunlichen Wände waren fleckig, als ob Wasser an ihnen hinabgelaufen wäre; an manchen Stellen mehr als an anderen, so daß die feuchten Oberflächen mit unregelmäßigen

Mustern überzogen waren. Die gegenüberliegende Wand wurde von einem mit einem Vorhang verhängten Fenster dominiert; in der Mitte der anderen Wände waren schwere, mit Metallbändern verstärkte Holztüren, die in massiven Angeln hingen, eingelassen. Vom Bett aus sah Jep, daß die Tür zur Rechten mit großen Nägeln vernagelt war.

Zwei der drei Stühle am Feuer waren besetzt. Nun ging der Mann, der bisher am Bett gestanden hatte, zu den anderen und ließ sich wie ein nasser Sack auf den dritten Stuhl fallen. »Der Junge hat keine Großmutter! Ha!«

»Die Frage müßte eher lauten, Pye, hat die Großmutter einen Enkel?«

Der weißhaarige Mann beugte sich nach vorn und wärmte sich am Feuer die Hände. Nun wurde Jep sich zum erstenmal bewußt, wie kalt und feucht dieser Raum war. Er schlotterte vor Kälte. Die über ihn gebreitete Decke war mit Feuchtigkeit vollgesogen, wie ein Pilz nach einem Regenguß. Er versuchte die Kälte zu verdrängen, indem er sich auf die Männer konzentrierte. Der Weißhaarige war Preu. Der Jüngere mit dem Schlappmaul, der zuerst gesprochen hatte, hieß Epheron. Das Schielauge, das gerade Platz genommen hatte, war Pye; den indes hatte Jep schon einmal gesehen.

»Wie ist Ihr vollständiger Name?« fragte Jep und deutete auf Pye.

»Ich heiße Mugal Pye«, erwiderte der Mann und musterte den Jungen mit stechendem Blick. »Wir sind uns schon einmal begegnet.«

Alle drei trugen sie Kappen mit breiten Schirmen, die den Effekt hatten, daß die Köpfe größer und die Gesichter schmaler wirkten. Jep erinnerte sich, daß ihm das früher schon aufgefallen war. Eines Tages war er sehr früh allein zum Tempel gegangen, weil er für Birribat Shum etwas zu erledigen gehabt hatte. Unterwegs war er dann einem Fremden begegnet, einem Mann mit einer Kappe, der sich als … Mugal Pye vorgestellt hatte.

»Was habt ihr mit mir vor?« fragte Jep. An das, was geschehen war, nachdem der Mann ihm seinen Namen genannt hatte, erinnerte er sich nicht mehr. »Weshalb bin ich hier?«

»Du bist hier, weil wir dich für unsere Zwecke benötigen«, erwiderte der Mann namens Preu. »Wenn du dich benimmst und wenn wir dich nicht mehr brauchen, schicken wir dich zurück nach Hobbs Land.«

»Für welche Zwecke braucht ihr mich?«

»Wir haben dich als Geisel genommen, Junge. Wir wollen, daß deine Großmutter zu ihrem Volk zurückkehrt. Und wenn sie nicht kommt, werden wir dich ein wenig beschädigen, aber das hat sie dann zu verantworten.«

»Ich habe euch doch schon gesagt, daß ich keine Großmutter habe. Chinas Mutter ist tot.«

»Ich spreche von Sam Girats Mutter, Junge.«

»Aber sie ist doch gar nicht meine Großmutter! Weshalb sollte sie dann etwas für mich tun?« Wenn sein Schicksal von Maire Girat abhing, so wurde Jep sich in einem Anfall von Panik bewußt, dann war er geliefert. Wie in der Siedlung üblich, wußte er nicht mehr von der Frau als ihren Namen und wie sie aussah. Samstag kannte sie besser, weil sie bei ihr Gesangsunterricht nahm, aber Jep wußte fast gar nichts von ihr!

»Rotznase«, schimpfte Epheron. »Undankbarer Lump.«

»Na, na«, beschwichtigte Mugal Pye ihn. »Er hat schon recht, Floom. Ich habe es selbst gehört, als wir dort waren. Für sie zählt nur die mütterliche Herkunft. Die Begriffe ›Vater‹ und ›Großvater‹ verwenden sie nicht; höchstens ›Onkel‹. Der Junge hier hat drei

Onkel, aber keinen Vater. Und Maire Girat denkt vielleicht in denselben Kategorien. Schließlich lebt sie schon sehr lange auf Hobbs Land. Wenn dem wirklich so ist, haben wir eh einen Fehlgriff getan. Wir hätten die Kinder ihrer Tochter entführen müssen. Sals Kinder. Daran haben wir überhaupt nicht gedacht.«

»Phaed sagte mir, sie hätte immer soviel Sympathie für die Gharm empfunden«, sagte Preu Flandry spöttisch. »Vielleicht überkommen sie bei dem hier auch sentimentale Anwandlungen. Ob sie ihn nun offiziell als Familienangehörigen betrachtet oder nicht.«

Erneut schauderte Jep und würgte. Galle stieg ihm im Hals empor.

»Wir sollten ihm etwas zu essen geben«, spöttelte Mugal Pye. »Bevor er noch den Abgang macht.«

»Gebt mir lieber trockene Kleider«, sagte Jep zitternd. »Bevor ich mir noch etwas einfange und den Abgang mache. Tot nutze ich euch nämlich nichts.«

»Na gut«, sagte Preu. »Da hat er wohl recht. Er weiß nichts, was für uns von Interesse wäre. Der Junge soll sich ans Feuer setzen, und die Gharm bringen ihm etwas zu essen. Ich fliege zurück nach *Wolke*. Wenn ich zu lange fortbleibe, schöpft vielleicht noch jemand Verdacht. Außerdem ist es an der Zeit, daß jemand mit Phaed Girat spricht. Ich werde mich darum kümmern. Morgen. Oder nächste Woche. Oder irgendwann.«

Er verließ den Raum, und die anderen folgten ihm. Als es für Jep feststand, daß sie nicht zurückkommen würden, stand er auf und ging zum Kamin hinüber. Einer der Stühle war groß und üppig gepolstert, wenn auch zerschlissen und fleckig. Durch die Nähe zum Feuer war er aber wenigstens warm und trocken. Er kuschelte sich in den Ohrensessel und sog die Wärme in sich ein. Als er sich halbwegs wieder regeneriert hatte, zog er das Bett ab und hängte die Decken über die anderen Stühle, um sie in der Hitze trocknen zu lassen. Als er schließlich von einem Geräusch aufgeschreckt wurde, waberten bereits Dampfschwaden vor dem Kamin.

Die Leute, die nun das Zimmer betraten, waren von kleinem Wuchs. Der Mann ging dem Junge gerade einmal bis zur Schulter, und dabei war Jep noch lange nicht ausgewachsen; die Frau war noch kleiner und reichte ihm nur bis auf Brusthöhe. Der Mann trug einen Kochtopf, aus dem ein langstieliger Löffel herausragte; die Frau trug eine Schüssel, eine Tasse und eine Flasche, in der es beim Abstellen geheimnisvoll gluckerte. Trotz ihrer Kleinwüchsigkeit identifizierte Jep sie sofort als Erwachsene. Ihre Gesichter drückten Reife und sogar Würde aus. Leute mit solch einer dunklen Hautfarbe hatte Jep noch nie gesehen; die rötlich irisierende Haut war von einem Pelz überzogen. Der Pelz, mit dem die Köpfe bewachsen waren, hatte dieselbe Farbe wie die Haut, und auch die Augen hatten dieselbe rotbraune Färbung wie die Haut, wobei das strahlende Weiß der Zähne in auffälligem Kontrast zur übrigen Erscheinung stand. Sie trugen zerknitterte Hosen und Labberpullis aus einem groben, farblosen Stoff. Schuhe trugen sie nicht, so daß die pelzbedeckten Füße zu sehen waren.

»Etwas zu essen«, sagte die Frau und stellte die Schüssel auf den Tisch. Dann nahm sie die Tasse, füllte sie mit dem Getränk und hielt sie ihm hin. »Gut. Warm.«

»Ich bin schon halb erfroren«, entgegnete Jep. »Was seid ihr eigentlich für Leute?«

Erstaunt sahen die beiden sich an. »Wir sind Gharm«, erklärte der Mann schließlich.

»Von euch habe ich schon gehört«, sagte Jep nachdenklich. »Ihr seid der Grund für eine Kontroverse, nicht wahr? Maire Girat hat Samstag Wilm von euch erzählt. Und Samstag hat mir gesagt, daß ihr von den Leuten von Voorstod versklavt würdet. Stimmt das?«

Erneut wechselten sie Blicke und gingen auf Distanz zu ihm, als ob sie auf einmal Angst bekommen hätten.

»Ich will euch doch nichts tun«, rief Jep. »Ganz bestimmt nicht. Bleibt noch ein wenig. Sagt mir, wo ich…«

Doch nachdem sie das Essen aufs Feuer gestellt hatten, verließen sie fluchtartig den Raum.

Den Tränen nahe schaute Jep ihnen nach. Unwirsch schüttelte er den Kopf und legte die Hand auf den Kessel. Er war warm. Er stellte den Kessel auf den Tisch, füllte die Schüssel und aß. Der Geschmack kam ihm bekannt vor. Fleischig. Körnig. Was China als ›Dauereintopf‹ bezeichnet hätte.

»Unsere Vorfahren haben so etwas gegessen, nachdem sie das Feuer entdeckt hatten«, hatte sie Jep mehr als einmal erklärt, während sie alle möglichen Zutaten in einen Topf warf. »Natürlich erst, nachdem sie den Topf entdeckt hatten. Dann warfen sie zähes Fleisch, harte Körner und bittere Kräuter zusammen in einen Topf und ließen das ganze kochen, bis es genießbar war und besser als die Summe seiner Bestandteile schmeckte. Und wenn sie Glück hatten, gaben die Köche noch Zwiebeln und Salz hinzu, um das Mahl geschmacklich abzurunden.« China gab immer gute Sachen dazu. Jedenfalls fast immer. »Und wenn sie nicht soviel Glück hatten«, sagte sie manchmal, »aßen sie es trotzdem.«

Er aß es ebenfalls, wenn auch ohne großen Genuß. Aber er wußte, daß er essen mußte, um wieder zu Kräften zu kommen und sich innerlich zu wärmen. Nachdem er fertig war, setzte er sich wieder an den Kamin.

Dann hörte er schwere Schritte, zu schwer für einen Gharm. Mugal Pye war wieder da. »Kannst du schreiben?« fragte er von der Tür aus.

»Natürlich kann ich schreiben«, sagte Jep. »Ich bin doch nicht blöd.«

»Sowohl auf Papier als auch an einem Computer?«

»Ja«, erwiderte Jep.

»Dann schreibe.« Der Mann legte mehrere Blätter weichen, handgeschöpften Papiers auf den Tisch. In der Siedlung Zwei gab es eine Frau, die diese Technik der Papierherstellung beherrschte. Sie verkaufte dieses Papier an Leute, die es dann zu besonderen Anlässen benutzten. »Schreibe Maire Girat einen Brief. Sag ihr, du seist hier in Voorstod. Sag ihr, es würde dir kein Leid zugefügt, wenn sie wieder in ihre Heimat zurückkehrt.«

»Ihre Heimat ist auf Hobbs Land«, erwiderte Jep. »In der Siedlung Eins.«

»Schreibe!« befahl der Mann, wobei er zornig das Gesicht verzog. »Sie wird schon wissen, was mit Heimat gemeint ist. Sag ihr auch, wenn sie die Königin oder *Authority* informiert, würdest du mit Sicherheit sterben.« Er stellte ein Tintenfaß auf den Tisch und legte einen Federkiel dazu.

Jep nahm den Federkiel und tunkte ihn ins Tintenfaß. Im Gegensatz zum Maschinenschreiben diente die Handschrift dekorativen Zwecken. Jeder wurde in dekorativen Fertigkeiten unterrichtet, auch wenn Jep nicht sehr gut darin war. Samstag war in diesen Fächern viel besser als Jep. Beim Gedanken an sie hätte er fast die Fassung verloren. Er japste, als ob er ein Messer zwischen die Rippen bekommen hätte.

»Was ist?« fragte der Mann und schaute ihn mit stechendem Blick an.

»Ich bin ganz allein«, flüsterte Jep. »Meine Leute sind weit weg.«

»Ja, da hast du ganz recht«, sagte Mugal Pye spöttisch. »Das kannst du Maire Girat auch sagen. Sag ihr, du seist einsam und würdest frieren. Sag ihr, du hättest Hunger. Sag ihr, du würdest Hobbs Land nie wiedersehen, wenn sie nicht nach Voorstod zurückkehrt. Sie soll kommen und singen.«

»Sie singt aber nicht«, entgegnete Jep. »Ich kenne alle Sängerinnen. Sie gehört nicht dazu.«

»Sie singt nicht?« fragte Pye ungläubig.

»Sie ist eine alte Frau«, sagte Jep, wobei er in gestochenen Lettern den Namen von Maire Girat an den Seitenanfang setzte. »Sie ist eine alte Frau und singt nicht mehr.«

Er schrieb das nieder, was man ihm gesagt hatte. Es war eine schwierige Übung, etwas, das er nicht jeden Tag machte. Das gegenständliche Vokabular, das Feldfrüchte und Tiere umfaßte, half ihm hier nicht weiter, und er war nicht imstande, den abstrakten Inhalt des Briefes zu reflektieren. Er wußte nicht, weshalb Maire Girat etwas tun sollte, nur weil er, Jep Girat, hier gefangengehalten wurde. Zur Vereinfachung hätte er sich auch der Simplex-Form bedienen können – bei Simplex handelte es sich um ein phonetisches System, das keinen Raum für Interpretationen ließ; es war mit einem Diktat vergleichbar. Statt dessen entschied er sich jedoch für die Verwendung des *Phansurischen Hoch-Textes*, um der Empfängerin zu signalisieren, daß es sich um etwas Wichtiges handelte. Buchstäblich zwischen den Zeilen integrierte er eine Botschaft für Samstag, die besagte, daß er sie liebte und ihre Hilfe brauchte. Er hätte diese persönlichen Worte auch an China oder Tante Africa richten können, doch Samstag und er waren *Diejenigen Welche*.

»Was soll das?« fragte Mugal Pye zornig; er verstand so viel *Hoch-Text*, um die Botschaft zu dechiffrieren. »Ich habe dir nicht gesagt, du sollst deiner Freundin schreiben.«

»Ich muß«, sagte Jep. »Sie macht sich sonst Sorgen.«

»Rotzlöffel«, echauffierte Mugal sich. »Du hast es zwischen die Zeilen geschoben. Ich kann es nicht einmal herausnehmen.«

»Lassen Sie es stehen«, rief Jep. »Es beeinträchtigt Ihr Anliegen doch gar nicht!«

Nachdem Mugal sich wieder abgekühlt hatte, befand er, daß der Junge recht hatte. Durch die unterlegte Botschaft gewann der eigentliche Inhalt nämlich noch an Dramatik. Während die Hauptnachricht ihm in die Feder diktiert worden war, kam der zweite Text von Herzen. Allein schon aufgrund des Schmerzes, der sich im Subtext offenbarte, würde man auf die Authentizität des Schreibens schließen.

Nachdem die Tinte am Feuer getrocknet war, stellte Mugal Pye das Tintenfaß und die Feder auf den Kaminsims und verließ den Raum. Jep legte den Kopf auf die Arme und brach in Tränen aus. Die beiden Gharm huschten durch die Tür neben dem Kamin. Er spürte eine weiche Hand auf dem Arm und schaute in ein mitleidiges Gesicht.

»Wie heißt ihr?« flüsterte Jep.

»Nils«, sagte der Mann.

»Pirva«, sagte die Frau und streckte die Hände aus. »Bist du fertig?«

Er nickte und reichte ihr den noch warmen Kessel. »Bitte habt keine Angst vor mir«, flehte er. »Ich brauche jemanden zum ...«

»Wir wissen Bescheid«, sagte sie. »Wir haben mitgehört.«

»Seid ihr Sklaven?« fragte er.

Die Frau nickte und machte die Schulter frei; Jep sah die in den weichen Flaum der Schulter eingebrannte Nummer. Unterhalb der Schulter hörte der Pelz auf, und Jep sah die Haut ihrer Brust. Sie hatte keine Brüste, jedenfalls keine, die sichtbar waren. Statt dessen verlief eine lange, senkrechte Hautfalte am Körper. Die Anatomie der Gharm unterschied sich von derjenigen der Menschen. Angefangen bei den pelzigen und flachen Ohren. Er errötete und wandte den Blick ab; doch zuvor hatte er noch eine metallene Halskrause mit einem Ring bemerkt, wie sie normalerweise an Nutzvieh zu finden war.

»Sklaven.« Er glaubte es kaum. Er wußte nicht genau, was er sich darunter vorzustellen hatte, außer, daß sie nicht frei waren, so wie er es – gewesen – war. Wenn Sklaverei gleichbedeutend mit Gefangenschaft war, dann war er auch ein Sklave. »Warum?«

Wieder ein schneller Blickwechsel. »Es ist uns verboten, darüber zu reden.«

»Ich werde es nicht weitersagen«, versprach er. »Ich werde es für mich behalten.«

»Weil die Menschen uns gefangen, in Käfige gesperrt und uns hierher gebracht haben«, sagte Nils. »Sie waren größer und stärker als wir. Wir konnten nichts dagegen tun.«

»Ich dachte, es hätte einen Vertrag gegeben«, sagte Jep. Soviel wußte er nämlich.

»Später behaupteten sie, wir hätten einen Dienstvertrag mit einer Laufzeit von tausend Jahren unterschrieben. Dabei hatten wir gar nichts unterschrieben. Wir wären lieber in unserem eigenen Land gestorben.« Sie schaute ins Feuer und sah dort Dinge, die Jep verborgen blieben.

»Wieso wollen sie, daß Maire Girat zurückkehrt?« fragte er. »Weshalb ist ihnen so daran gelegen?«

Sie schüttelten nur den Kopf; dann waren sie verschwunden. Er hörte, wie der Schlüssel im Schloß knirschte.

Er ging zum Fenster und zog den Vorhang zurück; das einzige, was er sah, waren Dunkelheit und der Feuerschein auf den Balken, die sein Gefängnis markierten. Er zog den Vorhang wieder vor und schlich zum Feuer zurück. Neben dem Kamin war Feuerholz aufgestapelt. Er steckte einige Scheite in die Glut; dann breitete er die Decken vor dem Kamin aus und kuschelte sich in die warmen Laken. Lichtreflexe spielten über sein Gesicht. Der Geruch des Rauchs hatte etwas Tröstliches, wie ein alter Segen. Er schloß die Augen, um den Geruch intensiver wahrzunehmen, und dachte an Samstag. Als er sie zum letzten Mal gesehen hatte, hatte er ihr gesagt, von nun an könnten sie ihr Leben leben. Anscheinend hatte er sich geirrt. Er hatte gewußt, daß zu Hause etwas nicht stimmte. Aber das hatte ihn nicht davon abgehalten, doch heimzugehen.

Er schlug die Augen auf und betrachtete die grob zusammengezimmerte Deckentäfelung. Der Gott hatte es gewußt. Der Gott hatte alles gewußt. Nur daß er ihn nicht gewarnt hatte. Nach einer Weile fielen ihm die Augen zu, und er schlief ein.

* * *

Am darauffolgenden Tag empfing er ein Paar Stiefel und einen Mantel, und man sagte ihm, daß er nun für den Farmer arbeiten müsse, dem dieses Anwesen gehörte. Ohne Arbeit würde er kein Essen bekommen. Sie verpaßten ihm eine Halskrause, die indes nicht aus Metall war wie die der Gharm; vielmehr handelte es sich um ein schmales, mit Leuchtdioden besetztes Band, das wie ein HighTech-Teil aussah. Wenn er sich über eine halbe Meile vom Bauernhaus entfernte, so lautete die Warnung, würde das Ding explodieren und ihm den Kopf abreißen. Man vergatterte ihn zum Ausheben von Gräben; eine so schwere Arbeit hatte er noch nie verrichtet.

Ständig war er in einer Nebelkammer eingeschlossen, die alle Geräusche filterte und bis zur Unkenntlichkeit verzerrte. Jeden Abend ritzte er vor dem Schlafengehen eine Markierung in die Wand neben dem Kamin. Mit dem Einschlafen hatte er keine Probleme. Er sagte sich, daß Hilfe kommen würde. Nur weil er sich das ständig vorsagte, wie ein Gebet, verlor er nicht die Nerven. Samstag, so sagte er sich, würde selbst kommen oder jemanden schicken. Sie würde ihn selbst dann finden, wenn er sich auf dem Grunde eines Meeres befände.

»Schließlich sind wir *Diejenigen Welche*«, murmelte er. »Der Gott Birribat Shum wußte, was geschehen würde und hat es geschehen lassen. Der Gott Birribat Shum wird nicht zulassen, daß einer von uns vor der Zeit stirbt.«

* * *

Anläßlich der Feiern zum fünfhundertjährigen Jubiläum der Monarchie auf Ahabar sollte Stenta Thilion, die Gharm-Harfenspielerin, zusammen mit dem Orchester von Ahabar im Königlichen Opernhaus in Fenice, der Hauptstadt des Planeten, auftreten. Auf dieses Konzert hatte man schon lange gewartet. Harfen im besonderen und Streichinstrumente im allgemeinen waren auf Ahabar eher ungebräuchlich; die landestypische Musik basierte auf Blasinstrumenten und Schlagzeugen. Die Bewohner von Ahabar hatten nämlich ein Faible für Marschmusik. Die Musikcorps wurden traditionell von Trommlern und Hornisten angeführt. Diese Vorliebe für Martialisches wirkte sich sogar bis in die Arbeitswelt aus, wo die Werktätigen vorzugsweise an Maschinen mit einem harmonischen Arbeitstakt arbeiteten, zu deren Rhythmus sie dann mit den Füßen stampften. Zumindest galt das noch für die ländlichen Gegenden; in den Städten ging der Trend bereits zu größerer musikalischer Raffinesse. Eine Zeitlang waren in den gehobenen Kreisen Streichquartette vom degenerierten Phansure der letzte Schrei gewesen. In einem dieser elitären Zirkel war ein phansurischer Komponist aufgetreten und hatte Königin Wilhulmias Aufmerksamkeit erregt. Worauf er von ihr beauftragt wurde, ein Werk für Gharm-Harfe und Orchester zu komponieren, das zum einen den Patriotismus der Ahabarianer stärken und zum anderen Stenta Thilions Virtuosität zur Geltung bringen sollte.

»Zur Geltung bringen, aber nicht übertreiben«, hatte die Königin dem Komponisten beim Dinner ins Ohr geflüstert. »Sie ist keine junge Frau mehr. Vielleicht solltest du dich vorher mit ihrem Stil vertraut machen.«

»Ma'am«, sagte der Komponist, der sich durch diesen Auftrag sehr geehrt fühlte, »sogar auf Phansure ist Stenta Thilion ein Begriff. Ich habe mich mein ganzes Leben lang mit ihrer Arbeit beschäftigt.«

Das entsprach den Tatsachen. Stenta Thilion war ein seltenes Genie, das schon früh erkannt worden war. Trotzdem war ihr der Ruhm nicht zu Kopf gestiegen. Die Erste Symphonie für Gharm-Harfe und Orchester hatte sowohl die Zustimmung des Dirigenten als auch von Stenta Thilion selbst gefunden. Die Proben fanden in einer enthusiastischen Atmosphäre statt, und jeder, der das Werk gehört hatte, lobte es in den höchsten Tönen und vertrat die Meinung, daß nun ein neues Zeitalter in der Musik von Ahabar angebrochen sei. Es sprach für das politische Gespür des Komponisten, daß er bekannte patriotische Themen in das Werk integriert hatte – einschließlich einiger Motive, die auf die königliche Familie Bezug nahmen – und für das Talent sowie die korrekte Gesinnung der Harfenspielerin, daß sie diese Passagen mit der angemessenen Verve spielte.

Nun waren es nur noch wenige Tage bis zum Konzert, das die Königin zusammen mit ihren Söhnen, dem Kronprinzen Ismer und den Prinzen Rals und Duke Levenar besuchen würde. Stenta verbrachte die Zeit zu Hause bei ihren beiden Töchtern, die dem Ereignis auch schon entgegenfieberten.

»*Coribee,* Gem, setzt euch«, sagte Sarlia, die älteste Tochter und selbst schon Großmutter. »Setz dich, Mama-Gem. Trink deinen Tee.«

»Du sollst mich nicht veralbern«, murmelte Stenta lächelnd. »Du sollst mich nicht veralbern.«

»Wer ist denn hier albern? Wir sind ganz ernst, stimmt's, Liva?«

»Ganz und gar, Sarlia«, bestätigte ihre Schwester.

Kichernd plazierte Stenta sich neben ihren Töchtern auf der Couch. »Ihr und ernst? Das ist genauso, als ob eine neue Sonne aufgehen würde.«

»In ein paar Tagen wird auch eine neue Sonne aufgehen«, sagte ihre Tochter und verneigte sich. »Sie wird auf dem Konzert über der großen Künstlerin Stenta Thilion scheinen.«

»Coribee«, sagte ihre Mutter und wurde rot, wobei ihr Teint eine zinnoberrote Färbung annahm. »Oh, *coribee*. Der Wille von *Tchenka* geschehe.« Damit drückte sie aus, daß ihr Talent nicht ihr eigenes Verdienst, sondern eine Gabe der Götter von Gharm sei.

»Nix *coribee.* Und die *Tchenka* haben auch nur wenig damit zu tun, falls überhaupt. Du hast es durch eigene Anstrengung so weit gebracht. Zumal die *Tchenka* aller Voraussicht nach weit weg sind, im alten Land. Die Alten sagen, daß sie uns nicht hierher gefolgt seien.« Betrübt schüttelte Sarlia den Kopf.

»Vielleicht sind sie mittlerweile doch gekommen«, spekulierte Stenta hinter der dampfenden Teetasse. »Vielleicht sind sie nun doch hier.« Eine Sehnsucht schwang in ihrer Stimme mit, eine Sehnsucht, die sie ihren Töchtern nicht erklären mußte. Die *Tchenka* waren die Geister der Vorfahren der Gharm, die Geister der Tiere des Planeten Gharm, gute Geister, Wächter. Weil der Planet Gharm schon vor langer Zeit zerstört und verlassen worden war, wußten die Gharm nicht, was mit den *Tchenka* geschehen war. Seit ihrer Ankunft auf Ahabar hatten die Gharm keinen spirituellen Schutz und nur wenig Güte erfahren.

»Ich danke für meine Befreiung«, flüsterte Stenta. Es war undankbar, an die Entbehrungen zu denken, wo sie in Ahabar so freundlich aufgenommen worden war.

»Wir beten für unsere Verwandten in der Sklaverei«, flüsterten ihre Töchter. *»Coribee.«*

Es war schwer, sich seiner Freiheit zu erfreuen, wo so viele Gharm sich noch unter dem Joch der Sklaverei befanden. Stentas Großeltern war es gelungen, aus Voorstod zu fliehen. Stenta war die zweite Generation der Thilions, die in Freiheit geboren war. Ihre Urenkel, Sarlias Enkel, waren bereits die fünfte Generation. Doch selbst nach so langer Zeit war das Schicksal der in Voorstod versklavten Gharm noch immer ein Quell ständigen Schmerzes, nicht nur emotional, sondern auch körperlich. Die Befindlichkeit eines Gharm strahlte auf alle seine Artgenossen aus, wobei diese Wahrnehmung durch die Entfernung zwar abgeschwächt wurde, aber immer noch spürbar war. Wenn nun ein Gharm in Voorstod eines qualvollen Todes starb, fühlten alle Frei-Gharm einen Stich in der Brust, und sie weinten, nicht so sehr wegen der Schmerzen, sondern vor allem wegen des Verlustes. Und weil in Voorstod andauernd Gharm starben, befanden die Frei-Gharm sich im Zustand permanenter Melancholie. In mancherlei Hinsicht waren die Gharm von Ahabar genauso unfrei wie ihre Verwandten in Voorstod, obwohl Tausende von Meilen und viele Jahre zwischen der Gharm-Kolonie und der tödlichen Halbinsel lagen.

Stenta setzte sich auf einen Polsterstuhl und ließ sich von ihrer ältesten Tochter Tee nachschenken. Bei oberflächlicher Betrachtung hätte man keinen Altersunterschied zwischen ihnen wahrgenommen. Die kleinen, schlanken Gestalten glichen sich wie ein Ei dem anderen. Die dunklen Pelzkappen waren ebenfalls identisch. Alle hatten die gleichen Augen, platten Nasen und glatte Haut, so daß auch diese Merkmale keinen Anhaltspunkt dafür boten, ob es sich nun um Mutter oder Tochter handelte. Sogar die geschmeidigen Bewegungen der Arme, die grazilen Gesten der mit vier Fingern und zwei Daumen bestückten Hände und die Höflichkeitsrituale waren bei beiden Generationen identisch; mit der einen Ausnahme, daß Stenta sich nicht ganz so tief verbeugte und etwas langsamer niederkniete. Als die Älteste, die ›Gemme‹ (denn für die Gharm waren die Alten so wertvoll wie Juwelen), durfte sie Respekt verlangen, auch wenn ein Außenstehender kaum erkannte, in welchem Ausmaß ihr dieser Respekt zuteil wurde. Es genügte, daß sie selbst es wußten, und was andere über solch eine private Angelegenheit dachten, interessierte sie nicht.

Als Liva nun sah, wie bei der Erwähnung der versklavten Verwandten ein schmerzlicher Ausdruck auf dem Gesicht ihrer Mutter erschien, warf sie Sarlia einen schnellen Blick zu und bat sie: »Erzähl uns von den *Tchenkas*, Mama-Gem.«

»Ihr habt die Geschichte doch schon gehört«, sagte die ältere Frau hinter der Teetasse. »Zehntausendmal.«

»Und wäre es zehntausend mal zehntausend, es wäre immer noch nicht genug«, sagte Liva rituell. »Keine Wiederholung ist zuviel.«

»Das ist wahr«, bestätigte Stenta. Die Legenden der *Tchenka* waren Teil des Erbes der Gharm und mußten authentisch an die nächste Generation weitergegeben werden. Auch wenn niemand wußte, ob die *Tchenka* auf Gharm geblieben, gestorben oder ihnen nach Ahabar gefolgt waren: Ihre Geschichte mußte erzählt werden. Sie waren die Geister der Gharm, egal wieviel Zeit bereits vergangen oder wie groß die Entfernung war. Es frommte jedem Gharm, die Legenden zu hören und von ihnen zu lernen.

Stenta stimmte einen Gesang an, wobei sie mehr hauchte als daß sie sang; zu mehr war sie in ihrem Alter nicht mehr in der Lage. »Vor langer Zeit lebte Billa-Die-Bedürftige …«

* * *

Vor langer Zeit erwachte Billa-Die-Bedürftige aus der Dunkelheit und Leere. Das einzige, das sie verspürte, war ein diffuses Hungergefühl. Was bin ich? fragte Billa sich. Weshalb wache ich hier auf? Wo bin ich? In welcher Zeit bin ich, vorher oder nachher? Wer außer mir ist noch an diesem Ort?

Lange Zeit meditierte Billa über diesen Fragen, bis Billa schließlich beschloß, zunächst einmal herauszufinden, ob es außer ihr noch andere Lebewesen gab. Also sang Billa einen Akkord und schickte ihn hinaus in die dunkle Leere, bis die ganze Leere von diesem Akkord widerhallte. Und dann verhallte der Akkord ohne ein Echo in der Stille.

Es kommt keine Antwort, also bin ich allein, erkannte Billa-Die-Bedürftige. Und weil es kein Echo gibt, befinde ich mich in einer Leere; und weil es kein Echo gibt, befinde ich mich am Anfang allen Lebens; und weil ich mich am Angang allen Lebens befinde, bin ich erwacht, um die Schöpfung einzuleiten; und weil ich mich in der Leere befinde, bin ich Alles-Was-Es-Gibt.

Lange Zeit meditierte Billa über diesen Antworten, bis Billa schließlich beschloß, andere Wesen zu erschaffen, die ein Echo erzeugten.

Ich werde andere Lebewesen erschaffen, sagte Billa. Ich werde Lebewesen erschaffen, die mit mir singen. Also sang Billa-Die-Bedürftige ein Lied mit dem Namen Er-Ist-Erschaffen. Dann sang Billa-Die-Bedürftige ein weiteres Lied mit dem Namen Sie-Setzt-Die-Schöpfung-Fort. Und Er-Ist-Erschaffen war ein Mann und Sie-Setzt-Die-Schöpfung-Fort war eine Frau, und die beiden gingen hinaus in die Leere, wo sie mit Billa-Der-Bedürftigen sangen, bis die ganze Leere mit ihrem Gesang erfüllt war.

Er-Ist-Erschaffen hörte das Lied und war's zufrieden, doch Sie-Setzt-Die-Schöpfung-Fort schmückte das Lied aus und machte viele Welten daraus, groß und klein; um die feurigen Lieder drehten sich langsamere Lieder, und um diese drehten sich wiederum getragene Weisen, und die Musik verdrängte jedes andere Geräusch, so daß die Lieder sich in der Stille drehten. Zufrieden betrachtete Billa-Die-Bedürftige ihr Werk und sagte: »Nun mögen die Dinge ihren Lauf nehmen, die Zeit soll entstehen, und der Zweck meines Daseins wird sich erfüllen.«

Doch Er-Ist-Erschaffen war unzufrieden, denn es herrschte Chaos auf den Welten, und das verursachte ihm großes Unbehagen.

»Zwischen den Welten herrscht friedliche Stille«, sagte er und zog sich von den Welten zurück, »und dort werde ich Zuflucht suchen.«

Also umkreiste Billa-Die-Bedürftige die Welten und beobachtete, wie die Dinge sich entwickelten, während Er-Ist-Erschaffen sich in die Stille zurückzog und Sie-Setzt-Die-Schöpfung-Fort der Sangeskunst frönte; und so wurden alle Welten bevölkert. So sagen die Gharm, so sei es, *coribee*.

* * *

Als der Türmelder ertönte, sprangen alle drei auf. »Es kommt jemand!« blökte die mechanische Stimme wie ein Blech, das im Wind klappert.

Liva bedeutete den anderen, sich wieder hinzusetzen. »Ich werde nachsehen«, sagte sie.

»Vorsicht«, sagte ihre Mutter, aus Erfahrung schlau geworden. »Öffne erst dann, wenn du weißt, wer es ist.« Nicht einmal hier in Fenice gab es völlige Sicherheit. Nicht wenn die Männer von Voorstod entschlossen waren, jeden Gharm zu töten, dessen sie habhaft wurden. Niemand wußte, wie viele Unschuldige dem pervertierten Stolz der Voorstoder schon zum Opfer gefallen waren? »Vorsicht«, wiederholte Stenta also.

»Ja, Mama-Gem«, erwiderte Liva. Sie schaute durch den Türspion und sah einen Mann in königlicher Livree, der ein Paket in der Hand hielt. »Ihr Kleid für das Konzert, Mama-Gem! Vom Hofschneider der Königin.«

Liva öffnete die Tür und reichte dem Boten einen Finger, der schmerzlos eine winzige Gewebeprobe als ›Quittung‹ nahm. Dann erhielt sie das Paket. Der königliche Bote trat ein und öffnete das Paket für sie, um ihr die Unbedenklichkeit des Inhalts zu demonstrieren. Dieses Prozedere hatte Königin Wilhulmia angesichts der Terroraktionen, die immer wieder von Voorstodern ausgeführt wurden, angeordnet.

Mit dem Paket in einer Hand und das Kleid über beide Arme gehängt, betrat Liva wieder den Innenraum. Das mit Juwelen besetzte Gewand glitzerte in allen Farben des Regenbogens.

»Oooh«, sagte Stenta, die das Kleid nur ohne den Edelsteinbesatz kannte, den phansurische Juweliere nachträglich angebracht hatten. »Oooh.«

Die hochgeschlossene Vorderseite des Kleides war mit zwei einander zugewandten Vögeln verziert, wobei das Gefieder der Köpfe und die Schwingen sich über die Schultern beziehungsweise um die weiten Ärmel legten. Die Schwanzfedern reichten bis hinunter zum Saum; jede Feder war mit einem Edelstein besetzt. Die Rückseite des Kleids war vom Halsabschluß bis zum Saum mit Schmetterlingen verziert, wobei eine aus phansurischer Seide bestehende Sitzfläche ausgespart war. Bei den Vögeln handelte es sich um die Clan-*Tchenkas* von Stentas Vater. Stentas Eltern waren Schmetterlings- beziehungsweise Vogel-Leute, obwohl es dort, wo diese Familien schon seit Generationen lebten, weder Schmetterlinge noch Vögel gab. Das zum Kleid gehörende Halsband war mit einem stilisierten, aus Perlen bestehenden Frosch verziert. Der Frosch war Stentas persönlicher *Tchenka*. Das Kleid selbst war scharlachrot und gelb, mit allen dazwischenliegenden farblichen Abstufungen: bordeauxrot und gold, pink und melone, orange und ocker.

Stilistisch betrachtet stellte das Kleid eine Adaption des traditionellen Festgewands der Gharm dar, obwohl niemand wußte, wann sich zuletzt ein derart festlicher Anlaß geboten hatte. Sarlia strich über die Perlen und bewunderte ihre kühle, feste Oberfläche, die fließendem Metall glich.

»Mama-Gem«, sagte Sarlia, »die Ärmel sind so schwer. Damit wirst du wohl kaum spielen können.«

Stenta stand auf und nahm das Kleid in Augenschein. Es dauerte nicht lange, bis sie die entsprechenden Nähte gefunden hatte. Sie trennte sie auf und entfernte die Ärmel. Darunter befanden sich weitere Lagen aus leichter phansurischer Seide.

»Ich betrete die Bühne glitzernd und strahlend wie eine Göttin«, sagte Stenta mit unbewegter Miene und stolzierte im Raum umher. »Der Dirigent und ich verneigen uns voreinander. Danach verbeuge ich mich vor dem Publikum, so daß die Ärmel wie Flaggen herunterhängen. Dann winke ich den Leuten in der den Gharm eigenen grazilen Art zu. Anschließend nehme ich an der Harfe Platz, wobei ich darauf achte, daß ich mich auf die Sitzfläche des Kleides setze. Ich möchte nämlich nicht, daß die Schmetterlinge schmerzhafte Abdrücke auf dem Hintern verursachen. Dann breite ich die Arme weit aus, so daß die Ärmel glitzern. Nun tritt eine Frau hinter der Bühne hervor, beugt sich über mich und löst die Ärmel. Die darunterliegenden Ärmel sind signalrot, so daß dem Publikum keine meiner Armbewegungen entgeht. Und dann fange ich an zu spielen. So haben wir es geprobt; es soll eine richtige Show werden. Der Dirigent sagt, weil ich so klein sei, müsse ich das durch spektakuläre optische Effekte ausgleichen.«

»Schön«, sagte Liva. »Ich werde es aufhängen, Mama-Gem.«

»Nein«, widersprach ihre Mutter. »Die Perlen sind zu schwer. Leg es im freien Zimmer aufs Bett. Der

Schneider der Königin hat gesagt, daß es liegend gelagert werden soll. Während des Konzerts wird es sich sowieso noch etwas längen. Das Kleid ist nur für den einmaligen Gebrauch bestimmt.«

»Und die Armbänder?«

»Welche Armbänder?«

»Die zusammen mit dem Kleid im Paket gelegen haben«, sagte Sarlia und brachte sie zum Vorschein. Sie glitzerten in denselben Farben wie das Kleid, nur daß sie mit Edelsteinen anstatt mit Perlen besetzt waren.

»Ach, wie nett von der Königin«, sagte Stenta. »Sie ist zu gütig.«

»Ich lege sie zum Kleid«, sagte Liva. »Dann kann Mama uns noch etwas von den *Tchenka* erzählen.«

* * *

Sie-Setzt-Die-Schöpfung-Fort wanderte singend zwischen den Welten und den Sternen umher, doch die Welten waren öde und langweilig, während die Sterne feurig und gefährlich waren. »Ich werde Leben herbeisingen«, sagte Sie-Setzt-Die-Schöpfung-Fort, als sie sich gerade wieder auf einer Welt befand. »Ich werde Leben herbeisingen, damit es nicht mehr so langweilig ist.« Und sie streckte die Hand aus und sang Wasser herbei, dann Gras, und danach trug sie beides zu vielen Welten, während sie gleichzeitig Wald herbeisang.

Anschließend sang sie den Wasser-Drachen herbei, den Wüsten-Drachen, den Wald-Drachen und alle anderen Arten von Drachen und schickte sie auf verschiedene Welten, wo sie leben sollten …

* * *

»Ihr legt sicher keinen Wert darauf, daß ich die gesamte Litanei noch einmal aufsage«, sagte Stenta. »Die

Liste der *Tchenka* habe ich euch nämlich schon vorgetragen, als ihr acht Jahre alt wart!«

»Richtig«, sagte Liva. »Zuerst die Drachen, dann die Fische, die Plankton fressen, Fische, die sich von Dingen auf dem Meeresgrund ernähren und Fische, die andere Fische fressen; dann Vögel, die Gras fressen, Vögel, die sich von Korn ernähren und Vögel, die andere Vögel fressen. Und so weiter, Kreaturen aller Art. Alle *Tchenkas*, die nun für immer verloren sind.«

»Vielleicht sind sie überhaupt nicht verloren, auch wenn die Legenden es behaupten«, sagte Stenta seufzend. »Schließlich trifft Sie-Setzt-Die-Schöpfung-Fort sich mit allen *Tchenkas* am Fuße des Ewigen Berges, um zu entscheiden, was zur Bewahrung des Gleichgewichts zu tun sei. Aber die *Tchenkas* der Menschen hatten sich geweigert, die Menschheit im Gleichgewicht zu halten, weshalb sie von den anderen *Tchenkas* getötet wurden. Und seitdem haben die Menschen keine *Tchenkas* mehr.«

»Aus diesem Grund töten sie auch alles und jeden«, sagte Liva, »denn im Gegensatz zu uns Gharm fühlen sie sich den Kreaturen der Welten nicht verbunden.«

»Deshalb sind diese Voorstoder auch so böse«, sagte Sarlia, »denn sie haben keine spirituellen Grundlagen.«

»Psst«, flüsterte ihre Mutter. »Das Wort ›Voorstoder‹ ist eine Beleidigung der *Tchenkas*. Wenn du es noch einmal in den Mund nimmst, werde ich dich ruhigsingen, wie Sie-Setzt-Die-Schöpfung-Fort die Stille herbeigesungen hatte, in die Er-Ist-Erschaffen sich zurückzog.«

Sie ging zur Harfe, die am Fenster stand; es handelte sich um eine große Konzertharfe, die größte, an der ein Gharm noch spielen konnte. Die vielen Saiten waren so dicht gespannt, daß die schlanken Gharm-Finger gerade noch dazwischenpaßten. »Ich singe nun das Lied, das Sie-Setzt-Die-Schöpfung-Fort bei der Erschaffung des Vogels gesungen hat«, sagte Stenta und griff in die Saiten.

Ihre Töchter lauschten stumm. Draußen auf der Straße hielten die Leute bei ihren Verrichtungen inne und wandten den Kopf in die Richtung, aus der die Musik kam. Im Gesang manifestierten die Vögel sich in ihrer ganzen Schönheit. Die Leute sahen vor ihrem geistigen Auge, wie sie sich im Rhythmus der Melodie bewegten. Dabei war es auch kaum von Bedeutung, daß es weder auf Ahabar noch in Voorstod solche Vögel gab, sondern daß sie zusammen mit den Wäldern, Sümpfen und Flüssen von Gharm untergegangen waren. Hauptsache, sie überlebten in der Musik. Auch nachdem die Musik geendet hatte, schienen die Vögel noch im Raum präsent zu sein, als ob ihre Seelen von dem Ort, an dem sie bisher geweilt hatten, zurückgekehrt wären.

»Geht nun nach Hause«, sagte Stenta mit strahlendem Gesicht zu ihren Töchtern, als ob sie soeben mit einem Engel gesprochen hätte. »Helft euren Töchtern, die Kinder zu versorgen. Ich will mich ausruhen, denn bald werde ich für die Königin spielen.«

* * *

Auf dem Hochplateau von Hobbs Land träumte Shan Damzel von Ninfadel.

»Vergiß nicht, das Visier zu schließen«, sagte der Offizier im Außenposten. »Vergiß nicht, den Schleim abzuwaschen, bevor er eintrocknet.«

Shan verließ den Außenposten. Er verschwand hinter ihm, wie Erscheinungen im Traum verblassen, und wurde unerreichbar und unwirklich. Nun stand er allein auf dem Hügel oberhalb des Flusses. Gezänk drang an seine Ohren, und als er nach unten schaute, erkannte er Porsa am Fluß; sie kamen schneller auf ihn zu, als er es für möglich gehalten hätte.

Er wollte weglaufen, aber die Füße versagten ihm den Dienst…

Er schaffte es gerade noch, das Visier zu schließen, bevor er…

…mit unerbittlicher Macht von etwas eingesogen wurde.

* * *

Jep lernte, Gräben auszuheben. Anfangs verursachte die schwere Arbeit ihm Schmerzen, doch allmählich gewöhnte er sich daran. Ausschachtungen von Hand erschienen ihm schwachsinnig, wo es hier auch Maschinen gab, die diese Arbeit schneller und besser erledigt hätten, doch auf Voorstod wurde so mancher Schwachsinn kultiviert. Also legte er sich ins Zeug, um die Arbeit zu beenden, doch wenn er einen Graben ausgehoben hatte, wartete schon der nächste auf ihn. Am vierten Tag dämmerte ihm, daß man ihn nur deshalb zu dieser Sisyphusarbeit vergattert hatte, um ihn zu zermürben. In diesem Zustand würde er nicht aufbegehren und schon gar nicht an Flucht denken. Der Farmer brauchte diese Gräben überhaupt nicht, und falls doch, dann hätte er nicht unter diesem Zeitdruck gestanden. Mit dieser Erkenntnis stellte sich ein gewisser Fatalismus ein. Von diesem Moment an ließ er sich Zeit bei der Arbeit, als ob er einen Gott ausgraben würde; er deponierte den Aushub in ordentlichen Reihen zu beiden Seiten der Gräben und vervollkommnete die Arbeit zu einer wahren Kunstform.

Dennoch fiel ihm die Arbeit schwerer als zu Hause. Ihm fehlte der ungehinderte Blick bis zum Horizont. Die ganze Welt war in Nebel gehüllt, und dieses düstere Ambiente entsprach auch seinen Empfindungen. Negative Emotionen umwaberten ihn, Zorn, Haß und Bedrohung. Immer wenn einer der Männer in seine Nähe kam, spürte er Unzufriedenheit und eine nur mühsam unterdrückte Aggressivität. Diese Feindseligkeit indes war nicht spezifisch gegen ihn gerichtet. Nicht einmal gegen die Gharm. Diese üble Aura war schlicht und einfach eine Ausprägung der Lebensbedingungen, die ihnen von dieser tristen Welt aufgezwungen wurden.

Diese kriegerische Atmosphäre jagte Jep Angst ein. Er spürte sogar, daß sich nun auch tief in seinem Innern eine Aggressivität manifestierte, die er bisher nie für möglich gehalten hätte. Er unterdrückte diese Anwandlungen und dachte an die Zeit, nachdem Bondru Dharm gestorben war. Damals waren auch negative Schwingungen zu spüren gewesen, wobei die Kinder das jedoch nicht so intensiv empfunden hatten wie die Erwachsenen. Allerdings hatten die Kinder auch am Tempel gearbeitet. Hier indes gab es keine Tempel.

Wirklich nicht?

Als der Gharm Nils ihm an diesem Tag das Abendessen brachte, bat er den kleinen Mann, sich noch eine Weile zu ihm ans Feuer zu setzen.

»Ich fühle mich einsam«, sagte er, wobei er versuchte, einen möglichst niedergeschlagenen Eindruck zu machen. Das fiel ihm gar nicht mal besonders schwer, denn er fühlte sich wirklich einsam. Er verzehrte sich schier nach der Heimat.

»Und wenn die Männer kommen…«, wandte der Gharm ein.

»Sie werden nicht kommen. Jedenfalls nicht um diese Zeit.«

»Das stimmt«, sagte Nils. »Sie leben in einem Haus in Sarby, nicht weit von hier. Unten im Tal ist es wärmer.«

»Wohnen sie alle dort?«

»Mugal Pye und Epheron Floom, diese beiden.«

»Preu Flandry nicht?«

»Nein. Sie haben gesagt, er sei zurück nach *Wolke* gegangen.«

»Und was tun die anderen in Sarby, wenn sie mich

schon nicht beaufsichtigen? Das hier«, sagte er, wobei er auf das funkelnde Halsband zeigte, »hindert mich doch an der Flucht. Weshalb sind sie dann noch hier?«

»Sie fertigen irgendwelche Dinge an«, erwiderte der Gharm. »Wenn die dortigen Gharm sie bei solchen Arbeiten beobachten, sagen sie uns immer Bescheid. Das, was sie herstellen, sieht aus wie Juwelen. Und kleine Behälter.«

»Teufelszeug, keine Frage«, sagte Jep düster. Er machte sich keine Illusionen bezüglich der Voorstoder. Bisher war ihm nämlich nichts Positives an ihnen aufgefallen. Fast hatte es den Anschein, als ob sie eine eigene Spezies wären, und Jep hatte genug Zeit, um über die Ursachen zu spekulieren. Vielleicht handelte es sich um eine Mutation, die infolge der Isolation eingetreten war. Davon hatte er bereits in der Schule gehört. Seit der *Diaspora* hatte die Menschheit sich in mehreren Richtungen weiterentwickelt. Wie lange hatten die Voorstoder schon allein mit den Gharm auf diesem Planeten gelebt, ohne Kontakt zu anderen Menschen? Wie lange hatte die Verwandlung zu teuflischen Kreaturen gedauert, die Teufelszeug herstellten?

»Teufelszeug, keine Frage«, pflichtete Nils ihm bei.

Die Tür öffnete sich einen Spalt weit, und Pirva schlüpfte mit großen Augen ins Zimmer. »Ich habe dich vermißt«, sagte sie zu ihrem Gefährten.

»Ich weiß.« Er beruhigte sie und winkte sie zu sich ans Feuer. »Der Junge ist einsam.«

»Armer Junge«, sagte sie leise. »Ohne seine Mama-Gem.«

»Meine Mutter vermisse ich weniger«, stellte er richtig. »Ich war schon alt genug, um das Haus meiner Mutter zu verlassen und ins Bruderhaus zu ziehen. Das eigentliche Problem ist, daß ich ein *Derjeniger Welcher* bin.«

»Ein derjeniger was?« fragte sie.

»*Derjenige Welcher* dem Gott dient«, lautete seine Antwort. »*Derjenige Welcher* dem Gott Birribat Shum dient. Und es gibt noch eine *Diejenige Welche*, die mir näher steht als meine eigene Schwester. Ich vermisse den Gott und Samstag Wilm.«

»Ist das ein Name?« fragten sie. »Samstag Wilm.«

Er nickte. Plötzlich hatte er einen Kloß im Hals. »Das ist ihr Name«, bestätigte er. »Und sie wird mich auch finden. Wir brauchen einander.«

»Aber das ist nicht die Person, die sie erwarten«, sagte Nils verwirrt. »Sie erwarten Maire Manone und nicht Samstag Wilm.«

»Was es mit Maire Manone auf sich hat, weiß ich nicht«, sagte er. »Aber Samstag Wilm wird kommen. Und sie wird etwas mitbringen …« Seine Stimme erstarb, und er fragte sich, was sie eigentlich mitbringen würde. »Sie wird etwas mitbringen, das wir alle brauchen«, sagte er schließlich.

Die kleine Frau stieß ein freudloses Lachen aus. Sie entblößte die Schulter und fuhr mit dem Finger über die in die Haut eingebrannten Zahlen. »Was wir alle brauchen? Was könnte das anderes sein als die Freiheit?«

Sie warf ihrem Gefährten, Liebhaber, Ehemann oder welchen Status auch immer er hatte, einen auffordernden Blick zu. Nils erhob sich. Dann räumten die beiden den Tisch ab und schickten sich an, den Raum zu verlassen.

»Vielleicht bringt sie die Freiheit«, flüsterte Jep. »Und wenn sie wirklich die Freiheit bringt, würde euer Volk dann mithelfen, der Sklaverei ein Ende zu bereiten?«

Wie angewurzelt blieben die Gharm stehen.

»Das ist unmöglich«, erwiderte Nils. »Es ist beschlossen. Wenn wir versuchen zu fliehen oder uns gegen die Voorstoder erheben, werden sie uns alle abschlachten.«

»Erzählt mir mehr darüber«, bat Jep.

Widerstrebend setzten sie sich ans Feuer, wobei sie das Geschirr jedoch nicht abstellten. So waren sie beim ersten Geräusch fluchtbereit.

»Sprecht mit mir«, bat Jep sie erneut. »Ich will es verstehen!«

Zögernd stellte Nils den Kessel auf den Boden, ergriff einen im Kamin liegenden Ast und verteilte etwas Asche vor dem Kamin, die er dann mit dem Ast zu einer dünnen Schicht auswalzte. Nun zeichnete er eine dicke, vertikale Gerade in die Asche und versah sie am oberen Ende mit einem Knubbel, so daß das ganze zum Schluß aussah wie ein nach oben gerichtetes Bein mit einem geschwollenen Fuß.

»Voorstod«, flüsterte Nils und zeigte auf den Umriß. Dann fuhr er mit dem Finger vom Fuß zum Knie und unterteilte das Gebilde in zwei Hälften. »Die Bergkette«, erklärte er, »die sich wie ein Rückgrat durch ganz Voorstod zieht.« Er zeigte auf den breiteren Teil (»Die Küstenregionen.«) und den schmaleren Teil (»Die Bergregionen.«). Anschließend tippte er auf den Fuß, an der Stelle, wo sich normalerweise die Zehen angeschlossen hätten. »Sarby County. Hier befinden wir uns.« Der Finger wanderte in Richtung Ferse. »Panchy County, Odil County.« Schließlich hatte er die Ferse erreicht. »Bight County mit der Stadt Scaery, wo Maire Manone lebte.« Der Finger wanderte am Bein abwärts. »Cloud County, Leward County und die Stadt Selmouth. Dann kommen die drei Regionen der Apostaten, wie die bösen Männer sie nennen: Wander, Skelp und Green Hurrah. Und dahinter schließt sich Jeramish an, eine Provinz von Ahabar. Die Grenze ist von der Armee abgeriegelt.«

Jep prägte sich die Skizze ein und merkte sich die Erläuterungen des kleinen Mannes. »Und wie heißen die Hochland-Counties?«

Nils wies auf den ›Spann‹ des Fußes. »County Kate

ist unsere südliche Nachbarregion. Im Osten schließt sich County Furbish an. Weiter im Süden liegen das Nord-Hochland-County und das Süd-Hochland-County; dabei handelt es sich um langgestreckte, schmale Regionen, die zwischen den Bergen und der See eingekeilt sind. Es gibt dort keine größeren Städte, nur Dörfer. Häfen gibt es überhaupt nicht. Im Westen steigt das Gebirge wie eine Wand aus dem Meer. Die Flüsse ergießen sich als Wasserfälle in die See.«

Pirva beugte sich nach vorn und deutete auf die Landenge, welche die Halbinsel mit dem Festland verband. »County Skelp«, sagte sie und tippte vielsagend auf die Stelle. »Der Isthmus von Skelp. Wenn wir zur Flucht den Landweg nehmen, müssen wir durch das County Skelp. Wir schaffen es vielleicht, wenn wir uns tagsüber im Grasland verstecken und nachts durch das Felsengebiet marschieren. Aber höchstens zwei Leute auf einmal. Nicht mehr.«

»Die Leute in Skelp sind euch freundlich gesonnen?« fragte Jep.

»O ja, manche schon. Sie versuchen zumindest, uns zu helfen. Aber die Sklavenjäger sind überall. Und wenn sie herausfinden, daß ein Bewohner von Skelp uns geholfen hat, dann verliert er oder sie das Augenlicht, die Hände, die Männlichkeit beziehungsweise die Brüste, oder ihre Kinder werden ermordet. Oder vielleicht auch alles zusammen.«

Jep studierte die Skizze. »Und was ist mit dem Seeweg?«

»Es gibt nur wenige Häfen. *Old Port* in Odil. Scaery. Cloud. Selmouth. Sie werden alle überwacht; nicht einmal eine Maus würde unbemerkt herein- oder hinauskommen.«

»Und was ist mit der übrigen Küste?«

»Felsen und starke Brandung. Wenn es überhaupt Ankerplätze gibt, dann nur für Boote.«

Jep seufzte. »Dann setzt ihr euch also einzeln und in kleinen Gruppen ab.«

»Richtig. Es wird ausgelost, wer geht. Von jedem *Tchenka* und aus jedem Clan werden ein paar Leute hinausgeschleust, damit die Rasse überlebt. Kinder. Männer und Frauen im fortpflanzungsfähigen Alter. Keine Alten. Und jedesmal nur ein paar. Bei uns heißt es: ›Ein Kind für das Leben, ein Kind für den Tod. Zwei für die Zukunft, zwei für das Opfer.‹ Wenn ein Baby geboren wird, weinen wir, denn vielleicht wird das Kind als Opfer dargebracht, den wilden Bestien zum Fraß vorgeworfen oder von den bösen Männern zu Tode gepeitscht. Es gehen immer nur so viele von uns, daß die Voorstoder nicht vor Wut die Beherrschung verlieren und daß unser Volk und die *Tchenkas* überleben.«

»Was ist ein *Tchenka?*« fragte Jep.

Sie erzählten es ihm, wie sie es ihren eigenen Kindern erzählt hätten, und als sie endlich die lange Liste der *Tchenkas* abgearbeitet hatten, die jedes natürliche und übernatürliche Lebewesen auf Gharm umfaßte, war das Feuer heruntergebrannt, und Jep gähnte herzhaft.

»Bis demnächst«, sagte er. Er brauchte Zeit, um all das zu verarbeiten, was sie ihm erzählt hatten.

In der Zwischenzeit hob er weiter Gräben aus. Weil diese Tätigkeit als reine Arbeitsbeschaffungsmaßnahme gedacht war, beschloß er, Mugal Pye zu fragen, ob er nicht einen interessanteren Auftrag für ihn hätte. Hin und wieder kam Mugal vorbei, um den Zustand des Gefangenen zu überprüfen und ihn zu triezen, als ob Jep die Voorstoder auf die eine oder andere Art beleidigt hätte. Es dauerte eine Weile, bis Jep sich bewußt wurde, daß er den Voorstodern allein dadurch schon auf die Zehen getreten war, weil sie ihn als Geisel genommen hatten, obwohl das nun wirklich nicht seine Schuld war. Ihre Weltsicht kannte den Begriff

›Unschuld‹ nicht. Wer nicht für Voorstod war, war gegen Voorstod, und das galt sowohl für Jep als auch für ein ungeborenes Kind. Mugal hielt ihn über die Entwicklung auf dem laufenden, wobei er eine fast sexuelle Befriedigung dabei empfand, dem Jungen mit Verstümmelung zu drohen.

Nun wurde Jep auch klar, daß der richtige Ilion Girat sich noch immer auf Hobbs Land befand; er war nämlich als Ilion getarnt ausgeflogen worden. Auch wenn Ilion nun auf Hobbs Land unter Hausarrest stand, so war er doch über alles informiert. Er meldete Voorstod, daß er die Weiterleitung der Botschaft an Maire persönlich arrangiert hätte. Allerdings wartete er noch immer auf eine Antwort. Unverzüglich setzte Mugal Jep davon in Kenntnis, als ob Jeps Höllenqualen auf Ahabar den Fortgang der Ereignisse auf Hobbs Land irgendwie beschleunigen würden. Mugal sagte, daß Ilion Maire ein Ultimatum gestellt hätte. Jep unterdrückte seine Angst und wartete auf das Verstreichen der Frist. Bis dahin wollte er jedoch etwas Sinnvolles tun. »Ich habe den Gharm versprochen, daß ich ihnen zeige, wie man Häuser baut, in denen es nicht so feucht ist«, wandte Jep sich an Mugal Pye. »Solche Häuser bauen wir manchmal auf Hobbs Land. Auf jeden Fall wäre es sinnvoller, als diese Gräben auszuheben.«

»Es kümmert mich nicht, was du tust, Bursche«, erwiderte Mugal Pye spöttisch. »Solange du überhaupt etwas tust. Die Halskrause hindert dich eh am Weglaufen. Aber die Gharm müssen selbst arbeiten, und ich weiß nicht, wie der Farmer reagiert, wenn du seine Leute von den Feldern abziehst.«

»Ich will sie überhaupt nicht von der Arbeit abhalten«, sagte Jep. »Den größten Teil werde ich selbst übernehmen.«

An diesem Abend sprach er wieder mit Nils und Pirva.

»Ich werde ein Haus für den Gott bauen«, sagte er. »Für meinen *Tchenka* und für eure. Wenn Samstag Wilm hierher kommt, muß das Haus fertig sein, denn sie wird einen Zauber mitbringen.«

»Einen Zauber?« fragte Nils zweifelnd. Mit diesem Begriff konnten die Gharm nicht viel anfangen.

»Heiligkeit?« bot Jep ihm alternativ an. »Das Material, aus dem Sie-Setzt-Die-Schöpfung-Fort besteht.«

Damit war der Gharm voll und ganz zufriedengestellt.

»Ich brauche eure Hilfe«, sagte Jep dann. »Wir täuschen den Voorstodern vor, daß es ein Haus für die Gharm sei. Wir müssen es so nahe wie möglich bei Sarby errichten.«

Die beiden Gharm sprachen zuerst unter vier Augen miteinander und erörterten die Angelegenheit dann mit ihren Artgenossen. Ein paar hundert Yards nördlich des Bauernhauses gab es eine Stelle, von der aus, wenn sie nicht so dicht bewaldet gewesen wäre, man die Stadt Sarby überblickt hätte.

»Die Bäume sind kein Problem«, sagte Jep. »Hauptsache, der Boden zwischen der Baustelle und der Stadt besteht nicht aus Fels, sondern aus einer Erdschicht.« Wobei er sich nicht einmal sicher war, ob felsiges Gelände langfristig überhaupt von Nachteil gewesen wäre; kurzfristig indes hätte felsiger Untergrund das Projekt verzögert. Und das wollte Jep nicht riskieren. Welches Schicksal auch immer ihm bevorstand, der Zeitfaktor war sehr wichtig.

Seine Befürchtungen erwiesen sich indes als unbegründet. Von der Baustelle bis hinunter zur Stadt und den Fluß entlang bis zum Meer erstreckte sich schöner Mutterboden.

In Anwesenheit von Nils, Pirva und eines halben Dutzends weiterer Gharm schlug er am nächsten Morgen auf der Baustelle einen Pfahl ein, befestigte ein Seil daran und trug zwei Kreise ab, welche den

Grundriß des Tempels markierten. Er hielt den Grundriß ziemlich klein, weil er befürchtete, für eine größere Anlage zu wenig Hilfskräfte zur Verfügung zu haben. Aber auf die Größe kam es im Grunde gar nicht an, zumal ein kleiner Bau auch besser mit den kleinwüchsigen Gharm harmonierte.

Die Grube für das Fundament schachtete er selbst aus. Nicht nur, daß er in der Siedlung selbst einen Tempel errichtet hatte, er hatte auch beim Bau weiterer Tempel zugesehen und wußte also, wie man Fundamente legt. Die Steine in Voorstod hatten eine andere Farbe als die in Hobbs Land, doch aufgrund ihrer speziellen Materialeigenschaften waren sie leicht zu bearbeiten. Die Ausformung des Fußbodens als Mulde ersparte Jep sich indessen. Ein ebener Boden würde den Erfordernissen der Gharm wie auch der Menschen eher entsprechen. Er glättete den Erdboden nur und stampfte ihn fest, bevor er eine einfache Schicht aus großen, flachen Steinen als Unterlage für das Mosaik verlegte. Die dafür verwendeten bunten Kiesel kamen jedoch nur in den Flüssen von Hobbs Land vor; also stellte sich nun die Frage, was er für das Mosaik nehmen sollte. Doch dieses Problem war im Moment noch nicht akut.

Wenn die Gharm aus der Stadt Feierabend hatten und die Voorstoder sich unten in Sarby einen Rausch angetrunken hatten, kamen sie und gingen ihm zur Hand; manchmal waren es nur ein paar Leute, manchmal auch ein Dutzend. Arbeitseifer war jedoch nicht der eigentliche Grund ihres Erscheinens. Jep sagte nämlich immer, er sei *Derjenige Welcher*, der gekommen sei, um ihnen zu verkünden, daß die Götter – will sagen die *Tchenkas* – bald nach Voorstod kommen würden; und dies sollte ihr erstes Haus werden.

»Ihr müßt ihre Bilder auf dem Boden ausbreiten«, sagte er. »In meiner Heimat hatten wir einen steinernen *Tchenka* aufgestellt. Weil ich aber nicht weiß, wie eure *Tchenkas* aussehen, müßt ihr das selbst tun.«

Dies mutete die Gharm seltsam an; trotzdem machte ein Angehöriger des Grasschlangen-Clans sich auf die Suche und fand schließlich auf einem Hügel einen grünen Stein. Dann überzogen die Gharm den Steinboden des Tempels mit einer Lehmschicht, zertrümmerten den grünen Stein und setzten aus den Splittern eine grüne Schlange mit einem roten Auge zusammen. Damit das Arrangement überhaupt trocknete, mußten sie ein Feuer darüber entzünden; anschließend polierten sie das Kunstwerk mit feinem Sand. Nach der Grasschlange schufen sie aus braunen, beigefarbenen und weißen Kieselsteinen eine vogelähnliche Kreatur mit großen Augen, und dann folgten noch ein Dutzend Vögel, Fische und Landtiere, von denen Jep nur die wenigsten als Lebewesen identifizierte. Außerdem fanden Kachel- und Glassplitter sowie diverse andere Werkstoffe bei der Gestaltung des Mosaiks Verwendung. Jeden Morgen, wenn Jep den Boden inspizierte, hatten die Gharm das Mosaik um ein Stück erweitert, gebrannt und poliert. Und jeden Abend, wenn er ins Bett fiel, hatte der Bau des Tempels weitere Fortschritte gemacht. Die Arbeit schritt mit verblüffender Schnelligkeit voran. Die Mauern und Bögen schienen geradezu in die Höhe zu schießen; sie waren filigraner als ihre Pendants in den Siedlungen. Nach fünfzig Tagen war der gesamte Boden mit einem Muster aus komplexen Schnörkeln und Knoten bedeckt, dessen Anmutung sich vom Design der Mosaiks auf Hobbs Land deutlich unterschied. Das Muster wirkte eher aggressiv als kontemplativ. Das Dach war auch anders. Die Gharm hatten es nach dem Vorbild ihrer Hüttendächer errichtet: Es bestand aus an Bändern aufgehängten Reetbündeln, wobei sie auf eine Lehmschicht verzichteten; die würde nämlich nie trocknen, wie sie Jep erklärten.

Metallgitter für die Ringwand gab es auch nicht. Jep erklärte den Gharm die Funktion von Gittern, worauf sie wundervoll verziertes Flechtwerk aus Rohr anfertigten.

»Wann werden die *Tchenkas* kommen?« fragten sie ihn, nachdem sie ihn nach besten Kräften unterstützt hatten.

»Wenn *Diejenige Welche* kommt«, beschied er sie. »Sie bringt die Substanz der Schöpfung.«

»Jep ist Er-Ist-Erschaffen«, sagten sie und nickten sich zu. »Und die andere ist Sie-Setzt-Die-Schöpfung-Fort. Vielleicht sagt er die Wahrheit.«

Mit düsterem Blick dachten sie über seine Worte nach. Die Gharm hatten nämlich nicht viel zu lachen. Nur auf Jeps Drängen hin sangen sie ihre Lieder, und dann nur leise, damit die Voorstoder sie nicht hörten. Die endlose Litanei der *Tchenkas*, Lieder, die jedes Gharm-Kind kannte – leise, leise, damit die Voorstoder nicht wütend wurden und die Lieder mit Blut besudelten. Zusätzlich zu dieser Litanei gab es noch individuelle Lieder, welche das Leben der *Tchenkas* nach ihrer Erschaffung schilderten. Wenn die Gharm sich nicht gerade mit theologischen Fragestellungen beschäftigten, losten sie aus, wer als nächster aus Voorstod fliehen und sich über Skelp, Wander und Green Hurrah nach Ahabar durchschlagen sollte. Dort warteten ihre Verwandten und Freunde mit Kleidung und Nahrung, und es gab sogar Schulen für die Gharm. So wurde der Bestand der Rasse gesichert.

Nach seiner Fertigstellung diente der Tempel zunächst als Unterkunft für eine Anzahl Gharm, weil er aufgrund der besseren Ventilation einen höheren Wohnwert als die feuchten Hütten der Gharm hatte.

»Ist das nicht ein Sakrileg?« fragten sie Jep. »Machen wir uns auch nicht schuldig, wenn wir im Hause des Gottes wohnen?«

»Nein, das ist sogar eine gute Sache«, beruhigte Jep

sie. »Ihr haltet das Haus des Gottes bis zu seiner Ankunft warm und trocken. Dann solltet ihr euch eigene Häuser bauen.« Die Häuschen, die sie in der Folgezeit bauten, wiesen eine verblüffende Ähnlichkeit mit den Häusern der *Erloschenen* auf Hobbs Land auf.

Nachdem der Tempel also fertig war, legte er sich aufs Bett und fragte sich, was er nun noch tun könne. Inzwischen hatte er schon über hundert Kerben in die Wand neben dem Kamin geritzt. Wenn nicht bald etwas geschah, so hatte man ihm zu verstehen gegeben, würde man ihn scheibchenweise an Ilion Girat schicken, und der würde die Lieferung dann an Maire Manone weiterleiten.

Als wenige Tage später mitten in der Nacht die Tür aufgerissen wurde, dachte er schon, daß es nun soweit wäre. Er hatte versucht, sich seelisch-moralisch auf diese Stunde vorzubereiten, doch ohne großen Erfolg. Ein schneller Tod hätte ihm weniger ausgemacht als bei lebendigem Leibe tranchiert zu werden. Dennoch atmete er tief durch, straffte sich und schaute Mugal Pye gleichmütig ins Gesicht.

»Gute Nachrichten für dich, Junge«, verkündete der Mann mit einem glucksenden Lachen, als ob er sich ordentlich einen hinter die Binde gegossen hätte; vielleicht hatte es Grund zum Feiern gegeben. »Maire Manone hat uns geantwortet. Nachdem sie sich eine halbe Jahreszeit Bedenkzeit genommen hatte, hat sie nun beschlossen, dein wertloses Leben zu retten. Sie wird bald hier sein. Die Nachtigall kommt zurück.«

* * *

Die Abreise von Maire Girat nach Voorstod war nur das letzte Glied in einer langen Kette von schlechten Nachrichten, die mit dem Verschwinden von Jep Wilm ihren Anfang genommen hatte.

Es verging ein ganzer Tag, bis die Leute überhaupt

bemerkten, daß der Junge nicht mehr da war. Weil es Jeps freier Tag war, hatte niemand seiner Abwesenheit besondere Bedeutung beigemessen. Die jungen Leute verschwanden oft für mehrere Tage, gelegentlich auch für Tage und Nächte. Von dem Ding abgesehen, das Sam angegriffen hatte, gab es keine Räuber auf Hobbs Land, und bei dieser Kreatur hatte es sich anscheinend um ein einzelnes Exemplar gehandelt. Manchmal fragte Sam sich, weshalb er die Möglichkeit, daß noch weitere dieser Wesen existierten, nicht gebührend berücksichtigte, aber im Grunde war das auch unnötig. Theseus hatte ihm nämlich versichert, daß es keine weiteren Kreaturen dieser Art gäbe, und das hatte er seinen Leuten auch mehr oder weniger deutlich gesagt.

Wenn die Siedler sich innerhalb der ausgewiesenen Gemarkung aufhielten, befanden sie sich ohnehin in relativer Sicherheit. Und wenn die Leute die Vorschriften befolgten, die für das Verlassen der Gemarkung galten – man sollte seiner Familie das Ziel des Ausflugs mitteilen –, bestand auch kaum Gefahr. Ab und zu stürzten die jungen Leute von einem Felsen ab oder fielen vom Baum. Schlimmstenfalls trug ihnen das einen Knochenbruch ein. Es war bereits über eine Generation her, daß ein Kind tödlich verunglückt war.

Also machte sich auch niemand Gedanken, als Jeopardy Wilm an seinem freien Tag nicht aufzufinden war. Als er jedoch bei Anbruch der Dunkelheit auch noch nicht zurück war, meldeten Samstag und China Wilm ihn bei Sam als vermißt. Daraufhin führte die Siedlung eine Suchaktion nach ihm durch.

»Ich habe ihn auf der Straße zum Tempel gesehen«, sagte ein Siedler, dessen Clanhaus nördlich des Clanhauses der Wilms gelegen war. »Gestern morgen. Es war noch sehr früh. Erste oder Zweite Periode der Tagschicht.«

Also wurde die Straße abgesucht, der Tempel

selbst und die nähere Umgebung. Als es hell wurde, schwärmten Suchtrupps ins umliegende Gebiet aus, bis hinauf zum Neuen Wald und zur *Wolkenbrücke*, die ein beliebtes Ausflugsziel für junge Leute war.

In der Zwischenzeit saß Samstag für vier Stunden im Schneidersitz in der Zentralkammer des Tempels. Birribat Shum sagte nicht, daß Jep tot sei. Wenn Jep sich irgendwo in der Nähe befunden hätte, ob tot oder lebendig, wäre sowohl Birribat Shum als auch Samstag Wilm das nicht verborgen geblieben. Also war Jep weder in einer der Siedlungen noch in der Zentralverwaltung, und genausowenig hielt er sich in dem Sektor auf, dessen Radius vom Hochplateau begrenzt wurde.

Diesen Sachverhalt trug sie einem sichtlich skeptischen Samasnier Girat vor.

»Hat der Gott dir das gesagt?«

»Eigentlich nicht«, gestand sie.

»Was hat er dann gesagt?«

»Er hat es mir indirekt mitgeteilt«, sagte sie um Präzision bemüht. »Als ob ich im Kopf eine Frage formuliert und dann der inneren Stimme gelauscht hätte. Bei manchen Antworten hat man eben das Gefühl, daß sie wahr sind.«

Sam erkannte Parallelen zur Arbeitsweise seines eigenen Bewußtseins. Er selbst hätte es als Intuition bezeichnet, doch hielt er es durchaus für möglich, daß der Gott diesen Effekt noch verstärkte. Dann widmete er sich dem Studium einer Landkarte und fragte sich, wo man wohl noch suchen konnte. Eine Suche auf dem Hochplateau erschien ihm witzlos, doch das war ungefähr der einzige Ort, der sich noch in einer vertretbaren Entfernung befand.

Am dritten Tag erfuhren sie schließlich, daß eine weitere Suche sinnlos war. Blaß und verstört erschien Maire bei Sam und präsentierte ihm eine schriftliche Nachricht. Sie wollte sie von diesem jungen Mann,

Ilion Girat, erhalten haben, den sie beide getroffen hatten.

»Jeopardy Wilm hat das geschrieben«, sagte sie zu ihrem Sohn. »Dein Junge.« Sie hielt ihm den Brief hin.

Erschüttert von diesem Verstoß gegen die Konventionen sagte Sam: »So habe ich dich noch nie reden hören, Mam. Schließlich hast du mir oft genug gesagt, daß wir den Begriff ›Vater‹ auf Hobbs Land nicht verwenden!«

»Ja, das weiß ich auch, Sammy. Aber jemand anders weiß das anscheinend nicht, denn sonst hätte er den Jungen nicht entführt. Indem man ihn als Geisel genommen hat, will man mich zwingen, nach Voorstod zurückzukehren.« Sie wedelte mit dem Brief vor seinem Gesicht herum, bis er ihn schließlich nahm. »Ich hatte es dir gesagt, Sammy. Aber du hast mich für eine dumme alte Frau gehalten. Du warst richtig zornig. Und doch hatte ich recht.«

Sam fühlte sich elend. Er hatte sie schlicht für paranoid gehalten, und nun hielt er diesen Brief, diesen eindeutigen Beweis in Händen. Er war so sicher gewesen, daß sie Phaed ... nun, bloß etwas unterstellt hatte. Andererseits erwähnte Jep Phaed *mit keinem Wort*. Mugal Pye und dieser Junge, Ilion, waren doch nach Hobbs Land gekommen, um Jep zu entführen. Möglicherweise waren auch noch andere daran beteiligt, aber nicht Phaed. Wahrscheinlich wußte Phaed nicht einmal davon. Er hätte doch nicht damit gedroht, den Jungen umzubringen! Schließlich war er sein Enkel!

»Wäre dieser Mugal Pye wirklich fähig, jemanden umzubringen, Mam? Bist du dir ganz sicher?«

Der Zorn über seine Hartnäckigkeit überwältigte sie, und sie legte die mütterliche Sanftheit ab, die sie ihm gegenüber immer an den Tag legte. »Willst du sie vielleicht noch entschuldigen, Sammy?« schrie sie. »Mach nicht den gleichen Fehler wie ich und belüge dich selbst! Ob sie fähig wären, jemanden umzubringen, fragst du? Hast du etwa schon vergessen, was mit deinem kleinen Bruder geschehen ist? Was ist denn mit den Abolitionisten? Was ist mit den Frauen und Kindern, die von Terrorbomben zerfetzt werden? Und was ist mit den Gharm, die totgepeitscht und von Hunden zu Tode gehetzt werden?«

Sam schüttelte nur den Kopf und wünschte sich, er hätte die Frage nicht gestellt. Bei diesem Thema war sie zu keiner rationalen Reaktion fähig. Selbst wenn er ihr konzedierte, daß ein großer Teil von dem, was sie sagte, sicherlich der Wahrheit entsprach, so bedeutete das noch lange nicht, daß Phaed etwas damit zu tun hatte.

»Nicht daß ich ihnen jeden einzelnen Mord nachweisen könnte«, murmelte sie. »Ich weiß nur, daß sie jede Stunde, jede Nacht Morde geplant haben ...«

Sie konnte es nicht beweisen. Als Sam das hörte, vergaß er sofort alles, was sie bisher gesagt hatte. Sein Vater hatte wahrscheinlich nichts damit zu tun. Er war durchaus überzeugt davon, daß in Voorstod schlimme Dinge geschahen, doch sein Vater hatte damit nichts zu tun. Am Ende wurde er selbst von den Verschwörern nur benutzt.

Maire ging allein zum Clanhaus der Wilms zurück. Sie wollte nicht, daß Sam sie begleitete. Den Brief nahm sie wieder mit.

»Was sollen wir jetzt tun?« rief China. »Was wirst du tun, Maire? Bringst du den Mut auf, nach Voorstod zurückgehen?«

»Ob ich den Mut dazu aufbringe? Nein. Ich bin nicht mutig. Ich habe vielmehr schreckliche Angst. Aber zurückkehren werde ich auf jeden Fall.« Maires Augen lagen tief in den Höhlen, und ihr Gesicht war eingefallen. »Ich muß den Jungen retten. Aber nicht, weil er Sams ... du weißt schon ist. Ich tue es um seiner selbst willen. Das Problem ist nur, daß meine Rückkehr ihm vielleicht auch nichts nutzen wird. Ich kenne diese Männer. Wir können ihnen nicht vertrauen. Ich muß mir überlegen, wie ich ihn dort raushole.«

»Aber was werden sie mit *dir* machen, wenn sie dich wiederhaben?« fragte Africa.

»Das weiß nur ihr rachsüchtiger Prophet. Awateh, wie sie ihn nennen, der Prophet des Allmächtigen, Chef dieses ganzen frommen Metzgerladens. Er ist die letzte Instanz, was mein Schicksal angeht. Ich glaube aber nicht, daß sie mich sofort umbringen werden. Es muß nämlich einen Grund dafür geben, weshalb sie mich wiederhaben wollen. Wenn sie mich nur hätten töten wollen, hätten sie das auch schon hier tun können.«

Zitternd vor Angst ging sie zu Sam zurück, und er tröstete sie und versprach ihr, daß er sie nicht allein gehen lassen würde. Er hätte sie begleitet, selbst wenn sie mit einem Lied auf den Lippen nach Voorstod gegangen wäre. Das war es, was Theseus ihm versprochen hatte. Er wußte es. »Ich werde mit dir gehen, Mam. Ich werde dich nicht allein dorthin gehen lassen. Verlaß dich drauf.«

Sie weinte sich an seiner Schulter aus, während er über ihren Kopf hinweg die Wand anstarrte. Es war an der Zeit, daß er seinem Vater begegnete. Dem Mann, der sein Vater war. Phaed Girat. Er redete sich ein, daß er die Wahrheit erfahren wolle, obwohl er glaubte, daß er die Wahrheit bereits kannte. Auch wenn man Dad sicherlich keine gute Führung bescheinigen konnte und Maire durchaus das Recht auf ihrer Seite hatte, so irrte sie dennoch, wenn sie Dad für alles Übel in Voorstod verantwortlich machte. Ohne Zweifel war Mugal Pye ein Schurke, doch mit derselben Gewißheit würden Sam und Phaed, wenn sie erst einmal zusammengefunden hatten, die Sache wieder in Ordnung bringen. Dann wechselten Maire und er noch ein paar Worte, wobei sie indes aneinander vorbeiredeten. Sie glaubte, er würde sie beschützen, und er war der Ansicht, daß es im Grunde überhaupt nichts gab, wovor er sie hätte beschützen müssen.

Maire spielte auf Zeit. Je mehr Zeit sie gewann, desto besser, sagte sie sich. Sie beabsichtigte nämlich nicht, auf direktem Weg nach Voorstod einzureisen. Der einzige Grund, aus dem sie das Wagnis überhaupt einging, war die Rettung des Jungen. Sie wollte nicht das geringste Risiko eingehen, bevor Jep Wilm nicht frei war. Obwohl Mugal Pye ihr die Unversehrtheit des Jungen zugesichert hatte, glaubte Maire seinen Versprechungen nicht mehr, als wenn er sich als Meßdiener ausgegeben hätte.

Also hielten sie und Sam Ilion tagelang hin, während er und Mugal Pye Botschaften austauschten. Die Zentralverwaltung und Ahabar standen ebenfalls in Kontakt miteinander, allerdings nur inoffiziell. Maire hatte Ilion zwar gesagt, daß sie sofort aufbrechen würde, aber sie wies ihn auch darauf hin, daß sie nicht allein gehen wollte; und Sam mußte erst die Amtsgeschäfte an einen Stellvertreter übergeben, bevor er die Siedlung Eins verlassen konnte. Weil Ilion die ganze Aktion ohnehin sinnlos erschien, hinterfragte er diese Erklärung auch nicht weiter. Jep konnte von Glück sagen, daß die Verschwörer der alten Frau eine großzügige Bedenkzeit eingeräumt hatten. Die ursprünglichen Überlegungen, Maire ein paar Körperteile des Jungen zu schicken, um die Entscheidungsfindung zu beschleunigen, hatten sich durch ihre schnelle Antwort nun erledigt. Und daß sie in Begleitung von Sam kommen würde, war in ihren Augen auch kein Problem. Ganz im Gegenteil: Dann hätten sie im Bedarfsfall nämlich eine zweite Geisel. Sie waren durchaus kulant, wenn auch bedingt.

Ein paar Tage vor der Abreise wandte Samstag Wilm sich mit einem Anliegen an Maire.

»Ich muß euch begleiten«, sagte Samstag.

»Niemals, Kind. Dich will ich nicht auch noch einem Risiko aussetzen.«

»Darum geht es nicht, Maire Girat. Es geht nicht um meine Interessen, und nicht einmal um Jeps Interessen. Es geht um den Gott. Der Gott sagt mir, ich soll dorthin gehen, wo Jep ist. Ich habe dort eine Aufgabe zu erfüllen. Wo auch immer Jep sich befindet, ich muß zu ihm. Du darfst Voorstod nicht betreten, bis wir beide wieder zurück sind; aber ich muß vorher zu Jep.«

Maire schüttelte den Kopf. Das kam für sie überhaupt nicht in Frage.

»Maire, alles, was du mir über Voorstod erzählt hast, das Töten und die Sklaverei – willst du denn, daß das immer so weitergeht?« fragte Samstag zähneknirschend. »Du willst doch auch, daß die Gharm endlich frei sind. Maire, du willst doch auch, daß das Töten endlich aufhört und die Kinder in Green Hurrah nicht mehr durch Bombenanschläge ums Leben kommen.«

Erschüttert schaute die alte Frau das Mädchen an.

»Woher weißt du von diesen Dingen?«

»Du selbst hast mir doch schon so manches erzählt! Und der Gott hat mich wohl über den Rest aufgeklärt. Was die Leute auf Hobbs Land wissen, weiß auch der Gott. Was du weißt, weiß auch der Gott, Maire. Das Wissen des Gottes ist die Summe unseres Teilwissens, und was der Gott weiß, wissen auch *Diejenigen Welche* oder wer auch immer es wissen muß. Wenn du willst, daß das Töten aufhört, mußt du mich mitnehmen, Maire.«

Als Maire dann Africa Wilm fragte, ob Samstag mitkommen dürfe, sagte Africa zu ihrem Erstaunen, das sei das beste, was sie tun könne.

»Samstag und Jep sind ein Liebespaar«, sagte sie niedergeschlagen, »oder zumindest werden sie bald eins sein. Sie sind *Diejenigen Welche*.« Tränen liefen ihr über die Wange. »Wahrscheinlich kann der eine ohne den anderen gar nicht leben«, entfuhr es ihr, und dann weinte sie sich schier die Augen aus.

Später am Abend besuchte sie China in ihrem Haus und brach in der Küche erneut in Tränen aus. »Ich weiß gar nicht, weshalb ich das sage«, sagte sie. »Ich weiß, daß es richtig ist, aber trotzdem muß ich weinen.«

»Weil du wahrscheinlich weißt, daß es für beide das beste ist«, flüsterte China und wischte sich selbst eine Träne aus dem Gesicht. »Aber gleichzeitig setzen sie sich auch einer schrecklichen Gefahr aus.«

»Ja, es ist schrecklich gefährlich. Und daß Sam sie begleitet, macht es nicht ungefährlicher. Er ist verrückt, China!«

»Nein«, entgegnete China nüchtern. »Ist er nicht.«

»Es sieht aber so aus!«

»Africa, wenn Sam tatsächlich verrückt wäre, wäre er längst nicht mehr hier. Alle wirklich verrückten Leute sind gegangen oder haben sich selbst umgebracht. Aber Sam ist noch immer hier.«

Nachdenklich wischte Africa sich die Tränen aus dem Gesicht. Das stimmte. Sam schien fest in der Siedlung Eins verwurzelt zu sein. »Du hast recht, was die anderen Verrückten betrifft«, flüsterte sie. »Aber vielleicht ist das auch Sams Art, sich zu verabschieden.«

Das brachte in China eine Saite zum Erklingen. Sie konnte mit ihm nicht leben, aber der Gedanke, daß er wegging … Und doch würde sein Verschwinden vielleicht Jep zurückbringen. War der Verlust des einen gegen die Rückkehr des anderen aufzuwiegen? Sie schluckte und versuchte den Schmerz zu unterdrükken, den sie in der Brust verspürte. »Vertrauen«, flüsterte sie. »Darauf läuft es letztlich hinaus. Ob wir ihm vertrauen.«

»Wem?«

»Du weißt, was ich meine.«

»Sag es, China! Sag es. Ob ich dem Gott vertraue?«

»Nun, vertraust du ihm denn?«

»Vertrauen... ihm? Wer ist er überhaupt? Er ist unter der Erde gewachsen. Auch wenn niemand davon spricht, so weiß es doch jeder. Wir stellen uns dumm. Im Grunde tun wir so, als ob er überhaupt nicht existieren würde. Wenn wir überhaupt einmal zum Tempel gehen, dann nur, um dort sauberzumachen. Aber sonst lassen wir uns dort nicht blicken. Der Gott verlangt nicht von uns, daß wir ihn anbeten. Das hat er nicht nötig. Er braucht weder Lobgesänge noch Opfergaben, nur ein paar *ferfs*. Aber das hat eher mit körperlichen als mit spirituellen Bedürfnissen zu tun. Wenn wir singen, dann handeln die Lieder nicht vom Gott. Im Grunde... nehmen wir ihn für selbstverständlich. Er ist einfach da.«

»Du befürwortest seine Anwesenheit, nicht wahr?«

»Natürlich befürworte ich... ja. Ja, ich freue mich, daß es ihn gibt. Aber eigentlich hätte er in einer feurigen Wolke vom Himmel herabsteigen müssen. Er hätte... er hätte durch ein Tor aus Feuer schreiten müssen, wie diese Prophetin der Baidee! Statt dessen ist er unter der Erde gewachsen, China, wie eine Rübe. Wie ist es nur möglich, daß so etwas solche Gefühle in uns weckt. Etwas, das unter der Erde gewachsen ist!«

»Weil er *funktioniert*. Er stellt keine Gefahr für uns dar. Er droht uns nicht mit Schwefel und Verdammnis, wie der Gott der Voorstoder es tut. Und im Gegensatz zu den Göttern der Phansuri braucht er keine Rituale. Er funktioniert einfach.«

»Ja«, flüsterte Africa und zerdrückte unter geschlossenen Lidern ein paar Tränen. »Ja, ich weiß. Er funktioniert. Und deshalb muß Samstag auch gehen. Auch wenn sie vielleicht nie mehr zurückkommt.«

* * *

In der Zentralverwaltung waren Zilia Makepeace und Dern Blass *Diejenigen Welche* geworden, die sich um den Tempel von Horgy Endure kümmerten. Tandle Wobster und Jamice gingen ihnen gelegentlich zur Hand; Spiggy Fettle hingegen weilte noch immer mit dem Team von Thyker auf dem Hochplateau und hatte nicht die geringste Ahnung, daß sein ehemaliger Kollege nun den Status eines Gottes besaß. Weil man den neuen Tempel samt Gott als selbstverständlich betrachtete, sah man trotz des regelmäßigen Informationsaustauschs zwischen der Hochebene und der Zentralverwaltung keine Veranlassung, die Identität des neuen Gottes extra zu erwähnen. Allerdings hatte auch niemand auf dem Hochplateau danach gefragt.

Derweil saß der Gott Horgy auf seinem Podest im Tempel, ein mannshoher Klotz aus einer undefinierbaren Substanz, der einen fast fühlbaren Charme ausstrahlte. Aus diesem Grund stellten junge Frauen auch das Gros der Besucher des Tempels von Horgy Endure. Die Männer indes favorisierten eher den Tempel in der Siedlung Zwei, während ältere Frauen den Tempel der Siedlung Drei bevorzugten, wo die Göttin Elitia residierte. Nicht daß irgendwelche Anzeichen von Frömmelei oder gar eines religiösen Wahns aufgetreten wären. Wenn eine Person sich gerade in der Nähe ihres Lieblingstempels befand, schaute sie eben vorbei, einfach weil es ein gutes Gefühl war. In dem Maße, wie die Siedler für Probleme im näheren oder weiteren Umfeld sensibilisiert wurden, intensivierte sich auch der Austausch zwischen den Siedlungen. Ansonsten gingen die Menschen ihrem Tagewerk nach, produktiv und ohne Störungen. Die schönen Künste, Handwerk und Technik nahmen einen ungeahnten Aufschwung, wobei vor allem eine Renaissance der Vokal- und Instrumentalmusik stattfand.

Auf dem Hochplateau schlossen die von Helfern unterstützten Thykeriten die Untersuchungen der

Ruinen ab. Sie nahmen Proben der unterirdischen Artefakte, wobei sich herausstellte, daß sie im Grunde alle aus demselben Material bestanden, und beschlossen dann, die Heimreise anzutreten. Dr. Feriganehs Diagnosen hatten ergeben, daß Shan eine gesunde Psyche hatte; allerdings hatte er ihm eine schwere Erschöpfung attestiert. Die Alpträume hatten sich nach mehrjähriger Unterbrechung wieder eingestellt, ohne daß es dem Arzt oder Merthal indes gelungen wäre, irgendeinen bedrohlichen Aspekt auf Hobbs Land ausfindig zu machen. Sie gaben Shan den Rat, Ruhe zu bewahren.

»Die Hoch-Baidee sagen, Gefühle und Gedanken seien authentisch«, sagte der Arzt. »Dem möchte ich nicht widersprechen. Es steht mir nicht zu, dir das Problem zu erläutern und dich von deinem Irrtum zu überzeugen. Ich darf deinen Kopf nicht manipulieren. Zu mehr Schlaf, regelmäßigen Mahlzeiten und etwas Schonung darf ich dir dann aber doch raten. Geist und Körper sind nämlich eine Einheit. Gesunder Geist in einem gesunden Körper.«

So lautete die Doktrin, und Shan nahm sie sich zu Herzen. Nicht für einen Moment hatte das Gefühl ihn verlassen, daß auf Hobbs Land eine schreckliche Gefahr dräute, aber aufgrund der Anweisungen des Arztes war er nun imstande, die Alpträume und das Gefühl einer persönlichen Bedrohung zu unterdrücken. Er sagte sich, daß er sich nur vom Gesang bedroht gefühlt hätte, und auf dem Hochplateau sang niemand. Nachdem Shan mit Merthal darüber gesprochen hatte, ging der hinunter zur Siedlung Eins, um sich selbst einen Eindruck von den Qualitäten des Chors zu verschaffen. Er fand die Musik sehr ästhetisch und überhaupt nicht bedrohlich. Shan quittierte dieses Urteil mit einem Achselzucken, und Merthal ging auch nicht weiter darauf ein. Nach der Rückkehr nach Thyker, so sagte er sich, würde sein junger Kollege das innere

Gleichgewicht schon wiederfinden. Er war einfach überlastet. »Erhebet euch, erhebet euch, o ihr Steine.«

Die unterirdischen Fundstücke erwiesen sich als eine Art fester, holziger Pilz, der große Ähnlichkeit mit einem Polypor aufwies. Das einzig Spektakuläre an diesem Fund war seine extreme Größe. Die Archive sagten, auf anderen Welten gäbe es ähnliche Objekte, die sogar noch größer seien. Vergleichbare Funde waren auch schon auf einigen Welten des Gürtels gemacht worden, und in Anbetracht des Dauerbombardements mit Kometen und anderen Trümmern sprach alles für eine gemeinsame Herkunft dieser Materie. Vielleicht war die Welt, auf der diese Substanz einst existiert hatte, auseinandergebrochen, und die Bruchstücke waren aus dem Leerraum ins System gedriftet, wobei einige Fragmente auf den Gürtelplaneten gelandet waren. Das würde ihr Vorkommen hinreichend erklären, und die Gruppe gab sich mit dieser Theorie zufrieden. Es war indes nur ein Beleg für ihre Phantasielosigkeit, daß sie nicht nach weiteren Artefakten suchten, die vielleicht auch von dieser Quelle stammten. Sie nahmen noch ein paar Proben für die Botaniker auf Thyker, vervollständigten die Aufzeichnungen und kehrten dann zur Zentralverwaltung zurück, wo Spiggy, wie schon Bombi, einem heißen Bad höchste Priorität einräumte.

Eigentlich hatte Spiggy sich der Liaison mit Volsa nicht widersetzt, obwohl dieses Verhältnis eine für ihn inakzeptable Schieflage aufwies. Er hatte nämlich den Eindruck, daß sie ihn bevormundete und vorführte. Und wenn sie ihn doch einmal lobte, hatte er im übertragenen Sinn immer das Gefühl, als ob sie ihm wie einem Schuljungen den Kopf tätschelte, nach dem Motto: »Bub, hier hast du eine Mark; kauf dir ein Leckerli. Die Mama hat jetzt keine Zeit.« Nun, wenn er jemandem die Schuld dafür geben wollte, dann sich selbst. In seinem Vertrag stand nämlich nicht, daß er sich als Begleiter für VIPs zur Verfügung stellen müsse. Das war seine eigene Entscheidung gewesen, die sich zumindest teilweise auf ein Motiv gründete, das Spiggy selbst als hochgradige Geilheit bezeichnete.

Nachdem Spiggy zur Zentralverwaltung zurückgekehrt war und ein heißes Bad genossen hatte, versuchte er einer merkwürdig entspannten und gut gelaunten Jamice seine Erfahrungen zu vermitteln.

»Die Hoch-Baidee waren mir schon immer ein Rätsel«, sagte er. »Mit ihren Lehren wußte ich nie etwas anzufangen, aber neugierig war ich doch. Wohl eine Art Voyeurismus. Ich hatte den direkten Kontakt gesucht, um herauszufinden, wie sie wirklich sind.«

»Nun«, fragte Jamice, wobei sie auf eine für sie völlig untypische Art auf den Gesprächspartner einging, »wie sind sie denn wirklich?«

»Intensiv«, sagte er. »Egozentrisch. Außer Bombi; der hat Sinn für Humor und kann sogar über sich selbst lachen. Aber die anderen beiden ... man könnte sie mit einer hell lodernden Flamme vergleichen. Vor allem Shan. Nachts wacht er schreiend auf, weil er Alpträume hat, und dann läuft er den ganzen Tag mit maximaler Dynamik herum, um das wieder auszugleichen. Er ist ängstlich und draufgängerisch zugleich; er muß wirklich von irgend etwas besessen sein. Zweifellos hat er ein destruktives Potential, ob das nun gegen sich selbst oder gegen andere gerichtet ist.«

»Dann wäre es wohl am besten, wenn sie bald wieder abreisen würden«, sagte Jamice. »Wie lange bleiben sie denn noch?«

»Ich glaube, daß sie morgen verschwinden«, erwiderte Spiggy. »Nachdem sie sich frischgemacht und etwas ausgeruht haben.«

»Gut«, sagte Jamice, die Spiggy bisher noch nichts über den Tempel der Zentralverwaltung und den Gott

Horgy Endure erzählt hatte. Allerdings hatte Spiggy sich auch noch nicht nach Horgy Endure erkundigt. Vielleicht würde er überhaupt nicht nach ihm fragen. Die beiden waren nämlich nie enge Freunde gewesen. Es war ohnehin besser, wenn er erst nach der Abreise der Baidee auf dieses Thema zu sprechen kam. Vielleicht würden die Baidee auch früh zu Bett gehen und dann abreisen, ohne daß sie noch viele Worte miteinander gewechselt hätten. Sollten sie doch einfach verschwinden. Jamice hinterfragte nicht einmal, weshalb sie so dachte. Es war nur so ein Gefühl, aber mittlerweile hatte sie gelernt, auf ihre innere Stimme zu hören. Jeder in der Zentralverwaltung hatte gelernt, auf seine innere Stimme zu hören.

Spiggy indes wälzte sich schlaflos im Bett. Wahrscheinlich war er überdreht. Mit Sicherheit war er überdreht. Vielleicht brauchte er einen Spaziergang. Wegen der nächtlichen Kühle zog er sich warm an und ging hinaus in die Dunkelheit; er sah gerade soviel, daß er nicht über irgendwelche Hindernisse stolperte. Er ging nach Südosten, in Richtung der Hügelkette, von der die Zentralverwaltung auf allen Seiten umschlossen war; der einzige Durchbruch wurde durch das von Westen nach Süden verlaufende Flußtal geschaffen.

Er sah den Tempel erst, als er unmittelbar vor ihm stand. Fast wäre er gegen die Mauer geprallt. Dann war es ihm, als ob jemand zu ihm sprechen würde, und mit schlafwandlerischer Sicherheit fand er die Außentür, die zur Zentralkammer führende Gittertür und den Sockel, auf dem der Gott stand. Der Gott indes hatte ihn auch gefunden.

Als er im Morgengrauen zu sich kam, lag er direkt vor der Außenwand der Zentralkammer auf dem Mosaikboden. Beim Aufstehen hatte er das Gefühl, daß etwas an ihm zerrte, als ob er durch einen Pelz aus haarfeinen Fasern mit dem Boden verwachsen gewesen wäre. Dieses Gefühl verursachte ihm indes keine Schmerzen. Er war sich nicht einmal sicher, ob es sich überhaupt um eine körperliche Empfindung gehandelt hatte. Genausogut hätte es rein subjektiv sein können, ein symbolischer Ausdruck der Verbundenheit mit der Welt. Alles in allem fühlte er sich nach dieser eigentlich doch ungemütlichen Nacht erstaunlich gut.

Er trat ins Freie. Von der Anhöhe aus sah er im Süden eine mit kleinen Inseln gesprenkelte Seenkette, wo sich seines Wissens zuvor keine Seen befunden hatten. Daß die Inseln real waren, merkte er an dem süßlich-würzigen Geruch, den der Wind zu ihm herübertrug, und von seinem Standort aus erspähte er große bunte Blumen. Auf einigen Inseln standen kleine, runde Gebäude mit sanft gewölbten Kuppeldächern, wie die Brüste einer Frau.

Ein schöner Platz, sagte er sich. Es würde sich lohnen, mit einem Nachen hinauszurudern, um den Duft der Blumen einzusaugen und die Tierwelt zu erkunden; sicher gab es auch ein schönes Plätzchen für ein Picknick, und dann konnte man vielleicht eine Frau zu einem Fick in einem dieser kleinen Gebäude überreden.

Er fragte sich, ob Dern von den Seen wußte; natürlich wußte Dern es, sagte er sich dann. Alle wußten es. Nur daß niemand davon sprach. Die Siedler informierten das System nicht über die Existenz dieser Seen, genausowenig wie sie die anderen Welten über den Canyon westlich der Siedlung Eins, den Neuen Wald und die anderen Wunder informiert hatten. Diese Dinge betrafen nur Hobbs Land. Niemand hatte ein Interesse daran, daß die Welt von neugierigen Fremden überschwemmt wurde, die lauter Fragen stellten und das … ja was eigentlich bedrohten? Was auch immer es war.

Bevor er sich wieder seiner Arbeit, sinnvoller Arbeit, widmete, bevor er sich wieder mit seinen Freunden von der Zentralverwaltung traf, war es also angeraten, die Thykeriten von Hobbs Land zu verabschieden, bevor sie die Gelegenheit hatten, noch weitere Nachforschungen anzustellen.

Spiggy wollte die Hoch-Baidee so schnell wie möglich loswerden, weil sie nämlich kein Gespür für die friedliche Aura hatten, die sich allmählich auf Hobbs Land manifestierte.

2

»Morgen werden wir abreisen«, sagte Sam zu Theseus, als sie des Nachts auf einem Hügel im Tempel des Poseidon standen und Phantompferde auf den Weiden grasen sahen. »Ich möchte mit ihm sprechen. Mit Phaed. Mit meinem Vater.«

»Und worüber möchtest du mit ihm sprechen?« fragte der Held.

»Ich weiß nicht. Ich meine, ich frage mich immer, was ich ihm sagen könnte, aber dann ist es doch nicht das Richtige.«

Theseus warf sein Schwert in die Luft und fing es am Griff auf. »Wir üben das. Stell dir vor, ich sei er. Was sagst du dazu?«

Sam hatte Zweifel. »Du hast aber gar keine Ähnlichkeit mit ihm.«

»Wart's ab«, sagte Theseus, setzte sich auf den Hügel und schrumpfte zu einer untersetzten und massigen Gestalt zusammen. Dann schaute er Sam von schräg unten an. Er hatte Phaeds Gesicht, wie Sam es ihm beschrieben hatte; nicht einmal die Kappe fehlte. »Eh, hallo, Junge! Wo kommst du denn auf einmal her?«

Sam war schockiert. Die Stimme und die Worte waren ihm nur zu vertraut.

»Hallo, Dad«, sagte Sam schließlich. »Ich bin den weiten Weg von Hobbs Land gekommen, um dich zu besuchen.«

»Das ist wirklich ein weiter Weg. Ich hatte immer gehofft, du würdest kommen, egal wo du bist.«

»Nun, wenn du mich vermißt hast, weshalb bist du dann nicht gekommen, Dad?«

»Wäre keine gute Idee gewesen, Junge. Ich meine, deine Mam hat mich doch verlassen, nicht wahr? Was für ein Mann wäre ich dann gewesen, wenn ich mich in ihre Privatangelegenheiten eingemischt hätte und in ihrer Stadt aufgekreuzt wäre?«

»Aber du hast an sie gedacht?«

»Natürlich, Junge. Schließlich ist sie meine Frau. Die Mutter meiner Kinder. Ich denke immer an sie.«

»Also liebst du sie noch, nicht wahr?«

»Wir sind Mann und Frau, Sammy. Wir haben einen Bund geschlossen ...« Der Mann schaute traurig und ließ den Blick in die Ferne schweifen.

»Dad.«

»Ja, Sammy.«

»Ich muß dir etwas erklären. Es geht um Maechys Tod.«

»Ja, das war wirklich traurig.«

»Mam sagte, du hättest überhaupt nicht um ihn getrauert. Sie sagte, du hättest nur den Mann verflucht, weil er so schlecht gezielt hatte.«

Die zusammengesunkene Gestalt schüttelte sich in einem Weinkrampf. »Oh, ich habe um ihn getrauert, Sammy. Beim Allmächtigen, ich habe getrauert. Ich habe den Narren verflucht, der ihn getötet hat, und ich habe getrauert. Schließlich war er auch mein Sohn. Nicht mein Ältester, wie du, Sam, sondern nur ein kleiner Junge; aber er war auch mein Sohn. Der Schmerz war so groß, daß ich nicht weinen konnte, Junge. Ich glaubte, ich würde vor Kummer sterben. Alles, was ich tun konnte, war fluchen oder sterben ...«

»Dann waren es nicht deine Männer, die ihn getötet hatten?«

»Meine Männer? Welche Männer sollten das denn sein, Sammy? Ich habe keine Männer, die so etwas tun. Deine arme Mam glaubte immer, ich wäre in solche Dinge verwickelt, aber ich war nur ein Farmer, ein Mann, der sich um die Tiere und die Felder kümmerte, wie du das auch tust, Junge. Wir Farmerkönige sind die echten Helden, meinst du nicht auch? Es erfüllt mich mit Stolz, daß du sozusagen in meine Fußstapfen trittst.«

Mit Tränen in den Augen wandte Sam sich ab. Ungefähr so würde es sein. Wenn es wirklich zu einer Begegnung kam, würde sie ungefähr so ablaufen.

»Hast du gesagt, was du sagen wolltest?« fragte Theseus, der inzwischen wieder seine ursprüngliche Gestalt angenommen hatte. Erneut ließ er das Schwert durch die Luft wirbeln, immer höher, bis es fast die massiven Deckenbalken gestreift hätte.

Sam nickte. Ja. Im Grunde hatte er alles gesagt.

Später in der Nacht ging Sam dann zur Siedlung zurück. Er machte nun einen ganz ruhigen Eindruck, und der Gürtel und der Helm versetzten die Leute nicht mehr in Angst und Schrecken. Viele Leute waren nun nachts unterwegs: Sie gingen im Blasen-See schwimmen, sie suchten im neu entdeckten Marsch-Distrikt nach Phönix-Federn, oder sie besuchten mit den Kindern die Grotte der Fabelwesen. Nachtspaziergänge waren nicht mehr nur etwas für Exzentriker.

Vor dem Bruderhaus wurde er bereits von Maire erwartet. Sie wollte noch einmal den Plan mit ihm besprechen, um auch das geringste Risiko auszuschalten.

»Morgen gehen wir nach Ahabar«, sagte sie. »Der Transmitter wird uns in Fenice, der Hauptstadt, absetzen. Von dort geht es weiter nach Jeramish, die an Green Hurrah grenzende Provinz, wo wir die Gastfreundschaft von Commander Karth genießen werden. Er wird uns auch gegen eventuelle Versuche schützen, uns nach Voorstod zu entführen und dort zu liquidieren. Zumindest hat er mir das in den Botschaften zugesichert, die ich von ihm erhalten habe.«

Sam hatte das schon ein dutzendmal gehört, aber erst jetzt fragte er sich, woher sie diesen Commander überhaupt kannte. »Woher«, richtete er also die Frage an sie, »kennst du denn einen ahabarianischen Commander?«

»Ich bin ihm einmal begegnet, vor langer Zeit...« Ihre Stimme erstarb. Es war nur eine flüchtige Begegnung gewesen; nachdem sie als junge Mutter mit zwei kleinen Kindern Green Hurrah verlassen hatte, war sie einer ahabarianischen Grenzpatrouille in die Arme gelaufen. Karth war der Kommandeur gewesen. Sie hatte ihn als human und attraktiv in Erinnerung. In den darauffolgenden Jahren hatte sie oft an ihn gedacht; aufgrund des Schwurs, den sie geleistet hatte, durfte sie seiner unausgesprochenen Einladung jedoch nicht folgen. Angesichts der nun eingetretenen Notlage hatte sie jedoch nicht gezögert, ihn unter Bezugnahme auf ihre damalige Begegnung um Hilfe zu bitten. In seiner Antwort hieß es, daß er sich durchaus noch an sie erinnerte und in seiner Eigenschaft als Garnisonskommandeur glücklicherweise in der Lage wäre, ihr die erbetene Hilfe zu gewähren.

»Ursprünglich«, so erläuterte sie Sam, »wollte ich solange in Jeramish bleiben, bis Jep freigelassen worden wäre. Aber als Samstag sagte, sie wolle auch mitkommen, mußte ich umdisponieren. Sie besteht darauf, nach Voorstod zu gehen und Jep zu befreien, egal, wo er sich befindet.«

»Wenn ich bisher keinen Grund hatte, mitzukommen – nun habe ich einen«, sagte Sam, wobei er fand, daß dies eine angemessene Rolle für ihn war. »Ein junges Mädchen sollte nicht allein reisen.« Jedenfalls nicht zu Männern wie Mugal Pye, der ihm genauso unsympathisch gewesen war wie Maire. »Angenommen, wir erreichen Jeps Freilassung. Was dann? Erwartet man vielleicht von dir, daß du nach Voorstod zurückkehrst und singst? Womöglich sollst du aus irgendeinem symbolischen Anlaß singen. Die alte Maire Manone, Liebliche Sängerin und so weiter.« Er lächelte ihr aufmunternd zu.

»Natürlich verfolgen sie eine bestimmte Absicht«, sagte sie. »Sie haben Jep entführt, weil er nach ihren Maßstäben mein Enkel ist; also haben sie es eindeutig auf mich abgesehen.« Sie wandte sich ab; ihr Sohn sollte nicht die Tränen auf ihrem Gesicht sehen. In einem Land, in dem die Kinder dazu angehalten wurden, anderen Leuten nur so zum Spaß Schmerzen zuzufügen, mußte man auch als Frau mit solchen ›Aufmerksamkeiten‹ rechnen. Sie wußte zwar nicht, was man von ihr wollte, aber sie wußte zumindest, daß es auf die eine oder andere Art schmerzlich für sie werden würde. Dennoch hätte sie nicht mit dem Bewußtsein leben können, daß Jep wegen ihr zu Schaden gekommen wäre. »Ich habe Angst«, sagte sie, wobei sie sich insgeheim wünschte, daß er sie in den Arm nahm. Bisher war sie noch von keinem Mann umarmt worden; aber auf ihre alten Tage würde ihr Sohn sie doch sicher einmal in den Arm nehmen.

Aber Sam hatte sie noch nie in den Arm genommen und dachte auch jetzt nicht daran. »Aber du weißt doch gar nicht, was sie wollen, Mam«, sagte er, wobei er versuchte, der Angelegenheit etwas von ihrer Dramatik zu nehmen. »Vielleicht ist es etwas ganz Harmloses.«

»Ja, das habe ich mir auch schon einzureden versucht«, erwiderte sie. »Darin habe ich reichlich Übung.« Im Grunde hatte sie sich ständig etwas vorgemacht. Wir Frauen haben schon immer Illusionen gehabt, sagte sie sich. Wir heiraten, und dann erweist die Ehe sich als die Hölle. Wir hoffen, daß sie mit dem Trinken aufhören, aber sie hören nicht auf. Wir hoffen, daß sie aufhören, die Kinder und uns zu schlagen, aber sie tun es nicht. Wir hoffen, daß sie das Töten beenden, aber sie haben überhaupt keine Veranlassung, damit aufzuhören. Weshalb sollten sie auch, wenn sie in der Taverne mit ihren Heldentaten prahlen können. Sie brüsten sich mit ihrer Stärke und Intelligenz und bilden sich noch etwas darauf ein, daß sie Schwächere besiegt haben. Kein Mann ist ihnen gewachsen. Keine Frau ist ihnen genug. Und überhaupt ist ihnen alles andere egal, solange sie nur in Treue zur *Sache* stehen. Und dennoch halten wir Frauen an der Hoffnung fest, *daß es vielleicht ganz harmlos ist*.

Sams Stimme riß sie aus ihren Gedanken. »Vielleicht sollst du auch zurückkommen, weil sie schon zu viele Frauen verloren haben.« Diese Erkenntnis war ihm soeben gekommen. »Ja, das wäre möglich. Du sollst die anderen Frauen zur Heimkehr auffordern.«

»Ja, vielleicht.« Sie nickte und ließ sich das durch den Kopf gehen. »Vielleicht ist das der Grund, Sammy. Vielleicht haben sie nicht mehr genug Frauen, die ihnen Söhne für die *Sache* gebären. Mugal Pye und seine Kumpane glauben anscheinend, ich könne die Ereignisse von damals umkehren und die Frauen zurücksingen. Nun, sie bekommen nur das von mir, was ich zu geben habe, Sammy. Aber was deine Anwesenheit dort bewirken könnte, weiß ich wirklich nicht.«

Sam wußte es auch nicht, aber trotzdem brannte er darauf, nach Voorstod zu reisen.

* * *

Tags darauf traf Samstag sich in der ersten Periode der Tagschicht mit Gotoit und Willum R. am Tempel.

»Ihr wißt, was zu tun ist«, sagte sie. »Die Vorderseite des Tempels muß noch getüncht werden.«

»Ich weiß«, sagte Gotoit. »Keine Sorge, Sams. Willum und ich werden uns darum kümmern.«

»Und versorgt den Gott regelmäßig mit *ferfs*«, sagte Samstag, wobei sie sich das Gehirn mit der Frage zermarterte, was sonst noch zu tun sei. »Lucky weiß Bescheid.«

»Seit einiger Zeit sprechen sie«, sagte Willum R. »Die Katzen.«

»Sie sprechen?!«

»Nun, es ist keine Sprache in unserem Sinn. Dazu fehlen ihnen die anatomischen Voraussetzungen. Aber sie haben eine Art Katzensprache entwickelt. Wenn man sich konzentriert, versteht man doch vieles davon.«

Samstag glaubte schon, Willum R. hätte nicht mehr alle Tassen im Schrank; doch als sie vor dem Tempel Lucky und zwei ihrer Jungen begegnete, begrüßte Lucky Samstag mit einem langgezogenen, komplexen Jaulen, das Samstag als Aufforderung interpretierte, sich erst vorsichtig heranzupirschen und Witterung aufzunehmen, bevor sie sich auf irgend etwas einließ. Samstag sagte in der Sprache der Menschen, sie würde das beherzigen, und Lucky nickte, als ob sie den Sinn von Samstags Worten voll erfaßt hätte. Dann setzte sie sich hin und leckte sich mit allen Anzeichen der Zufriedenheit eine Vorderpfote.

»Hast du das Du-weißt-schon?« fragte Gotoit mit gesenkter Stimme.

Samstag nickte. Sie hatte die Briefchen ins Mantelfutter eingenäht.

»In Ordnung«, sagte Gotoit und umarmte sie. »Es wird alles gut werden.«

Samstag, die gar nicht so sicher war, daß alles gut werden würde, drückte Gotoit ebenfalls und mußte sich beherrschen, nicht in Tränen auszubrechen.

* * *

In der dritten Periode der Tagschicht holten Africa Wilm und Samstag Sam und Maire im Clanhaus der

Girats ab und flogen mit einem Gleiter zur Zentralverwaltung. Der Flug verlief schweigend. Africa hatte versucht, mit Samstag Konversation zu betreiben, was jedoch mißlungen war. Nicht daß Samstag nicht reden wollte; vielmehr war es so, daß Africa nicht wußte, was sie sagen sollte.

»Es wird alles gut werden«, sagte Samstag und strich ihrer Mutter über die Wange. Das war indes nur Zweckoptimismus, und beide wußten es auch.

Es hatte eine Zeit gegeben, sagte Africa sich, als sie das, was nun vor sich ging, mißbilligt hätte; damals hätte es ihr mißfallen, über notwendige Maßnahmen nur *informiert* zu werden. Nun fragte sie sich jedoch, ob sie irgendeinen Zwang verspürte und mußte das verneinen. Kein Zwang. Nur Informationen. Die Aktion war notwendig. Anders als früher war sie nun nicht in der Lage, die Information zu ignorieren oder wegzurationalisieren. Wenn man heute eine *Information* erhielt, wußte man, daß sie wahr war, und es hatte keinen Sinn, sie in Frage zu stellen oder zu diskutieren. Man hatte sie einfach zur Kenntnis zu nehmen.

»Paß bitte auf China auf, Africa«, sagte Sam, als sie die Peripherie des Transmitters erreicht hatten.

Africa nickte und versprach, daß sie ein Auge auf China haben würde. Genauso wie Samstag ohne Zweifel *informiert* worden war, daß etwas getan werden müsse, hatte auch Sam eine entsprechende *Information* erhalten. Africa umarmte ihre Tochter und murmelte etwas, wobei der Sinn der Worte eine bemerkenswerte Ähnlichkeit mit den Mahnungen der Katze Lucky aufwies. Pirsche dich heran. Sei auf der Hut.

Africa begleitete sie nicht bis zum Transmitter, sondern sie flog gleich wieder zurück. Tränen strömten ihr übers Gesicht. Sie war nicht hysterisch, sagte sie sich. Sie… vermißte nur ihre Tochter. Plötzlich hatte sie das Gefühl, von Ruhe und innerem Frieden erfüllt zu werden, doch sie sträubte sich gegen diese Empfindung. Ihre Gefühle waren angemessen. Es war angemessen, sich einsam zu fühlen. Es war angemessen und menschlich, zu trauern.

Das tröstliche Gefühl verging wieder, als ob es sich Africas Argumentation angeschlossen hätte. Wahrscheinlich stimmte es ihr zu, daß Trauer im Augenblick angemessener war. Trost war sicher wichtig, aber auch die Trauer hatte ihre Berechtigung.

Innerhalb des Transmitterbereichs begegneten Sam, Maire und Samstag den Baidee, die auf dem Hochplateau die antiken Monumente untersucht hatten. Einschließlich der Techniker bestand das Team aus zehn Personen. Sam begrüßte Volsa, Shan und Bombi und wurde dann einigen anderen Mitgliedern der Gruppe vorgestellt – Dr. Feriganeh und einem geschäftigen kleinen Mann namens Merthal. Die Techniker widmeten sich derweil ihrer esoterischen Ausrüstung, wobei sie sich leise unterhielten.

»Haben Sie etwas Interessantes gefunden?« wandte Sam sich an Volsa; weil er bereits in der Siedlung ihre Bekanntschaft gemacht hatte, hielt Sam diese Frage für zulässig.

»Einen seltenen Pilz«, erwiderte Volsa, wobei die Sympathie, die sie schon in der Siedlung für Sam empfunden hatte, wieder aufkeimte. Lächelnd drehte sie sich zu Samstag um. Sie hatte das Mädchen schon im Chor gesehen. »Einen unterirdischen Pilz mit langen, radialen Körpern. Unsere Botaniker vermuten, daß diese Gewächse schon seit mehreren Jahrhunderten existieren. Sie ›schlummern‹. Auf dem Hochplateau sind viele Meteoriten eingeschlagen. Wir glauben, daß diese Gewächse nicht von dieser Welt stammen, weil sie nämlich nicht die Voraussetzungen für ihre Entstehung aufweist.«

»Fast ein einmaliger Fund«, sagte der Doktor enthusiastisch. »Auf zwei Gürtelwelten existieren ähnliche, ebenfalls ›schlummernde‹ Gewächse. Meine Kollegen werden mich um diesen Fund beneiden.«

»Wunderbar«, sagte Samstag. »Nun leben wir schon so lange hier, und Sie kommen her und finden gleich eine völlig neue Lebensform!«

Diese Bemerkung ließ Shan aufhorchen. Er musterte sie, und dann wurde ihm bewußt, daß er sie schon einmal gesehen hatte. »Ich habe heute morgen einen Spaziergang gemacht. Dabei ist mir aufgefallen, daß, während wir auf dem Hochplateau gearbeitet haben, die Mitarbeiter der Zentralverwaltung einen Tempel erbaut haben, der dem restaurierten Tempel in der Siedlung Eins gleicht. Zumindest glaube ich, daß er ihm gleicht. Ich habe ihn mir nicht näher angeschaut. Weißt du vielleicht, weshalb man das getan hat?«

»Das liegt wohl daran, daß Hobbs Land keine Geschichte hat«, sagte Sam, bevor Samstag sich dazu äußern konnte. »Es gibt weder Monumente noch historische Stätten. Daher besitzt die Architektur der Ureinwohner für uns einen gewissen symbolischen Wert. In gewisser Weise stellen die Tempel eine Analogie zu den rituellen Gewändern dar, die Ihre Gruppe trägt. Die Kleidung vermittelt Ihnen ein Gefühl der Zusammengehörigkeit.«

»Dann glauben Sie also, daß die Tempel sich als Symbol etablieren werden? Oder handelt es sich nicht eher um einen kurzlebigen Trend?« Es lag eher an seiner Jugend als am Tonfall, daß die Frage arrogant wirkte.

»Das wird sich herausstellen«, erwiderte Sam achselzuckend. »Wenn wir erst einmal auf eine eigene Geschichte zurückblicken, sind wir vielleicht nicht mehr auf die Relikte der Owlbrit angewiesen. Was mich betrifft, so würde ich mir aber wünschen, daß wir die kleinen Tempel erhalten. Wir könnten unsere Geschichte durchaus als Verlängerung der Historie der Owlbrit betrachten.«

»Mir gefallen diese Bauten aber nicht«, sagte Maire. Plötzlich hatte sie das Bedürfnis, Sam Kontra zu geben. »Ich wünschte, sie hätten Türme statt dieser flachen Rundlinge errichtet.«

»Sie sind anderer Meinung als Ihr… ist er Ihr Sohn?« fragte Shan.

»Ja, ist er«, sagte sie lachend. »Wir sind in vielen Dingen anderer Meinung.«

»Sagen Sie«, wandte Shan sich an Sam, wobei es fast den Anschein hatte, als ob er Maire überhaupt nicht zugehört hätte, »hat die Zentralverwaltung auch einen Chor?«

»Nicht daß ich wüßte«, erwiderte Sam verblüfft.

Samstag und Maire, die der Zentralverwaltung bei der Aufstellung des Chors assistiert hatten, schwiegen geflissentlich. Shan kam jedoch nicht mehr dazu, die Befragung fortzusetzen, denn nun erschienen Spiggy und Dern, um sich in bohèmeartiger Manier zu verabschieden.

»Wollten uns von euch verabschieden«, eröffnete Spiggy den Damzels und nickte dem Rest der Gruppe zu. Dann nahm er Bombis Hand in beide Hände und sagte leutselig: »Wir hatten die Untersuchung schon vor zehn Jahren durchführen wollen. Gut, daß es nun erledigt ist. Werden Sie irgendwelche Empfehlungen aussprechen?« Er sah den drei Damzels ins Gesicht. »Irgendwelche Empfehlungen bezüglich der Erhaltung oder des Wiederaufbaus der Tempel?«

Bombi, der von Spiggys warmherziger Art eingenommen war, erwiderte: »Im Moment nicht. Es gibt tausend Dörfer mit einem Tempel. Weitergehende Forschungsarbeiten werden wahrscheinlich auf der Grundlage der Untersuchungsergebnisse erfolgen.«

»Sie erinnern sich sicher, daß im Zusammenhang mit den *Erloschenen* einige Anschuldigungen erhoben wurden«, meldete Dern sich zu Wort. »Haben Sie irgendwelche Anhaltspunkte für verbrecherische Handlungen gefunden?«

»Sie meinen die Sache, mit der Sie sich ursprünglich ans Büro für Umwelt- und Naturschutz gewandt hatten?« fragte Volsa. »Nein, wir haben keine Anhaltspunkte für Handlungen gefunden, die in den Zuständigkeitsbereich des Rats fallen würden. Ich glaube, daß Zilia Makepeace sich geirrt hat ...«

»Vielleicht hat sie sich nur teilweise geirrt«, warf der neben seiner Schwester stehende Shan ein.

Erstaunt zog Dern Blass die Augenbrauen hoch und musterte die beiden jungen Baidee. »Sie sind anderer Ansicht? Was denn nun?«

»Es gibt keinen Beweis«, sagte Shan, »daß die Siedler ein Verbrechen an den *Erloschenen* begangen hätten. Wir haben das Hochplateau gründlich untersucht und sind zu dem Schluß gekommen, daß keine sterblichen Überreste der *Erloschenen* mehr existieren. Dennoch stimme ich mit Makepeace überein, daß die Aura der *Erloschenen* noch immer auf Hobbs Land präsent ist. Ich spüre sie zwar auch nicht deutlicher als sie. Trotzdem ...« Seine Stimme erstarb, und dann unterzog er Spiggy einer gründlichen Musterung.

Spiggy, der den Vorgang richtig interpretierte, erwiderte Shans Blick ruhig und gelassen. Shan hatte Volsas Verhältnis mit Spiggy nie gebilligt. Spiggy war in seinen Augen ein Abtrünniger, im Endeffekt kaum besser als ein Unter-Baidee. Oben auf dem Hochplateau war ihr Verhältnis im besten Fall als gespannt zu bezeichnen, doch das spielte nun keine Rolle mehr. Spiggy war an diesem Morgen nur aus einem Grund zum Transmitter gekommen: Er wollte sich davon überzeugen, daß die Baidee auch wirklich verschwanden.

Ein leiser Signalton wies sie darauf hin, daß der planmäßige Durchgang unmittelbar bevorstand. Die Anzeigetafel über dem Tor leuchtete auf: *Chowdari auf*

Thyker. Aber niemand traf Anstalten, durch das Tor zu gehen. Weil man bei einer Transmitterpassage das Gefühl hatte, daß einem das Innerste nach außen gekehrt wurde, warteten die Passagiere immer bis zum allerletzten Moment.

Chowdari auf Thyker erschien in Intervallen auf der Anzeigetafel und schließlich *Letzter Aufruf*.

Dern verneigte sich lächelnd und breitete die Arme aus. »Wenn Sie Ihren Zielort nicht verpassen möchten, müssen wir uns nun voneinander verabschieden. Auf Wiedersehen.«

Die Damzels verneigten sich ebenfalls. Bombi drückte das Tor auf, und dann schritt die Gruppe über das Kiesbett bis zur Feuerwand im Zentrum des von einer Mauer umgebenen Kreises. Nachdem sie hindurchgegangen waren, würde es kurze Zeit dauern, bis der nächste Bestimmungsort einprogrammiert und bestätigt worden war.

»Shan glaubt also, der Einfluß der *Erloschenen* würde noch nachwirken«, sinnierte Dern. »Wer hätte das gedacht?«

Niemand äußerte sich dazu. Das war auch nicht nötig. Sie waren nämlich allesamt Bewohner von Hobbs Land und wußten also, daß ungeachtet der von ihnen angewandten Verschleierungstaktik Shan mit einer ziemlich präzisen Einschätzung der Lage aufgewartet hatte. Auf Hobbs Land war in der Tat ein Einfluß der *Erloschenen* spürbar. Oder die Ableitung des Einflusses, der auf die *Erloschenen* gewirkt hatte. Quasi.

»Und nun zu euch, Leute«, sagte Spiggy, der plötzlich ein profundes Interesse an der aktuellen Entwicklung zeigte. »Was hast du vor, Maire Girat? Ich habe mich in den Archiven über dich informiert, mußt du wissen. Früher warst du eine Art Talisman für Voorstod.« Lächelnd faßte er sie am Arm und forderte sie auf, ihm alles zu erzählen.

»Das ist richtig«, sagte Maire; auch sie wurde von seinem einnehmenden Wesen in seinen Bann gezogen. »Früher hatte ich die Augen vor der wirklichen Natur von Voorstod verschlossen. Ich habe nur den Nebel und die rauhe Schönheit des Meeres und des Hochlands gesehen und die anderen Dinge dabei ignoriert…«

Sam nahm Dern auf die Seite, und Maire folgte ihnen mit den Augen. »Ich habe von Liebenden geträumt und von ihnen gesungen. Ich habe lachende Kinder gesehen und von ihnen gesungen. Aber die Gharm habe ich nicht gesehen. Niemand in Voorstod beachtet die Gharm; weshalb hätte ich es also tun sollen.«

»Ich kenne die Freiheits-Doktrin von Voorstod«, sagte Spiggy und schaute ihr in die Augen. »Die Doktrin sagt, Gott habe die Gharm der Freiheit wegen nach Voorstod geholt.« Er schüttelte sich, als ob er einen ekligen Geschmack im Mund hätte. »Aber was ist mit den Gharm selbst?«

»Die Doktrin von Voorstod besagt, sie seien nichts. Weniger als nichts. Konsumgüter. Die man züchtet, benutzt und dann wegwirft.«

»Wenn eine Männer-Rasse so anthropozentrisch wird, daß sie andere Wesen nur noch als Gebrauchsgegenstände betrachtet«, sagte Spiggy leise, »wird das vielleicht noch zur Gewohnheit. Dann dauert es sicher nicht mehr lange, bis andere Lebewesen auch auf den Status der Gharm reduziert werden. Tiere. Kinder. Frauen. Womöglich degradieren sie am Schluß noch ganze Welten zu Objekten, die nach Gebrauch weggeworfen werden.«

Maire nickte. »Deshalb enthalten sie den Mädchen auch Wissen vor, und wenn sie dann erwachsen sind, heißt es, sie seien dumm. Sie geben den Gharm kein Wasser und sagen dann, sie seien schmutzig. Die Kinder sollen sie wegen der geringsten Kleinigkeit um Erlaubnis bitten, und dann sagen sie, die Kinder seien faul und würden keine Initiative entwickeln. Das ist der Fluch von Voorstod. Hinter solchen Worten versuchen die Seelen von Voorstod ihre Schuld zu verbergen.« Sie straffte sich und wandte sich ab. »Zorn, Eisen und Voorstod: Das sind die Worte, die ich zurückgelassen habe.« Tränen liefen ihr übers Gesicht.

»Und dorthin willst du zurück?« fragte Spiggy. Eine solche Frage konnte auch nur von ihm kommen. Obwohl er den Gott Horgy Endure entdeckt hatte, fehlte ihm im Gegensatz zu manch anderem auf Hobbs Land noch das Gespür für kommende Entwicklungen.

Das Signal ertönte erneut. *Fenice auf Ahabar* war in pulsierender Leuchtschrift zu lesen.

Maire wischte sich die Tränen aus dem Gesicht und schritt entschlossen auf das Tor zu. Sam wirkte interessiert und erwartungsvoll. Samstag holte tief Luft. Sie ging schweren Zeiten entgegen. Die Lage in Voorstod war verworren und unsicher. Sie würde sich ausschließlich auf sich selbst verlassen und ihrer inneren Stimme folgen müssen. Sie mußte stark und vorsichtig sein. »Ich will«, versprach sie sich selbst oder jemandem, der größer war als sie. »Ich will.«

Spiggy öffnete das Tor. Dort, im Kiesbett, stand der Transmitter. Er glühte in blassem Licht. Das Kraftfeld des Transmitters strahlte sogar bis zum Tor aus. Auf der anderen Seite waren Fenice und die Straße nach Jeramish.

»Geht mit unserem Segen«, murmelte Dern und legte Maire die Hand auf den Arm.

Samstag und Maire verneigten sich zum Abschied und betraten den Transmitter. Sam war bereits darin verschwunden.

* * *

Obwohl seine Geschwister nicht damit einverstanden waren, bestand Shanrandinore Damzel darauf, dem

Zirkel der Skrutatoren einen Minderheits-Bericht vorzulegen.

»Hältst du das wirklich für notwendig?« fragte Holorabdabag Reticingh. »Es ist deiner Karriere nicht gerade förderlich, wenn du Sand ins Getriebe streust.«

»Sand wohin streuen, Onkel Holo?«

Reticingh schüttelte den Kopf. »Eine alte Redensart. Ich weiß zwar nicht, was es wörtlich heißt, aber im übertragenen Sinn bedeutet es, daß man seine Energien nicht mit imaginären Feinden vergeuden soll.«

»Wer sagt denn, daß das nur Einbildung sei?« fragte Shan pikiert.

Reticingh wurde rot. Eine solche Behauptung war Blasphemie, und Shan wußte das auch. Kein Baidee würde jemals einem anderen unterstellen, daß er phantasierte, verrückt oder dumm sei. »Jedes Bewußtsein interpretiert die Realität anders«, lehrte der Katechismus.

»Das sagt doch auch keiner«, wiegelte Reticingh ab. »Beruhige dich, Shan. Es ist nur so, daß außer dir niemand Grund zur Sorge sieht. Dr. Feriganeh und Merthal ebensowenig wie Bombi und Volsa. Wir wissen nicht, ob du dich irrst oder ob du recht hast. Wir wissen nur, daß nach übereinstimmender Meinung ...«

»Ich glaube, daß ich ein besseres Gespür habe als die anderen«, fiel Shan ihm ins Wort. »Ich glaube, daß ich durch die Zeit bei den Porsa sensibilisiert wurde. Ich glaube, daß Zilia Makepeace dasselbe gespürt hat wie ich.«

»Wußtest du schon, daß sie diese Aussage widerrufen hat?«

»Was soll das heißen?«

»Sie hat den Bericht an den Rat revidiert. Der Vorsitzende Rasiel Plum hat mir mitgeteilt, daß Makepeace schließlich zu dem Ergebnis gekommen sei, sie habe sich alles nur eingebildet. Sie führt es auf ein Kindheitstrauma auf den Celphischen Ringen zurück, wodurch sie ein generelles Mißtrauen den Menschen gegenüber entwickelt habe.«

»Wenn sie so etwas sagt, muß die Gefahr noch größer sein, als ich zunächst angenommen hatte«, sagte Shan mit grimmigem Blick.

Reticingh warf die Hände hoch. »Welche Gefahr denn, Shan?«

»Etwas kontrolliert das Bewußtsein der Siedler auf Hobbs Land. Alle sind davon betroffen, ohne Ausnahme. Einschließlich Zilia Makepeace.«

Reticingh setzte sich und plante sorgfältig das weitere Vorgehen. Für solche Situationen existierte eine Routine. Dem *Overmind* sei Dank hatte er sie bisher noch nicht oft anwenden müssen.

»Gut, Shan, dann werten wir die Indizien nach der konventionellen Methode aus.«

Shan nahm auf dem Besucherstuhl Platz und entspannte sich. Wenn Reticingh bereit war, die Indizien zu analysieren, dann sollte ihm das nur recht sein.

»Ein Aspekt der mentalen Beeinflussung, die du unterstellst, wäre, daß die Leute auf Hobbs Land in allem dieselbe Meinung vertreten. Sie wären absolut gleichgeschaltet. War das denn der Fall?«

Shan wollte schon mit einem dezidierten ›Ja‹ antworten, als er sich plötzlich an das letzte Gespräch erinnerte, das er mit einigen Leuten aus der Siedlung geführt hatte. Er erinnerte sich an Sam Girats Mutter, die gesagt hätte, sie und ihr Sohn seien oft unterschiedlicher Ansicht. »Nein«, sagte er wahrheitsgemäß und wurde rot. »Als wir aufbrachen, sagte die Mutter eines *Topman*, sie und ihr Sohn würden oft verschiedene Standpunkte vertreten. Ich glaube, daß das auch auf die Siedler generell zutrifft.« Er dachte für einen Moment nach; von einem Baidee wurde nämlich erwartet, daß er auch ehrlich gegen sich selbst war. »Beim Besuch der Siedlung Eins hörte ich, daß Kinder sich balgten und Erwachsene sich stritten. Obwohl ich den

Siedlern ein außerordentliches Maß an Kooperation bescheinigen muß, könnte ich nicht behaupten, daß es eine hundertprozentige Übereinstimmung gab.«

»Wurden Streitigkeiten und Kontroversen denn als unangemessen oder inakzeptabel betrachtet?«

Leicht verärgert schüttelte Shan den Kopf. Er kannte diese Fragen genausogut wie Reticingh und wußte, in welche Richtung er dirigiert werden sollte.

Reticingh dachte einen Moment lang nach. »Ein weiteres Indiz für mentale Beeinflussung ist ein wie auch immer gearteter Fanatismus. Extreme Hingabe an ein System, eine Philosophie oder eine Gottheit. Stumpfsinnige Rituale zum Beispiel. Ausgedehnte Gebete. Ist dir irgend etwas in dieser Art aufgefallen?«

»Sie haben diese Tempel gebaut«, sagte Shan. »Sie haben sie in jeder Siedlung errichtet, glaube ich.«

»Und welchen Grund haben sie dafür angegeben?«

Shan erinnerte sich an Sams Begründung und gab sie wörtlich wieder.

»Wieso kommt dir das so ungewöhnlich vor?« fragte Reticingh. »Auf Phansure gibt es praktisch in jedem Dorf ein Denkmal für die Gefallenen des Bürgerkriegs. Hier auf Thyker haben wir Inschriftentafeln für die Opfer der *Seuche*. Widmen die Siedler dem Bau der Tempel etwa überdurchschnittlich viel Zeit? Verbringen sie viel Zeit *in* den Tempeln?«

Erneut schüttelte Shan den Kopf. »Nicht daß ich wüßte.«

»Gibt es Massenaufläufe von Gläubigen? Leute, die sich stundenlang ins Gebet vertiefen? Irgend etwas in der Art?«

»Nicht daß ich wüßte. Aber sie singen, Onkel Holo.«

»Obwohl Vokalmusik auf Thyker keinen allzu hohen Stellenwert genießt«, sagte Reticingh nach einer kurzen Pause, »zumindest nicht bei den Baidee, wirst du wohl zugeben müssen, daß dennoch viele Leute singen. Dein Bruder singt doch auch! Wir können schließlich nicht alle Sänger einer Gedankenkontrolle unterziehen. Auf Phansure und Ahabar gibt es große Orchester und eine musisch interessierte Bevölkerung, und obwohl die Dirigenten während einer Vorstellung scheinbar absolute Kontrolle über die Musiker haben, glauben wir nicht, daß das Bewußtsein der Musiker manipuliert wird.« Er legte eine Pause ein, um die Ausführungen auf Shan wirken zu lassen. »Die Entscheidung, einem Orchester anzugehören, impliziert, daß sie sich dem Dirigenten unterordnen.« Er gab Shan Gelegenheit, das zu verdauen, bevor er fortfuhr.

»Ein drittes Indiz für eine Versklavung wäre der Versuch der Kontrollierten, den Kreis der beeinflußten Personen zu erweitern. Hast du solche Manipulationen bei dir festgestellt?«

Shan stieß ein freudloses Lachen aus. »Nein, Onkel Holo. Nein und nochmals nein. Wir werden den Grund meines Unbehagens jedenfalls nicht herausfinden, wenn wir es mit dem konventionellen Ansatz versuchen! Nein, nein und nochmals nein. Sie haben nichts getan, nichts gesagt und auch nichts angedeutet. Sie verhalten sich ganz normal, nur daß sie einen unnatürlich zufriedenen Eindruck machen …«

»Zufrieden?« unterbrach Reticingh ihn. »Was meinst du damit?«

»Sie vermitteln den Eindruck von … Zufriedenheit. Nein, es ist mehr als nur Zufriedenheit. Lebensfreude.«

»Nun, nach dem, was du mir bisher erzählt hast, führen sie auch ein gesundes, stressfreies Leben. Und im Gegensatz zu den meisten Populationen haben die Leute auf Hobbs Land sich freiwillig für ihre Lebensweise entschieden. Ich glaube, daß alle, für die dieses Leben doch nicht das Richtige war, mittlerweile aufgegeben haben und abgereist sind.« Er schaute Shan unschuldig an. »Jeder, der den Planeten verlassen will, darf das doch tun?«

»Sicher«, sagte Shan störrisch. »Aber trotzdem glaube ich, daß etwas ...«

»Du glaubst, daß etwas Böses und Bedrohliches vorgeht. Du weißt nicht weshalb, du weißt nicht wie, du weißt nicht was; aber irgend etwas stimmt nicht. Nicht wahr?«

»Ich möchte den Skrutatoren meine Gefühle schildern. Nur für die Akten.«

Erneut warf Reticingh die Hände hoch. »Dieses Recht hast du, Shanrandinore Damzel. Und wenn es dir nicht von vornherein zustehen würde, dann würde ich es für dich durchsetzen, für den lieben Sohn meiner alten Freunde. Trotzdem solltest du es dir gut überlegen. Wenn es dir schon nicht gelungen ist, mich zu überzeugen, werden andere deine Aussagen vielleicht erst recht anzweifeln.«

»Für die Akten«, sagte Shan stur. »Ich bestehe darauf.«

»Na schön«, erwiderte Reticingh. »Für die Akten. Ich werde eine Anhörung arrangieren und dich dann informieren.«

Damit war Shan Damzel entlassen. Er durchmaß die große Halle und betrat die Galerie, die zur großen Freitreppe führte. Über diese Treppe war er schon auf dem Herweg gekommen, wobei er trotz der Antigravs, die ihm das Gehen abgenommen hätten, jede Stufe einzeln erklommen hatte. Der Aufstieg zu den Wällen des Chowdari-Tempels des *Overmind* transzendierte die rein physische Anstrengung; es war ein Ritual, ein Symbol für die Überwindung von Widerständen. Die Freitreppe zog sich um den Tempel, wobei die lange Flucht an der südöstlichen Ecke des Tempels begann, zur nordöstlichen Ecke aufstieg, dann nach Nordwesten schwenkte, nach Südwesten und schließlich eine Stelle direkt über dem Ausgangspunkt erreichte; dort befand er sich nun. Von seiner jetzigen Position überblickte er die Exerzierplätze, wo Tausende junger Baidee, identisch in Tuniken und Turbane gewandet, sich der Waffenausbildung unterzogen.

Seltsam. Dieser Gedanke war Shan bisher gar nicht gekommen, und er wäre ihm wohl auch jetzt nicht gekommen, wenn Reticingh nicht das Orchester erwähnt hätte. Stellte denn die Suspendierung des eigenen Willens bei der Ausführung militärischer Befehle nicht auch eine ›Manipulation des Kopfes‹ dar? Als Shan den Wehrdienst abgeleistet hatte, waren die Rekruten stundenlang von den Offizieren gedrillt worden. Um gute Soldaten aus ihnen zu machen, hatte man sie solange in eine Schablone gepreßt, bis sie schließlich synchron funktionierten und ihre Individualität fast völlig abgelegt hatten.

Shan wandte sich von der Brüstung ab und fuhr sich über die Stirn. Der Vergleich hinkte. Man hatte nämlich die Option, den Wehrdienst zu verweigern. Die Konsequenzen waren zwar unangenehm, aber zumindest hatte man die Wahl.

Er richtete die Aufmerksamkeit wieder auf die exerzierenden Rekruten. Einige dieser Männer würden vielleicht den Brigaden unter dem Kommando von Churry zugeteilt. Andere würden vielleicht Angehörige des *Arms der Prophetin*, von dem Shan bisher nur Andeutungen vernommen hatte. Falls keine Rückmeldung vom Zirkel der Skrutatoren kam, was indes unwahrscheinlich war, dann existierte wenigstens eine Körperschaft der Baidee, die erkannte, daß die Freiheit bedroht war. Eine Gruppe, die erkannte, daß einer solchen Bedrohung Einhalt geboten werden mußte, bevor sie gefährliche Ausmaße annahm.

Erneut fuhr er sich über die Stirn. Er hatte einen galligen Geschmack im Mund. Es gab zumindest eine

Gruppe, auf die er zählen konnte. Und zumindest einen engagierten Baidee, der sie führte.

* * *

Auf dem Mond *Enforcement* versuchte Obermajor Altabon Faros die Gedanken an seine Frau Silene zu verdrängen. Oft wachte er des Nachts mit dem Klang ihrer Stimme im Ohr auf, nur um sich dann bewußt zu werden, daß er ihre Stimme nie wieder hören würde. Es sei denn... es sei denn, es gelang ihm, sie von Voorstod fortzubringen. Woanders würde man ihr eine neue Zunge klonen. Woanders würde man ihre Gesundheit wiederherstellen. Wenn sie jedoch in Voorstod blieb, würde er nie mehr die Kosenamen hören, mit denen sie ihn immer gerufen hatte, und die Pläne, sie sie zusammen geschmiedet hatten, würden nie Wirklichkeit werden. Wenn sie tot gewesen wäre, hätte er um sie getrauert und sie irgendwann vergessen, doch sie lebte und würde vielleicht weiterleben, wenn es ihm gelang, die Gedanken an sie zu verdrängen und seinen Auftrag auszuführen. Nur durch die Ausführung des Auftrags würde er ihr Leben retten. Also beschäftigte Faros sich vom frühen Morgen bis zum späten Abend mit seiner Aufgabe. Er lernte alles, was es über *Authority* und *Enforcement* nur zu lernen gab.

Daß *Authority* in einem kleinen Mond untergebracht war, erklärte sich dadurch, daß die Kapazitäten ursprünglich völlig genügt hatten. Der vorhandene Platz hätte gleich mehrfach für die gesamte Bevölkerung der Planeten Phansure, Ahabar und Thyker sowie der Monde und des Gürtels ausgereicht, einschließlich aller Bediensteten. Über die Jahrhunderte hatte *Authority* jedoch expandiert und eine Vielzahl von Büros eingerichtet, Gremien installiert und eine befristete Studienkommission eingesetzt, die sich indes als sehr langlebig erwiesen und ihrerseits (befristete) Kommissionen ins Leben gerufen hatte. Nun wurde jeder Kubikzentimeter des ausgehöhlten Mondes und der Oberflächenkuppel von *Authority* mit Beschlag belegt, und die Klagen über Platzmangel wollten nicht mehr verstummen. *Authority* war zu einer ineffizienten Mammutbehörde verkommen.

Und die Beschäftigten waren genauso ineffizient. Faros wußte das aus eigener Anschauung. Er wußte, daß es sich um einen inkompetenten, dekadenten und überalterten Apparat handelte, der sich in einem künstlichen Paradies eingerichtet hatte. Auch wenn manche Mitarbeiter fortgingen, kehrten sie schließlich doch zurück, um ihre Privilegien zu genießen und sich in endlosen Intrigen zu ergehen.

Authority war zwar vollgepackt wie eine Sardinenbüchse, aber der Mond hatte nach wie vor nur die ursprüngliche Größe, und die Defensiveinrichtungen hatten mit dieser Entwicklung auch nicht Schritt gehalten. Im Klartext: Es existierten keine Verteidigungsanlagen. Niemand auf *Authority* hatte jemals den Umstand in Betracht gezogen, daß der Mond vielleicht einmal verteidigt werden müsse, und schon gar nicht gegen *Enforcement*. Die Leute auf *Authority* verschwendeten kaum einen Gedanken an *Enforcement*, zumal sie seine Dienste bisher nicht in Anspruch genommen hatten. Obwohl die einundzwanzig Mitglieder nach dem Angriff auf Thyker die Mobilmachung erwogen hatten, hatte man auf Thyker die Sache selbst in die Hand genommen, noch bevor man auf *Authority* zur Abstimmung geschritten war und auch nur einen Soldaten aktiviert und auf sein tödliches Handwerk programmiert hatte.

Authority glaubte sich auch dann noch in Sicherheit, als das Damoklesschwert bereits über ihm schwebte, in den zitternden Händen des Altabon Faros und im festen Griff des Halibar Ornil.

Ornil. Der untersetzte, lederhäutige Ornil, mit fliehender Stirn und schmalen Augen. Der sich geschmeidig wie ein Ringer bewegte und dessen Hände abgespreizt waren, als ob sie Fremdkörper wären. Dessen Uniform immer ein wenig schmuddelig aussah, auch wenn er gerade eine frische angezogen hatte, und dessen Verbindung zum aristokratischen Obermajor Faros den Leuten nach wie vor ein Rätsel war. Nur Faros wußte, daß Ornil und er sich gegenseitig im Auge behalten sollten. Die Propheten vertrauten niemandem. Vertrauen war kein Kriterium für die *Sache*.

Wenn es aufgrund der Umstände nahezuliegen schien, verbrachten die zwei Voorstoder gelegentlich die Zeit miteinander. Sie tranken weder Stimulantien noch nahmen sie Drogen. Sie frequentierten auch nicht das von *Authority* subventionierte Bordell – Faros hatte keine Lust und Ornil wollte sich nicht kompromittieren. Aber sie gingen zusammen essen, wobei Ornil sich murmelnd über das Thema ausließ, worüber bei beiden vermutlich noch am ehesten Einvernehmen bestand. Nämlich der erfolgreiche Abschluß ihrer Mission.

»Thyker zuerst«, hatte Ornil beim letzten Treffen gemunkelt. »Wir schicken die Armee von *Enforcement* zuerst gegen Thyker.«

Faros indes wußte, daß der erste Schlag nicht gegen Thyker geführt würde. Wenn er sich jedoch entsprechend geäußert hätte, dann wäre ihm das als Kritik am Willen des Awateh ausgelegt worden, und solches stand ihm nicht zu. Also gab er den üblichen Kommentar ab: »Das liegt beim Awateh«, wobei er darauf achtete, sich nicht durch sein Mienenspiel zu verraten; er strich sich über die langen Aristokratenfinger und wünschte, Ornil würde das Thema wechseln.

Ornil entwickelte derweil ein Konzept, und zwar mit einer Geräuschentwicklung, wie er es auch beim Essen tat; er sabberte und schmatzte. »Allerdings hat Thyker biologische Waffen«, sagte er schließlich.

»Wenn schon nicht Thyker, dann wette ich, daß es zuerst gegen Phansure geht.«

Faros nippte an dem lauwarmen Getränk, das vor ihm stand. »Wenn die *Sache* Phansure erobert, wird sie die Phansuris zwingen, so viele Soldaten wie nötig zu produzieren. Also wird Phansure wohl eines der ersten Ziele sein.«

»Nicht *das* erste?« fragte Ornil mit lauerndem Blick. »Weshalb nicht das erste?«

»Vielleicht hat der Awateh *Authority* als erstes Ziel vorgesehen.« Im übrigen das einzig sinnvolle Ziel. Was indes noch lange nicht hieß, daß der Awateh es auch angreifen würde. In den wenigsten Aktionen des Awateh steckte ein Sinn. Dafür verstand er sich darauf, den Menschen Grausamkeiten und Schmerzen zuzufügen.

»*Authority?*« fragte Ornil bedächtig, wie es seine Art war. Dann lächelte er. »Natürlich. *Authority.*«

Faros seufzte und versuchte, die Gedanken an Silene zu verdrängen. »Was auch immer sie tun, es wird sehr bald stattfinden. Der neue Mann wird in Kürze eintreffen.«

Ornils Augen glänzten. Er hatte keine Frau in Voorstod. Er hatte keine Kinder. Er hatte keine Familie, die der Prophet durch den Fleischwolf hätte drehen können. Ornil war ein kompromißloser Verfechter der *Sache.*

Während Ornil die Vorfreude genoß, entwarf Faros im Geiste diverse Szenarien. Falls die Armee gegen Phansure und *Authority* marschierte und wenn die Propheten der Armee folgten, dann bestand vielleicht für ihn, Faros, die Möglichkeit, seine Familie aus Voorstod herauszuholen, derweil die Gläubigen anderweitig beschäftigt waren. Während Ornil unverständliches Zeug brabbelte und glucksend lachte, entwarf Faros einen Rettungsplan für seine Familie.

* * *

Als Maire, Sam und Samstag in Fenice eintrafen, fanden gerade Festlichkeiten statt. Die Fünfhundertjahr-Feier, wie man ihnen sagte. In der ganzen Stadt war geflaggt, an jeder Ecke standen Musikanten, und in jeder Straße fand eine Parade statt.

»Sie besuchen doch das Konzert heute abend?« fragte der junge Offizier, der sie in Empfang genommen hatte. Neugierig musterte er Maire Girat und fragte sich, was an dieser Frau war, daß sein Kommandeur so von ihr schwärmte. »Commander Karth besteht darauf, daß Sie zum Abendessen und auf dem Konzert seine Gäste sind. Er sagt, er würde Sie morgen nach Jeramish eskortieren.«

»Wenn Commander Karth darauf besteht«, sagte Maire. »Auf einen Tag mehr oder weniger kommt es jetzt auch nicht mehr an. Um welches Konzert handelt es sich?«

»Es wurde von der Königin in Auftrag gegeben. Stenta Thilion wird für uns Harfe spielen.«

»Eine Gharm, die für die Königin Harfe spielt?« fragte Maire mit ironischem Gesichtsausdruck. »So weit ist es schon gekommen?«

»Sie wird von allen bewundert«, erwiderte der Offizier irritiert. »Von allen Menschen, die guten Willens sind.«

»Und von uns«, sagte Maire lächelnd und schüttelte den Kopf. Der Offizier entspannte sich. »Ich bin keine Sympathisantin der Voorstoder, junger Mann. Gerade wegen ihrer Einstellung habe ich Voorstod vor langer Zeit verlassen. Und freiwillig wäre ich auch nicht zurückgekehrt. Aber ich hatte keine Wahl.«

Betrübt musterte Samstag ihre Kleidung. »Aber wir haben doch gar keine Abendgarderobe dabei, Maire. Wir stecken in Arbeitsklamotten.«

Der Offizier lächelte. Die Frauen waren doch überall gleich. Seine Frau hatte nämlich dasselbe gesagt, und als er sie auslachte, hielt sie ihm vor, die Männer könnten leicht reden; schließlich hätten sie ihre Uniformen.

»Der Commander bietet Ihnen seine Gastfreundschaft an, meine Dame«, sagte er zu Maire, wobei er den anderen beiden durch ein Kopfnicken signalisierte, daß diese Einladung auch für sie galt. »Seine Tochter würde sich freuen, Ihnen mit etwas Passendem auszuhelfen.«

* * *

An dem Tag, als Maire auf Ahabar eintraf, tauchten unvermutet Epheron und Preu bei Jep auf und fuhren mit ihm nach *Wolke*. Zur Begründung führten sie an: »Die Gläubigen wollten einen Blick auf ihn werfen.« Das Halsband nahmen sie ihm nicht ab; vielmehr nahmen sie das Steuergerät mit, um zu verhindern, daß er einen Fluchtversuch unternahm oder sonstwie Ärger machte. Zur Tarnung hüllte man ihn in eine weite Kutte und gab ihm eine Kappe, die eine große Ähnlichkeit mit den Mützen hatte, unter denen die Voorstoder ihre Haarpracht versteckten, damit sie nicht verschmutzte. Dafür steckten die Männer der Sache sich lange Haarteile an, die bei Feierlichkeiten aus Anlaß der *Sache* mit Coup-Markierungen verziert wurden. Das hatte Jep von Preu Flandry erfahren, als der sich einmal über Jeps kurzen Haarschnitt mokiert hatte.

»Coup-Markierungen?« hatte Jep Pirva gefragt. »Die *Sache?*«

Pirva hatte nicht von ihrer Arbeit aufgeschaut. »Die *Sache* ist ihre Gesellschaft, ihre Religion, ihre Bruderschaft«, sagte sie, wobei sie die Worte regelrecht ausspie. »Sie ist ein Mörder-Verein. Ein Mann erhält einen Coup-Punkt für jeden Abolitionisten und jeden Gharm, den er in Ahabar oder in den Drei Regionen getötet hat. Und für Bombenanschläge in den Drei Regionen gibt es ein spezielles Punktesystem, wobei es nur darauf ankommt, daß überhaupt jemand getötet oder verstümmelt wurde.«

»In Ahabar selbst verüben sie keine Bombenanschläge?« fragte Jep.

»Bisher haben sie es vermieden, die ahabarianische Armee zu einem Einmarsch in Voorstod zu provozieren. Je länger *Authority* und Ahabar jedoch untätig bleiben, desto dreister wird die *Sache*. Manchen Mitgliedern reicht das Haar sogar bis zu den Knien, und doch ist die ganze Frisur schon mit Coup-Markierungen übersät. Solange sie nicht die Nummer Eins sind, sind sie nicht zufrieden. Früher oder später werden sie den Terror auch nach Ahabar tragen.«

»Hat Mugal Pye auch so langes Haar?«

»Bis zu den Knien. Und Preu Flandry. Und Epheron Floom, obwohl der nur eine Perücke trägt; ansonsten wäre er bei seiner Spionagetätigkeit im Kurzhaar-Ahabar schnell enttarnt worden.«

Nachdem er solcherart von Pirva aufgeklärt worden war, fühlte Jep sich mit der Kappe sicherer. Er wollte zwar nicht unbedingt für einen von ihnen gehalten werden, aber das wäre nicht so schlimm gewesen, als wenn man ihm seine Herkunft sofort angesehen hätte. Nach allem, was er wußte, hätte er nämlich damit rechnen müssen, daß irgendein Voorstoder ihn als Außenseiter oder Gharm-Sympathisanten umbrachte und dann einen der Tat angemessenen Coup-Marker beantragte.

Die Reise nach *Wolke* erfolgte in einem Gleiter; sie flogen an der Küste entlang, wo es keine Straßen für Bodenfahrzeuge gab und wo eine Schiffspassage aufgrund der schweren See im besten Fall ein zweifelhaftes Vergnügen geworden wäre. Voorstod hatte nämlich nicht in Kurzstrecken-Transmitter investiert; Hobbs Land übrigens auch nicht. Nur auf Planeten, deren Großstädte weit voneinander entfernt waren, existierten Kurzstrecken-Transmitter; wie beispielsweise auf Phansure, wo zwischen den Großstädten eine intensive und stete Reisetätigkeit herrschte. Bei geringerem Passagieraufkommen war der Betrieb von ROM-Transmittern mit hoher Kapazität jedoch unrentabel.

Die Reise wurde angenehmer, zumindest aus Jeps Sicht, als die Wolkendecke aufriß und die von Felsen durchsetzte Meeresoberfläche sichtbar wurde, die felsige Küste und die verstreuten Städte und Dörfer. Sie überflogen Old Port in Odil County, dessen Holzhäuser an den steilen Hängen klebten und sich bis zur Bucht hinunter erstreckten; sie erblickten das Weideland von Bight County, das wie ein grünes Kissen zwischen dem Gebirge und dem Meer eingekeilt war. Dann führte der Gleiter eine Kursänderung durch und folgte nun dem Fuß des Gebirges.

Preu wies auf die links unter ihnen liegende Stadt Scaery, deren Märkte und gepflasterte Straßen in die goldenen Hügel eingebettet waren. Zur Rechten klafften die schwarzen Schlünde von Minen, die in die Flanken der Berge getrieben worden waren; die Flüsse wurden von Abraumhalden und Seen gesäumt, die durch ausgewaschene Mineralien in allen Farben des Regenbogens schillerten. Weder auf den Halden noch an den Rändern der Seen waren Spuren von Leben zu erkennen. Die Landschaft war völlig kontaminiert. Von den Minen führten Zahnradbahnen in die Ebene, wo der Abraum neben den Straßen zu weiteren Dünen aufgetürmt wurde.

»Was wird denn hier gefördert?« fragte Jep, nachdem sie die hundertste Mine überflogen hatten.

»Voorstod lebt von seltenen Erzen und Edelsteinen«, sagte Preu Flandry mit dem Habitus eines Fremdenführers.

Daß es sich bei den Minenarbeitern um Gharm handelte, mußte Preu gar nicht erst erwähnen. Die Aufseher waren mit Peitschen ausgerüstete Voorstoder.

Der Gleiter flog so niedrig über die Klippen hinweg, daß Jep das mit eigenen Augen sah.

Am späten Nachmittag erreichten sie schließlich die fruchtbaren Schwarzerdefelder von *Wolke;* die Stadt *Wolkenhafen* war auf einem Plateau oberhalb des Sandstrandes errichtet – »dem einzigen Sandstrand von Voorstod«, sagte Epheron. Die Burg und die Kathedrale waren auf einem dem Gebirge vorgelagerten Höhenzug erbaut worden, von wo aus sie die Stadt überschauten. Der Himmel strahlte blau; die weißgoldene Sonne hatte den kühlen Wind und den Nebel vertrieben. Als der Gleiter in *Wolke* einschwebte, betrachtete Jep die auf dem Marktplatz versammelten Leute und die auf dem Schulhof spielenden Kinder, und mit Erstaunen nahm er zur Kenntnis, wie wenig diese Idylle seinen bisherigen Vorstellungen von Voorstod entsprach. Der Ort vermittelte nicht im mindesten den Eindruck eines in Gewalt und Haß versunkenen Landes.

Der Gleiter stieg an der Flanke des Grats empor, überflog die Burgmauer und landete schließlich im Innenhof. Das erste, was Jep nach dem Aussteigen sah, waren hoch in der Mauer eingelassene Haken; an vielen hingen vertrocknete Bündel, aus denen Knochen hervorschauten, und an einigen hingen Körper, die noch zuckten oder stöhnten. Das zweite, was ihm auffiel, war die geschwärzte Möbiusschleife eines Transmitters vor hohen, mit Flechten bewachsenen Mauern. Über diesen Mauern und hinter ihnen ragten die Türme der Zitadelle wie Finger in die Höhe. Dies war das Zentrum des Glaubens. Es stank nach Tod und Verwesung.

»Was ist das?« fragte Jep im Versuch, sich von der Mauer und den Delinquenten abzulenken, und zeigte auf den Transmitter.

»Der Transmitter, durch den wir gekommen sind«, sagte Mugal Pye. »Wir haben ihn zur Erinnerung hier aufgestellt.« Er sagte indes nicht, zur Erinnerung woran, und Jep fragte auch nicht nach. So verbrannt, wie der Transmitter aussah, war er sicher nicht mehr funktionsfähig.

»Gehen wir in die Stadt?«

»Unwahrscheinlich, Junge. Es sind Spione in der Stadt. Die Zusammenkunft findet hier in der Zitadelle statt, wo wir unter uns sind und die Propheten dich ungestört in Augenschein nehmen können.« Es schwang ein boshafter Unterton in seiner Stimme mit, und Jep überkam ein Schaudern; er fragte sich, ob er vertrauliche Informationen hatte, an denen sie vielleicht interessiert waren. Er wußte, daß sie nicht zögern würden, ihn zu einer Aussage zu bewegen. Was er indessen nicht wußte, war, ob er diese Versuche auch überleben würde.

Eine Gestalt näherte sich ihnen, ein großer Kapuzenmann in einer wallenden Robe. Die stechenden Augen lagen tief in den Höhlen, und der Mund war zu einem Schlitz zusammengepreßt. Er hatte einen Stab, den er bei jedem Schritt auf die Steine stieß.

»Eure Heiligkeit«, murmelte Epheron Floom; dann fiel er vor ihm auf die Knie und beugte sich so weit nach vorne, bis er mit der Stirn den Boden berührte. Preu Flandry war nicht ganz so zügig auf den Knien, aber er verneigte sich genauso tief.

»Wir haben eine Botschaft erhalten«, knurrte der Prophet. »Steht auf.«

»Welche Botschaft, Liebling Gottes?« wisperte Preu.

»Die Frau bleibt so lange in Jeramish, bis der Junge unbeschadet freigelassen wird. Dann wird sie kommen. Das hat sie geschworen.«

»Dann wird sie kommen. Wenn Maire Manone ein Versprechen gibt, dann wird sie es auch halten«, sagte Pye.

»Alle Frauen sind Kreaturen Satans«, knurrte der Prophet. »Und eine Apostatenfrau ist das Spielzeug des Teufels.« Im Grunde hatte seit dem Gespräch mit Faros die ganze Sache mit Maire Manone an Dringlichkeit verloren. Wahrscheinlich hatte sie sich sogar erledigt. Ursprünglich hatte er geglaubt, daß Faros und Ornil vielleicht ersetzt werden müßten, wobei ein solches Projekt mehrere Generationen in Anspruch genommen hätte. Aber das war nun nicht der Fall. Die Verzögerung war nur kurz gewesen. Das Ende nahte schnell. Er würde das Ende noch selbst erleben.

Nun gesellte sich ein jüngerer Prophet zu ihnen und verneigte sich tief vor seinem Kollegen. »Awateh, wir haben bereits zugestimmt, den Jungen zurückzuschicken. Er nützt uns nichts, aber die Frau wird uns vielleicht von Nutzen sein.«

»Satan!« kreischte der Alte und stieß so fest mit dem Stab auf den Stein, daß er erbebte. »Er ist eine Satansbrut, und es ist uns befohlen, sie alle auszulöschen. Unser Krieg ist ein *Heiliger* Krieg.« Trotz seines derangierten Zustands war er jedoch mental noch so präsent, um die Möglichkeit einer Blockade durch Ahabar in Betracht zu ziehen. Vielleicht sollte man versuchen, ihn zu besänftigen.

»Awateh«, sagte der andere und schaute Preu und Epheron mit einem leichten Kopfschütteln an. Während der jüngere Prophet mit dem älteren Kollegen davonging, fielen die Gläubigen erneut auf die Knie, wobei sie Jep mit zu Boden zerrten.

Sie wollten sich gerade wieder erheben, als Mugal Pye zu ihnen stieß. »Er kocht vor Wut«, flüsterte Mugal. »In diesem Zustand ist er schon, seit er die Botschaft von Maire Manone erhalten hat. Ein Prophet nimmt von einer Frau keine Anweisungen entgegen, schon gar nicht von einer abtrünnigen Frau. Das wird unsere Pläne vielleicht etwas beeinträchtigen.«

Dann führten sie Jep durch einen von ihren Schritten widerhallenden Gang in einen Raum, der mit Bannern behangen und mit hochlehnigen, in Reihen angeordneten Stühlen ausgestattet war. Die Rückseiten der Lehnen waren mit individuellen Schnitzereien verziert, und viele Stühle waren mit Männern besetzt, auf deren Lederwams die gleichen Gegenstände noch einmal in Farbe oder als Perlenbesatz abgebildet waren. Die Männer hatten sich die Oberseite der Köpfe kahlgeschoren; das bis zu den Knien reichende Haar war auf ganzer Länge mit Federn, Perlen oder Knochen durchwirkt.

Die Plätze auf dem Podest am entgegengesetzten Ende der Halle waren sämtlich mit Propheten besetzt. Auf dem Stuhl mit der höchsten Lehne thronte der Mann mit den tiefliegenden Augen und dem schmallippigen Mund; er saß in stummer Wut da, während andere sich zu ihm hinüberbeugten und ihm etwas ins Ohr flüsterten. Mugal schubste Jep auf eine niedrige Bank hinter einer Säule, die ihm vor den Blicken des Propheten Deckung bot. Wenn er sich vorbeugte, konnte Jep zwischen den Männern hindurchschauen, ohne selbst gesehen zu werden.

Einer der jüngeren Propheten erhob sich von seinem Platz und befahl Ruhe.

»Wir sind heute abend zusammengekommen, um die Feierlichkeiten in Fenice zu beobachten«, sagte er.

»Tod den Ungläubigen«, skandierte jemand, und sofort stimmten alle eine monotone Rezitation dieser Worte an. »Tod der Satansbrut«, rief der Einpeitscher, und auch diese Forderung wurde von den Anwesenden bereitwillig aufgegriffen.

Mit erhobener Hand brachte der Prophet den Saal zum Verstummen.

»Um die Zeit bis zum Beginn der Feierlichkeiten zu überbrücken, wollten wir eigentlich diese Satansbrut von Hobbs Land verhören, die wir als Geisel genommen haben, um diese Apostaten-Frau zur Rückkehr zu motivieren.«

Spontaner Jubel, Pfiffe und Bemerkungen, die Jep geflissentlich überhörte.

»Allerdings«, fuhr der Prophet fort, »wird die Frau so lange in Jeramish bleiben, bis dieser Junge unverletzt freigelassen wird. Also werden wir auf eine Befragung verzichten...«

Worauf der schmallippige Prophet den Sprecher grimmig ansah und wutentbrannt den Stab auf den Boden stieß.

»Zum Teufel damit, was die Frau will«, brüllte jemand aus dem Publikum. »Gib uns den Jungen und gib ihr dann den Rest.« Dieser Vorschlag wurde begeistert aufgenommen.

Zwei Propheten knieten sich neben den Awateh und redeten mit erhobenen Händen auf ihn ein. Der Sprecher hob die Hand und wartete, bis wieder Ruhe eingekehrt war.

»Wenn er uns etwas Wichtiges zu sagen hätte, würden wir das auch tun«, sagte der junge Prophet fast tröstend. »Aber das ist nicht der Fall. Er weiß so gut wie nichts von Maire Manone. Er weiß nichts von Ahabar, und was er von Hobbs Land weiß, interessiert uns nicht.«

Ein Raunen lief durch den Saal. »Was soll das heißen, kennt kaum seine Oma? Ist er denn nicht ihr Enkel? Was meint er damit?«

Von anderer Seite kamen Erklärungen. Jep schlug die Hände vors Gesicht und wischte sich den kalten Schweiß von Wangen und Augenbrauen.

»Weshalb stellen wir ihm nicht wenigstens ein paar Fragen?« ertönte wieder die fiese Stimme.

Der Prophet zuckte die Achseln und nahm wieder Platz. Sofort entspann sich eine Diskussion. Der Prophet ließ die Leute eine Weile gewähren, und dann hob er erneut den Arm. »Ihr schnattert durcheinander wie ein Entenschwarm. Der Reihe nach.«

»Wie kommt's, daß du deine Oma nicht kennst, Junge?« blaffte der Wortführer ihn an.

Jep wurde hochgerissen und so plaziert, daß alle ihn

sahen. Mit gesenktem Kopf erwiderte er, daß sie auf Hobbs Land nicht den Status seiner Großmutter gehabt hätte. Als er ihr zorniges Murmeln hörte, wünschte er sich, er hätte eine andere Antwort parat gehabt.

»Aber du hast sie doch schon singen hören, oder?« fragte ein anderer.

Jep hätte sich mit einem einfachen ›Ja‹ aus der Affäre ziehen können, doch dazu hätte er lügen müssen, und das hätte sich nicht mit seiner ausgeprägten Wahrheitsliebe vertragen. »Nein, ich habe sie noch nicht singen hören«, antwortete er wahrheitsgemäß. »Allerdings bin ich auch nicht sehr musikalisch.«

Auch wenn Phaed und seine Spießgesellen Jep vielleicht nicht geglaubt hatten, so hielten sie es anscheinend für das beste, keine schlafenden Hunde zu wecken; auf jeden Fall wurde seine Antwort nicht angezweifelt, sondern kommentarlos akzeptiert.

»Leben viele Frauen von Voorstod auf Hobbs Land?« fragte jemand.

»Ich weiß nicht«, entgegnete Jep wahrheitsgemäß. »Ich glaube, die Kinder interessieren sich nicht sehr dafür, woher jemand kommt. Meine Mutter hat einmal gesagt, die meisten Leute in meiner Siedlung stammten von Phansure.«

»Dann ist es auch kein lohnendes Ziel«, sagte jemand *sotto voce*. Jep war froh, das zu hören, tat aber so, als hätte er es nicht gehört.

»Habe gehört, du würdest für die Gharm schwärmen«, sagte der Wortführer mit spöttischem Unterton. »Ein echter Gharm-Liebling.« Damit wollte er die Versammlung offensichtlich in Rage versetzen.

Ein zorniges Raunen lief durch den Saal.

»Die Männer, die mich entführt haben, haben mir zwei Gharm zugeteilt«, sagte Jep so ruhig wie möglich. »Sie versorgen mich mit Nahrung. Ich spreche mit ihnen, wenn es nötig ist; außerdem hat es mir niemand verboten. Ich versuche nur, mich zu beschäftigen.«

Das wurde mit viel Gelächter und einer einzelnen zornigen Bemerkung quittiert; andere schienen betrunken zu sein oder wirkten amüsiert. Auf einen Wink des schmallippigen Propheten hin rief der jüngere Prophet die Versammlung wieder zur Ordnung.

»Und was würdest du bevorzugen?« wandte er sich an Jep, wobei er den Anschein echter Neugier erweckte. »Wessen Gesellschaft würdest du vorziehen?«

»Das weiß ich nicht«, erwiderte Jep. »Und überhaupt verstehe ich die Frage nicht. Am liebsten wäre ich natürlich daheim bei meinen Freunden. Ich vermisse die Schule.«

Der Prophet schien das interessant zu finden. »Und was lehrt man euch dort so? Über Voorstod?«

Jep schüttelte den Kopf. »Voorstod hat bisher nicht auf dem Stundenplan gestanden. Ich weiß auch nicht, ob es später drankommt. Hauptsächlich lehrt man uns landwirtschaftliche Methoden. Zum Beispiel, wieviel Dünger die verschiedenen Getreidesorten benötigen.«

Trotz der Agitation des Provokateurs verlor die Versammlung allmählich das Interesse an Jep. Schauergeschichten hätten sie vielleicht interessiert, aber daß jemand überhaupt nichts von ihrer Existenz wußte, war echt langweilig. Jep spürte, wie die Gemüter sich beruhigten. Nur der schmallippige Prophet blickte noch düster drein. Wenn es nach diesem Mann gegangen wäre, wäre er bereits tot, und nur aus dem einen Grund, weil er kein Voorstoder war. Dieser Mann hätte ihn draußen an einem Haken zum Trocknen aufgehängt. Daran bestand kein Zweifel. Aber für den Moment hatte die Vernunft die Oberhand behalten. Jep hatte den Leuten keine Angriffsfläche geboten. Einige Propheten und Teile des ›Fußvolks‹ verließen ihre Plätze und gingen in einen Nebenraum, wo ein Büffet aufgebaut war.

»Du darfst auch etwas essen, wenn du willst«, sagte Mugal zu Jep, der das Podest betrachtete, auf dem der Prophet gesessen hatte.

Jep kam zu dem Schluß, daß Mugal ein Narr war. Der schmallippige Prophet ließ sich von seinen Kollegen bewirten, und Jep hatte nicht das geringste Interesse, sich mit diesem Fanatiker im selben Raum aufzuhalten. »Ich habe keinen Hunger«, sagte er, um dann nachzuschieben: »Wer ist denn der Mann, der mich töten wollte?«

»Gottes Liebling, Lehrer der Gerechten.«

»Hat er auch einen Namen?«

»Awateh, der Prophet.«

»Wie kommt es, daß ihr sowohl Propheten als auch Priester habt?«

»Wir haben Propheten für Männer, Priester für Frauen und Pastoren für Gharm und Tiere«, sagte Preu. »Die Propheten stehen für die *Sache*. Die *Sache* ist nur für Männer.«

»Haben sie denn dieselbe Religion?«

Epheron musterte ihn intensiv. »Ja und nein, Junge. Sie haben zwar denselben Ursprung, aber nicht dieselbe Stärke. Wir haben denselben Gott, aber die Heiligen Bücher unterscheiden sich. Es gibt ein Buch für die Priester und ein ähnliches für die Pastoren. Und wieder ein anderes für den Propheten.«

Jep überflog den Speisesaal. Da stand der Prophet Awateh und beobachtete ihn. Jep zog den Kopf ein und atmete tief durch.

»Entspann dich, Junge«, sagte Preu Flandry. »Er hätte dich am liebsten aufgefressen, aber er hat es nicht getan. Amüsier dich. Hier steigt 'ne Party! Und später schau'n wir mal, was in Ahabar so los ist.«

Die in der Nähe sitzenden Männer hatten das mitbekommen und stießen nun ein Gelächter aus. Jep versuchte, das zu ignorieren. Schwitzend verfolgte er, wie Arbeiter die Halle betraten und die Komponenten eines Großbildschirms abstellten. Im Mittelpunkt der Halle bauten sie ihn zusammen, und als sie ihn dann einschalteten, erschien eine große Konzerthalle, die mit festlich gekleideten Leuten gefüllt war. Nun kamen die Voorstoder vom Essen zurück und nahmen wieder ihre Plätze ein. Jep versuchte nicht hinzusehen; er fürchtete sich vor dem, was er vielleicht zu Gesicht bekommen hätte.

Die Menge am Eingang geriet in Wallung, und dann trat ein großer, stämmiger Mann ein, gefolgt von einigen Leuten. Beim Anblick von Mugal Pye wurde sein ohnehin schon grimmiges Gesicht noch düsterer, und er eilte mit schweren Schritten auf ihn zu.

»Was habe ich da gehört?« fragte er wütend. »Was soll der Unsinn?« Dann richtete er den Blick über Mugals Schulter hinweg auf die Bühne. Er lief dunkelrot an. »Das ist doch Maire!« brüllte er dann.

Jep schaute ebenfalls zur Bühne. Er erkannte Maire Girat sofort. Neben ihr standen Sam Girat und ... ja, Samstag. Samstag trug ein schönes scharlachrotes Kleid, wie überhaupt alle drei festlich gewandet waren. Dann nahmen sie bei einem kräftigen, uniformierten Mann mit einer ordenbesetzten Schärpe Platz.

»Was, bei allen Dämonen, tut sie dort?« schrie der Mann. »Wieso bin ich nicht informiert worden? Habt ihr nur noch Scheiße im Kopf?«

»Aber, Phaed«, sagte Mugal Pye.

»Nix ›aber, Phaed‹«, brüllte er. »Ist das dein Werk, Pye?«

Einer der jüngeren Propheten hatte sich genähert und legte Phaed nun mahnend die Hand auf die Schulter. »Das ist *unser* Werk, Phaed Girat.«

»Ihr habt sie nach Ahabar geholt?« fragte Phaed ungläubig. »Wieso, zum Teufel?«

»Es genügt, wenn du weißt, daß der Awateh es so wollte«, erwiderte der Prophet, wobei nun ein drohender Unterton in seiner Stimme mitschwang.

»Weshalb?!« Phaed ließ nicht locker. »Weshalb wollte er es?«

»Sie soll zum Symbol für die Rückkehr der Frauen nach Voorstod werden«, erklärte der Prophet steif. »Wenn die Liebliche Sängerin zurückkommt, werden andere vielleicht folgen.«

Phaed wandte sich ab. Jep sah, daß seine Lippen mehrmals ein stummes Wort formten. ›Narr, Narr, Narr.‹

»Du solltest es erst dann erfahren, wenn es soweit war«, flüsterte Epheron Phaed ins Ohr. »Wir wollten dich nämlich nicht damit belasten.«

»Idiot«, zischte Phaed. »Du Sackgesicht. Scheißefressender Idiot.«

Epheron wurde leichenblaß, doch er wandte sich ab und schaute ängstlich auf den Propheten.

Auf der Bühne beugte der dekorierte Offizier sich an Samstag vorbei zu Maire hinüber.

»Karth«, zischte Preu Flandry. »Commander Karth.«

»Was will er denn von ihr?« fragte der Prophet. »Und was tut die Frau überhaupt dort? Sie hat dort nichts zu suchen! Es war doch vereinbart, daß sie sofort nach Voorstod kommt!«

Die Männer schauten sich achselzuckend an.

»Wer sind ihre Begleiter, Junge?« wollte Mugal Pye von Jep wissen.

»*Topman* Sam Girat«, sagte Jep. »Maire Girats Sohn. Und das Mädchen ist meine Cousine, Samstag Wilm.«

»Und wer ist das andere Mädchen?«

»Ich weiß nicht.« Jep kannte das Mädchen nicht, mit dem Samstag sich gerade unterhielt.

»Was wollen Sam Girat und deine Cousine hier? Sag's uns.«

»Vielleicht wollten sie Maire nicht allein reisen lassen«, erwiderte Jep. In der Tiefe seines Herzens wußte er, daß sie nur seinetwegen gekommen war.

»Maire hat zugenommen«, sinnierte Phaed. Sie war

kräftiger, als er sie in Erinnerung hatte, aber sie war noch immer eine schöne Frau. Sie hatte einen makellosen Teint, klare Augen und volles Haar. Die festliche Kleidung schmeichelte ihr. Tief in seinem Innern regten sich alte, fast vergessene Gefühle. »Sie hat zugenommen«, wiederholte er fast verzückt.

»Sie ist älter geworden«, kommentierte Mugal Pye zornig.

»Ich will damit sagen, daß sie sich verändert hat«, sagte Phaed leise. »Mein Sohn ist ein stattlicher Mann, nicht wahr. Aber sie hat keine Ähnlichkeit mehr mit der Lieblichen Sängerin, an die ich mich erinnere.«

»Die Sängerin war eine junge Frau. Das ist aber schon dreißig Jahre her«, sagte Epheron. »Was hast du denn erwartet?«

»Was habt *ihr* denn erwartet?« knurrte Phaed. »Ihr seid doch die Idioten, die sie hergeholt haben.«

»Wir erwarten, daß sie unsere Forderungen erfüllt. Wir haben die Sache bis ins kleinste geplant«, sagte Preu. »Ihr Aussehen ist völlig egal. Ihre Stimme auch. Allein ihre Anwesenheit in Voorstod zählt.«

»Sie ist aber noch nicht hier. Glaubt ihr denn, daß sie noch kommt?«

»Sie ist hierher unterwegs«, sagte Epheron. »Was glaubst du denn, Phaed! Sobald wir den Jungen freigelassen haben, kommt sie her. Sogar der Prophet verläßt sich darauf.«

»Welchen Jungen?«

Epheron deutete auf Jep. »Das ist dein Enkel, Phaed Girat. Ihm haben wir es zu verdanken, daß die Frau herkommt.«

Phaed warf Jep einen flüchtigen Blick zu; dann schüttelte er den Kopf und schaute Epheron spöttisch an.

»Was ist los?« fragte Preu.

Phaed zeigte auf den Bildschirm; mittlerweile war die Konzerthalle fast bis auf den letzten Platz besetzt. »Keiner von euch hat damit gerechnet, daß sie dort auftauchen würde, was? Und dann noch in dieser Begleitung. Ihr habt erwartet, daß sie gleich hierher kommen würde, wo ihr sie völlig unter Kontrolle gehabt hättet. Aber wo ist sie jetzt? Sie sitzt in dieser Konzerthalle, vis-à-vis von Königin Willy, neben Commander Karth, wo die Gharm gleich *die Harfe spielen* wird. Nochmals: Glaubt ihr wirklich, daß Maire nach Voorstod kommt und daß die Sache wie geplant abläuft?« fragte Phaed mit einem schier animalischen Knurren. Dann drehte er sich um und heftete den Blick auf den Bildschirm.

Jep stand mit gesenktem Kopf und reglos wie eine Statue da. Er hielt es für angeraten, jetzt keine Aufmerksamkeit zu erregen. Nach den Kriterien von Voorstod handelte es sich bei diesem Mann um seinen Großvater. Dieser Mann war Maire Girats Ehemann gewesen, und offensichtlich hatte er sie nicht vergessen. Ansonsten hatte Jep keine Ahnung, was eigentlich los war; außer daß etwas nicht so lief, wie es sollte. Irgendein Plan hatte nicht funktioniert. Man hatte nicht mit Maire Manones Erscheinen auf diesem Konzert gerechnet. Auf diesem Konzert würde sich irgend etwas ereignen, das Maire Manone nicht sehen sollte.

3

Maire und Samstag waren deshalb so gut angezogen, weil die Tochter des Kommandeurs, Eline, sie zu einer Boutique begleitet hatte, wo sie sich mit Elines Beratung und auf Ahabars Kosten einkleideten.

»Es ist der Wunsch der Königin«, hatte Eline gesagt. »Sie weiß, weshalb Sie hier sind. Sie weiß, was diese bösen Männer in Voorstod getan haben. Sie möchte, daß Sie sich wenigstens einen schönen Abend machen, bevor Sie nach Voorstod gehen und sich mit diesen … diesen … Bestien auseinandersetzen.« Sie verstummte mit düsterem Blick und nickte der jungen Frau zu, die gerade die ausgewählten Kleidungsstücke auf die richtigen Maße abänderte. »Sie dachte, es würde Ihnen gefallen, sich einmal nach der Mode von Ahabar zu kleiden. Wir sind nämlich sehr modebewußt hier in Fenice. Diese Betonung von Stil und Mode haben wir den Phansuris abgeschaut. Im Grunde ist es unwichtig, aber es gefällt uns eben, Männern wie Frauen.«

»Das ist aber nett von der Königin«, hatte Maire erwidert, wobei sie das Geplapper des Mädchens ohnehin zum größten Teil ignoriert hatte. Das war wirklich nett von der Königin. Auch eine Königin konnte durchaus nett sein oder sich zumindest dafür halten. Eigentlich hatte Maire nicht das geringste Bedürfnis verspürt, ein Konzert zu besuchen oder sich in der Öffentlichkeit zu zeigen. Im Grunde war ihr nur danach, sich in eine dunkle Ecke zurückzuziehen und dort das Unheil abzuwarten; daß Unheil nahte, das spürte sie nämlich, wie sie es manchmal spürte, wenn ein Gewitter aufzog. Die Luft war statisch aufgeladen und reizte ihre Augen.

Samstag, die während des ganzen Einkaufsbummels kein einziges Wort gesprochen und überhaupt versucht hatte, sich jeglicher Unterhaltung zu entziehen, legte die Wange an das rote Kleid, das sie sich ausgesucht hatte und wünschte sich mehr als alles andere, daß Jep sie in diesem Kleid sehen würde.

Als Eline ihr die Hand auf die Schulter legte, wurde sie aus ihren Tagträumen gerissen.

»Hast du nun eine Wahl getroffen?« fragte Eline, wobei sie auf ein anderes Kleid zeigte, ein blaues mit tief ausgeschnittenem Rücken.

»Ja«, sagte Samstag. Das blaue Kleid war hinten nämlich so tief ausgeschnitten, daß man ihr Unterkleid gesehen hätte, und Samstag wollte es erst dann ablegen, wenn sie sicher war, daß sie es nicht mehr brauchte. Außerdem war ihr Busen noch zu unterentwickelt, als daß sie es sich hätte leisten können, keinen Büstenhalter zu tragen. Und überhaupt war das rote Kleid schöner. Der Stoff war fließender und bauschte sich im Wind.

Maire bemerkte Samstags verträumten und gleichzeitig entschlossenen Blick. Interessant, sagte sie sich, wie ein schönes Kleid geeignet war, die Stimmung zu heben. War es am Ende noch so, daß eine Frau der Gefahr und dem Tod gelassener ins Auge sah, wenn sie ein schönes Kleid trug? Vielleicht sollten sie und Samstag diese Kleider anziehen, wenn sie nach Voorstod gingen. Nein, auf keinen Fall. Eine gutgekleidete Frau würde sicher von den Propheten verdammt werden. Frauen waren die Manifestation der Sünde. Sie durften nicht schön sein. Sie sollten sich verhüllen, wenn sie schon ihre Gemächer verlassen mußten.

Sie gingen durch die von festlichem Trubel erfüllten Straßen zum Hotel, wo der Kommandeur, seine Tochter und der Subalterne sie bereits zum Abendessen erwarteten. Als sie mit dem Essen fertig waren, hatten die Straßen sich schon etwas geleert, und sie wurden von einer Eskorte zur nahegelegenen Konzerthalle begleitet. Ihre Plätze befanden sich an der Seite des Orchesters; die Loge bestand aus in zwei Dreierreihen angeordneten, bequemen Stühlen, die vorn durch ein niedriges, vergoldetes Geländer von der Bühne und dem Saal abgeteilt war. Zu ihrer Linken befand sich eine ähnliche Loge.

»Dort wird die Königin sitzen«, sagte der Kommandeur und wies auf eine ihnen direkt gegenüberliegende, größere Loge. In der Mitte stand die lackierte und mit Einlegearbeiten versehene Gharm-Harfe, wobei die Stühle des Orchesters halbmondförmig zur Rechten aufgestellt waren.

Samstag betrachtete die Bühne; von dem ungewohnten Wein, den sie zum Abendessen getrunken hatte, war sie leicht beschwipst. Man hatte nicht den Eindruck, daß hier gleich großartig aufgespielt würde. Die Stühle waren leer, und die Verstärker waren ausgeschaltet, so daß sie wie dunkle, eckige Skelette wirkten. Die Szenerie erinnerte vielmehr an ein Schlachtfeld, auf dem die Knochen der geschlagenen Armee bleichten. Keine erbauliche Metapher. Resolut drehte sie sich zum Publikum um. Dort war alles voller Leben. Sie konzentrierte sich auf die Bewegungen, die Gespräche und das Lachen der Leute.

Maire musterte sie mit einem leichten Stirnrunzeln. »Alles in Ordnung mit dir?« fragte sie.

»Dinge stürmen auf mich ein«, flüsterte Samstag. »Aber ich wehre sie ab.«

Maire drückte ihr die Hand. O ja. Die Dinge stürmten in der Tat auf einen ein.

»Uns wird eine große Ehre zuteil«, sagte Eline. »Diese Plätze sind nämlich für die Gäste der Königin reserviert. Ich habe noch nie so dicht an der Bühne gesessen. Normalerweise sitze ich mit meinen Freunden dort oben.« Sie deutete in die Höhe. »Wo die Studenten sitzen.«

Hoch über ihnen schienen blasse, punktgroße Gesichter an der Decke zu kleben, wie Früchte an einem Baum; die Leute blätterten in Programmheften, und die Münder öffneten und schlossen sich rhythmisch.

»Die Königin hatte angeordnet, daß aus gegebenem Anlaß das Programm auf Büttenpapier gedruckt wurde«, sagte der Kommandeur und reichte jedem von ihnen einen Schnellhefter mit einer goldenen Schnur, Quasten und dem großen Siegel von Ahabar auf dem Deckblatt. »Gleichzeitig dient es als Souvenir.«

Sam saß zwischen dem Kommandeur und dem Subalternen in der Reihe hinter den Frauen. Der junge Offizier hatte ihn am Nachmittag zu einem Einkaufsbummel mitgenommen, und seitdem fand Sam Gefallen am fröhlichen Treiben in Ahabar. Überall Leute. Überall Fahrzeuge. Lachen und Musik und ein buntes Lokalkolorit. Beim Abendessen hatte er dann reichlich dem Wein zugesprochen, ohne Maires besorgte Blicke zu bemerken. Er hatte ein Déjà-vu-Erlebnis. Trotz des exotischen Ambientes fühlte er sich an diesem geschäftigen Ort auf Anhieb heimisch; er hatte das Gefühl, hierher zu gehören. Maire hätte nicht nach Hobbs Land gehen dürfen. Sie hätte hierbleiben sollen. In Ahabar, wo das Leben ein einziges Fest war. Trotz der Greueltaten der Voorstoders hätte sie sich sicher nicht von diesem wundervollen Ort vertreiben zu lassen brauchen! Man mußte nur ihre Beweggründe verstehen und sich mit ihrer Geschichte vertraut machen, befand er verständnisvoll, während er sich systematisch betrank.

Sie lehnten sich zurück und sahen, wie der Saal sich allmählich füllte. Festlich gewandete Männer und Frauen gingen durch die Gänge und nahmen ihre Plätze ein. An jeder Tür waren Uniformierte postiert.

Sam beugte sich zum Kommandeur hinüber und fragte ihn nach dem Grund ihrer Anwesenheit.

Der Kommandeur zuckte die Achseln. »Wir halten Ausschau nach bestimmten Leuten. Voorstodern. Ursprünglich hatte ich der Königin geraten, heute abend alle Besucher der Konzerthalle zu überprüfen. Doch sie lehnte mit der Begründung ab, schließlich würde es sich um ein Fest handeln.« Erneut zuckte er die Achseln und lächelte der Reihe nach Maire, Sam und Samstag an. »Was will man da machen?«

Sam runzelte die Stirn. Wegen der Sicherheit würde man sich heute abend wohl keine Sorgen machen müssen.

Schließlich erfolgte der Einzug des Orchesters; Männer und Frauen waren einheitlich gekleidet, wobei die Farbe jedoch variierte: Blau für die Streicher, Grün für die Holzblasinstrumente, Orange für die Metallblasinstrumente, Gelb für die Donnermaschinen, Rot für Schlagzeug und Bordeaux für die Windmaschinen. Während die Musiker ihre Plätze aufsuchten, entfalteten sie eine Geräuschkulisse, wie sie seit alters her für ein Orchester charakteristisch ist.

Eline richtete die Aufmerksamkeit auf die vergoldete Loge neben der ihren, wo eine größere Gruppe Gharm sich einrichtete. Eline verneigte sich, und die Gharm erwiderten die Verbeugung. »Stenta Thilions Familie«, flüsterte Eline. »Ihre Töchter, Enkelinnen und Urenkelinnen.«

Schließlich erschien der Dirigent, dessen große, schwarze Gestalt auf dem Podest sich wie ein Schatten vor einem Regenbogen ausnahm. Die Leute applaudierten. Als das Orchester bereit war, verneigte der Dirigent sich. In der Rückwand der Loge der Königin öffnete sich eine Tür, und plötzlich stand Königin Wilhulmia vor ihnen, flankiert von ihren beiden Söhnen. Sie hob die Arme und lächelte huldvoll. Das Publikum begrüßte sie mit einer stehenden Ovation, und das Orchester spielte die Nationalhymne, in die alle einstimmten. Dann nahmen die Leute wieder Platz, der Saal wurde verdunkelt, und Stenta Thilion erschien auf der Bühne.

Wie klein sie war. Wie ein Kind, ohne daß sie indes etwas Kindliches an sich gehabt hätte. Der Gang war würdevoll, der Gesichtsausdruck ruhig. Das glitzernde Kleid reflektierte das Licht in jede Ecke des Saals. Die weiten Ärmel berührten den Boden, als sie sich vor der Königin verneigte, und als Stenta dann die Arme ausbreitete und zur Decke hinaufschaute, wo Hundertschaften von jubelnden Gharm saßen, entfalteten sie sich zu Flaggen.

Das Publikum stimmte in den Jubel ein und applaudierte ihr. Stenta Thilion verneigte sich erneut, wobei die Ärmel sich auf dem Boden in Falten legten.

Dann trat Schweigen ein. Sie setzte sich an die Harfe und breitete in einer theatralischen Geste die Arme aus. Ein dunkel gekleideter Assistent erschien auf der Bildfläche, trennte die Ärmel ab, faltete sie gemessen zusammen und verschwand mit ihnen. Nun sahen die Leute Stentas in scharlachrote Seide gehüllten, schlanken Arme, die mit Juwelen besetzten Armbänder und die schmalen, feingliedrigen Hände. Sie lächelte dem Dirigenten zu und nickte mit dem Kopf.

Und dann wurde es Magie.

Bis auf die Musik war es in der Halle totenstill. Kein Hüsteln, kein Flüstern, kein Schuh, der auf dem Boden schabte. Das Publikum war schlichtweg verzaubert.

Das Konzert wurde mit schwungvoller Musik eröffnet. Stentas Bewegungen waren von einer unnachahmlichen Grazie. Dann ertönten getragenere Weisen. Stenta senkte den Fuß, und verstärkte Bässe durchdrangen die Halle, die von höheren Tönen überlagert wurden.

Ein Raunen ging durchs Publikum, ein Seufzer der Bewunderung. Die Kenner der Harfenmusik wußten, daß das, was Stenta soeben dargeboten hatte, eigentlich unmöglich war. Die Laien wußten nur, daß sie schöne Musik gehört hatten. Die Königin beugte sich vor, legte unter völliger Mißachtung der königlichen Etikette den Ellbogen auf das Geländer und stützte das Kinn auf die Hand. Sie wirkte ganz entrückt.

Erneut ertönten die Bässe, bis ein Hornsignal ein neues Thema ankündigte.

Dieses Lied kenne ich, sagte Samstag sich. Maire hat es mir beigebracht. Es war ein martialisches Kampflied.

Das Thema steigerte sich zu einer Klimax. Die Trommeln setzten ein. Dann fielen die Hornisten ein, wobei sie darauf achteten, die Harfe nicht zu übertönen. Ein rot gewandeter Mann ergriff die großen Zimbeln und hob sie über den Kopf. Licht umspielte sie.

Die Musik steigerte sich zu einem Crescendo, die Zimbeln erbebten, und dann ertönte ein lauter Knall…

Beim Anblick dessen, was auf der Bühne vorging, sprangen die Leute schreiend von den Sitzen auf. Maire flüsterte etwas, flankte über das Geländer und rannte auf die kleine Frau zu, die kleine Frau, die die Arme ausbreitete, aus denen das Blut strömte, die kleine Frau, die plötzlich keine Hände mehr hatte.

Der Kommandeur folgte Maire. Die Wachen hatten die Königin bereits vom Stuhl gerissen und hinter der Loge in Sicherheit gebracht. In der Halle brach Chaos aus. Die Leute gerieten in Panik. Maire drehte sich zu Samstag um und rief ihr zu, sie solle herkommen. Samstag lief los. Der Dirigent nickte ihr zu, instruierte die Musiker, und dann stand Samstag mitten auf der Bühne und sang, wie sie noch nie gesungen hatte, während hinter ihr Maire und der Kommandeur um das Leben von Stenta Thilion kämpften.

Das Orchester stimmte die Schlachthymne an, die Samstag von Maire gelernt hatte. Samstags Stimme übertönte das Chaos wie eine Trompete, welche die

Männer zum Kampf rief. Langsam kehrte wieder Ruhe in der Halle ein. Die Männer erhoben sich und stimmten in das Lied ein, zu dem sie als Wehrpflichtige marschiert waren und das sie schon seit ihrer Kindheit kannten. Dann fielen auch die Frauen und die weit oben sitzenden Gharm ein. Der große Saal hallte wider vom Gesang, und schließlich verschmolzen die Stimmen zu einem großen Chor, der seiner Empörung, Wut und Entschlossenheit angesichts des reglos daliegenden Körpers Ausdruck verlieh. Maire und der Kommandeur bemühten sich noch immer um Stenta Thilion, und die Gharm versammelten sich um sie und brachen in Tränen aus.

* * *

Im Schloß der *Sache*, oberhalb von *Wolkenhafen*, ertönte beim Zusammenprall der Zimbeln Gelächter. Auf diesen Augenblick hatten die Männer gewartet; sie hatten den Kopf zurückgeworfen, damit die Coup-Marker effektvoll herumwirbelten, und sich in froher Erwartung gegenseitig auf die Schulter geklopft. Als es schließlich soweit war, deuteten sie auf die Frau mit den abgerissenen Händen und brachen in grölendes Gelächter aus. Als die Konzertbesucher dann in Panik gerieten, nahm das Gelächter noch an Intensität zu.

Dann geschah jedoch etwas, mit dem sie nicht gerechnet hätten. Maire Manone betrat die Plattform und verband Stenta Thilions Armstümpfe. Der Kommandeur unterstützte sie. Und dann erschien ein Mädchen auf der Bühne. Sie sah in die Kamera, wobei die Voorstoder den Eindruck hatten, sie würde ihnen direkt in die Augen blicken, und stimmte die Schlachthymne von Ahabar an, wobei die Hörner und Trommeln die Melodie aufgriffen. Und als die Hymne schließlich wie eine Woge durch die große Halle brandete, blieb den Verschwörern das Lachen im Halse stecken. Es war, als ob jeder in der Halle über den Computer Blickkontakt mit den Verbrechern in Voorstod hatte und ihnen ewigen Haß und den Tod geschworen hätte.

Jep, der angesichts der Vorgänge Übelkeit verspürte, duckte sich hinter die Säule und lauschte Samstags Gesang. Selbst als er sich übergab, wandte er den Blick nicht von dem schmallippigen Propheten mit dem stechenden Blick, der ihn vor kurzem noch hatte foltern wollen. Jep registrierte einen Anflug von Schrecken auf dem Gesicht des alten Mannes. Auch andere Gesichter zeigten diesen Ausdruck von Furcht, wie sie ein Kind überkommt, das in seinem Zorn etwas zerstört hat und dann erkennt, daß es den Bogen überspannt hat. Wenn man ihm auch bisher alles nachgesehen hatte – nun war das nicht mehr möglich. Diese Tat konnte nicht mehr einfach übergangen werden. Diesmal waren sie zu weit gegangen, und was Voorstod an diesem Abend getan hatte, lastete wie ein Fluch auf ihnen allen, und auch der Prophet Awateh wußte das.

* * *

Samstag, Maire und Sam lehnten sich an die Wand des kleinen Audienzraums der Königin. Sie waren zu ihrer eigenen Sicherheit dort untergebracht worden, hatte der Kommandeur gesagt, weil man sie nicht nur in Ahabar, sondern auch in Voorstod gesehen hatte. Man mußte damit rechnen, daß ein oder mehrere Verrückte einen Anschlag auf sie planten, weil Maire versucht hatte, der Harfenspielerin zu helfen, weil Samstag gesungen hatte oder weil sie überhaupt auf dem Konzert gewesen waren. Also hatte man sie hierher in Sicherheit gebracht. Stenta Thilion befand sich derweil in ärztlicher Behandlung.

Sam war in einem Schockzustand. Anfangs hatte er Maires Warnungen überhaupt keinen Glauben schenken wollen. Und als er seine Meinung doch noch geändert hatte, hatte er sich eingeredet, daß es so schlimm wohl nicht sein würde. Bei solchen Auseinandersetzungen mochte es vielleicht Verletzte geben, hatte er sich gesagt, aber es würde sich doch niemand an Kindern, Frauen oder Zivilisten vergreifen. Wenn jemand zu Schaden kam, dann Soldaten oder Angehörige paramilitärischer Verbände, hatte er sich gesagt. Und wenn hin und wieder doch ein Unbeteiligter auf der Strecke blieb, dann aus Versehen.

Nun wußte er, daß vorsätzlich getötet wurde, ohne jeden militärischen Sinn; es waren aus schierem Haß geborene Terrorakte. Und doch hielt er noch immer daran fest, daß sein Vater nichts damit zu tun hätte.

Doch das Wort, das Maire beim Übersteigen des Geländers geflüstert hatte, hatte *Phaed* gelautet. Sie hatte es gesagt, als ob sie seine Gegenwart gespürt hätte. Hatte sie Phaed wirklich als einen der an diesem Anschlag Beteiligten identifiziert?

Vielleicht war es auch nur eine Vermutung, sagte Sam sich. Vielleicht haßte sie Phaed wegen anderer Dinge so sehr, daß sie ihm von vornherein jede Schlechtigkeit zutraute. Das mußte es sein. Die arme Maire war so voller Haß gegen ihren Ehemann. Er hatte Mitleid mit ihr. Zumindest glaubte er, daß er Mitleid mit ihr hätte.

Am anderen Ende des Raums sprach die Königin mit einigen ihrer Berater. »Ihr werdet sicher Repräsentanten nach *Authority* entsenden wollen«, sagte der alte Lord Multron.

»Nein«, erwiderte die Königin mit vor Kälte klirrender Stimme und wandte sich dem Kommandeur zu. »Ich werde keine weiteren Repräsentanten nach *Authority* schicken. Ich will, daß bis zum nächsten Morgen die Generalmobilmachung erfolgt ist. Die Armee soll Green Hurrah besetzen und Skelp isolieren. Sämtliche Verbindungswege zur Halbinsel sind zu unterbrechen. An der gesamten Küste sind Posten aufzustellen. Unsere Marine wird Voorstods Häfen blockieren. Wir werden dieses Rattenloch von Voorstod dichtmachen.«

»Eure Sublimität«, sagte Samstag und erhob sich. »Ich muß aber nach Voorstod.«

Die Königin nahm sie überhaupt nicht wahr.

»Sie muß nach Voorstod«, sagte Maire emotionslos. »Ein Familienangehöriger von uns wird dort als Geisel gehalten.«

Maires Kleid war blutverschmiert. Sie hatte Streifen abgerissen und die Harfenspielerin damit verbunden; sie hatte ihr zunächst das Leben gerettet, doch niemand wußte, wie lange sie überleben würde. Die Musikerin war alt und gebrechlich. Ihre ganze Kraft hatte sie aus der Musik bezogen, und nun, da ihr die Finger fehlten, fehlte ihr auch die Musik. Als sie Stenta verlassen hatten, war sie von einer Traube aus Ärzten umlagert gewesen, und ihre Familie hatte außerhalb dieses Kreises gekniet und sie beweint, als ob sie bereits tot gewesen wäre. »Mama-Gem, oh, Mama-Gem.«

»Es befinden sich Gharm in Voorstod«, sagte Maire in scharfem Tonfall, womit sie erreichte, daß die Königin endlich auf sie aufmerksam wurde. »Tausende Gharm. Sie wollen doch nicht, daß ihnen etwas zustößt. Dann wäre Stenta Thilions Opfer nämlich sinnlos gewesen. Samstag muß nach Voorstod gehen. Und ich auch.«

Königin Wilhulmia versuchte, sich zu konzentrieren. »Was haben Sie da gesagt? Sie wüßten eine Möglichkeit, die Gharm von Voorstod zu retten?«

»Vielleicht«, sagte Samstag.

»Vielleicht«, bestätigte Maire. »Sie müssen Samstag und Sam die Genehmigung erteilen, nach Voorstod auszureisen. Egal, was Sie sonst unternehmen.«

»Beabsichtigst du, in Voorstod einzumarschieren,

Mutter?« fragte Prinz Ismer. In seinen edlen Gesichtszügen spiegelten sich sowohl Schmerz als auch Entschlossenheit. Sein jüngerer Bruder indes, Prinz Rals, stand mit verständnislosem Gesichtsausdruck neben ihm. Er war von den Ereignissen völlig überrascht worden. Im einen Moment hatte er sich noch wohlig dösend gefällige Musik angehört, und im nächsten wurde er schon von den Wachen fortgeschleppt. Er wußte noch immer nicht, was der Harfenspielerin widerfahren war.

»Ismer, ich weiß nicht, ob wir einmarschieren werden. Im Augenblick weiß ich nur, daß wir niemanden aus Voorstod herauslassen werden. Sollte ich diesen Leuten untersagen, nach Voorstod einzureisen?«

Ismer betrachtete die drei. »Weshalb willst du ausgerechnet jetzt nach Voorstod?« wandte er sich an Samstag.

»Zum einen deshalb, weil mein Cousin dort ist«, erwiderte sie. »Sie werden ihn umbringen, wenn sie nicht davon abgehalten werden.«

»Wenn sie es nur für eine Blockade halten«, sagte Maire mit einem Blick auf Sam, »hoffen sie vielleicht, daß sie irgendwann wieder aufgehoben wird. Und während sie dieser Hoffnung nachhängen, werden sie vielleicht an den ursprünglichen Plänen festhalten, wie sie vor diesem Zwischenfall existierten. Vielleicht ist ihnen noch immer daran gelegen, Maire Manone in die Hand zu bekommen. Oder sie wollen einfach nur ein Geschäft machen. Ein Leben gegen ein anderes. Oder viele Leben gegen die Aufhebung der Blockade. Sie hätten ein Faustpfand, das Sie zugunsten der Gharm einsetzen könnten.«

Und womit ich Zeit gewinnen würde, sagte Sam sich. Zeit, um mich mit Phaed zu treffen und die Sache zwischen uns beiden zu klären.

»Na schön. Angenommen, es handelt sich wirklich nur um eine Blockade«, sagte die Königin. »Fürs erste zumindest. Maire Manone hat recht. Lassen wir sie ein wenig zappeln. Wir sollten uns überlegen, wie wir möglichst viele Leben retten, bevor wir zuschlagen. Dieses Verbrechen muß gesühnt werden.«

»Sam und ich... wir werden reingehen«, sagte Samstag und versuchte Sams Reaktion zu entnehmen, ob er damit einverstanden war. »Maire muß bei den Soldaten bleiben, bis wir zurück sind.«

»Wenn sie dich erst einmal haben, Mädchen, legen sie auf mich vielleicht keinen Wert mehr«, sagte Maire. »Wenn sie die Ereignisse mitverfolgt haben, haben sie dich vielleicht auch singen hören. An einem Mädchen, das singen kann, liegt ihnen wahrscheinlich mehr als an einer alten Frau, die nicht mehr singen kann.«

»Maire«, erwiderte Samstag mit zorniger Entschlossenheit, »darüber mache ich mir Gedanken, wenn es soweit ist.«

* * *

Die Männer hatten die Zitadelle der *Sache* fluchtartig verlassen. Sie hatten die Coup-Marker entfernt, das Haar unter den Kappen verstaut und sich im Schutz der Nacht davongeschlichen. Die ursprüngliche Hochstimmung war einem Gefühl der Beklommenheit und Irritation gewichen. Darüber waren sie zutiefst verärgert.

»Was sollen wir nun mit ihm machen?« wandte Preu sich mit einem Fingerzeig auf Jep an Epheron.

»Wir bringen ihn nach Sarby zurück«, antwortete Mugal Pye an Epherons Stelle.

»Weshalb erledigen wir ihn nicht gleich hier?«

»Weil er einen Wert für uns besitzt! Wir behalten ihn als Faustpfand! Wenn wir ihn jetzt umbringen, haben wir überhaupt nichts mehr in der Hand. Bringen wir ihn wieder nach Sarby. Dort kann er uns nicht schaden. Wir werden dann schon sehen, was passiert.«

»Oh, wir wissen jetzt schon, was passiert«, spöttelte Preu. »Deine Armbänder haben es wirklich in sich gehabt, stimmt's, Pye? Etwas Besseres habe ich noch nie gesehen.«

»Du hast sie doch ins Kästchen gelegt!«

»Erst nachdem Phaed den Aufenthaltsort der Gharm ausgekundschaftet hatte. Die Gharm dachte, sie wären ein Geschenk der Königin. Hätte nicht besser kommen können. Zeit, Ort, alles perfekt. Höchst dramatisch.« In seiner Stimme schwang Bitterkeit mit.

»Bastard!« knurrte Mugal Pye. »Es waren nicht nur Phaed und ich. Wir alle waren daran beteiligt.«

»Weder du noch Phaed habt erwähnt, daß die Gharm der Liebling des ganzen verdammten Ahabar war!«

»Du *wußtest* es«, knurrte Phaed. »Deshalb hattest du Pye auch auf mich angesetzt. Das hat dir nämlich gestunken, Preu Flandry. Es hat uns allen gestunken. Wenn sie nicht der Liebling von Ahabar gewesen wäre, hätte es niemanden interessiert, was wir mit ihr gemacht haben!«

Epheron zwängte sich zwischen die beiden. »An der Vergangenheit läßt sich jetzt nichts mehr ändern. Nun müssen wir abwarten, was als nächstes geschieht. Was wird die Königin wohl unternehmen?«

Preu Flandry schürzte die Lippen und spuckte aus, wobei er Phaed aus den Augenwinkeln ansah. »Oh, sie wird die Armee aufmarschieren lassen, würde ich sagen. Vielleicht wird sie auch ein paar Drohungen ausstoßen und Voorstod auffordern, die Täter, sprich uns, auszuliefern, was weder die Gläubigen noch die Propheten zulassen werden. Und ganz sicher wird sie sich bei *Authority* beschweren.«

»Invasion?«

Er dachte darüber nach. »Wenn sie überhaupt einmarschiert, dann in den nächsten Stunden, solange ihr Zorn noch anhält. Wenn bis dahin nichts passiert ist, wird sie sich wieder beruhigt haben und nicht mehr intervenieren.«

»Dann halten wir uns also eine Zeitlang bedeckt und warten ab, was geschieht.« Epheron versetzte Jep einen Tritt, und der duckte sich wieder hinter die Säule. »Bringt ihn zurück nach Sarby. Vielleicht ist er dort zu etwas nütze.«

* * *

Bei Anbruch des nächsten Tages stand Kommandeur Karth mit seiner Armee an der Südgrenze von Green Hurrah; die Truppen führten eine Zangenbewegung in östlicher und westlicher Richtung durch und schwenkten dann nach Norden auf die Küste ein. Die Streitkräfte würden Voorstod vom Hinterland abschneiden. Der Auftrag lautete: »Such und find!« Personen, die sich nicht als Einwohner von Green Hurrah ausweisen konnten, sollten in der Etappe in Lagern interniert werden. Die Armee sollte auf ganzer Breite nach Green Hurrah vorstoßen und alle Verdächtigen festsetzen. Inzwischen würden Agenten der Königin alle gemeldeten Voorstoder inhaftieren, die sich ›geschäftlich‹ oder ›privat‹ in Ahabar aufhielten, und sie dann ihren Landsleuten in den Lagern zuführen.

Die Truppen würden bis zur Küste und zur Grenze von Skelp vorrücken, wo der Isthmus sich nach Norden fortsetzte. Dieser Punkt, der den einzigen Landzugang zum Kontinent von Ahabar markierte, würde gesperrt werden. Außerdem würde diese Stelle als Ausgangspunkt für die Blockade der nördlichen Küsten dienen.

Von da an würden Samstag und Sam auf sich allein gestellt sein; immerhin hatte der Kommandeur Begleitschutz angefordert, um sie noch durch das County Skelp zu eskortieren.

In einem Fahrzeug, das dem Kommandeur als mobiler Gefechtsstand diente, fuhren sie zur Front. Sie versuchten, sich von ihrer Angst abzulenken. Sam starrte die Wand an und stellte sich die gleichen Fragen, die er sich schon als Kind gestellt hatte: wer er war, ob Phaed ihn wohl vermißte und was er in Voorstod überhaupt zu finden hoffte. Maire schlief so fest, daß es fast den Anschein hatte, sie würde nie wieder aufwachen. Samstag saß vor einer Panoramascheibe und versuchte die Schönheit der Landschaft zu entdecken, von der Maire so oft gesprochen hatte; aber sie sah nur Armstümpfe und sprudelndes Blut. Erst jetzt wurde ihr in letzter Konsequenz bewußt, welchen Ort sie aufsuchte.

Prinz Rals fungierte als Eskorte. Er war nur ein paar Jahre älter als Samstag.

»Ich weiß gar nicht, was du in Voorstod willst«, sagte er. »Und Mutter weiß es wohl auch nicht. Ich meine, wenn es dir nur um deinen Cousin geht, sagen wir den verdammten Voorstodern einfach, entweder sie lassen ihn raus oder wir kommen rein. Du mußt nicht dorthin gehen.«

Samstag hatte einen Geistesblitz. »Es handelt sich um eine religiöse Angelegenheit«, sagte sie.

»Ach so«, erwiderte der Prinz nur. Samstag hatte seine ganze Argumentation zunichte gemacht.

»Mein Cousin ist... beschmutzt worden«, erklärte Samstag. »Er muß... gereinigt werden, bevor er Voorstod verläßt. Du verstehst?«

Der Prinz zuckte die Achseln. Er verstand es nicht. Religion war ohnehin ein Thema, über das man nicht diskutierte. Überhaupt wunderte er sich über Samstags Erklärung; ihm war nämlich nicht bekannt, daß die Leute von Hobbs Land religiös waren. Er hatte nämlich mit Blick auf seine zukünftige Tätigkeit als Diplomat eine kosmopolitische Ausbildung genossen.

»Bist du nicht noch ein bißchen zu jung, um dich

mit religiösen Angelegenheiten zu beschäftigen?« wollte er wissen.

»Die Person, welche die Reinigung durchführt, muß ungefähr das gleiche Alter haben wie die Person, die gereinigt werden soll«, sagte Samstag. Sie spann die Geschichte weiter. »Babies sind von dieser Vorschrift natürlich ausgenommen. Für sie sind ältere Personen zuständig.«

»Es ist eine Art ... Ritual, nicht wahr?«

»Eine Art«, bestätigte sie.

»Mit Opfern?«

»Eigentlich nicht«, murmelte sie. »Es genügt, wenn kürzlich jemand gestorben ist.«

Trotz Samstags freundlichem Lächeln und ihrer unbestrittenen Schönheit beschloß Prinz Rals, nach vorne zu gehen und dem Fahrer zu helfen.

Samstag fragte sich derweil, wie groß die Wahrscheinlichkeit war, daß an dem Ort, den sie mit Sam aufsuchen würde, kürzlich jemand gestorben war. Extra jemanden umzubringen wäre sicher keine gute Idee. Mit einem Mord wäre der Gott überhaupt nicht einverstanden.

Dann dachte sie an Stenta Thilion, und ihr wurde bewußt, daß in Voorstod ständig jemand starb.

* * *

Als in den ersten Jahren des Bestehens von *Authority* der Religionsrat eingerichtet wurde, hatte man bei der Zusammensetzung dieses Gremiums darauf geachtet, daß Repräsentanten aller Religionsgemeinschaften des Systems vertreten waren, und zwar proportional zur Stärke der jeweiligen Gruppe. Wenig später hatte *Authority* den Religionsrat um einige Generalisten verstärkt, die Forschungen in den Bereichen Religionsgeschichte und Xenotheologie betrieben. Außerdem befaßten sie sich mit der Dekonstruktion von Schriften, der Anatomie und Chemie der Offenbarung und den sozialen und ökonomischen Folgen der Prophezeiung. Weil sie versuchten, es allen Fraktionen recht zu machen und die Resultate entsprechend unverbindlich ausfielen, verhinderten sie zumindest die Dominanz einer Lehrmeinung, was sich in der über tausendjährigen Geschichte dieses Gremiums als wesentlicher Stabilitätsfaktor erwiesen hatte.

Gegenwärtig gehörten dem Rat ein halbes Dutzend Hoch-Baidee, ein Unter-Baidee und jeweils zwei Vertreter diverser Phansuri-Sekten an, welche die ganze Sache eher als geselliges Beisammensein betrachteten. Die Eingeborenenreligionen wurden von den Xenotheologen repräsentiert, die intensive Feldforschungen bei den Glothee und Hosmer und weniger intensive Studien bei den Porsa betrieben hatten. Einige Forscher hatten diese Religionen, und sogar mit einer gewissen Berechtigung, als ›Heilige Scheiße‹ klassifiziert. Die Staatskirche von Ahabar war durch einen Absoluten Bischof und drei Importunatoren angemessen vertreten. Nachdem die Voorstoder sich auf Ahabar niedergelassen hatten, war der Rat um einen Propheten und Priester erweitert worden, und Voorstod hatte bisher nicht darauf bestanden, daß die Zahl seiner Repräsentanten erhöht wurde. »Die Wahrheit«, so sagten sie, »kann nicht numerisch repräsentiert werden.«

Jeder Repräsentant verfügte über eine Anzahl Verwaltungsassistenten, und diese wiederum hatten Berater, Senior- und Juniorforscher, Referenten, Kaplane, Seher, Orakel und dergleichen an ihrer Seite. Mit der Zeit hatte sich eine Routine eingestellt, bei der die Personen, deren Interesse an der Religion sich auf die Sache an sich bezog (und nicht auf die Instrumentalisierung der Religion zu gesellschaftlichen, politischen, militärischen oder persönlichen Zwecken), sich von Zeit zu Zeit beim Essen über ihre Forschungen austauschten, während die Wissenschaftlichen Mitarbeiter den nicht enden wollenden Papierkram erledigten, der noch immer so genannt wurde, obwohl Akten mittlerweile weitestgehend durch Computer ersetzt worden waren.

Angelegenheiten, die tatsächlich oder auch nur scheinbar einer Entscheidung bedurften, wurden an den Offiziellen Rat oder OR weitergeleitet. Hierbei handelte es sich um eine Chiffre für die Leute beziehungsweise ihre Nachfolger, die ursprünglich mit der Beratung von *Authority* betraut worden waren. Der Religionsrat bestand, einschließlich aller Ausschüsse und Unterabteilungen, aus mehreren tausend Personen. Der Offizielle Rat hingegen bestand aus dreißig Personen, wobei diese Zahl aufgrund von Dienstreisen und Todesfällen jedoch immer etwas schwankte.

Niemand wußte mehr, wann der Offizielle Rat zum letzten Mal getagt hatte, auch wenn den Mitgliedern noch präsent war, daß der Anlaß der letzten Konferenz die Erörterung eines Voorstod-Problems gewesen war. Tagungsort war die Große Bibliothek des Rats gewesen, wo voraussichtlich auch alle zukünftigen Besprechungen stattfinden würden. Ansonsten wurde die Bibliothek nur von vereinzelten Wissenschaftlern benutzt und, seltener, von externen Gelehrten besucht. In der Regel war sie aber leer.

Da mußte man auch schon über die Beharrlichkeit und märtyrerhafte Attitüde des Boten verfügen, der nach langem Suchen endlich das Mitglied von *Authority*, das Mitglied des Rats und den Hohen Gelehrten, Notadamdirabong Cringh, an einem der langen Tische in den stillen Gewölben ausfindig gemacht hatte. Cringh brütete über einem echten Buch, einem verstaubten Folianten, den einzulesen der Scanner nur mit Mühe imstande war; es dauerte eine Weile, bis er den vor ihm stehenden rotwangigen und leicht pikierten Boten überhaupt bemerkte.

»Aaah, ja«, sagte er schließlich, nachdem der Bote so lange vor seiner Assistentin herumgehampelt war, daß diese auf ihn aufmerksam wurde und ihren Chef anstupste. »Aaah, ja.«

»Eine Botschaft, Hoher Gelehrter. Streng vertraulich.« Der Bote streckte das Skalpell aus, und im Tausch gegen ein paar Hautzellen empfing Cringh ein rechteckiges, metallisches Objekt, das er nach eingehender Betrachtung als einen Umschlag identifizierte. Wahrscheinlich enthielt er ein beschriebenes Blatt Papier. Er erinnerte sich nicht, jemals einen Briefumschlag in Händen gehalten zu haben, obwohl er solche Objekte natürlich schon im Museum gesehen hatte und auch wußte, wie man sie handhabte.

Höchst interessant, sagte er sich, kniff die Augen zusammen und schürzte die Lippen, wobei sein Gesicht sich in Falten legte. Notadamdirabong Cringh war ein alter Mann mit einem extrem runzligen Gesicht. Er kokettierte oftmals damit, daß er mehrere Jahrzehnte jünger war, als er aussah, obwohl dieser Wunsch unlogisch war. Er fuhr sich über den kahlen Schädel, der genauso runzlig war wie das Gesicht und fragte sich, wer sich wohl die Mühe gemacht hatte, ihm einen Brief zu schicken, wo man doch genausogut ein an den Gelehrten Cringh adressiertes Memo im Archiv hätte ablegen können.

Wie interessant! Er hatte gleich mehrere Antworten parat.

Vielleicht deshalb, weil ein im Archiv abgelegtes Memo nicht vor unbefugtem Zugriff sicher war. Offiziell waren solche Dateien zwar geschützt, aber in der Praxis sah es anders aus. Manche Leute schreckten in ihrer Neugier nicht einmal davor zurück, in Nachrichten, die für Fremde bestimmt waren, herumzuschnüffeln!

Vielleicht auch deshalb, weil der Absender ein Hobby-Dekorateur war, wie hieß das gleich noch mal, ein Kalligraph, dem es Freude bereitete, Worte zu Papier zu bringen.

Vielleicht auch deshalb, weil die Überbringung einer physikalischen Botschaft ein höheres Gewicht besaß als die schlichte Ablage im Archiv.

Vielleicht auch deshalb, weil das Verfassen der Botschaft eine spirituelle Bedeutung hatte, die Cringh bisher noch nicht bewußt geworden war.

Vielleicht …

»Wollen Sie ihn denn nicht aufmachen?« fragte Cringhs Lieblings-Assistentin und beugte sich über seine linke Schulter.

»Spielverderber«, grunzte Cringh. »Ich wollte zuerst raten, was drinsteht.«

»Vielleicht ist es dringend«, sagte die Assistentin schnurrend. Ihr Name war Lurilile. Trotz ihrer zauberhaften Erscheinung war sie in der Sache knallhart. Sie hatte das Gesicht eines gefallenen Engels. Sie stammte von Ahabar, was indes nur ihr und ihren Auftraggebern bekannt war. Königin Wilhulmia kannte sie natürlich auch und machte sich große Sorgen wegen ihres Aufenthalts auf *Authority*.

»Vielleicht ist es dringend …«, wiederholte Lurilile. »Was steht denn drin?«

Cringh nickte bedächtig. Daran, daß es vielleicht dringend war, hatte er noch gar nicht gedacht.

Er berührte den Umschlag, der die Kompatibilität seiner Zellstruktur mit den Spezifikationen des Absenders erkannte und sich entlang einer Naht öffnete, wobei es kurz zischte und ein unangenehmer Geruch aufstieg.

»Ninfadel?« fragte Lurilile angewidert, als ob jemand gefurzt hätte.

Cringh überprüfte den Inhalt und schüttelte den Kopf. »Chowdari«, sagte er. »Von Reticingh; er will den Brief in der Badewanne verfaßt haben. Mir ist aber nicht ganz klar, weshalb er mir das überhaupt mitteilt.«

»Nun?«

»Der Umschlag enthält die Kopie eines Berichts, den jemand namens Shanrandinore Damzel an den Zirkel der Skrutatoren geschickt hat, zuzüglich einer Reihe von Fragen, die Reticingh gestellt hat. Er bittet mich um eine Stellungnahme. Uns. Er möchte wissen, was wir davon halten. Inoffiziell.«

»Und wer ist ›wir‹? Die sechs Hoch-Baidee des Religionsrats? Oder die drei Baidee des Theologischen Konzils? Oder der ganze Offizielle Rat?«

»Der ganze OR. Reticingh betont jedoch, daß es sich um eine informelle Anfrage handelt.«

»Wie kann jemand vom Offiziellen Rat eine inoffizielle Antwort erwarten?«

»Im Grunde ist das völlig egal. Auf offizielle Anfragen reagieren sie ohnehin nicht.«

»Scheiße«, sagte Lurilile, schürzte die Lippen und warf ihm eine Kußhand zu. »Jeder weiß das.«

»Wäre vielleicht ganz spaßig herauszufinden, wie es um die Intelligenz des OR bestellt ist.«

»Wäre vielleicht ganz spaßig herauszufinden, ob es den OR überhaupt noch gibt.«

»Das auch.«

»Wenn die Annahme von Bestechungsgeldern indes ein Indiz für seine Existenz ist, dann steht der OR zumindest teilweise gut im Futter.«

Cringh lächelte milde. Seine Kollegen von Phansure nahmen die Religion nicht ernst genug, als daß sie Bedenken gehabt hätten, sich korrumpieren zu lassen. Der Absolute Bischof von Ahabar indes, sein Kollege, war gegen solche Versuche sicher immun. Ebenso wie die meisten Xeno-theo-dingsda. Lurilile bemühte sich schon seit einem Jahr, den korrupten Theologen auf die Schliche zu kommen, doch Notadamdirabong wollte ihr keine Namen nennen. Er genoß ihre Anwesenheit viel zu sehr, als daß er zugelassen hätte, daß sie sich auswärts als Fahnderin betätigte.

»Wäre interessant, es herauszufinden«, wiederholte er und erhob sich vom Stuhl, auf dem er die letzten Stunden gesessen hatte.

»Wollen Sie den Brief nicht hier lesen?«

»In meiner Suite. Außerdem ist es fast Zeit zum Abendessen.«

»Das möchte ich auf keinen Fall verpassen«, schnurrte Lurilile und versetzte dem wohlgenährten Hohen Gelehrten einen ansatzweisen Rippenstoß. »Nein, Sir. Abendessen muß sein.«

Erneut lächelte Cringh milde. Er hatte die kurzen, in Sütterlinschrift verfaßten Fragen nämlich schon überflogen.

1. Wie definiert man einen Gott?
2. Woher weiß man, ob ein Gott real ist?
3. Muß ein Gott erst eine Rasse intelligenter Wesen erschaffen, um dann von dieser als Gott bestätigt zu werden?
4. Kann ein Gott ein bereits existierendes Volk ›adoptieren‹?
5. Wenn ein Volk aufgrund irgendeines Umstands heilig wird, ist das in jedem Fall auf einen Gott zurückzuführen?
6. Wenn die Antwort auf die letzte Frage ›Nein‹ lautet, welche Erklärung gibt es dann?

Und dann kamen die Fragen, die Cringh sofort als die Krux der ganzen Sache identifizierte, zumindest aus der Perspektive der Baidee:

7. Wäre es möglich, daß der *Overmind* aus irgendeinem Grund einen niederen oder Pseudo-Gott erschaffen oder seine Entstehung zumindest geduldet hat?
8. Wenn der *Overmind* nicht dazu in der Lage gewesen ist, sollten wir dann nicht sofort alle kleineren Entitäten vernichten, auf die diese Beschreibung zutrifft?

›Natürlich inoffiziell‹, sagte Cringh sich und stützte sich schwerer auf Lurilile, als es eigentlich nötig gewesen wäre. Manchmal nannte er sie Abishag. Er wußte nicht mehr genau, in welchem Stadium seiner Forschungen er auf diesen Namen gestoßen war; auf jeden Fall hatte er ihn aus einem alten Buch. Irgendwie assoziierte er diesen Namen mit Voorstod, was bedeutete, daß er ihm wahrscheinlich im Zusammenhang mit der Untersuchung der Voorstoder Religionen begegnet war; folglich mußte es sich bei Abishag um eine antike Schönheit handeln, die in den Stammeschroniken erwähnt wurde. Er erinnerte sich, daß sie eine junge Frau gewesen war, die einem alten, grausamen Häuptling als ›Wärmflasche‹ gedient hatte. Ein Häuptling, der ein nicht allzu entfernter Verwandter der alten Häuptlinge von Voorstod gewesen war. Ohne Zweifel genauso alt und grausam.

»Woran denken Sie gerade?« fragte Lurilile.

»Ich glaube, hier wird es bald rund gehen«, entgegnete er. »Wir müssen uns auf Veränderungen einstellen.«

»Oh, fein«, sagte sie.

* * *

In der Siedlung Drei auf Hobbs Land hatte es Tote gegeben. Zwei gewaltbereite und streitsüchtige Bewohner, darunter einer der Soames-Brüder, hatten beschlossen, Hobbs Land den Rücken zu kehren, wobei diese Entscheidung in der Siedlung mit allergrößtem Wohlwollen aufgenommen worden war. Bevor es den beiden jedoch gelang, ihr Vorhaben in die Tat umzusetzen, provozierten sie noch eine Auseinandersetzung, die sie nicht überlebten. Die meisten Bewohner der Siedlung Drei begrüßten diesen Abgang.

Allerdings hatten sie nun zwei Leichen, die entsorgt

werden mußten. Aus irgendeinem Grund hielt niemand es für zumutbar, die beiden Toten auf dem Friedhof der Siedlung zu bestatten.

»Wir sollten sie oben auf der Hochebene verscharren«, sagte *Topman* Harribon Kruss zu Dern Blass, wobei er sich nicht einmal die Mühe machte, ihm eine plausible Begründung zu liefern.

»Auf der Hochebene«, wiederholte Dern mit einem Seitenblick auf Spiggy und Jamice, die ihn begleitet hatten.

»Es ist sehr schön dort oben«, warf Spiggy unvermittelt ein. »Überhaupt schlage ich vor, dort oben einen Zentralfriedhof anzulegen. Die Begräbnisstätten am Rand der Siedlungen könnten nämlich besser genutzt werden.«

»Zentralfriedhof«, wiederholte Dern, ohne weiter auf diesen Vorschlag einzugehen.

»Für alle«, sagte Jamice und nickte. »Einen schönen Friedhof für alle Siedlungen. Mitten im Wald gelegen. Mit dem Gleiter ist es nur eine Tagschicht bis dorthin.«

»Richtig«, sagte *Topman* Kruss und wandte sich zum Gehen, um die entsprechenden Vorbereitungen zu treffen. »Ich wußte, daß der Vorschlag gut ist.«

Aus Neugier wohnte Dern Blass dem Begräbnis bei. Die beiden Leichen wurden in dem Sektor zwischen zweien der von Volsa entdeckten, seltsamen Wälle in flache Gräber gebettet. Etliche Katzen, die im Gleiter mitgeflogen waren, schwärmten aus und tauchten schließlich mit toten *ferfs* wieder auf, die sie in den Gräbern deponierten.

»Diese beiden Leute haben immer nur Schwierigkeiten gemacht, nicht wahr?« fragte Dern den *Topman* und deutete auf die beiden Gräber. »Mir wurden ständig Berichte über ihre Renitenz vorgelegt.«

»Sie haben sich immer gestritten. Entweder untereinander oder mit anderen«, erwiderte Harribon. »Seit einiger Zeit besteht der Trend, daß Leute, die sich nicht in die Gemeinschaft einfügen wollen, Hobbs Land verlassen. Ist dir das auch schon aufgefallen? Mit diesen beiden haben bereits vier Personen die Siedlung Drei verlassen; in der Siedlung Vier sind es fünf oder sechs. Diese beiden wollten auch auswandern, doch ihre Aggressivität hat ihnen einen Strich durch die Rechnung gemacht.«

»Ich habe durchaus bemerkt, daß in letzter Zeit eine Reihe von Leuten ausgewandert ist«, sagte Dern.

»Aber für die Siedlung Eins trifft das nicht zu«, sagte Harribon. »Wenn dort überhaupt Auswanderungen stattgefunden haben, dann gleich nach der Gründung der Siedlung. Ist schon komisch. Das hatte mich an der Siedlung Eins noch am meisten interessiert. Ich dachte immer, die geringe Kriminalitätsrate und die hohe Produktivität seien ein Resultat der gemischten Bevölkerung. Dracun und ich wollten der Sache auf den Grund gehen, doch dann traten diese Ereignisse ein, und die Sache geriet in Vergessenheit. Später habe ich dann Recherchen angestellt. Die Bevölkerung der übrigen Siedlungen weist eine ständige Fluktuation auf, wobei oft sozial unverträgliche Elemente einreisen. In der Siedlung Eins indes beschränkte diese Fluktuation sich auf die Gründerzeit. Das hat mich gewundert, und ich überprüfte einige der ausgewanderten Personen. Osmer war einer von ihnen. Er kam im Jahr Zwölf, blieb für ein paar Jahre und ging dann wieder. Einige Jahre später wurde er wegen des Mordes an einem Dutzend *Glottles* exekutiert. Seine Familie ist dann fortgezogen.«

»Sieht fast so aus, als ob er ausgesucht worden wäre, den Anfang zu machen«, folgerte Dern.

»Ja, sieht fast so aus«, bestätigte Harribon. »Nun, die anderen sind erst kürzlich selektiert worden.« Er zeigte auf die Gräber. »Burschen wie diese müssen sich immer streiten. Können wohl nicht anders.«

»Dann gilt das also nicht für jeden«, sinnierte Dern.

»Was?«

»Stell dich nicht dümmer, als du bist, Kruss. Du weißt genau, was ich meine. Elitia, die Göttin der Siedlung Drei, verteilt ihre Gunst ziemlich ungleich.«

Harribon schaute ihn nachdenklich an. »Horgy, der Gott der Zentralverwaltung, verteilt seine Gunst aber auch ziemlich ungleich. Neunundneunzig Prozent stehen unter seinem Schutz, und das restliche Prozent geht leer aus.«

»Es würde mich interessieren, was in Voorstod los ist«, sagte Dern. »Hast du die Neuigkeiten gehört?«

Harribon nickte. »Sal Girat hat es mir gesagt. In letzter Zeit bin ich oft mit Sal zusammen. Sie sagt, ihre Mutter sei nach Voorstod gegangen. Zusammen mit Sam. Und mit der kleinen Wilm. Ich wüßte nur einen Grund, weshalb das Mädchen … nun. Sind sie deshalb gegangen?«

Dern zuckte die Achseln. »Ich weiß nur das, was der Instinkt mir sagt, *Topman*.« Er drehte sich zu den Gräbern um und sah, wie eine große orangefarbene Katze einen letzten *ferf* ins Grab warf, bevor die Grube vollständig zugeschaufelt wurde. Neugierig beobachtete Spiggy die Katze.

›Das müßte reichen‹, miaute die Katze.

Spiggy miaute ebenfalls, was Dern als ›Danke für die Hilfe‹ interpretierte.

»Dann werden wir also in Zukunft alle unsere Toten hier begraben«, sagte Dern.

»Du hast es im Gespür, nicht?«

»Genau wie du, *Topman*.«

Lächelnd massierte Harribon Kruss sich den Nacken. Ja, er hatte es im Gespür. Von nun an würden sie ihre Leute hier oben bestatten. Es war eine gute Idee. Es war ein Entgegenkommen, eine Geste.

* * *

Es dauerte zwei Tage, bis das Expeditionskorps Green Hurrah durchquert hatte. Viele Bewohner dieser Region waren Karths Männern bekannt. Die Armee war jahrelang in Jeramish stationiert gewesen und war wiederholt in Green Hurrah eingefallen, wobei die Soldaten fast jeden Tag mit den Einheimischen in Kontakt kamen. Personen, die sich nicht ausweisen oder einen Bürgen beibringen konnten, wurden unter Bewachung hinter die Linien gebracht. Drei Lager waren an der Grenze zu Green Hurrah errichtet worden, wobei zwei bereits mit Internierten aus Ahabar angefüllt waren. Am Abend des zweiten Tages hatten die Truppen den Isthmus von Skelp erreicht und schickten sich an, diesen Flaschenhals und die Küste zu blockieren.

Auch die nach Skelp führenden Straßen wurden gesperrt – mit Gräben, Drahtverhauen und Suppressor-Feldern, um Gleiter zur Landung zu zwingen. Die Küsten wurden ebenfalls mit solchen Feldern und automatischen Waffen gesichert, um jegliche Landungsversuche von See her zu unterbinden.

»Was, wenn die Voorstoder versuchen, sich nach Norden abzusetzen?« fragte Sam und wies auf die Karte. Auf der anderen Seite des Raums saßen Samstag und Maire an einem Tisch, die Reste eines späten Mittagessens zwischen sich. Maire war auf dem Stuhl zusammengesunken; sie machte einen niedergeschlagenen Eindruck.

Der Kommandeur griff nach einer anderen Karte und zeigte Sam die nördliche Küstenlinie von Voorstod. »Eiskappe«, sagte er. »Dahinter der Ozean. Und an der Gegenküste die Provinz Caerthop, die auch von uns besetzt ist. Im Osten und Westen stehen Kriegsschiffe. Sie müßten Ahabar schon per Transmitter verlassen, um die Blockade zu durchbrechen.«

»Wären sie dazu in der Lage?«

»Nicht daß wir wüßten. Sie verfügen weder über Transmitter noch System-Gleiter.«

»Haben sie eine Armee?«

»Auch nicht. Sie haben immer nur Terroranschläge verübt, anstatt sich dem offenen Kampf zu stellen. Ihre größte Gruppe sind die Gläubigen, die *Brüder der Sache,* die von ein paar Fanatikern angeführt werden, die sie als Propheten bezeichnen. Wenn Sie mal einem wirklich Irren begegnen wollen, dann müssen Sie sich an einen Propheten wenden. Außer der *Sache* existieren noch ungefähr hundert Splittergruppen mit jeweils einem halben Dutzend Mitglieder, die sich alle dem Terrorismus verschrieben haben. Das einzig Positive ist, daß sie bisher nicht zu einer Zusammenarbeit gefunden haben. Kein Voorstoder Mann nimmt von einem anderen Voorstoder Mann Befehle entgegen. Hat mit ihrer Freiheits-Doktrin zu tun.«

»Hmm«, machte Sam, der nie zugehört hatte, wenn Maire ihm die Doktrin erläuterte. »Welche Stärke wird der Gegner vermutlich haben?«

»Fünfzigtausend Gläubige im Alter zwischen zwölf und achtzig. Bei den agitatorischen Qualitäten der Propheten würden sie auch nackt in unser Feuer rennen; wäre nicht das erstemal. Und die anderen Gruppen werden jeweils ein paar hundert Leute abstellen, maximal tausend.«

»Und wie groß ist Ihre Armee?«

Karth schnaubte. »Drei Millionen, einschließlich der Reservisten. Für diese Aktion habe ich eine Million Soldaten abkommandiert.«

»Dann steht es also außer Frage, daß Sie einmarschieren und jeden Widerstand im Keim ersticken könnten.«

»Keine Frage.«

»Aber das würde viele Todesopfer kosten.«

»Bevor wir die Lage unter Kontrolle hätten, würden sie wohl alle Gharm umbringen. Und viele Frauen und Kinder. Diese Männer würden ihre Sklaven und Familien eher töten, als sie von uns befreien zu lassen.«

»Spielt es denn keine Rolle, was die Frauen wollen?« fragte Sam unwillkürlich. Diese Frage hatte er gar nicht stellen wollen.

»Von den Vorschriften des System-Rechts abgesehen, haben die Frauen in Voorstod keine Rechte. Ich habe mich auch schon darüber gewundert, daß sie ihren Frauen überhaupt die Ausreise erlaubten. Ich hätte eher damit gerechnet, daß sie sie zu Hause einsperrten.«

»Das hätte ihnen zu viele Umstände bereitet«, sagte Maire. »Sie sagten, den Ärger seien wir nicht wert.«

»Sind sie noch immer dieser Ansicht?«

»Commander, Sie müssen bedenken, daß die Männer von Voorstod Puritaner sind. Sex ist in Voorstod ein mächtiges Tabu. Die Propheten der *Sache* erzählen ihnen, Sex sei Macht, und durch den Zölibat würde ihre Stärke zunehmen. Die Priester verkünden, Sex in der Ehe sei zulässig, aber auch nur dort. Sowohl die Priester als auch die Propheten sagen ihnen, sie sollen die Frauen nicht ansehen, wenn sie sie besteigen, ja nicht einmal an sie denken, denn die Frauen würden für das Böse in der Welt stehen. Und nach der Pubertät müssen die Frauen sich in weite Gewänder hüllen, die nur die Augen freilassen. Und daß sie diese Einstellung nun geändert haben sollten, ist höchst unwahrscheinlich.« Sie setzte sich aufrecht hin und massierte sich den Kopf.

»Wir sind eine Ware, und nicht mal eine besonders wertvolle; doch irgendwann wird die Zeit kommen, da nicht mehr genug Jungen geboren werden, um die Sterberate der Gläubigen auszugleichen«, sagte sie. »Sam hat mich darauf gebracht, und je länger ich darüber nachdenke, desto eher glaube ich, daß seine Annahme richtig ist. Deshalb wollten sie auch, daß ich zurückkomme; ich sollte die Frauen mit meinen Liedern davon abhalten, Voorstod zu verlassen. Weil ich aber sichergehen wollte, daß wir Jep auch wirklich freibekommen, habe ich taktiert und ihnen dadurch vermutlich einen Strich durch die Rechnung gemacht. Ich hätte nämlich gleich nach Voorstod kommen und nicht erst das Konzert besuchen sollen. Sie dachten, zu diesem Zeitpunkt würde ich mich längst in ihrem Gewahrsam befinden, falls sie sich überhaupt etwas dabei gedacht hatten. Statt dessen bin ich Augenzeugin des Anschlags auf Stenta Thilion geworden.«

»Mit der Reaktion von Königin Wilhulmia haben sie wohl auch nicht gerechnet«, sagte Samstag schaudernd. Sie wußte, daß ihr ohnehin schon gefährlicher Plan nun das doppelte Risiko barg. Die Männer von Voorstod würden nun ängstlich, nervös und unberechenbar sein. Sie spürte geradezu ihre Feindseligkeit, wie einen kühlen Nordwind. Sie schloß die Augen und sah in die Höhe gestreckte Armstümpfe, aus denen Blut quoll. Es waren ihre eigenen Arme. Sie sah, wie jemandem die Kehle durchgeschnitten wurde. Dieser Jemand war sie. Sie unterdrückte die aufwallende Panik und fragte Karth: »Wann kommt die Person, die uns führen soll?«

»Ja«, sagte Sam. »Wann kommt sie?«

»Sie ist schon da«, erwiderte Karth. »Schon seit einer ganzen Weile. Ich sagte ihr, sie solle warten, bis Sie mit dem Essen fertig sind.«

»Und wohin bringt sie uns?«

»Sie führt Sie durch Skelp und dann nach Wander. Der Squire von Wander gewährt Ihnen für diese Nacht Unterkunft, und morgen wird er Sie nach Selmouth im County Leward weiterschicken. Weiter haben wir nicht geplant. Dann müssen Sie sich mit den Gläubigen arrangieren beziehungsweise mit den Leuten, die den Jungen gefangenhalten.«

Der Kommandeur durchquerte den Raum, kniete

sich vor Samstag hin und ergriff ihre Hände. »Ich kann dir das nicht ausreden? Du gehst ein großes und vermutlich sinnloses Risiko ein, Samstag Wilm. Du könntest hier in Ahabar bleiben und Konzertsängerin werden, und die Männer würden dir zu Füßen liegen.«

Sie rang sich ein Lächeln ab. »Nein, Sir, Sie können mir das nicht ausreden.«

»Sie sagt, es handele sich um eine religiöse Angelegenheit«, sagte Prinz Rals von der anderen Seite des Raums.

Der Kommandeur schaute Maire fragend an, als ob er sich von ihr eine Bestätigung holen wollte. Maire lächelte nur. In gewisser Weise handelte es sich wirklich um eine religiöse Angelegenheit.

»Stimmt das?« fragte der Kommandeur.

»Ja, das stimmt«, sagte Maire und nickte. »Ja. Wenn Sie es unbedingt irgendwo einordnen wollen, Kommandeur, dann unter der Rubrik ›Religiöse Angelegenheiten‹.«

Der Kommandeur zuckte die Achseln; anscheinend hatte diese Antwort ihn zufriedengestellt. Er ging zur Tür und winkte. Eine Frau erschien. Sie war im mittleren Alter; sie hatte graue Schläfen und Falten im Gesicht. »Das ist Ihre Führerin«, sagte Karth.

»Korrekt«, bestätigte sie. »Meinen richtigen Namen werde ich Ihnen nicht sagen. Nennen Sie mich ›Missus‹. Draußen wartet ein Fahrzeug.«

Sam kniete vor seiner Mutter nieder, küßte sie zärtlich auf den Mund und umarmte sie.

»Ach, Sammy«, sagte sie. »Wenn ich nur wüßte, weshalb du überhaupt mitgekommen bist.«

»Um Samstag Gesellschaft zu leisten«, erwiderte er. »Weshalb sonst?« Im Augenblick war das die offizielle Erklärung. Den eigentlichen Grund für die Mission würde er vielleicht später offenbaren: daß er sich nämlich als den wahren Helden betrachtete, der sich berufen fühlte, Frieden zwischen den Völkern zu stiften. Vergangene Nacht hatte Sam wachgelegen und sich nach den Motiven für die Reise nach Voorstod gefragt; er war zu der Erkenntnis gelangt, daß er stur und unversöhnlich war.

»Vielleicht mußt du so sein«, hatte eine Stimme in seinem Kopf gesagt. »Vielleicht mußt du so sein. Vielleicht hat das alles seinen Grund.«

Helden, so sagte er sich, mußten manchmal wohl starrköpfig und unversöhnlich sein und unbeirrbar ihre Ziele verfolgen, selbst wenn es sich bei den Leuten, die sie davon abbringen wollten, um Mütter, Schwestern oder Freunde handelte.

Die beiden, der Mann und das Mädchen, schulterten die Rucksäcke und gingen in die Nacht hinaus. Waffen trugen sie nicht. Wenn man sie in Voorstod mit einer Waffe antraf, so Karth, wären sie schon tot, ehe sie noch wußten, wie ihnen geschah. Zumal keiner von beiden wüßte, wie man mit einer Waffe umging. Schließlich wären sie Farmer und sollten sich auch wie solche verhalten. Zuerst hatte Sam widersprechen wollen; doch dann hatte er es sich anders überlegt und sich scheinbar gefügt.

Unter den stoischen Blicken von hundert Soldaten kletterten sie über die Barrikade. Nachdem sie in Missus' klapprigem Vehikel Platz genommen hatten, verließen sie die besetzte Zone und fuhren auf der Fernstraße in Richtung Norden. Sie waren allein unterwegs.

»Wissen die Voorstoder schon, daß sie von Ahabar abgeschnitten sind?« fragte Sam.

»Wir haben Augen und Ohren«, entgegnete die Frau. »Die Männer werden heute nacht nach einem Schlupfloch suchen. Morgen wird dann jeder wissen, ob die Blockade wirklich undurchdringlich ist oder ob die Königin nur mit uns spielt.«

»Und kennen die Voorstoder den Grund für diese Maßnahme?«

»Die *Sache* hat etwas verbrochen. Aber man sagt uns nicht, worum es sich handelt.«

Mit emotionsloser Stimme schilderte Samstag der Frau den Tathergang.

»Ich habe den Eindruck, daß ziemlich viel Aufhebens um diesen Vorfall gemacht wird«, sagte sie. »Eine einzige Gharm. Hier werden jedes Jahr Hunderte umgebracht. Man peitscht sie zu Tode. Hackt ihnen Hände und Füße ab. Blendet sie.«

Sam wandte sich ab. Er redete sich ein, daß sie das sicher nicht ernst gemeint hatte. Daß ein Terroranschlag ein Todesopfer forderte, war ja noch vorstellbar, aber doch nicht gleich Hunderte.

»Das scheint Sie nicht sonderlich zu berühren«, sagte Samstag deprimiert.

»Wenn ich mich wegen jedes Gharm aufregen wollte, der umgebracht wird, käme ich zu nichts anderem mehr«, erwiderte die Frau. »Dann spare ich meine Energie lieber für solche Fälle, wo ich wirklich etwas tun kann.«

»Ihre Kinder?«

»Wie gesagt, wo ich wirklich etwas tun kann«, sagte die Frau und beendete damit das Thema.

Skelp war eine hügelige Region, und die Straße schlängelte sich über Berg und Tal, bis sie schließlich fast auf Meereshöhe abfiel. Vom Hochland aus sahen sie die Küste und das im roten Schein der untergehenden Sonne liegende Meer.

»Skelp ist aber ziemlich menschenleer«, startete Sam einen Versuchsballon.

»Daß Sie sich da nur nicht täuschen«, entgegnete die Frau. »In den Bergen gibt es saftige Almen und viele Dörfer. In Skelp leben fast nur Hirten. Und Fischer, unten an der Küste.«

»Viele Verstecke«, sagte Samstag. »Für Flüchtlinge.«

»Viele Verstecke«, bestätigte die Frau. »Aber nur für jene, die das Land kennen.«

»Und Sie kennen das Land«, sagte Sam.

»Ja«, erwiderte sie. »Ja, ich kenne das Land.«

Die Dämmerung setzte ein. Allmählich wurde das Land flacher. Hin und wieder kam ihnen ein Fahrzeug entgegen. Mittlerweile war es völlig dunkel geworden, doch es war eine sternenklare Nacht.

»Ich dachte, in Voorstod sei es immer neblig«, sagte Samstag.

»Weiter nördlich stimmt das auch«, erklärte die Frau. »Dort, zur Linken, siehst du die Lichter von *Wander Keep*.«

Es ging bergab, und schließlich tauchten verstreute Lichter in der Dunkelheit auf.

»Der Squire ist noch immer am Leben«, sagte die Frau. »Obwohl die *Sache* ihm einen Fuß, eine Hand und ein Auge genommen hat.«

»Was hat die *Sache* denn gegen den Squire?« fragte Samstag.

»Er hat seine Gharm freigelassen. Er hat einen Propheten als irren Fanatiker und Ausgeburt der Hölle bezeichnet. Er hat der *Sache* den Status als Religionsgemeinschaft abgesprochen, weil kein Gott eine solche Barbarei gutheißen würde. Damit hatte er die Propheten so gegen sich aufgebracht, daß sie ein Kopfgeld für ihn aussetzten. Das tun sie oft, die Propheten, wenn jemand sich ihnen widersetzt. Schließlich wurde er noch exkommuniziert. Die Priester sind nämlich willfährige Handlanger der Propheten. Doch den Squire ficht das nicht an. In seinem Haus wird jeden Tag ein Gottesdienst abgehalten. Man munkelt, daß Apostaten-Priester in seinem Haus leben.«

»Wo ist die *Sache* denn am stärksten?« fragte Samstag.

»Am stärksten? In *Wolke*, würde ich sagen, wo die große Zitadelle steht. Und in Selmouth, im County Leward. Und in Sarby. Die Gebirgsregionen sind zu dünn besiedelt, und in Panchy und Odil leben fast nur Farmer.«

»Die Hauptstadt von *Wolke* ist *Wolkenhafen*, nicht wahr?«

»Normalerweise bezeichnen wir sowohl die Region als auch die Stadt mit *Wolke*. Wollt ihr etwa dorthin gehen?«

Samstag schüttelte den Kopf; dann wurde ihr bewußt, daß diese Geste in der Dunkelheit nicht wahrgenommen wurde und sagte: »Nein. Wir haben überhaupt nichts vor. Wir wollen nur meinen Cousin befreien.«

Die Frau schnaubte nur. Die Lichter rückten näher. Bald sahen sie, daß es sich um die erleuchteten Fenster einer Festung handelte, die hoch auf einem steilen Hügel erbaut worden war. *»Wander Keep«*, sagte die Frau. »Ich werde euch am Fuß des Hügels absetzen, vor dem Tor.«

»Danke für Ihre Mühe«, sagte Sam.

»Keine Ursache«, erwiderte sie. »Schließlich haben wir uns nie gesehen.«

Sie wartete gerade so lange, bis sie ihre Sachen aus dem Auto geholt hatten, und dann verschwand sie in der Dunkelheit. »Hände hoch«, ertönte plötzlich eine Stimme hinter ihnen.

Sam seufzte. Bisher hatte sich ihm keine Gelegenheit geboten, Heldentaten zu vollbringen, und nun war anscheinend auch nicht der richtige Zeitpunkt. Er ließ den Rucksack fallen und hob die Arme. Ein metallisches Klirren ertönte. Jemand trat von hinten an ihn heran und tastete ihn mit einem piepsenden Gerät ab. Dann durften sie sich umdrehen, und die Rucksäcke wurden der gleichen Behandlung unterzogen.

»Kommt rein«, sagte die Stimme. »Kommt durch das Tor.«

Sie marschierten durch undurchdringliche Finsternis. Wieder ein metallisches Klirren. Dann tauchten trübe Lichter auf; sie sahen einen staubigen Pfad und eine lange, in den Fels gehauene Treppe.

»Wir haben leider keinen Antigrav«, sagte die Eskorte, ein untersetzter Kapuzenmann.

»Sind wir uns schon einmal begegnet?« Samstag versuchte, die Lage durch eine witzige Bemerkung zu entspannen.

»Nein«, erwiderte der andere überrascht.

»Was soll die Maskerade?« fragte Sam.

»Je weniger ihr wißt, desto besser. Ihr wollt doch in den Norden, in die Heimat der *Sache*, und die stellt immer sehr viele Fragen.«

»Wird sie denn erfahren, daß wir hier waren?«

»Sicher. Aber sie wird nicht erfahren, wer euch Einlaß gewährt und mit Nahrung versorgt hat. Sie wird auch nicht erfahren, ob der Squire davon gewußt hat. Vielleicht weiß er wirklich nichts.«

Sie gingen die Treppe hoch und betraten schließlich einen Raum mit unverputzten Wänden, der mit zwei Pritschen, einem Tisch und einer Feuerstelle ausgestattet war. Hinter einer halb geöffneten Tür befanden sich primitive sanitäre Einrichtungen. »Essen«, sagte der Führer und deutete auf den Tisch, auf dem diverse Schüsseln standen. »Reichlich Feuerholz. Eßt und schlaft. Morgen früh wird jemand kommen und euch nach Selmouth bringen. Hier habt ihr auch Geld in Voorstoder Währung. Das wird für euren Aufenthalt hier reichen.«

Samstag hatte sich schon auf eine Pritsche geworfen. »Danke für Ihre Gastfreundschaft«, sagte sie.

»Keine Ursache«, entgegnete der Mann und verschwand.

Sam und Samstag hörten, wie die Tür zuschlug und verriegelt wurde. Sam trat ans Fenster, das durch die dicke Mauer gebrochen worden war. Hinter der vergitterten Öffnung fiel der Fels steil in die Dunkelheit ab.

»Möchtest du etwas essen?« fragte Sam.

»Später«, murmelte das Mädchen. »Im Moment habe ich keinen Hunger.« Von der Anspannung, der langen Fahrt und der Ungewißheit, was als nächstes geschehen würde, war ihr schlecht. Aber anstatt eine lange Erklärung abzugeben, war es einfacher zu sagen, sie hätte keinen Hunger.

Sam hingegen war hungrig. Er labte sich an kaltem Braten, rohem Gemüse, Früchten und einer Anzahl Käsebrote. Dann sortierte er das Geld nach Scheinen und Münzen und steckte es ein. Bis auf das Knistern des Feuers war es still im Raum.

»Was will ich überhaupt hier?« fragte er sich laut. »Weshalb bin ich mitgekommen?« Er hoffte, Theseus würde ihm darauf eine Antwort geben.

Samstag seufzte im Schlaf.

»Du bist mitgekommen, um Samstag Wilm zu beschützen«, sagte er sich. »Aus irgendeinem Grund muß sie zu Jep.«

Natürlich kannte er den Grund. Jeder kannte ihn. Und wenn er es nicht schon vorher gewußt hätte, dann wäre es ihm spätestens nach dem Zwischenfall auf dem Konzert bewußt geworden. Er hatte keine Bedenken, Samstag bei ihrem Vorhaben zu unterstützen. Es würde niemandem schaden, auch Phaed nicht, wenn Voorstod einen Gott bekam. Vielleicht würde er sogar etwas Gutes bewirken.

»Weißt du«, sagte er im Plauderton, »ich möchte gern wissen, ob du dich für das Leben generell interessierst, für intelligentes Leben oder nur für bestimmte Rassen.«

Wenn er auf eine Antwort gehofft hatte, das Feuer gab sie ihm nicht. Kühle Nachtluft wehte durch die Fensteröffnung.

»Katzen«, sagte er. »Das wäre ein Indiz für das Leben an sich. Katzen, Menschen und nun vielleicht auch die Gharm. Allerdings kann niemand bestreiten, daß Katzen intelligent sind; also handelt es sich vielleicht doch nur um intelligentes Leben.«

Samstag seufzte im Halbschlaf.

»Andererseits gedeiht das Getreide seit Jahren prächtig. In der Siedlung Eins noch besser als woanders. Also ist es vielleicht doch das Leben an sich. Flora und Fauna.

Um das herauszufinden, müßte man wohl zwei Planeten miteinander vergleichen, einen mit dir und einen ohne dich …«

»Es hat keinen Sinn, wenn du mit ihm sprichst, *Topman*«, murmelte Samstag. »Es hört dich nicht. Es ist nicht hier.«

»Noch nicht«, sagte Sam. »Aber ich habe trotzdem den Eindruck, daß es schon hier ist.«

»Nur das, was wir in uns haben. Aber es genügt nicht, um irgend etwas zu bewirken. Vielleicht reicht es gerade aus, daß wir nicht in Panik geraten, aber das ist auch schon alles. Es ist sogar zuwenig, um sich zu reproduzieren, falls wir sterben und begraben werden.«

»Bedauerlich«, sagte Sam.

»Mom sagte mir, ich solle dich daran erinnern. Nur für den Fall, daß du … den Helden spielen willst.«

Samstag wäre vielleicht gar nicht auf diese Idee gekommen, aber Africa hatte durchaus daran gedacht. Sie hatte ihrer Sorge Ausdruck verliehen, daß Sam sie beide vielleicht durch eine … verrückte Aktion in Gefahr brachte.

Samstag seufzte, noch immer im Halbschlaf. »Lebend nutzen wir ihm mehr, *Topman*. Versuchen wir also am Leben zu bleiben.«

* * *

Zusammen mit einem halben Dutzend Gharm, von denen er einige nun zum erstenmal sah, saß Jep im

Tempel auf dem Hügel oberhalb von Sarby. Er trug noch immer die Halskrause, obwohl er die Verschwörer schon seit zwei Tagen nicht mehr gesehen hatte.

»Wird sie kommen?« fragten sie. »Sie-Setzt-Die-Schöpfung-Fort?«

»Sie wird kommen«, sagte Jep. »Ich weiß zwar nicht, wie lange es noch dauert, aber sie wird kommen.«

* * *

»Weißt du«, sagte Rasiel Plum, Vorsitzender des Büros für Umwelt- und Naturschutz, während er mit dem Finger über den von Notadamdirabong Cringh eingereichten Fragenkatalog fuhr, »das ist sehr interessant. Aber wieso zeigst du mir das?«

Cringh zog den Kopf ein. »Nun, schließlich sind wir beide alte Kollegen, Rasiel. Zwei der einundzwanzig Ständigen Mitglieder von *Authority*. Da liegt es doch nahe, daß ich mich im Notfall an dich wende«, sagte er.

»Ich weiß, Notty, aber das ist doch nicht der eigentliche Grund.«

Notadam seufzte. »Der Vorsitzende des Zirkels der Skrutatoren der Hoch-Baidee wünscht, daß der Religionsrat zu diesen Fragen Stellung nimmt; allerdings nur inoffiziell. Aber, wie meine Assistentin es bereits auf den Punkt gebracht hat – wie soll eine höchst offizielle Körperschaft eine inoffizielle Erklärung abgeben? Ohne daß es Probleme gibt?

Angenommen, ich hätte diese Fragen in aller Öffentlichkeit gestellt. Dann würde jeder sofort glauben, daß die Hoch-Baidee die Vernichtung einer anderen Religion betreiben. Es kursieren nämlich noch immer diese alten Gerüchte wegen der Seuche, mußt du wissen. Wir, die Hoch-Baidee, werden dafür verantwortlich gemacht – zu Unrecht zwar, versteht sich, aber solche Anschuldigungen prägen dennoch die öffentliche Meinung. *Falls* ich also diese Fragen in der Öffentlichkeit stellen würde, insbesondere die letzten Fragen, würde das eine Lawine von Gerüchten auslösen; mit der Folge, daß die Leute nervös würden, Memoranden ausgetauscht würden und schließlich Chaos ausbräche. Das wäre sicher nicht im Sinne des Vorsitzenden des Zirkels der Skrutatoren, doch genau darauf würde es hinauslaufen, wenn bekannt würde, daß ich mit der Sache zu tun habe.«

Rasiel nickte zustimmend. Genau das würde passieren.

»Wenn die Fragen aber von *dir* kämen, Rasiel, dann könnte man sie als inoffiziell deklarieren. Schließlich wäre es doch möglich, daß das Büro für Umwelt- und Naturschutz sich über ein religiöses Problem informieren möchte, weil irgendein Volksstamm diesbezügliche Fragen hat. Vielleicht haben die Hosmers auf einmal ihr Interesse an der Theologie entdeckt. Auf jeden Fall wird niemand sich bedroht fühlen, wenn solche Fragen von dir kommen; du weißt, was ich meine.«

»Planen die Hoch-Baidee denn die Vernichtung einer anderen Religion?« fragte Rasiel, der von Cringhs Ansinnen überhaupt nichts hielt.

»Nicht daß ich wüßte.«

»Wäre auch keine gute Idee, Notadam. Ich würde mich außerstande sehen, ein solches Vorhaben offiziell oder inoffiziell zu unterstützen.«

»Wenn es überhaupt einen Baidee geben sollte, der so etwas plant, dann ist es sicher nicht so ein alter Furz wie ich. Es wäre ein junger Heißsporn mit mehr Kraft als Verstand, und er würde es nur deshalb tun, weil er die fragliche Religion als eine Art Krankheit betrachtet.«

»Als eine ansteckende Krankheit?«

»Zumindest scheint man dieser Ansicht zu sein.«

»Das wäre aber höchst unerfreulich. Man könnte

fast glauben, daß es nur noch Fanatiker gibt. Wollen sie vielleicht einen Kreuzzug führen? Wähnen sie sich im Besitz der absoluten Wahrheit? Wollen sie etwa ganze Völker wegen Häresie vernichten? Auf dem Scheiterhaufen verbrennen oder in die Öfen schieben?« Als Historiker wußte Rasiel auch über die barbarischen Perioden der Menschheitsgeschichte Bescheid.

Cringh antwortete nicht sofort, und als er dann sprach, tat er das mit einem nachdenklichen Unterton, der ihm einen bösen Blick von Rasiel eintrug. »Nein, vielmehr hat es den Anschein, daß die Leute sich in zunehmendem Maße kooperativ und zuvorkommend verhielten und gar nicht mehr imstande seien, andere zu verletzen.«

Dann trat ein längeres Schweigen ein.

»Junge Heißsporne, sagst du?« fragte Rasiel Plum nachdenklich.

»Jede Religion hat ihre Eiferer«, sagte Cringh.

»Solche Berserker haben auch die Invasionsarmee vernichtet, die Thyker angegriffen hat. Wann war das gleich noch mal?«

»Vor langer Zeit.«

»Ist die Identität der Leute bekannt?«

»Ein Bursche namens Howdabeen Churry hat eine Truppe aufgestellt, die sich als ›Arm der Prophetin‹ bezeichnet.«

»Weshalb nennen sie sich so?«

»Weshalb nennen die Voorstoder Terroristen sich ›Gläubige‹?«

Erneut trat ein langes Schweigen ein.

»Nun«, sagte Rasiel Plum schließlich. »Ich werde die Fragen stellen. Einige zumindest. Inoffiziell.« Er betrachtete die vor ihm liegende Liste. »Wir fangen mit den Fragen Eins, Zwei, Vier und Fünf an.«

* * *

Am nächsten Morgen wurden Sam und Samstag von einem anderen Fahrzeug abgeholt; wer ihr Gastgeber auf *Wander Keep* gewesen war, würden sie wohl nie erfahren. Beim Fahrer handelte es sich um einen wortkargen Mann um die Siebzig, mit grauem Haar und spitzem Kinn, der einen monotonen Singsang anstimmte und während der ganzen Fahrt nach Selmouth keine Notiz von seinen Passagieren nahm.

Schließlich setzte er sie vor einer Taverne ab. »Geht hinein«, sagte er und wies auf die Kneipe. »Sagt dem Wirt, ihr müßtet weiter nach Norden.«

»Wie weit nach Norden?« fragte Sam.

»Das werdet ihr in *Wolke* erfahren«, sagte der Chauffeur und spuckte vor Sam aus.

»Gibt es dort eine Kirche?« fragte Samstag.

Der Fahrer starrte sie eine Zeitlang an. »Sieh dich um, Mädchen«, sagte er schließlich. »Oder sperr die Ohren auf. Türme und Glocken, das sind Kirchen.«

»Eine Kirche?« fragte Sam.

»Beerdigungen«, präzisierte Samstag. »Maire hat mir erzählt, daß es in dieser Religion Beerdigungen gibt.«

Sam nickte nachdenklich. Maire hatte wirklich die Religion von Voorstod erwähnt, oder vielmehr die Religionen, denn die Priester und die Propheten hatten jeweils ihre eigene Religion, auch wenn sie oft zwei Seiten einer Medaille darzustellen schienen. Die Propheten waren für Krieg und Mord zuständig. Die Priester für Eheschließungen und Begräbnisse.

»Wenn du wissen willst, wann die nächste Beerdigung stattfindet, müssen wir für eine Weile in Selmouth bleiben«, sagte er und prägte sich die Fassade der Taverne ein, um sie jederzeit wiederzufinden. Sie hieß ›Horn und Dolch‹, wobei das Emblem ein um einen Dolch geschlungenes Horn zeigte.

»Aber nicht länger als unbedingt nötig«, erwiderte sie. »Die Frau, die uns nach Wander gebracht hatte, sagte, die *Sache* sei hier stark vertreten. Und nicht nur hier, sondern auch in *Wolkenhafen*, Scaery und Sarby.«

»Gleich an vier Orten?«

Sie nickte und ließ den Blick über die Stadt schweifen. Türme gab es hier reichlich. »Machen wir einen Spaziergang«, sagte sie.

Vor der dritten Kirche hatte sich eine Hochzeitsgesellschaft versammelt. Neugierig verfolgten Sam und Samstag, wie die ganz in Weiß gekleidete Braut und der einen pittoresken Trachtenanzug tragende Bräutigam unter einem Körnerhagel die Kirche verließen. Die Braut war vollständig verhüllt, und deshalb wußte man auch nicht, ob sie überhaupt eine glückliche Braut war. Vor der vierten Kirche hob ein alter Mann ein tiefes Grab aus. Auf ihre entsprechende Frage sagte er, das Begräbnis würde am nächsten Tag stattfinden.

»Zu tief«, murmelte Samstag beim Weitergehen. »Wir brauchen eine flache Grube.«

Vor der achten Kirche schließlich verließ gerade eine Trauergemeinde eine Krypta. Durch die offene Tür sahen sie den auf dem Erdboden abgestellten Sarg. Das Gitter, mit dem die Tür gesichert wurde, stand offen; der Schlüssel steckte im Schloß. Samstag machte Sam auf den Schlüssel aufmerksam und verwickelte dann eine verschleierte Frau in ein Gespräch.

»Wer ist denn gestorben?« fragte Samstag.

»Herk Maduns junge Frau«, sagte die Frau. »Im Kindbett. Die Hebamme konnte ihr nicht mehr helfen.«

»Gibt es denn keine Ärzte in Selmouth?« fragte Samstag.

»Woher bist du, Mädchen, daß du eine solche Frage stellst?« rügte die Frau sie.

»Von irgendwoher«, sagte Samstag. »Ich wollte Ihnen nicht zu nahe treten. Ich war nur neugierig.«

»Nun, die Priester lehren, daß eine Frau bei der Geburt eines Kindes für ihre Sünden bezahlt. Im Angesicht des Todes. Das ist die Sühne. Kein Arzt würde sich zwischen Gott und eine Frau stellen, nicht hier in Selmouth.«

»Ihre Sünden? Meinen Sie Sex?«

»Natürlich meine ich das«, flüsterte die Frau. »Was sonst wäre wohl so sündig?«

»Und welche Sühne gibt es für den Mann?«

»Den Verlust seiner Frau, du Dummchen. Nun muß er sich eine andere suchen, was gar nicht so leicht ist dieser Tage.«

Samstag dankte der Frau für die Information. Dann gingen sie und Sam den Weg zurück, den sie gekommen waren.

»Bekommst du das Schloß auf?« fragte Samstag.

»Mit den Zähnen, wenn es sein muß«, erwiderte er lächelnd.

»Wir müssen uns einen Spaten beschaffen«, sagte sie. »Vielleicht gibt es in der Taverne einen.«

Der Inhaber der Taverne indes wollte sie sofort aus Selmouth hinausbringen.

»Wir sind zu müde, um heute noch weiterzufahren«, sagte Sam. »Es genügt auch, wenn mir morgen früh fahren.«

»Aber man erwartet euch bereits!« Der Mann fuhr sich über das fettige Haar; er schien den Tränen nahe.

Sam schüttelte den Kopf. »Das Mädchen ist müde. Sieh sie dir nur an. Sie ist völlig erschöpft. Wir fahren morgen.«

Der Kneipenwirt stieß üble Verwünschungen aus, doch ließ Sam sich davon nicht beeindrucken. Schon vor der Abreise hatte er Samstag insgeheim den Status eines symbolischen Schwerts plus Sandalen verliehen. Sie hatte ihm den lang ersehnten Vorwand geliefert, Hobbs Land zu verlassen und sich auf die Suche nach seinem Vater zu begeben. Daß sie ausgerechnet ihn als Begleitung ausgesucht hatte, hatte etwas zu bedeuten.

Also gehörte es auch zu seiner mystischen Aufgabe, sie bei ihren Plänen zu unterstützen. Die Legenden waren voll von solchen Episoden. Und dann würde er mit der eigentlichen Suche beginnen.

Schließlich erklärte der Kneipenwirt sich bereit, Sam und Samstag ein Zimmer für die Nacht zu geben. Der Raum war zwar schmutzig, aber dafür ging er auf einen mit Schrott übersäten Hof hinaus, auf dem auch diverse Werkzeuge herumlagen. Bei Anbruch der Dunkelheit holte Samstag eine Taschenlampe aus dem Rucksack, und dann huschten sie die Hintertreppe hinunter und betraten den Hof. Nachdem Sam einen rostigen Spaten und starken Draht aufgetrieben hatte, brachen sie zu der Krypta auf, wobei sie ab und zu innehielten, um sich zu orientieren.

Die Straßenbeleuchtung warf lange Schatten auf den Kirchhof. Auf der einen Seite befand sich die Krypta, die mysteriös und unheimlich im Zwielicht lag. Das Gitter vor der Tür bildete die Barriere zwischen dem Diesseits und der Totenwelt. Samstag indes hatte schon zu viele Nachtwachen auf dem Friedhof abgehalten, um sich davon beeindrucken zu lassen. Es war nur eine Gruft. Sam fertigte aus dem Draht einen Dietrich und öffnete die Tür, während Samstag aufpaßte, daß niemand kam. Das Schloß leistete ihm nur geringen Widerstand. Dann drangen sie in die Krypta ein, und Sam schickte sich an, in dem festen Boden eine Grube auszuheben. Er fluchte leise. Sogar hier in der Gruft herrschte eine hohe Luftfeuchtigkeit, wie überall in Voorstod.

»Psst«, sagte Samstag auf einmal, legte ihm die Hand auf die Schulter und schaltete die Taschenlampe aus.

Sam stellte die Arbeit ein und hielt die Luft an. Zwei Gestalten näherten sich der Krypta; die Silhouetten hoben sich vor dem Hintergrundleuchten der Stadt ab. Sie trugen keine normale Kleidung. Die Umrisse der Köpfe und Schultern wirkten massiv und nichtmenschlich.

»Maduns Frau und Kind sind heute hier begraben worden«, sagte der eine. »Danach erschien er in der Zitadelle und verlangte eine neue Frau.«

»Wir haben keine Frau für ihn übrig«, erwiderte der andere.

»Dann muß er eben ohne Frau auskommen. Schließlich hatten wir ihm gesagt, er solle sich ein robusteres Exemplar aussuchen.«

»Aber er wollte unbedingt diese haben.«

»Nun, er hat sie auch bekommen.«

Nach einer Weile gingen sie wieder, und Sam setzte die Arbeit an der Grube fort. Als er fertig war, hebelte er mit dem Spaten den Sargdeckel auf. Die Frau war noch nicht lange tot. Der Verwesungsprozeß hatte gerade erst eingesetzt. Samstag lüftete den Schleier der Toten. Sie war fast noch ein Kind, nicht älter als Samstag. Das alabasterweiße Baby lag an ihrer Brust; es hatte die winzige Hand an den Hals der Mutter gelegt.

»Woran denkst du gerade?« fragte Sam neugierig und nervös zugleich. Er war bisher nur auf einer Beerdigung gewesen, der von Bondru Dharm, und danach hatte die Trauer ihn regelrecht gelähmt.

»Ich finde, daß die Baidee in mancherlei Hinsicht recht haben«, sagte sie. »Sie sagen, unsere Existenz sei nur durch das Bewußtsein definiert. Und der Tod ist deshalb so schrecklich, weil wir es zurücklassen. Es wäre besser, wir würden nach dem Tod einfach wie ein Funke erlöschen. Dann würden wir bewußter leben. Statt dessen trauern wir um leblose Körper. Wenn ich diese Frau mit ihrem Kind sehe, möchte ich am liebsten weinen.«

Mit tränennassen Augen drehte sie sich zu Sam um. »Sie war noch ein Mädchen, *Topman*. Nicht älter als ich. Sie und das Baby hätten wie Feuerwerkskörper verglühen müssen.«

»Dann hättest du aber nichts, was du für den Gott vergraben könntest«, erwiderte Sam aufgewühlt.

»Du hast wohl recht«, sagte sie seufzend. »Ich sollte dankbar sein. Hilf mir, sie aus dem Sarg zu heben.«

Sie legten den starren Körper in die flache Grube. Samstag knöpfte die Bluse auf, trennte eine Naht auf und riß den darunter verborgenen Plastikbeutel auf. Die darin enthaltene faserige Substanz war feucht und roch nach Erde. Samstag kniete sich hin und deponierte sie zwischen der Frau und dem Kind.

»Wie du siehst, wäre es ohne deine Hilfe nicht gegangen«, sagte Samstag beim Aufstehen zu Sam. »Allein hätte ich das Grab nicht ausheben können.«

»Sam, der Totengräber«, kommentierte dieser nüchtern. »Das ist kaum der Stoff, aus dem Legenden sind. Eigentlich hatte ich mir von dieser Reise mehr versprochen als das Ausheben von Gräbern, Samstag Wilm.«

Sein entschlossener Ton ängstigte sie ein wenig. Schweigend schaufelten sie das Grab zu und glätteten die Oberfläche. Die überschüssige Erde füllten sie in den Sarg und legten wieder den Deckel darauf, so daß alles aussah wie vorher.

»Denkst du oft über solche Dinge nach?« wandte Sam sich an Samstag. »Daß das Bewußtsein den Körper verläßt oder wie ein Funke erlischt?«

Nach kurzer Überlegung nickte sie. »Im Grunde sind es nicht meine eigenen Gedanken. Ich empfange sie von anderen Leuten. Ich glaube, das ist normal für *Diejenigen Welche*. Manchmal habe ich den Eindruck, daß ich … Äußerungen von Africa, China oder sogar Maire wiedergebe.«

Sam nickte. »Wo werden sie den Tempel wohl erbauen?« fragte er. »Wir befinden uns hier mitten in der Stadt.«

»Hier«, sagte Samstag und zeigte auf den Kirchhof.

»Vielleicht werden sie die Kirche abreißen, um Platz zu schaffen. Zumal sie dann ohnehin überflüssig wäre. Vielleicht werden sie den Tempel über den Gräbern errichten.«

Nachdem sie sich schon ziemlich weit von der Kirche entfernt hatten, versteckte Sam den Spaten in einer Seitenstraße. Dann gingen sie ganz unverfänglich weiter, wie zwei Leute, die einen Spaziergang machten. Sie waren nicht die einzigen, die unterwegs waren. Dann kehrten sie in einem Gasthaus ein und aßen zu Abend. Samstag musterte die paar verschleierten Frauen, die sich in der Gaststätte aufhielten. Zum Trinken mußten sie das Glas hinter den Schleier bugsieren. Welch ein unökonomischer Vorgang. Sie war die älteste unverschleierte Person im Raum, zusammen mit einigen jüngeren Mädchen.

Beim Verlassen der Gaststätte sahen sie an einer Straßenecke eine verschleierte, singende Frau. Die Passanten warfen ihr ängstliche Blicke zu.

Das letzte Geflügelte Wesen kam über das Meer.
Es flog nach Scaery auf Schwingen aus Schaum,
ohne Füße, wie man von Engeln sagt …

»Warte«, sagte Samstag, als sie die Straßenecke fast erreicht hatten.

»Wieso denn?«

»Hör doch. Sie singt Maires Lied.«

»›Habt ihr gerufen‹, fragte es mit einer Stimme
so leise, daß sie ungehört in der Dunkelheit verhallte.
›Habt ihr gerufen‹, fragte es, ›weil ihr
einen Verlust beklagt oder weil ihr Schmerz empfindet,
habt ihr mich an einen Ort gerufen,
zu dem sonst kein Geflügeltes Wesen geht,
habt ihr aus Trauer oder Leid gerufen?‹«

»Mams Lied? Ach, du meinst das, von dem sie immer erzählt. Das letzte Lied – wie hieß es gleich noch?«

»›Das letzte Geflügelte Wesen‹, Sam. Hör zu.«

»Als ihr um Frieden batet, wer kam und starb?
Als ihr um Freude batet, wer ertrank im Meer?
Als ihr um Liebe batet, wer blieb und versuchte
euch zu helfen, obwohl Voorstod kein Ort der Liebe ist?«

Uniformierte näherten sich. Die Frau sah sie wohl, ließ sich aber nicht stören. Ganz im Gegenteil, der Gesang wurde noch leidenschaftlicher.

»Wo es nun keine Hoffnung mehr gibt,
ist es Zeit für uns zu gehen.
Küß mich, Kind. Leb wohl, mein Kind.
Folge mir, Kind; wir gehen.«

Dann wurde sie von den Männern umringt. Auch als die vermummte Frau abgeführt wurde, sang sie weiter. *»Wir werden gehen. Wir werden gehen. Wir werden gehen.«*

»Ich wußte gar nicht, daß Mams Lieder noch aktuell sind«, sagte Sam. »Wo sie doch schon so lange fortgegangen ist.«

Samstag schaute ihn mißbilligend an. Über das Schicksal der Frau verlor er kein Wort! »Weshalb führen sie die Frau ab?« rief sie. »Ist dieses Lied etwa verboten? Maire durfte es jedenfalls singen.«

Sam schüttelte den Kopf. Er wußte es nicht. Er hatte überhaupt nicht zugehört. Er hatte auch nicht mitbekommen, was danach geschehen war. Er war mit den Gedanken woanders gewesen.

Samstag drang nicht weiter in ihn, sondern fragte sich, woran er wohl dachte.

Sie kehrten zur Taverne zurück und gingen auf ihr

schmuddeliges Zimmer. Samstag nahm die Bettdecke und schüttelte sie auf dem Flur aus. Dann legten sie sich auf das Bett und waren sofort eingeschlafen. Am nächsten Morgen wurden sie vom Wirt unsanft geweckt.

»Ihr müßt gehen«, zischte er. »Ihr werdet in *Wolke* erwartet.«

Sie schauten aus dem Fenster. Unten wartete bereits der Fahrer; ein junger Mann, der eine Kappe mit einem breiten Schirm trug. In Anbetracht dessen, was Maire ihnen über solche Kappen erzählt hatte, mußte es sich um einen *Gläubigen* handeln.

Sam band Samstag ein Kopftuch um. Dann schwärzte er ihr das Gesicht mit Ruß. »Wir sagen ihnen nur, daß wir in der Konzerthalle waren und den Zwischenfall mitbekommen haben«, flüsterte Sam. »Das hat aber nichts mit unserem Aufenthalt hier zu tun.«

Samstag nickte. Als sie die Taverne verließ, griff der Mann sich in den Schritt, als ob er ein Instrument spielen wollte. Maire und Africa hatten sie vor dem Risiko einer eventuellen Vergewaltigung gewarnt. Als Samstag jedoch den Mund aufriß und ihm die fleckigen Zähne zeigte, schwand sein Interesse. Beim Fahrzeug handelte es sich um einen Viehtransporter. Ein übler Brodem stieg ihnen in die Nase.

»Ihr habt die Wahl«, sagte der Fahrer spöttisch. »Hinten bei den Viechern oder vorne bei mir.«

»Wir fahren bei dir mit«, sagte Sam und schwang sich auf den mittleren Sitz. Samstag nahm an der Tür Platz. »Sie braucht frische Luft; du weißt ja, wie empfindlich die Mädchen sind.«

»Was will sie überhaupt hier?« fragte der Fahrer zornig. »Wir haben sie nicht angefordert. Dich auch nicht!«

»Ich bin nur ihr Begleiter«, erklärte Sam. »Sie will zu dem Jungen, und dann sollen sie und der Junge zu der Frau zurück. Mehr weiß ich auch nicht.«

»Die Frau ist deine Mutter, stimmt's?«

»Vielleicht läuft das bei euch anders«, parierte Sam. »Ich habe jedenfalls keine Ahnung, ob sie meine Mutter ist.«

Der Chauffeur schnaubte bloß. Auf der Straße herrschte dichter Verkehr. Entlang der Route befanden sich viele Städte und Dörfer. Dahinter erstreckten sich Felder und Weideland bis hin zu den Bergen. Die Küste wurde von Fischerdörfern gesäumt; an den Anlegestellen waren Boote und Schiffe vertäut.

»Keine Buchten«, sagte Sam. »Ich wette, bei schlechtem Wetter verliert ihr viele Schiffe.«

»Wenn ein Sturm aufzieht, werden die Boote nach *Wolke* verlegt. Oder nach Selmouth und Scaery. Dorthin könnten sie auch gleich fahren, denn hier nützen sie uns eh nichts.«

»Gibt's Probleme?« fragte Sam scheinheilig.

»Die Marine der Königin patrouilliert vor der Küste und läßt keines unserer Schiffe durch. Noch ein paar Tage, und die Vorräte werden knapp.«

Von nun an verlief die Fahrt schweigend. Am Vormittag war der Nebel schon so dicht, daß sie gerade noch die Motorhaube des Fahrzeugs sahen. Am Nachmittag wies der Fahrer in Fahrtrichtung und sagte: »Dort vorne liegt *Wolkenhafen*.«

Zuerst sahen sie überhaupt nichts. Dann schälten sich dunkle Konturen aus dem wabernden Nebel. Eine steife Brise vertrieb die Nebelschwaden und klärte den Blick auf die Stadt. Eine Ansammlung grauer Gebäude, die sich an der Küste entlangzogen und von der auf einem Felsmassiv errichteten Zitadelle überragt wurden.

4

Am Tor der Zitadelle angekommen, wurden Sam und Samstag von zwei Männern in Empfang genommen. Sie trugen Kutten und einen üppigen Kopfputz, der nur die Ohren und die maskenhaften Gesichter freiließ. Überhaupt wirkten die Gestalten nicht wie autonome Individuen, sondern wie ferngesteuerte Roboter. Die massigen Konturen erinnerten Samstag an die Figuren, die sie auf dem Friedhof in Selmouth gesehen hatte. Sie ertappte sich dabei, wie sie die Männer anstarrte und schlug sofort die Augen nieder. Allerdings hatten die beiden es schon bemerkt.

»Es schickt sich nicht für eine Frau, einem Mann ins Gesicht zu blicken«, sagte der eine mit einem Knurren und schaute verkniffen drein. »Eine unzüchtige Frau ist ein Werkzeug des Teufels.«

»Hat die Frau denn keinen Schleier?« fragte der andere, eine molluskenartige Gestalt mit rosigen, vollen Lippen.

»Sie ist noch so jung, daß sie keinen Schleier braucht«, erwiderte Sam. »Aber sie wird sich ein Taschentuch umbinden. Was soll überhaupt verhüllt werden?«

»Das Gesicht. Nur die Augen dürfen freibleiben.«

Samstag wollte schon Widerspruch einlegen, besann sich dann aber eines anderen. In dieser Hinsicht war sie von Maire nur unzureichend aufgeklärt worden. Sie hatte zwar von allem möglichen erzählt, aber nur sehr wenig von den Propheten und der *Sache.* Wo Sam bei ihr war, war es besser, sich einfach dreinzufügen, zu schweigen und Sam die Dinge regeln zu lassen, quasi von Mann zu Mann. Also ließ sie es geschehen, daß er ihr mit dem Taschentuch das Gesicht verhüllte. Den Schal, den sie bei sich hatte, drapierte sie um den Kopf. Zum Glück trug sie sackartige Klamotten, die ihre weiblichen Konturen kaschierten. Dann wurde Sam in die Zitadelle geführt, und sie hielt sich so dicht wie möglich bei ihm. Sie versuchte, alle Gedanken zu verdrängen.

Sie wurden zu einem Podest mit hochlehnigen Stühlen geführt; auf dem mittleren Stuhl, dem mit der höchsten Lehne, saß ein in eine Robe gehüllter Prophet; er war ein alter Mann mit tief in den Höhlen liegenden Augen und runzligem Gesicht. Der Stuhl war im Grunde viel zu groß für den Propheten, aber sein Zorn ließ ihn regelrecht anschwellen. Der Stuhl pulsierte wie eine Supernova. Samstag nahm den Anblick nur schemenhaft wahr. Sie senkte den Blick, um nicht in diese zornigen Augen zu schauen; sie spürte, daß ein solcher Versuch gefährlich gewesen wäre. Um sie zu beruhigen, legte Sam ihr die Hand auf die Schulter. Dabei spürte sie, daß er selbst auch zitterte.

»Weshalb bringst du diese Hure des Satans nach Voorstod?« kreischte der Prophet mit brüchiger und dennoch haßerfüllter Stimme.

Sam antwortete nicht sofort. Die Worte des Propheten waren ihm ein Rätsel. Und gleichzeitig war dieses Rätsel der Schlüssel zur Lösung. Wo war die Antwort zu suchen, in einer Legende? Natürlich war Samstag keine Hure. Huren kamen in Legenden nicht vor. Aber welche Rolle spielte sie dann? Eine Prinzessin? Eine Priesterin? Eine Jungfrau, die einem Drachen geopfert werden sollte? Die Ähnlichkeit des alten Mannes mit einem Drachen war unverkennbar.

»Sie ist eine Verwandte, ein jungfräuliches Mädchen, das einem jungen Mann versprochen ist, den ihr als Geisel genommen habt. Unsere Sitten und Gebräuche verlangen, daß sie ihn in die Gefangenschaft begleitet und ihm in der Gefahr beisteht.«

»Jungfrau, daß ich nicht lache«, zischte der Prophet. »Meine Söhne sagen, sie sei so verrucht, daß sie nicht einmal das Gesicht verhüllt vor den Propheten des Allmächtigen.«

»Das ist wahr«, sagte Sam und schaltete von Mystik auf Pragmatik um. »Bei uns auf Hobbs Land gibt es keine Propheten. Wir sind mit euren Gebräuchen nicht vertraut.«

»Diesem Mangel wird bald abgeholfen werden«, versprach der Prophet. »Weshalb bist *du* hergekommen?«

»Es wäre unschicklich, wenn sie allein reisen würde. Sie ist meinem Sohn versprochen, und ich bin verpflichtet, seine Ehre zu verteidigen.« Nun wechselte er wieder auf die Ebene der Legenden und schlug im ›Wörterbuch des Mittelalters‹ nach. Auf Hobbs Land hätte er damit wenig bewirkt. Mit Begriffen wie Ehre und Eheversprechen wußten die Siedler wenig anzufangen. Ehrenvolles Handeln wurde ohnehin vorausgesetzt, und wenn jemand sagte, er würde etwas tun, dann war das ein Versprechen.

Schweigen.

»Es gibt weder Väter noch Söhne auf Hobbs Land«, sagte der Prophet in ruhigerem Tonfall.

»Das ist wahr. Allerdings befinden wir uns hier nicht auf Hobbs Land, und euer Gefangener ist mein Sohn.«

Der Prophet musterte ihn düster, wobei er langsame Kaubewegungen vollführte. Plötzlich verloren die Augen ihren Glanz, und der Prophet starrte mit leerem Blick die gegenüberliegende Wand an. »Unsere *Sache* ist gerecht«, verkündete er schließlich mit maskenhaftem Gesichtsausdruck. »Tod den Ungläubigen!« grollte er.

Sam verneigte sich nur.

»Der Allmächtige Gott hat uns die Gharm gegeben«, kreischte der Prophet plötzlich und hob den Stab über den Kopf. »Wir dürfen nach Gutdünken mit ihnen verfahren. Die Gharm, wo auch immer sie sich befinden, sind unser. Ihr Blut ist unser. Ihr Samen ist unser, denn Gott hat sie als eigene Rasse erschaffen, damit unser Volk seine Reinheit bewahrt!«

Auch das nahm Sam ohne Kommentar zur Kenntnis. Ihm brach der kalte Schweiß aus. Er spürte, daß Samstag zitterte. Zwei jüngere Propheten betraten das Podium und redeten beruhigend auf den alten Mann ein. Nach einer Weile wurden ihre Bemühungen von Erfolg gekrönt; der alte Mann senkte den Stab und stützte sich keuchend darauf.

Einer der jüngeren Propheten wandte sich ihnen zu. »Das unheilige Ahabar hat auf Befehl seiner Huren-Königin eine Blockade über uns verhängt, Sam Girat. Was weißt du davon?« Mit besorgtem Gesichtsausdruck musterte er den alten Mann.

Sam schaute auf. »Wer bin ich, daß Ahabar mich über seine Entscheidungen unterrichten würde?«

»Keine Ausflüchte. Wir haben dich in Karths Gesellschaft gesehen!«

»Er hatte uns gebeten, zusammen mit ihm der Lieblichen Sängerin von Scaery unsere Reverenz zu erweisen«, sagte Sam mit trockenem Hals. Er hustete. Wenn sie ihn gesehen hatten, dann wußten sie auch, daß er den Grund für die Blockade kannte. Worauf wollte der Mann hinaus? »Maire Manone wartet an der Grenze zu Voorstod.«

»Wirklich?« fragte jemand mit honigsüßer Stimme. Der Prophet war es nicht gewesen. Der Mann mit dem bis zu den Knien fallenden Haar saß an der Seite des Raums. Der jüngere Prophet musterte den Sprecher und widmete sich dann der aufgeregten Unterhaltung, die hinter ihm stattfand.

Der Sprecher kam Sam irgendwie bekannt vor, doch

sicher war er sich nicht. Er drückte die Knie durch und harrte der Dinge, die da kommen würden.

»Wissen Sie, wer ich bin?« fragte der Mann.

»Ich glaube, wir sind uns bereits auf Hobbs Land begegnet«, sagte Sam. »Aber ich habe Ihren Namen vergessen.«

»Mugal Pye, zu Ihren Diensten. Ich bin ein Freund Ihres Vaters.«

»Aber mein Freund sind Sie nicht. Sie gehören zu denen, die meinen Sohn entführt haben.«

»Maire Manone wird doch nach Voorstod kommen, nicht wahr? Nachdem wir den Jungen freigelassen haben.« Dem behäbigen Tonfall nach zu urteilen maß Mugal der Sache keine übermäßige Bedeutung bei.

»Wenn Samstag, der Junge und ich wieder bei ihr sind …«

Plötzlich wurden die Männer auf dem Podest hellhörig. »Wie ist der Name des Mädchens?« fragte ein Prophet.

»Samstag Wilm«, sagte Sam.

»Der Junge heißt auch Wilm.«

»Sie sind Cousins.«

»Und sie ist ihm versprochen?«

Sam nickte.

Vom Podium war Gemurmel zu vernehmen. Mugal Pye nahm Platz und schaute Sam grimmig an. »Dann wird Maire Manone also nach Voorstod kommen«, sagte er, als die Propheten sich endlich beruhigt hatten.

»Sie wird.«

»Wird sie auch für uns singen?«

»Sie sagte, sie würde tun, was in ihren Kräften steht«, entgegnete Sam. »Sie vermißt den Ozean, die Nebel von Scaery und die sanften Hügel von *Wolke*. Sie hat auch ein paar neue Lieder komponiert.« Das stimmte, auch wenn es sich nur um Lieder über Hobbs Land handelte.

»Diese satanische Hure muß getötet werden«, kreischte der alte Prophet und erhob sich, wobei er die Umstehenden anrempelte. »Und ihr Begleiter muß auch getötet werden. Ihre Körper sollen an den Mauern der Zitadelle der Gläubigen aufgehängt werden. Der Squire von Wander soll neben ihnen hängen. Und die Gharm, die nach Ahabar geflohen sind, sollen auch hängen. Dicht gepackt wie Weintrauben sollen die Feinde des Allmächtigen hängen. Zeigt aller Welt die Bilder und verbreitet überall die Kunde. Gott wird sie alle hängen. Die gesamte Bevölkerung der südlichen Regionen wird an den Mauern aufgehängt ...«

Samstag schüttelte sich. Jedes Wort, das der alte Mann gesprochen hatte, war ernst gemeint. Der Haß, der von ihm ausging, traf sie wie ein Keulenschlag. Er wollte sie tot sehen, sagte sie sich. Und wenn er dazu imstande gewesen wäre, hätte dieses Ungeheuer sie eigenhändig umgebracht. Er war durch und durch böse, und wenn sein Gott wirklich existierte, dann war der genauso böse. Sie konzentrierte sich wieder auf das, was um sie herum vorging.

Der alte Mann wurde von weiteren Propheten umringt. »Ich habe ein Kopfgeld auf den Squire von Wander ausgesetzt. Ich habe ein Kopfgeld auf die Königin von Ahabar ausgesetzt«, drang die Stimme undeutlich zu ihnen herüber. »Und ich habe ein Kopfgeld auf diejenigen ausgesetzt, welche den Allmächtigen Gott, Seine Heiligen Propheten und Sein Heiliges Wirken schmähen. Es naht die Zeit, da die Armeen Gottes ...«

Ein jüngerer Prophet löste sich von der Gruppe, verließ das Podium und ging eilig zu Mugal Pye. »Geht«, sagte er leise und nickte in Samstags und Sams Richtung. »Bring sie von hier weg. Bring sie zu dem Jungen. Und dann sollen sie Voorstod verlassen.«

»Wenn der Awateh ihren Tod verlangt, soll es mir nur recht sein«, murmelte Pye und schaute Sam spöttisch an, als ob Sam ihn persönlich angegriffen hätte.

»Der Awateh hat nicht den vollen Überblick über die Geschehnisse«, sagte der Prophet und sah Pye grimmig an. »Der Awateh vergißt manchmal, daß eine Blockade über uns verhängt wurde. Ebensowenig ist der Awateh sich der Tatsache bewußt, daß Voorstod von einer Million Soldaten umzingelt ist. Wir alle stimmen mit dem Awateh überein, daß Gottes Wille eines Tages geschehen wird, doch wir halten es für *klug*, den Mann und das Mädchen ihrer Wege ziehen zu lassen, Mugal Pye. Es wäre auch *klug* gewesen, wenn der Zwischenfall vor einigen Tagen unterblieben wäre.«

»Aber der Awateh war doch einverstanden …«

»Der Awateh hatte ein Informationsdefizit. Das gilt für uns alle. Wir dachten, diese Kreatur sei nur eine x-beliebige Gharm, die für ihre Untreue mit dem Tod bestraft werden müsse. Wir wußten indes nicht, daß sie als Märtyrerin eine Million Soldaten mobilisieren würde. Damit hätte niemand von uns gerechnet, auch der Awateh nicht. Darauf waren wir nicht vorbereitet. Nun leidet der Awateh an einer leichten Desorientierung …«

»Gut«, sagte Pye spöttisch. »Die Gharm ist also nicht tot. Sie wird zwar keine Harfe mehr spielen, aber sie ist noch am Leben.«

»Was vielleicht auch der einzige Grund ist, weshalb *wir* noch am Leben sind«, murmelte der Prophet. »Wenn sie es nicht überlebt hätte, dann wären wir jetzt vielleicht auch schon tot. Beim Jüngsten Gericht wirst du einige Fragen zu beantworten haben, Pye. Bring sie fort von hier.«

Sam senkte den Blick. Er glaubte nicht richtig gehört zu haben. Pye war angeblich ein Freund seines Vaters, und nach dem, was der Prophet soeben gesagt hatte, stand es außer Zweifel, daß Pye an dem Anschlag gegen Stenta Thilion beteiligt gewesen war.

»Mach dir nichts vor, Junge«, hatte Maire gesagt.

Hatte er sich wirklich etwas vorgemacht? Wäre er überhaupt hier, wenn er sich nichts vorgemacht hätte? Er wischte sich den Schweiß von der Stirn.

Mugal Pye führte sie aus dem Saal. Sie hörten, wie der Awateh hysterisch wurde. Als sie den im Hof abgestellten Gleiter erreicht hatten, nahm Samstag das Taschentuch vom Gesicht und wischte sich damit den Hals und die Stirn ab. Es bestand noch lange kein Grund zur Entwarnung. Jeden Moment konnten die Propheten auf dem Hof auftauchen und sie erneut festsetzen.

»Weshalb hatte ihr Name denn einen solchen Aufruhr verursacht?« fragte Sam mit zittriger Stimme und wandte den Blick von den an den Mauern hängenden Bündeln ab, derer er gerade ansichtig geworden war.

»Der Prophet sagte, Samstag sei ein Name für den Sabbat der *Sache*. Natürlich nicht in der Systemsprache, sondern in einer der toten Sprachen. Ich weiß da nicht so Bescheid, aber die Propheten beschäftigen sich mit solchen Dingen. Sie sind große Gelehrte. Sie kennen die Schriften auswendig.«

»Als ich ein Kind war, hatte Mam immer von Sonntagen gesprochen.« Sam richtete den Blick auf den ausgeglühten Transmitter an der Mauer. Daß Voorstod einen Transmitter besaß, hatte er bisher nicht gewußt.

»Sonntag ist der Kirchen-Sabbat. Wir haben fünf Werktage und zwei Sabbat-Tage, einen für die Kirche und einen für die *Sache*. Für die Tiere, einschließlich der Gharm, gibt es jedoch keinen.« Er kicherte. »Kein Voorstoder würde ein Mädchen nach dem Sabbat nennen. Im ersten Moment waren die Propheten verwirrt, doch dann erkannte der Awateh auf Blasphemie und forderte die Todesstrafe.« Er musterte Samstag. »Wenn du unverschleiert gewesen wärst, hätte er dich als die Person identifiziert, die in Fenice die Schlachthymne angestimmt hatte, und dann hätte er dir auf der Stelle die Kehle durchschneiden lassen; weder seine Söhne noch sonst jemand wären imstande gewesen, das zu verhindern.«

Dann drehte er sich wieder zu Sam um. »Du siehst aber nicht aus wie ein Girat. Du kommst eher nach deiner Mutter.«

Sam zuckte die Achseln und versuchte ruhig zu bleiben. »Ich bin halt so, wie ich bin.«

»Ihr wollt zu dem Jungen?«

»Sobald wir mit dem Jungen zurückgekehrt sind, wird Maire nach Voorstod kommen. Falls ihr in Anbetracht der Lage überhaupt noch an ihrer Anwesenheit interessiert seid.« Samstag wollte noch für kurze Zeit in Sarby bleiben, um das Resultat ihrer Aktion abzuwarten, aber wirklich erforderlich war das nicht.

Mugal Pye richtete den Blick auf ihn. »Wir werden uns darum kümmern. Königin Willy wird klein beigeben müssen. In ein paar Tagen wird sie von *Authority* den Befehl erhalten, die Blockade aufzuheben. Ja, wir sind nach wie vor an Maire Manone interessiert. Es ist nur richtig, daß sie zu ihrem Volk zurückkehrt. Auf die eine oder andere Art wird sie für Voorstod zum Symbol werden. Du und der Junge, ihr seid uns nicht von Nutzen. Bei dem Mädchen bin ich mir aber nicht so sicher.« Er grinste Samstag an, wobei er wie ein Tier die Zähne bleckte, und weidete sich an ihrer Angst. »Sie ist nämlich auch eine Sängerin.«

»In Voorstod könnte ich nie singen«, sagte Samstag mit belegter Stimme. »Der Nebel schlägt mir nämlich auf die Stimmbänder.«

»Ja, natürlich«, sagte Pye sarkastisch. »Nun, die Söhne des Awateh wollen, daß wir von hier verschwinden. Suchen wir also den Jungen.«

* * *

Mit dem Gleiter verlief die Reise nach Sarby viel angenehmer als auf dem Landweg. Pye versuchte die dichte Wolkendecke zu unterfliegen, so daß sie zumindest etwas von der Landschaft sahen. Sie sahen *Wolkenhafen* und Scaery unter sich vorüberziehen, und Samstag fragte sich, wann sich wohl die Gelegenheit ergeben würde, diese Orte zu besuchen. In der Zitadelle von *Wolke* war sie vor Angst ganz starr gewesen, und dieses Gefühl hielt noch immer an. Eine Rückkehr nach *Wolke* war für sie unvorstellbar. Wenn sie einen solchen Versuch unternahm, würde der Awateh sie sicher schon erwarten. Seine Propheten würden wie Zombies aus dem Nebel auftauchen, sie ergreifen und an der Mauer aufhängen. Vor ihrem geistigen Auge sah sie ihren leblosen Körper am Haken baumeln, und die Mauer war mit ihrem Blut besudelt. Die Kollegen des alten Mannes hatten ihn zwar für eine Weile zur Vernunft gebracht, aber das würde nicht lange anhalten. Er war wahnsinnig, und am Ende würde der Irrsinn doch die Oberhand behalten. Er würde nicht ruhen, ehe sie tot war. Sie schloß die Augen und atmete durch den Mund; sie spürte, wie Galle in der Kehle aufstieg.

Sie flogen in nördlicher Richtung über die Counties Bight und Odil hinweg, wobei sie dem westlichen Vorgebirge folgten. Schließlich tauchte Sarbytown vor ihnen auf. Die Stadt war auf einem langen, zum Meer hin abfallenden Hang erbaut. Die Ebene wurde von einem Fluß durchschnitten. Pye ging in den Landeanflug und setzte den Gleiter auf einer Wiese auf.

Die Nebelschwaden waren inzwischen bis auf Kopfhöhe abgesunken. Die Wiese erstreckte sich wie ein Teppich bis hinauf zu einer Baumgruppe, wo Jep in Gesellschaft einiger Gharm auf sie wartete. Die Gharm wandten sich um und verschwanden im Wald, doch Jep blieb wie angewurzelt stehen.

»Ihr müßt schon zu ihm gehen«, sagte Pye feixend. »Ich habe ihm eine Halskrause verpaßt. Wenn er zu euch käme, würde ihm nämlich der Kopf weggesprengt.«

Sie nahmen ihre Rucksäcke und gingen auf Jep zu, wobei sie sich bemühten, möglichst gelassen zu wirken. Ihr Überleben hing noch immer davon ab, daß sie keine Angst zeigten. Wenn ein wildes Tier spürte, daß man Angst hatte, griff es sofort an. Als sie Jep erreicht hatten, ergriff Sam seine Hand, und Samstag tätschelte ihm den Arm. Tränen standen in Jeps Augen, doch seine Stimme war ruhig, als ob er wüßte, daß er beobachtet wurde.

»Ich wußte, daß ihr kommen würdet«, sagte er. »Ich wußte, ein *Derjeniger Welcher* würde kommen.«

Pye beobachtete sie eine Zeitlang mit höhnischem Grinsen. Zu seiner eigenen Überraschung fragte er sich, ob eine Frau ihn jemals so angesehen hatte, wie Samstag nun Jep ansah. Weichlinge, diese Bauern. Phaeds Sohn, ein Schlappschwanz. Phaeds Enkel, ein Weichling. Es war die *Sache*, die aus grünen Jungen stahlharte Männer machte. Phaed hatte noch weitere Söhne und Enkel; sie waren zwar illegitim, aber auf jeden Fall bessere Werkzeuge als diese beiden. Im Geiste wog Mugal Pye die Leute von Hobbs Land und befand sie für zu leicht. Er fragte sich, welchen Rat er Phaed Girat geben sollte. Phaed Girat benahm sich wie ein Narr; er verübelte ihnen nämlich, daß sie ihn nicht über den Plan informiert hatten. Man mußte ihm den Kopf zurechtrücken. Wenn Jep die Wahrheit gesagt hatte und Maire wirklich ihr Gesangstalent verloren hatte, dann war sie allemal noch für eine andere Symbolfunktion gut. Sie würde das Schicksal symbolisieren, welches den anderen Frauen drohte, falls sie Voorstod den Rücken kehrten.

Schließlich wandte Jep sich um und ging den Hügel hinunter, in Richtung der Stadt. Nach einer Weile folgten Sam und Samstag ihm durch den Wald zur Farm und betraten das halb verfallene Gebäude, in dem Jep hauste. Sie hockten sich an den Kamin und sahen zu, wie Jep Holz nachlegte und das Feuer anfachte. Dann setzte er sich zu ihnen und berichtete von der Gefangenschaft, von den *Tchenka* und den Gharm und von der Errichtung des Tempels. Als er fertig war, verließen sie das Haus, um den Tempel in Augenschein zu nehmen.

Nils stand vor der Tür.

»Er nicht«, flüsterte er Jep zu und zeigte auf Sam.

»Weshalb nicht?« fragte Samstag. »Er hat mir in Selmouth geholfen.«

»Er nicht«, wiederholte Nils. »Man sagt, er sei der Sohn von Phaed Girat, und die Gharm trauen seinen Absichten nicht.«

»Ist schon in Ordnung«, sagte Sam, wobei er sich bemühte, seine Verärgerung nicht zu zeigen. »Ich werde in der Nähe warten.« Die Worte des kleinen Mannes hatten ihn eher deprimiert als verärgert, und er mußte sich noch damit auseinandersetzen.

Außer Nils und Pirva waren noch viele Gharm zur Begrüßung von Sie-Setzt-Die-Schöpfung-Fort erschienen. Der Tempel war mit Laternen und Sitzkissen ausgestattet worden. Die Gharm verneigten sich vor Samstag, und sie erwiderte die Verbeugung. Nachdem alle Platz genommen hatten, wobei Samstag und Jep im Mittelpunkt saßen, eröffnete Samstag den versammelten Gharm, sie sei hergeschickt worden, um ihnen die Substanz zu überbringen, die sie brauchten, um die *Tchenka* herbeizurufen.

»Es ist eine heilige Substanz«, sagte Samstag. »Es ist die Substanz, aus der die *Tchenka* erschaffen wurden und aus der sie wiederauferstehen werden.«

Dann erklärte sie ihnen, was es mit Begräbnissen auf sich hatte. Sie sagte ihnen, daß sie aus dem Kokon, der den ersten *Tchenka* umhüllte, Stücke herausschneiden und für zukünftige Begräbnisse aufbewahren sollten. Außerdem sagte sie, daß es viele Begräbnisse geben müsse, hier und andernorts. Im Grunde hielt sie diese Ausführungen für überflüssig, weil die Leute von der Siedlung Eins schließlich auch gewußt hatten, was zu tun war; doch diese Leute wurden verfolgt, und deshalb war es vielleicht angeraten, sie etwas zu motivieren.

»In Selmouth habe ich das Ritual bereits vollzogen«, sagte sie. »Hier habe ich drei weitere Fragmente meines Gottes Birribat Shum; sie sollen hier, in Scaery und in *Wolke* vergraben werden.«

»Sie-Setzt-Die-Schöpfung-Fort hatte das eigentlich selbst übernehmen wollen«, sagte Jep. »Weil es in Voorstod aber zu gefährlich für sie ist, bittet sie euch, ihr diese Arbeit abzunehmen. Ihr gehört in Voorstod quasi zum Inventar, und die Propheten beachten euch nicht. Und wenn ihr eine Grube aushebt oder ein Gebäude errichtet, ist das auch unverdächtig. Diese Substanz und die entsprechenden Instruktionen werden von einem Gharm an den anderen weitergegeben. In *Wolke* und Scaery müssen noch Begräbnisse stattfinden, und wenn die *Tchenka* in Selmouth und Sarby gehoben sind, muß die Substanz der Schöpfung sofort aus ihnen herausgeschnitten werden, damit der Prozeß weitergeht.«

»Und wie oft soll das wiederholt werden?« fragte Nils.

»Bis jeder Ort, der einen *Tchenka* braucht, auch einen hat«, sagte Samstag. »Und nicht nur hier, sondern auch in Ahabar. Bis alle *Tchenka* auf dieser Welt versammelt sind.«

»Es gibt aber viele *Tchenka*«, wandte Pirva ein. »Sehr viele.«

»Jeder Ort, an dem Gharm leben, sollte einen *Tchenka* haben«, schlug Nils vor.

»Jeder Ort überhaupt«, korrigierte Samstag. »Ob er nun von Gharm oder Menschen bewohnt ist.«

»Aber den Menschen bedeuten die *Tchenka* doch nichts!«

»Das wird sich bald ändern. Ohne Zweifel gibt es auch *Tchenka* für Menschen.«

Pirva, die wußte, daß die Legenden das Gegenteil behaupteten, war diplomatisch genug, Samstag nicht zu widersprechen. »Was, wenn das erste Geflecht nicht ausreicht?«

»Dann schneidet eben den zweiten Kokon an, oder den dritten«, erwiderte Samstag. »Immer wenn ein neuer *Tchenka* gehoben wird, könnt ihr Stücke aus dem Geflecht herausschneiden, aber nicht zu viel. Zwei Drittel müssen übrigbleiben, damit der Gott überlebt.«

»Worauf warten wir dann noch«, sagte Nils voller Tatendrang. »Findet heute in Sarby eine Beerdigung statt?«

»Hier sterben jeden Tag Gharm«, flüsterte Pirva. »Sie werden in der Stadt zu Tode gepeitscht.« Dann machten sie sich auf den Weg, um herauszufinden, wer von ihrem Volk an diesem Tag getötet worden war. Samstag und Jep gingen derweil auf Jeps Zimmer, um zu schlafen.

Nachdem die Gharm zurückgekehrt waren, wurden die beiden von Nils geweckt. Er bat sie, das Begräbnis zu überwachen.

»Es ist das erstemal, und wir möchten keinen Fehler machen«, flüsterte Nils.

»Sein Name war Lippet«, sagte Pirva. »Er wurde totgeschlagen. Er gehörte zum Clan des Wasserdrachen, stammte aber von den Nachtvogel-Leuten ab. Sein persönliches Totem war der Himmelskäfer. Welcher *Tchenka* wird aus ihm entstehen?«

»Das weiß ich nicht«, sagte Samstag. »Ich weiß nur, daß ein *Tchenka* entstehen wird. Oder auch mehrere.«

Nachdem der Tote beerdigt worden war, betrachteten die Gharm das mit Ästen und Blättern getarnte Grab.

»Es ist kaum zu glauben«, flüsterte Pirva, wobei ihr die Worte fast im Hals stecken blieben.

»Aus Saatgut, das unter die Erde gebracht wird, entsteht doch auch Getreide. Und Bäume wachsen in Felsspalten«, sagte Samstag. »Daran ist überhaupt nichts Ungewöhnliches. Ich bin Sie-Setzt-Die-Schöpfung-Fort, und ich sage euch, die *Tchenka* werden zurückkehren.«

»Wie lange wird es dauern?«

Achselzuckend schaute Jep Samstag an und versuchte, die Tage in Voorstod-Zeit umzurechnen. Wieviel Zeit war zwischen Bondru Dharms Tod und Birribat Shums Auferstehung vergangen? »Solange ich hier in Sarby bin«, sagte Jep. »Hundert Tage vielleicht. Möglicherweise etwas mehr. Je länger es dauert, desto besser für die Gharm. Und je mehr von der Frist verstreicht, desto deutlicher werdet ihr den *Tchenka* sprechen hören. Ihr werdet glauben, daß ihr träumt oder eine innere Stimme hört.«

»Wie ein immer wiederkehrender Gedanke«, versicherte Samstag. »Ihr solltet alsbald ein Begräbnis in *Wolke* arrangieren.« Beim Gedanken an den Propheten schauderte sie. »Es ist höchste Zeit. In *Wolke* gibt es einen Schlächter und Leuteschinder.«

»*Wolke* ist aber eine große Stadt«, gab Pirva zu bedenken und drehte das Päckchen mit der weißen, faserigen Substanz in den Händen. »Das hat man mir jedenfalls erzählt.«

»Deshalb müssen vielleicht auch mehrere Begräbnisse in *Wolke* stattfinden«, sagte Samstag. »Eine ganze Reihe. Aber wir müssen so bald wie möglich anfangen und die *Tchenka* überall verbreiten.«

* * *

Während Samstag und Jep mit den Gharm das weitere Vorgehen erörterten, schlenderte Sam am Waldrand entlang und verstrickte sich in endlosen philosophischen Gedankengängen. Theseus weilte nicht auf

Ahabar, dessen war Sam sich ziemlich sicher, und wenn es ihn auch nicht sonderlich verwunderte, so war er doch ein wenig irritiert. Er hatte nämlich gehofft, daß Theseus unsichtbar über ihm schweben und ihn seiner reichen Erfahrung teilhaftig werden lassen würde. Dadurch, daß Theseus sich in dieser kritischen Phase bedeckt hielt, kamen bei Sam Zweifel an seiner Existenz schlechthin auf.

Andererseits war seine Abwesenheit vielleicht dadurch zu erklären, daß Theseus die Benutzung eines Transmitters verwehrt war oder daß er aus einem anderen Grund darauf verzichtete. Oder vielleicht war Theseus' Existenz auch nur auf Hobbs Land beschränkt; vielleicht brauchte er die Hilfe eines Gottes, den es bisher nur auf Hobbs Land gab. Was gleichzeitig bedeutete, daß nicht nur Theseus zu ihm sprach, falls er denn sprach.

Sam verhielt neben einem großen Baum und entwickelte diesen Gedanken weiter. Falls Theseus wirklich auf den Gott angewiesen war, dann hatte Sam die Gespräche, die er scheinbar mit Theseus geführt hatte, mit dem Gott geführt. Die Schlußfolgerung daraus war, daß der Gott sich als Theseus ausgegeben hatte, und der wiederum hatte sich des öfteren als Phaed Girat manifestiert. Sam war seines Wissens der einzige, der solche Gespräche geführt hatte. Anderen Leuten gegenüber hatte der Gott keine Scheinidentitäten angenommen. Nicht daß Jep oder Samstag jemals von solchen Phänomenen berichtet hätten. Weshalb trieb er dann mit ihm, Sam, solche Spielchen?

Die Vorstellung, daß alles nur eine Schimäre gewesen sein sollte, war bedrückend. Wenn man sich zum Beispiel als Vater ausgab und das Kind den Unterschied nicht erkannte, handelte es sich dann um eine Lüge? Betrachtete der Gott Sam vielleicht als Kind, das man vor der bösen Realität schützen mußte? Hatte das ganze Spiel vielleicht nur den Zweck gehabt, ihn an eine andere Aufgabe heranzuführen?

Und wie war es hier auf Voorstod um die Realität bestellt? Wurde hier auch nur eine Schau abgezogen, wo die Leute den Anschein erweckten, etwas Bestimmtes zu tun, wo sie in Wirklichkeit etwas ganz anderes taten? Und wieso war Phaed Girat noch nicht erschienen, um seinen Sohn zu sehen? Als Theseus seinen Part gespielt hatte, hatte Phaed es kaum erwarten können, ihn zu sehen. Allerdings war das auch nicht Phaed gewesen, sondern der Gott, der sich als Theseus ausgegeben hatte, der sich seinerseits …

»Phaed Girat war in den Plan, Maire nach Voorstod zurückzuholen, nicht eingeweiht«, sagte Jep, nachdem er und Samstag von der Beerdigung zurück waren und die Rede auf Phaed kam. »Er wußte auch nichts von meiner Entführung. Als er euch auf dem Konzert sah, wurde er wütend. Überrascht und wütend.«

»Er wußte es nicht?« fragte Sam, wobei er sich im selben Moment in der Überzeugung bestätigt sah, daß Phaed selbst nur ein Opfer war. »Er wußte es nicht«, rief er triumphierend.

»Er wußte es nicht«, bekräftigte Jep. »Aber dennoch ist er einer von ihnen, Sam. Wirklich.«

Das hörte Sam schon nicht mehr. Er lächelte befreit. Jep befingerte die Halskrause und fragte sich, ob sie jemals wieder freikommen würden. Wenn sie solange überlebten, bis der *Tchenka* gehoben wurde, dann hatten sie eine reelle Chance. Vorausgesetzt, er entfaltete in Voorstod die gleiche Wirkung wie auf Hobbs Land. Vorausgesetzt, die Voorstoder waren nicht immun. Vorausgesetzt, sie überlebten so lange.

Samstag teilte seine Befürchtungen und sorgte sich gleichzeitig um Sam, der einen völlig ruhigen Eindruck machte. »Er ist verrückt«, hatte Africa gesagt. »Vielleicht tut er etwas Verrücktes.« Angst, so sagten

Jep und Samstag sich, wären der Lage eher angemessen gewesen als fatalistische Gelassenheit.

Gegen Ende des zweiten Tages erschien Mugal Pye und forderte Samstag auf, einen Brief an Kommandeur Karth zu schreiben. Sie sollte ihm mitteilen, daß man sie zu Tode vergewaltigen würde, falls die Blokkade nicht unverzüglich aufgehoben wurde.

Seit der Einreise nach Voorstod hatte Samstag versucht, ihre Angst unter Kontrolle zu halten. Seit dem Begräbnis in Sarby hatte sie sogar neuen Mut geschöpft, als ob der im Entstehen begriffene Gott die Wirkung der göttlichen Substanz, die schon in ihr enthalten war, noch verstärkte. Sie hatte beschlossen, sich nicht von irgendwelchen Drohungen beeindrucken zu lassen, und seien sie noch so fürchterlich. »Nein«, erteilte sie Mugal Pye mit fester Stimme eine Absage. »Nein.« Dann versagte ihr die Stimme.

Sam legte ihr die Hand auf die Schulter und sah Pye durchdringend an; nun hatte seine Präsenz in diesem Konflikt eine neue Rechtfertigung erfahren. »Wenn du Karth einen derartigen Brief schickst, wird die Armee von Ahabar sofort losschlagen. Bisher haben sie sich nur in Geduld geübt, weil Maire Manone sie darum gebeten hat; sie möchte weiteres Blutvergießen vermeiden. Wenn ihr diesem Kind jedoch etwas antut, dann wird die Armee nicht länger tatenlos zusehen. Wenn ihr die Lage nicht verschärfen wollt, haltet euch an die Vereinbarungen. Laßt uns gehen, und Maire Manone wird kommen.«

»Ich spreche mit dem Mädchen!« blökte Pye.

»Und ich spreche mit dir«, brüllte Sam in der gleichen Lautstärke.

Derweil hatte Samstag sich wieder gefangen. »Macht mit mir, was ihr wollt, aber ich werde nichts schreiben.«

Wutentbrannt verließ Mugal den Raum und kam auch nicht wieder. Der Zwischenfall mit Stenta Thilion war in aller Munde, und die Attentäter waren weder bei den Propheten in *Wolke* noch sonstwo in Voorstod gut gelitten. Mugal hätte Samstag am liebsten mißhandelt, wie er es immer mit seiner Frau und den Kindern tat, wenn die ihm widersprachen, aber er hatte es nicht gewagt.

Die Tage vergingen. Am vierten Tag schließlich erschien Preu Flandry mit zwei anderen Männern; sie hatten einen Schlüssel für Jeps Halskrause dabei. Sie nahmen sie dem Jungen ab, und dann hielten die beiden Männer Sam fest, während Preu ihm die Halskrause umlegte. Dann gingen die Männer. Sam belegte Preu mit allen Schimpfworten, die ihm geläufig waren; nach den Maßstäben von Voorstod waren sie aber harmlos, und entsprechend unbeeindruckt zeigte Preu sich.

»Schrei soviel, wie du willst, Sam Girat.«

»Das verstößt gegen die Abmachung!«

»Die Abmachung bestand bloß darin, den Jungen gegen Maire auszutauschen. Und das werden wir auch tun. Du hingegen bist auf eigenes Risiko hergekommen und mußt nun die Konsequenzen tragen. Zuerst hatten wir erwogen, das Mädchen auch hierzubehalten, aber dann haben wir es uns doch anders überlegt.« Damit wollte er sagen, daß die jüngeren Propheten sich dagegen entschieden hätten. »Beruhig dich, Mann. Dein Vater will dich sehen, und damit er dich auch findet, haben wir dir die Halskrause verpaßt.«

Sam holte tief Luft und sagte den Kindern, sie sollten gehen.

»Dich müssen sie aber auch gehen lassen!« rief Jep.

»Geht«, sagte Sam und schüttelte den Jungen sachte. »Jep, mein Vater will mich sehen«, fügte er leise hinzu. »Du hast gehört, was Flandry gesagt hat. Geht jetzt. Von meinem Vater habe ich nichts zu befürchten. Das weiß ich.«

Die Kinder wußten es aber nicht. Sie hofften es nur. Immerhin besser als nichts. Sie hatten nicht einmal

Zeit, sich von Nils und Pirva zu verabschieden. Preu zerrte die beiden in den Gleiter, und dann waren sie auch schon in der Luft. Sie gingen zuerst auf östlichen Kurs und flogen dann parallel zum Gebirge in Richtung Süden.

»Die Propheten – nicht der Awateh, sondern die jüngeren – wollen, daß ihr Voorstod verlaßt«, sagte Preu. »Sie halten eure Anwesenheit für gefährlich. Wenn ihr geblieben wärt, hätte der Awateh euch nämlich in die Finger bekommen und herausgefunden, daß du das Mädchen bist, das gesungen hatte. Und dann hätte er ein Exempel an euch statuiert. Niemand weiß, wie Ahabar in diesem Fall reagiert hätte. Die Propheten hatten schon versucht, die Lage zu sondieren und eine Reihe von Botschaften an Maire und den Kommandeur geschickt. Er hat überhaupt nicht geantwortet, und sie hat die Briefe wieder mit dem Vermerk zurückgeschickt, daß sie erst dann kommen würde, wenn ihr wieder frei wärt. Die Blockade aufzuheben würde indes nicht in ihrem Ermessen stehen.«

»Sie hat die Wahrheit gesagt«, sagte Jep. »Sie hat alles in ihrer Macht Stehende getan, daß die Königin es bei einer Blockade beließ und keine Invasion befahl. Weshalb haltet ihr Sam fest?«

»Nun, wer weiß? Die Tat, die wir vollbracht haben, hatte der Prophet anfangs noch befürwortet. Doch dann änderte er plötzlich seine Meinung und machte Phaed zur Schnecke. Vermutlich will Phaed sich nun revanchieren, indem er Sam dem Propheten vor der Nase wegschnappt. Außerdem spielen persönliche Motive eine Rolle. Schließlich ist Sam sein Sohn. Die Propheten dürfen nicht erfahren, daß wir ihn haben, und wenn dir etwas an ihm liegt, solltest du auch den Mund halten.«

»Wie wollt ihr das denn geheimhalten? Die ganze ahabarianische Armee wird doch sehen, daß wir ohne ihn zurückkommen.«

»Wohl wahr«, sagte Preu nachdenklich. »Nur zu wahr, aber Phaed will es dennoch riskieren.«

»Ich weiß auch nicht, ob Maire unter diesen Umständen nach Voorstod kommt.«

»Wir glauben, daß sie kommt. Phaed ist auch dieser Ansicht. Wo Phaed nun eine solche Unperson ist, denkt er über all die Ungerechtigkeiten nach, die einem aufrechten Mann widerfahren. Ich meine, dem alten Mann steht für die Zeit und Mühe, die er investiert hat, ein gewisser Ausgleich zu, wenn er sonst schon keinen Dank erhält.«

Samstag seufzte. »Weshalb will der Prophet uns überhaupt töten?«

»Der Awateh?«

»Ja. Was haben wir denn getan, daß er uns töten will?«

»Nichts«, erwiderte Preu kopfschüttelnd. »Oder fast nichts. Er weiß noch immer nicht, daß du das Mädchen bist, das auf dem Konzert gesungen hatte; also ist das nicht der Grund. Eigentlich geht es nur darum, daß ihr keine Voorstoder seid. Jeder Fremde ist des Teufels: ihr, das Volk von Ahabar, das Volk von Phansure, alle. Und wir von der *Sache* werden den Teufel vernichten. Wir sind die einzig wahren Gefolgsleute Gottes. Wir sind im Besitz der Wahrheit. Sie wurde uns vor langer Zeit offenbart, auf *Menschenheimat*.«

»Aber die Frauen verhalten sich anders als ihr«, wandte Samstag ein. »Und die Priester sind auch nicht wie ihr.«

»Die Priester sind Abkömmlinge eines anderen Stammes. Sie wurden zusammen mit uns vertrieben. Unsere Führer waren Voorstod und die Propheten. Sie schlossen einen Kompromiß. Sie ließen die Priester am Leben, doch am Jüngsten Tag, wenn die *Sache* vollbracht ist, werden wir alle Priester töten. Und an jenem Tag werden die Frauen in die Verbannung geschickt, wie die Weiber des Propheten, und sie werden keine Priester mehr brauchen.« Preu seufzte. »Denkt nicht zu schlecht vom Awateh. Er ist nur ungeduldig. Er stirbt. Er hat das ganze Leben auf diesen Tag gewartet, und er möchte ihn noch erleben.«

Jep glaubte sich verhört zu haben. »Er will wirklich jeden töten, außer seinem eigenen Volk?«

»Sprich nicht so von ihm«, sagte Preu tadelnd. »Sein Wille ist auch unser Wille.« Seine Stimme war rauh, und er atmete schwer.

»Glaubst du etwa auch daran?«

»Natürlich glaube ich daran. Schließlich ist es meine *Sache,* wie es schon die *Sache* meines Vaters und Großvaters war. Schon damals auf *Menschenheimat* hatten wir die Ungläubigen getötet.« Er sah Samstag mit leerem Blick an, als ob er sich mit diesen Worten selbst in Trance versetzt hätte. Er stimmte einen Singsang an: »Wir haben viele getötet. Unsere Schlächter brachen in die Schafherden ein und schnitten ihnen die Kehle durch. Wir haben sie in alle Winde zerstreut. Wir haben sie auf den Weltmeeren niedergemetzelt. Wir haben sie als Geiseln genommen und von mächtigen Ländern Lösegeld erpreßt. Doch böse Männer zogen gegen uns in großer Zahl und trieben uns in die Wildnis ...« Er schwelgte im Rausch der Erinnerung.

Samstag versuchte, die Fassung zu bewahren. Sie haßte ihn. Sie haßte das, was er sagte und wofür er stand. In ihren Augen war er das personifizierte Böse, genauso wie die Propheten und seine Kumpane. Zwischen ihnen gab es nicht den Hauch einer Gemeinsamkeit. Sie wollte ihn töten und wußte doch, daß sie dazu nicht fähig war. Sie stand innerlich in Flammen, und das, was von Birribat Shum in ihr war, reichte nicht aus, den Schmerz zu lindern.

»Was werdet ihr tun, wenn Ahabar einmarschiert?« fragte Jep, nachdem Preu den Monolog beendet und sich wieder halbwegs beruhigt hatte.

»Ahabar wird nicht einmarschieren«, behauptete er. »So sagen die Propheten. Der Allmächtige Gott hat es ihnen gesagt.«

Der Gleiter landete neben einer Sperre an der Südgrenze von Skelp. Sie waren kaum ausgestiegen, als Maire auch schon auf sie zueilte.

»Sie haben Sam dabehalten?« flüsterte Maire schokkiert.

»Sie sagten, Phaed wolle ihn kennenlernen. Wir haben Sam in Sarby zurückgelassen. Sie sagten, du würdest auch kommen, wenn sie Sam haben.«

»Oh, diese bösen Männer!« Maire faßte Samstag an der Schulter. »Ihr hattet Erfolg?«

»In Selmouth und in Sarby hatten wir Erfolg«, sagte Samstag. »Den Rest haben wir den Gharm überlassen. Sie wissen, was zu tun ist. Als nächstes sind *Wolke* und Scaery an der Reihe. Dann die anderen Orte. Sie arbeiten so schnell wie möglich. Aber es wird trotzdem eine Weile dauern, Maire. Wir haben unser Bestes getan.«

»Dann ist das Risiko für Sam und mich also kalkulierbar«, sagte Maire nachdenklich. »Vielleicht schaffen wir es.«

»Die Propheten werden dich vielleicht töten, Maire. Sie suchen nämlich ein Opfer!«

»In Voorstod lauert der Tod an jeder Straßenecke. Wenn ich nicht gehe, werden sie Sammy sicher umbringen, und er ist doch mein Sohn.«

»Sie werden verlangen, daß du singst.«

»Ich bin beim Arzt gewesen. Er hat eine Wucherung im Hals festgestellt. Entweder glaubt Phaed es mir so, oder ihre Ärzte bestätigen es. Vielleicht gewinne ich dadurch Zeit. Und dann ist da noch die Blockade …« Ihre Stimme erstarb. »Ich habe die Königin überredet, mit der Invasion noch zu warten, aber sie wird langsam ungeduldig. Außerdem habe ich mit Kommandeur Karth gesprochen. Er wird versuchen, mäßigend auf sie einzuwirken. Die Armee darf nicht in Voorstod einmarschieren. Noch nicht.«

»Du hast ja recht«, sagte Samstag beruhigend.

»Was gibt's Neues von Stenta Thilion?« fragte Jep.

Maires Augen füllten sich mit Tränen. »Sie ist gestern gestorben. Sie hat das Bewußtsein nicht wiedererlangt. Als die Königin von ihrem Tod erfuhr, wollte sie Voorstod sofort ausradieren. Ich habe sie persönlich um Geduld gebeten. Um der Gharm willen.«

Sie hob ihren Rucksack auf und ging zur Tür hinaus. Dann drehte sie sich noch einmal um. »Ich habe der Königin vorgeschlagen, Stentas Leichnam für eine Weile aufzubahren, bis die Gharm in Green Hurrah ein Mausoleum für sie errichtet haben. Ich weiß nicht, ob sie mir das abgenommen hat, aber zumindest ging es ihr dann etwas besser.«

Hinter der Barrikade wartete Preu Flandry.

»Bringst du mich zu meinem Sohn?« fragte Maire mit rauher Stimme.

»Er ist bei Phaed«, rief Preu. »Das gibt sozusagen eine Familienzusammenführung.«

Maire umarmte Samstag und Jep; dann überquerte sie die Grenze und ging zum Gleiter.

»Du hast also Wort gehalten, Maire Manone«, konstatierte Preu Flandry.

»Das tue ich immer«, erwiderte sie. »Was man von manch anderen in Voorstod nicht gerade behaupten kann.«

* * *

Auf *Authority* hatte Rasiel Plum dem Religionsrat vier Fragen von Cringhs Liste vorgelegt. Der Religionsrat interessierte sich brennend dafür, mit welcher Motivation er solche Fragen stellte, worauf Rasiel – nach eindringlicher Befragung – erwidert hatte, sein Interesse an dieser Thematik sei erwacht, als das Büro für Umwelt- und Naturschutz sich mit den *Erloschenen* von

Hobbs Land befaßt habe. Rasiel gelang es, dem Rat den Konnex zwischen Thyker und Hobbs Land plausibel zu machen. Zilia Makepeace hatte nämlich Fragen über die Tempel und Götter von Hobbs Land gestellt, und kürzlich hatte ein Baidee Fragen über Götter gestellt. Der Bezug zwischen beiden Vorgängen war klar; mithin nahm Plum an, daß Cringhs Fragen wirklich im Zusammenhang mit Hobbs Land und den *Erloschenen* standen.

»Aber die Owlbrit sind doch alle tot«, gaben mehrere Mitglieder des Religionsrats zu bedenken. »Und ihre Götter sind ebenfalls tot.«

»Richtig«, sagte Rasiel. »Die Fragen sind rein hypothetisch. Aber in meiner Eigenschaft als Vorsitzender des Büros für Umwelt- und Naturschutz bin ich dennoch an eurer Meinung zu diesem Thema interessiert.«

Nun entspann sich eine Diskussion, die bis in die Nacht hinein dauerte und auch während der kommenden Tage fortgesetzt wurde. Die Räte suchten in den Archiven nach historischen Parallelen. Sie zitierten aktuelle und alte Götter sowie heilige Persönlichkeiten verschiedener Völker. Nur um schließlich zu der Erkenntnis zu gelangen, daß es für die Götter auf Hobbs Land keinen Präzedenzfall gäbe. Nirgendwo sonst hatte es bisher existente Götter gegeben, die in keinem Zusammenhang mit den Völkern der betreffenden Welt standen.

Mit Erstaunen nahm Cringh zur Kenntnis, daß ausgerechnet die Exegeten von Phansure es durchaus für möglich hielten, daß ein Gott ein Volk ›adoptierte‹ und daß es mit fast hundertprozentiger Wahrscheinlichkeit auf das Wirken dieses Gottes zurückzuführen war, wenn besagtes Volk bald darauf heilig wurde. Gemäß der Lehre der Phansuris herrschte kein Mangel an Göttern, die so etwas bewerkstelligten. Auf Phansure gab es in jeder Stadt und in jedem Dorf mindestens einen Gott: anspruchslose Götter, die jedoch für Gebete empfänglich waren, Götter, die den Menschen Lebensfreude vermittelten und Götter, an deren schierer Ästhetik man sich ergötzte. Jedes Haus auf Phansure besaß mindestens einen Schrein. Die Götter von Phansure waren mächtig, auch wenn sie wie die Menschen manchmal irrten; und genau das machte sie fast schon wieder menschlich. Außer den vielen Göttern hatten die Phansuris natürlich auch noch ein ganzheitliches und universales ethisches Konzept, doch dafür interessierten sich im Grunde nur die Ethiker und Philosophen. Die Exegeten der Phansuris vertraten nämlich die Meinung, daß man angesichts der Komplexität des Alltagslebens nicht auch noch nach der letzten Erkenntnis streben müsse.

Ein Ratsmitglied von Voorstod, der Prophet, meldete sich mit einem Zwischenruf zu Wort: Die von Phansure vertretene Lehrmeinung sei Unsinn. Schließlich seien die Phansuris dafür bekannt, daß sie mit ihren Göttern und ihrer Religion Schacher trieben! Heiligkeit, so der Prophet, definiere sich dadurch, daß Gottes Wille, der durch die Propheten verkündet werde, geschehe. Eine andere Heiligkeit gäbe es nicht; mithin sei die ganze Diskussion müßig.

Worauf die Phansuris konterten, daß die Religion der Voorstoder weder das Gute im Menschen noch die Freuden des Lebens kenne. Diese Elemente seien jedoch unabdingbar.

Zum Teufel mit dem Guten im Menschen, erwiderte der Voorstoder; das einzig Gute sei, Gottes Heiligen Willen zu erfüllen. Und die einzigen Freuden gäbe es im Paradies.

Die Voorstoder hätten Freude am Töten, brachte der Absolute Bischof von Ahabar angewidert vor. Ob die Voorstoder das etwa auch für heilig hielten?

Natürlich, erwiderte der Voorstoder mit flammendem Blick und geballten Fäusten. Wenn es denn Gottes Wille war.

Halte dich zurück, sagten die Importunatoren von Ahabar, und begegne dem Bischof mit Respekt.

Ein wahrer Gott würde solche Dinge nicht gutheißen, sagten die Anhänger der *Dame des Friedens*, die in Fenice hohes Ansehen genoß.

Wir sollten uns auf die erste Frage konzentrieren, intervenierte der Vorsitzende. Kann man Gott überhaupt definieren?

Gott ist Er Der sich unseren Vorfahren offenbarte, erklärte Voorstod. Gott ist Er Der uns von *Menschenheimat* nach Voorstod begleitet hat. Gott ist Er Der den Heiligen Krieg erklärt hat, der uns ein Schwert in die Hand gegeben hat und der uns das Paradies als Belohnung für den Tod im Kampf versprochen hat. Gott ist Er Der sagt, Er sei ein eifersüchtiger Gott. Gott ist Er Der für die Ungläubigen die Hölle erschaffen hat und durch die Propheten spricht.

Der höchste Gott ist das Ethos des Universums, sagte ein Gelehrter von Phansure. Das schöpferische Prinzip.

Aber können wir Gott *definieren*, hakte der Vorsitzende nach.

Der Offizielle Rat suchte angestrengt nach einer Definition. Jeden Abend kehrte Notadamdirabong Cringh in seine Suite zurück, in die Arme von Lurilile, und schüttelte den Kopf ob der Nutzlosigkeit dieses ganzen Unterfangens.

»Sie kommen nicht weiter, stimmt's?« fragte Lurilile, deren Interesse an der Angelegenheit so groß war, daß sie darüber ihre eigentliche Mission auf *Authority* vergaß.

»Sie kommen nicht weiter«, bestätigte der Hohe Gelehrte. »Womöglich erweist die ganze Sache sich am Ende ohnehin als völlig belanglos.«

* * *

Für Sam und Maire, die ihre erste gemeinsame Nacht in Gefangenschaft verbrachten, war die Sache durchaus nicht belanglos, auch wenn sie von dem religiösen Disput keine Ahnung hatten.

»Dieser Awateh«, sagte er zu Maire, »wollte Samstag und mich töten. Von ihm und den Propheten hast du mir nie erzählt.« Obwohl er das nicht beabsichtigt hatte, schwang ein vorwurfsvoller Unterton in seiner Stimme mit.

Maire schüttelte müde den Kopf. Sie befand sich nicht einmal einen ganzen Tag in Voorstod, und schon fühlte sie einen tiefen Widerwillen gegen diesen Ort. »Sam, du hast nie zugehört, wenn ich dir von Voorstod erzählte. Außerdem hatte ich die Propheten früher nie zu Gesicht bekommen.« Sie fuhr sich über die Stirn. Der Kopf wollte ihr schier zerspringen. »Schließlich wanderten die Propheten nicht in der Stadt herum, wo sie damit rechnen mußten, daß sie einer Frau über den Weg liefen. Sie blieben in den Zitadellen, beteten, lehrten oder lasen in den Schriften. So wurde es uns gesagt.«

»Und wer versorgte sie mit Lebensmitteln?«

»Sie hatten Gharm-Diener. Und nur diesen Gharm war das Betreten der Stadt erlaubt; außer es fand eine der seltenen Prozessionen statt, an denen auch die Propheten teilnahmen. Dann versammelten die Männer und Jungen sich in den Straßen, und die Frauen und Mädchen mußten sich in die Häuser zurückziehen und das Gesicht verhüllen. Ganz verwegene Frauen lugten zwischen den Vorhängen hindurch, doch jedes Mädchen und jede Frau wußte, daß sie im Falle eines Blickkontakts mit einem Propheten anschwellen und sterben würde.«

»Das glaube ich gern, wo ich nun schon ein paar von ihnen kennengelernt habe«, sagte Sam im Bestreben, der Sache eine humoristische Note zu verleihen. Bisher war es ihm nicht gelungen, den Widerspruch zwischen der Realität der Propheten und den Vorstellungen von seinem Vater aufzulösen. Der Vater-König paßte nicht so richtig ins Bild, das er von den Propheten gewonnen hatte, und diese Diskrepanz machte ihm zu schaffen.

»Hast du Phaed gesehen?« fragte sie.

»Nein«, antwortete er. »Hast du nach Samstags und Jeps Rückkehr mit ihm über Phaed gesprochen?«

Sie schüttelte den Kopf.

»Jep sagte, er wäre in der Zitadelle von *Wolke* gewesen, als Phaed von deiner bevorstehenden Rückkehr erfuhr. Er hatte keine Ahnung von der ganzen Sache. Vielleicht weiß er nicht einmal, daß du schon hier bist.«

Verblüfft schaute sie ihren Sohn an. »Phaed wußte nichts davon?«

»Jep hat es gesagt.«

»Hör mir zu, Sohn«, sagte sie nachdenklich. »Angenommen, sie haben mich wirklich nur aus dem Grund hergeholt, den du mir genannt hast. Angenommen, es geht ihnen wirklich nur darum, die Frauen in Voorstod zu halten beziehungsweise zur Rückkehr zu bewegen. Dann haben sie die Aktion in Fenice zwar nach Plan abgewickelt, aber von der Blockade sind sie völlig überrascht worden. Und nun will der Awateh, daß du, Samstag und eventuell auch ich sterben... und was schließen wir daraus?«

»Daß sie den ursprünglichen Plan geändert haben. Oder daß sie ihn aufgrund der Blockade ändern mußten.«

»Angenommen, ersteres würde zutreffen. Daß sie umdisponiert haben. Daß sie nicht mehr an einer Rückkehr der Frauen interessiert sind.«

»Und weshalb?« fragte Sam.

»Weil... weil eine gravierende Änderung eingetreten ist, Sam. Aber was könnte das sein? Und Phaed wußte nichts davon. Ich begreife es nicht. Ich begreife gar nichts mehr.«

Er war genauso schlau wie sie. Sie ergingen sich noch in weiteren Spekulationen, was indes auch zu nichts führte. Besorgt fuhr Maire sich über die Stirn und legte sich auf die Pritsche. Sie schloß die Augen und versuchte alle Gedanken zu verdrängen. Sam wurde durch die Halskrause am Verlassen der Farm gehindert. Die beiden saßen in der Falle und wußten nicht einmal, wann der Fallensteller vorbeikommen und über ihr weiteres Schicksal entscheiden würde.

Sam wünschte sich, Phaed würde endlich kommen. Phaed hatte weder vor, ihnen etwas anzutun noch würde er zulassen, daß ein anderer ihnen etwas antat. Als seine Mutter vor lauter Frustration und Angst in Tränen ausbrach, setzte er sich neben sie und hielt ihre Hand.

»Wir müssen einfach abwarten, Mam. Früher oder später wird man sich um uns kümmern.«

* * *

Einige Tage später kam Phaed Girat den Hügel herauf, um sich mit seiner Frau und seinem Sohn zu unterhalten. Er kam allein – ohne seine obligatorischen Kumpane –, was nicht zuletzt dadurch bedingt war, daß er seinen Mitverschwörern nicht mehr so recht traute. Die Lage war ohnehin schon kritisch genug, und da legte er keinen Wert darauf, daß ein anderer bei diesem Gespräch anwesend war und ihn vielleicht noch denunzierte. Zumal Mugal Pyes Ansinnen, daß Phaed Sarby verlassen sollte, ohne zuvor Maire und Sam besucht zu haben, bei ihm Zorn ausgelöst hatte. Weil anscheinend ständig Entscheidungen ohne sein Wissen getroffen wurden, hatte er beschlossen, von nun an auf eigene Faust zu handeln – was ihn allerdings nicht daran gehindert hatte, sich von drei Riesenbabies eskortieren zu lassen, die er jedoch draußen im Nebel stehenließ.

Die beiden Häftlinge saßen am Kamin und tranken einen Tee aus Kräutern, die Maire am Waldrand gesammelt hatte. Das Ambiente war so behaglich, daß sie darüber sogar ihre Angst vergaß. Der aromatische Duft erinnerte sie an die unbekümmerte Zeit ihrer Kindheit. Als Phaed das Zimmer betrat, glaubte er fast, die junge Frau von damals vor sich zu haben, mit klarem Blick und sorgenfreiem Gesichtsausdruck.

»Nun, Maire Manone«, sagte er beinahe erfreut.

»Nun, Phaed«, erwiderte sie, als ob sie jeden Moment mit ihm gerechnet hätte. Wenn sie jedoch gehofft hatte, daß er sich geändert hätte, sah sie sich enttäuscht. Er war nur älter geworden, ansonsten aber unverändert. Wie ein Stein, der auch nur verwitterte. Sie stand auf und schaute ihm in die Augen.

»Dad«, sagte Sam und erhob sich zögernd. »Ich hatte gehofft, daß du kommst.«

»Das ist also Samasnier«, sagte Phaed und musterte ihn von Kopf bis Fuß. »In den letzten dreißig Jahren hat er sich ordentlich gemacht. Aber du hast auch zugelegt, mein Vögelchen.«

»Manche Frauen nehmen im Alter eben zu«, sagte sie emotionslos. Früher hatte es ihm immer ein besonderes Vergnügen bereitet, sie bis zur Weißglut zu reizen. Dazu hatte es keiner allzu großen Anstrengung bedurft. Sie fragte sich, ob ihm das nun auch noch gelingen würde. Sicher nicht, wenn er ihr Aussehen als Aufhänger nahm. Das war ihr mittlerweile nämlich ziemlich egal.

»Ich habe täglich Botschaften bekommen«, sagte Phaed in vertraulichem Tonfall und schloß die Tür. Dann schlurfte er durch den Raum und stützte sich auf eine Stuhllehne. »Botschaften von allen möglichen Leuten, die mir sagten, wie ich mit euch zu verfahren hätte. Der Awateh will dich haben, Maire. Schon die ganze Zeit. Wie ich gehört habe, braucht er dich als

Symbol. Du bist der Schlüssel für eine großmaßstäbliche Rekrutierung von Frauen.«

Maire lächelte gequält. »So etwas hat Sammy sich schon gedacht, Phaed.«

»Na schön, aber wo man nun diese Blockade über uns verhängt hat, weiß der arme, alte Prophet nicht mehr so recht, was er überhaupt mit dir anfangen soll. Er tobt wie ein alter Bulle und rennt einer Kuh hinterher, und wenn er sie dann hat, tötet er sie, damit sie ihm nicht mehr wegläuft.«

»Es hat aber nicht den Anschein, daß ich weglaufen könnte, Phaed.«

»Alle meinen, man sollte dich ihm zum Fraß vorwerfen, damit er endlich Ruhe gibt. Der arme, alte Mann ist schon halb wahnsinnig; er befürchtet, die Vollendung des Großen Werks nicht mehr zu erleben.« Dann starrte er Sam an; er wollte sehen, wer als erster den Blick niederschlug.

Sam hielt dem Blick stand. Er betrachtete seinen Vater nicht als Rivalen. Es war ihm unbegreiflich, weshalb sein Vater ihn überhaupt herausforderte. Schließlich war er aus freien Stücken gekommen.

»Das Große Werk?« fragte er.

»Der letztendliche Sieg des Allmächtigen Gottes«, erwiderte Phaed grinsend. »Im Buch steht geschrieben, daß wir ganze Welten erobern werden.« Phaed wischte den Staub vom Stuhl und setzte sich. »Die Propheten haben es verkündet, also wird es geschehen.«

»So direkt hast du dich nie geäußert, als wir noch zusammen waren, Phaed«, sagte Maire leise. »Du hast mir nie ins Gesicht gesagt, daß du ein Killer wärst.«

Sam wollte schon einwenden, daß Phaed überhaupt nicht gesagt hätte, er sei ein Killer. Doch dann überlegte er es sich anders. Jetzt war nicht die Zeit dazu.

»Das Buch der Propheten ist ein Buch für Männer«, erwiderte Phaed. »Wir gehen damit nicht bei den

Frauen hausieren. Und ich werde dir auch jetzt nichts sagen. Du wirst einfach zuhören, während ich es meinem Sohn erzähle. Das ist zulässig. Die Frauen erfahren davon, indem sie den Gesprächen der Männer zuhören. So stur wie sie sind, hören sie eh nicht hin, wenn man ihnen direkt etwas sagt. Das gilt übrigens auch für dich, Maire.«

Maire nickte. »Das ist richtig, Phaed. Ich mag deine Propheten nicht besonders. Sie sind mir zu blutrünstig.«

»Du mußt sie auch nicht mögen«, entgegnete Phaed grinsend und schaute Sam verschwörerisch an, als ob er sagen wollte: ›Die Frauen verstehen sowieso nichts davon.‹ »Schließlich hat das Schwert sich dir auch nicht in seiner ganzen Herrlichkeit offenbart. Wir sind die Nachfolger, die Jünger des Blutes und des Schwerts, Voorstods und der Propheten.«

Sam schüttelte den Kopf. Er konnte sich einfach nicht vorstellen, daß sein Vater den Quatsch wirklich glaubte, den er da erzählte. »Das sind die Legenden, die Maire zurückgelassen hat«, sagte Sam leise und ergriff die Hand seiner Mutter. »Und daran hat sie wohl auch gut getan, ob sie die Inhalte nun kannte oder nicht. Du solltest nicht so mit ihr sprechen.«

»Sie hat schon immer ziemlich nahe am Wasser gebaut«, sagte Phaed in einem sentimentalen Tonfall. »Aber so sind die Frauen nun mal. Sie sind eben schwach. Nun, Maire, wirst du singen, damit unsere Frauen wieder zurückkommen? Dem Awateh wird irgendwann wieder einfallen, was er von dir wollte; ich werde aber dafür sorgen, daß dir nichts geschieht.«

Sam stockte der Atem. So, so, er würde also dafür sorgen, daß ihr nichts geschah. Das kam ihm bekannt vor. Einen größeren Handlungsspielraum hatte sein Vater nämlich nicht.

»Ich kann aber nicht mehr singen«, sagte sie mit erstickter Stimme. »Der Arzt sagt, ich hätte eine Geschwulst im Hals. Eure Ärzte können es gern nachprüfen, wenn ihr mir nicht glaubt. Ansonsten werde ich alles tun, was in meiner Macht steht.«

Phaed erhob sich und schaute sie an; er versuchte, hinter der alten Frau das Mädchen zu erkennen, das er einst geheiratet hatte. Er erinnerte sich noch an ihr Aussehen und an die leisen Schreie, die sie ausgestoßen hatte, als er sie vor dem Kamin gefickt hatte, vor den Augen der Gharm; ihre Anwesenheit hatte ihn noch zusätzlich stimuliert, wogegen ihr Gesicht sich mit Schamesröte überzogen hatte. Er hätte nicht gedacht, daß er ihr Verschwinden bedauern würde, genausowenig wie er vermutet hätte, daß er sich über ihre Rückkehr freuen würde. Nun wurde ihm jedoch bewußt, daß er sich geradezu nach ihr gesehnt hatte.

»Nun denn«, sagte er fröhlich, ohne jedoch eine Miene zu verziehen. »Ich muß dich wohl vor dem Awateh in Sicherheit bringen. Aber wie soll ich das anstellen?«

»Ich weiß es auch nicht, Phaed«, entgegnete sie.

»Ich glaube, hier bist du ganz gut aufgehoben«, sagte er. »Fürs erste zumindest.« Ohne auf eine Antwort zu warten, stand er auf und ging zur Tür. »Komm«, sagte er zu Sam. »Oder willst du den Kopf verlieren?«

Sam schaute ihn mit offenem Mund an. »Du willst Mam hier allein lassen?«

»Komm mit. Die Frau bleibt solange hier, bis ich entschieden habe, was mit ihr geschehen soll. Wir gehen nach Sarby. Komm mit oder laß dir den Kopf wegsprengen; ist mir egal.« Dann packte er Sam am Handgelenk; anscheinend war er ihm doch nicht so egal. Sam schüttelte die Hand seines Vaters ab. Darauf stieß Phaed einen Pfiff aus, und drei große, kräftige Männer kamen zur Tür herein. Sam und Maire versuchten, sich gegen sie zur Wehr zu setzen. Maire wurde gegen den Ofen geschleudert, und Sam wurde fortgeschleppt. Bevor Phaed ging, drehte er sich noch einmal um und lachte glucksend.

»Du lernst es auch nie, Maire«, sagte er, bevor er hinaus in den wallenden Nebel trat. »Die Frauen lernen's nie«, drang es durch die wabernden Schwaden. »Die Frauen lernen's nie.« Es klang wie ein Lied.

»Oh, Heilige Mutter«, flüsterte Maire; es waren Worte, die sie in der Kindheit von den Priestern gehört und schon längst vergessen geglaubt hatte. »Was werden sie mit Sam nur machen?«

»Mam!« drang Sams Stimme durch den Nebel. Sie hatten ihn in ein Netz gewickelt und transportierten ihn ab wie ein gefangenes Tier. Trotz der mißlichen Lage wurde ihm bewußt, daß diese Männer bei seiner Gefangennahme ziemlich routiniert vorgegangen waren. Hauptsächlich fingen sie wohl die kleinwüchsigen Gharm ein, aber bei ihm hatte ihre Methode auch Erfolg gehabt. Das Opfer wurde überwältigt und in ein Netz gewickelt, und um die Demütigung und den Schmerz noch zu vergrößern, verspotteten die Männer ihren Fang und stachen mit dem Finger durch die Maschen des Netzes.

Nils und Pirva schlüpften durch die Tür und halfen Maire auf die Füße. Sie torkelte benommen. »Sie müssen mit uns kommen«, flüsterte Nils. »Wenn Phaed Girat auch glaubt, daß Sie hier in Sicherheit sind; er ist nicht der einzige, der von Ihrem Aufenthalt hier weiß. Männer wie Mugal Pye und Preu Flandry werden Sie vielleicht an den Propheten ausliefern, falls sie sich einen Vorteil davon versprechen. Sobald diese Männer erfahren, daß Phaed Girat hier war, werden sie Sie vielleicht mit Bluthunden jagen. Sie müssen fort von hier.«

»Gegen die Hunde habe ich sowieso keine Chance«, sagte Maire schluchzend.

»Wenn Sie mit uns kommen, haben Sie eine. Wir

müssen sofort hier weg.« Er hob ihre Haarbürste und ihr Notizbuch auf, das bei dem Gerangel auf den Fußboden gefallen war. Pirva legte ihr Nachthemd zusammen und stopfte es in den Rucksack. Mehr hatte Maire nicht dabei.

»Wir müssen Sam helfen!« rief Maire. »Dieses Ding um seinen Hals ...«

»Sam wird schon nichts geschehen«, sagte Pirva. »Dort, wo Phaed Girat wohnt, haben wir Spione. Er hat einen Schlüssel für die Halskrause. Phaed Girat hat nicht vor, ihm etwas anzutun. Er will ihn nur ... überzeugen.«

»Wovon will er ihn überzeugen, um Himmels willen?«

»Davon, daß Phaed recht hat«, sagte Pirva. »Daß die *Sache* eine gerechte ist. Solange er damit rechnet, ihn zu überzeugen, wird er ihm nichts antun.«

Ungeduldig zupften sie an Maire. Sie schulterte den Rucksack und folgte Nils. Sie verließen den Hof auf der entgegengesetzten Seite, und zum erstenmal war sie dankbar für den dichten Nebel, der sie schützend einhüllte.

»Heute nacht wird der Nebel besonders dicht sein«, sagte Pirva. »Dann werden ein paar von unseren Leuten sämtliche Spuren verwischen. Die Männer haben zwar Spürhunde, mit denen sie entflohene Gharm verfolgen, aber wir wissen, wie man sie in die Irre führt. Mit dem Duftstoff einer läufigen Hündin werden wir sie auf eine falsche Fährte locken.«

Nach wenigen Augenblicken hatten sie den Wald erreicht und gingen den Hügel hinauf. In der Dunkelheit kamen sie nur langsam voran. Bald hörten sie weit hinter sich die Verfolger. Es ertönten schwache Rufe und ein Hornsignal.

»Zu nahe«, sagte Pirva. »Zu nahe.«

»Die falsche Fährte wurde schon am Nachmittag gelegt«, sagte Nils grunzend. »Unsere Seher sagen, es sei

Wahrheit in Ihren Liedern. Sie wollen, daß Sie in Sicherheit gebracht werden. Sobald wir den Ausgangspunkt der falschen Fährte erreicht haben, machen wir Rast.«

Sie gingen zwischen zwei Felsen hindurch und erreichten dann eine Gefällstrecke; die tobende Meute kam derweil immer näher.

»Die falsche Fährte beginnt zwischen diesen Felsen und zieht sich ein weites Stück bergauf«, flüsterte Nils. »Sie gehen jedoch bergab. Auf diese Art vergrößern wir den Abstand zu den Verfolgern.«

Hinter ihnen stieß ein Hund ein heiseres Bellen aus, worauf das ganze Rudel sich anschloß.

»Spürhunde«, flüsterte Nils. »Sie haben eine gute Nase und ein sehr gutes Gehör. Legen Sie sich hin und rühren Sie sich nicht.«

Der Geruch des Laubs, mit dem der Boden bedeckt war, stieg ihnen in die Nase. Sie versuchten flach zu atmen. Die Meute stob auf dem Weg vorbei, den sie soeben gekommen waren. Dann verloren die Geräusche sich in der Dunkelheit. Als alles ruhig war, stupste Nils Maire an und winkte ihr zu. Dann marschierten sie bergab, um, wie Nils sich ausdrückte, die größtmögliche Entfernung zwischen sich und den Punkt zu bringen, an dem den Jägern dämmern würde, daß sie geleimt worden waren. Sie hörten ein Rascheln im Gehölz.

»Gharm«, erklärte Nils. »Sie präparieren unsere Spur mit diversen Duftnoten, damit die Hunde die Orientierung verlieren.«

»Das könnt ihr aber gut«, bemerkte Maire.

»Schließlich haben wir schon hundert Jahre Übung darin«, erwiderte Nils. »Und anscheinend funktioniert es auch. Es verhilft unseren Leuten zur Flucht in die Freiheit.«

»Weißt du vielleicht, wer hinter mir her ist?«

»Phaed jedenfalls nicht. Er ist fortgegangen. Vielleicht ist es Mugal Pye. Sie hatten nämlich einen schlimmen Streit, Phaed und Mugal Pye. Nun versuchen sie sich gegenseitig bei den Propheten anzuschwärzen.«

»Wohin gehen wir eigentlich?«

»Wir bringen Sie zu einem sicheren Versteck«, sagte Nils. »Und dann warten wir ab, ob die *Tchenka*, die Sie uns versprochen haben, auch wirklich kommen. Wenn sie kommen, werden Sie unsere Mama-Gem. Und Samstag und Jep sind dann auch unsere Mama-Gemmen. Ihr seid von unserem Blut, von unserem Clan und von unserem Volk.«

»Und wenn die *Tchenka* nicht kommen?«

»Das wäre schlimm«, erwiderte Nils traurig. »Dann hätten Sie eine Grausamkeit begangen.«

»Die *Tchenka* werden kommen«, versicherte Maire. »Wenn sie zu uns kommen, dann kommen sie auch zu euch.«

»Das hat Samstag auch gesagt«, sagte Nils. »Aber wir glauben es erst dann, wenn wir es mit eigenen Augen gesehen haben. Wir geben nichts auf das Versprechen eines Menschen.«

Neben einem Felsen blieben sie stehen. Ein anderer Gharm erwartete sie bereits. »Das ist Finner«, sagte Nils. »Er wird Sie zum Versteck bringen. Pirva und ich müssen wieder auf der Farm sein, bevor der Farmer und die Männer zurückkommen.«

»Kann ich später wiederkommen?« fragte Maire flehend. »Ich muß Sam helfen?«

»Wir werden alles für ihn tun, was in unserer Macht steht«, sagte Nils. »Wir werden immer ein Auge auf ihn haben. Aber nun müssen Sie erst einmal an sich selbst denken.«

Maire zuckte die Achseln. Sie fragte sich, was sie überhaupt noch hier wollte. Sie war nur nach Voorstod gekommen, um Jep zu retten, und dieses Ziel hatte sie schließlich erreicht. Aber vielleicht kam es auch gar nicht mehr darauf an, wo sie war oder was sie tat.

Finner winkte ihr zu und ging den Hügel hinab. Maire folgte ihm.

Die Wanderung dauerte die ganze Nacht, wobei die Gharm-Führer wie beim Staffellauf ausgetauscht wurden. Soweit Maire anhand des Stands der Sterne sah, marschierten sie in südlicher Richtung, ins Gebirge, das sich zwischen Sarby und County Kate erstreckte. Die Verfolger hingegen waren nach Westen gelockt worden, zur Küste.

»Die falsche Fährte wird die Männer zu einem Bootshafen führen«, sagte der Gharm-Führer. »Ein Boot fehlt, und bei den anderen ist der Boden eingeschlagen. Sie werden glauben, daß Sie Kurs auf die Blockadeschiffe genommen hätten.«

»Ob sie wirklich glauben, ich würde versuchen, die Blockadeschiffe zu erreichen? Werden sie die Suche dann einstellen?«

»Das hoffen wir jedenfalls.«

»Und wo werde ich dann sein?« fragte Maire erschöpft. »Falls ich nicht vorher tot umfalle vor Erschöpfung.«

»Es ist nicht mehr weit«, sagte der Führer. »Eine warme und trockene Höhle. An diesem Ort herrschen manchmal starke Winde, die den Nebel vertreiben. Wir haben Lebensmittel deponiert, und in der Höhle gibt es eine Quelle. Wir sind nicht grausam.«

Anscheinend legten die Gharm Wert darauf, daß Maire ihnen das glaubte. Sie nickte. Als sie die Höhle erreicht hatten, stellte sich heraus, daß der Gharm nicht zuviel versprochen hatte. Sie legte sich auf eine der Matratzen und zog die Decken über sich. Sie war so müde, daß sie sich nicht mehr bewegen konnte.

»Stimmt«, sagte sie. »Ihr seid nicht grausam.«

»Schlafen Sie«, sagte der Gharm. »Wir werden über Sie wachen.«

5

»Ich kann selbst gehen«, sagte Sam knurrend zu den Männern, die ihn trugen. »Laßt mich runter.«

»Laßt meinen Sohn runter«, sagte Phaed mit gespielter Überraschung. »Ihr hört doch, daß er selbst gehen kann.«

Sie befreiten ihn aus dem Netz, fesselten ihm dafür aber die Hände, und dann zog Phaed ihn an einem Strick hinter sich her. Die drei Helfer tauchten im Nebel unter; allerdings wußte Sam nicht, ob sie wirklich verschwunden waren oder nur auf Distanz blieben.

»Wohin gehen wir?« fragte er; er versuchte ruhig zu bleiben, obwohl er innerlich vor Wut kochte.

»Nach Sarby«, sagte Phaed. »Ich habe dort ein Haus, in der Nähe des Marktplatzes. Du wirst für eine Weile bei mir bleiben.«

»Ich würde mich eher wie dein Sohn fühlen, Dad«, sagte Sam zähneknirschend, »wenn du mir die Hände losbinden würdest und wenn ich wüßte, daß es Maire gutgeht. Du brauchst mich nicht zu fesseln, und deine Leute hätten ihr gegenüber nicht handgreiflich werden müssen!«

»Du hast ja recht, Junge«, erwiderte Phaed. »Das wäre nicht nötig gewesen. Es war eine Überreaktion. Wenn sie sich zurückgehalten hätte, hätten die Männer sie überhaupt nicht berührt; aber Maire hat sich schon immer in Dinge eingemischt, die sie nichts angingen. Im Grunde weiß sie auch, daß sie nicht in Gefahr ist. Ich habe sie nur ein wenig aufgezogen, wie in alten Zeiten. Sie hatte mich schon verstanden. In Voorstod widersprechen die Frauen den Männern nicht, aber das ging nie in Maires Kopf. Manche Frauen sind wirklich stur. Sie lernen es nie ...«

Sam registrierte eine Diskrepanz zwischen Phaeds Worten und seinem Tonfall. Die Worte an sich waren unverfänglich gewesen, aber es hatte ein gehässiger Unterton in der Stimme mitgeschwungen. Was indes noch nicht bedeutete, daß Phaed wirklich ein Schurke war. Sam glaubte, Phaeds Natur erkannt zu haben: Er drückte sich nie klar aus und vermied es, sich festzulegen. Phaed hatte Maire zwar geschlagen, aber in Voorstod war es üblich, daß die Männer ihre Frauen schlugen. Das hatte Maire ihm bereits erzählt. Sam gefiel das zwar nicht, aber zumindest beschränkte diese Unsitte sich nicht nur auf Phaed. Es handelte sich eben um eine kulturspezifische Erscheinungsform. Die Legenden wußten zuhauf davon zu berichten. Im übrigen hatte es keinen Sinn, sich über Dinge aufzuregen, an denen man ohnehin nichts ändern konnte. Er schluckte den Ärger hinunter.

Die beiden Männer marschierten durch mit hohem, feuchtem Gras bewachsenes Gelände. Dem Klangbild der Schritte nach zu urteilen bestand die den Fluß überspannende Brücke aus Holz. Dann schälten sich die Konturen eines Geländers aus dem Nebel. Das wenig später einsetzende Hallen der Schritte deutete darauf hin, daß sie nun auf einer Kopfsteinpflasterstraße gingen. Unvermittelt lichtete der Nebel sich, und sie erblickten den Marktplatz, wo das Portal der Zitadelle wie ein unersättliches Maul dräute. Sie war zwar nicht so monströs wie die Zitadelle von *Wolke*, aber dennoch ragten die Türme so hoch auf, daß man von ihnen einen Blick über die ganze Stadt hatte. Hinter den Fenstern bewegte sich ein graues Licht hin und her, als ob jemand in der Dämmerung nach etwas suchte.

»Die Zitadelle«, sagte Phaed mit einer ausladenden Geste und schaute mit nachgerade hungrigem Blick nach oben.

»Ich weiß«, entgegnete Sam und folgte Phaeds Blick. »Ich habe die Zitadelle von *Wolke* gesehen. Und den Awateh, den irren Propheten.«

Phaed riß am Seil, wodurch Sam stolperte, und schlug ihm ins Gesicht. »Der Awateh ist *mein* Prophet«, zischte er. »Kein Ungläubiger hat das Recht, ihn zu beleidigen.«

Sam kniete sich hin und verharrte auch dann noch in dieser Stellung, als Phaed am Seil zog. An den Marktplatz grenzte ein kleinerer Platz mit sechzehn Pfählen. Sie waren mit jeweils zwei in unterschiedlicher Höhe angebrachten Eisenbändern umwickelt, an denen wiederum Ketten befestigt waren. »Marterpfähle?« murmelte Sam ungläubig. Solche Vorrichtungen kannte er bislang nur aus den Archiven.

Phaed riß ihn hoch. »Für Gharm und Abtrünnige, Junge. Gharm werden von ihren Herren oder den Pastoren ausgepeitscht, Abtrünnige von Gläubigen, die für diese Aufgabe abgestellt werden.«

Hinter den Marterpfählen befand sich eine Schule. Sam stellte sich vor, wie der Unterricht vom rhythmischen Knallen der Peitschen untermalt wurde.

»Ich vermute, ›Auspeitschen‹ zählt zu den Lieblingsspielen der Kinder«, sagte er, wobei sich vor seinem geistigen Auge eine schockierende Szenerie entfaltete. Der Name *Fess* schoß ihm durch den Kopf, und er fragte sich, woher er ihn hatte. Fess. Maire hatte ihn einmal erwähnt.

Phaed gähnte ostentativ. »Mit Tieren oder Gharm-Rotznasen.«

»Ich vermute auch, daß diese Spiele manchmal aus dem Ruder laufen und daß ein Tier oder ein Gharm-Kind dabei umkommt.« Erneut hatte er diese Vision. Ein Bett. Eine kleine Gestalt. Ein schwarzer Fleck.

»Das kommt immer wieder vor«, erwiderte Phaed. »Genug davon. Unser Haus befindet sich in dieser Straße.«

Er zog so heftig am Seil, daß Sam aufstöhnte, und zerrte ihn ein Stück die Straße hinunter, durch eine schwere Tür und eine schmale Treppe hinauf. Sam straffte sich und schaute seinem Vater ins Gesicht.

»Ich habe dir schon einmal gesagt, daß dieses Seil unnötig ist. Ich bin freiwillig hergekommen, Dad. Laß uns wie Männer reden.«

Plötzlich hörten sie Schritte auf der Treppe. »Sicher, Junge, sicher«, sagte Phaed mit leerem Blick. »Aber später. Vorher habe ich noch etwas zu erledigen.«

Er öffnete eine Zimmertür und schubste Sam in den Raum. Dann holte Phaed einen Schlüssel aus der Tasche, nahm Sam die Halskrause ab und band ihm die Hände los.

»Wir unterhalten uns später, Junge. Aber fürs erste bleibst du hier. An einen Ausbruch brauchst du erst gar nicht zu denken; die Tür ist aus massivem Holz, und die Fenster sind vergittert.« Dann ging er, und Sam hörte, wie der Schlüssel sich im Schloß drehte.

Sam wußte nicht, wann er sich zuletzt derart hilflos gefühlt hatte. Als Phaed ihn zum erstenmal angesehen hatte, hatte er durch ihn hindurchgeblickt, als ob Sam eine virtuelle Schattengestalt gewesen wäre. Sam schlug die Arme um den Körper, um sich davon zu überzeugen, daß er wirklich noch ein Wesen aus Fleisch und Blut war und sich nicht vielleicht doch in einen Schemen verwandelt hatte. Außer seiner eigenen Stimme war es totenstill. Das ist dein Vater, sagte er sich immer wieder. Das ist der Vater, den zu sehen du zwischen den Welten gewandert bist. Das war der Vater, den er zur Sagengestalt stilisiert hatte. Nur daß er sich an keine Legende erinnerte, in der ein Vater seinen Sohn wie einen Verbrecher abgeführt und dann eingesperrt hätte.

»Lüge«, sagte er sich. In den Legenden kam so etwas durchaus vor. Nur daß die Väter in den Legenden nicht wußten, daß es sich um ihren Sohn handelte! Vielleicht hatte der Vater ein Orakel mißverstanden, oder der Vater wußte einfach nicht, daß er einen Sohn hatte. In den Legenden verhielt es sich so, daß der Sohn zunächst als Fremder daherkam; sobald seine Identität jedoch bestätigt war, wurde er auch als Sohn akzeptiert.

War es möglich, daß Phaed ihn nicht als Sohn akzeptierte?

Sam ging zum Fenster. Phaed hatte die Wahrheit gesagt. Das Fenster war zu schmal, als daß er hätte hindurchschlüpfen können, und obendrein war es noch vergittert. Von ihm aus überblickte Sam die Straße und eine Ecke des Platzes, und er sah und hörte die Passanten. Er fragte sich, ob jemand auf seine Schreie reagieren würde und verwarf diesen Gedanken gleich wieder.

Bei der Erkundung des Zimmers stellte er fest, daß die Wände aus Stein waren. Es gab nur eine Tür, und die bestand aus massivem Holz. Er legte das Ohr an die Tür und hörte Gläserklirren und Gemurmel. Phaed zechte mit jemandem – er heckte wohl wieder etwas aus, sagte Sam sich, nur um sich sofort zur Ordnung zu rufen.

Er trat wieder ans Fenster und schaute auf die Straße, wo Männer in Dreier- und Viererreihen entlangmarschierten. Aus dem Augenwinkel erspähte er das Tor der Zitadelle. Er sah Männer hindurchgehen. Die Passanten waren im Mondlicht deutlich zu erkennen. Ninfadel stand direkt über Voorstod und leuchtete alles bis in den letzten Winkel aus.

Es war so sinnlos. Er war hierher gekommen, um endlich seinen Vater kennenzulernen, und nun war er ein Gefangener. Dabei war er doch aus freien Stücken hier. Anstatt ihn kennenzulernen und vielleicht sogar von ihm zu lernen, hatte sein Vater ihn eingesperrt. Eine verrückte Sache. Phaed wußte doch ganz genau, wer er war!

Und wo war Maire? Auf der Farm? Saß sie am Kamin und wurde von den Gharm mit Nahrung versorgt, wie es gestern und vorgestern noch der Fall gewesen war? Weshalb hatte man sie nicht auch hierher gebracht? Wußte sie, daß er keine andere Wahl gehabt hatte, als sich von ihr zu trennen? Sie würde doch wohl nicht glauben, daß er einfach verschwunden wäre und sie dem Schicksal überlassen hätte, das Phaed ihr zugedacht hatte. Er hatte nicht geplant, sie zu verlassen, und er betete, daß sie das auch wußte.

Weil sie nämlich weiß, sagte er sich, daß ich sie liebe und sie nie im Stich lassen würde.

Aber woher sollte sie das denn wissen?

Betrübt fragte er sich, ob Maire überhaupt von seiner Zuneigung wußte. Hatte er ihr jemals gesagt, daß er sie liebte, und zwar so, daß sie das auch wirklich glaubte? Hatte er es ihr in irgendeiner Art und Weise gezeigt? Er erinnerte sich wohl, daß er »O ja, Mam, ich liebe dich auch« gesagt hatte; allerdings hatte er es ohne innere Anteilnahme gesagt, als ob er einem Hund einen Knochen hingeworfen hätte. Obligatorische Aufmerksamkeiten aus gegebenem Anlaß, aber nie spontane Bekundungen der Zuneigung. Einen Blumenstrauß zum Geburtstag. Eine Flasche Wein zum Erntedankfest. Und was sonst noch?

Nichts sonst.

Er packte die Gitterstäbe und zerrte daran; der körperliche Schmerz war immer noch erträglicher als die Seelenqualen. Hatte er Maire jemals davon überzeugt, daß er sie liebte?

Liebte er sie überhaupt?

Vielleicht war er bisher auch der Ansicht gewesen, daß sie seine Liebe überhaupt nicht verdiente. Er hatte ihr nämlich nie verziehen, daß sie ihn von Voorstod weggebracht hatte. Sie hätte ihn auch hierlassen können. Sie hätte ihn nicht vor die Wahl stellen dürfen. Es wäre leichter für sie gewesen, wenn sie ihn zurückgelassen hätte. Manchmal hatte er ihr vorgeworfen, daß sie ihm den Vater genommen hatte beziehungsweise daß sie überhaupt weggegangen war. Er hatte ihr unterstellt, sie hätte Maechy lieber gehabt als ihn, Sam.

Er wandte sich vom Fenster ab und strich über die Wände, die steinernen Wände. Männer gingen die Straße entlang und betraten den Platz mit den Marterpfählen. Marterpfähle und Haken in den Mauern der Zitadellen, Blut und Schmerz und Tod. Voorstod.

Maire hatte ihm weder von den Propheten noch von den Haken in den Mauern erzählt. Würde sein Leben hier enden? Wurden die Opfer gleich umgebracht? Oder wurden sie erst an diesen großen, spitzen Haken aufgehängt? Er stellte sich vor, wie die Metallhaken sich in weiches Fleisch bohrten.

Sam brach in Tränen aus, ohne zu wissen weshalb. Er hatte den Tod nie gefürchtet, doch plötzlich zitterte er vor Angst, sackte auf den Fußboden und weinte. Schließlich fiel er in einen Erschöpfungsschlaf.

Von einem Geräusch auf der Straße wurde er wach. Der Mond war weitergewandert, und die Männer im Halbdunkel der Straße wurden von einem diffusen Licht beschienen. Es waren Mugal Pye und zwei weitere Männer. Obwohl sie sich im Flüsterton unterhielten, trug die wie ein Verstärker wirkende Gasse Sam jedes Wort zu. Ein weißhaariger Mann raunzte gerade Mugal Pye an.

»Was willst du hier, Pye?«

»Bin wegen Phaeds Sohn gekommen, Preu Flandry!«

»Was willst du denn mit dem Sohn; du hast doch die Mutter.«

»Teufel, sie ist uns entwischt«, knurrte Mugal.

»Wie war das denn möglich? Sie ist doch eine alte Frau! Ihr hattet Männer und Spürhunde dabei.«

»Sie ist hinunter zur Westküste«, erwiderte Mugal Pye gereizt. »Die Frau muß gewetzt sein wie ein Karnickel. Am Strand lagen ein paar Fischerboote. Hat den Anschein, daß sie sich eins genommen und die übrigen unbrauchbar gemacht hat.«

»Sie wollte wohl die Blockadeflotte erreichen«, spekulierte Preu.

»Wer weiß. Vielleicht hat sie es geschafft, vielleicht ist sie auch ertrunken. Könnte aber auch eine falsche Fährte gewesen sein. Ich wüßte noch einen Ort, an dem sie sich eventuell aufhält«, ertönte da eine dritte Stimme.

»Der Awateh will sie haben, Epheron Floom«, zischte Preu. »Deshalb bin ich doch hier! Wenn wir sie dem Awateh übergeben, sind wir diese Sorge los.«

»Der Awateh will ein Exempel statuieren«, sagte Mugal Pye. »Aber was, wenn wir sie nicht finden?«

»Wenn wir Maire nicht finden, dann muß eben Phaeds Junge daran glauben«, sagte Flandry. »Er ist allein, und mit Epheron sind wir zu dritt. Wir könnten ihn uns auch gleich schnappen.«

»Nicht so schnell«, zischte Pye. »Phaed ist mit einigen Männern dort oben. Wir warten, bis er gegangen und sein Sohn allein im Haus ist. Morgen …« Pyes Stimme erstarb, und er ging die Straße hinunter, wobei er Flandry mit sich zog.

Im Raum, in dem Sam eingesperrt war, gab es kein Licht. Die Männer konnten unmöglich wissen, daß er ihr Gespräch belauscht hatte. Allmählich gelang es Sam, wieder einen klaren Gedanken zu fassen. Pye und Epheron hatten Maire verfolgt, jedoch ohne Erfolg. Gewiß hatten die Gharm sie bei der Flucht unterstützt. Und Jep und Samstag befanden sich ebenfalls in Sicherheit. Die Armee von Ahabar stand an den Grenzen des Landes, und mit der Zeit würde auch die göttliche Substanz ihre Wirkung entfalten. Die Kräfte der Gerechtigkeit standen ihm bei, ohne daß er dessen würdig gewesen wäre. Erneut brach er in Tränen aus, diesmal jedoch vor Dankbarkeit. Er würde Phaed von der Verschwörung der beiden berichten. Vielleicht bestand nicht einmal Gefahr für ihn selbst.

Sam stand auf und streckte sich, wobei die innere Anspannung von ihm abfiel. Er befand sich nicht in akuter Lebensgefahr. Manchmal blieb auch einem Helden nichts anderes übrig, als sich unter widrigen Umständen zu bewähren. Ein Held blieb ein Held, auch in Gefangenschaft. Zumindest konnte er versuchen, sich eine gewisse Würde zu bewahren. Theseus hätte das sicher getan. Also würde er sich aufs Überleben konzentrieren.

Er legte sich auf eines der schmutzigen Betten und schlief ein.

Die Morgendämmerung hatte gerade eingesetzt, als Phaed ihn weckte. Sam erzählte ihm von der Unterhaltung, die er belauscht hatte, und Phaed reagierte entsprechend ungehalten.

»Bastarde«, sagte er. »Verdammte Bastarde. Aber mit so etwas hatte ich schon gerechnet!«

Erneut fesselte er Sam so fest die Hände, daß es schmerzte, und dann zerrte er ihn hinaus auf die Straße, über den leeren Platz und eine Seitenstraße entlang. Schließlich erreichten sie ein altes Gebäude, das anscheinend schon seit Jahren unbewohnt war. Wenn Sam daran interessiert gewesen wäre, hätte ein Fluchtversuch durchaus Aussicht auf Erfolg gehabt; er besaß nämlich fast die gleiche kräftige Statur wie sein Vater, aber dann ließ er es doch bleiben. Er hatte beschlossen, die Gefangenschaft zu ertragen und die weitere Entwicklung abzuwarten. Er reagierte überhaupt nicht auf Phaeds Gemurmel, sondern folgte ihm fügsam.

»Was wollen wir hier?« fragte er indes, als sie vor dem heruntergekommenen Gebäude standen.

»Aha, du sprichst wieder mit mir, was? Da bin ich aber froh. Ich dachte schon, du wärst auf einmal stumm geworden.«

»Nein, nicht stumm«, sagte Sam. »Ich weiß nur nicht, was ich mit dir reden soll; du bist nämlich ganz anders, als ich dich in Erinnerung habe.«

»Ich bin sicher, Maire hat mich noch in guter Erinnerung.«

»Sie hat nur selten von dir gesprochen«, sagte Sam. »Aber ich habe ihr nie geglaubt.«

»Was hat sie denn so gesagt?« fragte Phaed interessiert.

»Sie sagte, du wärst ein Killer.«

»Korrekt«, sagte Phaed.

»Du würdest Frauen, Kinder und andere unschuldige Lebewesen töten. Du würdest Leute zu Tode hetzen.«

»Das hättest du ihr ruhig glauben sollen. Jeder gute Mann der *Sache* tut das.«

»Ich hatte es deshalb nicht geglaubt, weil ich mit deiner *Sache* nichts zu tun habe«, erwiderte Sam, wobei ihm das Sprechen schwerfiel. »Kein anständiger Mann würde sich deiner *Sache* anschließen, und kein anständiger Mann würde solche Grausamkeiten für möglich halten.«

»Ach, anständig?« sagte Phaed lachend. »Wie diese Hunde von Ahabar, hm? Wie ihr Farmer? Wie ihr Diener, die für Geld dem Willen anderer entsprechen? Fürwahr anständig!« Er spie angewidert aus, um Sam zu zeigen, was er von solchem Anstand hielt. »Sklaven. Unfreie!«

»Dann sind wir hier ja genau richtig«, erwiderte Sam und sah sich ostentativ um.

»Wir sind hier, Junge, weil der Awateh Blut sehen will. Du sagst, deine Mam sei meinen Freunden durch die Lappen gegangen; aber darüber freue ich mich auch.«

»Willst du damit sagen, du hättest ihre Flucht arrangiert?«

»Sagen wir mal so, ich habe es vorausgesehen. Ich habe gezielte Indiskretionen verbreitet. Die Gharm sind ja so leicht zu manipulieren.«

»Ist ihr die Flucht gelungen?«

»Ich weiß, daß sie in Sicherheit ist, Junge.«

»Weshalb wollte der Prophet sie überhaupt töten?«

»Der Awateh wird allmählich alt und unleidlich. Das Blut der Ungläubigen ist eine Art Jungbrunnen für ihn. Apostaten sind jedoch noch besser. Normalerweise würden wir in Wander oder Skelp ein paar Abtrünnige aufgreifen und sie dem alten Mann zuführen; weil Skelp und Wander jedoch besetzt sind und die Grenze nun am Leward County verläuft, haben wir keinen Zugriff mehr auf die Apostaten. Natürlich bestünde immer noch die Möglichkeit, jemanden aus den eigenen Reihen zu denunzieren; doch wo wir nun in Ungnade gefallen sind, könnte sich das sehr schnell als Bumerang erweisen. Deshalb würden Flandry und Pye sich freuen, wenn du dem alten Mann ein Geschenk machst. Das würde seine Stimmung heben, und vielleicht wäre er auch den beiden gegenüber wieder milder gestimmt. Aber ich werde ihnen diesen Gefallen bestimmt nicht tun.«

»Und weshalb nicht?«

»Weshalb nicht? Nun, ich weiß es selbst nicht genau. Vielleicht gefällt es mir nicht, daß man mich wegen dieser Gharm-Harfenspielerin zum Sündenbock macht. Zuerst waren der Awateh und die anderen Propheten damit einverstanden; als der Plan jedoch mißlang, bei wem suchten sie dann die Schuld? Etwa bei sich selbst? Nein, sie machten Preu und Mugal Pye dafür verantwortlich und sogar Epheron, der im Grunde überhaupt nichts damit zu tun hatte, und *mich*, Junge! Deshalb bin ich auch nicht geneigt, dem Awateh einen Gefallen zu tun. Soll er doch sehen, wie er auf seine Kosten kommt.«

Sam riskierte es nicht, ihm zu widersprechen. »Du willst hierbleiben?«

»Zum Glück sind Pye und Flandry solche Schwätzer. Wenn sie dich holen kommen, werden sie niemanden vorfinden. Sie werden wahrscheinlich glauben, ich hätte dich nach *Wolke* gebracht; dann werden sie auch nach *Wolke* fliegen, um ihre Interessen zu schützen. Im Haus gibt es eine Matratze, ein paar Decken und Kochgeschirr. Fließendes Wasser gibt es auch.«

»Welchem Zweck hatte das Gebäude früher gedient?«

»War eine Geburtsklinik.«

»Weshalb wurde sie geschlossen?«

»Es gibt noch eine in Panchytown, und das genügt. Wir brauchen keine zwei.«

Sam ließ den Blick durch den langen Gang schweifen. Dann war die Geburtenrate in Sarbytown also rückläufig. »Phaed, hast du dich nicht schon mal gefragt, ob eure Doktrin vielleicht doch nicht das Gelbe vom Ei ist?«

Phaed schlug ihm so heftig ins Gesicht, daß er zu Boden stürzte. »Halt's Maul, Junge. Ich darf die Doktrin und die Propheten kritisieren, aber dir steht das nicht zu. Und überhaupt mußt du noch lernen, daß man seinem Vater nicht widerspricht.«

»Dann soll ich also hierbleiben. Für wie lange?«

»Bis du es gelernt hast«, erwiderte Phaed. »Wie lange das auch dauern mag.«

* * *

In der Höhle südlich von Sarby waren bereits ein Tag und eine Nacht vergangen. Maire hatte den größten Teil der Zeit verschlafen. Nun saß sie im Höhleneingang und fühlte sich mit jedem Moment einsamer. Sie war völlig isoliert; sie spürte, daß ein Teil von ihr fehlte, und dieses Gefühl wurde mit jedem Tag stärker.

»Es stirbt«, sagte sie zu dem Gharm, der stumm am Feuer saß. »Ich spüre, daß es in mir stirbt.«

»Was stirbt, Maire Manone?«

»Der Gott. Er ist in mir ... seit Sam ein Kind war. Zuerst Bondru Dharm, dann Birribat Shum. Unsere Entsprechung eures *Tchenka*.«

»Das hat Sie-Setzt-Die-Schöpfung-Fort auch gesagt.«

»Vielleicht kann es nicht isoliert existieren. Es braucht das ... was glaubst du, was es ist?«

»Was auch immer neben dem Tempel heranwächst. Was auch immer in uns allen heranwächst.«

»Glaubst du, es gibt eine zweite Chance?«

Der Gharm klopfte ihr auf die Schulter. »Maire, ich bin Ihr Freund. Wir haben uns.«

»Wir sind so verschieden«, sagte sie weinend und lächelnd zugleich. »Wir alle. Das ist mir schon bewußt geworden, als meine Kinder noch Babies waren. Wenn sie schrien, versuchte ich herauszufinden, was ihnen fehlte. Aber sie waren so anders als ich, daß ich den Eindruck hatte, durch eine Wand von ihnen getrennt zu sein. Auch als sie laufen lernten, war diese Wand noch da. Zwischen dem, was sie sagten und dem, was ich hörte, lagen Welten. Zwischen mir und Sammy, das muß man sich einmal vorstellen! Wie eine Mauer. Er schaute mich ausdruckslos an und hörte höflich zu, aber im Grunde interessierte es ihn gar nicht, was ich sagte. Dann kamen wir nach Hobbs Land. Und nach einiger Zeit wurde die Wand dünner. Nicht daß ich in der Lage gewesen wäre, seine Gedanken zu lesen. Ich werde noch immer nicht schlau aus Sam ... weshalb er all diese Bücher liest. Er geht ins Archiv und liest all diese alten Legenden. Nein, seine Gedanken konnte ich nicht lesen, aber immerhin begriff ich allmählich, daß er von einem Mysterium umgeben war. Und wenn wir auf Hobbs Land geblieben wären, würde ich ihn nun vielleicht ganz verstehen!«

»Wie *Diejenige Welche* schon sagte«, murmelte der Gharm. »Ein Entgegenkommen. Eine Gefälligkeit.«

Maire wischte sich die Tränen aus den Augen. Plötzlich hörte sie das Knacken von Zweigen. Der Gharm duckte und versteifte sich.

»Eine Gefälligkeit, sagst du?« ertönte eine freudige Stimme aus dem Wald. »Haben wir dich endlich gefunden, Maire Manone!«

Sie erschienen zwischen den Bäumen. Mugal Pye und ein halbes Dutzend Männer, die allesamt die Kappen der Gläubigen trugen. Der Gharm versuchte zu entkommen, doch sie holten ihn ein und töteten ihn vor ihren Augen, wie man einem Huhn den Hals durchtrennt. Dann wandten sie sich ihr zu.

»Phaed hatte uns schon vor langer Zeit von diesem Ort erzählt, Liebliche Sängerin. Das hat er sicher schon vergessen. Nachdem wir dich an der Küste nicht gefunden hatten, versuchten wir es hier. Da hast du leider Pech gehabt. Du hast uns aber ordentlich auf Trab gehalten.«

Maire erhob sich. Also hatten die Legenden sie wieder eingeholt.

»Wohin bringt ihr mich?« fragte sie, wobei sie die Antwort jedoch schon wußte.

»Zum Propheten Awateh«, sagte Mugal Pye mit einem verschlagenen Grinsen. »Aber der alte Phaed muß nicht unbedingt erfahren, wohin die Reise geht.«

* * *

Tagsüber war Sam an einem Pfosten in einem Erkerzimmer angekettet. Die Kette war jedoch lang genug, daß er zur Toilette gehen, beziehungsweise aus dem Fenster sehen konnte.

Nachts hockte er auf der Matratze, während Phaed

ihn in der Doktrin unterwies und jede falsche Antwort mit einem Schlag mit dem Peitschenstiel quittierte. Bald war die Konditionierung perfekt. So wurden auch Tiere dressiert, sagte Sam sich und fragte sich, wie ein Hoch-Baidee sich wohl in einer solchen Situation verhalten würde. Vielleicht würde er versuchen, Selbstmord zu begehen. Unter normalen Umständen hätte Sam auch genau das versucht. Allerdings breitete sich, vom Hügel oberhalb von Sarby ausgehend, ein Gewächs talwärts aus, und darauf setzte Sam all seine Hoffnungen. Einen Teil seiner Kraft bezog er aus der Gewißheit, daß die Dinge sich bald ändern würden; im übrigen war er schlicht neugierig. Er wollte sehen, wie der Gott von Hobbs Land sich in Sarbytown bewährte.

»*Wer ist der Gott von Voorstod?*« fragte Phaed.

»*Der Eine, der Einzige, der Allmächtige Gott, in dessen Licht alle anderen Götter als Götzen der Menschen entlarvt werden.*«

»*Was ist das Bestreben des Einen Gottes?*«

»*Daß alle Lebewesen Ihn verehren.*«

»*Und wie soll das erreicht werden?*«

»*Durch die Unterweisung der Gutwilligen und durch den Tod aller anderen.*«

»Ich verstehe diese Doktrin nicht«, sagte Sam.

Phaed hob den Peitschenstiel, doch Sam wehrte ihn ab. »Ich habe nicht gesagt, daß ich ihr nicht zustimme, sondern daß ich sie nicht verstehe. Ich bitte dich, es mir zu erklären.«

»Was verstehst du nicht?«

»Wenn Gott wirklich allmächtig ist, wie du sagst, wieso inspiriert er die Leute dann nicht einfach, ihm zu folgen. Wozu diese Umstände?«

»Seit wann ist ein Kampf denn ein Umstand?«

»In der Regel kommen Menschen dabei um.«

»Es gibt sowieso zu viele Menschen. Es hat immer schon zu viele Menschen gegeben. Wenn ein Mann ein halbes Dutzend Frauen oder mehr hat, dann muß man darauf achten, daß die Menschen sich nicht zu sehr vermehren. Also führen wir Kriege, um den Bestand zu regulieren. Die Dummen und Schwachen werden ausgemerzt, und die Überlegenen pflanzen sich fort. Das ist der Lauf der Welt.«

»Aber ihr habt keinen Frauenüberschuß, sondern einen Männerüberschuß.«

»Weil wir hier in Voorstod festsitzen, Junge! Wenn wir uns frei zwischen den Sternen bewegen würden, sähe das schon ganz anders aus.« Phaeds Augen nahmen diesen Glanz an, wie es oft geschah, wenn er vom freien Leben zwischen den Sternen schwadronierte. Er hatte eine Vision dieser Zukunft, die er indes nicht mit Sam teilte; manchmal sah Sam jedoch, wie Phaed entspannt und mit verklärtem Blick direkt das Paradies zu schauen schien.

»Und was werdet ihr tun, wenn ihr frei zwischen den Sternen schwebt, Dad?«

»Oh, Bursche«, sagte er mit blitzenden Augen. »Da wird mir schon etwas einfallen.«

Mehr war ihm nie zu entlocken.

Manchmal gingen sie nachts aufs Dach hinauf, Sam in Ketten und Phaed mit dem Buch der Doktrin bewehrt, und dann fand der Unterricht unter den Sternen statt. Vom Dach aus überblickte Sam den ganzen Platz, die Marterpfähle und die Zitadelle. Es hingen immer Körper an den Pfählen, meistens Gharm, manchmal auch Menschen.

»Werden auch Frauen ausgepeitscht?« fragte er Phaed.

»Frauen werden zu Hause ausgepeitscht«, erwiderte Phaed. »Wo sie hingehören.«

»Hast du Mam auch ausgepeitscht?« fragte Sam.

»Nur wenn sie es verdient hatte«, sagte Phaed sachlich. »Eine Frau nur zum Vergnügen zu schlagen, ist kontraproduktiv. Wozu gibt es denn die Gharm.«

»Ich begreife einfach nicht, daß du daran Gefallen findest, Dad.«

Phaed lächelte und leckte sich genießerisch die Lippen. »Es gefällt mir eben«, sagte er. »Und dir wird es auch gefallen.«

Die Tage gingen ins Land. Einmal verließ Phaed für zehn Tage die Stadt. Er versorgte Sam mit ausreichend Proviant und wies ihn darauf hin, daß, wenn er schrie oder sonstwie Aufmerksamkeit zu erregen versuchte, der Awateh das sicherlich gern hören würde. Dann gab er ihm noch den zweiten Band der Doktrin, *Die Doktrin der Freiheit* und befahl ihm, das Werk auswendig zu lernen. Sam setzte sich ans Fenster und beobachtete die Straße. Er fühlte sich wie ein Gespenst, das dieses alte Gemäuer bewohnte. Früher waren hier Menschen geboren worden. Nun war das Haus tot.

»Wo ist der Platz der Frauen bei der Erschaffung des Einen Gottes?«

»Für Frauen gibt es keinen Platz. Sie sind keine Gefolgsleute Gottes, sie sind nur das Hilfsmittel, um Gefolgsleute zu gebären. Sie haben sich bedeckt zu halten; man muß auf ihre Gesundheit achten, bis sie Kinder geboren haben, und dann darf man sich ihrer entledigen.«

»Wie groß ist die Zahl derer, die dem Einen Gott am Jüngsten Tag Gefolgschaft leisten werden?«

»Und wenn es nur einen gäbe, den letzten Menschen, es wäre genug.«

»Was ist die Belohnung für die Gläubigen?«

»Das Paradies.«

»Gibt es auch Frauen im Paradies?«

»Es gibt Jungfrauen im Paradies, mit denen die Gläubigen sich vergnügen dürfen, doch es sind keine Menschen-Frauen.«

»Dafür willst du sicher auch eine Erklärung haben«, sagte Phaed spöttisch.

»Was sind das für Frauen im Paradies, Dad?«

»Nur Jungfrauen.«

»Du meinst immer?«

»Immer. Jedesmal, wenn ein Mann sich eine Frau nimmt, bekommt er eine Jungfrau. Niemand hat sie vor ihm gehabt oder wird sie nach ihm haben.«

»Und weshalb sollten die Männer so großen Wert darauf legen?«

»Weil sie dir allein gehört. Sie ist eng, und sie schreit vor Schmerzen. Diese kleinen Schreie. Die Jungfrauen haben keinen Verstand. Sie sprechen nicht, sondern singen nur oder geben diese Laute von sich, wenn sie genommen werden. Deine Mam hat früher auch solche Schreie ausgestoßen.«

Sam schluckte und verkniff sich einen diesbezüglichen Kommentar. »Dann sind die Frauen des Paradieses also nichts als Puppen, die ihr vergewaltigt. Seid ihr damit wirklich zufrieden?«

»Was sollte es denn sonst noch geben, Junge?«

»Interessiert es euch denn nicht, was sie denken und fühlen?«

»Weshalb sollte ich mich dafür interessieren?« fragte Phaed. »Sie sind Frauen. Sie sind das Gefäß, in das ein Mann sich ergießt, und ansonsten völlig uninteressant. Und der Allmächtige weiß das auch. Aus welchem Grund hätte er das Paradies wohl sonst mit einfältigen Jungfrauen ausgestattet?« Als Phaed Sams Gesichtsausdruck sah, lachte er spöttisch. »Als ich deine Mam heiratete, Junge, dachte ich auch schon, ich hätte das Paradies auf Erden!« Dann stieß er ein brüllendes Gelächter aus.

Zorn keimte in Sam auf. »Aber dir liegt doch etwas an ihr! Ich weiß es!«

»Ich tue das, was mir in den Kram paßt, Junge«, entgegnete Phaed barsch. »Vielleicht werde ich mich bald wieder daran erinnern, daß sie mich verlassen und zum Gespött der Leute gemacht hat.«

Sam schüttelte den Kopf. »Du hast sie doch gehen

lassen, Dad. Sie hatte dich schließlich gebeten, sie zu begleiten. Weshalb machst du dir nun etwas vor?«

»Weshalb sollte ich mir nichts vormachen, wenn es mir das Leben erleichtert? Das ist die Philosophie der Gläubigen. Wir biegen uns die Dinge so zurecht, wie es zur optimalen Ausführung des Auftrags erforderlich ist. Wir bringen alte Frauen und Kinder um und sagen dann ›Für Gott und Voorstod‹. Weil es im Grunde keine Rechtfertigung für solche Handlungen gibt, sagen wir eben, wir hätten es für Gott und Voorstod getan. Und mit deiner Mutter ist es dasselbe. Um es leichter für mich zu machen, behaupte ich, sie hätte mich verlassen.«

»Aber das stimmt doch gar nicht.« Nun konnte Sam doch nicht mehr an sich halten.

»›*Wenn ich etwas zehnmal sage, dann ist es wahr.*‹ So lautet doch eines eurer Sprichwörter. Wir konditionieren die jungen Männer mit solchen Sprüchen, Gebeten und Gesängen. Sie werden ständig demselben Sermon ausgesetzt, bis die Worte in ihr Bewußtsein gefräst sind. ›*Entschlossenheit ist die Waffe Gottes; Gedanken sind der Feind der Entschlossenheit; Worte verdrängen die Gedanken; also lernt Worte*‹, sagen die Schriften. Schon auf *Menschenheimat* hatten unsere Söhne die Worte auswendig gelernt, damit sie nicht auf dumme Gedanken kamen. Was soll Gott mit Gefolgsleuten, die zweifeln und Fragen stellen? Der Allmächtige braucht Gläubige, die ihm blindlings gehorchen!«

Ein Tag reihte sich an den anderen. Sam hatte bereits jedes Zeitgefühl verloren. Mindestens neunzig Tage, sagte er sich irgendwann. Auf jeden Fall nicht weniger als achtzig. Sam befaßte sich mit der Schrift und der Doktrin. Er identifizierte sich zwar nicht mit den Inhalten, aber er studierte sie dennoch. In den Pausen fragte er sich, was er nach seiner Rückkehr nach Hobbs Land tun würde. Nach der Rückkehr zu Maire, Sal und China. Was er den Frauen sagen und was er für sie tun würde, damit sie wußten, daß sie ihm etwas bedeuteten.

Bisher war er immer der Ansicht gewesen, die reine Bekundung seiner Absichten hätte genügt. Er hatte wohl gesagt, »Heirate mich, China«, aber gemeint hatte er: ›Heirate mich, damit ich deiner sicher bin. Heirate mich, damit ich dich in einen Käfig stecken und dich bestrafen kann, wenn du ihn verläßt.‹

Und das gleiche galt auch für Maire und Sal. ›Hier hast du einen Strauß Blumen zum Geburtstag, Mam; und im übrigen möchte ich während dieser Saison nicht mehr belästigt werden. Hier hast du ein Geschenk zum Erntedankfest, Sal; und nun laß mich in Ruhe.‹

War es doch so viel einfacher, sie in Käfige zu stecken und andere Verehrer, Söhne und Brüder von ihnen fernzuhalten; vor allem deshalb, weil sie nur einen Sohn beziehungsweise Bruder hatten.

Obwohl, wie eine Stimme ihm zuflüsterte, sie vielleicht doch jemanden finden würden; es gab nämlich auch noch andere Bande als Blutsverwandtschaft.

Als sie eines Abends aufs Dach gingen, sahen sie, daß keine Körper an den Pfählen hingen. In jener Nacht konnte Phaed sich nicht auf das Buch konzentrieren; er geriet in Zorn, legte die Peitsche aus der Hand, und als er dann nach ihr suchte, fand er sie nicht mehr. Schließlich schlug er das Buch zu und ließ den Blick über die Stadt schweifen. So etwas war noch nie vorgekommen.

»Wollen wir reden?« fragte Sam.

»Worüber?« grunzte Phaed.

»Ich möchte einfach nur mit dir reden, Vater«, sagte Sam.

»Was willst du mir denn sagen?« fragte Phaed.

»Daß du mich hier ankettest, ist Unsinn. Schließlich bin ich freiwillig von Hobbs Land gekommen, um dich kennenzulernen.«

»Na gut, jetzt bist du hier. Wo du auch sein solltest. Und nun lernst du, was du schon längst hättest lernen müssen.«

»Weshalb bist du eigentlich nicht zu mir gekommen, Dad?«

»Wieso hätte ich das tun sollen? Wie komme ich dazu, hinter Frauen und Bälgern herzulaufen? Ein Mann bekommt immer wieder eine Frau. Ein Mann bekommt immer wieder Söhne. Geht ganz einfach. Du hast es schließlich selbst praktiziert. Dieser Bengel Jep stammt doch von dir.«

»Und wenn du noch einen Sohn bekämst, er wäre nicht ich. Und wenn du eine neue Frau hättest, sie wäre nicht Maire. Du hast doch sicher an Maire gedacht?«

»Natürlich, Junge«, erwiderte Phaed mit einem Kichern. »Sie ist doch meine Frau. Mutter meiner Kinder. Ich werde sie immer als abschreckendes Beispiel vor Augen haben.«

»Liebst du sie denn noch?«

»Ich habe dir doch schon gesagt, was Liebe ist, Sam. Liebe ist Gehorsam gegenüber Gott. Ich wollte Maire. Das ist ein Unterschied. Männer, die im Dienst der *Sache* ihr Leben riskieren, haben einen Anspruch darauf, daß ihre Bedürfnisse erfüllt werden.«

»Dad.«

»Ja ...«

»Ich möchte, daß du mir etwas erklärst. Es geht um den Tod von Maechy.«

»Er ist tot, das ist alles.»

»Mam sagte, du hättest nicht um ihn getrauert. Sie sagte, du hättest bloß den Schützen verflucht, weil er so schlecht gezielt hätte.«

Die zusammengekauerte Gestalt schüttelte sich vor Lachen. »Oh, ich habe getrauert, Sam. Beim Allmächtigen, ich habe getrauert. Die einzige Chance, diesen Bastard aus Ahabar zu erledigen, und wir haben sie vertan. Statt dessen haben wir ein kleines Kind erwischt, und noch dazu mein eigenes ...« Phaed kringelte sich schier vor Lachen.

»Was? Dann waren es deine Männer, die ihn getötet haben?«

»Meine Männer? – Natürlich waren es meine Männer. Sie sind zwangsläufig meine Männer, wenn sie Männer der *Sache* sind. Deine Mam wußte ganz genau, daß sie meine Männer waren ...«

Sam wandte sich ab; er war zu verbittert und erschöpft, um zu weinen. Dann hatte Maire also über Phaed Bescheid gewußt. Sie hatte es die ganze Zeit gewußt. Die Legenden existierten nicht mehr. Es gab keinen Vater-König. Keinen Helden. Es gab nur das, was Maire schon gesagt hatte, schwere Steine aus Haß.

»Die Propheten verlassen Sarby«, sagte Phaed plötzlich. »Es heißt, sie gingen nach *Wolke*. Der Awateh würde sie brauchen.«

Sam hatte einen galligen Geschmack im Mund. »Hat der Awateh nach ihnen geschickt?«

Phaed schaute mit zusammengekniffenen Augen und schmalen Lippen gen Himmel. »Ich weiß es nicht«, sagte er schließlich. »Niemand weiß es. Ich muß nach *Wolke* gehen und es selbst herausfinden.«

»Wenn die Propheten gehen, kannst du mich auch losbinden«, sagte Sam. »Dann gibt es nämlich niemanden mehr, der mich dem Awateh vorführen will.«

»Ich weiß nicht, ob das so klug wäre«, sagte Phaed mit listigem Blick.

»Wo stecken überhaupt Mugal Pye und Preu Flandry?«

»Sie sind noch nicht von der Suche nach deiner Mam zurück. Wenn sie sie gefunden hätten«, sagte Phaed und biß sich auf die Lippe, »dann wären sie zurückgekommen, um sich damit zu brüsten. Ich glaube also nicht, daß sie sie gefunden haben. Vielleicht haben sie sich irgendwo versteckt.«

»Dann binde mich los. Ich werde hier auf dich warten.« Das war sein Ernst. Wenn er sich schon nicht imstande sah, den alten Mann zu bewundern, dann würde er ihm zumindest verzeihen. Er war nämlich auch nicht schlechter als die anderen.

»Vielleicht erkennt dich jemand. Ich lasse dir genügend Lebensmittel hier.«

»Sprich mit mir, Dad, bevor du gehst.«

»Ich habe schon bis zum Abwinken mit dir gesprochen, Junge. Was willst du denn noch?«

»Gibt es auch Voorstoder, die anders sind? Unter den Männern, meine ich. Gibt es auch solche, die gegen das Auspeitschen und Töten protestieren?«

»Hin und wieder.«

»Hört ihr ihnen manchmal zu?«

»Manchmal, bevor wir sie auf dem Scheiterhaufen abfackeln. Damit wir etwas zum Lachen haben.«

Als Sam den Kopf schüttelte, klopfte Phaed ihm väterlich auf die Schulter. »Das verstehst du noch nicht, Junge. Aber bald wirst du alle Antworten kennen. Wenn dein Vater dir erst einmal Gottes Willen verkündet hat, brauchst du dir darüber keine Gedanken mehr zu machen. Das ist eben das Problem mit euch armen Narren auf Ahabar, Hobbs Land und Phansure. Ständig seid ihr am Grübeln und macht euch zum Sklaven eurer Zweifel und Sorgen. Wir sind freie Männer, wir von Voorstod. Frei, verstehst du?«

»Was wollt ihr von uns?« flüsterte Sam.

»Daß ihr so werdet wie wir, Junge. Nur, daß ihr so werdet wie wir.«

Nachdem er gegangen war, legte Sam sich auf das Bett und starrte in die finstere Nacht.

Phaed war am selben Tag gegangen wie die Propheten mit ihren Frauen und Kindern, und es war bereits seit vier Tagen kein Blut mehr vergossen worden in Sarby, auch wenn diese Tatsache scheinbar nicht zur Kenntnis genommen wurde. Es hatte fast den Anschein, als ob die Bewohner von Sarby sich darauf verständigt hätten, diesen Umstand zu ignorieren. Vom Dach aus hatte Sam zwar keine Toten an den Pfählen mehr gesehen, doch wie es in den anderen Bezirken der Stadt aussah, wußte er natürlich nicht.

Am achten Tag huschten einige Gharm die Treppe des alten Gebäudes hinauf und sagten Sam, sie wären von Nils und Pirva geschickt worden, um ein Auge auf ihn zu haben, was sie auch getan hätten. Weil sie ziemlich sicher seien, daß Phaed nicht mehr zurückkommen würde, sei es nun an der Zeit, ihn von seinen Fesseln zu befreien. Ein Gharm hatte einen Bolzenschneider mitgebracht. Nachdem sie Sam befreit hatten, sagten sie ihm, auf einer Farm im Osten der Stadt sei befristet der Posten eines Verwalters zu besetzen. Weil er kein Geld hätte, um den beschwerlichen Weg nach Green Hurrah zu bewältigen, wäre es ratsam, wenn er die Stelle annähme.

»Gibt es dort Sklaven?« fragte Sam.

»Es gibt keine Sklaven mehr im Umland von Sarby.«

»Seit wann?«

Sie schauten sich fragend an. »Acht Tage«, sagten sie dann mit verwundertem Gesichtsausdruck.

Seit acht Tagen hätte es weder Auspeitschungen noch Todesfälle gegeben, sagten die Gharm, auch wenn einige Voorstoder zumindest mit dem Gedanken an Auspeitschungen gespielt hätten. Im Flüsterton erzählten sie Sam von einer Frau, die ihre Köchin der Vergeudung von Lebensmitteln bezichtigt hatte und die Gharm deswegen auspeitschen wollte. Doch dann setzte die Frau sich in den Salon und fand allein die Vorstellung schon so erbaulich, daß sie auf die Umsetzung in die Praxis verzichtete.

Die Gharm-Köchin, die nämlich Proviant für Flüchtlinge abgezweigt hatte und schon vor Todesangst schlotterte, beruhigte sich wieder und dankte ihrem *Tchenka*.

Und dann war da noch diese Bande von Schlägern, die in einer Seitenstraße einen Gharm abgefangen hatten und sehen wollten, wie viele Peitschenhiebe er einstecken konnte, bevor er starb. Weil sie sich jedoch nicht über die mögliche Anzahl der Schläge einigten, kam der Plan nicht zur Ausführung. Statt dessen gelangten sie zu dem Befund, daß sie Hunger hätten, und gingen nach Hause. Der Gharm kam mit dem Schrecken davon und erzählte die Geschichte weiter.

Dicht unter der Erdoberfläche hatte das Netz sich mit fast wahrnehmbarer Geschwindigkeit vom Hügel bis zur Stadt ausgebreitet und verzweigte sich immer weiter, bis es schließlich die ganze Stadt unterwandert hatte. Auf dem Hügel in der Nähe der Farm, wo der kleine Tempel errichtet worden war, hüllte das Netz das wunderbare Ding, das dort wuchs, wie einen Kokon ein.

Die Propheten waren zwar gegangen, aber die Priester waren noch da. Es hätte auch keinen Grund für sie gegeben, die Stadt zu verlassen. Vielmehr hatten sie allen Grund zu bleiben, denn die Kirchen füllten sich, zögerlich zunächst, als ob die Leute dort nach etwas suchten. Die Tage verstrichen. Schließlich waren zwei Wochen vergangen, ohne daß die Steine oder der Erdboden mit Blut befleckt worden wären. Der Ruf ›Voorstod‹ ertönte nicht mehr, und es wurde auch kein Gharm mehr totgepeitscht.

* * *

Zur gleichen Zeit wurden in Selmouth die Leute, die in einem bestimmten Radius um eine alte Kirche und den Friedhof lebten, von einer inneren Stimme aufgefordert, auf dem Kirchhof einen kleinen, kreisförmigen Tempel zu erbauen. Der Priester hatte keine Einwände. Nicht einmal als die Steine aus den Gehwegen des Friedhofs herausgebrochen und zum Bau des Gebäudes zweckentfremdet wurden, legte er sein Veto ein. Und als eine Mauer der Kirche abgetragen und die Steine demselben Zweck zugeführt wurden, hielt er das auch für völlig normal. Der Tempel wurde in kürzester Zeit fertiggestellt, denn die Leute wurden durch ein Objekt beflügelt, das sie in einer Krypta auf dem Kirchhof fanden und mit allen Anzeichen der Freude im Mittelpunkt des Tempels plazierten.

Unter den Helfern befand sich auch ein Gharm mit einem Messer und einer Anzahl Plastikbeutel. Niemand wußte, wer er war, aber jeder rühmte seine außerordentliche Einsatzbereitschaft.

»Was ist das?« hatten sie ihn gefragt, denn sie wußten es nicht.

»Ein *Tchenka*«, hatte er ihnen geantwortet. »Dies ist der Waldvogel-*Tchenka*. Er wird über euch wachen. Und bald wird er vielleicht auch unter uns wandeln.« Die Gharm indes glaubten nicht so recht an die Macht des Selmouth-Gottes. Nach dem, was Sie-Setzt-Die-Schöpfung-Fort ihnen gesagt hatte, würde er sich ohnehin nicht um sie kümmern.

Bald schon verständigte der Waldvogel-*Tchenka* sich mit einigen Voorstoder Katzen auf die regelmäßige Lieferung von kleinen, geschuppten Schädlingen. Obwohl es auf Ahabar keine *ferfs* gab, existierten andere Lebewesen, die die gleichen Substanzen absonderten und dem Gott somit auch zuträglich waren.

Wenig später arrangierten die Gharm drei weitere Begräbnisse in *Wolke*, zusätzlich zu der Beerdigung, die schon vor einiger Zeit stattgefunden hatte. In Wolke gab es laufend Tote. Bei den insgesamt vier Toten hatte es sich um zwei Gharm und zwei Menschen gehandelt, darunter ein Kind. In der darauffolgenden Nacht fanden in Scaery drei weitere Begräbnisse statt. Außerdem wurden zehn Gharm ausgesandt, die Plastikbeutel mit einer weißlichen Substanz bei sich hatten. Sie verteilten den Inhalt in anderen

Städten und Dörfern Voorstods. Seit Samstag Wilms Erscheinen in Sarby waren noch keine hundert Tage vergangen.

* * *

Kommandeur Karth hatte Jep und Samstag nach ihrer Rückkehr aus Voorstod seine Gastfreundschaft angeboten, was die beiden auch prompt in Anspruch nahmen.

»Ich dachte, ihr müßtet wieder zurück nach Hobbs Land«, hatte der Kommandeur gesagt.

Samstag hatte den Kopf geschüttelt. »Nein, Sir. Wir müssen hierbleiben und eine mögliche Invasion oder sonstige Aktionen verhindern. Es wäre besser, die Armee würde sich die nächste Zeit ruhig verhalten. Wenn Jep und ich recht haben, werden Sie schon bald Veränderungen in Voorstod bemerken.«

Der Kommandeur meldete das Kronprinz Ismer, der es seinerseits an seine Mutter, die Königin, weiterleitete, die noch immer um Stenta Thilion trauerte und das Bedürfnis verspürte, Voorstod hart zu bestrafen.

»Welche Veränderungen meinen diese Kinder?« fragte sie. »Ich möchte mit ihnen sprechen?«

Samstag und Jep wurden nach Fenice gebracht und im Palast einquartiert. Sie frühstückten mit der Königin allein, denn diese wollte vermeiden, daß die Kinder über die Königlichen Berater erschraken, obwohl die Räte im Grunde völlig harmlos waren. Deshalb bat sie dann doch Ornice, Lord Multron, hinzu. Mit seinem großväterlichen Habitus war er sicher kein Kinderschreck.

Nach dem, was die Kinder mit den Propheten von Voorstod erlebt hatten, wirkten die Königin und ihr Berater wirklich wie gütige Großeltern.

»Ihr dürft mich mit Ma'am anreden«, sagte die Königin. »Ich finde es lächerlich, mich von Kindern als Pazifische Sublimität bezeichnen zu lassen.«

»Ja, Ma'am«, sagte Samstag. »Die Eier sind wirklich gut.«

»Nicht wahr? Es sind *Lorsfowl*-Eier. Gibt es bei euch auf Hobbs Land auch *Lorsfowls?*«

»Wir haben Hühner von *Menschenheimat*«, sagte Jep, »obwohl ich glaube, daß sie genauso wie wir der Umwelt angepaßt wurden. Und dann haben wir noch *Binnies*. Die stammen wohl von Phansure.«

»Von Thyker«, korrigierte Samstag. »Die *Quarshes* kommen ursprünglich von Phansure. *Quarsh*-Eier mag ich nicht. *Binnie*-Eier sind aber sehr lecker, nur daß die Thykeriten sie nicht essen.«

»Nur die Hoch-Baidee verzehren sie nicht«, präzisierte Ornice, Lord Multron. »Die anderen Bewohner von Thyker essen sie sehr wohl.«

Jep seufzte. »Wir wußten gar nicht, daß es außer den Hoch-Baidee auch noch andere Völker auf Thyker gibt. Ich habe einmal ein paar Hoch-Baidee gesehen. Sie kamen in die Siedlung, sind aber nicht lange geblieben.«

»Sie suchten nach antiken Monumenten«, informierte Samstag die Königin. »Sie waren im Auftrag des Büros für Umwelt- und Naturschutz unterwegs.«

»Räte!« schnaubte die Königin. »Unethisches und gesetzloses Gesindel. Obendrein noch bestechlich. Ich wünsche ihnen die Pest an den Hals.«

»Der Religionsrat will über die Blockade von Voorstod beraten«, sagte Ornice. »Wir sollen sie aufheben, bis sie geklärt haben, ob es sich bei dem Anschlag auf Stenta Thilion um eine religiöse Angelegenheit handelt.«

»Sicher könnte man es so sehen«, sagte Jep leidenschaftlich. »Ich bin dem Propheten Awateh begegnet; er ist sehr religiös, aber auch völlig irre. In meinen Augen hat eine Religion ihren Anspruch auf Toleranz verwirkt, wenn unter ihrem Deckmantel Verbrechen begangen werden. Africa, meine Tante, pflegte zu sagen, friedliche Koexistenz müsse auf Gegenseitigkeit beruhen.«

»Hört, hört!« sagte die Königin. »Meine Rede, Ornice!«

»Außerdem«, sagte Jep, »halte ich es für unsere Pflicht, den Vertretern einer solchen Religion das Handwerk zu legen. Damit nicht noch mehr Leute umgebracht werden.«

»Aha«, sagte die Königin. »Ist es das, woran ihr in Voorstod gearbeitet habt?«

Errötend senkte Jep den Blick.

»Eure Sub ... Ma'am«, sagte Samstag, »bitte halten Sie uns nicht für unhöflich, wenn wir Ihnen nicht sagen, woran wir gerade arbeiten. Wenn Sie es wünschen, können wir Sie aber über das erwartete Ergebnis informieren.«

»Unbedingt«, sagte Wilhulmia gespannt. »Was haben wir denn zu erwarten?«

Samstag räusperte sich. »Es ist damit zu rechnen, daß etliche Voorstoder bald ihr Land verlassen wollen. Dessen sind Jep und ich uns ziemlich sicher. Wenn der Frieden in Voorstod einkehrt, wird es einige Leute geben, die damit nicht zurechtkommen.«

Die Königin wechselte Blicke mit ihrem Berater. »Leute, die so gewalttätig sind, daß sie keine andere Lebensart akzeptieren?« fragte sie.

»Akzeptieren *können*«, sagte Samstag dezidiert. »Nicht wahr, Jep? Sie *können* es nicht. Sie würden daran zugrunde gehen.«

»Man könnte es auch so ausdrücken, daß gewisse Leute höchst unflexibel sind«, sagte Jep. »Im Unterricht lernen wir viel über landwirtschaftliche Maschinen. Einige Maschinen können auf verschiedene Aufgaben programmiert werden. Andere jedoch, Erntemaschinen zum Beispiel, sind für ganz bestimmte Aufgaben ausgelegt. Samstag und ich glauben, daß dieses Konzept sich auch auf manche Voorstoder übertragen läßt; sie werden eine andere Religion erfinden, um wie bisher weiterzumachen. Sie sind quasi auf Bigotterie, Gewalt oder Ignoranz programmiert – wobei Ignoranz im Grunde eine Variante der Bigotterie ist. Die Leute widersetzen sich komplexen Wahrheiten, weil sie sich bereits an einer einfachen Wahrheit festklammern. Und dann beeinflussen diese Leute andere, die vielleicht nicht so eindimensional denken, dafür aber …«

»Verführbar sind?« fragte die Königin.

Jep nickte. »Die geborenen Mitläufer. Diese Mitläufer sind vielleicht in der Lage, ihre Meinung zu ändern, aber die Anführer, die Hardliner, die können das nicht.«

»Und die Voorstoder können das nicht?«

»Manche Voorstoder sind dazu nicht imstande. Wahrscheinlich die Mehrzahl der Propheten. Deshalb sind sie schließlich Propheten geworden. Weshalb sollte man sonst ein Prophet werden wollen? Es fällt doch auch nur einem Verrückten ein, sich die Lunge aus dem Leib zu brüllen, den Leuten mit Tod, Folter und der Hölle zu drohen und den Frauen zu befehlen, sich zu verhüllen. Das Problem ist nur, daß die Propheten keine Konkurrenz dulden. Sie tolerieren nur Gefolgsleute, ob die nun genauso irre sind oder einen klaren Verstand haben. Der Versuch, sich bei einem solchen Verrückten einzuschmeicheln, wäre sinnlos. Genauso gut könnte man das bei einem Mähdrescher versuchen. Man würde einfach plattgewalzt. Ebenso zwecklos wären Bestrafung oder Aufklärungsarbeit; wann hätte das jemals bei einer Maschine Erfolg gehabt?«

Erneut warf die Königin ihrem Berater einen bezeichnenden Blick zu. »Dann werden also einige dieser Hardliner versuchen, Voorstod zu verlassen.«

»Wahrscheinlich«, sagte Samstag, die sich gerade einen Nachschlag von den Eiern holte. »Wenn das geschieht, sollten Sie sie möglichst weit weg schicken. Wenn es schon nicht möglich ist, sie aus dem System hinauszubefördern, dann wenigstens an einen Ort, an dem sie keinen Schaden anrichten können. Sonst würden sie die Bevölkerung des entsprechenden Planeten versklaven. Darauf sind sie eben programmiert, und ihre Religion dient noch als Verstärker. Sie würden nie Ruhe geben; es sei denn, irgendwo gäbe es eine Rasse, die sich *gerne* versklaven läßt.«

»Ich verstehe«, sagte Wilhulmia nach einer längeren Pause. »Und wann werden diese Männer sich bemerkbar machen?«

»Demnächst«, erwiderte Jep. »Wie lange dauert ein Jahr auf Ahabar?«

»Vierhundertdrei Tage.«

»Dann wird es vielleicht noch ein Vierteljahr dauern.«

»Und was dann?«

»Nachdem die Männer Voorstod verlassen haben, können Sie die Blockade aufheben.«

»Und dann kommen die Voorstoder aus ihren Löchern und legen wieder Bomben?«

»Nein. Werden sie nicht. Alles wird in bester Ordnung sein. Sie werden ein Mausoleum für Stenta Thilion errichten, vielleicht in Green Hurrah. Und vielleicht werden die Leute einen kleinen Tempel in der Nähe erbauen. Mehr wird nicht geschehen. Vielleicht sind die Bewohner von Voorstod sogar damit einverstanden, Ahabar beizutreten.«

»Woher soll ich denn wissen, ob das auch stimmt?«

»Sie wissen es nicht. Wir wissen es selbst nicht. Aber nach den bisherigen Erfahrungen ... nun, wahrscheinlich wird es so kommen. Wir können nur abwarten. Und bis es soweit ist, sollten Sie unnötige Todesopfer vermeiden. Warten Sie einfach nur ab, und dann werden die Dinge sich wahrscheinlich so entwickeln, wie wir es vorhergesagt haben.«

»Aber du sagst uns nicht, wie und weshalb?«

»Ich könnte es Ihnen sagen, aber ich halte es für keine gute Idee. Nein, ich bin nicht einmal sicher, ob ich es könnte. Ich weiß nur, daß es keine gute Idee wäre. Gewisse Dinge bleiben besser ungesagt. Sonst besteht noch die Gefahr, daß einem die Worte im Mund verdreht werden.«

Königin Wilhulmia, die nur zu gut wußte, wovon Jep sprach, drang nicht weiter in die Kinder. Sie schickte sie zurück zu Kommandeur Karth, mit dem Auftrag, ihre Sicherheit zu gewährleisten, sie nicht aus den Augen zu lassen und im übrigen den Status quo beizubehalten.

* * *

Auf *Authority* eskalierten die Meinungsverschiedenheiten zu einer gewalttätigen Auseinandersetzung. Der Prophet von Voorstod griff einen der phansurischen Sektenführer an und hätte ihn wohl umgebracht, wenn er nicht von seinen Kollegen daran gehindert worden wäre. Dabei hatte der Phansuri lediglich die ethische Grundlage der Voorstoder Theologie in Frage gestellt. Daraufhin hatte der Prophet mit Schaum vor dem Mund gefordert, daß der Phansuri wegen Schmähung der Rechtgläubigen hingerichtet werde.

Rasiel Plum, der Notadamdirabong Cringh daran erinnerte, daß er, Rasiel, in dieser Angelegenheit kaum Einflußmöglichkeiten besäße, schlug vor, die Diskussion zu beenden. »Sie werden noch bewaffnet zu den Besprechungen erscheinen«, sagte er zu Cringh, »und sich gegenseitig umbringen. Verlaß dich drauf.«

Cringh war bereits zu der gleichen Ansicht gelangt. Zu seinem Leidwesen mußte er nämlich feststellen, daß der Versuch, die heiklen Fragen von der Tagesordnung zu nehmen, zu spät erfolgt war. Mittlerweile war der gesamte Rat in die Auseinandersetzung hineingezogen worden und hatte auch schon Stellung bezogen. Die religiösen Körperschaften auf Thyker, Ahabar und Phansure waren bereits informiert worden, dazu die Amtsbrüder der Theoretischen Theologie an sechs Universitäten. Ein emeritierter Professor sollte auf einer für demnächst anberaumten interplanetarischen Konferenz zum Thema ›Religion als kulturspezifisches Phänomen‹ sprechen. Die unter ›Vier Fragen bezüglich der *Erloschenen*‹ firmierende Kontroverse wurde nicht mehr nur im Rat diskutiert, sondern war nun zum Diskussionsgegenstand von Gruppen im ganzen System geworden, darunter auch des Kreises der Skrutatoren im Tempel des *Overmind*. Als Howdabeen Churry schließlich von der Sache erfuhr, gelangte er zu dem Schluß, daß nun die Zeit zum Handeln gekommen sei.

Der Prophet, der den Phansuri attackiert hatte, wurde aus dem Gremium ausgestoßen. Bei der Rückkehr nach Voorstod wurde er an der Demarkationslinie abgefangen und in einem Lager hinter den ahabarianischen Linien interniert; dabei fiel den Soldaten eine Depesche für die Voorstoder Propheten in die Hände, die der Prophet von gewissen Personen auf dem Mond *Enforcement* erhalten hatte. Obermajor Altabon Faros und Untermajor Halibar Ornil waren nicht untätig gewesen. Sie hatten nun auch das letzte Phonem synthetisiert, womit der Erfolg für den Awateh in greifbare Nähe gerückt war.

Als Kommandeur Karth vom Lagerkommandanten die Nachricht erhielt, man habe einen Propheten in Gewahrsam genommen, schlug Jep vor, ihm die Ausreise nach Voorstod zu verweigern.

»Die Einwohner von Voorstod sind über die Gesamtlage nicht informiert«, sagte Jep. »Sie erhalten nur Teilinformationen. Wir sollten den Propheten von

Authority hierbehalten. Es wäre nämlich möglich, daß er gute Nachrichten für die Voorstoder hat.«

Was das betraf, so hatte Jep recht. Was er allerdings nicht wußte, war, daß besagte Informationen inzwischen weitergeleitet worden waren. Die frohe Kunde von *Enforcement* hatte den Awateh bereits erreicht.

* * *

In Voorstod breitete das unterirdische Geflecht sich immer weiter aus. Auf einer Farm wurde ein *Gott am Morgen Entdeckt* und gehoben, und dann verputzten die Gharm den dortigen Tempel. Die Bewohner von Selmouth hatten Visionen, und es kursierte das Gerücht, die Götter der Gharm, die *Tchenka*, seien wieder erschienen.

Sam nahm auf einer östlich von Sarby gelegenen Farm eine Arbeit an, um das Geld für die Rückreise nach Ahabar zu verdienen. Jedem Menschen oder Gharm, der an der Farm vorbeikam, gab er eine Nachricht über seinen Aufenthaltsort mit. Er wußte, daß Maire nach ihm suchen würde.

Königin Wilhulmia übte sich in Geduld, auch wenn es ihr zunehmend schwerer fiel. Ihr war durchaus nicht entgangen, daß Spione in Ahabar herumschnüffelten. Andererseits trieben sich ständig Spione in Ahabar herum, so daß man den Vorgang auch nicht überbewerten mußte.

Auf dem Mond *Enforcement* speicherte Altabon Faros die Phoneme ab, die zur Mobilisierung der großen Armee erforderlich waren. Dann wandte er sich mit der Bitte um Vergebung an den Gott der Gnade, falls es einen solchen überhaupt gab, vergoß ein paar Tränen wegen Silene und machte sich schließlich auf den Weg zu seinem Kollegen.

Und auf Hobbs Land erreichte das Geflecht der Götter – das schon vor langer Zeit am Fuß des Hochplateaus angekommen war, den mühsamen Aufstieg vollzogen und den steinernen Wall durchbrochen hatte – schließlich den fruchtbaren Boden und schob sich auf den Friedhof der Siedler zu, der zwischen den strahlenförmigen, scheinbar inaktiven Wällen angelegt worden war.

6

Zu Hause auf Thyker träumte Shan Damzel von den Porsa. Der Alptraum war so gräßlich, daß er aufschrie.

Volsa kam ins Zimmer und rüttelte ihn wach.

»Was machst du schon wieder für Sachen?« fragte sie. »Ich dachte, die Ärzte hätten dir gezeigt, wie du diese Alpträume in den Griff bekommst.«

»Sie haben mir Selbsthypnose beigebracht«, erwiderte Shan schlaftrunken. »Aber ich mache ... mir Gedanken wegen dieser anderen Sache. Ich kann mich nicht konzentrieren.« Beschämt setzte er sich auf. »Eigentlich sollte ich vor dem Einschlafen üben, statt dessen muß ich immer an eines denken.«

»Dieses eine? Handelt es sich vielleicht um Hobbs Land?«

»Hobbs Land. Ja.«

»Und die Vier Fragen, die Götter von Hobbs Land.«

Verdrießlich runzelte er die Stirn. »Dann hast du also auch schon davon gehört.«

»Es hat sich herumgesprochen. Wovor fürchtest du dich überhaupt, Shan?«

»Ich habe Angst ... ich habe Angst, von etwas verschluckt zu werden ... und daß ich nicht mehr herauskomme.«

»Und du glaubst, den Leuten von Hobbs Land sei es ebenso ergangen?«

Er nickte heftig. Mochten die anderen doch glauben, was sie wollten; er war jedenfalls dieser Ansicht.

»Sie sind gute und bemerkenswert friedfertige Leute.«

»Das interessiert mich nicht. Darum geht es auch gar nicht.«

»Worum geht es dann, Shan?«

»Wenn das, was sie verschluckt hat, Hobbs Land verläßt, dann wird es mich vielleicht auch verschlukken. Es hätte mich schon verschlucken können, als ich dort war!«

Sie setzte sich zu ihm aufs Bett, bis er nach einer Weile wieder eingeschlafen war. In dieser Nacht hatte er keine Alpträume mehr.

Am nächsten Morgen, kaum daß er aufgestanden war, eilte er zum Computer und erteilte ihm folgende Anweisung: »Such Howdabeen Churry. Sag ihm, ich müsse sofort mit ihm sprechen.«

* * *

Nachdem Sam etwa hundertzwanzig Tage auf der Farm in der Nähe von Sarby gearbeitet hatte, nahm er seinen Abschied. Fast bedauerte er es. Der Eigentümer der Farm war ein freundlicher Mann; er hatte sich das lange Haar abgeschnitten, weil es ihm, wie er Sam erzählte, allmählich lästig wurde. Seine Frau und die Kinder unterschieden sich im Grunde nicht von den Leuten auf Hobbs Land. Sie arbeiteten fleißig, freuten sich des Lebens und gingen respektvoll miteinander um.

»Ich möchte nach *Wolke*«, sagte Sam zum Farmer. Sam glaubte, dort am ehesten Informationen über den Aufenthaltsort von Maire zu bekommen; Nachforschungen bei den Gharm von Sarby hatten zu keinem Ergebnis geführt. Nils und Pirva waren nicht aufzufinden; wahrscheinlich züchteten sie weitere *Tchenka*, so daß ihm diese Informationsquelle verschlossen blieb. »Wie komme ich am schnellsten nach *Wolke*?«

»Die Berge würde ich im Moment meiden«, erwiderte der Farmer. »Schlimme Dinge sollen sich dort oben ereignen. Die Männer verlassen die Städte und toben sich im Bergland aus. Sie liefern sich tödliche Duelle. An deiner Stelle würde ich die Straße nehmen. Östlich von hier verläuft die Straße nach Panchy. Von Panchy geht es in südwestlicher Richtung weiter. Die Straße führt am Fuß des Gebirges entlang und endet in Bight. Möchtest du in Scaery einen Zwischenstop einlegen?«

»Ja. Das habe ich vor«, sagte Sam nach kurzer Überlegung.

»Gut. Dann biegst du in einem Ort namens Bilsville nach Osten ab. Von dort aus kommst du nach Scaery. Und von dort führt eine Küstenstraße direkt nach *Wolkenhafen*. Auf dieser Straße herrscht dichter Verkehr. In *Wolke* soll allerhand los sein.«

»Was, zum Beispiel?«

»Ach, die Stimmung ist ziemlich mies. Ich habe gehört, die Propheten seien mit der Entwicklung unzufrieden. Sie spielen mit dem Gedanken, sich in die Berge zurückzuziehen und dort ein neues County zu gründen.«

»Weshalb sind sie denn so unzufrieden?« fragte Sam; er wollte einen Lagebericht aus der Perspektive des Farmers.

»Das weiß niemand.« Der Farmer schüttelte den Kopf; er wirkte verwirrt und leicht verärgert. »Die Leute, die hier vorbeikommen, berichten mir nur die Fakten; über die Hintergründe weiß aber keiner Bescheid.«

Während Sam in östlicher Richtung nach Panchy unterwegs war, sah er nur wenige Männer, welche die für die *Sache* typischen Kappen trugen, und diese paar machten entweder einen betrunkenen oder einen verwirrten Eindruck. Sie hielten auf die Hügel zu, und nun dankte Sam dem Farmer dafür, daß er ihm von dieser Route abgeraten hatte. Das an der Küste gelegene Panchytown lag nicht auf seinem Weg, doch ein

Handelsreisender, der ihn ins Odil County mitnahm, erzählte ihm von den Tempeln von Panchytown. »Merkwürdige kleine Rundhäuser«, sagte der Mann kopfschüttelnd. »So etwas habe ich noch nie gesehen.«

Auf der am Fuß der Berge entlangführenden Straße herrschte nicht viel Verkehr, aber dennoch gelang es Sam, als Anhalter Bight County zu durchqueren. Schließlich erreichte er Scaery. »Paß auf dich auf«, sagte der Fahrer, als er Sam vor einer Taverne absetzte. »Hier in Scaery ist das Chaos ausgebrochen.«

»Was ist denn los?«

»Die Gharm-Götter sind los«, erklärte der Mann. »Sie sind in die Stadt eingedrungen. Jede Nacht veranstalten sie eine Prozession. Und die Propheten veranstalten Gegenprozessionen. Die Propheten stehen kurz vor dem Durchdrehen. In diesem Zustand sind sie zu allem fähig. Paß auf dich auf.«

Tchenka? Worum sollte es sich sonst handeln? Sam stieg im Gasthof ab und nahm ein Zimmer mit Blick auf die Straße. Wenn es wirklich Umzüge gab, dann wollte er sie sehen.

Nach Mitternacht ging es los. Die Stadt lag in völliger Dunkelheit. Plötzlich tauchte auf der Straße eine lange Prozession auf, angeführt von einer langen, smaragdgrünen Schlange. Gefolgt wurde die Schlange von tanzenden Gharm, die mit Glocken, Zimbeln und Trommeln ein fröhliches Konzert veranstalteten. Hinter der Schlange stolzierte ein haushoher Vogel mit violetten Schwingen einher. Und wieder singende Gharm.

Plötzlich ertönten ein Gong und ein Trompetensignal, und die Schlange und der Vogel verschwanden. Dann strömte eine Horde Männer, angeführt von Propheten, in die Straße. Ausgestattet mit den Symbolen der *Sache*, Peitschen und Bannern, marschierten sie die Straße entlang, bliesen die Fanfaren, schlugen den Gong und brüllten aus vollem Hals: »Zorn, Eisen und

Voorstod.« Nachdem sie abgezogen waren, tauchte die grüne Schlange aus einer Seitenstraße auf, ringelte sich vor der Taverne zusammen und schaute Sam mit glühenden türkisfarbenen Augen an. Danach machten Vogel und Schlange anderen Kreaturen Platz, die dann ihrerseits von den Propheten vertrieben wurden, nur um gleich darauf wieder zu erscheinen. Die ausgelassene Prozession der Gharm dauerte die ganze Nacht.

»Coribee«, riefen sie, als sie Sam am Fenster stehen sahen.

»Coribee.«

Sam frühstückte im Gasthof. Es gab Pasteten, Käse und *Lorsfowl*-Eier, die er noch nie zuvor gegessen hatte.

»Ham Se die Parade gesehen?« fragte die Köchin, eine dralle Frau unbestimmten Alters. »Ham Se die große Schlange gesehen. Das war vielleicht'n Ding.«

Plötzlich hatte Sam einen Geistesblitz. »Der Allmächtige hat den Propheten mit der Schlange ein Zeichen gegeben«, sagte er. »Die Propheten sollen dieses Land verlassen und an einen anderen Ort gehen.«

»Das hab ich nich' gewußt«, sagte sie erstaunt. »Weshalb denn?«

»Äh ... weil sie die Arbeit in einem neuen Land schneller beenden werden«, sagte Sam. »So spricht der Allmächtige Gott.«

»Ich werd nich' mehr«, sagte die Köchin, schüttelte perplex den Kopf und ging wieder an die Arbeit, wobei sie hin und wieder »Ich werd nich' mehr« vor sich hinbrabbelte.

»Erinnern Sie sich an Maire Manone?« fragte Sam nach einer Weile.

»Ja«, sagte sie. »Ich war noch ein kleines Mädchen, als sie gegangen ist, aber an ihre Lieder erinnere ich mich. ›Scaery im Nebel‹, ›Das Boot‹, ›Krähen im Kornfeld‹. Wir singen diese Lieder noch heute.«

»Wissen Sie, wo sie in Scaery gewohnt hat?«

Die Köchin selbst wußte es nicht, aber sie verwies

Sam an jemanden, der es wußte. Als er dann ging, um diese Person ausfindig zu machen, hörte er, wie die Köchin einer Gruppe von Arbeitern aus den umliegenden Gebäuden erzählte, der Allmächtige habe den Propheten eine Botschaft gesandt.

»Woher weißt du das denn?« fragte einer.

»Es ist die Wahrheit«, sagte die Köchin. »Die Propheten wissen es auch.«

Die Person, die Maires frühere Adresse kannte, war der Inhaber eines Musikladens in der Innenstadt von Scaery. Er erinnerte sich noch an Maire Manone und schickte Sam zu einer Farm am Stadtrand; die Gegend war mittlerweile bebaut, doch das Manone-Haus war von einer örtlichen Behörde unter Denkmalschutz gestellt worden. Der Ladenbesitzer gab Sam eine Wegbeschreibung. Zugleich empfahl er ihm, öffentliche Verkehrsmittel zu benutzen; die Endstation läge quasi vor der Haustür. Sam befolgte den Rat und lauschte der Unterhaltung der Fahrgäste. Die Gespräche drehten sich zum größten Teil um die nächtlichen Tiere; Angst hatten die Leute indes nicht. Ein paar erwähnten, daß die Propheten versucht hätten, sich als Exorzisten zu betätigen.

Schließlich stand er vor dem Haus. Es war verlassen. An der Tür war ein Schild befestigt, welches das Gebäude als Geburtshaus der *Lieblichen Sängerin von Scaery* auswies. Eine Frau kam aus einem Nachbarhaus und sagte, wenn er das Haus besichtigen wolle, müsse er ins Hinterhaus gehen; die Gharm, die es bewohnte, hätte einen Schlüssel.

Sam tat wie geheißen. Die Gharm war alt. Älter, als Stenta Thilion ausgesehen hatte.

»Darf ich das Haus besichtigen?« fragte er.

Wortlos schloß sie die Tür auf und führte ihn hinein. In der kleinen Halle stand ein Tisch mit einem Stapel Liederhefte. Ein Schild besagte, daß sie zu verkaufen seien. An der Wand hing ein Bild, das Maire als junges

Mädchen zeigte, mit goldenem Haar, schlanker Figur und großen Augen. Sam stand lange vor dem Bild und versuchte, sich Maire als Kind vorzustellen. Es gelang ihm nicht. Dann betrat er den Raum zu seiner Rechten, das Wohnzimmer, dessen Parkettfußboden mit einer dünnen Staubschicht überzogen war. Plötzlich zog etwas ihn in seinen Bann. Auf einmal sah er die dunklen Punkte, von denen Maire gesprochen hatte, die Spritzer unter dem Staub, und ihre Worte schossen ihm durch den Kopf, als ob er sie sich tagtäglich vorgesagt hätte, Worte, die er damals kaum bewußt wahrgenommen hatte.

»Das ist Fess' Blut«, sagte er atemlos, wobei er nur am Rande bemerkte, daß die alte Gharm interessiert die Ohren spitzte. »Meine Mutter hat ihr Leben lang um sie getrauert.«

»Wie heißt Ihre Mutter?« flüsterte die Gharm.

»Maire Manone«, sagte er. »Ich hielt ihre Trauer damals für übertrieben. Ich dachte, so schlimm wäre es wohl schon nicht gewesen.«

»Doch«, erwiderte die Gharm weinend. »Es war so schlimm, daß Worte nicht genügten, es zu beschreiben. Ich bin Lilla.«

Sam schüttelte den Kopf. »Ich dachte, Sie wären geflohen. Mam sagte mir nämlich, Sie wären geflohen.«

»Das stimmt auch, aber wir sind nur bis nach Wander gegangen. Ich habe dort viele Jahre für die Familie des Squire gearbeitet. Als vor einigen Tagen die Dinge in Voorstod in Bewegung gerieten, bin ich zurückgekehrt. Ich werde bald sterben. Ich wollte noch einmal den Ort sehen, an dem mein Kind lebte und starb. Hinter dem Haus ist sie begraben, unter dem Baum. Erst hatte ich große Angst, doch vor zwei Tagen kam der *Grüne-Schlange-Tchenka* und segnete Fess' Grab.«

»Zum Teil ist es auch Maires Verdienst, daß die *Tchenka* zurückgekehrt sind«, legte Sam ein gutes Wort für Maire ein. »Bitte begraben Sie Ihren Haß.«

»Ich habe sie nie gehaßt«, entgegnete Lilla. »Ich habe sie geliebt wie mein eigenes Kind. Wir Gharm-Kindermädchen empfinden oft Liebe für die Kinder, die wir aufziehen, vor allem für die Mädchen. Denn die werden nicht von den Propheten verdorben.«

»Stimmt das? Werden die Jungen wirklich verdorben?«

»Wir Gharm haben ein Sprichwort: *Ein Mann, der behauptet, im Besitz der Wahrheit zu sein, trägt einen leeren Sack.*«

»Kennen Sie Phaed Girat?«

»Ich habe von ihm gehört. Bevor wir geflohen sind.«

»Er ist mein Vater.«

»Ich halte ihn für einen bösen Mann.«

»Wissen Sie denn so genau, daß er böse ist, Lilla?« fragte Sam pikiert. »Vielleicht würde er sich ändern, wenn er an einen anderen Ort ginge.«

»Wir Gharm haben noch ein Sprichwort: *Vielleicht wachsen dem Frosch Federn, wenn er sich vom Teich entfernt.* Wenn Sie Maire wiedersehen, sagen Sie ihr, daß ich sie liebe.«

Er erzählte ihr, unter welchen Umständen er sich von Maire getrennt hatte, und Lilla versprach, sich unter den Gharm umzuhören. »Vielleicht weiß jemand etwas«, sagte sie. »Wir werden sie finden.«

»Vielleicht ist sie schon wieder in Ahabar«, mutmaßte Sam. »Aber etwas Genaues weiß niemand.«

»Wenn Sie sie wiedersehen, sagen Sie ihr, nun könne ich in Frieden sterben, wo die *Tchenka* zurückgekehrt sind.«

»Ich werde es ihr ausrichten«, versprach Sam. »Sobald ich sie sehe.«

Als Sam gegen Abend wieder im Gasthof eintraf, kursierte in der Stadt das Gerücht, daß Gott den Propheten befohlen habe, nicht nur Scaery, sondern Voorstod überhaupt zu verlassen. Als in dieser Nacht die großen leuchtenden Wesen durch die Straßen zogen, wurde die Prozession nicht von den Propheten auseinandergejagt. Alle Propheten, so war aus zuverlässiger Quelle zu hören, hätten sich nach *Wolke* zurückgezogen.

Die Straße zwischen Scaery und *Wolke* wurde von öffentlichen Verkehrsmitteln bedient. Sam deckte sich mit Reiseproviant ein, löste eine Fahrkarte und machte es sich bequem, während der Bus auf der Küstenstraße Kilometer um Kilometer zurücklegte. Es war ein typischer Voorstod-Tag, so sagten die Leute; der Nebel war zum Schneiden dicht. Dennoch erkannte Sam, als sie die Außenbezirke von Scaery verließen, die unverwechselbaren Konturen eines im Stil von Hobbs Land erbauten Tempels.

»Gibt's viele davon?« fragte er seinen Reisegefährten.

»Sie schießen wie Pilze aus dem Boden«, sagte der Mann. »Ich weiß aber nicht, weshalb. Muß wohl mit den Gharm zusammenhängen.«

»Den Sklaven«, klopfte Sam auf den Busch.

»Sklaven … nein.« Der Mann machte einen verwirrten Eindruck. »Das war doch etwas anderes, oder? Aber keine Gharm. Den Gharm hätte das nämlich gar nicht gefallen.«

Die Fahrt verlief langsam; der Bus hielt an jeder Kreuzung und in jedem Dorf, und als sie in *Wolke* eintrafen, wurde es bereits Abend. Vom kleinen Tempel am Straßenrand abgesehen, war die Stadt noch so, wie Sam sie in Erinnerung hatte. Die abendliche Brise vertrieb die Nebel und gab den Blick auf die oberhalb der Stadt gelegene Zitadelle frei, die den Eindruck eines zum Sprung ansetzenden Tieres vermittelte.

»Muß gerammelt voll sein«, sagte Sams Nachbar und zeigte auf das Schloß. »Die Propheten sind schon ziemlich lange dort drin versammelt.«

»Der Awateh?«

»Der auch. Zumindest habe ich nicht gehört, daß er woandershin gegangen wäre.«

In *Wolke* befanden sich kaum noch Männer mit der für die *Sache* charakteristischen Kappe. Sam ging in eine Taverne und erkundigte sich beim Wirt, weshalb die *Gläubigen* ihre Präsenz derart verringert hätten.

»Haben sich wohl das Haar abgeschnitten«, erwiderte der Wirt gleichgültig. »Ich auch. Die Mähne hat mich nur gestört. Weiß gar nicht mehr, weshalb ich das Haar überhaupt so lang hatte wachsen lassen!«

»Was tut sich oben in der Zitadelle?«

»Ich hörte, daß vor kurzem ein Massaker stattgefunden hätte. Die Propheten haben die Gefangenen aus den Kerkern geholt und in Stücke gehauen. Und heute haben sie angeblich die Anweisung erhalten, Voorstod zu verlassen.«

»Woher stammt dieser Befehl?«

»Aus Scaery, glaube ich. Von den Propheten in Scaery.«

»Aber ich dachte, alle Propheten von Scaery hätten sich hier versammelt.«

»Das dachte ich zunächst auch, aber anscheinend ist es doch nicht so. Um diese Anordnung zu erteilen, mußte mindestens ein Prophet sich noch in Scaery befinden, nicht wahr?«

Sam pflichtete ihm bei. Die Prozession der Gharm dauerte die ganze Nacht an, und die Straßen von *Wolke* hallten von Trommelwirbeln wider. Und die ganze Nacht führten die Propheten mit Gongs, Fanfaren, Feldzeichen und öffentlichen Lesungen aus den Schriften Gegenveranstaltungen durch; es waren dieselben Worte, die Sam in der Gefangenschaft auswendig gelernt hatte. Anhand der ausgewählten Passagen schloß Sam, daß die leuchtenden Kreaturen als Dschinns betrachtet wurden, Ausgeburten der Hölle.

Am Vormittag des nächsten Tages erfolgte der Exodus der Propheten. Das massive Portal der Zitadelle wurde von einem Dutzend schwitzender Männer geöffnet. Geschlossene Fahrzeuge fuhren im Innenhof vor und nahmen die Propheten beziehungsweise ihre Familien auf. Die Gläubigen – die das Haar wieder offen trugen und es mit den glitzernden Coup-Markern verziert hatten – demonstrierten unübersehbar Präsenz. Jeweils einzeln oder zu zweit stiegen sie in die bereitstehenden Fahrzeuge; manche luden Kisten hinein, andere gingen zu den Herden, die schon seit einigen Tagen im Hof warteten. Nachdem die Tore geöffnet worden waren, drängten die unruhigen Tiere hinaus auf die Straße.

»Sie nehmen die Tiere in ihre neue Heimat mit«, sagten die Zuschauer. »Weit weg.«

Sam überflog die Gesichter der Treiber. Phaed war nicht unter ihnen. Dann suchte er ihn unter den Gläubigen, die noch immer am Tor versammelt waren. Dort war er auch nicht; allerdings schauten im Grunde alle Gläubigen so aus wie Phaed. Sie sahen alle aus wie Phaed, Mugal Pye oder die Männer, die er in Sarby auf der Straße gesehen hatte. Sie wirkten irgendwie massiv, selbst der Kleinste von ihnen, wie steinerne Skulpturen. Maire hatte sich einmal so ausgedrückt. Ohne daß er wußte weshalb, traten Sam Tränen in die Augen. Er wischte sie sich aus dem Gesicht und setzte die Beobachtung fort.

Als nur noch ein paar Fahrzeuge übrig waren und die Herden bereits in einer großen Staubwolke die Straße hinunterliefen, stürmte eine Handvoll langhaariger *Gläubiger* wieder in die Zitadelle. Die Umstehenden hörten Schreie und nach einiger Zeit das Bersten von Holz und das Rumpeln von Steinen: Indizien für eine gewaltsame Suche.

»Sie suchen nach Juwelen«, flüsterten die Leute. »Und nach Gold. Sie schauen nach, ob jemand etwas zurückgelassen hat!«

Schließlich fuhren auch die letzten Fahrzeuge vom

Hof und schlossen sich dem Treck an. Sam und ein Dutzend anderer Neugieriger gingen durch das offenstehende Tor in den Hof der Zitadelle. Hier hatte er schon einmal gestanden, zusammen mit Samstag Wilm.

Der Anblick war noch der gleiche, bis auf die Körper an den Mauern. Die meisten hingen erst seit kurzem dort; das Blut war noch feucht. Ansonsten war der Burghof leer. Doch dann sah Sam einige Männer die Treppe herunterkommen. Mugal, Preu und Epheron, die Dreierbande, die freudestrahlend eine schwere Kiste abtransportierten.

Angewidert wandte Sam sich ab.

Von der über ihm hängenden Leiche tropfte Blut auf ihn herunter. Er schaute hoch. Zuerst reagierte er fast verlegen, als ob er sagen wollte: ›Entschuldigung, Sie können nichts dafür.‹ Und dann erblickte er das lange, graublonde Haar, das ihr fast bis auf die Knie hing. Der Kopf war nach hinten gedreht und auf einen Haken gespießt. Das Gesicht verbarg ein Schleier, den jemand darübergeworfen hatte. Dann bauschte der Schleier sich unter einem Windstoß, und er sah sie von unten, wie er sie als Kind so oft gesehen hatte.

»Maire!« schrie er. »Mam!« Er rannte gegen die Wand und versuchte sie zu erklimmen.

Einer der Umstehenden kam zu ihm gelaufen und hielt ihn zurück. Dann rannten Gharm über den Platz und legten die Hände auf ihn.

»Maire!« schrie er wieder. »Oh, Maire.«

Das Herz drohte ihm zu zerspringen. Der Atem stockte ihm. Die Augen tränten. Dann drehte er sich in unbändigem Zorn zu den drei Männern um, die die Kiste trugen und ihn mit großen Augen und offenem Mund anstarrten. Er stürzte sich auf sie und entwickelte dabei eine solche Kraft, daß es einer ganzen Kompanie bedurft hätte, ihn aufzuhalten. Er ging Mugal Pye sofort an die Kehle.

»Ihr seid nicht die ersten Ungeheuer, gegen die ich kämpfe«, schrie er, oder zumindest kam es ihm so vor; die Umstehenden indes hörten nur einen unartikulierten Wutschrei. Mugal Pye setzte dem Angriff keinen Widerstand entgegen, und dann ging er mit gebrochenem Genick zu Boden; der Kopf stand in einem grotesken Winkel ab, und der Mund war noch immer offen, als ob er fragen wollte, was überhaupt los sei.

Epheron Floom wollte fliehen, doch Sam setzte ihm nach und brach ihm ebenfalls das Genick. »Geh heim zu deinem Gott!« schrie er.

»Nein, Sam«, rief der dritte alte Mann, Flandry; er stand mit dem Rücken zur Wand und hatte die Hände vors Gesicht geschlagen. »Nein, Sam, wir waren es nicht. Die Söhne des Awateh hatten sie zusammen mit den Frauen in die Wälder geschickt. Der alte Mann hatte überhaupt nicht mehr an sie gedacht. Nein, Sam, wir haben es nicht getan. Wir waren es nicht!«

»Wer?« brüllte Sam. »Wer war es dann, Flandry?«

»Es war Phaed! Der Awateh zürnte ihm und nannte ihn einen Abtrünnigen. Deshalb sagte Phaed dem Awateh, sie müsse erledigt werden, bevor wir gingen. Es war Phaed, dein Vater. Nachdem er aus Sarby gekommen war, eilte er zum Propheten.«

Sam holte zum Schlag aus, und der alte Mann sank auf die Knie und beteuerte erneut: »Nein, wir waren es nicht, Sam.«

Sam drehte sich wieder zu der Toten an der Mauer um; Blut tröpfelte von ihr herab, und das Haar fiel ihr wirr ins Gesicht.

»Ich bin in Scaery gewesen, Mam«, sagte er. »Ich habe dein Haus gesehen. Ich habe die Blutspritzer auf dem Fußboden gesehen. Lilla war auch dort, und ich soll dir sagen, daß sie dich liebt.«

Die Leute, die vor ihm zurückgewichen waren wie vor einem wilden Tier, kamen nun kopfschüttelnd näher und stützten ihn.

»Seine Mutter«, flüsterten sie. »Er wußte nicht, daß sie hier war. Seine Mutter.«

»Du hattest recht, Mam. Du hast mich aus gutem Grund von hier weggebracht. Ich habe dich geliebt, Mam.« Dann versagte ihm die Stimme.

»Sam Girat«, ertönte ein leises Stimmchen. Er schaute nach unten und sah Nils und Pirva an seiner Seite. »Sam Girat. Komm mit uns.«

»Das ist meine Mutter«, sagte er mit ausdruckslosem Gesicht. »Meine Mutter. Man nannte sie die *Liebliche Sängerin von Scaery*.«

»Das wissen wir, Sam. Komm mit uns. Unsere Leute werden sie herunterholen. Wir haben noch Gottessubstanz, die wir auf ihren Körper legen, Sam.«

»Ich habe nach euch gesucht«, sagte er zu ihnen, wobei er sich fragte, was sie überhaupt hier wollten. »Ich habe nach euch gesucht.«

»Wir haben Maire gesucht. Sie haben sie von einem Ort entführt, den wir für sicher hielten. Wir sind einen Tag zu spät gekommen, Sam. Komm mit uns.«

Er folgte ihnen. Kleine Leute erschienen mit einer Leiter und einem Seil, um Maires Leichnam von der Mauer zu entfernen. Sie und die anderen, die dort hingen. Die Gharm nahmen sie alle herunter und legten sie auf einen Wagen, mit Ausnahme von Maire Manone. Ihren Körper wuschen sie, hüllten ihn in edles Tuch und legten ihn auf die Stufen der Zitadelle.

»Vor langer Zeit«, flüsterten sie. »Sie hat unserem Volk bei der Flucht geholfen. Vor langer Zeit hat sie die Freiheit besungen.«

Am Nachmittag brachen ein paar Männer einige große Steine aus dem Burghof und hoben ein flaches Grab aus. In der Nacht wurde Maire bestattet. Nils, Pirva und Lilla waren nicht imstande, Sams Schmerz zu lindern.

»Ich habe es ihr nie gesagt«, sagte er. »All die Jahre

habe ich ihr nicht geglaubt. Ich dachte, sie hätte mir den Vater genommen. All die Jahre habe ich ihr nie gesagt, daß ich sie liebte. Ich habe ihr nie richtig zugehört…«

Er schaute über das Grab zu der Stelle, an der früher der ausgeglühte und verzogene Transmitter gestanden hatte; er sah wohl, daß er nicht mehr da war, aber die Weiterungen dieser Tatsache vermochte er nicht zu erfassen.

* * *

Jedes Vorkommnis in Voorstod wurde von Spionen, die zum Teil schon seit Generationen dort aktiv waren, Kommandeur Karth gemeldet. Die Prozessionen mystischer Tiere, der Exodus der Propheten, die Delinquenten an den Burgmauern, alles wurde Karth wenige Stunden nach Eintritt des jeweiligen Ereignisses gemeldet. Außerdem erreichte ihn die Kunde vom Tod Maire Manones, von ihrem Begräbnis und der Tatsache, daß sie als Grabbeigabe Gottessubstanz erhalten hatte. Mit dieser letzten Meldung indes wußte er nichts anzufangen. Er vermutete, daß es sich um ein religiöses Ritual handelte, von dem er bisher noch nichts gehört hatte. Er machte sich auch nicht die Mühe, den Kindern davon zu erzählen. So weinten sie bitterlich, des Trostes beraubt, den diese Mitteilung ihnen gespendet hätte.

»Armer Sam«, sagte Samstag. »Eine solche Schlechtigkeit hätte er Phaed nie zugetraut. Nicht einmal als er mit mir in *Wolke* war, wollte er zur Kenntnis nehmen, daß sein Vater in diese schrecklichen Dinge verstrickt war.«

Der Kommandeur räumte ihnen eine angemessene Trauerfrist ein. »Was hat es mit diesen Fabelwesen auf sich?« fragte er sie dann beim Abendessen.

Zunächst klärte Jep ihn ausführlich über den Begriff *Tchenka* auf. Schließlich hatte er sich lange genug in der Farm oberhalb von Sarby aufgehalten, um sich ein entsprechendes Wissen anzueignen.

»Und glaubt ihr wirklich, daß es sich bei diesen Wesen um Manifestationen der Götter der Gharm handelt?«

»Würde Sie das denn wundern?« fragte Samstag, die sich noch nicht schlüssig war, wie sie das Phänomen der *Tchenka* beurteilen sollte.

Der Kommandeur mußte einräumen, daß es ihn mit Blick auf die bisherigen Ereignisse eigentlich nicht wunderte. Er hatte auch die Königin von diesen Manifestationen unterrichtet und fragte sich nun, ob sie diese Nachricht wohl genauso gelassen aufnehmen würde.

In dieser Nacht lagen Samstag und Jep lange wach. Samstag kuschelte sich in Jeps Arm und fragte sich, wobei es sich bei den *Tchenka* wirklich handelte.

»Hältst du es für möglich«, fragte Jep, »daß der Gott den Gharm die Fähigkeit verleiht, ihre Träume Wirklichkeit werden zu lassen? Weil sie die *Tchenka* brauchen?«

»Wie eine selbst herbeigeführte Halluzination?«

»Nein. Wie der Kommandeur gesagt hat, sehen die Menschen sie nämlich auch.«

»Also eine Massenhalluzination.«

Jep schüttelte den Kopf und drückte sie enger an sich. »Dann ist der Neue Wald auf Hobbs Land also auch nur eine Halluzination?«

»Du glaubst doch selbst, daß die Götter ihn erschaffen hätten.«

»Er war aber vorher nicht da, Samstag Wilm. Solche Wälder existierten zwar in der Erinnerung der Leute, aber nicht an diesem Ort. Die Sache ist die, daß wir Menschen Wälder brauchen. Nicht wahr? Genauso wie die Gharm ihre *Tchenka* brauchen. Wir brauchen schöne Landschaften, um die Seele schweifen zu lassen.«

»Du hast recht«, sagte sie und schmiegte sich an ihn. »Der Wald war vorher nicht da.«

* * *

Eines Morgens tauchte Sam, von einer kleinen Gruppe Gharm eskortiert, an der Demarkationslinie auf. Die Propheten hatten an der Südgrenze von Leward County ein Lager errichtet und warteten nun auf das Eintreffen der Herden; Sams Gruppe hatte sie auf dem Weg nach Wander umgangen. Vor dem Gefechtsstand trennten die Gharm sich von Sam. »*Coribee*, Samgem. *Coribee*«, riefen sie zum Abschied. Er stand reglos und mit hängendem Kopf da, bis Samstag, Jep und der Kommandeur herauskamen und ihn in Empfang nahmen.

»Die Propheten sind nicht weit hinter mir«, sagte Sam mit schwacher Stimme.

»Ich weiß«, sagte der Kommandeur. »Wir haben einen Transmitter für sie geschaltet.« Er wies auf das Gerät, einen großen Frachttransmitter. »Das ist der einzige Transmitter nach Fenice, den es in der Stadt Splendor Magnus gab. Die Leute waren zwar nicht sehr glücklich darüber, daß wir ihn uns geborgt haben, aber er war nun mal verfügbar, und außerdem hatte ich eine Vollmacht der Königin. Eine Gruppe von Technikern ist schon seit drei Tagen damit beschäftigt, ihn auf ein neues Ziel zu programmieren.«

»Ihr habt ihnen den einzigen Transmitter abgenommen, den sie hatten?« fragte Samstag, wobei sie Sam einen besorgten Blick zuwarf.

»Wir brauchten einen«, erwiderte der Kommandeur, legte den Arm um Sam und führte ihn in den mobilen Gefechtsstand. Obwohl ihm schon aufgefallen war, daß Sam sehr schlecht aussah und vielleicht ärztliche Betreuung brauchte, beziehungsweise schon seit einiger Zeit gebraucht hätte, schnitt er dieses Thema nicht an.

»Die Transmitter liegen nicht einfach so herum. Um Ahabar zu verlassen, muß man zunächst nach Fenice, dem Drehkreuz für den interplanetaren Verkehr. Allerdings hat die Königin angeordnet, keinen Voorstoder weiter als unbedingt erforderlich ins Land zu lassen. Also scheuen wir weder Kosten noch Mühen, einen Transmitter umzuprogrammieren. Und wenn die Voorstoder dann verschwunden sind, werden wir die ursprüngliche Programmierung wiederherstellen.«

»Das wird nicht mehr lange dauern«, sagte Sam müde. »Wir haben das Lager der Propheten gesehen. Spätestens morgen werden sie hier sein.«

»Wollen Sie ihren Abgang mitverfolgen?« fragte der Kommandeur.

Sam antwortete nicht sofort. Dann nickte er. »Ja. Ich muß sehen, was … wer …« Seine Stimme erstarb.

»Wir können nicht länger bleiben«, sagte Samstag mit einem besorgten Blick auf Sam. »Ich habe das Gefühl, wir sollten abreisen.« Es war mehr als ein bloßes Gefühl. Es war ein Gefühl der Dringlichkeit. Sam schaute sie mit einem müden und traurigen Gesichtsausdruck an, als ob er sie um etwas bitten wollte, doch sie konnte nicht mehr tun, als seine Hand in die ihre zu nehmen. Ob eine Rückkehr nach Hobbs Land ihm eher nützen oder schaden würde, wußte sie nicht. Sie wußte nur, daß sie gehen mußten.

»Es gibt grüne Schlangen in Voorstod«, sagte Sam mit ausdruckslosem Gesicht. »Und Waldvögel.«

»Wir haben davon gehört«, sagte Samstag. »Es sind die *Tchenka*.«

»Nein«, erwiderte er kopfschüttelnd. »Keine *Tchenka*. Waldvögel. Wirkliche Tiere. Ich habe sie selbst gesehen. Schlangen. Vögel. Und noch andere alte Kreaturen der Gharm.«

Nachdem sie ihn ins Fahrzeug gebracht hatten, fiel er in einen Erschöpfungsschlaf.

Als der Morgen graute, saß der Kommandeur an

einem Tisch in der Nähe des Transmitters und wurde von einer Schar Archivare umlagert, die geschäftig mit Recordern hantierten. Jep, Samstag und Sam hielten sich in der Kommandozentrale auf, wo sie für die anderen unsichtbar waren. Der Kommandeur wollte die Propheten nicht unnötig provozieren; am Ende hätten sie vielleicht noch Samstags, Jeps oder Sams Kopf gefordert. Er wollte nur, daß die Propheten durch den Transmitter gingen und nicht mehr zurückkamen.

»Können Sie den Awateh denn nicht wegen des Mordes an meiner Mutter verhaften und vor Gericht stellen?« fragte Sam mit ausdrucksloser Stimme.

»Das könnten wir schon. Allerdings hätte das dann womöglich Unruhen und weitere Tote zur Folge. Wir halten diesen Weg für den besten. Kann ich mich darauf verlassen, daß Sie sich ruhig verhalten, Sam?«

»Ja«, entgegnete Sam. »Es sind schon genug Unschuldige ums Leben gekommen. Ich werde mich ruhig verhalten, Kommandeur, aber später ...«

»Was meinst du mit ›später‹?« flüsterte Jep, nachdem sie zum Fahrzeug zurückgekehrt waren. Aber Sam schien ihn nicht zu hören.

Schließlich traf die Kolonne der Voorstoder in einer großen Staubwolke an der Grenze ein. Verschleierte, stumme Frauen standen in Gruppen beisammen. Kinder, die genauso stumm waren, versammelten sich in der Nähe. Gharm, die Ketten um den Hals trugen, wurden an die Karren gebunden, die von mißtrauisch dreinblickenden, langhaarigen Männern mit großen Bündeln beladen wurden. Einer der Söhne des Awateh stieg aus einem Fahrzeug und ging mit wiegendem Gang und geballten Fäusten auf den Kommandeur zu.

»Wir wollen Voorstod verlassen«, eröffnete er. »Der Vater von Königin Wilhulmia hatte uns Land angeboten, wenn wir Voorstod verließen. Nun wollen wir gehen.« Das, was ihm sonst noch im Kopf herumging, verschwieg er indes. »Nun wollen wir an einen sicheren Ort gehen und dort unsere Pläne verwirklichen, euch alle zu vernichten!« Die Propheten waren nach wie vor guten Mutes. Obwohl die Manifestationen in Voorstod durchaus beunruhigend gewesen waren, hatten die Propheten sich nicht von den Geistern der Ahnen der Gharm oder dem Abfall von Tausenden ihrer Gefolgsleute beirren lassen. Die Propheten waren immun gegen solche Vorgänge. Ihr Rückzug stellte lediglich ein kühl kalkuliertes Manöver dar. Alle Welt sollte glauben, daß sie sich geschlagen gaben. So hatte der Awateh es befohlen.

Allerdings war eine solche Taktik nicht Teil ihrer Ausbildung gewesen, und entsprechend unglaubwürdig wirkte das Ganze. Sogar dem Kommandeur fiel das auf. Mißtrauisch musterte er den jungen Propheten.

Es war nämlich Wilhulmias Urgroßvater gewesen und nicht ihr Vater, der den Propheten Land zur Besiedlung versprochen hatte. Bei besagtem Land, das der damalige König ausgelobt hatte, handelte es sich um eine Gürtelwelt; nur daß sie schon seit längerer Zeit besiedelt war. Mit derlei Nebensächlichkeiten belastete der Kommandeur sich jedoch nicht.

»Das Angebot steht noch immer«, sagte er. »Wie viele seid ihr?«

»Wir sind fünfhundert Propheten der *Sache* und noch einmal so viele Gläubige. Wir stellen aber bestimmte Forderungen«, sagte der Prophet, dem bereits der Schweiß auf der Oberlippe stand. »Wir verlangen eine bewohnbare Welt mit genügend Wasser für Landwirtschaft und Nutztierhaltung. Außerdem wollen wir Gharm als Landarbeiter einsetzen...« Eigentlich benötigte er die Gharm überhaupt nicht, doch das war Teil seines Spiels.

»Es ist euch nicht gestattet, die Gharm mitzunehmen.«

Obwohl der Prophet entsprechend instruiert worden war, blieben ihm nun die Worte im Hals stecken. »Aber wir brauchen … brauchen Diener.«

»Es gibt Eingeborene auf der Umsiedlungswelt.«

Der Prophet schürzte die Lippen. »Wir nehmen unsere Herden und Besitztümer mit, wie es uns befohlen wurde. ›Nehmet alles, was euer ist‹, sagt die Schrift. ›Eure Herden und eure Leute …‹«

»Was euch gehört, dürft ihr auch mitnehmen«, fiel der Kommandeur ihm ins Wort. »Jede Frau und jedes Kind über zehn Jahre wird gefragt, ob es mitkommen will. Niemand wird gezwungen, euch zu begleiten.«

Der Prophet unterdrückte einen Wutausbruch und fragte: »Wann dürfen wir gehen?«

»Sofort«, sagte der Kommandeur und zeigte auf den Transmitter. »Die Männer zuerst. Dann werden wir die Frauen fragen, ob sie mitkommen wollen. Dasselbe gilt für die Kinder, die älter sind als zehn Jahre.«

»Das ist unfair!« schrie der Prophet, der sich kaum noch in der Gewalt hatte. »Ihr wollt unsere Frauen und Kinder zurückbehalten.«

»Weshalb sollten wir das wohl tun?« fragte der Kommandeur kühl. »In unseren Augen seid ihr ein unzivilisiertes Volk. Wir halten euch für Barbaren, welche die primitiven und bestialischen Elemente der menschlichen Natur ausleben und sie in einem Kult kodifiziert haben. Wenn ihr mit den Bedingungen nicht einverstanden seid, könnt ihr auch wieder nach *Wolke* zurückgehen.«

Das Gesicht des Propheten überzog sich mit Schweiß. Bebend vor Zorn beendete er seine einstudierte Ansprache. »Wir ziehen es vor, nicht zurückzukehren. In *Wolke* ist nämlich der Teufel los. Dschinns machen die Straßen unsicher. Wir fühlen uns an diesem Ort nicht mehr wohl.«

»Dann mal los«, sagte der Kommandeur mit freundlicher Stimme; er hatte das Gefühl, daß die Vorführung, welchem Zweck auch immer sie dienen sollte, nun beendet war. Der Prophet hatte ihm etwas vorgespielt. Dessen war er sich sicher.

Der Prophet ging zu den Mitgliedern seiner Gruppe zurück. Wenig später trennten sie sich von ihren Familien und gingen durch den Transmitter. Soldaten halfen den langhaarigen Männern, die Tiere durch den Transmitter zu schleusen.

»Dort«, knurrte Sam. Er stand in der Tür des Gebäudes, in dem er zusammen mit den Kindern untergebracht war. »Dort.«

Die anderen folgten seinem Blick, wobei sie jedoch nur die Tiere und die Rücken der Gläubigen sahen, die auf den Transmitter zugingen.

»Dort«, knurrte Sam erneut. »Jetzt ist er weg. Phaed. Noch nicht. Nein. Aber die Zeit wird kommen, Phaed.«

Dann waren die Männer verschwunden. Nun kamen die Frauen, und zum Schluß die Kinder. Nur zwei jüngere Frauen hatten sich dafür entschieden, auf Ahabar zu bleiben. Eine von ihnen hatte keine Zunge mehr; sie schleuderte den Schleier von sich, warf sich schreiend vor dem Kommandeur auf den Boden und umklammerte seine Beine. Ihre Kinder waren bei ihr.

Die älteren Frauen hingegen schauten nicht auf und lüfteten auch nicht den Schleier. »Wollen Sie Ihren Mann begleiten?« Jedesmal ein stummes Nicken.

Schließlich war auch der letzte Voorstoder verschwunden, und der Transmitter wurde abgeschaltet.

Samstag lief aus dem Gebäude und betrachtete den noch glühenden Transmitterschlund. »Soviel Haß«, sagte sie. »Der ganze Schmerz ist einfach fort, als ob es ihn nie gegeben hätte. Ich glaube es nicht.«

»Sind das alle gewesen?« fragte der Kommandeur.

Sam schüttelte den Kopf. »Ich habe gehört, daß einige Gläubige sich noch in den Bergen befinden. Ich vermute, daß sie entweder Selbstmord begehen oder irgendwann zum Vorschein kommen werden. Behalten Sie die Programmierung des Transmitters noch für einige Tage bei, wenn das möglich ist.«

»Ich werde sicher nicht das Risiko eingehen, ihn noch einmal programmieren zu müssen«, schnaubte der Kommandeur und bedeutete den Technikern, die den Durchgang überwacht hatten, die Kontrollen zu verriegeln. Zum Schutz aller Beteiligten hatte der Transmitter im Ein-Wege-Modus operiert.

»Wo sind sie herausgekommen?« fragte Samstag. »Wohin hat die Königin sie geschickt?«

Der Kommandeur setzte ein verkniffenes Lächeln auf, was Samstag für einen Moment an das Grinsen der Propheten erinnerte. »Wir haben sie an den gewünschten Ort geschickt. Eine bewohnbare Welt, die auch für Landwirtschaft geeignet ist. Sie hat eine sehr geringe Bevölkerungsdichte. Und es leben sogar Eingeborene dort, die sie versklaven können, wenn ihnen der Sinn danach steht.«

»Versklaven?« fragte Samstag entsetzt. »Wo?«

Der Kommandeur zeigte senkrecht nach oben, wo die Monde von Ahabar sich gerade in Konjunktion befanden.

»Wir haben sie ins Hochland von Ninfadel geschickt«, sagte er.

* * *

Howdabeen Churry reagierte unverzüglich auf Shans Bitte um ein geheimes Treffen. Er hatte bereits Shans letzte Meldung erhalten und war deshalb mit den Vier Fragen vertraut. Ursprünglich hatte er allein schon auf der Grundlage des ersten Memos handeln wollen. Aber ein paar zusätzliche Informationen schadeten sicher nicht. Was hatte sein Schüler, Shan, auf Hobbs Land gefunden, das der *Arm der Prophetin* wissen sollte?

Sie trafen sich in Chowdari. Mit belegter, aber fester

Stimme hielt Shan einen zunächst etwas langatmigen Vortrag mit autobiographischen Zügen, bis er schließlich zum Punkt kam; er sagte aus, daß er sich von den Göttern auf Hobbs Land persönlich bedroht gefühlt hätte.

»Volsa will mir zwar einreden, wenn sie überhaupt eine Charaktereigenschaft besäßen, dann sei es Güte, aber Güte ist unter Umständen auch nur eine Tarnung, nicht wahr?«

»Du meinst, sie wollen die Leute täuschen?« Churry war so konzentriert, daß seine stahlgrauen Augen eine silberne Färbung annahmen. »Ein Köder?«

»Exakt. Der Fisch hält die Fliege sicher auch für ein Geschenk, bis er dann den Haken spürt. Nur daß die Bewohner von Hobbs Land den Haken bisher noch nicht gespürt haben.«

»Was veranlaßt dich zu der Annahme, diese sogenannten Götter seien gefährlich?«

»Zum einen glaube ich nicht, daß es sich bei ihnen überhaupt um ›Götter‹ handelt«, erwiderte Shan. »Ich bin sicher, daß sie Teile eines Ganzen sind. Auf jeden Fall existierte dieses Ganze noch, als der Planet besiedelt wurde. Als es starb, stieß es einen Samen oder dergleichen ab, aus dem sich dann die Ableger entwickelten. In jeder Siedlung gibt es einen dieser kleinen Tempel, als ob die Leute nur darauf gewartet hätten, daß sich auch bei ihnen ein solcher Ableger entwickelte. Sogar die Zentralverwaltung hat ihren eigenen Tempel. Vielleicht gibt es mittlerweile schon Klone der Siedler.«

»Aber du sagtest doch, sie seien gefährlich«, sagte Churry.

»Oh, da will ich mich nicht festlegen«, erwiderte er mit kaum gezügeltem Sarkasmus. »Meiner Ansicht nach gibt es drei Möglichkeiten. Vielleicht ist es gutartig. Vielleicht ist es neutral. Vielleicht ist es gefährlich. Wie will man die Alternativen gewichten? Es gibt nämlich mehr Kreaturen, die andere Kreaturen fressen als Kreaturen, die das nicht tun.« Er kicherte hysterisch.

Churry warf ihm einen Blick wie ein Peitschenhieb zu. »Nimm dich zusammen, Damzel. Du redest Unsinn. Erst hast du gesagt, es sei eine Art Gemüse, das nur auf Hobbs Land vorkommt.«

»Das stimmt doch auch. Solange es nur auf Hobbs Land vorkommt, kann man in aller Ruhe abwarten. Aber wenn es sich von Hobbs Land aus weiter ausbreitet …«

»Hältst du das denn für möglich?«

»Ich glaube, es hat sich schon ausgebreitet.«

Churry lehnte sich zurück. »Interessant.« Er tippte rhythmisch mit den Fingern auf den Stiefel.

»Ich glaube, es ist jetzt auch auf Ahabar. Ich glaube, jemand hat Samen von Hobbs Land nach Ahabar gebracht.«

»Und weshalb?«

»Weshalb man es getan hat oder weshalb ich es vermute?«

»Weshalb du es vermutest.«

Shan schneuzte sich. Seit dem Aufenthalt auf Hobbs Land litt er an chronischem Schnupfen. »Weil jeder wußte, daß der Mörder von Stenta Thilion – sogar ich wußte, wer sie war – aus Voorstod kam. Die Mobilmachung der Armee und die Verhängung der Blockade wurden allgemein begrüßt. Voorstod ist ein Geschwür am Hintern der Zivilisation, und alle waren bereit, es herauszuschneiden. Wir hatten eigentlich damit gerechnet, daß Ahabar einmarschieren würde.«

»Und?«

»Nichts ›und‹. In einer Nachrichtensendung wurde Wilhulmia Willensschwäche vorgeworfen. In einer anderen Nachricht hieß es, daß sie das Massaker an den Gharm nicht verantworten wollte, das im Falle einer Invasion von Voorstod stattgefunden hätte.«

»Und?«

»Nichts ›und‹, Churry. Nun ist bereits ein halbes ahabarianisches Jahr vergangen, und die Blockade besteht noch immer, und es herrscht eine verdammte Friedhofsruhe. Das riecht förmlich nach Gemauschel hinter den Kulissen. Du hast schon so viel von den Voorstodern gelesen, um dir ein Bild von ihnen zu machen. Glaubst du wirklich, sie hätten über ein halbes Jahr stillgehalten?«

»Und du glaubst nun, jemand hätte Göttersamen von Hobbs Land nach Voorstod gebracht und ihn dort ausgesät, eh? Das ist doch nur eine Vermutung.«

»Nicht ganz.« Shan kicherte, riß sich dann aber zusammen. »Gleichzeitig mit uns hatten auch einige Siedler von Hobbs Land den Planeten verlassen. Zu dieser Gruppe gehörten unter anderem der *Topman* der Siedlung Eins – seit über dreißig Jahren zufällig auch der Standort des *Erloschenen Gottes* –, seine Mutter und ein junges Mädchen, das ich in der Siedlung singen gehört hatte. Die drei hatten diesen entschlossenen, aber auch bedrückten Gesichtsausdruck, der mich immer an einen gefährlichen militärischen Auftrag erinnert. Man muß es einfach tun. Man will den Auftrag zwar ausführen, aber andererseits will man auch nicht dabei umkommen, was durchaus möglich ist. Also macht man sich in dieser Stimmung aus Niedergeschlagenheit und Entschlossenheit auf den Weg, angetrieben allein durch den Willen. Genau diesen Ausdruck hatte ich in den Gesichtern der Frauen gesehen.«

»Und?«

»Ich will damit sagen, daß hier kein Bauerntölpel mit seiner Mutter und Tochter einen Verwandtenbesuch unternommen hat. Die drei hatten ein großes Ziel vor Augen, zumindest die Frauen. Also habe ich ein wenig recherchiert und Fragen zu einem Tempel auf dem Gelände der Zentralverwaltung gestellt.

Der *Topman* hat mich abblitzen lassen. Er wollte mir nicht sagen, weshalb sie den Tempel erbaut hatten.«

»Und«, drängte Churry.

»Und wenn man einen Transmitter betritt, hängt hinter einem Paneel der Wand des Warteraums eine Liste mit den Zielorten.«

»Ich weiß.«

»Unser Zielort war Chowdari, und der nächste Zielort war *Fenice auf Ahabar*.« Shan verstummte, wobei er sich fragte, ob er nun genug oder schon zuviel gesagt hatte.

»Da ist doch noch etwas. Ich sehe es dir an«, sagte Churry.

»Ich habe die Archive über die drei Leute von Hobbs Land abgefragt, um zu ermitteln, ob es einen Hinweis auf ihre Ankunft oder den Zweck der Reise gab. Den Namen des *Topman* kannte ich schon; er hatte sich uns beim Besuch der Siedlung vorgestellt. Er heißt Sam Girat. Es war nur ein Versuch, aber schließlich stellte das Archiv den richtigen Bezug her. Sie befanden sich zum Zeitpunkt des Anschlags auf Stenta Thilion in der Konzerthalle und saßen mit dem Oberbefehlshaber und seiner Tochter in der Loge gegenüber der Königin. Sie haben die Aufzeichnungen selbst gesehen! Sie wurden tagelang wiederholt, bis wir genug davon hatten! Das Mädchen von Hobbs Land sang die Schlachthymne. Die Frau hatte Stenta zunächst das Leben gerettet. Nach der Tragödie sind sie dann verschwunden. Vermutlich nach Voorstod.«

»Um den Samen auszubringen?«

»Möglich. Vielleicht wissen wir bald mehr. Ahabar kann die Blockade nicht für immer aufrechterhalten. Ereignisse werfen ihre Schatten voraus. Wie ich gehört habe, hat *Authority* sich geregt und eine Aufhebung der Blockade verlangt.«

Churry schüttelte den Kopf und grinste freudlos. »Jeder im System weiß, daß der Religionsrat von den

Voorstodern bestochen wurde. Na gut. Wovor hast du wirklich Angst, Shan Damzel?«

Shan schüttelte sich. Die Assoziation war übermächtig. Die kreatürliche Angst, von einem Schleimklumpen verschluckt zu werden. In etwas zu ersticken, vor dem es kein Entrinnen gab.

»Es könnte uns verschlucken«, sagte er mit zittriger Stimme. »Wenn es die Voorstoder verschluckt, könnte es auch uns verschlucken.«

»Und wenn es gutartig ist?«

Shan riß die Augen auf und schüttelte den Kopf. »Begreifst du denn nicht, daß es darauf gar nicht ankommt. Gutartig oder nicht. Im Gegensatz zu meiner närrischen Schwester müßtest du das doch wissen, Churry. Wer sonst, wenn nicht du ...«

Erneut lächelte Churry, diesmal fast fröhlich. »Ja, ich weiß es«, sagte er. »Schließlich hatte die Prophetin sich ziemlich klar ausgedrückt, nicht wahr? Sie unterschied nicht zwischen Gut und Böse, sondern sie sagte nur, wir sollten wir selbst sein. So, wie wir sind.«

Dann widmete Churry sich für einige Zeit den Speisen und Getränken auf dem Tisch neben ihm, wodurch er Zeit zum Nachdenken hatte. Er sagte seinem Gast, er solle sich bedienen. Nachdem Shan der Aufforderung Folge geleistet hatte, fragte Churry: »Also übergibst du mir nun diese Angelegenheit?«

Shan seufzte erleichtert. »Ja. Ich komme in dieser Sache nämlich nicht weiter. Über das Büro für Umwelt- und Naturschutz hatte Reticingh dem Rat einige Fragen vorgelegt, doch das Ergebnis war unbefriedigend. Ich hatte eigentlich gehofft, der Rat würde aufgrund dieser Informationen etwas unternehmen, doch statt dessen haben sie nur diskutiert. Nicht einmal die Repräsentanten der Hoch-Baidee teilten meine Besorgnis. Ich verfüge weder über die Macht noch die Mittel, in dieser Sache weiter tätig zu werden.«

»Was genau meinst du mit ›tätig werden‹?«

»Es zu töten«, flüsterte Shan. »Es zu töten, bevor es sich noch weiter ausbreitet.«

* * *

Eine Kurzmeldung in den Systemnachrichten berichtete vom Teilrückzug der Blockadetruppen um Voorstod. Obwohl die Landblockade für unbestimmte Zeit aufrechterhalten wurde, waren zumindest die Seewege nach Voorstod wieder frei. Die Fischer konnten wieder ihrem Erwerb nachgehen.

Howdabeen Churry verfolgte diese Ereignisse mit großem Interesse. Die Frage der Götter von Hobbs Land war schon seit einiger Zeit aktuell, doch weder *Authority* noch der Zirkel der Skrutatoren hatten sich bisher bemüßigt gesehen, offiziell tätig zu werden. Nun befürchtete Shan, daß die Bedrohung auch auf Ahabar übergriff. Offensichtlich mußte etwas getan werden, und der *Arm der Prophetin* war die einzige Gruppe, die dazu bereit war!

»Mein Plan ist«, sprach Churry zu seiner Vertrauten, Leutnant Mordimorandasheen Trust beziehungsweise Mordy, »daß wir nach Hobbs Land gehen und diese sogenannten Götter einfach vernichten. Shan Damzel sagt, es seien höchstens ein Dutzend. Und dann werden wir schon sehen, ob eine Bedrohung existiert oder nicht.«

»Macht er sich denn nicht mehr Sorgen über die Götter, die er auf Ahabar vermutet?« fragte Mordy Trust.

»Ja, schon. Aber Ahabar hat eine große Armee, und die einzigen Ferntransmitter stehen in Fenice; das würde bedeuten, daß wir uns durch den halben Kontinent kämpfen oder Voorstod in einem zeitraubenden Prozeß infiltrieren müßten. Auf Hobbs Land hingegen gibt es nicht einmal eine Miliz. Höchstens ein Dutzend Sicherheitsleute. Mehr nicht.«

»Taktisch günstiger, was?«

»Nun, im Grunde rechne ich auf Hobbs Land überhaupt nicht mit Widerstand. Es handelt sich um einen Präventivschlag, mit dem eine potentielle Bedrohung ausgemerzt wird. Solange wir uns darauf beschränken, wird niemand sich groß darüber aufregen.«

»Solange wir uns darauf beschränken. Dann werden wir also keine Waffen tragen.«

»Quatsch«, sagte Churry lachend. Er freute sich schon richtig auf den Einsatz. »Vielleicht müssen wir ein paar Farmer einschüchtern. Weil es sich zumindest teilweise um eine Übung handelt, gehen wir natürlich in voller Ausrüstung.«

* * *

Sam, Jep und Samstag legten in Fenice einen Zwischenstop ein, um von der Königin Auszeichnungen entgegenzunehmen. Maire wurde postum ausgezeichnet. Auf Sams Bitte hin fand die Zeremonie im privaten Rahmen statt, obwohl Königin Wilhulmia eigentlich ein Zeremoniell vorgeschwebt hatte, bei der ihr königlicher Status besser zur Geltung gekommen wäre. Allerdings trug sie dann doch dem Umstand Rechnung, daß die Leute von Hobbs Land um Maire trauerten. Als sie Sam Girat den Orden von Ahabar um den Hals hängte und ihre Wange an seine drückte, fiel ihr auf, wie schlecht er aussah. In körperlicher Hinsicht schien er in Ordnung zu sein, doch er mußte schwere seelische Probleme haben.

Bei der Zeremonie wurde verkündet, daß in Green Hurrah ein Mausoleum für Stenta Thilion errichtet werden würde. Der Palast veranlaßte eine planetenweite Ausschreibung für die beiden Grabinschriften. Eine dieser Inschriften sollte das Leben und das künstlerische Talent von Stenta Thilion würdigen; die zweite sollte eine Ächtung von Fanatismus jeglicher Art enthalten. Kurz nachdem die Königin dies verkündet hatte, verabschiedete sie Sam und seine Begleiter.

Zur gleichen Zeit veranstalteten die Gharm, ohne daß auch nur ein Ahabarianer davon gewußt hätte, in Selmouth und Sarby Begräbnisse und dehnten ihre Aktivitäten dann auf *Wolke*, Scaery und Dutzende anderer Dörfer in Voorstod aus. Das Netz hatte bereits ganz Voorstod unterwandert, mit Ausnahme des Gebirges, die Grenze nach Green Hurrah unterquert, sich im fruchtbaren Boden schnell ausgebreitet und stieß nun nach Jeramish vor. Dem Netz voraus gingen ›Missionars‹-Gharm, die sich unauffällig verhielten und hier und da ein Begräbnis veranstalteten. Als der Winterregen einsetzte, hatten sich bereits auf halbem Weg bis Fenice *Tchenka* manifestiert. In den an Voorstod grenzenden Regionen von Ahabar registrierten die Biologen plötzlich das Erscheinen einer neuen Spezies, die von den Gharm wie alte Freunde begrüßt wurde.

* * *

Auf dem Mond Ninfadel brach Unruhe aus: Es erschienen Propheten, Wagen, Männer, Tiere, Frauen und Kinder, von denen viele noch an den Nachwirkungen des schmerzhaften Transmitterdurchgangs litten.

Sie wurden von freundlichen Wächtern begrüßt, die ihnen sagten, daß sie sich nun auf Ninfadel, dem Mond Ninfadel befänden – was mit allgemeinem Unglauben und Zorn, geballten Fäusten und Flüchen quittiert wurde. Die Propheten waren jedoch unbewaffnet, im Gegensatz zu den Wachen. Diese ignorierten die Drohungen.

»Wir haben neue Brunnen für euch und eure Tiere gebohrt. Wir haben Pferche für eure Herden errichtet. Dort draußen verläuft eine gelbe Linie. Solange ihr sie nicht überquert, seid ihr völlig sicher.«

Dann hielten die Wachen und Vertreter des Büros für Umwelt- und Naturschutz vor den Leuten ihren üblichen Vortrag: Punkt Eins, Punkt Zwei, Punkt Drei etcetera. Anschließend gaben sie Schutzmasken und Nasenfilter aus. Nachdem alle damit ausgerüstet worden waren, waren die Bestände an Masken und Filtern praktisch erschöpft. Nach dem Vortrag erhoben die Gläubigen sich und gingen wütend davon, ohne überhaupt zugehört zu haben; Frauen und Kinder folgten ihnen, ohne etwas verstanden zu haben.

Die meisten nahmen ihre Ausrüstung überhaupt nicht mit. Die Wachen und die Repräsentanten des Büros für Umwelt- und Naturschutz zuckten bloß die Achseln. Ob nun die Porsa oder die Propheten draufgingen, eins war so gut wie das andere, wollten sie damit ausdrücken. Es gehörte nicht zu ihrem Auftrag, sich um Voorstoder zu kümmern, welche die Sicherheitsbestimmungen mißachteten.

Also lernten die Voorstoder es auf die rauhe Art. Die Herden blieben zum größten Teil zusammen, doch einige Tiere, die noch durch die Transmitterpassaage desorientiert waren und zudem durch den Duft frischer Kräuter angezogen wurden, lösten sich von der Herde und liefen den Hügel hinab. Die Hirten folgten ihnen. Obwohl das Hochland südlich der Station in die Ebene überging, fiel es an der Station selbst steil ab. Die Grenze war also deutlich markiert. Die Tiere wurden noch schneller und überquerten die gelbe Linie. Alle Hirten, bis auf einen, blieben sofort stehen. Dieser eine indes hatte die Warnungen ignoriert und rannte hinter den Tieren her, als ob es sich um ein Spiel handelte.

Sämtliche Voorstoder wurden Zeugen des darauffolgenden Vorgangs. Außerdem hörten und rochen sie es.

Mit düsterem Blick stöpselte der Prophet die Nasenfilter ein, wenn auch etwas verspätet. Seine Söhne scharten sich schutzsuchend um ihn.

»Wir können ... wir können hier nicht leben«, sagte der älteste.

»Wir können hier leben«, sagte der Awateh laut, »zumindest für eine gewisse Zeit.« Dann gab er mit lauter Stimme Anweisungen. Die Tiere wurden in die dafür vorgesehenen Pferche getrieben. Dann wurden die großen schwarzen Zelte aufgeschlagen, die für die Männer zuerst, danach die für die Frauen. Dort, wo die Pferche errichtet worden waren, hatte das Hochland einen Durchmesser von einer Meile. Der Gestank der Porsa stieg den Voorstodern noch immer in die Nase, wenn auch nicht mehr gar so penetrant. Sie sahen die schwabbelnden Formen und hörten ihre Schreie, die jedoch durch die Entfernung gedämpft wurden.

Die Leute sammelten Holz und machten Feuer. Dann bereiteten sie Essen zu. Der Awateh saß derweil mit seinen fünfzehn Söhnen, von denen der jüngste noch keine zwanzig war, in einem Zelt.

»Auf dem Mond *Enforcement* befinden sich zwei Gläubige«, eröffnete der Awateh eine Litanei, die allen schon zur Genüge bekannt war.

»Lobet den Allmächtigen Gott«, sagten seine Söhne.

»Halibar Ornil ist der Diener Gottes. Altabon Faros ist der Diener Gottes. Bevor wir Voorstod auf Ahabar verließen, erhielten wir von diesen Gläubigen die Nachricht, daß die Zeit gekommen sei. Die Armee von *Enforcement* wird in den Dienst Gottes gestellt.«

Sie gerieten in ekstatische Wallung. »Wann?« fragte der älteste Sohn atemlos.

»Sobald wir der Armee von *Enforcement* das Wort Gottes nahegebracht haben.« In der Vorstellung des Awateh war die Armee von *Enforcement* eine Art himmlischer Heerschar, die nur auf den Befehl zum Angriff wartete. Doch im Grunde wußte er, daß dem nicht so war. Der letzten Meldung zufolge hatten

Ornil und Faros noch nicht einmal ein Prozent der Armee umprogrammiert. Nachdem der bewußtlose Kommandeur seinen Zweck erfüllt hatte, hatten sie sich seiner auf eine Art entledigt, die auf einen natürlichen Tod hindeutete. Sein Nachfolger indes schien die Devise zu befolgen, daß neue Besen gut kehren; er inspizierte jeden Winkel, ging die Direktiven durch und überprüfte, ob sie auch befolgt worden waren. Ornil und Faros waren unverdächtig und widmeten sich weiterhin dem Großen Werk, wobei sie allerdings nichts überstürzten und alles vermieden, was vielleicht Verdacht erregt hätte. In Anbetracht der Größe der Armee auf *Enforcement* hatte der Awateh beschlossen, sofort loszuschlagen. Ein Prozent sollte für den Anfang genügen.

»Dann müssen wir es hier also nur für kurze Zeit aushalten«, sagte der älteste Sohn optimistisch.

Der Prophet nickte. »Nicht für lange.«

»Wohin?« fragte der jüngste Sohn verwegen. In einer Kultur, die dem Senioritätsprinzip huldigte, hatte er sich bisher immer im Hintergrund gehalten. »Wohin werden die Soldaten geschickt, Vater? Nach Phansure?«

Viele in dem schwarzen Zelt sahen den Awateh nun zum erstenmal lächeln.

»Als wir die verräterische Gharm in Ahabar bestraften, wurden wir von drei Leuten geschmäht«, sagte der Prophet. »In zwei Fällen liegt ein schweres Vergehen vor, denn sie sind von unserem Blut, Apostaten, die den Allmächtigen Gott und seine Propheten leugnen. Die andere erdreistete sich, quasi vor unseren Augen, Haß gegen uns zu schüren und eine Teufelshymne anzustimmen. Ich hatte zu spät erfahren, um wen es sich handelte; sonst hätte ich sie töten lassen, als sie sich in unserer Gewalt befand.

Eine von diesen dreien ist tot. Sie wurde wie eine verfaulte Frucht an der Mauer der Zitadelle von *Wolke* aufgehängt. Unser treuer Diener, Phaed Girat, hatte dafür Sorge getragen.

Der zweite ist ihr Sohn. Die dritte ist ein Mädchen von Hobbs Land mit dem blasphemischen Namen Samstag Wilm.«

»Du willst die Soldaten von *Enforcement* nach Hobbs Land senden, nur um zwei Leute zu töten?« fragte der jüngste Sohn ungläubig. Er hatte gehört, daß nur ein paar tausend Menschen auf Hobbs Land lebten. Das war militärisch völlig sinnlos. »Um zwei Leute zu töten?«

»Um *alle* Leute zu töten«, sagte der Awateh. »Und ihre falschen Götter, die sie in Voorstod auf Ahabar gegen uns aufgeboten haben. Diese Götter kamen von Hobbs Land.«

Erstaunte und zornige Zwischenrufe ertönten.

»*Zunächst* wird ein kleiner Teil der Armee des Allmächtigen Gottes nach Hobbs Land entsandt«, fuhr der Awateh fort, »während gleichzeitig ein anderer kleiner Teil nach *Authority* geschickt wird. Und dann, wenn Hobbs Land nicht mehr existiert und *Authority* erobert ist, womit jede Bedrohung für unsere weitere Arbeit ausgeschaltet sein wird, werden Millionen von Soldaten in Phansure einmarschieren. Und nach dem Fall von Phansure werden wir in Gottes Namen das ganze Universum erobern.«

»Und wann?« fragte der Sohn.

»Sobald wir ein Ablenkungsmanöver gestartet haben«, sagte der Awateh. »Wir müssen die Aufmerksamkeit des Systems auf etwas anderes richten.«

»Ein Ablenkungsmanöver«, sagte der Sohn atemlos. »Aber das könnte noch lange dauern.«

»Wie der Allmächtige Gott will«, sagte der Awateh, noch immer lächelnd. Er persönlich glaubte, daß es sehr bald schon soweit sein würde.

* * *

China Wilm hatte sich vor Sams Abreise nach Ahabar gewünscht, daß er sich änderte. Nun hatte er sich fast schon zu sehr verändert. Zuerst hätte sie ihn kaum wiedererkannt. Er schaute sie mit gehetztem Blick an; seine Wangen waren durch den Gewichtsverlust eingefallen. Er aß fast nichts. Obwohl sie hochschwanger war, nahm China ihn bei sich auf. Manchmal ließ eine Frau ihren Liebhaber bei sich wohnen, allerdings nur für kurze Zeit. Aber ein solches Verhalten wurde dann akzeptiert, wenn der Mann Pflege brauchte und sie in seinen Schwesterhäusern nicht fand – was für Sam zutraf, denn Sal trauerte so intensiv um Maire, daß sie nicht nur sich selbst, sondern auch die Babies vernachlässigte. Harribon Kruss kam von der Siedlung Drei herüber, um sich um Sal zu kümmern. Auch das war gängige Praxis, wenn es keinen Bruder gab, der sich um die Dinge kümmerte.

Also nahm China Sam bei sich auf und päppelte ihn wieder auf. Nach einigen Tagen hatte er sich körperlich halbwegs erholt, doch der Ausdruck in seinen Augen hatte sich nicht verändert.

»Er sollte wieder an die Arbeit gehen«, sagte Africa, die schon viel zu lange die Doppelbelastung ihrer eigenen Aufgaben und der von Sam trug.

»Sieh ihn dir an«, flüsterte China. »Dräng ihn nicht, Africa.«

»Ich finde, er sollte langsam über Maires Tod hinwegkommen. Schließlich ist es schon eine Weile her.«

»Es ist nicht nur Maires Tod. Den wird er schon überwinden. Sie wußte, daß sie in Lebensgefahr war, und er hatte sie nicht ernstgenommen. Daran liegt es. Er hat nie begriffen, was sie ihm sagen wollte, aber nicht einmal das macht ihm wirklich zu schaffen. Das eigentliche Problem ist, daß er sich nie bemüht hat, sie zu verstehen. Wenn sie ihm etwas sagte, hörte er es wohl, aber er hat sich nie gefragt, was es für sie bedeutete. Er hat sich nur gefragt, was es für ihn bedeutete. Er hat seinen Vater zu einer Art verkanntem Helden stilisiert. Nun fühlt er sich schuldig, und er klammert sich an diesem Gefühl fest. Du kennst Sam. Er muß alles bis zum Exzeß treiben.«

»Birribat Shum wird …«

»Ich weiß. Das wird er sicher, wenn wir ihm Zeit lassen. Es gibt für alles einen Grund.«

»Grund?«

»Für Sams Verhalten, bevor er nach Ahabar ging. Und für sein jetziges Verhalten. Er ist anders als wir. Vielleicht muß man von Zeit zu Zeit über die Stränge schlagen. Er braucht Zeit.« Sie sagte allerdings nicht, welchen *er* sie meinte.

Also ließen sie ihm Zeit. Eines Tages kam Sam ins Büro, und Africa bat ihn, die Formulare für die Materialanforderungen auszufüllen. Am nächsten Tag war es der Produktionsbericht. Nach zehn Tagen ging er wieder an die Arbeit. Er wirkte zwar lustlos, aber immerhin tat er überhaupt etwas, wobei er immer wieder lange Pausen einlegte und mit leerem Blick aus dem Fenster schaute.

Sal erholte sich allmählich wieder. Sie hatte Maires Leichnam nicht gesehen und kannte auch nicht die Einzelheiten ihres Todes; sie wußte nur, daß die Propheten sie getötet hatten und daß sie im Hof der Zitadelle von *Wolke* beerdigt war. Eines Tages, so sagte man Sal, würde es in *Wolke* einen Gott Maire Manone geben. Für sie schien das ein Trost zu sein, für Sam jedoch nicht.

Wenn Sal und China ihm keine Mahlzeiten serviert hätten, hätte er vielleicht überhaupt nichts gegessen. Sal schickte ihre Kinder vorbei, damit Sam ihnen Geschichten erzählte. Sie dachte, das würde ihm vielleicht helfen, doch er schickte die Kinder wieder weg. Er weigerte sich sogar, die Bücher aufzuschlagen. Harribon Kruss, der viel Zeit mit Sal verbrachte, nahm Sam zum *Creelie*-Fischen mit. Sam bewegte sich wie ein Gespenst, ein Bewohner einer Welt, die den anderen verborgen blieb. Auf China wirkte er wie eine Aufziehpuppe, die einen mechanischen Bewegungsablauf abspulte. Innerlich war er tot.

Kurze Zeit nach dem Angelausflug, der sie durch den Neuen Wald geführt hatte – der zwischenzeitlich noch größer und eindrucksvoller geworden war – und über *Wolkenbrücke* – die dem Betrachter in ihrer Pracht schier den Atem raubte –, beschäftigte Sam sich indes wieder mit den Legenden und den Büchern, die er selbst angefertigt hatte. Anstatt nach der Bedeutung zu fragen, welche die Legenden für ihn selbst hatten, fragte er sich nun, was sie ihren Verfassern wohl bedeutet hatten. Bald stieß er auf einen Punkt, den er schon vergessen hatte. Die Legenden handelten von Siegern und Überlebenden. Helden waren jene, die im Kampf gestorben waren und unsterbliche letzte Worte gesprochen hatten, oder solche, die noch am Leben waren, als die Geschichte endete. Von den Myriaden Toten, den unzähligen Verstümmelten und Versklavten hingegen kündete nur noch der Poet, falls überhaupt jemand. Sie konnten nicht mehr für sich selbst sprechen.

* * *

Seit der Entführung von Jep Wilm hatte Dern Blass sich für die Voorstod-Sache, wie er sie bezeichnete, interessiert. Seine Neugier war von Ilion Girat nicht im mindesten befriedigt worden; anscheinend wußte er nichts und war zudem kurz nach Sams, Maires und Samstags Abreise nach Ahabar zurückbeordert (und interniert) worden. Auch nach der Rückkehr von Sam und den Kindern war Derns Neugier ungebrochen, doch war es für jedermann ersichtlich, daß Sam Girat nicht in der Verfassung war, über irgend etwas zu sprechen, und es war ein Gebot der Humanität, Jep und Samstag zunächst auch in Ruhe zu lassen.

Schließlich gelangte Dern zu der Ansicht, daß alle Beteiligten nun genug Zeit gehabt hätten, sich zu erholen und zu sammeln. Er lud die Heimkehrer zu einem Gespräch ein, von dem er, Zilia und Spiggy sich Aufschluß über die Ereignisse erhofften. Weil die beiden phansurischen Ingenieure, Theor Close und Betrun Jun, Hobbs Land just zu diesem Zeitpunkt wieder einen Routinebesuch abstatteten, bat Dern sie ebenfalls hinzu. Dern mochte die beiden Phansuris. Sie hatten eine ›gemeinsame Wellenlänge‹, und zudem verstanden sie ihn besser als manch ein Bewohner von Hobbs Land; außerdem interessierten sie sich auch für die Geschehnisse in Voorstod.

Des weiteren lud Dern noch einige Siedler ein, Sal Girat, Harribon Kruss, China und Africa Wilm. An einem offiziellen Bericht war ihm nicht gelegen; das wäre zu formell und gezwungen gewesen. Er wollte eine lockere Plauderei und instruktive Details. Er wußte, daß dadurch auch an schmerzliche Erinnerungen gerührt werden würde, doch er wollte alles wissen, auch die düsteren Aspekte. Die insgesamt zwölf Personen paßten gerade in einen Gleiter, und Dern wollte der ganzen Sache einen informellen Touch verleihen, indem er oben im neuen Park ein Picknick organisierte. Im Dienstbericht würde er es als Inspektionsflug deklarieren.

Jamice wollte nicht teilnehmen, weil sie sich gerade von einer Infektion erholte, die sie einem Besucher zu verdanken hatte – trotz aller Fortschritte in der Medizin schwirrten noch immer Viren in der Gegend herum, die es nur darauf abgesehen hatten, die Menschen zu infizieren. Dern ernannte sie für einen Tag zur Verwaltungsdirektorin und wies sie an, im Bett zu bleiben. Jamice wußte nur zu gut, daß der Titel einer Verwaltungsdirektorin nicht die geringste Bedeutung hatte, solange Tandle Wobster sich im Büro aufhielt; deshalb blieb sie in ihrem abgedunkelten Quartier und schloß sich an den Schlafinduktor an, während ihre Kollegen sich bei der Zentralverwaltung versammelten, nur um dann festzustellen, daß der Kommissar der Zentralverwaltung so viel Essen und Getränke eingepackt hatte, daß es auch für die doppelte Anzahl Leute genügt hätte. Dern bat Spiggy, als Pilot zu fungieren, und dann brachen sie zu einem ereignislosen Flug auf, bei dem fast niemand ein Wort sprach.

Spiggy war bisher der einzige in der Gruppe, der die strahlenförmigen Wälle vom Boden aus gesehen hatte; Dern hatte sie einmal in geringer Höhe überflogen, um sich ein Bild von ihnen zu machen. Sie landeten auf einer in der Nähe gelegenen Lichtung und marschierten dann gemeinsam zu den Wällen. Staunend standen die Leute davor.

»Ich erinnere mich nicht, daß die Wälle so hoch waren«, sagte Spiggy. »Ich weiß noch, daß sie schulterhoch waren, aber nun sind sie höher als ich.«

»So, wie ich es verstehe«, sagte Dern, »warst du hier sehr beschäftigt und hattest keine Zeit, auf die Umgebung zu achten.« Dern hatte zwar keine moralischen Bedenken wegen Spiggys Techtelmechtel mit der Baidee, aber ohne diesen verbrämten Tadel wollte er ihn dann doch nicht davonkommen lassen.

Außer den beiden Toten der Siedlung Drei waren zwischenzeitlich noch weitere Leute hier bestattet worden. Drei der ältesten Siedler waren in den Siedlungen Zwei und Sechs gestorben. Bei einem Grubenunglück waren weitere vier Leute ums Leben gekommen. Die Gräber waren unmarkiert, aber als flache Mulden im Boden zu erkennen. Während Zilia und Africa das Picknick vorbereiteten, streiften die übrigen Mitglieder der Gruppe zwischen den Wällen umher und gaben erstaunte Kommentare ab; nur Jep und Samstag waren ungewöhnlich still.

»Woran denkt ihr gerade?« fragte Dern, der den beiden Kindern am Ende eines Walls über den Weg lief.

»Was auch immer hier heranwächst, es wird riesig«, erwiderte Jep.

»Es ›schlummert‹, hatten die Experten der Baidee gesagt«, sagte Dern lächelnd.

»Wie lange es wohl schlummern wird?« fragte Samstag.

Dern hatte nicht daran gedacht, den Baidee-Wissenschaftlern diese Frage zu stellen. Er fragte sich, ob die Wissenschaftler der Baidee sich diese Frage überhaupt selbst gestellt hatten, und sein Lächeln gefror.

»Es ist nur dreißig Meter lang«, sagte er und deutete auf den Wall. »Manche Bäume haben so lange Wurzeln.«

»Dieses Ding«, sagte Samstag, »ist kreisförmig und hat einen Durchmesser von etwa fünfundsiebzig Metern. Der sichtbare Teil ist zirka dreieinhalb Meter hoch. In der Mitte befindet sich ein kreisförmiger Hügel. Es ist ein Ganzes, Direktor Blass.«

»Nun, ja«, sagte er und rieb sich zweifelnd das Kinn. »Es scheint so.«

Dann gingen sie in das in der Nähe gelegene Dorf der *Erloschenen*, um sich dort ein bißchen umzusehen. Sie stießen auf die Theckles-Brüder, die zwischen den Ruinen umherstreiften.

»Was macht ihr hier?« fragte Sam.

»Wir suchen uns eine Grabstätte aus«, sagte Emun Theckles.

»Wir haben ein Nickerchen unter den Bäumen gemacht«, sagte sein Bruder und kratzte sich am Nacken.

»Sucht ihr euch wirklich eine Grabstätte aus?« fragte Samstag neugierig.

»Ja«, entgegnete Emun. »Heute morgen bin ich mit dem Gedanken aufgewacht, hierher zu kommen und mir einen Platz auszusuchen, an dem ich begraben werden will. Als wir dann hier oben ankamen, wurden wir müde und machten ein Nickerchen.« Er entfernte haarähnliche Fasern vom Nacken. »Und jetzt haben wir Hunger.«

Dern lachte und lud sie zum Essen ein. Er hatte nichts dagegen, daß sie sich die Schilderung der Ereignisse in Voorstod anhörten. Sie setzten sich alle hin, und dann erteilte Dern den dreien das Wort. Jep machte den Anfang, und Samstag übernahm den zweiten Teil. Am Ende der ziemlich verworrenen Geschichte, die Sam und Jep ungefähr zu gleichen Teilen vorgetragen hatten, wobei Sam so wenig gesagt hatte, daß es fast den Anschein hatte, er sei überhaupt nicht beteiligt gewesen, schüttelte Zilia den Kopf und sagte: »Moment mal, Jeopardy Wilm. Etwas verstehe ich nicht. Du sagst, die Götter in Voorstod hätten die Leute verändert. Aber die Götter auf Hobbs Land haben uns nicht verändert.«

Dern Blass, der bezüglich Zilia fast über seismographische Fähigkeiten verfügte, enthielt sich eines Kommentars.

»Doch, haben sie«, sagte Africa freundlich. »Nur daß diese Veränderungen eher subtiler Natur waren. Die meisten von uns waren nämlich ohnehin schon friedliche Leute, die sich gegenüber ihren Familien und Freunden rücksichtsvoll verhielten. Ich glaube, daß die Veränderungen im wesentlichen unsere Reaktionen auf Überraschung und Angst betreffen. Aufgrund meiner Erfahrung und der Managementausbildung weiß ich, daß negative menschliche Verhaltensweisen hauptsächlich durch Überraschung und Angst hervorgerufen werden.«

»Ich hatte Angst in Voorstod«, sagte Samstag. »Manchmal war ich vor lauter Angst wie von Sinnen.«

»Wir waren von Birribat Shum getrennt«, sagte Jep. »Außerdem hatten wir wirklich Grund, uns zu fürchten.«

»Bei realer Furcht greifen die Götter nicht ein«, bestätigte Africa. »Nicht wenn ein Grund dafür vorliegt.

Wenn man von einer defekten Erntemaschine verfolgt wird, werden die Götter einen nicht an der Flucht hindern.«

»Interessant«, sagte Theor Close, der Ingenieur von Phansure. »Ein Panik-Suppressor, der zwischen realen und imaginären Ängsten differenziert?« Er hatte den Eindruck, daß es einen chemischen Erklärungsansatz für die ganze Sache gab, wenn die entsprechenden phansurischen Forscher nach Hobbs Land kamen und der Angelegenheit auf den Grund gingen.

Zilia schüttelte den Kopf. »Willst du damit sagen, die Propheten hätten Angst gehabt?«

Samstag nickte. »Haben sie immer noch. Vor allem und jedem.«

»Ich habe gelesen …«, sagte Sam mit ersterbender Stimme.

Dann herrschte Schweigen.

»Ich habe von *Menschenheimat* gelesen. Über diese Vergeltungsreligionen. Sie hatten alle einen pastoralen Hintergrund. In den primitiven Zeiten lauerten in der Dunkelheit potentielle Räuber. Man mußte die Herde gegen mögliche Angreifer verteidigen und sie, wenn möglich, töten. Nachts mußte die Herde in den Pferch getrieben und bewacht werden. Der Schäfer mußte jede Nacht Wache halten, ohne zu schlafen. In vielen dieser Gesellschaften waren Hunde tabu, so daß es auch keine Wachhunde gab. Sie mußten ihre eigenen Hunde sein, immer auf der Hut. Der Schäfer fürchtete sich vor allem …«

»Ich stelle mir vor«, sagte Africa, »daß in einem solchen System Frauen und Kinder denselben Stellenwert wie *vlishes* und *dermots* hatten.«

»Schafe«, sagte Sam. »Damals waren es Schafe oder Ziegen.«

»Dann eben Schafe oder Ziegen. Die Tiere waren Besitz, die Frauen waren Besitz, die Kinder waren Besitz, und alles mußte bewacht werden. Und weil sie ein pastorales Volk waren, lebten sie nicht in Höhlen oder Häusern. Sie hatten Zelte. Sie waren auch nicht seßhaft, sondern wanderten als Nomaden im Land umher. Furcht war wahrscheinlich ihre ständige Befindlichkeit. Vermutlich waren sie angespannt und nervös.«

»Mit der Zeit«, sagte Jep, »überlebten wohl nur jene Leute, die am meisten Angst hatten und deshalb sehr reizbar und aggressiv waren. Vielleicht wurde es zu einem rassischen Merkmal.«

»Das durch die Religion noch verstärkt wurde«, fuhr Sam fort, wobei er auf seinen Teller starrte. »Das erklärt auch, weshalb so lange unter dem Deckmantel von Religion Gewalt und Krieg praktiziert wurden. Angst und Haß waren einfach rassische Merkmale der Leute, die dieser Religion beziehungsweise diesen Religionen anhingen. Es ist eine logische Erklärung, wenn ich auch nicht weiß, ob sie stimmt oder nicht.«

»Die Propheten waren ... nicht imstande, sich zu ändern; war das der Grund?« fragte Zilia.

»Es muß genetische Ursachen haben«, sagte Jep. »Ich glaube, daß der Gott durchaus in der Lage war, alle Umwelteinflüsse zu kompensieren. Entweder hat Sam recht, oder diese Leute waren die Abkömmlinge einer Rasse, deren Selektionskriterium Angst war; oder vielleicht werden ab und zu auch Menschen geboren, die auf Haß programmiert sind und andere damit anstecken, Mitläufer, Menschen mit einer schlechten Erziehung oder einer traumatischen Kindheit ...«

»Wie ich«, sagte Zilia sachlich. Plötzlich hatte sie es begriffen.

»Nun ja. Zumindest hat das auch auf dich zugetroffen. Wie ich bereits sagte, diese Mitläufer folgen dem Anführer, solange er seinen Einfluß ausübt; aber sie können sich ändern. Die Selektierten und die Mutanten hingegen sind dazu nicht in der Lage. Sie sind chronisch mißtrauisch. Sie sind auf Angst und Angriff programmiert.«

Emun Theckles, der aufmerksam zugehört hatte, machte plötzlich eine abfällige Geste.

»Was ist los?« fragte sein Bruder.

»Ich dachte gerade an *Enforcement*«, sagte Emun. »Die Soldaten von *Enforcement* sind genauso programmiert. Sie vertrauen auch niemandem. Sie sind auch auf Haß programmiert.«

Theor Close wölbte die Augenbrauen und warf Betrun Jun einen Blick zu. China beugte sich zu den Phansuris hinüber und flüsterte: »Emun hat vierzig Jahre lang auf *Enforcement* gearbeitet. Er war Wartungsingenieur bei der Armee.«

»Wenn sie niemandem vertrauen, wie soll man dann mit ihnen verhandeln?«

»Man hat ihnen bestimmte Fragen einprogrammiert«, sagte Emun. »Und wenn sie diese Fragen stellen, sollte man besser die Antworten parat haben, auf die sie programmiert wurden. Das ist alles.«

»Richtig«, murmelte Theor Close. »Man programmiert die Soldaten von *Enforcement* mit einem Katechismus von Einstellungen und Meinungen, nach dem sie dann handeln. Und jedes Lebewesen, das aus diesem Raster fällt, stirbt.«

»*Enforcement* würde ein Huhn töten, nur weil es nicht mit der richtigen Parole antwortete?« fragte Sam und brach in freudloses Gelächter aus.

»Es sei denn, der Soldat wurde programmiert, Hühner zu ignorieren«, sagte Betrun Jun. »In der Regel sind die Maschinen von *Enforcement* dahingehend programmiert, nur auf solche Lebewesen zu reagieren, die in ein bestimmtes Raster passen. Menschen zum Beispiel. Oder einige Aliens.«

»Wechseln wir das Thema«, sagte Zilia. »Es ist vorbei. Die Voorstoder waren die einzigen Anhänger einer Stammesreligion im System. Die Gharmgötter sind nun über ganz Ahabar verteilt. Auf Phansure hat es eine derartige Religion nie gegeben. Und die Propheten sitzen auf Ninfadel fest und können uns nicht mehr gefährlich werden.«

»Sie haben einen Transmitter«, sagte Sam mit tonloser Stimme.

Die Anwesenden schauten ihn an und fragten sich, ob er nun verrückt geworden wäre.

»Was meinst du damit?« fragte China schließlich.

»Sie hatten den Transmitter, durch den sie nach Voorstod gekommen waren. Er stand im Hof der Zitadelle. Als ich dorthin ging, um Maire zu beerdigen… sah ich, daß er weg war. Es ist mir eben erst wieder eingefallen. Sie müssen ihn mitgenommen haben.«

»Hast du das irgend jemandem erzählt?« fragte Dern Blass ungläubig.

»Es ist mir eben erst wieder eingefallen.«

Erneut machte Emun diese abfällige Geste. »Schlecht«, sagte er. »Solche Leute sollten keine Transmitter besitzen.«

»Dann könnten sie also… von Ninfadel verschwinden und… wo herauskommen?« fragte Spiggy.

»Ich weiß es nicht«, sagte Emun. »Vermutlich überall.«

Theor Close hob die Augenbrauen, daß sie fast an seinem Haupthaar andockten. »Wie hat dieser Transmitter ausgesehen?«

Sam beschrieb ihn, und Jep und Samstag lieferten ein paar Ergänzungen.

»Dann haben wir durchaus Grund zur Sorge«, sagte der Ingenieur schließlich und warf seinem Kollegen einen besorgten Blick zu. »Solche Transmitter werden schon seit Jahrtausenden nicht mehr für den zivilen Einsatz produziert. Sie arbeiten im Ein-Wege-Modus und benötigen keine Gegenstelle. Sie sind frei programmierbar.«

»Wohin werden die Propheten wohl gehen?« fragte Africa Wilm. »Vielleicht nach Thyker. Zu den Baidee.«

»Die Baidee sind Freidenker«, bemerkte Dern. »Den religiösen Absolutheitsanspruch der Propheten würden sie auf keinen Fall akzeptieren. Es ist unwahrscheinlich, daß die Propheten nach Thyker gehen, aber wir wissen auch nicht, wohin sie sich sonst wenden sollten. Vielleicht einfach irgendwohin. Hoffen wir es zumindest. Aber was auch immer sie vorhaben, wir müssen unverzüglich Ahabar informieren.«

* * *

Um seinen Plan bezüglich Hobbs Land zu verwirklichen, verließ Howdabeen Churry sich auf ein paar altertümliche Waffen und jugendlichen Enthusiasmus. Vor einem Jahr hatte einer seiner Leute in alten militärischen Aufzeichnungen herumgeschnüffelt und war dabei auf gewisse Geräte gestoßen, die zur Zeit der Großen Invasion von phansurischen Rüstungsbetrieben bestellt und in der Wüste gelagert worden waren. Den Aufzeichnungen zufolge mußten sie sich noch in einem jungfräulichen Zustand befinden. Als der *Arm der Prophetin* einen Vorstoß in die Wüste unternahm und eines der Arsenale öffnete, stellten sie fest, daß die Daten korrekt gewesen waren. Der größte Teil der Waffen war sogar noch originalverpackt.

Neben anderen interessanten Gerätschaften fand sich auch ein Objekt mit der Bezeichnung ›Zwillings-Kampftransmitter‹, wobei die beiden Komponenten miteinander gekoppelt waren und separat mit jedem Transmitter im System verbunden werden konnten. Der duale Transmitter konnte schnell montiert und genauso schnell demontiert werden. Dadurch wurde eine Invasionstruppe in die Lage versetzt, einen Transmitter in der Heimatbasis zu installieren, durch einen beliebigen planetarischen Transmitter einzumarschieren, diesen Transmitter zu sprengen und sich nach Beendigung der Kampfhandlungen mit dem zweiten Transmitter abzusetzen.

Allerdings hatte der Hersteller keine Garantie auf das Gerät gegeben. Die Funktion eines derart komplexen und gleichzeitig mobilen Geräts konnte einfach nicht garantiert werden – deshalb auch der Hinweis auf eine potentielle Fehlerquote von fünfzehn Prozent im Dauerbetrieb. Churry hielt es für ratsam, seinen Truppen diesen Aspekt zu verschweigen. Er machte ihnen nur die Handbücher zugänglich, sprach das obligatorische Gebet an den *Overmind*, in dessen Diensten er stand und empfahl seinen Leuten tägliches Training, um sich mit dem Gerät vertraut zu machen.

In einer entlegenen Wüstenregion von Thyker wurden die beiden Komponenten des Transmitters montiert und miteinander gekoppelt, und dann wurden erfolgreich Leute von A nach B und zurück geschickt. Alle Probanden überstanden den Durchgang unversehrt. Howdabeen Churry gestattete sich einen Seufzer der Erleichterung. Wenn bereits in der Anfangsphase Verluste aufgetreten wären, hätte er das seinen Leuten kaum plausibel machen können.

Nachdem er die Soldaten mit der Ankündigung verabschiedet hatte, daß am nächsten Morgen die Invasion stattfinden würde, studierte er mit Mordy Trust bei einem Glas Oasen-Wein die Landkarten von Hobbs Land, die Shan Damzel ihm in Chowdari überreicht hatte.

»Wir stoßen in den Bereich der Zentralverwaltung vor«, sagte Mordy Trust. »Dann sprengen wir die Transmitter, um zu verhindern, daß Hobbs Land irgendwelche Meldungen absetzt. Der Gleiterpark befindet sich ganz in der Nähe. Wir nehmen zwölf Gleiter. Jeweils eine Gruppe fliegt zu einer Siedlung und vernichtet jeden Gott, den sie dort findet. Die zwölfte Gruppe bleibt in der Zentralverwaltung und vernichtet den dortigen Gott, sofern es einen gibt. Dann treffen sich alle an diesem Punkt.« Sie deutete auf eine Stelle im Norden der Zentralverwaltung, auf halbem Weg zwischen den Siedlungen Zehn und Fünf; dieser Punkt stellte den Mittelpunkt der gedachten Fläche dar, deren Eckpunkte durch die Siedlungen definiert wurden. »Dort wird das zwölfte Team den zweiten Transmitter installieren. Alle bis auf die Piloten ziehen sich durch diesen Transmitter zurück; die Piloten werden die Gleiter zu dieser Ebene fliegen«, sagte sie und wies auf die bezeichnete Stelle. »Sie stellen die Gleiter dort ab und fliegen mit einer Maschine zum Kampftransmitter zurück. Dann zerstören wir den Gleiter mit dem Desintegrator, den wir im alten Arsenal gefunden haben und gehen durch den optimal getarnten Transmitter nach Thyker zurück. Per Saldo werden wir nur die Götter und einen Gleiter zerstört haben und lassen bloß einen Transmitter zurück. Sie werden ihn vielleicht nie finden, und falls doch, können sie nichts damit anfangen, weil er mit dem Transmitter auf Hobbs Land verbunden ist.«

Churry nickte zustimmend. »Nach unserer Rückkehr«, sagte er, »demontieren wir diesen Transmitter. Wenn Hobbs Land überhaupt einen Schaden erleidet, dann den, daß der Planet für einige Zeit vom System abgeschnitten ist. Der zweite Transmitter ist gut getarnt, und vielleicht kommen wir später noch einmal zurück, um zu sehen, was sich dort tut.«

Mordy nickte. »Sie werden isoliert sein. Es wird lange dauern, bis sie herausfinden, was geschehen ist. Und wenn es dann publik geworden ist, wird bereits Phase Zwei angelaufen sein: In einer Propagandakampagne werden wir das System auf die Gefahr hinweisen, die von den Göttern auf Hobbs Land ausging. Sobald die Leute erst einmal erkennen, daß wir sie vor der mentalen Übernahme durch diese Götter bewahrt haben, werden sie uns dankbar sein und uns bei der Eliminierung der Götter auf Ahabar unterstützen.«

Dessen war sich jeder Angehörige des *Arms der Prophetin* sicher. Churry hegte ebenfalls keinen Zweifel daran. Er hatte per Computer ermittelt, wie lange es dauern würde, auf Phansure einen neuen Transmitter zu bauen und ihn nach Hobbs Land zu transportieren. Diesen Berechnungen zufolge würde die Agrarwelt für mindestens ein halbes Lebens-Jahr vom System isoliert sein; das müßte genügen, um die von den Göttern ausgehende Gefahr zu dokumentieren. Das System würde es ihnen danken.

»Wir können jederzeit dorthin gehen, um Beweismaterial zu sammeln«, sagte er zu Mordy Trust.

»Vorausgesetzt, sie finden den Transmitter nicht.« Das war in ihren Augen nämlich die Schwachstelle des Plans.

»Shan Damzel hat gesagt, daß er in einer unzugänglichen Gegend versteckt wurde. Es ist höchst unwahrscheinlich, daß sie ihn finden.«

»Sie werden uns aber beim An- oder Abflug beobachten.«

»Deshalb nehmen wir auch ihre Gleiter. Sie wissen schließlich nicht, wer sie fliegt. An Flugbewegungen ihrer Gleiter sind sie gewöhnt. Niemand wird Verdacht schöpfen.«

»Und dann?« fragte sie.

»Nun, Mordy, wir werden schon sehen, was geschieht. Aus diesem Grund lassen wir den Transmitter auch zurück. Wenn diese Leute wirklich verschluckt und manipuliert wurden, dann stellt das auch für uns eine Bedrohung dar. Shan Damzel ist sich sicher, daß sie manipuliert werden, und ich bin es auch.« Churry hatte das während der Ausbildung oft gesagt. Unbewußt hatte er die Bewohner von Hobbs Land als Ungeheuer charakterisiert, die von etwas Schrecklichem besessen waren. Er hatte es zwar nicht so ausgedrückt, aber seine Leute hatten es dennoch so verstanden.

»Kein unnötiges Blutvergießen«, sagte Mordy.

»Natürlich nicht, Mordy. Es leben nur Farmer auf Hobbs Land. Sie werden nicht kämpfen. Wenn sie einen bis an die Zähne bewaffneten Baidee aus dem Transmitter kommen sehen, werden sie sofort Reißaus nehmen.«

Auch das hatte er während des Trainings oft gesagt. Er hatte sich die Szene wiederholt ausgemalt, er an der Spitze eines verwegenen Kommandos, das einen klar definierten Auftrag hatte. Die Baidee hatten schon viele solcher Kommandoaktionen durchgeführt. Weil er nicht wußte, was in den Köpfen seiner Leute vorging, erkannte er auch nicht die Dichotomie seiner Vision. Farmer waren harmlos und würden die Flucht ergreifen. Monster waren nicht harmlos und würden vielleicht nicht die Flucht ergreifen.

Churry hatte Visionen von Orden und Ruhm. Das System würde seine Leistung anerkennen und ihn bewundern. Auf diese Art machte er sich selbst Mut, bis schließlich seine hundertzwanzig schwerbewaffneten Soldaten antraten, mit den Stiefeln auf den sandigen Boden stampften und sich anschickten, durch den Kampftransmitter nach Hobbs Land zu gehen.

* * *

Tandle Wobster erblickte die Baidee-Invasoren als erste. Sie war auch die erste, die starb. Sie war auf dem Rückweg vom Gleiterpark und befand sich gerade in der Nähe der Transmitter, als der erste Baidee erschien. Beim Anblick der Waffen geriet sie in Panik und rannte auf das Gebäude des Sicherheitsdienstes zu. Der junge Soldat schoß sie in den Rücken, um sie, wie er später aussagte, daran zu hindern, Alarm zu schlagen. Aber wenn er in diesem Augenblick überhaupt an etwas gedacht hatte, dann daran, daß sie möglicherweise von einem Monster besessen war.

Nachdem sie den Schuß gehört hatten, kamen die drei Sicherheitsleute aus dem Gebäude, um zu sehen, was los war. Als der Soldat die Waffen in ihren Händen sah, feuerte er erneut. Noch mehr Monster, sagte er sich, ohne sich dessen bewußt zu sein. Einer der Sicherheitsleute traf den Baidee mit einem Schocker und lähmte seinen rechten Arm. Aber die drei Männer waren schon tot, bevor sie auf dem Boden aufschlugen.

Churry kam mit der nächsten Abteilung. Als er die Leichen sah, verzog er das Gesicht, schickte den übereifrigen Schützen durch den Transmitter zurück und rannte zum Gleiterpark. Andere Mitarbeiter der Zentralverwaltung hatten die Schüsse ebenfalls gehört und schauten aus dem Fenster. Als sie sahen, was draußen vorging, zweckentfremdeten ein paar leichtsinnige Leute Werkzeuge als Knüppel und versuchten die Zentralverwaltung zu verteidigen. Zwei Soldaten wurden mit Krampen, die eigentlich zum Befestigen von Styroporplatten dienten, in den Kopf geschossen. Ein Mitglied der Landwehr von Hobbs Land wurde getötet, das andere entkam.

Zwischenzeitlich setzte sich ein Mitarbeiter der Personalabteilung an den Netzwerkrechner neben Derns Büro und informierte die Siedlungen, daß die Zentralverwaltung angegriffen wurde. Weil der Angestellte nicht wußte, wie der akustische Alarm ausgelöst wurde, blinkte das Warnlicht in den meisten Verwaltungsbüros unbemerkt vor sich hin. Es war gerade Mittagspause, und die Büros waren leer. In den Siedlungen Eins und Zehn indes waren die Büros besetzt. Es wurde akustischer Alarm ausgelöst, und die Leute trafen hastig sowohl Defensiv- als auch Offensivmaßnahmen.

Die Invasionstruppen eigneten sich zwölf Gleiter

an, ohne dabei auf Widerstand zu stoßen. Die restlichen Gleiter wurden nicht zerstört, sondern nur unbrauchbar gemacht. Elf Maschinen nahmen Kurs auf die Siedlungen. Der zwölfte, der den Komplementärtransmitter beförderte und von Mordy Trust kommandiert wurde, flog nur die kurze Strecke bis zum Tempel von Horgy Endure. Der Gott Horgy wurde von grunzenden Baidee aus dem Tempel gezerrt. Churry hatte beschlossen, die Tempel nicht zu zerstören. Er wollte sich nicht wie ein Vandale aufführen, zumal laut Shan keine Gefahr von den Tempeln ausging. Der Gott wurde auf eine Pyromatte gelegt, mit einer zweiten bedeckt, und dann wurde das Ganze angezündet.

Fünf Leute erschienen auf dem Gelände der Zentralverwaltung. Sie schwangen irgendwelche Gegenstände und riefen den Baidee zu, sie sollten den Gott in Ruhe lassen. Mordy Trust wollte den Soldaten schon sagen, die Leute zu ignorieren und in den Gleiter zu steigen, doch zu spät. So gründlich die Ausbildung auch gewesen war, welche die Baidee genossen hatten, die Lehrgangsinhalte ›Flexible Reaktion‹ und ›Schadensbegrenzung‹ waren etwas zu kurz gekommen. Die Soldaten wähnten sich bedroht und reagierten mit tödlicher Konsequenz. Noch bevor Mordy den Mund aufbekam, gingen die fünf Leute zerfetzt zu Boden. Mehrere Raketen schlugen auf dem Gelände der Zentralverwaltung ein und töteten etliche unbeteiligte Beobachter. Eine Rakete traf den Kraftstofftank eines INST-Gebäudes und setzte es in Brand. Hundert Mitarbeiter der Zentralverwaltung starben an den giftigen Dämpfen, ehe die Werksfeuerwehr den Brand löschte.

Mordy wohnte der Verbrennung des Gottes nicht bei. Die Dinge waren bereits außer Kontrolle geraten. Sie betete, daß der angerichtete Schaden sich auf die Zentralverwaltung beschränkte; dann befahl sie den Soldaten, in den Gleiter zu steigen und nahm Kurs auf den Treffpunkt. Ihre Gruppe mußte noch ein Versteck für den Komplementärtransmitter suchen und ihn installieren.

Inzwischen stießen die Baidee in jeder Siedlung auf den Widerstand oder die Bedrohung von vermeintlichen Monstern und reagierten genauso mechanisch wie in der Zentralverwaltung. Einige Siedler kamen bei der Verteidigung der Tempel um. Ein paar Soldaten wurden von Heckenschützen erschossen. Dennoch wurden schließlich alle Götter aus den Tempeln geholt und verbrannt. In einer Siedlung wurde der Gott von Kindern verteidigt, wobei die Soldaten sie erst als Kinder identifizierten, nachdem sie sie getötet hatten; einige waren nicht älter als elf Jahre gewesen. Der Gott in dieser Siedlung war nicht so massiv gewesen wie die anderen, sondern ziemlich spröde. Als sie ihn auf die Matte warfen, zerbröselte er und überzog ihre Uniformen mit einer feinen schwarzen Staubschicht.

Ein schwitzender und erschöpfter Soldat schlug Churry vor, alle zu töten. »Sie haben uns gesehen«, sagte er. »Sie haben uns gesehen, und wir haben die Kinder getötet, und wir müssen sie auch töten, damit sie nicht…« Dem Soldaten waren nämlich Zweifel gekommen, daß es sich bei den Opfern wirklich um Monster handelte. Sie hatten sich wie ganz normale Menschen verhalten. Es waren normale Kinder gewesen. Und das Töten von Menschen, zumal von Kindern, war in *Authority* nicht gern gesehen.

Churry gab ihm eine schallende Ohrfeige und befahl ihm, in den Gleiter zu steigen. Während des ganzen Fluges zum Treffpunkt fragte er sich, ob er richtig gehandelt hatte. Hatte der Mann vielleicht doch recht gehabt? Mit ihrer Bewaffnung hätten sie alle Siedlungen ausradieren können. Vielleicht…

Schließlich obsiegte doch der gesunde Menschenverstand. Die Vorfälle waren zwar unglücklich, sagte er sich, aber immerhin waren sie damit zu erklären, daß es sich um unerfahrene Männer handelte, die sich in ihrem ersten Kampfeinsatz befanden. Wenn die Baidee nun Hobbs Land auslöschten, würde es dafür jedoch keine Rechtfertigung geben. Um auch noch die Kinder und Babies zu liquidieren, hätten sie sich mehrere Tage auf Hobbs Land aufhalten müssen, und inzwischen hätte das System sicher Wind von der Sache bekommen.

Während in den Siedlungen das Gemetzel und die Zerstörung weiterging, beendete Dern Blass' Gruppe auf dem Hochplateau das Picknick, bestieg den Gleiter und flog nichtsahnend zur Zentralverwaltung zurück; der Pilot folgte dem Fluß, der an den Siedlungen Sieben und Fünf vorbeiströmte und dann nach Süden abknickte.

»Rauch«, sagte Sam plötzlich.

»Stimmt«, bestätigte Spiggy, der als Pilot fungierte. »Bei Sieben.«

»Bei Fünf«, sagte Dern und wies in Flugrichtung, dann nach links. »Und bei Sechs.«

Spiggy ging tiefer und suchte hinter einem Hügel Deckung.

»Voorstoder?« fragte Sam. »Wer sonst sollte Hobbs Land überfallen? Der Prophet hatte genau damit gedroht!«

»Ich weiß nicht, wer es ist«, sagte Africa. »Geh etwas höher, Spig.«

Nun sahen sie das für einen Transmitter charakteristische Flimmern; er befand sich zu ihrer Rechten, in einem von Canyons durchschnittenen Sektor. Plötzlich stieg an dieser Stelle ein Dutzend Gleiter auf und ging mit hoher Geschwindigkeit auf Südkurs.

»Das sind *unsere* Gleiter«, schrie Dern empört.

Spiggy behielt ihre gegenwärtige Position bei. »Sie haben uns noch nicht gesehen«, sagte er. »Das ist vielleicht auch besser so.«

»Wer, zum Teufel …?« murmelte Sam.

»Baidee«, sagte Samstag mit plötzlicher Gewißheit.

»Baidee!« platzte Harribon heraus.

»Nicht das Mädchen«, sagte sie. »Nicht die Dicke. Der andere. Derjenige, der sich mit mir unterhalten hatte, bevor wir nach Ahabar abreisten. Derjenige, der wissen wollte, weshalb es in der Zentralverwaltung einen Tempel gab. Derjenige, der wissen wollte, ob die Zentralverwaltung einen Chor hätte.«

»Shan Damzel?« fragte Spiggy. »Shan Damzel!« wiederholte er dann. Ja. Shan Damzel hatte vielleicht …

»Was wollen sie hier?« rief Harribon Kruss.

»Sie sind gekommen, um die Götter zu töten«, sagte Samstag. Sie stieß ein wütendes Heulen aus. »Er fürchtet sich vor den Göttern, und deshalb hat er diese Leute geschickt, um sie zu töten. Aber wenn sie glauben, daß ihnen das gelingt, haben sie sich getäuscht.«

»Flieg zur Zentralverwaltung«, wies Dern Spiggy an. »Mit Höchstgeschwindigkeit.«

»Aber wir müssen aufpassen, daß diese Bastarde uns nicht sehen«, erwiderte Spiggy. »Zwölf Gleiter, Dern. Und überall ist Rauch. Das sind nicht nur Shan Damzel und seine Schwester. Das ist eine ganze Horde; sie sind bewaffnet, und wir nicht!«

Sie schwebten dicht unterhalb des Grats und warteten darauf, daß die zwölf Gleiter zurückkamen. Sie warteten vergeblich. Dafür sahen sie die Staubwolke, die nach der Desintegration des Gleiters aufstieg. Als sie sicher waren, daß keine weiteren Feindaktivitäten mehr erfolgten, ging Spiggy auf Südkurs und landete den Gleiter auf dem Gelände der Zentralverwaltung. Dern rannte zu seinem Büro und rief irgend etwas von einer Funkverbindung. Spiggy holte zwei Ingenieure aus der nächsten Werkstatt und überprüfte mit ihnen die Transmitter. Alle waren sie zerstört. Auf dem Rückweg entdeckte Spiggy Tandles Leiche, die verrenkt war wie eine Gliederpuppe.

Als er sich erhob, stand er Dern Blass gegenüber.

»Nachrichten gehen von den Siedlungen ein, Spig«, sagte er mit flammenden Augen. »Sammle die Informationen. Weiß jemand, wo Jamice steckt? Sucht sie; sie soll dich unterstützen. O Gott, die arme Tandle. Scheiße, Spiggy. Such Sam und Africa. Sie sollen dir auch helfen. Findet heraus, was geschehen ist.«

Geschehen war folgendes: Alle Götter waren verbrannt worden. Annähernd dreihundert Siedler waren tot, ein Zwölftel der Gesamtbevölkerung. Weitere zwei- bis dreihundert Personen waren verwundet, einige schwer. Unter den Verwundeten waren Freitag und die kleine Mittwoch, zwei von Africas Kindern. Unter den Toten waren Willum R. Quillow, der elfjährige Thash Tillan und die noch jüngeren Miffle-Zwillinge, die bei der Verteidigung von Birribat Shum ums Leben gekommen waren. In der größten Sporthalle der Zentralverwaltung wurden ein provisorisches Lazarett und eine Leichenhalle eingerichtet, in die die Verwundeten und Toten gebracht wurden. Angestellte, die eigens für diesen Zweck abgestellt worden waren, übernahmen die Identifizierung und das Ausfüllen von Formularen. Siedler mit einer medizinischen Ausbildung trafen in der Zentralverwaltung ein und übernahmen die Versorgung der Verwundeten.

»Sobald die Toten identifiziert worden sind«, sagte Dern, »werden die Leichen aufs Hochplateau gebracht und dort begraben. Ruft die Siedlungen an und fragt nach Freiwilligen.«

»Denkt daran, daß noch ein Transmitter in einem der Canyons steht«, sagte Sam. »Wir haben ihn gesehen!«

»Damit hatten die Baidee nicht gerechnet«, sagte Africa und wischte sich die Tränen aus dem Gesicht. Ihre Kinder würden überleben. Andere hatten es nicht geschafft. Aber trotz ihrer Trauer durfte sie ihre Pflicht nicht vernachlässigen. »Ich nehme ein paar Leute und suche diesen verdammten Transmitter.« Derns Zustimmung wartete sie gar nicht erst ab. Dann rief sie nach Freiwilligen.

»Weshalb haben sie den Transmitter überhaupt zurückgelassen?« fragte China, die sich in den letzten Stunden als Leichenträgerin betätigt hatte.

»Damit sie zurückkommen können«, sagte Sam mit absoluter Gewißheit. »Wir sollten von seiner Existenz nichts erfahren. Sie haben ihn so programmiert, daß wir Hobbs Land nicht verlassen, sie aber jederzeit zurückkommen können.«

»Nun gut«, erwiderte China. »Darum wird Africa sich wohl kümmern.«

»Wie sollen wir uns ohne Transmitter mit dem System in Verbindung setzen?« wandte Spiggy sich an Dern.

»Zwischen dem Archiv und dem *Transystem*-Hauptquartier auf Phansure besteht eine Funkverbindung«, sagte Dern. »Bisher hat niemand sie genutzt, weil sie so langsam ist. Außerdem ist für das Zustandekommen einer Verbindung ein sehr hoher Energieaufwand erforderlich. Der alte Mysore Hobbs I hatte jedoch auf ihrer Installierung bestanden. Für den Fall eines Transmitterdefekts. Er hatte nämlich eine Abneigung gegen Transmitter. Ich habe die Anlage bisher nie benutzt und hätte auch nie gedacht, daß wir die Funkbrücke einmal benötigen würden.« Auch er hatte Tränen im Gesicht. »Die Bedienungsanleitung liegt auf meinem Schreibtisch«, nuschelte er. »Mein Gott, ich vermisse Tandle jetzt schon. Sie hätte die Anlage sofort aktiviert.«

»Ich übernehme das«, sagte China und winkte Harribon Kruss zu sich. »Harribon und ich kennen uns mit solchen Sachen aus.« Dann gingen sie nach oben, um das Handbuch zu suchen und die Anlage in Betrieb zu nehmen.

Seit dem Tod von Bondru Dharm war Jep nicht mehr so deprimiert gewesen. Das galt auch für die anderen. Sie arbeiteten unter Tränen. Und wenn sie schon glaubten, das Schlimmste sei vorüber, erfuhren sie, daß wieder ein Bekannter von ihnen gestorben war. Fluchend stellten sie fest, daß die Raketen die in Leichtbauweise errichteten Gebäude durchschlagen und Wasserrohrbrüche sowie Brände verursacht hatten. Die technischen Einrichtungen mußten auf Schäden überprüft werden. Die Kinder mußten getröstet werden. Die Verwundeten mußten versorgt werden. Gräber mußten ausgehoben werden. Tränen und Schmerzen. Blut und Leid. Schließlich brach die Dunkelheit herein, und die Leute legten sich einfach auf den Boden und schliefen ein.

Am nächsten Tag machten sie dort weiter, wo sie tags zuvor aufgehört hatten, aber zumindest herrschte nun Gewißheit über das Schicksal der Vermißten. Die Toten und hoffnungslosen Fälle waren identifiziert, und die übrigen würden es wohl überleben. Mittlerweile wußte jeder, einschließlich Mysore Hobbs auf Phansure, wer die Täter waren. Der Fall war klar. Ein Baidee-Soldat war in der Siedlung Eins aufgefunden worden, noch immer bewußtlos von dem Stein, den Gotoit Quillow ihm an den Kopf geworfen hatte, als er Willum R. angriff. Nun war der Soldat im Keller der Zentralverwaltung angekettet, und seine Uniform, die Waffen und die übrige Ausrüstung waren als Beweisstücke A sichergestellt worden. Als Sam das lange Haar gesehen hatte, das sich unter dem Turban verbarg, hatte er dem bewußtlosen Mann in einem Wutanfall mit dem Messer einen ziemlich unprofessionellen Stoppelhaarschnitt verpaßt. Daraufhin verständigten alle sich auf die Version, daß man ihn kahlgeschoren hätte, um seine Kopfwunde zu behandeln.

»Es ist genau dasselbe«, murmelte er mit Blick auf die Männer in Voorstod. »Es ist genau dasselbe.«

»Ich spüre keinen Unterschied«, murmelte Zilia. »Sie haben zwar alle Götter verbrannt, aber trotzdem spüre ich keinen Unterschied.«

Jep tätschelte ihr den Arm. »Keine Sorge, Zilia. Sie haben den Göttern sozusagen nur die Zunge herausgeschnitten. Sie wird ihnen nachwachsen. Wir begraben einige unserer Kameraden in den Tempeln, und dann werden den Göttern neue Zungen wachsen. Die Götter selbst sind immer noch dort.« Er beschrieb mit den Händen konzentrische Kreise, bis sie sich schließlich auf einer Höhe mit dem entfernten Hochplateau befanden. »Ich glaube, es hat sich inzwischen bis nach oben vorgearbeitet.«

Zilia versuchte in seinem Gesicht zu lesen. »Dann war das in den Tempeln also gar nicht der Gott?«

Jep schüttelte den Kopf. »Der Gott hat sich nie in den Tempeln befunden. Dort waren nur Münder, durch die der Gott zu uns sprach. Birribat Shum ist nicht tot. Horgy Endure ist auch nicht tot. Die verdammten Baidee haben zwar einige von uns getötet, aber sie hatten keine Ahnung, wo der Gott sich wirklich befindet.«

Er sagte das mit absoluter Autorität. Eigentlich hätte er gar nichts sagen müssen. Als die Siedler darüber nachdachten, wurde ihnen klar, daß im Grunde nichts zerstört worden war. Selbst die Toten waren ein Teil dessen, was auf Hobbs Land wuchs. Eine Geste. Ein Entgegenkommen.

Sie taten das, was getan werden mußte, und trösteten sich gegenseitig. Niemand erinnerte sich mehr daran, was Sam ihnen auf dem Hochplateau gesagt hatte. Über der Trauer und dem Schmerz hatten sie ganz vergessen, daß die Propheten einen Transmitter nach Ninfadel mitgenommen hatten.

* * *

Zwölf Soldaten des *Arms der Prophetin* waren tot; ihre Leichen waren nach Thyker überführt worden. Einen Soldaten hatten sie versehentlich auf Hobbs

Land zurückgelassen, und Churry hoffte, daß auch er tot war und nichts mehr ausplaudern konnte. So wütend wie jetzt war Churry noch nie gewesen. Unbewußt ärgerte er sich nämlich über sich selbst. Er hatte sich immer zugute gehalten, daß er es noch nie nötig gehabt hatte, die Stimme zu erheben. Er hatte sich immer eingeredet, sein religiöser Eifer würde sich von dem des gemeinen Volkes unterscheiden. Er pöbelte nicht herum. Er bescheinigte sich selbst ein ruhiges und deshalb um so gefährlicheres Naturell. Er sagte sich, daß er nicht zögern würde, im Notfall Gewalt anzuwenden, aber andererseits würde er auch keine unnötige Gewalt anwenden. Den Beweis für diese Selbsteinschätzung hatte er zwar noch nie antreten müssen, aber dennoch glaubte er genauso unerschütterlich daran wie an den *Overmind*.

Nun krümmte er sich in einem Anfall von Selbsthaß. Er hätte es nie für möglich gehalten, daß er sich einmal einen Narren schelten würde. Woher hätte er denn wissen sollen, daß man Soldaten auch dazu ausbilden mußte, *nicht* zu töten? Schließlich stand davon kein Wort in der Zentralen Dienstvorschrift. Wie hätte er denn auf die Idee kommen sollen, Waffen mitzunehmen, die keine tödliche Wirkung hatten? So etwas gab es nicht im Arsenal.

Mordy Trust hingegen stand unter Schock. Stumm und mit ausdruckslosem Gesicht saß sie da, während die anderen Soldaten sich um sie herum versammelten und zusammenhangloses Zeug murmelten.

»Was uns betrifft«, knurrte Churry seine verbliebenen hundertsieben Männer und Frauen an, wobei nicht viel fehlte und er hätte die Stimme erhoben, »sind die zwölf Leute, die heute gefallen sind, hier auf Thyker bei einem Manöverunfall umgekommen. Sie sind einfach nicht zurückgekommen.«

Die Soldaten, für die es bis vor kurzem noch

undenkbar gewesen war, unbewaffnete Kinder und alte Frauen zu töten, dachten nun an nichts anderes mehr.

»Was ist mit Nonginansaree?« fragte sein Bruder mit kläglicher Stimme. »Er ist nicht zurückgekommen.«

»Wenn die Gemüter sich etwas beruhigt haben, gehen wir zurück und suchen ihn«, sagte Churry. »Aber zuerst muß ein bißchen Gras über die Sache wachsen. Zieht die Kampfanzüge aus und deponiert sie hinter der Kaserne.« Er zeigte auf die drei übereifrigen Schützen, die ihm aufgefallen waren, und befahl: »Ihr drei hebt eine Grube aus. Legt die Toten und die Kampfanzüge in die Grube, schaufelt sie zu, stampft die Erde fest und parkt einen Lkw über der Stelle. Die anderen ziehen Zivilkleidung an und widmen sich wieder dem Tagesgeschäft. Und wenn ihr von dem Manöverunfall hört, heuchelt Überraschung.«

»Sollten wir nicht …?« fragte jemand zögernd. »Sollten wir nicht … eine Wiedergutmachung zahlen? Diese Kinder …«

»Welche Kinder?« fiel Churry dem Fragesteller barsch ins Wort. »Ich weiß nichts von irgendwelchen Kindern.«

Dies kam einer Manipulation ihrer Köpfe beängstigend nahe. Schließlich wußte jeder, daß sie mehrere hundert Kinder, Frauen und Männer umgebracht hatten, von denen nur die wenigsten bewaffnet gewesen waren. In der Regel sagten die Baidee die Wahrheit. Und ganz gewiß stellten sie keine Behauptungen auf, die im Widerspruch zu den offensichtlichen Fakten standen. Sie hatten Menschen und keine Monster getötet.

Churry sah den Zweifel in ihren Gesichtern. »*Offiziell* wissen wir nichts von irgendwelchen Kindern«, sagte er mit sanfterer Stimme. »Es ist eben anders gekommen, als wir geplant hatten. Außerdem sollten wir bedenken, weshalb wir die Mission überhaupt durchgeführt hatten. In ein paar Tagen ist sicher schon Gras über die Sache gewachsen.«

Vereinzelt ertönte noch unzufriedenes Gemurmel, doch die meisten gingen mit Churry konform; allerdings wechselten manche Leute bezeichnende Blicke mit ihren Nachbarn und setzten einen Gesichtsausdruck auf, der ihm nicht gefiel. »Churry, in Zukunft müssen wir die Leute unbedingt darauf hinweisen, in welchen Situationen sie nicht schießen dürfen«, sagte Mordy, nachdem alle gegangen waren.

Für Churry, der sich den Überfall auf Hobbs Land als eine quasi chirurgische Operation vorgestellt hatte, bei der die Farmer panikartig in alle Himmelsrichtungen davonstoben, bestanden nun kaum noch Zweifel, daß ihm die Verantwortung für den Tod von zwei- bis dreihundert Siedlern aufgebürdet werden würde. Schließlich war er für die Ausbildung des *Arms* verantwortlich gewesen und hatte die Operation geleitet. Er quittierte Mordys Ausführungen mit einem Nicken, wobei er sich sagte, daß sie ihm diesen exzellenten Rat zum denkbar ungünstigsten Zeitpunkt erteilt hatte. Auch wenn sie sich dessen vielleicht noch nicht bewußt war, ihre Zeit als Ausbilder war vorbei.

* * *

Dicht unter dem Erdboden, hinter der Kaserne des *Arms der Prophetin* in der Wüste außerhalb von Chowdari, lagen zwölf tote Soldaten und hundertneunzehn Kampfanzüge; darunter auch jene, die bei der Zerstörung von Birribat Shum vor dem Tempel der Siedlung Eins mit feinem schwarzen Staub überzogen worden waren. Wenn es hier Wasser gegeben hätte, wären die Bedingungen für die Entstehung eines Gottes schier perfekt gewesen. Thyker war jedoch ein heißer Wüstenplanet. Und an dieser Stelle war schon seit fünfzehn Jahren kein Regen mehr gefallen, und auch in den nächsten fünfzehn Jahren war nicht damit zu rechnen. Also wurden die Körper im heißen Wüstensand mumifiziert. Auf Thyker breitete sich derweil das Gerücht aus, wonach zwölf Mann nicht von einer Übung in der Wüste zurückgekommen seien. Gleiter suchten nach den Vermißten, fanden sie jedoch nicht.

In Chowdari nahm Churry Kontakt mit Shan Damzel auf und eröffnete ihm, daß seine Frage möglicherweise noch sehr lange unbeantwortet bleiben würde.

»Aber es wächst«, rief Shan. »In Ahabar. Ich bin mir sicher.«

»Häng dich an einen Schlafinduktor und vergiß es«, erwiderte Churry barsch. Er hegte keine Sympathien mehr für Shan Damzel. »Hör zu, Baidee. Ich spreche aus eigener Erfahrung. Die Leute auf Hobbs Land haben sich genauso verhalten, wie ich es auch getan hätte, wenn Soldaten aus einem Transmitter auf mich zugestürzt wären. Wenn diese Leute wirklich von irgend etwas verschluckt wurden, scheint es ihnen jedenfalls nicht geschadet zu haben.«

Shan schluckte und wollte schon widersprechen, doch Churry brachte ihn mit einigen ruppigen Bemerkungen zum Schweigen, ohne daß er ihm eine Erklärung gegeben hätte. Folglich hatte Shan nach wie vor keine Ahnung, was auf Hobbs Land geschehen war.

* * *

Auf Hobbs Land hatte das Netz dicht unter der Erdoberfläche das Hochplateau unterwandert, die alten Dörfer und die Tempelruinen. Dann hatte es sich tief unter den seltsamen radialen Wällen ausgebreitet, die von den Forschern von Thyker als ›schlummernd‹ klassifiziert worden waren.

Teil dieses Netzwerks war Maire Girat; sie erinnerte sich an das Voorstod ihrer Kindheit, an jeden Tag, jede Einzelheit, an die Gesichter und Worte, die gesprochen worden waren, an den Regen, der gefallen war, die Sonne, die geschienen hatte, an die Felsen, die von der Gischt des Meeres besprüht worden waren. Es war alles im Netz gespeichert, was Maires Persönlichkeit ausgemacht hatte und was sie von anderen wußte. Im Netz integriert waren auch Jep, Samstag und Sam, ihre Persönlichkeit und alles, was sie jemals auf Hobbs Land getan hatten, alles, was sie auf Ahabar gesehen und gehört hatten; es war alles gespeichert wie in einem Archiv – jeder Gedanke, jedes Wort, jede Erinnerung. Auch das, was ihnen in Voorstod widerfahren war. Ihre Gefühle. Ihre Angst.

Tief im Hochplateau war auch Emun Theckles begraben; er wanderte durch die düsteren Hallen von *Enforcement*, sah den aggressiven Ausdruck in den roten Linsen, holte die Werkzeuge hervor und roch den Gestank des Todes und der Vernichtung. Das Netzwerk nahm diesen Geruch auch wahr und erinnerte sich. Alles war vorhanden, jeder Soldat, an dem er gearbeitet hatte, jedes Wartungsdiagramm, jede Grafik, der gesamte Erfahrungsaustausch mit den Kollegen; alles war dort verborgen.

Tief unter der Erde lagen Flandry, Pye und Floom mitsamt den Plänen, die sie während ihres Aufenthalts auf Hobbs Land geschmiedet hatten. Tief unter der Erde lagen Shan Damzel und die Alpträume von Ninfadel, die Hoffnungen, die er in Howdabeen Churry gesetzt hatte, seine Angst und sein Zorn.

Tief unter der Erde lag auch der Baidee-Soldat, der beim Rückzug des *Arms der Prophetin* zurückgeblieben war, mit seinem ganzen Wissen und all seinen Gedanken.

Die Zeit hatte ausgereicht, alle Informationen ordentlich zu katalogisieren. Die Zeit hatte ausgereicht, um sich auf alle Eventualitäten vorzubereiten. Die Trauer, welche die Siedler kürzlich verspürt hatten, war ein Teil des Plans gewesen. Es hatte Tod und Trauer gegeben, doch Tod und Trauer hatten sich in Grenzen gehalten, und es war kein irreparabler Schaden entstanden. Die Leute, die nicht mehr an der Oberfläche lebten, existierten nun im Netzwerk unter der Erde weiter. Das Netzwerk machte sich zwar Gedanken darüber, was hätte passieren können. Aber die Toten lebten im Netz weiter.

Es war auf alles vorbereitet. Sämtliche Vorkehrungen waren getroffen worden, lautlos, mechanisch und effizient. Pfade waren geebnet worden. Hindernisse waren beseitigt worden. Für das Ungeziefer indes waren Köder ausgelegt und Fallen aufgestellt worden; es mußte nur noch hineintappen.

Aber es gab keine Zukunft. Es gab nur das Hier und Jetzt. Und dann trat etwas längst Vergessenes aus dem Schatten, wie ein verwester Körper in den Klauen eines Aasgeiers, erschreckend und ohne Vorwarnung. Mit diesem vergessenen Ding hatte das Netzwerk nicht gerechnet, hatte es nicht in seine Pläne einbezogen, hatte überhaupt nichts von ihm gewußt. Keiner der Voorstoder hatte daran gedacht, während er sich auf Hobbs Land aufhielt. Auch Sam Girat war es gerade erst wieder eingefallen. Er hatte es gewußt, ohne sich dessen bewußt zu sein. Eine der absurden Episoden, die das Leben schreibt.

Das Netzwerk war nicht perfekt. Dennoch erging es sich nicht in Selbstanklagen. Das wäre unproduktiv gewesen. Wenn die Zeit zum Handeln gekommen war, mußte eben gehandelt werden. Das reguläre Wachstum wurde eingestellt. Das Netz veränderte seine Gestalt, Zellen verzweigten sich, die ganze Struktur erzitterte und dehnte sich wie Gewitterwolken aus, in einer fast wahrnehmbaren Bewegung. Das kontrollierte Wachstum war durch einen Wucherungsprozeß ersetzt worden.

Das Unvermeidliche war einkalkuliert worden. Die zeitliche Nähe des Unvermeidlichen war jedoch falsch eingeschätzt worden. Obwohl das Netzwerk mit aller Kraft expandierte, war es nicht sicher, ob es auch schnell genug wuchs.

7

Das Bildtelefon, auf dessen Installation Mysore Hobbs bei der Besiedlung von Hobbs Land bestanden hatte, sprach mitten in der Nacht an; Mysore Hobbs II erfuhr als erster ›Auswärtiger‹ von den Ereignissen auf Hobbs Land, wer gestorben war und wer vielleicht noch an seinen Verletzungen erliegen würde. Obwohl die Übertragungsqualität schwankte, war Dern Blass' Bild so deutlich, daß Mysore Hobbs den ganzen Schrecken wahrnahm, der sich in seinem Gesicht widerspiegelte. Dern Blass klärte Mysore zwar nicht im einzelnen über die Motive der Baidee auf, aber immerhin enthielt sein Bericht genügend Hinweise darauf, was sie zu dieser Aktion veranlaßt haben mochte. Daran, daß Baidee diesen Überfall ausgeführt hatten, bestand kein Zweifel. Den besten Beweis für die Schuld der Baidee lieferte Nonginsaree Hoven, ungefähr achtzehn Jahre alt, der sich halbnackt im Gewahrsam der Zentralverwaltung befand. Dann schwenkte die Kamera auf seine Waffen und die typische Baidee-Kluft, einschließlich des *zettle*. Zu den darauf eingestickten Worten gab Dern Blass einen ätzenden Kommentar ab.

Mysore sprach Dern sein Mitgefühl wegen des sinnlosen Todes der Siedler aus. Als Dern dann auf die zerstörten Transmitter zu sprechen kam, erkannte Mysore Hobbs sofort, daß die Angreifer die Transmitter nicht aus bloßer Zerstörungswut vernichtet hatten. Die Zerstörung der Geräte hatte sicher nur dem Zweck gedient, den Überfall für die nächste Zeit geheimzuhalten; das System sollte nichts davon erfahren. Die Invasionstruppe hatte überhaupt nicht damit gerechnet, daß die Siedler noch über ein archaisches und leistungsschwaches Funkgerät verfügten; trotz dieser technischen Unzulänglichkeiten erfuhr Mysore alles, was er wissen mußte. Einschließlich des Namens des gefangenen Soldaten.

Er schickte Mitarbeiter von *Hobbs Transystem* als verdeckte Ermittler nach Thyker, wo sie Hovens Mitgliedschaft in einer ultramilitaristischen Vereinigung junger Männer feststellten, die als *Der Arm der Prophetin* bekannt war und von Howdabeen Churry geleitet wurde. Anhand von Abrechnungen für Lebensmittel und Gleitertransporte recherchierte ein EDV-Experte, daß Churry und Shan Damzel sich mehrmals zur gleichen Zeit am selben Ort getroffen hatten, und zwar kurze Zeit vor dem Überfall. Mit derselben Methode ermittelte er auch andere mutmaßliche Mitglieder des *Arms*.

Einen halben Tag, nachdem Mysore Hobbs von der Sache Kenntnis erlangt hatte, reiste er per Transmitter von Phansure nach Chowdari auf Thyker. Wie ein Kugelblitz trat er aus dem Transmitter, umgeben von Assistenten und Spezialisten für System-Recht, und verlangte, unverzüglich den möglichst vollständigen Zirkel der Skrutatoren zu sprechen.

»Sie sind nicht da«, beschied ihn ein vor Angst schlotternder Subalterner.

»Sie müssen sofort Rechenschaft ablegen über diesen unglaublichen Vorgang«, trompetete Mysore.

»Sie befinden sich in Klausur«, sagte ein anderer, beherzterer Untergebener.

Er hatte von Holorabdabag Reticingh den Befehl erhalten, auf Zeit zu spielen. Obwohl Mysore Hobbs sich nicht gerade um Diskretion bemüht hatte und bereits jede Menge Gerüchte im System kursierten, war Reticingh noch nicht genau über die Ereignisse informiert. Er wollte sich erst dann der Konfrontation stellen, wenn er über jede Einzelheit Bescheid wußte. Es war indes nicht der erste Fehler, den die Baidee an diesem Tag gemacht hatten, und es sollte auch nicht der letzte gewesen sein.

»Sag deinen Skrutatoren, daß sie ihre Unhöflichkeit noch bereuen werden«, sagte Mysore Hobbs mit raubtierhaftem Lächeln. »Ob sie sich nun in Klausur befinden oder nicht, sie hätten sich die Zeit nehmen müssen, mit mir zu sprechen. Ich wollte ihnen eigentlich den Mord an mehr als dreihundert unbewaffneten und friedlichen Siedlern auf Hobbs Land melden, darunter viele Kinder. *Kleine* Kinder. Ich wollte mich mit ihnen darüber unterhalten, wieviel Zeit und Geld wohl für die Erneuerung eines Transmitters zu veranschlagen sei. Ich hätte ihnen auch zu sagen gehabt, daß wir ein Mitglied der Invasionstruppe gefangengenommen haben. Er ist ein Hoch-Baidee, Angehöriger einer Gruppe mit dem Namen *Der Arm der Prophetin*. Hier sind Bilder von ihm und seiner Ausrüstung. Und hier habe ich einen Bericht über seinen Gesundheitszustand. Weil es mir nicht möglich war, deine närrischen Herren von dieser Sache zu unterrichten, nenne ich dir nun zwei Namen, die du ihnen zusammen mit meinen besten Grüßen übermitteln wirst: Shan Damzel und Howdabeen Churry!«

Sprach's und kehrte zum *Hobbs Transystem*-Komplex auf Phansure zurück. Dann traf er mit den anderen Agrarwelten bestimmte Arrangements; die ganze Zeit über weigerte er sich, Anrufe von Thyker entgegenzunehmen.

»Sagt ihnen«, wies er seine Sekretärinnen an, nachdem Thyker vergeblich versucht hatte, ihn zu erreichen, »daß ich mich in Klausur befinde.«

Diese Information sickerte prompt nach Thyker durch, woraufhin der Subalterne die Nachricht Reticingh und seinen Kollegen überbrachte.

»Ihr hättet mit ihm sprechen sollen«, sagte Merthal, den sie zu ihrer Unterstützung hinzugezogen hatten.

»Wie hätte ich denn mit dem Mann sprechen sollen, wenn ich nicht einmal weiß, was vorgefallen ist. Wir können erst dann mit ihm reden, wenn wir über alles informiert sind. Wo steckt überhaupt Churry?«

»Er ist nicht ausfindig zu machen«, erwiderte Merthal, der auf der Suche nach Churry war, seit die ersten Gerüchte zum Zirkel der Skrutatoren vorgedrungen waren. »Es heißt, er befände sich in einem Wüstenmanöver.«

»Und was ist mit Shan Damzel?«

Shan Damzel war erreichbar. Er wurde vor den Zirkel geladen, um auszusagen, womit er sich die letzten Tage beschäftigt hatte.

»Ich bin hier im Tempel gewesen«, sagte er mürrisch. »Die letzten fünf Tage.«

»Und was hast du da gemacht?« fragte Reticingh.

»Meditiert. Ich hatte Schlafstörungen.«

»Reticingh«, sagte Merthal, »mir ist gerade eingefallen …«

Mit einer zornigen und ungeduldigen Geste schnitt Reticingh ihm das Wort ab. »Bist du in diese Sache verwickelt?« wandte er sich knurrend an Shan.

»Welche Sache?«

»Die Vernichtung der Götter von Hobbs Land.«

Dem *Overmind* sei Dank, sagte Shan sich. Wenigstens ist der Gott auf Hobbs Land tot.

»Wann soll das denn gewesen sein?« fragte er mit Unschuldsmiene.

»Gestern.«

»Da war ich im Tempel und habe meditiert.«

»Reticingh«, sagte Merthal erneut.

»Was?!« knurrte Reticingh.

»Mir ist gerade etwas eingefallen.«

»Und das wäre?«

»Thyker bezieht ungefähr zwei Drittel seiner Lebensmittel von *Hobbs Transystem.*«

Shan schaute irritiert auf. Er fragte sich, was das eine mit dem anderen zu tun hatte.

»Mysore Hobbs *ist Hobbs Transystem*«, fuhr Merthal unbeirrt fort. »Und er ist sehr aufgebracht.«

»Das würde er nicht tun«, sagte Reticingh atemlos. »Das würde er doch nicht tun?«

»Was würde er nicht tun?« fragte Shan, der nun Faktoren und Aspekte miteinander verknüpfte, deren er sich bisher überhaupt nicht bewußt gewesen war. »Was würde er nicht tun?«

»Oh, Scheiße«, murmelte Reticingh. »Beim *Overmind*. Zum Teufel, Shan, was hatten die Götter von Hobbs Land dir nur getan, daß du so etwas entfesseln mußtest?«

* * *

Dieselbe Frage hatte Mysore Hobbs sich auch schon gestellt. Nicht daß die Götter von Hobbs Land ihm etwas bedeutet hätten. Schließlich war er ein Phansuri, und als solcher hatte er mit Göttern nicht viel am Hut. Allerdings war er auch ein Mann mit hohen moralischen Ansprüchen, und wenn die Götter den Siedlern etwas bedeuteten, dann mußte man das respektieren. Der Vertrag gewährte den Siedlern nämlich Religionsfreiheit.

Die Regierungen von Phansure und Thyker hätten es für ausreichend erachtet, die Angelegenheit *Authority* vorzulegen. Mysore Hobbs indes dachte überhaupt nicht daran, *Authority* einzuschalten. Das hätte nämlich zur Folge gehabt, daß auch diese Zombie-Armee auf dem Mond *Enforcement* mobilisiert worden wäre, die nur auf ihren Einsatz wartete. *Authority* und *Enforcement* waren komplementäre Begriffe, zwei Seiten einer Medaille. Wenn bloß hundert Baidee schon ein solches Massaker veranstalteten, dann hätte der Einsatz einer solchen Armee die schiere Apokalypse bedeutet! Mysore Hobbs schauderte bei dieser Vorstellung. Nein, er würde darauf verzichten, *Authority* einzuschalten.

Statt dessen beauftragte Hobbs seinen Operationschef, sich mit den anderen Agrarwelten in Verbindung zu setzen. Die für Thyker bestimmten Lebensmitteltransporte sollten nach Ahabar, Phansure oder zum Frachtzentrum für die Celphischen Ringe umgeleitet werden. Thyker sollte von keiner Welt, die sich im Besitz von *Hobbs Transystem Foods* befand, mehr Lebensmittel erhalten – außer von Hobbs Land selbst.

* * *

In der Haupt-Empfangsstation außerhalb von Serena auf Thyker, wo die Lagerarbeiter der Tagschicht schon seit dem frühen Morgen untätig warteten, versuchte der Schichtführer seinem Vorgesetzten in Chowdari zu erklären, daß keine Lebensmittel von den Gürtelwelten eingetroffen seien und daß seine Beschwerde bei *Hobbs Transystem* dahingehend beschieden worden sei, daß sie in Zukunft ausschließlich von Hobbs Land beliefert werden würden. Allerdings sei es ihm nicht gelungen, Hobbs Land zu erreichen.

»Du hast Hobbs Land nicht erreicht?« fragte der Vorgesetzte mit einem mulmigen Gefühl.

»Mit ihren Transmittern stimmt etwas nicht! Ich hatte Nachrichten durch alle drei geschickt, aber es sprühten nur die Funken!«

»Wir versuchen es von Chowdari aus. Ich rufe dich zurück.«

Auch in Chowdari flogen nur die Funken, und dazu wurde akustisch auf eine Systemstörung hingewiesen. Daraufhin wandte Chowdari sich mit der Bitte an Fenice auf Ahabar, Hobbs Land zu kontaktieren. Mit ähnlichem Erfolg.

Die Wartung und Instandhaltung der Transmitter fiel in den Zuständigkeitsbereich von *Authority*. Im Gegensatz zu den anderen Abteilungen von *Authority* genoß das Transmitter-Büro den Ruf, wirklich zu arbeiten. Seine Mitarbeiter waren motiviert und engagiert. Gegen Mittag war die Station außerhalb von Serena vom Büro informiert worden, daß Hobbs Land keine funktionierenden Transmitter besaß und deshalb auch nicht zu erreichen war. Am Nachmittag wurde dem Importzentrum in Chowdari dann bewußt, daß ein Embargo über Thyker verhängt worden war.

»Das verstehe ich nicht!« schrie der Leiter des Importzentrums. Er verstand es wirklich nicht. »Was haben wir denn getan?«

Ein phansurischer Mitarbeiter von *Hobbs Foods* klärte ihn schließlich auf.

Der Leiter des Importzentrums ging persönlich zum Tempel und verlangte einen der Skrutatoren zu sprechen. Als Ansprechpartner bot sich ihm, und das war kein Zufall, Holorabdabag Reticingh an.

»Was wollen sie tun?« fragte Reticingh schon zum drittenmal. »Haben sie das wirklich gesagt?« Er weigerte sich einfach, es zur Kenntnis zu nehmen. Und doch hätte er nicht sagen können, daß er überrascht war. Geduld war nicht gerade eine von Mysore Hobbs' Tugenden. Die Skrutatoren hätten mit ihm sprechen sollen, als er Thyker besuchte. Es war ein Fehler gewesen, ihn zu ignorieren. Und nun setzte Mysore Hobbs sie ordentlich unter Druck.

Betrübt sagte Reticingh sich, daß dies im Grunde die logische Konsequenz von Shan Damzels Reise nach Hobbs Land war. Eigentlich hatte es sich schon abgezeichnet, seit Shan im Vertrauen auf seine Stärke beschlossen hatte, Forschungen bei den Porsa zu betreiben. Er schickte zwei Leute los, um Shan zu holen. Shan erschien mit allen Anzeichen der Übellaunigkeit.

»Dreihundert Tote«, sagte Reticingh. »Auf Hobbs

Land. Wahrscheinlich gestern abend, nach unserer Zeit.«

Shan blinzelte konsterniert. Churry hatte ihm versichert, es würde keine Toten geben.

»Sie halten einen Baidee gefangen«, sagte Reticingh. »Die Kleidung, die Waffen, die Ausrüstung, alles charakteristisch für einen Baidee. Sie wurden von etlichen hundert Leuten gesehen. Stell dir das einmal vor, Shan. Baidee von Thyker haben einen religiös motivierten Angriff gegen die Bevölkerung von Hobbs Land geführt und mehrere hundert unschuldiger und friedlicher Menschen getötet. Etliche Baidee, vielleicht ein Dutzend, wurden im Rahmen der Selbstverteidigung von den Siedlern getötet; die Invasoren haben ihre Toten aber mitgenommen.«

»Gestern war ich aber hier«, rechtfertigte Shan sich. »Ich habe meditiert. Ich hatte schlecht geschlafen.«

»Ich weiß verdammt gut, wo du warst«, brüllte Reticingh. »Ich will wissen, wo du vorher warst und mit wem du Kontakt hattest.«

Shan schwieg verstockt und schaute aus dem Fenster auf den Exerzierplatz.

»Hat das vielleicht etwas mit diesem Zug zu tun, der in der Wüste ›verschollen‹ ist?« fragte Reticingh.

»Ich weiß nicht«, erwiderte Shan. Er war sich wirklich nicht sicher. »Ich glaube nicht.«

»Nun, Shan Damzel, ich habe dir noch etwas zu sagen. Nicht einmal ein Drittel des Lebensmittelbedarfs von Thyker wird vom Planeten selbst gedeckt. Der Rest kommt von den Gürtelwelten. Heute morgen hat Mysore Hobbs ein Embargo über uns verhängt. Wir dürfen Lebensmittel nur noch von Hobbs Land beziehen.«

»Das müßte doch genügen. So viele sind wir schließlich auch nicht, und Hobbs Land ist eine sehr produktive Agrarwelt«, erwiderte Shan leicht verwirrt.

»Nur daß die Baidee die Transmitter auf Hobbs

Land in die Luft gesprengt haben«, sagte Reticingh mit gefährlich leiser Stimme. »Also ist der Planet isoliert. Der Phansuri, mit dem unser Importmanager gesprochen hat, glaubt anscheinend, daß es auch noch eine andere Möglichkeit gäbe, Lebensmittel von Hobbs Land nach Thyker zu transportieren; aber er hat nicht gesagt, welche. Der Importmanager solle sich selbst danach erkundigen. Daraufhin ist er zu mir gekommen, und nun stelle ich Erkundigungen an, Shan. Wir müssen dringend eine Lösung finden, Shan, oder einige Millionen Menschen mit leerem Magen werden erfahren, daß sie nur wegen des Damzel- und Churry-Clans hungern müssen. Ich kann mir lebhaft vorstellen, was deine Mutter dazu sagen würde. Denk mal drüber nach.«

Shan wurde unter Aufsicht gestellt, was konkret bedeutete, daß er in den Karzer gesteckt wurde. Nachdem er genügend Zeit zum Nachdenken gehabt hatte, gestand Shan, Howdabeen Churry ›suggeriert‹ zu haben, daß die Götter auf Hobbs Land unter Umständen gefährlich waren. Allerdings hätte Churry nichts davon gesagt, Leute umzubringen oder Transmitter zu sprengen. Das entsprach der Wahrheit. Churry hatte Shan nämlich nicht vertraut. Er hatte beschlossen, schnell zu handeln, um eventuelle Risiken auszuschließen. In Reticinghs Augen benutzte er Shan nun als Sündenbock.

Auch während der nächsten beiden Tage machte Howdabeen Churry sich rar; mittlerweile gingen einigen Depots die Vorräte aus. Diejenigen Baidee, die per Transmitter zu anderen Planeten gelangen wollten, wurden von Regierungsvertretern ihrer Wunschziele darauf hingewiesen, daß in Anbetracht der mutmaßlich von Baidee zu vertretenden extraplanetarischen Feindseligkeiten Baidee von Thyker unerwünscht seien.

* * *

Auf Hobbs Land waren die Opfer der Baidee auf das Hochplateau gebracht und begraben worden, bis auf jeweils einen Toten aus den Siedlungen und einen von der Zentralverwaltung, die in der Nähe der Tempel beerdigt werden sollten. Jedem, der an der Beerdigung teilgenommen hatte, war dabei die Ausdehnung der Hügel aufgefallen. Im Vergleich zum letzten Mal waren sie größer geworden und hatten zugleich ihre Form verändert. Zudem schoß der Hügel im Zentrum der strahlenförmigen Wälle wie Spargel in die Höhe. Und als ob der Überraschungen damit noch nicht genug gewesen wären, bildeten sich auch an anderen Stellen des Hochplateaus solche strahlenförmigen Konfigurationen aus; einige von ihnen wuchsen ziemlich schnell. Dern reagierte gelassen; nach allem, was geschehen war, vermochte ihn eh nichts mehr zu erschüttern.

Als Samstag davon erfuhr, verspürte sie im ersten Moment Angst. Doch dann entspannte sie sich wieder. Es war alles in Ordnung. Sie hatte nicht das Gefühl, die Sache mit irgend jemandem erörtern zu müssen, nicht einmal mit Jep. Es wußte ohnehin jeder, nur daß niemand darüber sprach.

Die Brände waren gelöscht, und die Verwundeten waren alle versorgt. Wer von ihnen jetzt noch lebte, sagten die Ärzte, wäre wahrscheinlich über den Berg. Dern hatte sich an diesem Morgen an alle Siedlungen gewandt und die Leute darauf hingewiesen, daß sie sich trotz der momentanen Isolation des Planeten keine Sorgen machen müßten; weil zur Zeit kein Export möglich war, würde die Speisekarte sogar noch reichhaltiger ausfallen als sonst. Auch die Bestände an Medikamenten würden noch für längere Zeit reichen. Aber sie müßten eben für eine Weile auf neue Kleider, Schuhe und Freizeitartikel von anderen Planeten verzichten. In zehn Tagen würde im Kunstzentrum ein Web- und Nähkurs sowie ein Schusterlehrgang stattfinden. Außerdem wurde eine neue Theatergruppe aufgestellt.

Nach Auskunft von Mysore Hobbs würde es mindestens ein Standard-Jahr dauern, bis auf Phansure ein neuer Transmitter gebaut und nach Hobbs Land transportiert wurde. Und weil die orbitale Konstellation beider Welten zur Zeit nicht die günstigste war, würde es vielleicht noch länger dauern. Außerdem würden die phansurischen Techniker dann noch eine gewisse Zeit für die Installation des Transmitters benötigen, so daß Hobbs Land inzwischen keine Lieferungen von anderen Planeten empfangen konnte. Es sei denn, ein Transmitter würde zerlegt geliefert und von phansurischen Technikern montiert, was den Zeitaufwand um zwei Drittel verringern würde.

Die Ernte wurde solange eingelagert. Nur daß niemand sich bisher gefragt hatte, was geschehen sollte, wenn die Lagerhäuser voll waren. Was die verderblichen Erzeugnisse betraf, so brauchten sie laut Mysore Hobbs nicht gelagert zu werden. Die Siedler sollten den Eigenbedarf decken und den Überschuß dann unterpflügen.

»Wie pflügt man denn Milchkühe unter?« hatte Africa verärgert gefragt. »Man kann sie höchstens melken.« Die Milchwirtschaft wurde weiterhin aufrechterhalten, aber die Feldarbeiter der Siedlung Eins pflügten bereits zirka hundert Quadratmeilen mit Kopfsalat um.

Africa und ihre Freiwilligen hatten den von den Baidee zurückgelassenen Transmitter in einem Canyon nördlich der Zentralverwaltung gefunden. Aus dem Umstand, daß nichts hindurchging, schlossen Theor Close und Betrun Jun, die phansurischen Ingenieure, die nun mit den Siedlern auf Hobbs Land festsaßen, daß die Ein-Weg-Schaltung aufgehoben worden war. Immerhin besaßen sie nun ein Studienobjekt; sie fragten sich, ob sie das Gerät auseinandernehmen oder umprogrammieren sollten. Dann erkannten sie indessen, daß der Transmitter überhaupt nicht programmiert war; also war er für die Demontage bestimmt. Da die Ingenieure jedoch kein Handbuch zur Verfügung hatten, erschien ihnen die Sache zu riskant. Schließlich verständigten sie sich darauf, daß es sich um einen archaischen Festziel-Transmitter handelte, für dessen Modifikation sie weder über das Wissen noch die Bauteile verfügten, und überhaupt scheuten sie das Risiko, das damit verbunden war.

Schließlich wurde der Transmitter auf Theors Vorschlag hin einfach umgekippt und umzäunt. Nun würde jeder Eindringling in massivem Fels rematerialisieren. Africas und Sams Plan, sich in der Nähe des Transmitters zu verstecken und einen eventuellen Eindringling abzufangen, wurde von Dern Blass abgelehnt. Er wollte keine weiteren Menschenleben aufs Spiel setzen. Außerdem hatte Mysore Hobbs andere Pläne.

Das ganze System richtete den Blick auf das isolierte Hobbs Land. Die einundzwanzig Ständigen Mitglieder von *Authority* waren zu einer Sondersitzung zusammengekommen. Thyker mußte sich vor einem Untersuchungsausschuß verantworten. In *Enforcement* wurde der Bereitschaftszustand ausgerufen.

Von *Enforcement* aus hatte Altabon Faros eine dringende Meldung an Ninfadel abgesetzt.

Der Awateh sah seine Söhne lächelnd an und erteilte einige Befehle. Der Allmächtige Gott hatte beschlossen, eher früher als später zur Tat zu schreiten.

* * *

Am Grab von Willum R., der kürzlich vor dem Tempel der Siedlung Eins begraben worden war, trauerten Jep und Samstag, Sam und China Wilm sowie Africa. Gotoit Quillow, Deal, Sabby und Thurby Tillan saßen an der Rückseite des Tempels und weinten um ihre toten Gefährten. Jep hatte den Eindruck, daß er seit seiner Entführung durch Mugal Pye ständig geweint hatte beziehungsweise den Tränen nahe gewesen war. Er hatte gehofft, nach der Rückkehr in die Siedlung Eins würden die Dinge sich wieder zum Besseren wenden, doch das war ein Irrtum gewesen.

Samstag lag auf dem Bauch, hatte den Kopf auf die Hand gestützt und betrachtete die Grashalme vor ihrer Nase. Sam saß zusammen mit der hochschwangeren China unter einem Baum. Sie saß mit dem Rücken an seiner Brust, und er hatte die Arme um sie gelegt.

»Was wird nun geschehen?« fragte China. Obwohl sie nur geflüstert hatte, trugen die Worte in der Stille bis zu den anderen.

»Ich weiß es nicht«, sagte Sam. »Wir wären ein Stück weiter, wenn wir wüßten, was genau die Baidee mit ihrem Überfall bezweckten.«

»Das ist doch wohl offensichtlich«, sagte Africa. »Den Augenzeugenberichten zufolge waren sie noch halbe Kinder. Sie wollten Soldat spielen und sehen, wie wir auf die Zerstörung unserer Götter reagierten.«

»Das weiß ich auch«, erwiderte Sam. »Im übrigen ist das kein Widerspruch zu dem, was ich gesagt habe.«

»Mehr gibt es dazu wohl nicht zu sagen«, fuhr Africa fort. »Mehr dürfte nicht dahinterstecken. Sie wollten unsere Reaktion testen. Schließlich sind sie Baidee. Die Vorstellung, daß es reale Götter gibt, ängstigt sie.«

Sam erinnerte sich an den Alptraum, den Shan gehabt hatte. »Dieser Shan Damzel – er war derjenige, der Angst hatte.«

»Ängstliche Menschen machen Dummheiten. Und wo wir nun ihren Transmitter blockiert haben, werden sie wieder Angst bekommen, weil sie nicht wissen, was wir als nächstes tun werden.«

»Was werden wir denn tun?« fragte China und wischte sich die Tränen aus dem Gesicht.

»Wir trauern um unsere Freunde und Verwandten, die durch einen Akt sinnloser Gewalt umgekommen sind«, sagte Sam, der bisher geglaubt hatte, so etwas wäre nur in Voorstod möglich gewesen.

»Wenn wir damit fertig sind, werden wir wahrscheinlich wieder das tun, was wir immer schon getan haben.« Auch Samstag wischte sich die Tränen aus dem Gesicht und drückte Jeps Hand.

Eine Katze erschien hinter dem Tempel und miaute Samstag an.

»Was hat sie gesagt?« fragte China.

»Sie sagte, die überschüssige Milch sollten wir lieber den Katzen geben; wir möchten bitte der Molkerei Bescheid sagen. Außerdem sollen wir nichts in den Lagerhäusern der Zentralverwaltung einlagern, bis die Katzen sie durchsucht haben; dort gäbe es nämlich jede Menge *ferfs*. Die Katzen würden auf dem Hochplateau gebraucht, um *ferfs* für die Götter zu jagen, aber sie selbst hätten nichts zu fressen.«

»Ich werde mich darum kümmern«, sagte Sam und erhob sich. Dann half er China auf die Beine, und die beiden gingen langsam zur Siedlung zurück.

»Armer Sam«, sagte Africa.

»Wieso ›armer Sam‹?« fragte Jep.

»Weil er das ganze Leben lang auf der Suche war und nun erkannt hat, daß er nach der falschen Sache gesucht hatte; nur daß er immer noch nicht weiß, wonach er wirklich suchen muß.« Sie betrachtete ihre abgearbeiteten Hände und gelangte zu dem Schluß, daß sie ein perfektes Symbol für China seien. Unförmig, voller Mitleid, voller Angst, orientierungslos. Arme China. Armer Sam.

»Wenn wir es wüßten, könnten wir es ihm sagen«, sagte Jep nachdenklich.

»Ich kann es ihm nicht sagen, weil ich es nicht

weiß«, sagte Samstag. »Dafür weiß ich andere Dinge. Sie sind mir regelrecht zugeflogen, wie Teile eines Puzzles. Ich weiß es einfach, und wenn ich den Mund aufmache, formen sie sich zu Worten. Ganz ohne mein Zutun.«

»Das ist der Gott, der durch dich spricht«, sagte Jep überzeugt.

»Das glaube ich auch. Aber wenn es um andere Dinge geht, bin ich völlig ahnungslos. Vielleicht interessiert der Gott sich nicht dafür.« Samstag setzte sich auf und wischte sich das Gras von der Hose.

»Ein Gott interessiert sich für alles«, ertönte plötzlich Gotoit Quillows Stimme in ihrem Rücken. Die Trauerphase war offensichtlich vorbei, denn sie wurde von den beiden anderen Quillows und Thurby Tillan begleitet. Die Kinder wirkten ruhig und gefaßt. »Man sollte eigentlich annehmen, daß der Gott alle unsere Interessen teilt.«

Samstag hatte während ihres Aufenthalts auf Ahabar gründlich darüber nachgedacht. »Das hatte ich zuerst auch geglaubt. Aber dann habe ich mich gefragt, was der Gott überhaupt tut. Ich meine, wenn der Gott sich für etwas interessiert, dann würde er sich wahrscheinlich auch dafür einsetzen, nicht? Wenn er sich nun nicht in unser Alltagsleben einmischt, dann bedeutet das wahrscheinlich, daß es ihn wenig kümmert, was wir tun.«

Africa beendete das Studium ihrer Hände und sagte: »Vielleicht liegt es einfach daran, daß wir im Alltagsleben einen großen Handlungsspielraum haben. Wahrscheinlich gibt es Tausende von Möglichkeiten, Getreide anzubauen oder das soziale Leben zu gestalten. Der Gott interessiert sich nicht für die Details, auch wenn er uns bei der Verbesserung der Kommunikation und der Abschiebung von Störenfrieden hilft.«

Samstag nickte ihrer Mutter zu. »Und das betrifft nicht nur unsere Kommunikation, sondern auch die zwischen den Katzen und überhaupt zwischen allen intelligenten Wesen auf Hobbs Land. Also ist dem Gott Intelligenz wichtig.«

»Was noch?« fragte Gotoit.

»Vielfalt ist ihm auch ein Anliegen«, entgegnete Africa nach kurzer Überlegung. »Samstag hat recht, was die Katzen betrifft. Außerdem hatte es sich bei den Leuten, die gegangen waren, um solche gehandelt, die den Menschen für die Krone der Schöpfung hielten und die sich noch dazu über andere Menschen erhoben«, sagte Africa nachdenklich. »Verfechter des ›Nach-meinem-Ebenbild‹-Paradigmas. Blut und Boden. Die Art von Leuten, die ohne mit der Wimper zu zucken andere Spezies ausrottet, um Lebensraum für die Menschen zu schaffen. Anhänger der ›Macht-euch-die-Welt-untertan-und-vernichtet-sie‹-Philosophie.«

»Ich frage mich, was geschehen würde, wenn ich der Intelligenz oder der Vielfalt Schaden zufügen wollte. Würde er mich dann aufhalten«, fragte Jep.

»Das bräuchte er gar nicht«, sagte Africa. »Du würdest es nämlich gar nicht erst versuchen, weil du von vornherein wüßtest, daß es keine gute Idee ist.« Sie stand auf und wischte sich das Gras von der Hose. »Trotzdem habe ich nicht das Gefühl, daß meine Autonomie beeinträchtigt ist. Ich wähne mich noch immer im Besitz meines freien Willens. Ich glaube nicht, daß der Gott uns beeinflußt, außer in einigen wenigen Fällen, wobei er das aber auch nur tut, um unser Wohlergehen und Urteilsvermögen zu optimieren.«

»Wovor hatte Shan Damzel dann überhaupt Angst?« fragte Jep.

Die Leute zuckten die Achseln. Africa schüttelte den Kopf. »Ich weiß nicht, Jep«, sagte Samstag. »Ich weiß nur, daß Shan für den Überfall verantwortlich ist, und ich frage mich schon die ganze Zeit, was ihn wohl dazu veranlaßt hat. Aber bisher habe ich keine Antwort gefunden. Er muß sich vor etwas ganz anderem gefürchtet haben. Vor etwas, das uns unbekannt ist.«

* * *

Sam und China gingen zum Siedlungsbüro und organisierten die Versorgung der Katzen mit Milch. Dann sorgten sie dafür, daß die Lagerhäuser für die Katzen freigehalten und die Tiere zum Hochplateau transportiert wurden. Anschließend gingen sie zu Chinas Schwesternhaus und setzten sich auf die Veranda. Sie saßen einfach nur in gemeinsamem Leid zusammen; es gab nichts, was die Trauer gelindert oder gar eine Katharsis herbeigeführt hätte.

»Du bist noch nicht wieder du selbst, Sam«, sagte China. Als sie im Büro gewesen waren, hatte sie beschlossen, diesen Punkt zur Sprache zu bringen. Sam hatte ihr fast nichts von Voorstod erzählt. Das meiste, was China wußte, hatte sie von den Kindern erfahren. »Trauerst du noch immer um Maire?«

»Ich trauere ... um irgend etwas«, sagte er und verzog das Gesicht. »Aber ich weiß noch nicht genau, worum.«

Das verstand sie nicht. »Was könnte das denn sein, Sam?« fragte sie nach einiger Zeit im Flüsterton.

»Ich weiß nicht.« Er hob die Hände und betrachtete die Handflächen, als ob sie die Antwort bereithielten. »Ich bin aus einem ganz bestimmten Grund nach Voorstod gegangen, China. Mein Motiv kenne ich. Aber weshalb *durfte* ich gehen? Als Beschützer von Samstag und Jep wurde ich jedenfalls nicht gebraucht. Sie hätten es wahrscheinlich auch ohne mich geschafft. Was sollte ich also dort?«

»Vielleicht hatte dein bloßer Wille, dorthin zu gehen, schon genügt, Sam. Du wolltest deinen Vater kennenlernen und herausfinden, was für ein Mensch er wirklich ist.«

Darauf erwiderte er zunächst nichts. »Ich habe das Gefühl«, sagte er schließlich, »daß dort Dinge vorgehen, von denen ich nichts weiß. Dinge, die ich nie wahrgenommen habe. Als ob ich mein ganzes Leben lang auf einer anderen Welt gelebt hätte.«

»Welche Dinge könnten das sein, Sam?« fragte sie mit sanfter Stimme.

»Nun, da wäre einmal die Sache mit Maire. Um Jep zu retten, hat sie sich in Phaeds Hände begeben, obwohl sie wußte, daß sie damit ihr Leben aufs Spiel setzte. Gotoit Quillow hat einen Soldaten mit einem Stein angegriffen, um Willum R. das Leben zu retten. Maire ist gestorben und Gotoit hat überlebt, aber beide taten das gleiche. Wie viele Millionen Frauen sind im Laufe der Jahrtausende wohl bei dem Versuch gestorben, ihre Kinder oder sich selbst zu beschützen?«

»Viele, nehme ich an. Und sicher auch viele Männer.«

»Frauen werden in den Legenden praktisch nicht erwähnt, China. Die Legenden sind meine Welt, und Frauen kommen dort nicht vor. Keine einzige.«

China wußte das auch. Sie schwieg.

»Mein ganzes Leben lang, China, habe ich nach dem *Einmaligen Wunder* gesucht.« Er stand auf und lief auf der Veranda herum, wobei er sich die Haare raufte. »Ich habe diese Geschichten in Buchform gebracht, um die gedruckten Worte zu sehen und mich in die Gedankenwelt unserer Vorväter hineinzuversetzen. Ich hoffte, auf jeder Seite das *Einmalige Wunder* zu finden. In den Legenden wird immer nach dem *Einmaligen Wunder* gesucht. Der Heilige Gral. Das Zauberschwert. Die entführte Frau. Der Magische Ring. Das Wunderbare Juwel. Das Ewige Leben. Die Wiederkehr des Sommers. Der Thron. Die Krone. Der Goldene Bogen. Was auch immer. Immer suchen sie dieses ganz besondere Ding. Die Antwort. Die letztgültige Antwort.

Das war auch der eigentliche Grund, weshalb ich nach Voorstod gegangen bin. Ich glaubte, ich würde es dort finden, gemeinsam mit Dad. Ich dachte, es wäre eines der Dinge gewesen, die Maire dort zurückgelassen hatte.«

»Bist du denn sicher, daß es ein *Einmaliges Wunder* überhaupt gibt, Sam?«

»Weshalb sehnen wir uns danach, wenn es keines gibt? Weshalb suchen wir danach? Weshalb ...?«

Sie sah ihn kopfschüttelnd an. Nun fühlte sie sich wieder so wie damals, als er sie mit Fragen bestürmt hatte. »*Wir* suchen nicht danach, Sam. Ich nicht. Africa nicht. Sal auch nicht. Ich glaube, das gilt für die Frauen überhaupt. Wir haben einfach nicht die Zeit dafür. Für uns sind viele Dinge wichtig. Es gibt viele Antworten, nicht nur eine. Es sind die Männer, die auf alles eine einzige Antwort haben wollen. Sie erlassen ständig Gesetze, als ob sie auf der Suche nach einem Universalgesetz wären, das jedem Einzelfall Gerechtigkeit widerfahren läßt. Aber das ist unmöglich. Ich glaube, daß die Männer verrückt sind. Anstatt Lösungen für reale Probleme zu finden, begeben sie sich auf diese sinnlose Suche. Sie werfen sich in Positur, fuchteln mit ihren Waffen herum und stoßen Schlachtrufe aus. Sie sagen, sie seien auf der Suche nach etwas Höherem, aber am Ende steht immer der Schmerz, nicht wahr?«

»Ich weiß nicht ...«

»Zum Beispiel die Gesetze, die sie erlassen. Es sind fast immer nur Männer, die Gesetze machen, absolute Gesetze, die den Einzelfall nicht berücksichtigen. Und besonders gern erlassen sie Gesetze für Frauen und Kinder, um uns dadurch unserer Identität zu berauben. Oft sind die Gesetze ungerecht und verursachen großes Leid. Aber die Männer stellen das Gesetz über die Gerechtigkeit, denn ein pauschales Gesetz zu erlassen ist einfach, doch der Gerechtigkeit muß jedesmal von neuem Genüge getan werden, und das ist schwierig. Wie diese Hoch-Baidee auf Thyker, die Gesetze gegen das Töten erlassen und dabei übersehen, daß Töten manchmal auch ein Gnadenakt ist; doch für den Krieg haben sie sich eine Option offengehalten, denn sie lieben den Krieg. Ich bin über alles informiert. Wir Frauen sind über alles informiert.«

Er schaute sie für einen langen Moment an, wobei ihm bewußt wurde, daß sie die Wahrheit gesprochen hatte. Dann setzte er sich neben ihr auf den Boden. »Das wollte ich damit wohl ausdrücken. Während die Leute in meinem Umfeld versuchten, Lösungen für den jeweiligen Einzelfall zu finden, war ich auf der Suche nach der absoluten Antwort. Und während Maire starb, war ich noch immer auf der Suche nach dem einen perfekten Ding. Weshalb hatte ich es nicht gesehen? Weshalb hatte ich die Bedrohung nicht erkannt? Weshalb hatte ich es erst dann bedauert, als es schon zu spät war?«

Sie legte den Arm um ihn. »Du hast die Antworten immer bei mir gesucht, Samasnier Girat. Ich hatte mir geschworen, mich nie wieder mit dir einzulassen, weil du mich ständig mit diesen Fragen bedrängt hattest. Und nun suchst du wieder bei mir nach Antworten. Sam, ich weiß es nicht. Ich kenne die Antwort nicht.«

»Aber ich muß sie wissen«, sagte er mit ruhiger Stimme. »Es ist in mir verwurzelt, China Wilm. Ich bin damit geboren worden, und der Gott hat es nicht entfernt. Hätte er es nicht beseitigt, wenn es sinnlos oder gar zerstörerisch wäre? Hätte der Gott mich nach Voorstod gehen lassen, wenn er keinen Nutzen darin gesehen hätte? Vielleicht bin ich auf eine erfolglose Suche programmiert. Vielleicht habe ich einen Schuldkomplex wegen Maires Tod. Vielleicht lodert der Zorn in mir so heiß, daß er nicht besänftigt werden kann.« Seufzend umarmte er sie.

»Phaed Girat lebt. Mein Vater. Der Mörder meiner

Mutter. Er, der mit den anderen blutigen Legenden zurückgelassen wurde. Aber es ist noch nicht vorbei zwischen uns.«

»Sam«, rief sie. Seine Worten hatten wie ein Paukenschlag geklungen.

»Sam«, sagte er. »Der noch mindestens eine Antwort finden muß.«

Er küßte sie und ging. Sie schaute ihm weinend nach. Sie befürchtete weniger, ihn zu verlieren, sondern daß er sich selbst verlor. Als ob da etwas in ihm wäre, das nicht einmal der Gott Birribat Shum besänftigen konnte – oder wollte.

* * *

Am dritten Tag nach dem Massaker auf Hobbs Land wurde Howdabeen Churry aufgespürt und den Skrutatoren zum Verhör vorgeführt. Obwohl er von Shan Damzel eindeutig identifiziert worden war, leugnete er zunächst jegliche Beteiligung an der Tat.

Auf die Frage, wo er sich vor drei Tagen aufgehalten habe, sagte er: »Wir hatten vor einigen Tagen eine Übung. Ein paar meiner Männer sind verschwunden. Daraufhin habe ich eine Suchaktion durchgeführt.« Howdabeen hatte wirklich eine Suchaktion durchgeführt, nur daß der Anlaß ein anderer gewesen war.

»Kennst du einen Nonginsaree Hoven?«

»Natürlich. Er ist einer meiner Männer.«

»Er wird aber nicht vermißt?«

»Nein.«

»Hoven befindet sich auf Hobbs Land.«

»Was, um alles in der Welt, tut er denn dort?«

Nachdem Churry informiert worden war, daß der Soldat Hoven in einer Zelle des Gefängnisses der Zentralverwaltung angekettet war, schüttelte er nur den Kopf und weigerte sich, weitere Fragen zu beantworten. Reticingh und die anderen Skrutatoren hatten keine religiös korrekte Handhabe, ihn zu weiteren Aussagen zu zwingen. Sie durften sein Bewußtsein nicht manipulieren, so nötig Churry das auch gehabt hätte, wie Reticingh seiner Schwester bei einem frugalen Mahl eröffnete. Andererseits war Churrys Geständnis auch gar nicht erforderlich, um ihn der Verschwörung gegen den System-Frieden für schuldig zu befinden.

Churrys Strategie, wenn man sie denn als Strategie bezeichnen wollte, hatte darin bestanden, Gras über die Sache wachsen zu lassen; das hätte auch funktioniert, wenn es den verdammten Siedlern von Hobbs Land nicht gelungen wäre, eine Funkverbindung einzurichten, mit der Churry nicht gerechnet hatte und die ihm auch jetzt noch schier unglaublich vorkam. Er hatte abwarten wollen, bis die Sache Schnee von gestern war und die Gemüter sich beruhigt hatten. Der einzige Tatbestand, bei dem die Baidee die Todesstrafe verhängten, war Bewußtseinsmanipulation, aber andere Schwerverbrechen wurden mit langjährigen Haftstrafen geahndet. Churry hatte sich bereits damit abgefunden, viele Jahre, wenn nicht gar den Rest seines Lebens in einer Strafkolonie in der südlichen Wüste zu verbringen. Wenn er die Angelegenheit indes verschleppte, würde sie mit der Zeit an Bedeutung verlieren; also würde er auf Zeit spielen. Zumindest war das sein Kalkül gewesen.

Bloß eins hatte er nicht berücksichtigt: daß den Leuten auf Thyker der Magen knurren würde, bevor die Wogen sich geglättet hatten.

»Mysore Hobbs sagt, es bestünde noch eine andere Möglichkeit, Thyker mit Lebensmitteln zu versorgen«, sagte Reticingh zähneknirschend. »Er deutete an, daß die für den Überfall verantwortlichen Personen diese Möglichkeit kennen.«

Nachdem er über die Versorgungslage aufgeklärt worden war, begriff Churry, daß er verloren hatte.

»Drücken wir es mal so aus«, murmelte Churry, »daß die Angreifer vielleicht über... äh... so etwas wie einen alten Kampftransmitter verfügt haben.«

»Und was bedeutet das?«

»Das bedeutet... äh... vielleicht einen Transmitter, der schnell auf- und wieder abgebaut werden könnte. Ein mobiler Transmitter. Ein Transmitter, der vielleicht mit einem Transmitter an einem anderen Ort gekoppelt ist.« Churry verstummte und fragte sich, welche Dimensionen ein solcher Transmitter wohl haben würde. Er wäre schmal. So schmal, daß kaum zwei Soldaten nebeneinander hindurchgingen. Im Gegensatz hierzu waren zwei der Geräte, die sie auf Hobbs Land zerstört hatten, Frachttransmitter von der Größe eines Hauses gewesen, die auf Dauerempfang geschaltet waren.

»Wie groß müßte dieser Transmitter sein?« fragte Reticingh, als ob er seine Gedanken gelesen hätte.

Churry blickte auf seine Schuhe.

»Groß genug«, knurrte Reticingh, »um einen zerlegten Transmitter hindurchzuschicken, zum Beispiel von Phansure über Thyker? Was natürlich einige Zeit in Anspruch nehmen würde, weil versandfertige Transmitter in Phansure nicht einfach so herumliegen.«

Churry schluckte. »Diese Größe müßten sie wohl haben. Sofern die Teile nicht zu groß sind.«

»Ich habe das Gefühl, daß Thyker *mindestens* solange auf Notrationen gesetzt wird«, sagte Reticingh, »bis ein neuer Transmitter auf Hobbs Land installiert wurde. Darüber, wie lange es im Höchstfall vielleicht dauert, will ich gar nicht spekulieren.«

* * *

Die Nachricht, daß die Blockade von Voorstod aufgehoben worden war, ging angesichts der Konsequenzen, die der Überfall der Baidee-Renegaten auf Hobbs

Land gehabt hatte, fast völlig unter. Baidee-Renegaten, so wurden sie in den System-Nachrichten bezeichnet. Als Baidee-Renegaten wurden sie auch von der Regierung von Thyker bezeichnet, als diese den Siedlern großzügige Reparationen versprach, noch bevor sie von *Hobbs Transystem Foods* dazu aufgefordert wurde. Die Vernehmung von Howdabeen Churry und Mordimorandasheen Trust durch den Zirkel der Skrutatoren und die darauffolgende Befragung des Zirkels der Skrutatoren durch *Authority* wurden von den System-Nachrichten in voller Länge gesendet und von fast allen Bewohnern des Systems verfolgt. Ebenso wurde über die Lebensmittelknappheit auf Thyker und die dadurch bedingten Unruhen berichtet sowie über die Ankündigung, daß der ganze *Arm der Prophetin* nach Hobbs Land geschickt wurde, um den Transmitter mit Lebensmitteln für Thyker zu beschicken. Die hungrigen Hoch-Baidee mußten sich darauf einstellen, daß die ersten, ohnehin spärlichen Lieferungen fast nur aus Fleisch und Volleierzeugnissen bestehen würden. Das war Dern Blass' subtile Rache.

Alle Angehörigen des *Arms* waren identifiziert worden, wobei jeweils ein enttarntes Mitglied einen weiteren Namen preisgegeben hatte. Die Baidee logen nämlich nicht; das heißt, zumindest sagten sie nicht wissentlich die Unwahrheit. Die meisten von ihnen hatten einfach ihren Stolz vergessen, ihre Schuld eingestanden und nach dem Strafmaß gefragt.

Weil Shan Damzel den Vorfall zwar provoziert hatte und zudem Mitwisser gewesen war, aber weder an der Planung noch am Einsatz selbst beteiligt gewesen war, wurde er auch zur Zwangsarbeit verurteilt, jedoch mit einem kürzeren Strafmaß. Shans Geschwister stellten ihn noch zur Rede, bevor er abgeführt wurde.

»Leute sind wegen dir *gestorben*«, sagte Bombi mehr verärgert als betrübt. »*Kinder* sind wegen dir gestorben. Die ganze Familie fragt sich, ob du die *Grenze* überschritten hast.«

»Churry hatte gesagt, daß niemand getötet würde«, sagte Shan bereits zum zwanzigsten Mal. »Er wollte reingehen und die Dinger vernichten, und dann sollten wir abwarten, was passiert.«

»Angenommen, dasselbe wäre hier geschehen«, knurrte Bombi. »Angenommen, die *Prophetin* wäre nach Thyker zurückgekehrt und jemand von Hobbs Land hätte ihr den *Kopf* weggeschossen; was glaubst du, wäre dann wohl passiert?«

»Die Prophetin ist … war ein menschliches Wesen.«

»Das waren die *Hunderte* von Leuten, die ihr getötet habt, auch.«

»Ich habe überhaupt niemanden getötet.«

»Aber du warst dafür verantwortlich.«

Nun verwoben die Alpträume von den Porsa sich mit Visionen von verstümmelten Körpern und Kindern, die schreiend vor ihm davonliefen. Shan wäre am liebsten tot gewesen.

Phansure willigte ein, in Rekordzeit einen Transmitter zu produzieren. Die Teile, einschließlich diverser Ersatzteile für den Fall von Transportschäden, sollten über Thyker nach Hobbs Land versandt werden, wo Theor Close und Betrun Jun den Transmitter montieren und installieren würden. Zu diesem Zeitpunkt würden die Leute auf Thyker deutlich an Gewicht verloren haben, und die Zwangsarbeiter durften sich bei ihrer Rückkehr auf einen unfreundlichen Empfang einstellen. Falls sie überhaupt zurückkehrten. Mit Ausnahme von Shan Damzel waren die Baidee nämlich zu einem langjährigen Arbeitseinsatz auf Hobbs Land verurteilt worden, wo sie den Transmitter mit bloßen Händen, ohne maschinelle Unterstützung, beschicken mußten, bis die Siedler von Hobbs Land zu der Ansicht gelangten, daß die Reparationsleistungen erfüllt worden waren.

Jebedo Quillow, der Onkel von Willum R., sagte, eher würde die Hölle einfrieren, als daß er die Reparationen als abgeschlossen betrachtete. Dern Blass, der noch immer um Tandle trauerte, war derselben Meinung. Sie standen nicht allein mit ihrem Entschluß, den *Arm der Prophetin* solange auf Hobbs Land zu behalten, bis er alt und grau geworden war. Nur acht Tage nach dem Überfall kamen die Sträflinge durch den Kampftransmitter. Die Justiz von Thyker hatte das, was sie für Recht erkannte, schon immer mit bewundernswerter Schnelligkeit in die Praxis umgesetzt. Bis auf drei Personen kamen alle wohlbehalten an. Einer wurde bei der Rematerialisierung falsch zusammengesetzt, und die anderen beiden materialisierten überhaupt nicht. Dieser Vorfall führte zu der Erkenntnis, daß die Kampftransmitter nicht hundertprozentig zuverlässig waren und daß Howdabeen Churry das auch gewußt hatte.

Im folgenden fragte Howdabeen Churry sich, ob die Todesstrafe letztendlich nicht doch gnädiger gewesen wäre.

* * *

Am Tag der Ankunft der Sträflinge betrat Emun Theckles zögernd Sam Girats Büro in der Siedlung Eins, um ihn daran zu erinnern, was er bezüglich des Transmitters gesagt hatte.

»Welcher Transmitter?« fragte der in Gedanken versunkene Sam düster.

»Der Transmitter, den die Voorstoder besitzen. Vor dem Überfall der Baidee wolltet du und Dern Blass jemanden davon verständigen. Dann habt ihr es wohl vergessen. Zumindest habe ich nichts mehr davon gehört.«

»Ich habe es wirklich vergessen«, sagte Sam und zählte die Tage, die seit dem Angriff vergangen waren. Sechs oder sieben. So genau wußte das niemand.

»Wen wollen wir informieren?« fragte Emun.

Müde rieb Sam sich den Kopf. »Königin Wilhulmia sollte es als erste erfahren. *Authority* müßte wohl auch informiert werden.«

»Ich werde erst dann wieder ruhig schlafen, wenn das erledigt ist«, sagte Emun mit zittriger Stimme. »Nach dem, was du auf dem Hochplateau gesagt hast, betrachten die Propheten dich als ihren Todfeind. Dich, Jep und Samstag. Mir würde die Vorstellung nicht gefallen, daß mein Feind einen Transmitter hat, der ihn direkt auf meiner Veranda absetzt.«

Sam hielt das für eine Übertreibung. »Theor Close hat so etwas gesagt, nicht wahr?«

»Dieser Transmitter ist wahrscheinlich noch ein altes Exemplar von der Art, mit der die Menschen die Erde verlassen haben und wie sie noch immer von der Armee verwendet werden.«

Sam starrte den alten Mann ungläubig an. »Wie er von der Armee verwendet wird?«

»*Enforcement* wäre nicht von großem Nutzen, wenn sie auf die existierenden Transmitter angewiesen wären, nicht wahr? Natürlich haben die öffentlichen Transmitter eine Gegenstelle. Das gilt im Grunde für alle Transmitter. Sowohl Festziel- als auch frei programmierbare Transmitter verfügen immer über eine Gegenstelle, weil das die sicherste Art der Beförderung ist. Der Baidee-Transmitter hat ebenfalls nach diesem Prinzip funktioniert. Aber militärische Transmitter, wie sie auch von *Enforcement* verwendet werden, benötigen keine feste Gegenstelle. Man kann jeden beliebigen Transmitter ansteuern. Dazu müssen nur seine Koordinaten, der Planetendurchmesser und der Längengrad bekannt sein.

Und wenn der Planet nicht katalogisiert ist, schaut man einfach in der Ephemeridentabelle nach und läßt sich von einem Computer die Sternzeit berechnen. Dann schickt man eine Anzahl von Sonden durch den

Ausgangstransmitter und wartet auf ein Signal. Oder man schickt einige Soldaten hindurch, und sobald jemand auf einem Planeten materialisiert, sendet er ein Peilsignal, anhand dessen der Transmitter justiert wird. Es gibt fünf solcher Spähtrupps auf *Enforcement*, die bloß auf ihren Einsatz warten.«

»So ist das also! Dann könnten die Voorstoder überall auftauchen!«

»Aber es wäre kein sicherer Transfer. Sie müßten mit Verlusten rechnen. Ohne eine Gegenstelle, die laufend Korrekturberechnungen durchführt, läuft man nämlich Gefahr, entweder im Weltraum, unter der Erde oder im Meer zu rematerialisieren. Mit Hilfe eines guten Technikers indes könnten sie wirklich überall erscheinen. Aber das hast du wohl selbst schon gewußt; sonst hättest du dir nicht solche Sorgen gemacht.«

Sam gestand sich ein, daß er sich noch viel mehr Sorgen gemacht hätte, wenn er das Problem schon früher in seiner ganzen Tragweite erkannt hätte. Dann bat er Emun, ihn zu entschuldigen, weil er zur Zentralverwaltung fliegen und sich darum kümmern müsse, daß die entsprechenden Warnungen herausgegeben würden.

Er und Dern verbrachten den Nachmittag damit, verschiedene Personen und Behörden zu benachrichtigen: Königin Wilhulmia, das Transmitter-Referat auf *Authority*, *Authority* selbst, die Regierungen von Thyker und Phansure und die leitenden Gremien anderer Gürtelwelten.

»Ninfadel«, rief Sam plötzlich. »Wo war ich nur mit meinen Gedanken, Dern. Ninfadel hätten wir zuerst benachrichtigen müssen!«

Die Nachricht wurde sofort abgesetzt. Sie wurde nicht bestätigt, aber damit hatten sie auch nicht gerechnet. Die Rückmeldung würde über Ahabar erfolgen, und das dauerte einige Zeit.

Königin Wilhulmias Mitarbeiter leiteten die Meldung an sie und Kommandeur Karth weiter; dieser versuchte Ninfadel zu erreichen, jedoch ohne Erfolg. Auch alle anderen Versuche, Kontakt zum Außenposten aufzunehmen, schlugen fehl. Ahabar hatte keinen Zugriff zum Transmitter auf Ninfadel.

Tags darauf startete ein Schiff mit einer Kompanie Marinesoldaten, die alle schon auf Ninfadel im Einsatz gewesen waren. Die Schiffe wurden so selten eingesetzt, daß die Startvorbereitungen einige Zeit in Anspruch nahmen. Königin Wilhulmia und diejenigen Berater, die über die Lage informiert waren, verfolgten den Start des Schiffes mit beträchtlicher Sorge.

Auf Thyker hingegen stießen die Warnungen auf taube Ohren.

»Ich kann mir nicht vorstellen«, sagte Reticingh, »daß tausend Voorstoder mit ihren Familien viel Schaden auf Thyker anrichten würden.«

»Leben auf Ninfadel nicht auch die Porsa?« fragte Merthal. »Ich frage mich, ob sie vielleicht auch durch den Transmitter kommen. Eine Porsa-Plage hätte uns jetzt gerade noch gefehlt.«

Daraufhin änderte Reticingh seine Meinung hinsichtlich des Schadenspotentials. Er ordnete eine planetenweite Überwachung an und benachrichtigte die biologische Forschung.

Auf Phansure wurde ebenso verfahren. Die Patrouillen in den dünn besiedelten Gebieten wurden verstärkt. Die Satellitenüberwachungssysteme wurden darauf programmiert, Alarm auszulösen, wenn sie das für Transmitteraktivitäten charakteristische Flimmern in Gegenden ohne regulären Transmitterbetrieb registrierten.

Weder die Bewohner von Hobbs Land, Thyker oder Phansure und nicht einmal die Ahabarianer selbst hielten es für möglich, daß die Voorstoder ihren momentanen Aufenthaltsort verlassen würden oder sogar schon verlassen hatten. Acht Tage nach dem Überfall auf Hobbs Land indes wurden fünfhundert Propheten und dieselbe Anzahl Gläubige durch den archaischen Transmitter in den großen Empfangsbereich auf *Enforcement* abgestrahlt. Sie hatten den Transmitter auf Ninfadel nicht einmal justieren müssen. Sie brauchten nur die von Ornil und Faros übermittelten Koordinaten einzugeben und zu einem bestimmten Zeitpunkt massenhaft auf *Enforcement* zu erscheinen. Zuvor hatten Ornil und Faros noch die Wachoffiziere umgebracht und die Alarmanlage deaktiviert. Außer ein paar Leuten, die in ihren Quartieren eingesperrt waren, befanden der Mond und die Armee von *Enforcement* sich nun in den Händen von Voorstod.

»Awateh«, murmelte der kniende Altabon Faros mit gesenktem Kopf und dachte dabei an Silene.

»Treuer Sohn«, erwiderte der Awateh. Der Transmitterdurchgang, bei dem man immer das Gefühl hatte, das Innerste würde einem nach außen gekehrt, hatte ihm nicht behagt. Um den Gedanken an den nächsten Durchgang zu verdrängen, überflog er den weitläufigen Empfangsbereich, der genug Platz bot, um die größten Transmitter, die jemals gebaut und die größten Soldaten, die jemals konstruiert worden waren, aufzunehmen. Die Transmitter selbst wirkten wie gigantische Brückenbögen. »Können wir die Verbindung nach Ninfadel aufrechterhalten?« fragte er Faros.

»Das ist möglich, Awateh«, antwortete Halibar Ornil an seiner Stelle, »wenn es einen triftigen Grund dafür gibt.«

Der Awateh wollte sich nämlich für den Notfall ein Schlupfloch offenhalten; allerdings hatte er nicht vor, ihnen das auf die Nase zu binden. Er richtete sich zu seiner vollen Größe auf und schaute Ornil grimmig an.

»Das ist ein Befehl! Genügt dir das als Begründung?«

Ornil warf sich vor ihm auf den Boden. Das war durchaus keine ausreichende Begründung. Einen Zwei-Wege-Transmitter im Bereitschaftszustand unbeaufsichtigt zu lassen, war ein höchst riskantes Unterfangen. Allerdings wurde von den Gläubigen bedingungsloser Gehorsam verlangt. »Gewiß, Awateh«, murmelte er also.

»Steh auf«, sagte der Awateh und stupste ihn mit dem Zeh an. »Wohin führt dieser andere Transmitter?« Er wies auf den zweiten großen Transmitter des Empfangsbereichs.

»Er ist auf *Authority* programmiert, Eure Heiligkeit. Die Soldaten sind präpariert und einsatzbereit. Wir werden sie hindurchschicken, sobald Ihr es befehlt.«

»Wie gelangen wir nach Hobbs Land?« fragte einer der Söhne des Propheten. »Der Awateh will zuerst nach Hobbs Land gehen.«

Faros drehte sich um und deutete auf einen weiteren großen Transmitter, der sich in einiger Entfernung von den beiden fest installierten Transmittern befand. »Ein Armee-Transmitter, Eure Heiligkeit. Sobald Ihr bereit seid, werden wir ihn programmieren.«

»Programmieren?«

»Auf Hobbs Land, Eure Heiligkeit.«

»Man sollte annehmen, daß das schon längst geschehen sei«, knurrte einer der Söhne. »Der Awateh hat es schon vor langer Zeit angeordnet.«

»Vergebt uns«, sagte Faros. »Aber die Transmitter auf Hobbs Land wurden bei der Invasion der Baidee zerstört. Dieses Gerät ist das einzige, das uns Zugang nach Hobbs Land ermöglicht, und weil es ein Überraschungsangriff werden soll, dürfen wir den Transmitter erst unmittelbar vor dem Einsatz programmieren. Wir bedauern die Unannehmlichkeiten, die Euch daraus erwachsen, aber es liegt nun einmal in der Natur des Geräts ...«

»Das macht nichts«, sagte der Awateh mit einem sadistischen Grinsen. »Dann schicken wir die Soldaten eben zuerst nach *Authority*. Ich will ihrem Abmarsch beiwohnen.«

* * *

Sam Girat wachte mitten in der Nacht auf, als ob er eine Vision gehabt hätte. Er stand auf, zog sich an und verließ das Bruderhaus, wobei er Theor Close und Betrun Jun über den Weg lief. Sie kamen aus der Richtung der Gästequartiere, wo sie sich in den letzten Tagen aufgehalten hatten. Weil der Kampftransmitter zur Zeit die einzige Verbindung zum System darstellte und weil die Fehlerquote des Geräts mindestens zwanzig Prozent betrug, hatten die beiden Ingenieure in weiser Voraussicht darauf verzichtet, durch den Transmitter nach Phansure zurückzukehren. Statt dessen waren sie auf Hobbs Land geblieben, hatten die Schönheiten des Planeten erkundet und Vorbereitungen für die Installation des avisierten Transmitters getroffen. Es war günstiger, zwei Ingenieure vor Ort zu haben, als andere durch einen Transmitter zu schicken, der sie vielleicht direkt in einen Gasplaneten oder in den Weltraum katapultierte. Die Transmitter-Ingenieure auf Phansure hatten sich dieser Sichtweise eher zögernd angeschlossen. Die Transmitter-Techniker hielten sich nämlich für Koryphäen auf diesem Gebiet und reagierten entsprechend eifersüchtig, wenn Ingenieure anderer Sparten ihnen Konkurrenz machten. Selbstmörder waren sie allerdings auch nicht. Also schickten sie Informationen durch den Transmitter, anstatt selbst hindurchzugehen.

Dann gesellten sich noch Emun und Mard Theckles zu den drei Männern, die unschlüssig auf der Straße herumstanden.

»Ärger«, sagte Emun nur. »Ich rieche ihn förmlich. So hat es auf *Enforcement* auch immer gerochen, bevor einer der Zombies Amok lief. Haß liegt in der Luft.«

»Enforcement?« fragte Sam, wobei er sich an das gemeinsame Frühstück mit dem alten Mann erinnerte. Es kam ihm so vor, als ob es schon vor einer Ewigkeit gewesen wäre. Dabei war es erst in diesem Jahr gewesen.

Theor Close nickte, wobei in seinem Kopf eine Reihe möglicher Szenarien ablief. »Da könnte etwas dran sein«, sagte er schließlich.

»Wo?« wandte Betrun Jun sich an Emun. »Wissen Sie, aus welcher Richtung sie kommen werden?«

»Von dort«, erwiderte Emun und deutete nach Nordwesten. »Ich glaube, sie werden in der Nähe des Hochplateaus herauskommen.«

Sams Verstand, der so lange nur mit einem Zehntel seiner Kapazität gearbeitet hatte, kam plötzlich auf Hochtouren. Er war in einem Gewirr aus ungelösten Problemen, Unzufriedenheit und alten Erinnerungen verstrickt gewesen; er hatte andauernd das Bild seiner toten Mutter und seines Vaters vor Augen gehabt, der ungeschoren davongekommen war. Durch den Zusammenprall der beiden Visionen war seine Psyche dermaßen in Mitleidenschaft gezogen worden, daß er die alltäglichen Verrichtungen mit dem mechanischen Habitus eines Roboters erledigte. Nun wurde sein Bewußtsein bis in die Grundfesten erschüttert. Er verspürte Panik, als die Erkenntnis ihn überkam.

»Du hast *Enforcement* erwähnt. Aber das ist nicht die ganze Wahrheit! In Wirklichkeit müßte es *Enforcement*-Transmitter-Propheten heißen. Drei Komponenten. Das ist es. Es geht um den verdammten Transmitter der Propheten, vor dem wir das System gewarnt haben. Wäre es möglich, daß die Propheten sich irgendwie Zugriff zur Armee verschafft haben?«

»Es wäre höchstens denkbar, daß *Authority* ohne Vorwarnung und aus einem unbekannten Grund *Enforcement* gegen uns mobil macht«, sagte Theor Close. »Um auf dein Triplett zurückzukommen, Sam Girat:

Transmitter. Propheten. *Enforcement*. Wenn das wirklich stimmt, wer müßte dann informiert werden?«

Sam schauderte. »Alle! Mein Gott, Theor. Alle! Mysore Hobbs. *Authority*. Phansure, Thyker und Ahabar. Mard, würdest du alles Notwendige veranlassen. Geh zur Zentralverwaltung, weck Dern Blass und sorg dafür, daß die Warnungen sofort rausgehen. Und vergiß nicht, die Meldungen mehrmals abzusetzen, für den Fall, daß einige nicht durchkommen. Vielleicht wird Dern Blass auch die Funkbrücke aktivieren; in diesem Fall muß das Gerät ständig besetzt sein. Alarmiert unsere Leute. Sie sollen sich auf eine Evakuierung vorbereiten.«

»Und wir?« fragte Theor Close.

»Wir müssen herausfinden, was überhaupt los ist«, sagte Sam, der es im Grunde schon wußte. »Vielleicht irren wir uns auch.« Er wußte aber, daß sie sich nicht irrten. »Bisher haben wir nur den Teufel an die Wand gemalt. Wir müssen sichergehen.« Er war sich bereits sicher, betete aber, daß er sich dennoch irrte. »Wir nehmen den kleinen Gleiter.« In ihm brach ein Vulkan aus. Gleißendes Licht leuchtete auch den letzten Winkel seines Bewußtseins aus; die auf der Seele lastenden Schatten verschwanden, jedoch nicht, ohne daß er sie zuvor erkannt hatte. Ihn schauderte, und er rannte zum Gleiter.

Sam setzte sich auf den Pilotensitz. Theor Close und Emun Theckles nahmen auf der Bank hinter ihm Platz. Während sie nach Norden flogen, entfernten die Lichter des anderen Gleiters sich in östlicher Richtung. Betrun Jun und Mard Theckles alarmierten die Siedler.

»Was wissen Sie über die Armee?« fragte Theor Emun. »Auf welchem Stand befindet sich ihre Technik?«

»Ich war nur für Wartung und Reparaturen zuständig«, sagte Emun. »Ich hatte zwar keine theoretische Ausbildung erhalten, aber dafür habe ich viel praktische Erfahrung gesammelt. Man muß schließlich wissen, wie die Dinger funktionieren. Vor allem dann, wenn ein Defekt auftritt.«

»Soviel ich weiß, ist die Armee programmierbar«, fuhr Theor fort. »Die Soldaten können in Übereinstimmung mit der Mentalität ihrer Nutzer programmiert werden.«

»Richtig«, sagte Emun. »Außerdem sind sie auf bestimmte Paßworte und Befehle konditioniert, die während des Einsatzes von *Authority* geändert werden können. Die großen Exterminatoren verfügen über ein Bauteil, das einem Transmitter ähnelt, einen Befehlsinterpreter von der Größe eines Menschenkopfes. Jeder, der das entsprechende Paßwort kennt, kann sie umprogrammieren. Der Befehlsinterpreter der kleineren Soldaten entspricht von der Technik her den Funkgeräten, welche die Verbindung zwischen Hobbs Land und Phansure aufrechterhalten. Je weiter die Soldaten von *Authority* entfernt sind, desto problematischer wird die Umprogrammierung; die Änderungen müssen mehrmals wiederholt werden. Deshalb beruht die Einsatzplanung auch darauf, daß die Exterminatoren die kleinen Kameraden jeweils vor Ort umprogrammieren.«

»Falls *Authority* unsere Warnung erhält …« So, wie Sam das ›falls‹ betonte, glaubte er selbst nicht daran. Nein. Es würde ganz anders kommen. Da lauerte etwas, das sich seinen Blicken entzog. Schicksal. Dunkle Mächte, die sich bekämpften, wie Titanen, die tief unter der Oberfläche dieser Welt miteinander rangen. Was ging hier vor?

Das Land stieg abrupt an, und dann zeichneten sich die Umrisse der Steilhänge des Hochplateaus im Sternenlicht ab.

»Falls *Authority* unsere Warnung erhält, können sie die Programmierung der Armee ändern. Sofern *Authority* über die Paßworte verfügt«, schloß Emun.

»Was nicht der Fall ist«, sagte Theor Close mit unnatürlich ruhiger Stimme. »Das erste, was bei einer Übernahme geschieht, ist die Änderung der Paßworte.«

»Nun ja«, sagte Emun. »Nur daß es einen Overridebefehl gibt, der allein den einundzwanzig Mitgliedern von *Authority* bekannt ist und der nicht geändert werden *kann*. Dieser Befehl ist in jedem Soldaten gespeichert, und wenn man versucht, die Sperre aufzuheben, zerstört die Speichereinheit sich selbst. Sie ist nach dem Failsafe-Prinzip konzipiert.«

»So, so«, sagte Theor. »Wenn man die Kontrolle über die Armee erlangen will, greift man also zunächst *Authority* an und versucht, alle einundzwanzig Mitglieder zu eliminieren, bevor jemand den Overridebefehl gibt.«

»O Gott«, sagte Sam, dem Fürchterliches schwante. »Willst du damit sagen, daß *Enforcement* außer Kontrolle sei und wir die Armee nicht aufhalten können? Daß *niemand* sie aufhalten kann?«

»Genausowenig wie die Seuche auf Thyker«, sagte Theor düster.

Sie stiegen bis zur Abbruchkante des Hochplateaus empor und sondierten das in der Dunkelheit liegende Terrain, die Hügel, Täler und Wälder. Zu ihrer Linken, ziemlich weit entfernt, lag der Blasensee, über dem eine in allen Farben des Regenbogens schillernde Wolke aufstieg. Ganz in der Nähe dräute der Neue Wald. Unter ihnen erstreckte sich die wundervolle Landschaft von Hobbs Land, mit ihren Canyons und Flüssen, Hügeln und Höhlen. Im Westen war ein Flackern zu erkennen, ein scharlachrotes Glimmen in der Dunkelheit.

»Dort«, sagte Theor. »Dort ist etwas herausgekommen.«

Sam ging tiefer, bis der Gleiter dicht über den Baumkronen dahinjagte und hielt dann auf das Flimmern zu, wobei er dem Verlauf der Täler folgte.

Zu ihrer Linken, in überhöhter Position, tauchte plötzlich eine Leuchterscheinung auf, die einer Sternschnuppe glich.

»Sie schicken eine Späher-Konfiguration hindurch«, sagte Emun, »um die Entfernung zu ermitteln. Sie haben noch nicht die genauen Koordinaten.«

»Konfiguration?«

»Ein kubisches Gitter aus Spähern. Nach ihrer Ankunft strahlen sie durch den noch immer geöffneten Transmitter ein Signal ab. Das tun sie auf jeden Fall, selbst wenn sie unter der Erde, in der Luft oder im Weltraum materialisieren. Die Signale der Späher, die dicht über oder auf einem Planeten materialisieren, ergeben dann in ihrer Gesamtheit eine topographische Darstellung der Oberfläche. Dann werden Bojen durch den Transmitter geschickt, um die Stelle zu markieren, und zuletzt folgen die restlichen Soldaten. Die Bojen dienen als Quasi-Gegenstelle und halten den Transmitter offen. Natürlich nur im Ein-Weg-Modus.«

»Dann war das, was wir eben gesehen haben, eine solche Boje?«

»Sie hat sich in einen Meteor verwandelt.« Emun zeigte nach oben. »Dort ist noch eine. Wenn wir auf der Oberfläche stünden, würden wir die Schockwellen der unterirdisch detonierten Bojen spüren. Diese Konfiguration ist ziemlich breitgefächert. Wer auch immer sie losgeschickt hat – er ist ein blutiger Anfänger.«

Theor nickte zustimmend. »Wer auch immer das war – er kennt zwar die Theorie, aber nicht die Praxis. Eine gigantische Verschwendung, aber deshalb verwenden sie auch billige Späher. Ich vermute, daß sie aus nicht viel mehr als einem Triebwerk und einem Signalgeber bestehen.«

»Hast du nun genug gesehen?« fragte Sam geistesabwesend. Es geschah zwar hier und jetzt, aber die Ursachen waren weit in Raum und Zeit entfernt. »Bist du nun auch der Ansicht, daß wir die Siedlungen warnen sollten?«

»Sie haben das Hochplateau eingekreist«, sagte Emun. »Schau mal nach unten.« Sie sahen Funken in der Luft und in den Ebenen. »Sie sind am Rand des Hochplateaus heruntergekommen, und ein paar von ihnen sind in Felsspalten gestürzt. Sie haben den Fehler gemacht, die Späher um neunzig Grad zu drehen, um sie entlang der Steilwand auszurichten. Das ist nämlich die einzige Oberfläche, die ihnen bekannt ist.«

Staunend verfolgten die drei, wie die Funken sich an der Steilwand verdichteten und in langen Rinnsalen an ihr hinabströmten, wie Wachs an einer Kerze. Dann erloschen die Lichter. Schließlich leuchteten sie erneut auf, diesmal jedoch in der Ebene.

»Sie haben die Koordinaten«, sagte Emun.

»Hast du nun genug gesehen?« wiederholte Sam seine Frage.

»Wir müssen die Siedlungen warnen«, sagte Theor Close. »Wir evakuieren die Siedler durch den Kampftransmitter.«

»Um zwanzig Prozent der Leute dabei zu verlieren?« rief Sam, der sich des Problems plötzlich wieder in voller Schärfe bewußt wurde. »Nein! Schafft sie auf das Hochplateau, auf den Friedhof. Sie sollen sich auf einen langen Aufenthalt einrichten und sich mit Vorräten und Medikamenten eindecken. Auf jeden Fall sollen sie die Ebene verlassen.« Dann schwieg er und stellte sich die Frage nach dem Hintergrund der Invasion. »Wo die Soldaten sind, sind auch die Propheten nicht weit.« Dessen war er sich absolut sicher. Es stand geradezu vor seinem geistigen Auge. »Die Armee wird aus reiner Rachsucht hierher entsandt. Der alte Mann will sich bei Samstag revanchieren, weil sie in Ahabar gesungen hatte. Und bei mir, weil ich sie begleitet hatte oder weil ich Maires Sohn bin oder bloß deshalb, weil er sich trotz aller anderslautenden Bekundungen schuldig fühlt und alles vernichten will, was ihn an seine Verbrechen erinnert! Er wird kommen, um uns auszulöschen, und die anderen werden nicht zurückbleiben. Auch wenn sie überhaupt nicht mitkommen wollen, er wird sie dazu zwingen.«

»Sie werden eine Weile brauchen, um die Siedlungen zu erreichen, nicht wahr, Emun?«

»Sie werden eher dort sein, als du glaubst.«

Sam arbeitete inzwischen intensiv an der Lösung des Problems. »Das Wichtigste ist, die Siedler zu evakuieren und die Gleiter zu verstecken. Die Propheten werden nach der Armee durch den Transmitter gehen. Wir müssen sie in einen Hinterhalt locken und einige von ihnen gefangennehmen.«

»Das verstehe ich nicht«, sagte Theor verwirrt.

»Ein paar von ihnen werden die *Paßworte* kennen. Die wir für die Umprogrammierung benötigen! Unser Gott wird sie herausfinden. Das hoffe ich zumindest. Inzwischen werden wir das System warnen; vielleicht kennt jemand den Overridebefehl.«

»Wir sollten die nächstgelegenen Siedlungen zuerst evakuieren. Die Leute dürfen aber kein Gepäck mitnehmen.«

»Dann setzt du mich vor den Linien ab und fliegst den Gleiter zurück.«

»Sam!« rief Theor Close. »Weshalb denn?«

»Du hast keine Chance, Sam Girat«, sagte Emun mit zitternder Stimme.

»Ich muß es tun«, erwiderte er, zog den Gleiter in eine enge Kurve und flog mit hoher Geschwindigkeit nach Südosten. »Die Sache betrifft nur mich. Ich habe noch etwas zu erledigen, das mich schon lange beschäftigt. Ich muß es tun, was auch immer geschieht.«

»Dann sollten wir wenigstens eine Transmitterverbindung einrichten«, sagte Theor Close fast flehentlich. »Wir müssen wissen, was mit dir geschieht, Sam.«

Sam schüttelte den Kopf. »Hast du es denn immer noch nicht begriffen, Theor?« fragte er mit einem Anflug von Heiterkeit. »Ihr werdet alles wissen, was auch ich weiß. Und wenn nicht du, dann Samstag oder Jep. Der Gott weiß, was ich weiß. Fragt ihn.«

* * *

Im Empfangsbereich von *Enforcement* trat der Awateh ungeduldig von einem Fuß auf den anderen. Er war des Anblicks der durch den Transmitter gehenden Soldaten bald überdrüssig geworden. Es handelte sich überwiegend um kleine Soldaten. Die Topographie von *Authority* bot den großen Soldaten nicht genügend Bewegungsfreiheit. Die schrecklichen Monster, die darauf warteten, nach Hobbs Land geschickt zu werden, gefielen ihm viel besser.

»Wir haben eine Oberfläche, Eure Heiligkeit«, meldete Ornil.

Der Prophet bedeutete ihnen weiterzumachen. Ornil und Faros verneigten sich. Dann gaben sie einige Befehle. Eine Schranke hob sich, und dann betraten die Soldaten den Empfangsbereich und marschierten, rollten und hüpften durch den Transmitter nach Hobbs Land. Die Kolonne schien kein Ende nehmen zu wollen. Nachdem schließlich der letzte Soldat mit einem kleinen Personentransmitter hindurchgegangen war, der die Rückkehr von Hobbs Land ermöglichen sollte, sammelte der Prophet seine Gefolgsleute und folgte den Soldaten, wobei sein Gesichtsausdruck gespannte Erwartung verriet. Hinter ihm gingen die Gläubigen durch den Transmitter; die Coup-Marker funkelten im trüben Licht des Empfangsbereichs.

Ornil und Faros sahen ihnen nach. Es herrschte wieder Stille in der weitläufigen Ladezone. Die Soldaten befanden sich nun auf *Authority*, und die Gläubigen auf Hobbs Land. Die Transmitter waren alle geöffnet, und Ornil und Faros starrten auf die blassen Feuerwände.

»Zwei Generationen, fast drei«, murmelte Faros und wandte den Blick ab. Beim Blick in einen Transmitter bekam er immer Kopfschmerzen. »Wie lange hat es gedauert, uns hier zu etablieren und diese Sache durchzuführen? Und was nun?« Er lehnte die Stirn an die Konsole. Die Hand lag auf den Kontrollen des Hobbs Land-Transmitters. Es wäre ein leichtes gewesen, ihn abzuschalten. Dann wäre der Transmitter, den die Propheten mitgenommen hatten, unbrauchbar gewesen. Es wäre eine Kleinigkeit gewesen, die Propheten an der Rückkehr zu hindern. Aber er tat es nicht. Ornil hätte ihn sonst getötet. Er fragte sich, ob er das um Silenes willen auf sich nehmen sollte.

»Der Awateh wird alle bestrafen, die sich schuldig gemacht haben«, sagte Ornil und wandte den Blick von der Feuerwand. »Nach seiner Rückkehr wird er die Armee nach Phansure, Thyker und Ahabar schikken. Und wenn alle außer unserem Volk tot sind, werden wir uns irgendwo niederlassen.« Er sagte es ganz nüchtern, ohne jedes Anzeichen von Freude.

»Glaubst du, daß wir eine Wahl haben?« fragte Faros, schloß die Augen und dachte konzentriert nach. Wenn er durch den Transmitter nach Ninfadel zurückging, würde er vielleicht Silene und die Kinder wiedersehen. Andererseits bestand auch die Möglichkeit, daß sie noch immer in Ahabar waren. Wohin sollte er zuerst gehen? Und wie sollte er Ornil loswerden?

Er beschloß, nach Ahabar zu gehen. Er würde Ornil töten und dann nach Ahabar gehen. Kaum hatte Faros diese Entscheidung getroffen, als ihm ein penetranter Gestank in die Nase stieg. Zuerst glaubte er, die Konsole hätte einen Defekt; als er sich dann umdrehte, erkannte er die eigentliche Ursache. Eine Horde Schleimwesen glitschte aus dem Transmitter, aus dem auch die Voorstoder gekommen waren und kroch in den Transmitter nach *Authority*; ein paar von ihnen scherten jedoch aus der Kolonne aus und schwabbelten zielstrebig auf ihn zu. Als er begriff, was da überhaupt vorging und einen Warnruf ausstoßen wollte, war es für Ornil und ihn schon zu spät. Bevor die Porsa Faros verschluckten, legte er noch den Hebel um und blockierte die Verbindung nach Hobbs Land.

* * *

Auf *Authority* wurde Notadamdirabong Cringh mitten in der Nacht von Lurilile wachgerüttelt.

»Steh auf«, sagte sie. »Verdammt, Notadam, steh auf!«

»Was …?« fragte er; sie hatte ihn aus einem Traum gerissen, in dem er wieder jung gewesen war, zumindest jung genug.

»Hoher Gelehrter, wach auf oder ich schütte dir einen Eimer kaltes Wasser über den Kopf«, drohte seine Abishag. »Auf *Authority* hat sich eine Katastrophe ereignet.«

»Katastrophe?« fragte er mit zitternder Stimme. »Was ist denn los?«

»Maschinen. Mordmaschinen. Sie jagen durch die Korridore und Parkanlagen und töten Menschen. Wir müssen fliehen.«

»Fliehen?« fragte er verständnislos.

»Das Schiff aufgeben«, schrie sie. »Den Mond verlassen.«

Plötzlich begriff er. Er setzte sich auf. »Die Transmitter werden überlastet sein.«

»Die Dinger sind mit dem Transmitter gekommen; also werden sie wohl kaum überlastet sein.«

»Unten in der Logistik-Zone gibt es auch noch einen Transmitter«, sagte er; sein Verstand arbeitete wieder mit der Präzision eines Uhrwerks.

Plötzlich ertönte der Türsummer. Lurilile öffnete und sah Rasiel Plum am Türrahmen lehnen.

»Wir werden angegriffen«, sagte er keuchend und legte die Hand auf die Brust. »Wir werden angegriffen.«

»Der Computer hat es bereits gemeldet«, erwiderte Lurilile. »Ich hatte oben gesessen und mir ein altes Drama aus der Zeit von *Menschenheimat* angeschaut. Es ging auch um einen Nachtangriff. Ich habe die Warnung gehört. Der Hohe Gelehrte hat vorgeschlagen…«

»…daß wir versuchen, uns zur Logistik-Zone durchzuschlagen«, sagte Cringh, der mit halboffenem Bademantel zur Tür kam. »Die anderen Transmitter werden sicher von diesen Monstern besetzt sein.«

Rasiel seufzte erschöpft. »Ich hatte eher an den Overridebefehl gedacht, Cringh.«

»Und der wäre?«

»Die Worte, mit denen die Armee deaktiviert wird.«

»Existiert ein solcher Befehl überhaupt?«

»Er existiert. In meiner Eigenschaft als Ständiges Mitglied kenne ich ihn. Und du kennst ihn auch!«

Cringh wölbte eine Augenbraue, »Ach ja? Das wüßte ich aber, wenn ihr mir diesen Befehl genannt hättet. Dann müßte es also noch neunzehn Leute geben, zum Teil jünger als wir, die diesen Befehl ebenfalls kennen.«

»Nur daß sie nicht hier sind«, sagte Rasiel seufzend. »Ich habe die Anwesenheitsliste überprüft. Die Hälfte der Ständigen Mitglieder nimmt in Ahabar an einer Galaveranstaltung anläßlich der Einweihung des Mausoleums von Stenta Thilion teil. Und die anderen waren zu alt oder zu müde, um hinzugehen. Von den jüngeren Mitgliedern, die sich im Moment auf *Authority* befinden, kennen vielleicht drei oder vier den Befehl. Du wirst dich sicher an den Wortlaut erinnern: ›*Ein Schlüssel für das letzte Schloß.*‹ Ich sage es dir deshalb, weil ich vielleicht nicht mehr die Gelegenheit habe, den Befehl zu erteilen. Aber irgend jemand muß es tun.«

»Ich weiß überhaupt nicht, von wo aus dieser Befehl erteilt wird.«

»Vom Umkleideraum hinter der Ratskammer. Allerdings tobten gerade Monster durch den Umkleideraum, als ich zuletzt einen Blick hineingeworfen hatte. Aber es gibt noch ein paar andere Orte in *Authority*, unter anderem in der Logistik-Zone. Unter normalen Umständen wäre es ein halber Tagesmarsch.«

»Ich hole dir deine Medizin«, sagte Lurilile zu Cringh. »Wir brechen sofort auf.« Sie ging in sein Zimmer, wühlte in seinen Sachen herum und stopfte sich die Taschen voll, wobei sie *»Ein Schlüssel für das letzte Schloß. Ein Schlüssel für das letzte Schloß«* murmelte.

Sie wollten gerade in die Passage einbiegen, welche die Suiten der höheren Beamten, also der Referats- und Abteilungsleiter sowie einiger Ständiger Ratsmitglieder miteinander verband, als sie ein anschwellendes Getöse hörten.

»Zurück«, zischte Lurilile und zupfte an Notadamdirabong Cringhs Robe. »Zurück.«

Während die Tür sich schloß, erhaschten sie am anderen Ende der Passage einen Blick auf ein auf einem Kettenfahrgestell laufendes, bewaffnetes Monster. Plötzlich wurden sie von einem Blitz geblendet, und geschmolzenes Metall rann an der Tür herunter.

»Mein Gott«, sagte Rasiel Plum atemlos.

»Wer, zum Teufel, hat diese Höllenmaschinen auf uns losgelassen?« fragte Cring.

»Thyker?« fragte Rasiel.

»Nein«, erwiderte Cringh zornig. »Das hätte ich gewußt. Sie hätten das nicht getan, ohne es mir vorher zu sagen. Und überhaupt hätten sie keinen Grund dafür gehabt. Schließlich hat *Authority* keine

Vergeltung für Thykers Überfall auf Hobbs Land gefordert.«

»Dann gibt es nur noch eine Möglichkeit«, sagte Lurilile. »Die Leute, die Voorstod verlassen haben.«

»Mein Gott«, wiederholte Rasiel Plum.

»Dort sind die Versorgungsrutschen«, sagte Lurilile, die erneut ein Rumoren hörte. Die beiden alten Männer folgten ihr in den zentralen Versorgungsbereich. Über eine Luke hatten sie Zugang zu einem mit Leitern bestückten Röhrensystem.

»Rein«, sagte sie. »Rein und runter!«

Es herrschte nur geringe Schwerkraft. Rasiel begab sich als erster an den Abstieg, dicht gefolgt von Cringh. Lurilile schloß inzwischen die Luke. Die Röhren verfügten über ein eigenes Beleuchtungssystem. Lichtreflexe huschten an den in die Wand eingelassenen Schienen entlang. Zweimal mußten sie sich dicht an die Röhrenwandung pressen, während ein Versorgungsbehälter vorbeiraste.

»Wenn wir das Ziel dieser Behälter kennen würden, könnten wir uns an sie anhängen«, sagte Cringh keuchend.

»Du würdest schon in der ersten Kurve weggeschleudert werden«, bemerkte Lurilile. »Wir befinden uns nun zwei Ebenen tiefer. Ich werde mich mal umschauen. Ihr verhaltet euch ruhig.« Sie drückte eine Luke auf und glitt wie eine Eidechse hinaus.

»Wie bist du überhaupt an diese Frau geraten?« fragte Rasiel.

»Ich glaube, sie ist eine Spionin, die auf mich angesetzt wurde«, murmelte Cringh. »Sicher von Ahabar. Ich füttere sie mit einem Gemisch aus Falschinformationen und Lebensweisheiten. Sie ist so lieb. Ich wollte nicht, daß sie mich verläßt, nachdem sie die gewünschte Information bekommen hat.«

»Eine Spionin? Weshalb wollten sie gerade dich abschöpfen?«

»Als Mitglied des Religionsrats hielten sie mich wohl für eine ergiebige Quelle«, erwiderte er. »Ahabar war ziemlich unzufrieden mit dem Rat. Ich nehme es ihnen nicht einmal übel.«

Lurilile kam zurück. »Diese Ebene ist leer. Unten in der Haupthalle befindet sich eine U-Bahn-Station. Ich schlage vor, daß wir dorthin gehen.«

»Weshalb ist diese Ebene denn leer?« flüsterte Cringh.

»Weil sie eine Lagerzone ist«, antwortete sie. »Normalerweise hält niemand sich mitten in der Nacht hier auf.«

Der Mond *Authority* war so klein, daß überall dieselbe Zeit galt. Wenn es also für Notadamdirabong Cringh ›Nacht‹ war, dann auch für alle anderen.

Sie robbten den breiten Korridor entlang, vorbei an Lagerhallen mit Vorräten und Ausrüstungsgegenständen, vorbei an inaktiven Transportern und grellbunten Röhren mit rätselhaften Aufschriften: *Flüssigkeiten, Restmüll, Recyclingabfälle.*

Die U-Bahn-Station war wie alle anderen Transporteinrichtungen auch in Lindgrün gehalten, was eine schnelle Identifizierung ermöglichte. Eine Sechs-Personen-Kapsel stand abfahrbereit in der Station.

»Logistik-Zone«, flüsterte Lurilile.

Eine Liste lief über den Bildschirm. *Zielbahnof. Haupt-Sortier-Einheiten. Giftmüll. Arbeitstrupps. Nachschub …*

»Position der Transmitter in der Logistik-Zone«, flüsterte sie.

Die Liste wurde kürzer. *Zielbahnof. Giftmüll. Arbeitstrupps.*

»Nur Zwei-Wege-Transmitter«, präzisierte sie. Beim Zielbahnhof handelte es sich nämlich um einen Güterbahnhof. Und der Giftmüll wurde im Mittelpunkt der Großen Sonne entsorgt.

Also blieb nur noch eine Möglichkeit. *Arbeitstrupps.*

›Arbeitstrupps‹, gab Lurilile in den Bordcomputer ein. Das Oberteil der Kapsel senkte sich und dichtete die Kabine hermetisch ab.

»Implementieren«, tippte Lurilile.

»Für eine Sekretärin ist sie erstaunlich auf Draht, was?« flüsterte Rasiel. »Wenn ich es nicht besser wüßte, würde ich sie direkt für eine Mitarbeiterin des ahabarianischen Geheimdienstes halten.«

»Geht davon aus, daß sie eine ist«, sagte Lurilile. »Dann wird es euch leichter fallen, ihre Anweisungen auszuführen.«

Das Zischen der Kapsel und die konturenlosen Wände, die vor den Augen verschwammen, übten eine schier hypnotische Wirkung auf die Passagiere aus. Rasiel schloß die Augen. »Meine Familie lebt hier, müßt ihr wissen. Auf der anderen Seite. In der Seenlandschaft.«

»Mit etwas Glück stoppen wir die Soldaten, bevor sie größeren Schaden anrichten«, sagte Lurilile.

»Dann ist der ahabarianische Geheimdienst also nicht an einer Zerstörung von *Authority* interessiert?«

»Dem ahabarianischen Geheimdienst ist es im Grunde egal, was mit *Authority* geschieht«, entgegnete sie. »Andererseits ist er auch nicht gewillt, sinnlose Zerstörungen und ein Massaker an relativ unschuldigen Menschen zu tolerieren.«

»*Relativ* unschuldig?« hakte Rasiel nach.

»Fast jeder auf *Authority* wußte von den Bestechungsgeldern, die an das Theologische Konzil gezahlt wurden. Und niemand hat etwas dagegen unternommen.«

»Relativ unschuldig«, bestätigte Cringh.

»Niemand wollte schlafende Hunde wecken«, sagte Lurilile anklagend. »Das ist typisch für *Authority*. Wen interessiert es denn, ob ihr existiert oder nicht? Ihr leistet ohnehin nichts. Ihr seid bloße Artefakte. Man sollte euch im Museum ausstellen!«

Schließlich schwächte das Zischen sich zu einem Summen ab. Die Kapsel wurde langsamer. Sie fuhren in eine Station ein, und das Kabinenoberteil wurde automatisch angehoben. Lurililes Finger schwebten über dem Bordcomputer, bereit, ein neues Ziel einzugeben, falls Gefahr drohte. Aber die Station lag in absoluter Stille.

»Aussteigen«, flüsterte sie.

Vorsichtig drangen sie in die kühle, quaderförmige Station vor. Dann gingen sie durch die Schleuse in den Sektor, der von den Arbeitstrupps frequentiert wurde. Eine Kantine. Unterkünfte. Ein Freizeitbereich. Und ein Transmitter.

»Ich möchte, daß ihr beiden durch den Transmitter geht und das System alarmiert«, sagte Lurilile. »Ich fordere noch ein Dutzend Agenten zu meiner Unterstützung an. Wo ist das Armee-Befehlsmodul, Rasiel?«

Er zuckte die Achseln. »Vor Jahren wußte ich es einmal. Irgendwo hier unten. Ich weiß nur, daß es in der Logistik-Zone ist. Erinnerst du dich, Notadam? Es ist ein rotes Teil, nicht wahr?«

»Es müßte doch irgendwo *registriert* sein?« fragte Lurilile.

Notadamdirabong schüttelte unsicher den Kopf. »Ich weiß es nicht. Wahrscheinlich ist es gar nicht registriert. Damit es nicht den falschen Leuten in die Hände fällt. Deshalb glaube ich auch nicht, daß es eine so auffällige Farbe wie Rot hat.«

»Wonach, zum Teufel, soll ich dann überhaupt suchen?«

Rasiel zuckte die Achseln und unterdrückte Tränen der Hilflosigkeit. »Ich weiß es nicht. Das Modul im Umkleideraum der Ratskammer befindet sich hinter einem farbigen Brett. Aber ich habe es seit zwanzig Jahren nicht mehr gesehen.«

»Scheiße«, zischte sie frustriert. »Ich habe den

Schlüssel, weiß aber nicht, wo das verdammte Schloß ist oder wie es aussieht.«

»Vielleicht kann man das Paßwort überall anwenden. Möglicherweise verfügt die Datenbank über eine Akustikkopplung.«

»Da könnte ich mich ebensogut auf den Kopf stellen und die Schlachthymne von Ahabar pfeifen. Das hätte wahrscheinlich den gleichen Erfolg. Wollt ihr nun gehen, oder soll ich mich darum auch noch kümmern?«

Beschämt erklärte Rasiel sich bereit, zu gehen. Lurilile gab Phansure als Zielort ein. »Vergiß aber nicht, ihnen den Overridebefehl mitzuteilen, bevor sie durch den Transmitter gehen, Rasiel Plum. Es könnte nämlich sein, daß ich gerade nicht da bin, wenn sie hier eintreffen.«

Nachdem er gegangen war, programmierte sie den Transmitter auf Thyker und umarmte Cringh, bevor sie ihn hineinschubste. Er war ein netter alter Mann. Um so mehr, weil er ihr keine sexuellen Avancen gemacht hatte. Sie hatte seine Gesellschaft genossen. Sie war froh, daß er nicht sterben würde, zumindest jetzt noch nicht; Artefakt hin oder her.

Sie hatte es den beiden gegenüber zwar nicht erwähnt, aber sie fand es dennoch reichlich seltsam, daß dieser Bereich völlig menschenleer war. Mit Sicherheit war sie nicht die einzige Person auf *Authority*, die von der Existenz des Transmitters in der Logistik-Zone wußte.

* * *

Sam stand in der Dunkelheit auf einem flachen Hügel. Die Funken, die überall auf den Erdboden herabregneten, waren landende Soldaten. Ab und zu bebte die Erde, und gelegentlich schoß ein Meteor durch sein Blickfeld. Aber diese Aktivitäten nahmen allmählich ab, bis sie schließlich ganz aufhörten. Nun sah er nur noch die glitzernden Soldaten, Späher oder was auch immer sie darstellten, anfangs vereinzelt, dann zu Dutzenden.

Ein Objekt tauchte am Fuß des Hügels auf und rollte klirrend in südöstlicher Richtung. Es war dreimal so hoch wie Sam, mit einem Durchmesser von vielleicht zehn Fuß und der vierfachen Länge. Es war mit mehreren Türmen und Armen bestückt, die über Zangen, Greifer, Gitter und Sensoren verfügten sowie über andere Strukturen, deren Zweck für Sam nicht zu erkennen war. Zumindest war eine Extrapolation auf der Basis der ihm bekannten landwirtschaftlichen Maschinen unmöglich. Das Ding, das sich klirrend von ihm entfernte, war nicht nur auf schnelles Töten ausgelegt. Es war zum Töten konstruiert, sicher, aber es sollte seine Opfer qualvoll und langsam töten, damit sie möglichst lange litten.

»Hallo«, rief Sam unwillentlich.

Der Turm auf der Oberseite des Geräts schwenkte herum. Die Sensoren erfaßten ihn augenblicklich.

»Wie heißt der Gott von Voorstod?« fragte die Maschine mit blecherner Stimme.

Es dauerte einen Moment, bis Sam die ihm vertrauten Worte erfaßt hatte, die an diesem Ort jedoch völlig deplaziert wirkten. Diese Worte gehörten zum Nebel und den Felsen von Voorstod, nicht aber zur paradiesischen Landschaft von Hobbs Land.

»Der Eine, der Einzige, der Allmächtige Gott, in dessen Glanz alle anderen Götter als von Menschenhand erschaffene Götzen entlarvt werden«, rief Sam. Diese Worte hatte Phaed ihm als Antwort auf die soeben gestellte Frage eingetrichtert. Also waren die Maschinen mit den Worten der Schrift programmiert worden. Mit den Dokumenten der Doktrin. Das hätte er wissen müssen. Vielleicht hatte er es auch gewußt. Vielleicht war er genau aus diesem Grund hier.

Die Maschine winkte ihm zu, wobei die Stellglieder

der Arme klackten. Dann wendete sie abrupt und fuhr in der ursprünglich eingeschlagenen, südöstlichen Richtung weiter.

»Oh, ich habe meine Lektion gut gelernt, Phaed«, sagte Sam sich, während er den Hügel hinunterging und sich der Geräuschquelle näherte. Es hörte sich an wie das Rauschen des Meeres beim Gezeitenwechsel. Wie ein Nieselregen, der sich zu einem Wolkenbruch auswächst.

»Was ist das Bestreben des einen Gottes?« schallte es ihm aus der Dunkelheit entgegen.

»Daß alle Lebewesen ihn anerkennen«, rief Sam.

»Und wie soll dieses erreicht werden?«

Sam schüttelte den Kopf und brüllte: *»Indem die Lernwilligen belehrt und alle anderen getötet werden.«*

Die Maschine ratterte an ihm vorbei, wobei die Sensoren auf einen virtuellen Heiligen gerichtet waren. Sie war nicht darauf programmiert, jemanden zu belehren; also würde sie töten.

Die Soldaten hielten ihn nicht auf. Nachdem er ihre jeweiligen Fragen beantwortet hatte, ließen sie ihn passieren. Nach den Soldaten würden die Propheten kommen, und anschließend ihre Gefolgsleute. Er würde ihnen auflauern. Er zählte die stiebenden Funken. Ein Großverband traf ein, der aus mehreren hundert Reihen zu je hundert Soldaten bestand. Genug, um jeden Bewohner von Hobbs Land zehntausendmal zu töten. Er marschierte mitten durch die Soldaten hindurch und beantwortete ihre Fragen, ohne daß er den Schritt verlangsamt hätte. Die Beine schienen sich ohne sein Zutun zu bewegen.

Es war ein seltsamer Anblick. Der eine hatte Beine, einen Rumpf und ein Gesicht. Der nächste sah aus wie ein mit Haut bespannter Roboter. Die Teile waren gehorsam und taten ihre Pflicht. Manchmal traten zwar Defekte auf wegen der starken Beanspruchung, aber sie wurden nie aufmüpfig. Verglichen mit diesen großen Kampfmaschinen waren die Menschen lächerlich schwach. Was blieb ihnen da noch anderes übrig, als auf den Tod zu warten? Was konnten Arme gegen diese Monster ausrichten? Wie schnell waren Beine in einem Rennen gegen den Tod?

Angenommen, es gab darauf keine Antworten. Angenommen, es gab nur den Tod, wie es immer schon gewesen war. Das unvermeidliche Ende. Das Ende der Menschheit, wie auch von allem anderen. Wenn die Arme versagten, wenn die Beine zu langsam waren und wenn die Augen kein Versteck mehr fanden, wozu war der Mensch dann überhaupt noch gut? Wozu brauchte man dann noch Helden? Was sollte ein Mensch noch tun, wenn es nichts mehr gab, was ein Mensch tun konnte? Weshalb marschierte er dennoch unbeirrt weiter, in einer Gratwanderung zwischen Überleben und Untergang?

Aber der Tod war nicht überall.

»Birribat Shum?«

»Ja?«

»Elitia Kruss?«

»Ja.«

»Horgy Endure?«

»Ja, hier.«

»Der Gott weiß, was ich weiß«, sagte er sich. Einer Antwort bedurfte es nicht. Der Gott wußte alles von jedem und kannte jeden. Und wenn Sam einen Propheten oder Gläubigen fand und ihn lange genug zum Stillhalten bewog, dann würde der Gott auch herausfinden, was er wußte.

Falls die Zeit dazu reichte.

»Wo ist der Platz der Frauen bei der Erschaffung des Einen Gottes?« brüllte ein Monster aus einer Entfernung von mehreren hundert Metern.

»Für Frauen gibt es keinen Platz«, rief Sam. *»Sie sind keine Gefolgsleute Gottes, sie sind nur Hilfsmittel, die Gefolgsleute gebären.«*

Diesen Status hatte Maire auch innegehabt. Phaed hatte ihm vom Paradies der Gläubigen erzählt, wo man in leiblichen Genüssen schwelgte und sich mit Jungfrauen vergnügte. Ein Fest der Sinne für die Männer, die für den Glauben gestorben waren; doch die Frauen waren davon ausgeschlossen. *›Sie haben sich bedeckt zu halten; man muß auf ihre Gesundheit achten, bis sie Kinder geboren haben, und dann darf man sich ihrer entledigen‹*, zitierte er im Geiste.

China Wilm. Samstag Wilm. Maire Manone. Sich aller Frauen entledigen.

»Wie groß ist die Zahl derer, die dem Einen Gott am Jüngsten Tag Gefolgschaft leisten werden?« trompetete ein riesiges Monster auf Rädern und richtete seine Kanone auf Sam.

»Und wenn es nur einen Gläubigen gäbe, den letzten Menschen, es wäre genug«, erwiderte Sam.

Jeopardy Wilm. Willum R. Dern Blass. Spiggy Fettle. Sich aller Menschen entledigen, die nicht zu den Gläubigen gehörten.

Die Namenlosen. Die Tag für Tag ihrer Arbeit nachgingen. Die Schichtführer. Die Feldarbeiter. Die Architekten. Die in ihrer Freizeit im Gras lagen, Käfer betrachteten oder dem Gesang der Vögel lauschten. Die sich nicht unkontrolliert vermehrten. Die in Frieden und Eintracht zusammenlebten. Sich ihrer entledigen. Damit der letzte Mensch ein Gläubiger war, der mit dem Wort ›Tod‹ auf den Lippen starb.

Doch ein Gott genügte schon, sagte Sam sich, damit ein anderes Wort ausgesprochen würde.

Sam marschierte nach Westen. Irgendwo vor ihm war Phaed Girat.

* * *

In der Siedlung Eins waren die Evakuierungsvorbereitungen bereits in vollem Gang, als Theor und Emun zurückkehrten. Menschen und Katzen verteilten sich auf zwei Dutzend Gleiter.

»Woher kommen die Gleiter?« fragte Emun China Wilm.

»Sie waren plötzlich da. Wir sind zuerst an der Reihe. Dann werden die Gleiter Zwei und Vier evakuiert, anschließend Drei und Zehn und zuletzt Elf und die Zentralverwaltung. Inzwischen werden die Siedlungen Fünf bis Neun Proviant für uns alle zusammenstellen. Sie befinden sich weiter östlich und werden als letzte evakuiert«, sagte sie ohne das geringste Anzeichen von Panik.

»Wohin werden die Leute gebracht?«

»Auf das Hochplateau«, erwiderte sie. »Die ersten sind bereits dort eingetroffen.«

Theor Close mußte Sam recht geben. Der Gott wußte, was alle wußten.

* * *

Die Sträflinge wurden von Dern Blass geweckt. Er brüllte einige widersprüchliche Befehle und überließ es Howdabeen Churry, System ins Chaos zu bringen. Es dauerte eine Weile, bis die schlaftrunkenen Leute überhaupt begriffen, was vorging.

»Voorstoder?« fragte Shan Damzel ungläubig. »Wie haben sie sich Zugang zur Armee verschafft?«

»Vermutlich auf die gleiche Art, wie wir uns Zugang zu Hobbs Land verschafft haben«, schnaubte Mordy Trust. »Mit List und Tücke. Das hilft uns jetzt aber auch nicht weiter. Was sollen wir tun?«

»Dern sagt, daß wir nach den Siedlern auf das Hochplateau evakuiert werden. Von ihrem Standpunkt aus ist das wohl auch nur fair. Blass hat uns erlaubt, durch den Transmitter nach Thyker zu gehen, aber im Moment hat er eine Fehlerquote von zwanzig Prozent. Deswegen schlägt er vor, daß wir uns mit Proviant versehen und bewaffnen. Das ist sicher eine gute Idee. Blass hat gesagt, die Armee befände sich westlich der Siedlung Eins und würde schnell vorrücken.«

»Woher weiß er das denn?«

»Er sagt, der Gott Horgy Endure hätte es ihm mitgeteilt«, erwiderte Churry mit unbewegtem Gesicht.

Shan nahm das gelassen zur Kenntnis. Das Interessante an den Göttern von Hobbs Land war, daß das, was sie den Siedlern sagten, immer der Wahrheit entsprach. Sie erteilten ihnen keine Befehle und verlangten auch nicht, daß sie an sie glaubten. Sie stellten nur Tatsachen fest, die einen Bezug zum Alltagsleben der Siedler aufwiesen.

Und nun lautete diese Feststellung: Die Armee von *Enforcement* kommt. Verlaßt schnell diesen Ort.

Shan half den Männern beim Verladen der Vorräte und fragte sich, ob er bereits verschluckt worden war.

* * *

Auf *Authority* pirschte Lurilile leichtfüßig durch endlose Gänge und lauschte. Aber sie hörte nichts Verdächtiges. Ein leises, durch den Luftzug verursachtes Rauschen, das Gluckern der Flüssigkeiten in den Röhren, das Geräusch der Ventilatoren, das Blinken und Piepen der Überwachungsanlagen, das Ausschlagen der Zeiger, das Flackern der Leuchtdioden, alles völlig normal. Weshalb war es oben so still?

Sie erreichte die zentrale Umwelt-Überwachungsstation. Hinter der Glastür befanden sich Computerkonsolen, auf deren Monitoren die Werte für Temperatur, Luftfeuchtigkeit und Schadstoffgehalt der Luft angezeigt wurden. Die Luftverschmutzung war so hoch, daß sie von den Meßgeräten überhaupt nicht mehr erfaßt wurde. Die Temperaturen waren lebensfeindlich. Es war höllisch heiß. Auf dem Bildschirm waren verkohlte Knochen zu sehen, zwischen denen Flammen züngelten.

»Wo?« fragte sie atemlos.

In der großen Bibliothek des Religionsrats, sagte der Computer.

»Ein Schlüssel für das letzte Schloß«, sagte sie mit fester Stimme.

Keine Reaktion. Das Feuer erlosch nicht. Wo auch immer die Akustikkopplung sich befand, die sie brauchte, sie war nicht da.

»Grundriß der Logistik-Zone«, sagte sie.

Er erschien auf dem Bildschirm vor ihr.

»Befehlsmodul für *Enforcement*.«

Der Bildschirm flackerte, während der Computer suchte. Ohne Erfolg.

»Override«, befahl sie verzweifelt.

Nichts.

»Overridebefehl suchen und folgende Meldung absetzen«, befahl sie dem Archiv. »Ein Schlüssel für das letzte Schloß. Implementieren.«

Erneut flackerte der Bildschirm. Das Archiv war durchaus kooperativ und wollte ihr bei der Suche behilflich sein, nur daß es dazu nicht imstande war. Es wußte nicht, wo das Objekt war. Aber vielleicht war ihm das Objekt unter einem anderen Namen bekannt.

Welcher andere Name?

»Wo ist das letzte Schloß« fragte sie.

Nichts.

»Wozu gehört der Schlüssel?«

»Welcher Schlüssel?« fragte der Computer. »Definiere Schlüssel.«

Lurilile legte eine Verschnaufpause ein. Wenn die Soldaten auf den oberen Ebenen keine Opfer mehr fanden, würden sie sicher herunterkommen. Wo sollte sie sich verstecken? Wie standen ihre Chancen, das zu finden, was sie suchte? Konnte sie mit gutem Gewissen nach Ahabar zurückkehren und sich an der Schulter ihres Vaters ausweinen?

Und was würde Königin Wilhulmia in einer solchen Situation tun?

Nach einer Weile verließ sie den kleinen Raum und setzte die Suche fort.

8

Dicht unter dem Erdboden hatten die strahlenförmigen Wälle geschlummert, wie die Wissenschaftler von Thyker gesagt hatten, aber nun schlummerten sie nicht mehr. Eine dringende Nachricht hatte sie erreicht und zu verstärktem Wachstum veranlaßt. Während sie sich nach oben schoben, riß der Erdboden über ihnen auf und enthüllte harte, hölzerne Strukturen, die wie Wände aus dem Boden wuchsen und auch hölzern klangen, wenn man dagegen klopfte.

Am Anfang waren es elf strahlenförmige Wälle gewesen, elf Speichen, die von einer Nabe ausgingen. Nachdem sie durch den Erdboden gebrochen waren, bildete sich in jedem Wall eine Vertiefung, wodurch sie in zwei Hälften gespalten wurden. Dieser Vorgang wiederholte sich dann, so daß es nun vierundvierzig strahlenförmige Wälle mit einer Länge von jeweils vierzig Metern waren, die langsam in die Höhe wuchsen; sie wurden länger und dicker und wölbten sich in der Mitte empor. Auch als die Buckel schon eine Höhe von fünfzehn Metern erreicht hatten, wuchsen sie noch schneller als die Enden. Schließlich hatten sich ein massiver äußerer Wall und ein zentraler Ringwall herausgebildet, der von kleinen Bögen durchbrochen wurde. Hier und da entstanden mannshohe Lücken im äußeren Wall; Kinder rannten hindurch und bestaunten die seltsamen, ringförmigen Strukturen.

Innerhalb der Wälle senkte der Boden sich ab und wurde mit einem faserigen, mosaikartigen bunten Geflecht überzogen, das einem Flickenteppich glich. Die

Zwischenräume der Bögen des Ringwalls wurden von einem kunstvollen Rankengeflecht ausgefüllt, das so hart wie Metall war und den äußeren Ring vom Zentralbereich abtrennte, wo der massive, oben offene Turm so schnell gen Himmel strebte, daß man das Wachstum sogar mit bloßem Auge verfolgen konnte. Die Verstrebungen, die durch die miteinander verbundenen Bögen gebildet wurden, stützten ihn ab.

Ein Flansch wuchs aus der Oberseite jedes Bogens, vergrößerte sich und teilte sich dann auf halber Länge. Die Hälften entfalteten sich, wandten sich der Sonne zu, wuchsen weiter, überlappten sich und vereinigten sich schließlich zu einem beschichteten, fugenlosen Dach, dessen Oberseite sich kräuselte, von Adern durchzogen wurde und aushärtete, bis es am Ende Ähnlichkeit mit einem reetgedeckten Dach aufwies.

Die Siedler, die als erste evakuiert worden waren, verfolgten diese Entwicklung im Schein von Taschenlampen, wobei ihre Neugier von einer gewissen Furcht überlagert wurde. Vorsichtshalber zogen sie sich ein Stück von den aus dem Boden sprießenden Tempeln zurück. Sie fragten sich, ob diese Ähnlichkeit mit den Steintempeln Zufall war oder ob sie beziehungsweise dieser Tempel als Vorlage für die jeweils anderen Bauwerke gedient hatte. Sie mahnten die Kinder zur Vorsicht, doch unbekümmert und neugierig, wie diese waren, ignorierten sie alle Warnungen und tobten kreischend im Tempel herum, dessen Einrichtung mit den Tempeln in den Siedlungen identisch war.

Auf dem Boden des Turms, so sagten sie, entstünde etwas. Eine Figur, die vor Kraft geradezu vibrierte.

»Ist es wie in den Tempeln?« fragten die Erwachsenen. »Ist das Ding in der Mitte ein Gott?«

»Vielleicht«, sagten sie. »Aber er ist anders. Er wirbelt herum wie ein Tornado.«

Gleiter trafen von den anderen Siedlungen ein, und

nachdem sie die Menschen und Katzen abgeladen hatten, starteten sie erneut. Furchtsam erzählten die Neuankömmlinge aus den westlichsten Siedlungen, daß sie vom Gleiter aus bereits die Soldaten von *Enforcement* am Horizont gesehen hatten. Doch dann wich die Angst dem allgemeinen Staunen über den Tempel.

Die Siedler entzündeten Lagerfeuer in den ständig schmaler werdenden Lücken zwischen den Strukturen, und das Licht warf bizarre Muster an die gekrümmten Wände, die sich stetig aufeinander zu bewegten. Da seien noch weitere, berichteten die Kinder, nachdem sie von ihren Streifzügen zurückgekehrt waren. Andere Strukturen, die auf dem ganzen Hochplateau gen Himmel wuchsen. »Sie schießen wie Pilze aus dem Boden«, riefen sie. »Wie Spargel.«

Samstag und Jep Wilm faßten sich an der Hand und gingen zum nächsten dieser seltsamen Gewächse. Sie umrundeten den Mosaikboden und stießen schließlich auf die Stelle, an der sich in einem Siedlungs-Tempel die Tür in der Ringmauer befunden hätte. Nur daß es hier keine Tür gab. Es gab zwar ein Gitter, durch das sie hindurchschauen konnten, aber es gelang ihnen nicht, die Hand durch dieses Geflecht zu stecken und die Quelle des merkwürdigen, chemischen Geruchs ausfindig zu machen, der in der Luft lag. Samstag kniete sich hin, legte den Kopf in den Nacken und versuchte, schräg nach oben durch das Gitter zu schauen. Aber sie sah kein Dach.

»Ich glaube, es ist oben offen. Aber das will nichts heißen«, flüsterte sie Jep zu.

Er schüttelte den Kopf. »Gar nichts.«

»Ich habe eher das Gefühl, in einer Maschine zu sein als in einem Tempel. Überall spüre ich Bewegung. Wie eine sehr leise laufende Maschine.«

»Was glaubst du, welchem Zweck sie dient?«

»Ich weiß es nicht. Ich weiß nicht einmal, ob sie für uns arbeitet oder gegen diese Dinger.«

»Die Dinger von *Enforcement?«*

»Genau die.«

Sie gingen wieder nach draußen und betrachteten den Turm, dessen Silhouette sich gegen das Sternenlicht abhob und der schwach von den Lagerfeuern angestrahlt wurde. Er wirkte wie ein Schornstein, der leicht, aber deutlich erkennbar nach Süden geneigt war und von den Widerlagern der umgebenden Bögen abgestützt wurde. Noch passender wäre indes der Vergleich mit einer riesigen Kanone gewesen, doch eine Kanone hatten Samstag und Jep noch nie gesehen. Wenn man Desintegratoren besaß, waren Kanonen überflüssig. Wegen des enormen Größenunterschieds entging ihnen auch die Ähnlichkeit mit den Abschußrampen, welche die Siedler zur Düngung des Ackerbodens mit Spurenelementen einsetzten.

Ständig landeten und starteten Gleiter. Hastig entluden die Leute Kisten mit Proviant und Schlafsäcken; dann richteten sie sich an diesem mysteriösen Ort ein, nur um kurz darauf wieder aufzustehen, rastlos herumzulaufen und an die hölzernen Wände zu klopfen, als ob sie Einlaß begehrten. Es hätte jedem freigestanden, die Gebäude zu betreten. Doch nur die Kinder machten davon Gebrauch. Aber nach einiger Zeit hielt der merkwürdige, penetrante Geruch auch sie von weiteren Streifzügen ab.

Eine Gruppe aus der Siedlung Eins hatte sich im Wald versammelt, auf halber Strecke zwischen den zuerst entdeckten Wällen und dem Dorf der *Erloschenen.* Sal Girat, Africa, China Wilm und Theor Close, der ihnen die Nachricht von Sam überbracht hatte, befanden sich unter den Leuten. Die hochschwangere China suchte die Nähe ihrer Freunde und Verwandten und weinte um Sam.

»Er will sich opfern!« rief sie. »Wofür?«

»Unsinn«, sagte Sal. »Das hat er überhaupt nicht vor. Ein Opfer ist nicht erforderlich. Das weißt du auch.« Die Worte waren aus ihr herausgesprudelt, ohne daß sie vorher darüber nachgedacht hätte. Dann verstummte sie mit offenem Mund; die totale Erinnerung überkam sie, eine Vision, die so lebendig war, daß sie das Gefühl hatte, sie zu durchleben, anstatt sich nur an sie zu erinnern. Sie suchte einen *Alten*, einen der *Erloschenen*, die sich in winzigen Rundhäusern versteckten. Die Vision war so realistisch, daß Sal sogar den erdigen, leicht säuerlichen Geruch des Wesens wahrnahm. Ein Linguist hockte neben dem *Alten* und fragte: »Ist ein Opfer notwendig?«

»Notwendig?« artikulierte der Alte, indem er die hornigen Tentakel aneinanderrieb. »Wozu sollte es notwendig sein? Ist das Leben notwendig? Nein, ein Opfer ist nicht erforderlich. Es ist eine Tradition. Eine Geste. Eine Gefälligkeit.«

Sal machte den Mund zu. »Sam würde keine Dummheit begehen«, sagte sie. »Er ist kein Dummkopf.«

China starrte auf die von den Feuern angestrahlten Türme und fragte sich, ob das stimmte. War er nicht vielleicht doch ein Dummkopf? Auf der Suche nach der einmaligen perfekten Sache, worum auch immer es sich dabei handeln mochte. Das Absolute. Das Wunderbare. Er setzte sich einen Helm auf, schlüpfte in Sandalen und glaubte, er sei einer dieser alten Krieger. Was tat er in diesem Augenblick? Wonach suchte er?

Weinend schlug sie die Hände vors Gesicht. Die ersten Wehen setzten ein. »Das Baby kommt«, sagte sie keuchend zu Africa. »Sams Baby. Es kommt.«

Africa runzelte die Stirn. Diese Ausdrucksweise verwunderte sie. Es war nicht Sams Baby, zumindest nicht nach den Maßstäben der Gesellschaft von Hobbs Land, aber sie verzichtete darauf, sich deshalb mit China zu streiten. Statt dessen veranlaßte sie alles Notwendige und schickte jemanden los, um einen Sanitäter zu holen; währenddessen versuchte sie, eine Trennwand zu improvisieren, um eine gewisse Imtimsphäre zu gewährleisten.

Sal hielt Chinas Hand und fragte sich düster, ob diese Geburt vielleicht einen Handel darstellte, ein Leben gegen ein anderes Leben.

* * *

Unten in der Ebene, westlich vom Hochplateau, marschierte Sam derweil auf die Front zu, wo die Propheten waren und wo er dachte, auch seinen Vater zu finden.

»Phaed«, sang Sam; es war nicht melodisch, sondern eher ein Summen, das ihm half, sich auf sein Ziel zu konzentrieren. »Phaed«, den er noch einmal wiedersehen würde, um die Dinge zwischen ihnen zu regeln. Phaed, der seine Ehefrau ermordet, viele andere Frauen getötet, sich im Namen der *Sache* schuldig gemacht hatte und ein Gläubiger war. Er glaubte in der Tat daran, an die älteste und blutigste Religion. Egoismus. Sexismus. Chauvinismus. Rassismus.

»Phaed.« Traumvater, König und Held, den Sam irgendwann in seiner Kindheit verloren und nicht wiedergefunden hatte. War es eine Stimme aus frühen Kindertagen, an die er sich erinnerte, eine flüsternde Stimme, die ihm am Feuer Geschichten erzählte; die Augen, die im Widerschein der Flammen leuchteten, der wissende Blick, der männliche Intelligenz verriet; dort hockte ein übermenschliches Wesen am Feuer, Herr der Füchse, König der Wölfe, Großer Bär. Jäger der Nacht. Traumgestalt. Troll-Papa.

Hatte er nur eine Maske getragen, Vater-Spielkamerad, war er voller falscher Freundlichkeit gewesen, hatte er ihm bloß etwas vorgemacht, war alles nur Lug und Trug gewesen? Sag's mir, Dad. Erzähl mir davon, wie du Maechy ermordet hast. Erzähl mir davon, wie du deinem Gott Blutopfer gebracht hast, durch Mord, Verstümmelungen und Vergewaltigung.

»Phaed.«

War es ein Gesicht, an das er sich erinnerte? Hatte er überhaupt jemals ein Gesicht gesehen? Ein gewisser Ausdruck von Stolz in den Augen, als der Sohn die ersten Worte sprach, die ersten Schritte machte und zum erstenmal den Finger am Abzug einer Waffe hatte. Waren es Waffen, an die er sich erinnerte? Nur ein Spiel, mit dem Finger und einem Stock, ratatat, ein Kind, das Krieg spielte.

War es ein Geruch, nach dem er sich sehnte? Der Geruch von Schweiß und Rauch, von Whisky und Sperma, den Körpergeruch von Männern, die sich nur in geschlossenen Räumen aufhielten und derart stanken, daß der Brodem schier ein Eigenleben entwikkelte und sich wie alter geschmolzener Käse auf die Zunge legte.

War es dieser Gestank? Von dem einem übel würde und der so intensiv war, daß man glaubte, gegen eine Mauer zu laufen.

War es eine Berührung? Erinnerte er sich überhaupt an eine Berührung? Streicheln, Tätscheln, Umarmungen. Reichlich Schläge, eine Faust, welche die Schulter des kleinen Jungen traf, Schläge auf den Hintern, schmerzhafte Kopfnüsse.

Nichts von alledem. Er erinnerte sich weder an einen Geruch, ein Gesicht, ein Geräusch noch an einen Geschmack. An eine Berührung auch nicht. Aber was war es dann? Welche Erinnerung an ihn war überhaupt noch vorhanden, die Sam selbst nach dieser langen Zeit nicht zur Ruhe kommen ließ?

»Phaed?«

Sam mußte es wissen. Sam mußte sich mit ihm auseinandersetzen, ihm Fragen stellen; und wo er ihn nun mit anderen Augen sah, würde er vielleicht das Geheimnis lüften. Erst wenn er das getan hatte, wäre er wirklich frei. Dann hatte er eine Zukunft, falls es überhaupt noch eine Zukunft gab. Ein Ziel, sofern es noch Ziele gab, die er verfolgen konnte.

Doch zuvor mußte Sam ihn finden, irgendwo hinter den klirrenden, monströsen Soldaten, die in endlosen Kolonnen vorüberzogen.

»Welche Namen sind des Gottes würdig?«

»Allmächtig. Allwissend. Herr des Universums.«

»Welche sind die Völker Gottes?«

»Zorn, Eisen und Voorstod.«

Der große Metall-Soldat brüllte vor Lachen und wedelte mit einem Tentakel, der in einer Art Messerklinge auslief. »Hahahaha. Zorn und Eisen und Voorstod. Hahahaha.« Er beugte sich vor und piekste Sam mit einem gezackten Ausleger in die Brust. »Zorn und Eisen und Voorstod.«

»Ich weiß«, sagte Sam ohne große Begeisterung. Selbstverständlich wußte er es. Schließlich hatte Phaed es ihm stundenlang eingetrichtert, nachdem er ihn in der alten Geburtsklinik angekettet hatte. Zorn, Eisen und Voorstod, die drei Völker, die Voorstod dem Propheten beim Exodus von *Menschenheimat* gefolgt waren. Voorstod mit seinen Pastoren, Zorn mit seinen Priestern und Eisen mit seinen Propheten: Erstere waren Herren der Sklaven, die zweiten Herren der Frauen und letztere Herren der Männer – wobei jedoch nicht ganz klar war, ob sie nun über die Männer herrschten oder ob die Männer sie ihrerseits bloß als Herrschaftsinstrumente benutzten. Das war nämlich typisch für die Götter der Männer, die alten Götter der Männer. Daß die Götter ihre Herrschaftsinstrumente waren.

»Zorn, Eisen und Voorstod«, rief der Soldat und marschierte in östlicher Richtung davon.

Schaudernd ging Sam weiter. Weit zu seiner Linken sah er einen Propheten einherschreiten, mit Beinen wie Pleuelstangen und einem Gesicht hart wie

Stahl; seine Leute wirbelten beim Marschieren kleine Staubwolken auf. Obwohl er so weit entfernt war, identifizierte Sam ihn. Ein Prophet auf der Pirsch, der den Vernichtungsfeldzug der Soldaten beobachten wollte.

»Wenn ihr keine Feinde hättet«, sagte Sam, »welches Leben würdet ihr dann führen? Wenn es keine nächtlichen Räuber gäbe, die eure Lämmer töten, wie würdet ihr dann leben? Welchen Sinn hätte euer Leben?«

»Zorn«, rief ein großer Soldat und stampfte so fest mit den Füßen auf, daß der Boden erbebte.

»Eisen«, rief ein anderer.

Der Schlachtruf der Propheten. Sam hatte ihn bereits gehört, in jener Nacht in Scaery, als die Grüne-Schlange-Leute und die Waldvogel-Leute durch die Straßen gezogen waren und die Propheten sie mit Trompeten, Schreien und Zitaten aus den Schriften verjagt hatten. Sie kultivierten Zorn und Haß, denn daraus bezogen sie ihre Legitimation. Ohne diesen Zorn und Haß waren sie gar nichts.

Hatte Phaed die Schriften zitiert, als Sam ein Kind gewesen war? Erinnerte er sich überhaupt noch an Phaed? Wenn er in der Küche mit ihren vielfältigen Gerüchen stand? Wenn er morgens aufwachte? Wenn er sich das Haar kämmte? Diese Haarfülle mußte er manchmal gekämmt haben, vielleicht an einem dieser seltenen warmen und sonnigen Nachmittage, im kleinen Garten neben dem Haus, wo die Küchenkräuter wuchsen und die Insekten summend um die Blüten herumschwirrten.

Er erinnerte sich an Maire, die sich dort das Haar gekämmt hatte, aber nicht an Phaed. Er versuchte, sich an Phaed zu erinnern.

Aber er wußte nicht mehr, wie er ausgesehen hatte. Er erinnerte sich noch an seine Präsenz – wie die des Allmächtigen, des Allwissenden, des Herrn des Universums, der über ihnen schwebte und mit fürchterlichen Strafen drohte –, aber nicht an den Mann. An die Faustschläge, aber nicht an den Mann.

Es hatte eine Zeit gegeben, da er Phaeds Stimme gehört hatte. Es mußte eine solche Zeit gegeben haben. Maire hatte irgend etwas von Bedürfnissen gesagt. Und der Mann, unsichtbar, sagte: »Ein Mann braucht niemanden.« Zorn, Eisen und Voorstod, und mehr brauchte ein Mann nicht.

Der Sprecher war unsichtbar geblieben. Eine Stimme ertönte in der Nacht, dann weitere Stimmen, und dann ein Schmerzenslaut. Und der Mann war, wie Gott, überall, aber er war in der Dunkelheit verborgen. Religionen und Legenden alter Männer, die in der Dunkelheit verborgen waren, damit man sie nicht erkannte. Damit sie keine Rechenschaft ablegen mußten. Also verharrten sie weiter in der Dunkelheit, kultivierten ihren Zorn und Haß und verrotteten langsam.

In seiner Erinnerung hatte Phaed immer das Licht des Tages gescheut. Er glich den Kreaturen der Nacht, die in der Abenddämmerung aus ihren Löchern krochen. »Tief unter der Erde«, hatte Maire gesagt. »Eingemauert wie in einer Gruft.«

»Ich war erst sechs«, sagte Sam sich und zog daraus die entsprechenden Schlüsse. Was man mit sechs Jahren von den Erwachsenen wahrnimmt, sind meistens die Hände. Und die Knie. Die Gesichter sieht man nur, wenn sie sich hinknien. Phaed hatte sich nie hingekniet.

Wo bist du, Phaed?

Weit zur Rechten marschierte der Awateh mit zwei seiner Söhne vorbei; der Awateh bewegte sich wie ein Roboter, mit Trippelschritten, wobei der Kopf auf dem Hals pendelte wie bei einem Aufziehspielzeug. Sam befand sich auf dem Hügel, und sie waren in der Ebene. Sie gingen in östlicher Richtung weiter, ohne daß sie ihn bemerkt hätten.

Sie hätten ihn eigentlich sehen müssen.

Hatten sie vielleicht etwas anderes im Blick?

Sam verharrte reglos und drehte sich dann um.

Grüne Schlange und Waldvogel, Feuerfisch und Gürteltier und anderes purpurrotes, scharlachrotes, malvenfarbenes und blaues Getier tanzten vor den Soldaten und den Propheten und lockten sie nach Osten; sie stiegen auf wie Rauch, formten sich in der Luft und vereinigten sich wie Luftspiegelungen. Die *Tchenka* der Gharm? Die alten Götter der Menschen? Ekstatische Gesänge ertönten zwischen den Sternen.

»Ich weiß es«, sagte eine Stimme in Sams Kopf. »Ich weiß alles, was Maire gewußt hat.«

Und dann ertönte Maires Stimme; sie sang, wie er sie seit seiner Kindheit nicht mehr hatte singen hören. Wie ein prophetischer Vogel, die Stimme Gottes.

»Es sind auch deine Götter, Samasnier Girat!«

Und da erschienen sie neben ihm und lenkten die Propheten von ihrem Ziel ab, Männer in Rüstungen und mit Helmen, die mit Federbüschen verziert waren; sie schwangen ihre Schwerter und stießen Schlachtrufe aus. »Legenden«, rief Theseus. »All die Legenden.« Kampflieder. Schlachtgesänge.

Theseus bückte sich über ihn, schlank und stark; seine Haut glänzte wie Bronze, er hatte ein Schwert in der Hand und Sandalen an den Füßen. Er wirkte wie eine Marmorstatue, ein zum Leben erwecktes Monument. »Ich habe den Stein angehoben, Sam. Darunter lagen diese Sandalen und dieses Schwert. Ich habe mein Erbe gefunden. Nun bin ich auf der Suche nach deinem Vater.«

»Ich auch«, sagte Sam schluchzend. »Ich auch.«

»Dann kann das Töten beginnen«, rief der marmorne Mann, trat über ihn hinweg und verhielt vor einem Stein. »Darunter«, rief er. »Vielleicht ist es darunter.«

»Du hast es doch schon gefunden«, rief Sam. »Du kannst mit der Suche aufhören! Du hast es doch schon gefunden!«

»Vielleicht«, rief der marmorne Mann, »liegt es unter dem nächsten Stein. Oder unter dem übernächsten.«

Sam eilte voraus, drehte alle Steine um und wurde dennoch nicht fündig. »Phaed«, sagte er. Diese Blutsbande, diese Sehnsucht im Herzen, war stärker als jede Legende und jede andere Verbindung mit der Vergangenheit oder der Zukunft. »Phaed.«

»Welche Freiheit gibt mein Glaube mir?« brüllte ein großes, gepanzertes Ding auf Rädern, das von einem Kranz aus Klingen umgeben war.

»Die Freiheit zu hassen!« rief Sam. *»Die Freiheit, das zu töten, was ich hasse.«*

Und was hasse ich überhaupt, fragte er sich, wobei er die Antwort schon kannte, denn Samstag Wilm hatte sie ihm gesagt.

Ich hasse, was ich fürchte.

Und was fürchte ich?

»Phaed!« schrie er in die Nacht. »Phaed!«

* * *

Auf dem Hochplateau hatten die Türme ihre maximale Höhe erreicht. Der merkwürdige chemische Geruch hatte sich in einen Gestank verwandelt, der die Leute auf Distanz hielt. China Wilm, die kurz vor der Entbindung stand, identifizierte die Substanz, welche diesen Geruch verursachte, als Bestandteil eines gewissen Pilzes. »Gyromitra«, murmelte sie unter Schmerzen. »Stinkmorcheln. Solche Pilze wuchsen auf *Menschenheimat*. Wir haben verwandte Arten im Pilzhaus. Vor ihrem Verzehr muß der Raketenbrennstoff verdampft werden.«

»Raketenbrennstoff?« fragte Africa spöttisch; sie glaubte, China läge im Delirium oder machte einen Witz.

»Ich meine es ernst«, rief China. »Sie sondern Monomethylhydrazin ab. Dieselbe Substanz wird auch in der chemischen Industrie verwendet. Wir verdampfen sie bei der Zubereitung des Pilzes. Es muß sich hier um eine ähnliche Art handeln ...« Sie verstummte keuchend.

»Woher kommt der Geruch?« fragte Africa die Kinder.

»Von der Basis der Türme«, sagte Samstag. »Hinter den Gittern befinden sich seltsame Wucherungen, die von Röhren durchzogen werden; sie sehen aus wie Gehirne.«

»Schafft die Leute von hier weg«, rief China. »Das Zeug ist giftig.«

Der Gestank hatte die Leute jedoch schon vertrieben. Sie wuselten herum und suchten ihre Habseligkeiten zusammen, wie ein aufgescheuchter Bienenschwarm.

Wolken zogen auf; nur daß es noch keine Regenzeit war. Wolken waren in dieser Jahreszeit zwar kein ungewöhnlicher Anblick, aber sie waren selten. Inzwischen war die Bewölkung so dicht geworden, daß die Sterne nicht mehr zu sehen waren, und Donner rollte über das Hochland.

Junge Leute informierten nach der Rückkehr von ihren Streifzügen Samstag, die ihrerseits ihre Mutter unterrichtete. »Hinter dem Dorf befinden sich einige Tempel ohne einen Turm in der Mitte. Dort stinkt es auch nicht. Die anderen sagen, die Tempel hätten feste Dächer, und außerdem sieht es so aus, als ob der Regen für längere Zeit anhalten würde.«

Africa betrachtete den wolkenverhangenen Himmel und pflichtete ihr bei. Die ersten schweren Tropfen klatschten ihr bereits ins Gesicht. Sie waren kalt wie Eis. Sie und die Wilm-Brüder, gefolgt von anderen Siedlern, transportierten China durch das Dorf der *Erloschenen* und an den Tempelruinen vorbei zu einer Stelle, an der mehrere Wälle sich zu einer Ringmauer vereinigt hatten; einen Turm gab es indes nicht. Die Dächer dieser Strukturen waren bis zur Zentralsäule hochgezogen, und die Gitter verfügten über ›Fenster‹ aus Blättern, die geöffnet und geschlossen werden konnten. Die Menschen betraten den Tempel zunächst nur zögernd; doch als sie dann merkten, daß der Raum warm und behaglich war, kuschelten sie sich auf dem muldenförmigen Boden in die Schlafsäcke. Fürs erste waren sie in Sicherheit.

Alle wußten, daß sich etwas ereignete, nur daß die meisten nicht wußten, was los war. Einige Leute indes wußten Bescheid: Dern Blass. Spiggy, der mit dem Rücken an einem Bogen saß und dem Regen lauschte, der auf das ›falsche‹ Reetdach prasselte. Zilia, die ein ängstliches Baby in den Armen wiegte. Jamice, die auf dem Pseudo-Teppich hockte und meditativ ein phansurisches Geisterstäbchen zwischen den Fingern drehte. China, die schwer atmend hinter der Trennwand lag, die Africa improvisiert hatte. Sal und Harribon, die händchenhaltend nebeneinander saßen. Jeder von ihnen, wie auch die übrigen Siedler, verspürte eine geistige Leere, weniger ein Loch als eine weiße Leinwand, die darauf wartete, beschriftet zu werden. Die Leinwand schirmte den Ort von dem Schrecken ab. Hier waren sie sicher. Die Leute wußten das und waren dankbar dafür. Sie konzentrierten sich auf die Leere. Hier würden die finalen Worte erscheinen. Entweder würden die Götter ihnen den Weg zum Überleben weisen, oder die Götter würden ihnen beim Sterben helfen. Die Götter wußten indes selbst noch nicht, wie sie sich entscheiden sollten. So etwas hatten sie noch nie zuvor getan. Die Götter wußten weder, ob es funktionieren würde, noch, ob sie genug Zeit haben würden. Was auch immer geschah, das Ergebnis würde auf dieser Leinwand verkündet werden.

»Man müßte irgend etwas unternehmen«, sagte Harribon.

Sal schaute ihn an, und er wurde rot. Das war nur eine Floskel gewesen. Es gab nichts, was er oder die anderen hätten tun können. Dennoch gab es hier und da jemanden, meistens war es ein Mann, der sagte: »Man müßte irgend etwas unternehmen.«

Ein wuchtiger Donnerschlag ertönte. Samstag und Jep befanden sich mit einem Dutzend Leute am Eingang und versuchten, etwas zu erkennen. Sie sahen einige der hohen Schornsteine, die immer wieder vom Blitz getroffen wurden. Flammen züngelten an den Türmen hinab. Dann blitzte es auf, eine Rauchwolke stieg auf, und sie hörten einen rollenden Donner.

»Sehen Sie sich das an«, rief Jep Theor Close zu. »Sie werden wie Kanonen abgefeuert!« Kanonen waren ihm durchaus ein Begriff. Er hatte sie schon in alten Dramen gesehen.

Theor lief zum Ausgang. Mit Sicherheit hatten die gigantischen Rohre irgend etwas abgefeuert. Hoch über der Abbruchkante des Hochplateaus explodierten die Geschosse und erhellten den nächtlichen Himmel. Grüne Blitze zuckten durch den Rauch. Samstag rannte los, um ihre Mutter zu informieren.

»Was geht da vor?« fragte China keuchend.

»Die Türme haben etwas abgefeuert«, sagte Africa. »Wie große Kanonen. Sie haben etwas in die Luft geschossen.«

»Sie haben das MMH als Treibsatz verwendet«, murmelte China. »Wie ist die Ladung gezündet worden?«

»Durch Blitze«, sagte ihre Schwester. »Die Blitze schlagen in der Turmspitze ein und laufen dann an der Seite hinab, als ob unten ein Zünder wäre.«

»Vielleicht ist das auch so«, sagte China keuchend. »Eine Art Zündschnur aus sauerstoffreichem Gewebe; vielleicht ist das Gewebe selbst auch mit dem Brennstoff durchtränkt.«

»Woraus bestehen die Geschosse? Aus Samen?«

»Sporenbehälter«, murmelte China. »Nehme ich zumindest an.« Dann verstummte sie, und sie und der Sanitäter versuchten einem sichtlich widerstrebenden Kind auf die Welt zu helfen, das vielleicht nicht einmal den ersten Tag überleben würde.

* * *

Nachdem der letzte Mitarbeiter der Zentralverwaltung in Richtung Hochland aufgebrochen war, waren die Baidee-Sträflinge auf sich allein gestellt. Dern Blass hatte sie mit folgenden Worten entlassen:

»Ihr seid frei. Durch denselben Transmitter, durch den ihr gekommen seid, könnt ihr wieder nach Thyker zurückkehren.«

Alle Angehörigen von Churrys Truppe wußten, daß der Kampftransmitter, den sie unmittelbar nach dem Eintreffen auf Hobbs Land demontiert und zur Zentralverwaltung transportiert hatten, eine Fehlerquote von zwanzig Prozent aufwies, wobei die Ausfälle nach dem Zufallsprinzip erfolgten. Deshalb beschlossen die Baidee, den Durchgang so lange wie irgend möglich hinauszuzögern. Um ein Chaos zu vermeiden, wenn der Moment gekommen war, losten sie die Reihenfolge aus, in der die Leute sich absetzten. Die einzige Alternative, Selbstverteidigung, hing von der Ausrüstung mit Waffen ab. Sie hatten schon ein gutes Dutzend Anfragen an Thyker gerichtet und hofften, daß wenigstens eine durchgekommen war. Nun wiederholten sie die Übung. Sie alle wußten, daß es klüger gewesen wäre, sich aus der Zentralverwaltung zurückzuziehen, aber dann hätten sie den Transmitter zurücklassen müssen.

»Wie sehen sie aus?« fragte Shan Damzel mit trockenem Mund.

»Wer ist ›sie‹?« gab Churry zurück.

»Die Soldaten von *Enforcement*.«

»Das weiß wohl niemand außer den Leuten, die sie konstruiert haben und instand halten.«

»Wenn es dich interessiert«, sagte Mordy Trust, die den Horizont mit einem Hochleistungsfernglas absuchte, »schau hier. Der erste ist soeben aufgetaucht.«

Durch das Fernrohr erkannte Shan am westlichen Horizont ein Ding, das so groß war wie die Baracken, in denen sie lebten. Es starrte nur so vor Geschütztürmen, Sensoren und peitschenden Tentakeln.

»Hast du Desintegratoren von Thyker angefordert?« fragte jemand mit ängstlicher Stimme. »Du hast doch Desintegratoren angefordert, nicht wahr?«

Am Himmel über ihnen machte es leise ›plopp‹, als ob jemand den Korken aus einer Sektflasche gezogen hätte. Eine Dunstwolke breitete sich aus und verdeckte die Sterne, die für einen Moment grün funkelten.

* * *

Auf *Authority* huschte Lurilile wie eine Maus durch leere Gänge und Räume. Ab und zu rief sie »Ein Schlüssel für das letzte Schloß«, doch ihre Stimme brach sich an Ausrüstungsgegenständen und Schalttafeln, ohne daß sich ein Resultat ergeben hätte. Wo auch immer das letzte Schloß war, sie hatte es nicht gefunden. Vielleicht hatte Rasiel Plum sich geirrt. Vielleicht gab es überhaupt kein letztes Schloß in der Logistik-Zone. Vielleicht befand es sich im Verwaltungsbereich, in den Parkanlagen oder im Planetarischen Verbindungsbüro.

Sie ging zu den Arbeiterquartieren zurück und überzeugte sich davon, daß der Transmitter noch vorhanden war. Sie programmierte ihn auf Ahabar und stellte den Bereitschaftsstatus her; ein Knopfdruck genügte, und sie wäre verschwunden. Weshalb war noch keine Verstärkung aus dem Transmitter gekommen. Weshalb war sie noch immer allein?

Sie ging zu den Monitoren zurück und kontrollierte die oberen Ebenen. Inmitten der Trümmer bewegten sich amorphe Punkte. Zuerst gelang es ihr nicht, sie zu identifizieren. Als es ihr dann doch dämmerte, wollte sie es zunächst nicht glauben, obwohl die Erklärung doch ganz einfach war. Jemand hatte einen Transmitter offengelassen. Einen Transmitter, der Ninfadel mit *Authority* verband. Nun waren Porsa auf *Authority*, und sie, Lurilile, hatte einen Transmitter von *Authority* nach Ahabar geschaltet.

Schaudernd verfolgte sie, wie ein Soldat von *Enforcement* einen Porsa mit einem Flammenwerfer verdampfte. Als der Soldat weitermarschierte, schleimten die Überreste in alle Richtungen davon. Wenn sie etwas zu essen fanden, würde es bald zwanzig Porsa geben, wo vorher nur einer gewesen war.

Lurilile Ornice, Tochter des Chef-Beraters von Ahabar, übergab sich. Dann ging sie zum Transmitter zurück und löschte die Programmierung nach Ahabar. Die Porsa waren zwar intelligent, aber mit Transmittern kannten sie sich nicht aus. Sie konnten zwar durch ein offenes Portal schleimen, aber sie waren wohl kaum in der Lage, einen Transmitter auf ein bestimmtes Ziel zu programmieren.

Dann ging sie zur Bahnstation zurück, bestieg die Kapsel und gab als Zielort *Giftmüll* ein. Der Transmitter, der von *Giftmüll* wegführte, war ein Festzieltransmitter. Sie ließ sich zu diesem Transmitter abstrahlen und schaltete ihn auf Dauerbereitschaft. Anschließend kehrte sie zur Logistik-Zone zurück, wobei sie jedoch nicht die Bahn benutzte, sondern zu Fuß ging. Der Weg führte durch lange Korridore, von denen viele Räume abgingen. Sie öffnete jede Tür und jede Luke und arretierte sie. Unter die Türen, die kein Schloß hatten, schob sie einen Keil, damit sie nicht wieder zufielen. Nachdem sie in der Logistik-Zone angekommen war, plünderte sie die Protein-Vorräte und ging zu *Giftmüll* zurück, wobei sie eine deutliche Spur aus Proteinbrocken legte. Dann verließ sie *Giftmüll* mit der Bahn und verkroch sich wieder im Röhrensystem. Es wäre sinnlos gewesen, weiter in der Logistik-Zone nach dem Schloß zu suchen. Statt dessen mußte sie zum Umkleideraum hinter der Ratskammer vordringen und sich dort verstecken, bis die Porsa verschwunden waren.

Sie würden auf jeden Fall verschwinden, sagte sie sich, und nur mit Mühe unterdrückte sie ein hysterisches Gelächter. Sie verschluckten jedes Lebewesen, das ihnen über den Weg lief, und wenn ihr Opfer dann tot war, verdauten sie es. Das war das Gute an den Porsa; sie verdauten einen erst dann, wenn man tot war. Wenn die Porsa nun die Logistik-Zone erreichten, würden sie der Spur folgen, die nach *Giftmüll* führte. In *Giftmüll* würden sie einen offenen Transmitter vorfinden. Und wenn sie den in ihrer Neugier betraten, würden sie direkt in die Große Sonne abgestrahlt werden.

Lurilile rang mit sich, ob sie diesen Völkermord an das Büro für Umwelt- und Naturschutz melden sollte. Falls es überhaupt noch existierte.

Natürlich hatte zumindest ein Angehöriger überlebt. Sie hatte ihn doch selbst gerettet. Wenn sie überlebte, so schwor sie sich, würde sie ihre unverzeihliche Tat Rasiel Plum melden.

* * *

»Phaed«, sagte Sam. Er hatte das Ende der Kolonne aus Soldaten, Propheten und Gläubigen erreicht. Er hatte den Vorbeimarsch der sich bis zum Horizont erstreckenden Truppen beobachtet, aber Phaed hatte er nicht gesehen. Allerdings hielt er es für unwahrscheinlich, daß er ihn übersehen hatte. Der Gott, der ihn an diesen Ort geführt hatte, würde das nicht zugelassen haben.

»Phaed! Phaed Girat!«

»Na, wenn das nicht Sammy ist«, ertönte die Antwort.

Er tauchte hinter einer Bodenwelle auf, mit dem Habitus eines Spaziergängers. »Was tust du denn hier draußen, Sammy. Der Awateh glaubt, du würdest in der Siedlung gemütlich im Bett liegen. Ein sehr zorniger Prophet, unser Awateh. Er will, daß du, dieses kleine Mädchen und all deine Leute getötet werden.« Phaeds Augen waren auf die marschierenden Soldaten und Propheten gerichtet.

»Er wird mich schon finden«, sagte Sam mit sanfter Stimme. »Oder ich werde ihn finden. Sollen wir der Armee folgen, Phaed? Sollen wir uns ansehen, was geschieht?«

»Ich dachte eigentlich, der Anblick von Leichen wäre dir zuwider, Sammy. Genauso wie deiner Mutter.«

»Mam ist tot. Wußtest du das schon?«

»Hab so was gehört.«

»Sie wurde an der Mauer der Zitadelle aufgehängt.«

»Nun, das ist so üblich.«

»Sie hatte sich bei den Frauen in Sicherheit befunden. Der alte Mann hatte sie ganz vergessen. Ihr wäre nichts passiert, wenn du sie nicht verraten hättest. Ich mache dich dafür verantwortlich.«

»Mach mich ruhig dafür verantwortlich, Junge, aber ich muß dir darauf nicht antworten. Ein Mann ist seinen Söhnen keine Rechenschaft schuldig, sondern umgekehrt«, sagte er in einem ruhigen Ton. Als ob die ganze Sache ihn überhaupt nicht berühren würde.

»Hast du denn deinem Vater gegenüber Rechenschaft abgelegt?«

»Er ist gestorben.«

»Dann hast du dich also niemandem gegenüber gerechtfertigt? Nicht wahr?«

»Ich habe mich nur vor dem Propheten zu verantworten, du Narr. Und als er einen Beweis für meine Treue verlangte, habe ich ihn erbracht. Ich habe nur meine Pflicht getan.«

»Aber du glaubst, ich müsse mich vor dir rechtfertigen? Obwohl du meine Mutter getötet hast. Obwohl du mich dem Pöbel überlassen hast?«

»Ich habe sie nicht getötet. Ich habe dem alten Mann nur ihren Aufenthaltsort genannt. Und was dich betrifft, so habe ich mich nur nicht mehr zwischen dich und den Propheten gestellt. Das ist alles.«

»Dann bist du also der Ansicht, daß Väter nicht zwischen ihren Söhnen und den Legenden stehen sollten.«

»Wer hat denn von Legenden gesprochen?«

»Sind die Propheten denn keine Legenden, Vater? Sind sie denn keine Götter? Ist ein Mann, der für Gott spricht, denn nicht selbst ein Gott? Wird er nicht allein deshalb schon zur Legende? Ein Gott schleudert Blitze; Propheten fällen Urteile, und Männer machen Gesetze. Aber wo liegt der Unterschied, wenn die Urteile und die Gesetze genauso tödlich sind wie ein Blitz?«

»Was redest du denn da für einen Unsinn, Junge?«

Der Horizont flimmerte. Die *Tchenka* tanzten. Nebel stieg vom Boden auf und stattete Sam mit einem Helm, Schwertgürtel und Sandalen aus. Phaed drehte sich um und schaute ihn tatsächlich einmal an; er traute seinen Augen nicht.

»Ich spreche von Legenden, Dad. Ich spreche von Vätern, die ihre Söhne das Töten lehren. Vor langer Zeit haben die Könige ihre Söhne manchmal in der Fremde zurückgelassen, wie Kuckuckseier, und nicht einmal der Frau gesagt, wer sie waren. Dann versteckten sie einen Gegenstand unter einem Stein und sagten der Mutter, wenn der Sohn groß genug war, den Stein anzuheben, würde er erfahren, wer sein Vater war. Dahinter verbargen sich die unausgesprochenen

Worte ›Nur wenn er so stark ist wie ich, wird er erfahren, wer sein Vater ist. Ich will keinen Schwächling als Sohn. Ich will jemanden, der das Schwert zu führen versteht. Ich will keinen Sohn, der den Kampf scheut. Ich will einen Sohn, der davon besessen ist, mich zu finden, der immer wieder zu diesem Stein zurückkommt, der zu schwer ist für einen Menschen, um ihn anzuheben und in die Dunkelheit darunter zu sehen. Mein Lebensinhalt soll auch sein Lebensinhalt sein.‹ Und die Väter hatten natürlich recht. Nur den Söhnen in den Legenden gelang es, den Stein anzuheben. Nur sie versuchten, eine Bedeutung in einer bedeutungslosen Sache zu erkennen.

So war ich auch, Dad.« Sam nickte bekräftigend.

»Ich habe nichts für dich unter einem Stein verborgen.«

»O doch, das hast du. Du hast dein eigenes Ich dort verborgen. Maire hatte es mir selbst gesagt, als ich noch ein kleines Kind war. Sie konnte mir nicht sagen, wer du bist, weil sie es nicht wußte. Sie hat dich nicht verstanden. Doch sie sagte, du würdest in einer tiefen, dunklen Höhle leben. Ich dachte, das sei nur ein Mysterium.«

»Ein Mysterium?«

»Hatte ich jedenfalls geglaubt. Doch dann wurde mir bewußt, daß es auch nicht mysteriöser war als die Existenz eines Maulwurfs, der im steinigen Erdreich Würmer jagt. Steine des Hasses. Steine des Zorns. Im Grunde warst du lebendig begraben, Phaed. Ich hob die Steine an, um mich über dich zu definieren. So war es schon immer. Wir sagten uns, wir seien die Söhne unserer Väter. Wir glaubten, erst dann unsere Identität zu finden, wenn wir eure Identität kannten. Doch dann stellte sich heraus, daß wir euch unangemessen idealisiert hatten. Ich werde nicht allein dadurch definiert, daß ich dein Nachkomme bin; ich bin ich, Vater.«

Phaed stieß ein kehliges Knurren aus und stürzte

sich auf Sam. Sam packte ihn an den Handgelenken und hielt ihn ohne Mühe fest. »Jetzt hast du keine Handlanger, die mich fesseln und in ein Netz wickeln, Phaed. Nun sind nur wir beide da. Ich habe deinen Stein angehoben. Ich habe gesehen, was sich dort im Schmutz tummelt. Komm, Phaed. Folgen wir den Propheten und sehen wir, was geschieht.«

Die Alternative lautete Tod oder Leben; was auch immer eintrat, Sam wollte es sehen. Er faßte seinen Vater am Arm; anstelle des schlaffen Gewebes, das man bei einem Menschen in Phaeds Alter vielleicht vermutet hätte, ertastete Sam jedoch nur feste Muskeln und starke Knochen. »Wenn ihr uns alle getötet habt, was dann?«

Phaed setzte sein Wolfsgrinsen auf und schüttelte Sams Hand ab. »Der Awateh hat noch nichts gesagt, Junge. Es würde mich aber nicht wundern, wenn Ahabar dann an die Reihe käme. Das hätte nämlich einen besonderen Reiz.«

»Und was wirst du dann tun?«

»Was meinst du damit, Junge, was ich dann tun werde?«

»Wenn niemand mehr da ist, den ihr töten könnt.«

Seine Hand schwebte über dem Gürtel, an dem noch immer seine Peitsche hing. »Oh, dann werden wir wohl wieder für Ordnung sorgen. Schließlich brauchen wir Leute, die uns dienen. Zum Beispiel die Gharm. Auf Ahabar gibt es viele von ihnen, und wir werden uns ein paar aufheben.«

»O nein, Vater. Ich möchte dir eine Geschichte erzählen. Eine Legende, die von mir stammt. Weißt du denn noch nicht, daß die Gharm alle tot sind? Eine Art Pest ist plötzlich ausgebrochen und hat sie alle dahingerafft. Kurz nachdem ihr nach Ninfadel gegangen seid. Sie sind tot. Es gibt keine Gharm mehr.«

Phaed sog geräuschvoll die Luft in die Nüstern. »Alle?«

»Habe ich gehört. Ja.« Lächelnd blickte Sam gen Himmel, wo das Sternenlicht von einem grünlichen Dunstschleier gefiltert wurde. Wind war aufgekommen und trieb die Wolken vor sich her, wobei die Wolken auch in grünliches Licht getaucht waren.

»Nun, es gibt schließlich noch andere Völker. Vielleicht behalten wir ein paar ahabarianische Babies und zwingen sie unter die Knute. Vielleicht werden wir …«

»Nein, nein, Phaed. Die Geschichte ist noch nicht zu Ende! Die Soldaten sind schon dort angekommen. Sie töten alle. Die Bewohner von Phansure, Ahabar und Thyker. Und die Bewohner der Monde und Kleinplaneten auch. Bald wird es überhaupt keine Menschen mehr geben. Bis auf die paar Leute auf Hobbs Land, und die werden auch bald tot sein. Ich bin nur gekommen, um mich von dir zu verabschieden und weil ich wissen wollte, was du nun tun wirst.«

»Was ich nun tun werde?« fragte Phaed keuchend. »Was ich nun tun werde?«

»Waren die Frauen auf Ninfadel zurückgeblieben, Dad?«

»Der Prophet hielt es für richtig.«

»Ach, das ist aber schade. Nachdem der Prophet und ihr Männer gegangen seid, müssen sie sich wohl einsam gefühlt haben und sind durch den Transmitter gegangen. Auf der anderen Seite liefen die Frauen natürlich den Soldaten in die Arme, nur daß sie die Antworten auf die Fragen nicht kannten. Ich weiß noch, wie du mir gesagt hast, daß Frauen keine Ausbildung bräuchten. Also kannten sie die Losung nicht und die Soldaten haben alle getötet, Frauen, Kinder und Tiere. Alle außer euch sind tot, Phaed. Alle außer euch Propheten und Gläubigen. Alle außer euch Männern.«

»Alle außer uns?« sagte Phaed zähneknirschend.

Sam versuchte in Phaeds Gesicht zu lesen. Dies war das Ende, das der Mann prophezeit hatte, das ersehnte

Ende, und nun, da es eingetreten war, freute er sich nicht einmal!

»Stimmt etwas nicht, Phaed? Es hat doch alles seine Richtigkeit. Toben und drohen. Gesetze erlassen. Urteile fällen. Foltern, verstümmeln, töten. Solange der letzte Mensch nur ein Gläubiger ist. Das hast du mich doch selbst gelehrt!«

Keuchend und mit langen Schritten rannte Phaed los. Zuerst folgte Sam ihm in einem Abstand von ein paar Schritten, doch dann ließ er sich zurückfallen und beschränkte sich auf die Rolle eines Beobachters. Weit voraus ging ein Prophet, den Phaed einzuholen versuchte.

Sam ging gemächlich weiter. Nach einiger Zeit hatte er sich den beiden bis auf Hörweite genähert.

»Mein Sohn hat es gesagt«, rief Phaed in höchstem Diskant. »Tot. Alle sind tot. Die Soldaten haben bereits alle getötet. Wir sind als einzige übrig. Wir und die Bewohner dieses Planeten.«

»Dann ist der Auftrag ausgeführt«, sagte der Prophet seufzend. »Das Große Werk ist vollendet. Nun können wir sterben. Das Paradies wartet schon.«

»Aber …«, rief Phaed. »Es sollte doch nicht so *schnell* gehen!«

Aber der Prophet war bereits weitergestapft. Phaed rannte los, überholte den Propheten und schwenkte dann nach Osten. Sam hörte sein Keuchen.

Nachdem Sam den Propheten eingeholt hatte, fragte er neugierig: »Hat es überhaupt noch einen Sinn, weiterzugehen? Wo nun alles vorbei ist?«

»Wie wahr«, sagte der Prophet. »Oh, wie wahr.« Er setzte sich auf den Erdboden, legte den Kopf auf die Knie und schaukelte sachte hin und her, als ob jemand ihn in den Armen wiegen würde.

Sam wischte sich feinen Staub aus dem Gesicht. Dieselbe Substanz legte sich auch auf den Propheten, der sich indes nicht die Mühe machte, sie zu entfernen.

Sam atmete den Staub ein und mußte niesen. Er spie aus und ging in der Richtung weiter, die sein Vater eingeschlagen hatte. Er passierte einen großen Soldaten, der reglos am Fuß eines Hügels stand.

»Wie heißt ...?« brüllte der Soldat. *»Wie heißt ...?«*

Sam blieb stehen und wartete auf die Frage, doch nach kurzer Zeit verstummte der Soldat, als ob er die Frage vergessen hätte. Lämpchen flackerten auf dem Kopf des Soldaten und an den Enden der Teleskoparme auf und erloschen schließlich.

Sam wischte sich den Staub aus den Augen, beugte sich nach vorn und schüttelte den Kopf. Das Zeug war dunkel und pudrig, backte aber nicht fest. Jedes Partikel fiel einzeln ab, als ob es von ihm abgestoßen wurde. Er streckte die Hand aus und sah, wie der Staub sich in der Luft verdichtete und seine Haut bedeckte. Als er die Hand drehte, rieselte der Staub auf die Erde hinab. Sam war wohl nicht der geeignete Nährboden.

Je weiter östlich er kam, desto mehr Soldaten standen passiv herum. Im Osten verschwamm der Horizont. Sam blieb neben einem elefantengroßen Krieger auf einem Kettenfahrgestell stehen und steckte den Finger zwischen zwei Platten. Wo sich eigentlich ein Leerraum hätte befinden müssen, wucherte nun ein hartes, holziges Gewächs. Dieselbe Substanz überzog als hauchdünne Schicht alle Oberflächen. Dieser Soldat war in einen Kokon eingesponnen.

Alle Soldaten von *Enforcement* besaßen nun einen Kern aus organischem Pseudo-Fleisch. Pilze gediehen nämlich nur auf einem organischen Nährboden. Sam fragte sich, ob dieses Pseudo-Fleisch nicht auch ein guter Nährboden für das Pilzhaus wäre ...

Direkt vor ihm stand Phaed inmitten eines Kreises von Propheten.

»Mein Sohn sagt, die Soldaten seien bereits nach Ahabar und Phansure gegangen. Sie haben alle getötet. Und eure Familien haben sie auch getötet. Es ist niemand mehr am Leben …«

Sam schob sich durch die Gruppe und faßte seinen Vater am Arm. »Du solltest zum Awateh gehen. Er muß irgendwo dort oben sein. Gehen wir zu ihm, Vater.«

Arm in Arm gingen sie los, wobei Phaed ab und zu stolperte. Der Staub rieselte unablässig von einem grünen Himmel.

»Sing mir ein Lied, Phaed«, sagte Sam. »Sing mir das Lied vom Gharm-Kontrakt.«

Hinter ihm sanken die Propheten zu Boden und versuchten erfolglos, sich den Staub aus dem Gesicht zu wischen. Der Staub war allgegenwärtig. Sam hingegen schüttelte sich wie eine nasse Katze, und der Staub fiel von ihm ab. Phaed versuchte auch, den Staub abzuwischen, doch er blieb haften, drang in jede Pore ein und überzog ihn mit einem samtenen Überzug.

»Sing mir das Lied vom Gharm-Kontrakt, Vater.«

»Ich erinnere mich nicht mehr«, sagte Phaed verwundert.

»Aber du hast es doch Maire vorgesungen, als du ihr den Hof gemacht hast. Sie hat es mir selbst gesagt. Vielleicht haben du und Mugal Pye es auch gesungen, während ihr die tödliche Falle für Stenta Thilion vorbereitet habt. Du wirst dich sicher an das Lied erinnern.«

»Habe keine Luft zum Singen«, nörgelte er. »Erinnere mich nicht.«

»Dann erzähl es mir, Vater. Erzähl mir die Geschichte.«

»Solche Geschichten sind nichts für Kinder.«

»Aber ich bin jetzt erwachsen, Vater. Ich bin ein Mann.«

»Aber kein freier Mann. Ein Mann, der tut, was andere Leute ihm sagen, ist kein freier Mann.«

»Aber du tust doch auch, was der Awateh dir sagt.«

»Das ist etwas anderes. Er spricht für Gott.«

»Erzähl mir von eurem Gott, Vater. Was ist das für ein Gott?«

»Fordert... Gehorsam... Von seinen Söhnen... Allen seinen Söhnen...«

»Ist euer Gott denn nur für Männer da? Ist er auch für Pflanzen und Tiere da? Ist er für Frauen da? Was ist mit Planeten? Zum Beispiel mit dem Planeten der Gharm, den Voorstod vernichtet hat?«

»Fordert...«, erwiderte Phaed. Dann verschlug es ihm die Sprache.

Sie marschierten weiter nach Osten. Die Soldaten von *Enforcement* standen wie die Teilnehmer eines Krieges, der mitten im Aufmarsch beendet worden war, in der Gegend herum. Sam hatte sich schon immer Monumente auf Hobbs Land gewünscht, und hier waren sie nun. Wie Grabsteine. Menhire. Dolmen. Und inmitten dieser leblosen Armee wanderten die Propheten noch immer nach Osten.

»Sag ihnen, sie sollen stehenbleiben, Phaed.«

Sam sagte es ihnen selbst, aber sie gingen immer weiter. Sie fielen in ganzen Trauben zu Boden und wirkten plötzlich gar nicht mehr wie Menschen, sondern wie Rankengewächse, deren Windungen natürliche Vorbilder nachzeichneten. Felsen. Büsche. Bäume.

Und schließlich traf es die letzten. Drei Gestalten bewegten sich wie Schlafwandler, fast schwebend.

»Dort ist der Awateh, Vater. Er wird von zweien seiner Söhne begleitet. Ich glaube, wir sollten ihm sagen, daß die Leute alle tot sind, oder?«

Sie schlossen zum Awateh auf, der sich wie ein Schiff in stürmischer See vorwärtskämpfte und den rieselnden Staub einatmete. Seine Schritte wurden immer kürzer. »Mein Sohn sagt«, eröffnete Phaed ihm,

»daß die Soldaten schon auf Ahabar, Phansure und Thyker seien. Alle sind tot, unsere Familien und die Herden; nur wir sind noch übrig.«

Wortlos sackten die Söhne des Propheten zusammen. Der Awateh beugte sich nach vorn. Das Weiße eines Auges und die Zähne stachen aus dem sich verdickenden Kokon, als er fragte: »Tot? Alle tot?«

»Alle tot«, sagte Phaed. »Alle außer uns.«

»Nein!« schrie der Awateh. »Nein. Dieser hier ...« Er schaute Sam an und hob die Hand, als ob er ihn schlagen wollte. Der Arm verharrte in dieser Position wie ein Ast; die Hand zitterte noch, aber der Prophet konnte sie nicht mehr bewegen. Das Auge und die Zähne verschwanden unter dem Kokon. Die Gestalt stieß ein letztes Grunzen aus und schwieg dann für immer.

Als Sam sich zu seinem Vater umdrehte, erblickte er noch eine knubbelige und verzerrte Gestalt mit einem Auge und einem Mund.

»Hast uns ausgetrickst, was?« sagte Phaed Girat, dessen eines Auge im Sternenlicht glühte.

»Nicht ich, Vater«, sagte Sam weinend. »Gott war es. Er hat auf euch gewartet, nicht ich. Wir waren nur der Köder in der Falle Gottes; Samstag und ich wurden nach Voorstod geschickt, um euch alle hierher zu locken.«

Der Mund verschwand. Das Auge wurde von einer hölzernen Substanz überwuchert. Sam setzte sich auf den Erdboden und klammerte sich weinend an die knorrige Skulptur, die noch für einige Zeit weiteratmete.

»Mein Vater ist auch gestorben«, flüsterte Theseus. »Ich habe mich auf die Suche nach ihm gemacht, und dann ist er wegen mir gestorben. An manche Dinge ... an manche Dinge rührt man besser nicht. Man kann nicht in zwei Richtungen gleichzeitig sehen ...« Die Stimme erstarb.

»Komm nach Hause, Sam«, ertönte eine andere Stimme an seinem Ohr. »Komm nach Hause.«

Er schaute auf, und da stand sie. Sie beugte sich zu ihm herunter und streckte beide Hände aus. »Wie hast du mich gefunden, China Wilm?«

»China kann zur Zeit nicht kommen, aber sie dachte, du würdest dich vielleicht einsam fühlen«, sagte der *Tchenka.* »Ich soll dir ausrichten, daß sie oben auf dem Hochplateau ein Mädchen geboren hat. Und sie sagte sich, daß du vielleicht Gesellschaft bräuchtest – um diese Legenden zu vergessen.«

Er ergriff die Hand des *Tchenka;* er weinte noch immer um einen Mann, den er nie kennengelernt hatte, den kennenzulernen ihm nie vergönnt gewesen war. Allein die Sehnsucht war ihm geblieben.

»Ich habe nach dem *Wunderbaren* gesucht«, quengelte er wie ein müdes Kind. »Ja, das habe ich.«

»Und, Sam, hast du es denn gefunden?« fragte der *Tchenka.* »Maire wußte, worum es sich handelt. Erinnerst du dich?«

Er erinnerte sich. Maire hatte es schon lange vor ihm gefunden, als er noch ein Kind war. Sie wußte, daß man aus den Fehlern der Vergangenheit lernen konnte. Man hatte die Wahl, nicht wieder in die alten Verhaltensmuster aus Zorn und Haß zurückzufallen. Vergessen war möglich. Die Götter von Hobbs Land halfen einem dabei. Die dunklen Höhlen würden für immer leer bleiben, wenn er sich dafür entschied.

»Es gibt hier keine Legenden«, sagte Sam.

»Richtig«, sagte der *Tchenka.* »Geh nach Hause, Sam.«

* * *

Als die Königlichen Marineinfanteristen auf Ninfadel eintrafen, stellten sie fest, daß die Porsa die Höhe überrannt und sowohl die Voorstoder Familien und ihre Herden als auch die ahabarianischen Wachen und die Repräsentanten des Büros für Umwelt- und Naturschutz verschlungen hatten, bevor sie den Beschluß faßten (was man bei den Porsa eben unter Beschlußfassung versteht), durch den Transmitter zu gehen, den die Propheten offengelassen hatten. Es hatten sich indes nicht alle Porsa an der Aktion beteiligt, sondern nur diejenigen, die heimlich in höheren Regionen gelebt hatten. Es dauerte eine Weile, bis die Xenologen diesen Punkt geklärt hatten.

Alle höhenadaptierten Porsa waren über *Enforcement* nach *Authority* gegangen. Nachdem sie alle organischen Reste, welche von den Soldaten übriggelassen worden waren, vertilgt hatten, hatten die Porsa den Mond erforscht und eine bequeme Route zu einem Transmitter mit der Aufschrift *Giftmüll* gefunden. Es war allgemein bekannt, daß die Porsa lesen konnten. Und das Wort ›Giftmüll‹ hatte offensichtlich eine enorme Anziehungskraft auf sie ausgeübt. Alle hatten sie diesen Weg genommen.

Es gab Überlebende auf *Authority* – Leute, die sich in ihrem Zimmer eingeschlossen und ruhig verhalten hatten, so daß die Soldaten nicht auf sie aufmerksam wurden. Schließlich waren die Soldaten gestoppt worden. Eine Frau hatte sie aufgehalten. Sie hatte sich im Umkleideraum der Ratskammer eingeschlossen, wo man sie hinter einem farbigen Brett der Wandtäfelung fand. Unaufhörlich sprach sie eine Wortfolge in ein rotes Gitter: ›Der Schlüssel für das letzte Schloß.‹ Sie redete auch dann noch weiter, als die Sanitäter sie in ihre Obhut nahmen.

Ihr Name war Lurilile. Sie war die Tochter des Chef-Beraters der Königin von Ahabar, und sie hatte die Armee deaktiviert. Sie hatte es allein getan, denn die beiden alten Männer, die sie durch den Transmitter geschickt hatte, waren auf der anderen Seite bewußtlos herausgekommen und zunächst nicht wieder aufgewacht. Daß die Soldaten, die den Auftrag hatten, die

Bevölkerung von Ahabar, Phansure und Thyker auszulöschen, sich nach wie vor auf *Enforcement* befanden, war zum Teil ihrer Tapferkeit zu verdanken – und dem Umstand, daß niemand nach *Enforcement* zurückgekehrt war, um sie zu mobilisieren. Rasiel Plum und sein alter Freund Notadamdirabong Cringh hofften, daß sich daran auch in Zukunft nichts ändern würde.

* * *

Das Ereignis ging als ›Die Große Invasion von Hobbs Land‹ in die Geschichte des Systems ein. Als sie beendet war, gingen die Baidee-Sträflinge wieder an die Arbeit. Die meisten Bewohner von Hobbs Land ignorierten sie geflissentlich, obwohl einige Siedler vor lauter Freude über die Tatsache, daß sie noch am Leben waren, sie nun eher als Mitläufer denn als Verschwörer betrachteten. Nach dreißig oder vierzig Tagen erhielten einige Baidee, die als weniger belastet galten oder den Siedlern einfach nur sympathisch waren, die Einladung, im Chor der Zentralverwaltung mitzusingen; sie nahmen diesen Vorschlag an, allerdings mehr aus Langeweile als aus einem sonstigen Grund. Der Chor, um die Baidee verstärkt, sang bei der Bergung des neuen Horgy Endure.

»Erzähl mir davon«, sagte Shan zu einem Baidee, der im Chor mitgesungen hatte.

»Da gibt es nichts zu erzählen«, sagte der Mann. »Sie haben ihn ausgegraben, gesäubert und im Tempel aufgestellt. Dann haben wir ›Erhebet Euch, Ihr Steine‹ gesungen, und anschließend bin ich hierher zurückgekommen.«

Shan schüttelte ungläubig den Kopf. Hier auf Hobbs Land galt er als Mörder. Er wurde gemieden wie ein Aussätziger. Churrys Männer haßten ihn. Außer Churry selbst, der keinen Sinn darin sah, jemanden wegen seiner Dummheit zu bestrafen. Also hatte Shan niemanden, mit dem er sich über das Phänomen eines Gottes unterhalten konnte, der wie ein Rettich unter der Erde wuchs.

»Was das bedeutet?« knurrte Churry. »Es bedeutet, daß die Menschen früher Bäume, Steine oder Vulkane verehrten. Es bedeutet, daß wir auf Thyker den *Overmind* verehren, nur daß er eine abstrakte Gottheit ist. Es bedeutet, daß auf Hobbs Land die Menschen etwas verehren, das wie ein Rettich wächst! Das bedeutet es!«

Das hatte Shan zwar überhaupt nicht gemeint, aber er verzichtete auf eine weiterführende Diskussion. Die Arbeit war so anstrengend, daß er bei Schichtende völlig erschöpft war. Er hatte keine Energie mehr für einen Streit oder für Träume. Es interessierte ihn auch nicht mehr, ob er verschluckt worden war oder nicht.

Eines Abends, nach Schichtende, stattete Samasnier Girat Shan und Howdabeen einen Besuch ab.

»Erzählt mir von eurer Prophetin«, verlangte Sam. Erstaunt und mit einem unbehaglichen Gefühl nahmen sie sein Ansinnen zur Kenntnis. »Erzählt mir alles über diese Prophetin der Baidee.«

Also erzählten sie ihm von Morgori Oestrydingh und beschrieben die Ankunft der alten Frau und des Drachens; diese Szene hatten sie seit ihrer Kindheit tausendmal im Tempel gesehen. Nachdem Sam genug gehört hatte, ging er wieder. Später kehrte er zurück und forderte sie auf, die Schilderung zu wiederholen.

»Ihr sagt also, daß die Prophetin diese verschollene Rasse, die Arbai, gesucht, sie bisher aber nicht gefunden hätte?«

Shan bestätigte das.

»Und sie war sehr alt?«

»Sehr alt. Sie hatte weißes, strähniges Haar. Es hüllte ihren Kopf ein wie Rauch.«

»Man hätte annehmen sollen, daß sie von einer jüngeren Person begleitet wurde, welche die Suche dann fortsetzte«, sagte Sam.

Howdabeen Churry schüttelte den Kopf. Daran hatte er bisher noch gar nicht gedacht.

»Existiert dieser Transmitter noch, durch den sie nach Thyker gekommen ist?« fragte Sam.

O ja, der existierte noch, versicherten sie ihm. Er sei ein heiliger Schrein. Niemand würde auch nur im Traum daran denken, ihn zu berühren. Zumal er ohnehin nicht mehr funktionierte. Das heißt, es wußte niemand, ob er noch funktionierte oder nicht.

»Haben die Phansuris ihn jemals untersucht?« fragte Sam.

Pikiert erwiderten sie, daß kein Baidee einem Nicht-Baidee Zutritt zum Allerheiligsten des *Overmind* gewähren würde. Sam bedankte sich mit einem Lächeln und ging. Er hatte großes Vertrauen in die Fähigkeiten von Theor Close und Betrun Jun. Er glaubte, daß sie imstande waren, jedes Problem zu lösen, mit dem sie sich befaßten.

Nach dem Besuch bei den Baidee erörterte er mit Dern Blass, Mitarbeitern der Zentralverwaltung und den Siedlern das weitere Schicksal der Sträflinge. Sie waren irregeleitet, sagte er. Sie hatten sich in gutem Glauben für die falsche Sache eingesetzt, aber konnte das nicht auch jedem von ihnen passieren? Nach kurzer Überlegung pflichteten sie ihm bei.

Nachdem der neue Transmitter auf Hobbs Land eingetroffen und installiert worden war, waren alle Siedler sich einig, daß die Sträflinge wieder nach Hause geschickt werden sollten. Inzwischen war Shan im übertragenen Sinn verschluckt worden. Außerdem war er Mitglied im Chor der Zentralverwaltung. Bei seiner Rückkehr nach Thyker hatte er Gottessubstanz bei sich – zumindest so viel, um auf Thyker einen Gott entstehen zu lassen.

Shanrandinore Damzel, Mordimorandasheen Trust

und Howdabeen Churry kehrten nach Hause zurück. Sie gruben die mumifizierten Leichen der bei der Invasion von Hobbs Land gefallenen Soldaten wieder aus und bestatteten sie in Regionen mit feuchterem Klima, zum Beispiel in den Tempelgärten von Chowdari. Obwohl Chowdari mitten in der Wüste lag, verfügte die Stadt über Tiefenbrunnen, welche die Blumen und Wiesen mit Wasser versorgten. Der Erdboden dort war so feucht, daß das Geflecht bald den Tempel selbst und einen großen Teil der Exerzierplätze unterwandert hatte. Kurze Zeit, nachdem das Netz seine maximale Ausdehnung erreicht hatte, kamen dem Zirkel der Skrutatoren quasi am laufenden Band Eingebungen. Sie verkündeten, daß die Baidee das Haar kurz tragen und auf Turban, *kamrac* und *zettle* verzichten dürften. Außerdem wurde ihnen der Verzehr von Eiern und der Kontakt mit Menschen anderen Glaubens gestattet. Einige Baidee interpretierten die Worte der Prophetin nun im Licht der neuen Erkenntnis. Nachdem der Ballast der Interpretationen abgefallen war, der in tausend Jahren von den alten Männern des Zirkels der Skrutatoren angehäuft worden war, ergaben die Worte der Prophetin nunmehr einen Sinn.

»Was«, sagte Bombi Damzel zu seinem Bruder, »*durchaus* verständlich ist, wenn man *nicht* mehr darüber nachdenkt.«

Shan äußerte sich überhaupt nicht dazu. Er, wie auch einige andere Mitglieder des *Arms der Prophetin*, hatten beschlossen, Missionar zu werden. Er würde den Gott zuerst auf die Celphischen Ringe tragen und dann... und dann über das System hinaus. Das war zwar mit Risiken verbunden, aber Shan glaubte, daß diese Risiken durch den Erfolg letztlich aufgewogen würden. Es wäre eine Tradition, eine Geste, eine Gefälligkeit.

* * *

An einem freien Tag veranstaltete Sam mit geladenen Gästen von den Siedlungen und der Zentralverwaltung ein Fest mit einem Freudenfeuer. Der Anlaß war die Befreiung des Planeten von der *Enforcement*-Armee. Die Gäste brachten reichlich Bier mit, und als es schließlich Zeit zum Abendessen war, waren die Leute schon so betrunken, daß jeder das feierte, was ihm im Augenblick am meisten am Herzen lag. Es ertönte Kinderlachen, die Leute spielten auf Musikinstrumenten, und der Chor der Siedlung Eins teilte sich in Gruppen auf und sang einen Kanon, während das große Feuer, für das Sam schon seit Wochen Brennstoff gesammelt hatte, herunterbrannte.

Sam verfolgte mit dieser Feier indes noch einen weiterführenden Zweck, den er bisher mit niemandem erörtert hatte. Er saß mit China Wilm ein Stück vom Feuer entfernt, mit dem Rücken an einem von einer Decke verhüllten Stapel und spielte mit dem Mädchen. Es war nun schon ein halbes Jahr alt, hatte aber noch keinen Namen.

»Weshalb diese Feier, Sam?« fragte China und sah zu, wie er mit dem Kind Hoppe-Hoppe-Reiter spielte, wofür sie aber noch viel zu klein war.

»Der Zeitpunkt ist passend«, sagte Sam träge.

Das Kind zwitscherte wie ein Vogel.

»Genauso hat Samstag sich auch angehört, als sie ein Baby war«, sagte China. »Sie wird auch eine Sängerin werden. Samasnier Girat, wärst du damit einverstanden, wenn ich sie nach deiner Mutter nenne? Würde es dir gefallen, wenn ich das Kind Maire nenne?«

Sam unterbrach das Spiel und schaute das Kind an. Sie erwiderte den Blick mit wachen Augen.

»Sie weiß, daß sie meine Tochter ist«, sagte er überrascht. »Und sie weiß von Maire.«

China wollte ihm schon widersprechen, doch dann überlegte sie es sich anders. Na gut, dann wußte das

Mädchen eben, daß es Sams Tochter war. Die Kinder wußten dieser Tage überhaupt ziemlich viel. Genauso wie die Katzen und die seltsamen Bäume, die draußen in der Ebene wuchsen; sie seufzten, wenn der Wind durch die Blätter rauschte und murmelten mit prophetischer Stimme unverständliches Zeug.

Einige Leute schütteten Kohle in die Grillgrube und fachten das Feuer wieder an. Sam blieb sitzen und beobachtete die Szene, während das Baby auf seinem Bein saß.

Auf der anderen Seite des Feuers stieß Samstag plötzlich einen Schrei aus, erhob sich und rannte auf eine Gestalt zu, die unvermittelt dort aufgetaucht war.

»Ist das nicht deine Mutter?« fragte China Wilm ohne sonderliches Erstaunen.

Es war Maire Girat, die sie von der anderen Seite des Feuers aus betrachtete; nur daß sie jünger wirkte, als sie sie in Erinnerung hatten. Samstag stand neben ihr und umklammerte ihre Hand. Jemand intonierte ein bekanntes Lied, und alle fielen ein, wobei die Stimmen sich zu einem komplexen und harmonischen Klangbild verwoben. Maire Girat winkte lächelnd in die Runde und verschwand wieder; Samstag indes sang unbeirrt weiter. Jep ging zu ihr und streckte lächelnd die Hände aus.

»War das nicht deine Mutter?« fragte China erneut.

»Sie war meine Mutter, so wahr wie der Grüne-Schlange-*Tchenka* der Grüne-Schlange-*Tchenka* ist«, bestätigte Sam.

»Aber sie ist doch auf Ahabar begraben!«

»Aber sie hat hier gelebt, und hier lebt sie in der Erinnerung der Menschen weiter. Genauso wie die Gharm sich an die grüne Schlange ihres Heimatplaneten erinnern, der von Voorstod zerstört wurde. Ich habe die grüne Schlange auf Ahabar selbst gesehen. Nicht den *Tchenka*, sondern die richtige Schlange. Sie war klein und schlängelte sich wie ein glitzerndes

Juwel durch das Gras. Ich weiß nicht, wie sie entstanden ist. Der Gott hat sie vermißt, also erweckte er sie zum Leben.«

»Und wie macht der Gott das?«

»Ich weiß nicht. Vielleicht werden die Phansuris, die ihre Nase überall hineinstecken, es herausfinden. Wo wir nun wieder einen zuverlässigen Transmitter haben, werden sicher viele Besucher kommen, um sich von der Wundertätigkeit des Gottes zu überzeugen. Es würde mich überhaupt nicht wundern, wenn Maire plötzlich die Straße der Siedlung Eins entlanglaufen würde; aber ich glaube nicht, daß der Gott das tun würde.«

China hielt das auch für unwahrscheinlich. Der Gott würde das nicht tun. Ein Besuch, ja, aber keine Wiederauferstehung. So etwas wäre nur im Notfall angemessen.

»Das Kind hat jetzt lange genug geschaukelt, Sam. Erzähl uns eine Geschichte.«

»Du willst damit sagen, ich soll dir eine Geschichte erzählen.«

»Nein, uns beiden. Sie wird dich schon verstehen.«

Sam dachte eine Zeitlang nach. Das Feuer brannte herunter, bis nur noch eine dicke Lage Holzkohle übrig war; genau das Richtige für sein Vorhaben. Die Leute versammelten sich um die Feuerstelle und legten allerlei Grillgut auf die Kohlen.

»Es war einmal ein Mann namens Samasnier«, sagte Sam, »der glaubte, es sei ein Geheimnis unter einem Stein verborgen.«

Plötzlich erschien wie aus dem Nichts ein winziger Mann im Gras; er war barfuß, in eine Tunika gewandet und machte einen sehr heroischen und stattlichen Eindruck. Das Kind griff nach ihm, aber die Hand ging durch ihn hindurch. Es war nur eine Vision, ein winziger *Tchenka* aus Rauch.

»Samasnier fragte jeden, wo das Geheimnis sich befände, aber niemand sagte es ihm. Samasnier glaubte, sein Vater hätte es versteckt oder vielleicht auch ein anderer, aber im Grunde war es auch egal, denn Samasniers Neugierde war so groß, daß er das Geheimnis unbedingt lüften mußte, denn ein Held lüftet immer das Geheimnis.«

Der Däumling schaute sich neugierig um. Das Kind griff erneut nach ihm.

»Also drehte er schon in jungen Jahren Steine um und suchte nach dem Geheimnis. Und je größer er wurde, desto größer wurden auch die Steine, die er umdrehte, auf der Suche nach dem *Einmaligen, Wunderbaren*.«

Der Däumling drehte einen Kieselstein um, noch einen und verzog das Gesicht, als er nichts fand. Das Kind krähte fröhlich.

»›Komm, Samasnier‹, riefen seine Freunde. ›Komm, spiel mit uns. Du brichst dir noch das Kreuz mit diesen blöden Steinen!‹

Doch Samasnier suchte immer weiter …«

Das Kind wurde des Spiels überdrüssig und streckte die Hand nach seiner Mutter aus. Der Däumling verschwand. China Wilm legte das Baby an die Brust, und Sam zog sie an sich und legte die Arme um sie. Sie stieß einen zufriedenen Seufzer aus.

»Samasnier«, erzählte er weiter, während das Feuer allmählich herunterbrannte, »Samasnier war ständig unzufrieden. Er sah weder die schönen Dinge des Lebens noch wollte er Lieder singen. Wenn ein Mann ein Held sein will, sind solche Dinge nur lästig. Er las weiterhin die alten Heldensagen und hob Steine hoch …«

»Weshalb hat Sam das getan?« flüsterte China.

»Nun«, sagte Sam, »anfangs war es der Zorn, von seinem Vater getrennt worden zu sein. Und dann las er zu viele Bücher, die von Wut und Rache handelten. Inzwischen war er auch von seiner eigenen Wichtigkeit überzeugt. Er hatte nämlich noch keinen Gott gefunden, der ihm sagte, daß er nur ein Teil der Schöpfung sei und nicht die Schöpfung selbst. Er glaubte, auf jede Frage, die ihm im Kopf herumspukte, eine Antwort finden zu müssen. Kurz gesagt, er war auf dem falschen Weg.«

Vielleicht war er auf dem falschen Weg, sagte er sich. Aber nichtsdestoweniger war er ein Held, dessen Schicksal sich erst noch erfüllen mußte.

»Er wußte, daß er ein Held sein würde«, sagte Sam. »Auf die eine oder andere Art.«

»Das Feuer ist fast heruntergebrannt.«

»Noch nicht ganz«, sagte Sam und zog die Decke vom Stapel, der sich neben ihm befand.

»Das sind deine Bücher, Sam.«

»Ich weiß«, sagte er, warf die obersten in die Glut und beobachtete zufrieden, wie sie in Flammen aufgingen.

»Aber du kannst die schönen Bücher doch nicht einfach ...!«

Er warf die nächste Ladung ins Feuer. Als das Baby die blauen und purpurnen Flammen sah, die an den Buchrücken entlangzüngelten, stieß es einen Freudenschrei aus und klatschte in die Hände.

»Ich begreife nicht, was du da tust!« rief China.

»Ich verbrenne die Bücher, China Wilm, im Gedenken an das, was Maire sagte: ›Zum Glück gibt es hier keine Legenden.‹«

»Aber du hast dir doch so viel Mühe mit ihnen gegeben. Sie haben dir so viel bedeutet!«

»Das habe ich auch geglaubt. Aber wir brauchen keine Helden mit Blut an den Händen, China Wilm. Keine Legenden, die bloß von Schmerzen und Tod handeln. Keine Helden, die Steine anheben, um wunderbare Dinge zu finden und darunter ihre Opfer begraben.«

Mit hochgezogener Augenbraue drehte sie sich zu ihm um.

»Aber Sam«, rief sie. »Was wirst du denn ohne deine Bücher anfangen?«

Er legte den Arm um sie und drückte sie an sich, während er zusah, wie die alten, blutrünstigen Geschichten verbrannten. Er hatte sich noch überhaupt nicht gefragt, was er ohne sie anfangen sollte. Den Schwertgürtel hatte er schon weggeworfen. Was sollte er ohne den Schwertgürtel anfangen? Und ohne den Helm? Er hatte den Helm flachgeklopft und Kräuter darin angepflanzt. Das war gerade erst gestern gewesen. China würde lachen, wenn sie das sah. Und die Bücher?

»Was wirst du ohne deine Bücher anfangen?« fragte sie erneut; sie machte sich Sorgen um ihn.

Plötzlich wußte er, womit er sich für eine Weile beschäftigen würde, bis es an der Zeit war, etwas anderes zu tun. Vielleicht würde der Gott es ihm sagen. Oder vielleicht würde es ihm auch selbst einfallen.

»Ich werde neue Bücher schreiben, China Wilm«, sagte er, während das Kind lachte, die Leute sangen und das Feuer knisterte.

»Ich werde dem Gott lauschen und neue schreiben.«